실낙원

홍 신
세 계 문 학
0 1 1

실낙원
Paradise Lost

존 밀턴 지음
안덕주 옮김

홍신문화사

차례

실낙원　7
작품 해설　590
존 밀턴 연보　593

제1편

❦

　제1편은, 우선 간단하게 전체적인 주제, 즉 인간의 거역과 그 때문에 인간이 그가 살던 낙원을 잃게 됨을 이야기한다. 다음에는 인간이 타락하는 주요 원인인 '뱀', 달리 말하면, 뱀의 모양을 한 '사탄'에 대해 언급한다. 사탄은 하느님을 배반하고, 천사의 많은 군사를 자기편에 끌어들이고는 하느님의 명령에 의해 그의 도당들과 함께 하늘에서 나락으로 쫓겨났던 것이다. 이 대목을 그대로 지나, 시는 사건의 한복판으로 급진전하여, 이제 그들 부하 천사들과 함께 지옥에 떨어진 사탄을 말한다. 여기에 묘사된 지옥은 중심에 있는 것이 아니고(아직 천지가 창조되지 않았고, 확실히 아직 저주도 받지 않은 때라고 생각하기에), 혼돈이라고 부르는 것이 가장 적합한 하늘의 어두운 곳에 있다. 이곳에서 사탄은 부하 천사들과 함께 벼락을 맞아 정신을 잃고 불타는 호수 위에 누워 있다가, 얼마 뒤 회복된다. 그리고 곁에 누워 있던, 계급과 위엄으로 보아 자기 다음가는 자를 불러 일으킨다. 그들은 자기들의 비참한 타락에 대해 이야기한다. 사탄은 그때까지 같은 모양으로 넋을 잃고 쓰러져 있던 자기의 전 군단을 깨워 일으킨다. 그들의 수, 그들의 대열, 그들의 주요한

지도자들 이름은 후일 가나안과 이웃 여러 나라에서 알려진 우상偶像의 이름에 따라 불린다. 사탄은 이들에게 연설하면서 아직도 천국을 회복할 희망이 있다고 그들을 위로한다. 그러나 마지막으로 그는 오랜 예언과 풍문에 따라 천국에 창조될 새로운 세계와 새로운 종류의 생물에 대해 말한다. 천사가 눈에 보이는 이 생물들보다 오래전부터 존재했었다는 것이 여러 고대 교부敎父들의 의견이었기 때문이다. 이 예언의 진실성을 확인하고, 그에 따라 결정해야 할 일을 밝히기 위해 그는 전체 회의를 소집할 것을 제언한다. 그리고 나서 그의 한패들이 시도한 일, 심연에 세워진 사탄의 궁전인 '복마전伏魔殿'이 홀연히 거기서 솟아오른다. 지옥의 귀족들이 거기에 앉아서 회의를 연다.

◆

 인간의 최초의 거역,[1] 저 금단의
나무 열매[2]—그 치명적인 맛이
죽음과 온갖 재앙을 세상에 초래했고,
에덴[3]을 잃게 하더니, 한층 위대하신 한 분[4]이
우리를 구원해 낙원을 회복하게 되었나니

---

1) 시의 첫머리에서 밀턴은 전체 주제를 선언했다. 이런 수법은 호메로스나 베르길리우스 같은 대서사시인들의 관례이다.
2) 지상낙원 중앙에 있었다는 지혜의 나무 열매. 하느님은 이 선악과를 먹지 말라는 계명을 내려 "동산 각종 나무의 실과는 네가 임의로 먹되, 선악을 알게 하는 나무의 실과는 먹지 말라. 네가 먹는 날에는 정녕 죽으리라"(《창세기》 2장 17절)라고 말씀하셨으나, 결국 아담과 이브가 이 명령을 어겨서 인류의 원죄가 생겼다.
3) 제4편에 묘사된 바와 같은 지상낙원의 이름. 하지만 낙원을 에덴의 일부로 보는 학자도 있다.
4) 예수 그리스도. 구세주.

노래하라, 이것을, 천상의 뮤즈[5]여, 오렙의
또는 시나이[6]의 호젓한 산꼭대기에서
저 목자[7]에게 영감을 주어 혼돈에서 태초에 천지가
어떻게 솟아났는가를 처음 선민[8]에게
가르치신 그대, 만일 시온[9]의 언덕과
신전 가까이 흐르는 실로아의 시내[10]가
더욱 그대를 즐겁게 해준다면 거기서
나의 모험적인 노래를 도와주기를 청하노라.
이오니아 산[11] 위로 가장 높이
산문에서나 시에서 일찍이 시도되지 않은 것을
좇아 날아오르려는 내 노래를.
　더욱이 그대, 오, 영靈[12]이여, 어떤 성전[13]보다도

---

5) 시의 여신. 뮤즈에게 시인들의 영감을 비는 것도 대서사시인들의 수법이다. 그에 따라 밀턴도 뮤즈에게 간구했지만, 밀턴의 뮤즈는 결코 베르길리우스, 호메로스 같은 이교 시인들의 신이 아니라, 모세나 다윗이 영감을 받은 성령을 의미한다. 시적 영감을 성인화聖人化한 것이라고 볼 수 있다.
6) 오렙 또는 호렙Horeb과 시나이는, 같은 산에 대한 별칭 또는 같은 산의 다른 봉우리 이름인 듯하다. 〈출애굽기〉 19장 2절에서는 '시나이'로, 〈신명기〉 4장 10절에서는 '호렙'으로 되어 있다.
7) 모세. 그가 '이드로의 양 무리'를 쳤기 때문에 목자이고, 비유적으로는 이스라엘 백성의 지도자였기 때문이다. 〈출애굽기〉 3장 1절 참조.
8) 이스라엘 민족. 선민에게 가르친 것은 〈창세기〉 1장에 적혀 있다.
9) 시온Sion, Zion. 예루살렘이 세워진 산. 다윗이 영감을 받은 곳이어서 '다윗의 도읍'이라 일컫는다.
10) 〈이사야〉 8장 6절 "천천히 흐르는 실로아의 물"에서 실로아는 실로암Siloam이라고도 한다.
11) 그리스의 헬리콘 산. 뮤즈 신이 자주 드나드는 곳으로서, 그 산 위로 가장 높이 날아오른다는 것은 그리스나 로마의 위대한 시보다 월등한 시를 써보겠다는 밀턴의 야심적인 표현이다. 그것은 우선 이 시의 주제가 뮤즈 신이 아닌 성령에게 영감을 받은 한층 위대한 것이기 때문이다.
12) 뮤즈 신이 아닌 성령을 의미함이 분명하다.
13) "너희가 하느님의 성전인 것과 하느님의 성령이 너희 안에 거하시는 것을 알지 못하느뇨"(〈고린도 전서〉 3장 16절 참조). 성당과 의식보다도 밝고 깨끗한 마음을 좋아하는 것이 밀턴의

바르고 깨끗한 마음을 더욱 좋아하는 그대여,
나를 가르치십시오,[14] 그대 아시니. 그대는
태초에 계셨고, 힘센[15] 날개 펼쳐
비둘기처럼 대심연大深淵을 품고 앉아
이를 잉태케 하셨도다. 내 속의 어둠을
빛내시고, 낮은 것을 높이고 떠받들어 주십시오.
이 크나큰 시제詩題의 높이에 어울리도록
영원의[16] 섭리를 내가 증명해 인류에 대한
하느님의 길이 옳음을 밝힐 수 있도록.
　먼저 말해주십시오. 하늘도, 지옥의 깊은 땅[17]도
그대의 눈에 숨기는 것 없으니, 먼저 말해주십시오.
무슨[18] 까닭에 우리 조상은 행복하고
하늘의 은총 깊은 자리에서 창조주를 버리고
단 한 가지 금단에 대한 신의 뜻 범했는가?
그러지 않았으면 세상의 군주[19]였을 것을.

이상이다.
14) "성령, 그가 너희에게 모든 것을 가르치시고"(〈요한〉 14장 26절).
15) 이하 3행은 구약의 천지 창조 얘기를 언급한 것이다(〈창세기〉 1장과 2장). "비둘기처럼"은 "예수께서 세례를 받으시고 곧 물에서 올라오실 때, 하늘이 열리고 하느님의 성령이 비둘기처럼 내려왔기"(〈마태〉 3장 16절) 때문이다.
16) 이하 2행에서 인간과 만물의 역사를 지배하는 영원의 섭리를 변증하고, 하느님의 길이 절대로 옳음을 인간에게 보이는 것은 이 시의 근본 취지이고, 밀턴뿐 아니라 모든 예언자, 시인의 공통 의무이다. "여호와께서는 그 모든 행위에 의로우시며"(〈시편〉 145편 17절).
17) "내가 하늘에 올라갈지라도 거기 계시며, 음부에 내 자리를 펼지라도 거기 계시니이다"(〈시편〉 139편 8절).
18) 이하 2행. "하느님이 그들에게 복을 주시며"(〈창세기〉 1장 28절).
19) "하느님이…… 이르시되…… 땅을 정복하라. 바다의 고기와 공중의 새와 땅에서 움직이는 모든 생물을 다스리라"(〈창세기〉 1장 28절).

처음에 그 악의 배반으로 꾄 것은 누군가?
　지옥의 뱀[20]이다. 그놈이 교만하여
그의 모든 반역 천사의 무리들과 함께
하늘에서 쫓겨났을 때, 질투와 복수심에 불타
인류의 어머니[21]를 속인 것이다.
그 천사들의 도움으로, 동료들 이상으로
영광을 누리리라 야망을 품은 그는
반역하기만 하면 지고하신 분과 동등해지리라[22] 믿고,
하느님의 보좌와 주권에 대항해
불경한 전쟁, 교만한 싸움을 하늘에서
헛되이 일으켰도다. 그러나 전능하신 하느님은
감히 당신께 싸움을 걸어온
그를 불붙여,[23] 무서운 타락과 파멸을
가해 청화천淸火天[24]으로부터 밑바닥 없는
지옥으로 거꾸로 내던지셨다. 거기서
금강金剛의 쇠사슬[25]과 겁화 속에 살도록.
인간이 재는 낮과 밤 길이의

---

20) 사탄. 후에 이브를 꾀기 위하여 뱀의 모습을 취한다. 뱀의 꾐에 대해서는 〈창세기〉 3장, 〈요한 계시록〉 12장 9절, 20장 2절을 참조할 것.
21) 이브(성경에는 하와). "아담이 그를 하와라 이름 하였으니 그는 모든 산 자의 어미가 됨이더라"(〈창세기〉 3장 20절).
22) 〈이사야〉 14장 12~14절 참조.
23) "사탄이 하늘에서 번개같이 떨어지는 것을"(〈누가〉 10장 18절, 〈요한 계시록〉 9장 1~2절, 20장 1~3절 등 참조).
24) 신들의 고장. 지구를 에워싼 무거운 공기 중 순수한 정기로 이루어졌다고 상상되는 지역.
25) 깨지지 않는 금속 사슬(〈유다서〉 16장 참조).

아홉 곱[26] 동안을, 그는 그 끔찍스러운 도당들과
불바다[27]에 뒹굴며, 비록 불사不死[28]의 몸이지만 녹초가 되어
자빠져 있었다. 그러나 그의 운명은
더 큰 하느님의 벌을 받기 위해 유보된 것. 그는
지금 잃어버린 행복과 계속되는 고통[29]을 생각하고
괴로워한다. 둘러보는 그의 슬픔 어린 눈에는
크나큰 고통과 낭패의 빛이 보이고,
고집 센 교만과 굳은 증오심이 어려 있다.
이윽고 그는 본다, 천사의 눈이 닿는 한
황량하고 거친, 처참한 광경을.
주위 사방에는 무서운 암굴, 그것은 마치
불길 이는 화덕.[30] 그러나 이 화염에는
빛이 없고, 간신히 보일 정도의 짙은 어둠에
보이는 것은 다만 비참한 광경뿐.
슬픔의 지역, 우수의 그림자, 평화와
안식은 없고, 사람이면 모두가 갖는
희망마저 없고,[31] 다만 끝없는 가책과
한없이 꺼지지 않고 불타는 유황에 붙은

---

26) 지옥에는 태양이 없기 때문에 밤낮의 구별이 없고 인간 세계로 말하면 9일간이라는 뜻.
27) "저희를 미혹하는 마귀가 불과 유황 못에 던져지니"(《요한 계시록》 20장 10절).
28) 천사는 영체이기 때문이다.
29) "세세토록 밤낮 괴로움을 받으리라"(《요한 계시록》 20장 10절).
30) "저가 무저갱을 여니 그 구멍에서 큰 풀무의 연기 같은 연기가 올라오매"(《요한 계시록》 9장 2절).
31) 《신곡》 지옥편 제3장 9행 "일체의 희망을 버려라, 여기 들어오는 너희들"을 상기하게 한다.

불의 홍수가 끝없이 휘몰아치는 곳.
그 반역도들을 위해 영원한 정의는
이런 곳을 마련했다. 여기 하늘 밖 어둠[32] 속에
그들의 감옥을 정해, 그들의 자리를 잡아놓았다.[33]
하느님과 하늘의 빛에서 떨어진 그 먼 거리가
우주의 중심[34]에서 극점까지의 세 배나 되는 이곳에.
아, 떨어지기 전의 그곳과는 얼마나 다른가!
여기서 이윽고 그의 타락한 동료들이
무섭게 휩쓰는 불[35]과 회오리바람 앞에
질려 있음을 본다. 그리고 곁에서 뒹구는,
힘으로도 죄악으로도 그의 다음가는,
후에 팔레스타인[36]에서 바알제붑[37]이라는 이름으로
알려진 그자에게, 하느님의 적장,
하늘에서 사탄[38]이라고 불리는 자, 대견스럽게
무거운 침묵을 깨뜨리고 이렇게 지껄이기 시작한다.

---

32) "그 수족을 결박하여 바깥 어둠에 내던지라"(《마태》 22장 13절).
33) "저주를 받은 자들이…… 그 사자들을 위하여 예비 된 영원한 불에 들어가라"(《마태》 25장 41절).
34) 지구를 말함. 당시의 천동설에 의하면 지구는 우주의 중심이었다. 우주의 한 극점은 청화천에 닿고, 다른 극점은 지옥 쪽에 있어, 하늘에서 지옥까지의 거리가 우주의 중심인 지구에서 우주의 극점까지의 세 배라는 것이다.
35) "악인에게 그물을 내려치시리니 불과 유황과 태우는 바람이 저희 잔의 소득이 되리로다"(《시편》 11편 6절).
36) 블레셋Philistia.
37) Baalzebub 혹은 Beelzebub. '파리 신'이란 뜻의 히브리어. 팔레스타인의 신. 《마태》 12장 24절에서 그를 '귀신의 왕'이라 불렀다. 그러니 그는 사탄 다음가는 자라 할 수 있다. 이 책 제5편 참조.
38) 적이라는 뜻. 그가 반역했을 때 붙여진 이름인데, 반역 전의 이름은 확실치 않다.

"만일[39] 자네가 그러면―아, 그러나 얼마나 타락하고,
얼마나 변했는가! 행복한 빛의 나라[40]에서
더없는 광휘에 싸여 찬란한 뭇별들을
도리어 무색하게 하더니―만일 그러면 서로 동맹을 맺고,
생각과 뜻을 함께하고, 영광스러운 계획의
희망과 모험을 같이하려고 했더니, 이제 같은 파멸에서
비참하게 되었구나―자네는 우리가
얼마만 한 높은 곳에서 얼마만 한 구렁텅이로
떨어졌는지 알겠지. 그 벼락으로
그만큼 더 힘이 세다는 것을 그[41]는 보였다.
그때까지[42] 누가 알았더냐,
그 무시무시한 무기의 힘을. 그러나 그 때문에
또한 그 힘센 승리자가 노하여 달리
가할 벌이 있을까 하고 나는 후회하지 않는다.
거죽의 광채는 변해도, 굳은 결심 그리고
자존심 짓밟혀 느끼는 모멸감은
변치 않는다. 그것이 있었기에 감히 전능자와
싸웠던 것이고, 무장한 무수한 천사 군대를 이끌어
격렬한 싸움에 나갔던 것이다.

---

39) 여기서 사탄이 하는 말은 흥분 때문에 조리 없고 완전하지 못하다. 그러나 불패不敗의 정신과 투쟁 의욕은 분명히 나타나 있다.
40) "너 아침의 아들 계명성이여, 어찌 그리 하늘에서 떨어졌으며"(〈이사야〉 14장 12절). 물론 성서의 이 말은, 사탄이 아니라 바빌론의 왕에게 한 말이다.
41) 사탄과 타락 천사들은 하느님의 이름을 부르기를 꺼린다. 전 12편을 통해서 그렇다.
42) 신군神軍과 반역 천사 사이의 싸움이 있을 때까지. 제6편에서 묘사된다.

그들은 감히 그의 통치를 싫어하고, 나를 좋아하여,
그 지상至上의 힘에 힘으로 항거해
하늘의 벌판에서 승부가 안 나는 싸움[43]으로
그의 보좌를 뒤흔들었다. 패배, 그것이 문제인가.
다 패한 것은 아니다. 꺾이지 않는 의지,
불타는 복수심, 꺼지지 않는 증오심,
굴할 줄 모르고 항복할 줄 모르는 용기,
끝까지 정복될 수 없는 것.
그의 분노와 힘으로도 이런 영광은
결코 빼앗지 못하리라. 무릎을 꿇고 애원하고,
허리 굽혀 자비를 빌며 방금까지 두려워
자기의 주권을 의심하던 그런 힘을
숭배하다니—참으로 비굴하다.
그건 타락보다 못한 불명예이고
치욕이다. 운명적으로[44] 여러 신의 힘과
이 영천靈天의 본질[45]은 쇠망하지 않는 것이다.
그리고 이번 대사건의 경험을 통해서
무력은 전만 못지않고,

---

43) 싸움이 3일간 계속되고 마지막 반역 천사들이 패했지만, 하느님의 뜻에 의해 완전한 멸망은 아니었다(제6편에 묘사). 그것을 사탄은 자랑스럽게 "승부가 안 나는 싸움"이니 "보좌를 뒤흔들었다"느니 한다.
44) 사탄은 신의 창조를 부정하고 운명을 믿는다. 신화에서는 운명이 지상의 힘이다.
45) 청화천에 사는 천사들은 인간의 육체와 같지 않고, 불로써 만들어졌다고 생각된다. 그래서 '화염의 천사'니 '불의 정기'니 하는 말이 많이 나온다. 이 불도 실제 불이 아니라 영적인 기운에 불과하다. 성서에도 "바람으로 자기 사자를 삼으시고 화염으로 자기 사역자를 삼으시며"(《시편》 104편 4절)라는 구절이 있다.

미리 내다보며 훨씬 나아졌으니,
더 확실한 희망을 갖고, 실력이나
간계로 우리의 대적大敵에게
화해 없는 영원의 싸움을 걸 만하다.
지금 승리하고 기쁨에 넘쳐서
홀로 하늘에서 폭군 노릇 하는 그에게."
  이렇게 변절의 천사는 말했다. 고통스러워하면서도
호기 있게, 그러나 깊은 절망에 애태우며.
곧 그의 용감한 동료는 이에 대답한다.
"아, 대공大公, 권위 있는
천사들의 두목이여,
그들은 당신의 지휘하에 무장한 세라프[46]들을
전쟁으로 이끌고, 두려움 모르는
무서운 행위로, 하늘의 영원한 왕을 위압했으며,
그 높은 권위가 지탱되는 이유가
과연 힘인가, 우연인가, 운명인가를 시험했다.
곰곰이 돌이켜보고, 나는 이 참사를 한탄한다.
슬픈 전복, 무참한 패배의 결과
우리는 하늘을 잃고, 힘센 이 대군이
무서운 파멸에 이처럼 떨어져,
모든 신들과 천인天人들이 망할 수 있는
한도까지 망해버렸다.

---

46) 성경에서는 스랍이라 함. 케룹과 함께 천사 중에서 지위가 높다(〈이사야〉 6장 참조). 세라프의 복수는 세라핌(Seraphim)이다.

그러나 비록 우리의 영광이
모두 사라지고, 행복은 끝없는 비참 속에 빠졌어도,
심령은 끝내 부서지지 않을 것이고
기력은 곧 회복되리라. 그러나
만일 우리의 정복자인 그가(이제는
그의 전능을 믿지 않을 수 없다. 그러잖고야
어찌 우리 같은 힘을 이겨낼 수 있었으랴)
우리에게 이 기력을 송두리째 남겨준 것은
이 고통을 능히 받고 견디게 함이요,
그의 복수심의 분노를 만족시키고,
우리를 그의 전리품 같은 노예로서, 여기
지옥 한복판의 불 속에서 무슨 일이든 닥치는 대로 하고,
음침한 구렁텅이[47]에서 그의 심부름이나 하며
보다 큰 봉사를 그에게 바치게 하는 것이라면 어쩌나.
그렇다면 이게 무슨 소용이랴,
비록 우리가 아직 힘은 줄지 않고
여전히 영원한 존재로 스스로 인정한들
결국은 끝없는 형벌을 받기 위함이라면."
그 말에 마왕은 급히 대답한다.
"몰락한 천사여, 약한 것은 비참하다.
일을 하건 일을 당하건.[48] 이것만은 확실하다.
선을 행하는 것은 결코 우리 일이 아니다.

---

47) 혼돈.
48) 즉, 신의 명령을 수행하든지 아니면 고통을 견디든지.

그의[49] 높은 뜻에 거역해,
언제나 악을 행하는 것이 우리의 유일한 즐거움.
그러므로 만일 그의 섭리가
우리의 악에서 선을 찾아내고자 한다면,
우리가 할 일은 그 목적을 거역해
선에서마저 항상 악의 수단을 찾아내야 하리.
실수만 없으면 그것이 때로 성공해
그를 슬프게 할 것이고,
그의 심오한 계획을
예언된 목적에서 빗나가게 할 것이다.
그러나 보아라, 저 노한 승리자는 이미
그의 복수와 추격의 사자使者[50]들을
천문天門으로 소환했고, 폭풍우처럼
우리를 쏘아대던 유황불로 된 우박도 멎고
하늘의 낭떠러지에서 떨어지는, 우리를 받았던
불의 물결도 가라앉았다.
그리고[51] 붉은 번개와
사나운 분노의 날개를 달고 휘몰아치던
우레도 화살을 다 쏘아버렸는지, 이젠

---

49) 이하 6행에 사탄이 고의로 하느님을 거역하는 의도가 잘 나타나 있다.
50) 라파엘의 전쟁 이야기에 의하면, 실제로 반역 천사를 축출한 것은 그리스도 혼자였고, 다른 천사들에게는 서서 보라고 명령했는데, 사탄이 이 사실을 날조하는 것은, 그의 영광을 성자에게만 돌리기 싫어서, 그리고 자기의 패배가 다수의 힘 때문이라는 것을 말하기 위함인 듯하다.
51) 이하 4행에, 우레와 번개가 분노의 날개를 달고 화살을 쏘며 지옥에서 포효하는 괴물로 묘사되고 있다.

광막하고 끝없는 심연에서 포효를 멈춘다.
이때를 놓치지 말자, 적이
멸시해서든 분노의 만족에서 준 것이든 간에.
자네는 보는가, 거기 저 황량한 들판[52]을,
이 납빛 불빛이 던지는 창백하고 처참한 미광 이외엔
아무것도 없는, 저 빛 없는[53]
황폐의 땅을.
그리로 우리 모두 가자,
이 불의 파도가 날뛰는 곳을 멀리 떠나서 그곳으로 가자.
휴식을 얻을 수 있거든 거기서 쉬자.
그리고 우리의 패군을 다시 모아
중론을 묻자.
앞으로 어떻게 하면 적에게 최대한 해를 입히고,
어떻게 하면 우리의 손실을 회복하고, 어떻게 하면
이 참화를 극복할 것인가, 그리고
혹시 희망이 있다면 무슨 힘을 얻고,
혹시 희망이 없다면 무슨 각오를 해야 하는지를."
　이렇게 사탄은 그의 가까운 친구에게 말한다.
머리를 물결 위에 치켜들고, 눈을
빛내고 있었다. 그 몸뚱이의 다른 부분은
물결 위에 엎어진 채 길고 넓게 퍼져

---

52) 지옥의 들판은 불의 들판이고, 바다는 불의 바다이다.
53) 저주의 표상. "그날이 캄캄했더라면…… 그날을 비추지 말았더라면…… 그 밤이 광명을 바랄지라도 얻지 못하며 동틈을 보지 못했더라면 좋았을 것을"(《욥기》 3장 3~9절).

떠 있는 크기가 너비 수천 평.[54] 덩치는 마치
옛날이야기에 나오는 기형적 크기의―
제우스와 싸운 티탄들[55] 혹은 그 거신巨神들과도 같고
백수신白手神[56]과도 같고, 또는
옛날 타르수스[57] 도읍 가까이 굴속에 살던
백두신百頭神[58]과도 같고, 또는 저 바다의 짐승,
해류海流를 헤엄치는, 하느님이 창조한 만물 중 가장 거대한
바다의 짐승 리바이어던[59]과도 같다.
이 짐승이 어쩌다 노르웨이 해상에서 잠자는 것을
밤에 길 잃은 어느 조각배의 사공이
무슨 섬인 줄 알고서, 선원들이 말하는바 가끔
비닐 돋친 가죽에 닻을 내리고서
바람을 피해 그 곁에서 정박하고는
밤이 내리덮은 바다에서 더디게 오는 아침을 기다렸다.
그렇게 거대한 길이로 마왕은 누워 있다가,

---

54) 원어 many a rood를 옮긴 것인데, 1루드는 1에이커의 4분의 1 넓이. 밀턴은 사탄을 거대한 괴물로 묘사하기 위해 이런 비유를 써서 구체적으로 우리의 감각에 호소하고자 했다.
55) 우라노스(하늘)와 가이아(땅) 사이에 난 거신들. 제우스를 공격했었는데, 올림포스의 신들에게 격퇴당했다. 그리고 "그 거신들"은 '땅이 낳은'의 의역인데, 티탄들이 우라노스가 땅에 떨어뜨린 피에서 생겼다는 데서 땅을 어머니로 하는 신이라는 것이며, 다름 아닌 거신을 말한다.
56) 브리아레오스. 이것도 하늘과 땅의 아들인데 티탄은 아니고, 하나의 거대한 괴물로서, 손이 백 개 달렸다고 한다.
57) 킬리키아의 서울. 사도 바울의 고향.
58) 튀폰. 킬리키아에 살았다는 머리가 백 개 있는 괴물.
59) 성서에 나타나는 거대한 바다의 짐승. 혹은 악어와 같고(〈시편〉 104편 26절) 혹은 고래와 같은데(〈욥기〉 41장 15절), 어느 것인지 분명치 않지만, 밀턴이 이것을 고래로 생각했던 것은 확실하다.

불타는 호수 위에 사슬 묶여서 다시는
일어나거나 머리 쳐들지 못했으리라. 만일
만물을⁶⁰⁾ 다스리는 하늘의 뜻과 높은 관용이
그가 암흑의 흉계를 멋대로 꾸미게
내버려 두지 않았다면.
다른 사람에게 재앙이 있기를 바라면서
스스로 죄악을 되풀이함으로써 저 자신에게 저주를
쌓아 올리게⁶¹⁾ 하고, 그의 모든 악의가
저 때문에 유혹당한 인간에게는
다만 무한의 선과 은총과 자비를 가져올 뿐,
저 자신에게는 몇 곱의 파멸과 분노와
복수가 쏟아지게 하고 있다.
즉시 그는 거대한 체구를 호수에서
곧게 일으킨다. 양손으로 화염을 뒤로 떠밀면
화염의 물결은 뾰족한 철탑을 이루고
물결치며 한복판에 무서운 골짜기를 남긴다.
그러고는 활짝 날개를 펴고 난다.
드높이, 무서운 무게로 어두컴컴한
대기를 타고. 마침내 그는 마른 땅 위에
내린다―만일 호수가 액체의 불을 지닌 것처럼
고체의 불이 불붙고 있는 것이 땅이라면,
그런데 그 땅의 빛은 마치 지하의 바람의

---

60) 밀턴은 이하 10행에서 이 시의 가장 중심적인 사상을 제시했다.
61) 이하 3행에서의 사상에 대해서는 제7편을 참조.

힘에 펠로루스 곶岬[62]이나 에트나 산의 연료에 채워져
타기 쉬운 내부에 불붙어 광물성 맹염猛炎으로 타오르고,
다시 바람을 일으켜 온통 악취와 연기에 싸인,
그을린 밑바닥만 남기고선 그 바람의 힘으로
지상의 그을린 뇌성 요란한 그 산에서
작은 산 하나가 떨어져 나갈 때의 그런 것을
육지라 할 수 있다면. 이런 휴식처에 축복 잃은
발足이 내려온다. 그의 다음가는 친구가 그를 따른다.
둘 다 높으신 힘이 허락해서가 아니고,
저희들이 힘을 회복해
신들처럼 지옥의 바다[63]에서 도망쳐 나온 것을 우쭐댄다.
"이곳이 바로 그곳, 그 땅, 그 나라인가."
패배한 천사장天使長은 말한다―"이곳이
우리가 하늘과 바꿔서 차지할 자리인가.
이 슬픈 어둠이
저 하늘의 빛 대신인가. 도리 없지, 지금
군주인 그는 제가 옳다 여기면 무엇이든
처치하고 명령할 수 있으니 그에게서 멀수록 좋다.[64]
이성으로는 동등해도
힘만은 누구보다도 월등한 그에게서.

---

62) 시칠리아 섬의 동북쪽에 있는 곶. 에트나 산에서 멀지 않다. 지금의 이름은 파로 곶Cope Faro. 에트나 산은 그 섬의 동부에 있다.
63) 지옥의 바다는 물론 불바다이다.
64) 성도는 하느님을 "사슴이 시냇물을 찾기에 갈급함같이"(〈시편〉 42편 1절) 찾지만, 악마는 그에게서 멀수록 좋다고 한다.

잘 있어라, 영원한 기쁨 깃드는
복된 들판이여. 오라, 공포여. 환영이다,
음부여. 그리고 너 무한히 깊은 지옥이여,
너의 새 주인을 맞아라, 장소나
때에 따라 변치 않는 마음의 소유자를.
마음은[65] 스스로 지배하는 곳, 그 속에서는
지옥을 천국으로, 천국을 지옥으로 만들 수 있다.
장소가 문제이랴, 내가 여전히 다름없고
다만 벼락 때문에 위대한 그보다
좀 못할 뿐 본연 그대로라면. 적어도
이곳에서만은 자유겠지. 그 전능자가 시기하려고
이곳을 지은 것 아니리니, 여기서 우리를 내쫓진 않을 것이다.
그래서 우리는 편안히 다스릴 수 있다. 나로선
다스리는 것이 소망이다, 비록 지옥일지라도.
천국에서 섬기느니 지옥에서 다스리는 편이 낫지.[66]
그러나 우리는 어째서 우리의 충실한 친구들을
맹세로 맺어진 우리의 패망한 친구들, 동료들을
망각의 호수 위에 기절해서 누워 있게 하고

---

65) 이하 2행은 자주 인용되는 밀턴의 유명한 구절이다. 이 사상은 스토아 철학자들이 좋아하는 사상이다. "하느님의 나라가 어느 때에 임하나이까 묻거늘, 예수께서 대답하여 가라사대, 하느님의 나라는 볼 수 있게 임하는 게 아니요, 또 여기 있다 저기 있다고 못 하리니, 하느님의 나라는 너희 안에 있느니라"(〈누가〉 17장 20~21절).
66) 이런 정신이 악마의 본성이다. 이것과 그리스도의 말씀을 비교해보라. "너희 중에 누구든지 크고자 하는 자는 너희를 섬기는 자가 되고, 너희 중에 누구든지 으뜸이 되고자 하는 자는 너희 종이 되어야 하리라. 인자가 온 것은 섬김을 받으려 함이 아니라 도리어 섬기려 하고, 자기 목숨을 많은 사람의 대속물로 주려 함이니라"(〈마태〉 20장 26~28절).

그들을 불러 일으키지 않는가. 이 불행의 집에서
각기 소임을 맡게 하고, 다시 한 번
군을 집합하여 천국에서 무엇을 회복할 수 있을지
이 지옥에서 무엇을 더 잃을지 시험해보지 않겠는가."
   이렇게 사탄은 말했다. 그러자 바알제붑이
대답했다. "전능자 아니고선 아무도
꺾을 수 없는 빛나는 대군의 영도자여,
저들이 만일, 그 목소리―궁지에 빠졌을 때 또는
격전의 위기에서 가끔 들려오는, 공포와
위험 속에서 가장 뚜렷한 언약이었고
진격할 때 가장 확실한 신호였던―
그 목소리를 듣기만 한다면, 그들은 당장에
새로운 용기를 얻어 소생할 것이다. 비록 지금은
저 불의 호수에서 엎드려 뒹굴고 있어도,
조금 전의 우리들처럼 대경실색해,
그 치명적인 높은 곳에서 떨어졌으니 그럴 수밖에."
   말이 채 끝나기도 전에 마왕은
해안을 향해 움직여 갔다. 그의 묵직한 방패,
육중하고, 크고, 둥근 하늘의 무기를
뒤에 걸머지고서. 그 넓은 원주圓周는
달과 같이 어깨에 걸쳐져 있다―
토스카나의 기사技士[67]가 망원경을 쓰고

---

67) 갈릴레이를 말한다. 갈릴레이는 망원경을 개량했고, 최초로 천문학 연구에 사용했다. 밀턴은 그를 매우 존경했고, 1638년 그의 고향 토스카나 근처의 플로렌스로 그를 방문했었다.

저녁에 페솔레[68] 꼭대기나 발다르노[69]에서
아롱진 둥근 형체[70] 위에 새로운 대륙이나 강
그리고 산을 찾아보려고 바라본 그 달과 같다.
그의 창—이에 비하면, 노르웨이 산에서 베어내
거대한 군함의 돛대가 되는
키 큰 소나무도 한낱 지팡이에 지나지 않는다—
그런 창을 짚고서 불타는 진흙땅 위를 걷는다,
푸른 하늘을 걷던 걸음과는 다른 불안한 발걸음을
지탱하며. 그리고 사방 천장이 불이라,
혹심한 열은 그를 내리쳐 괴롭힌다.
그래도 그는 잘 견디며, 드디어 불타는 바다의
해안에 서서 자기의 군사들을 부른다. 넋 잃고
나자빠진 천사의 몸뚱이들이 꽉 들어찬 상태는 흡사
에트루리아 숲이 아치형으로 높이 그늘 드리우는
발롬브로사[71]의 계곡,
그 시냇물에 흩어진 가을 낙엽, 또는

제5편에서는 그의 이름을 직접 거론하고 있다. "마치 밤에 갈릴레이의 망원경이, 확실하진 않으나 달 속에 상상의 땅들과 나라들을 보듯이."
68) 플로렌스 근처에 있는 산.
69) 아르노 강의 골짜기. 플로렌스는 골짜기에 있고, 갈릴레이의 관측소였던 고탑이 지금도 아르노 강 왼쪽 기슭에 보인다고 한다.
70) 달.
71) '그늘 짙은 골짜기'라는 뜻을 가진 플로렌스 동쪽 18마일에 있는 경치 좋은 곳. 거기에 사원이 있고, 밀턴은 1638년 가을 이곳을 방문해 직접 그 경치를 보았다고 한다. 그래서 묘사가 한층 실감을 준다. 밀턴 숭배자인 워즈워스는 이 석 줄을 첫머리에 인용해 시 〈발롬브로사에서〉를 썼다.

무장한 오리온[72]이 사나운 바람으로
홍해[73] 연안을 어지럽힐 때 흩어져 떠돌던 해초와 같다. 그
홍해의 물결은 그때 부시리스[74]와 그의 멤피스[75] 기병들이
불신의 증오심을 품고 고센의 나그네[76]들을
덮쳤고, 쫓기는 무리들은
안전한 해안에서 떠돌고 있는 시체와 부서진 전차 바퀴들을
바라보았다. 그만큼 그들은
빽빽하게 흩어져 넋 잃고 물 위에
쓰러져 누워 있었다.
닥쳐온 엄청난 변고에 그만 정신을 잃고.
　그는 크게 외친다, 텅 빈 지옥의
심연까지 울릴 큰 목소리로—"대공들이여,
군주들이여, 무사들이여,[77] 하늘의 정화精華여, 한때
그들의 것이었던 천국을 이젠 잃었구나,
영원의 영靈이 이렇게 실신해
맥 못 춘다면. 혹시 너희가 힘든 전쟁 후에

---

72) 그리스 신화에 나오는 오리온이란 사냥꾼이 죽어 이 별자리가 되었는데 칼, 곤봉, 벨트 등으로 무장한 거인의 모습이고, 이 별자리의 출현(한여름과 11월)은 폭풍우의 전조로 상상되었다.
73) 이하 6행은 〈출애굽기〉 14장 참조.
74) 전설상의 이집트 왕의 이름. 밀턴은 이 이야기를 더 실감 나게 하기 위해 성서에도 나오는, 홍해에서 죽은 파라오라는 지배자에게 이 이름을 부여했는데, 그가 파라오는 아니다. 밀턴이 왜 그를 파라오와 동일시했는지는 확실치 않다.
75) 이집트의 옛 수도. 여기서는 이집트를 뜻한다.
76) 고센은 나일 강 동쪽 지방 이름. 이스라엘 민족이 이집트에 이주한 뒤 정착해(〈창세기〉 47장 6절) 그 자손이 430년간 살았다(〈출애굽기〉 12장 40절). 따라서 "고센의 나그네"란 이스라엘 민족을 말한다.
77) 대공 · 군주 · 무사는 모두 천사의 계급.

피곤한 심신을 쉬기 위해 택했단 말인가,
천국의 골짜기에서처럼 여기서 잠자는 것이 편할까 해서.
또는 이렇게 영락한 꼴을 하고서 정복자를
숭배하겠다고 맹세라도 했는가. 지금 정복자는
흩어진 무기와 깃발과 함께 물결 속에 뒹구는
케룹과 세라프들을 보면서, 머잖아
때를 보아 그 재빠른 추격자들을 내려보내어
이렇게 기진맥진한 우리를 짓밟거나,
사슬로 이어진 벼락으로 우리를
이 심연의 밑바닥에 꽂아놓으려 하고 있다.
깨어나라, 일어나라,
아니면 영원히 누워 있어라."
　그들은 그 말을 듣고서 부끄러워 날개 치며
벌떡 일어선다, 마치 보초 근무 중에 졸다가
무서운 사람에게 발각되어 잠이 덜 깬 채
일어나 허둥지둥하는 것 같다.
그러고서 무수한 그들은 자기들이 처해 있는 참상을 모르는 것도
아니고, 심한 고통을 느끼지 않는 것도 아니나,
곧 대장의 목소리에 복종한다,
마치 이집트에 재앙이 내리던 날,
암람의 아들[78]이 국경 주위로 힘찬 막대기를
휘두르면, 동풍에 메뚜기 떼[79]가 너울너울

---

78) 모세(《출애굽기》 6장 20절 참조).
79) "모세가 애굽 땅 위에 그 지팡이를 들 때, 여호와께서 동풍을 일으켜 온 낮과 온 밤에 불게

먹구름장처럼 일어나 나부끼고,
불경한 파라오의 영토를 밤처럼 뒤덮고
나일의 전역을 어둡게 하던 때와도 같다.
그처럼 무수히 악의 천사들은 날개를 치면서
지옥의 궁륭 밑을 떠도는 게 보인다,
위에도 밑에도 주위에도 불에 둘러싸인 그 속에서.
마침내 신호로, 그들 대제大帝[80]의
추켜든 창이 움직여 그들이 갈 길을 가리키니
몸의 균형을 잡으며 그들은 굳은 유황 위에
내려앉아 온 들판을 메운다.
이처럼 많은 무리들이 인구 많은 북방의
그 얼어붙은 허리춤에서도 쏟아져 나온 일은 없다,[81]
야만스러운 아들들이 레네[82]나 도나우 강[83]을 건너
홍수처럼 남방으로 와 지브롤터 아래
리비아의 사막에까지 흩어졌을 때도.
그러고서 즉시 각 부대 각 분단에서

하시니, 아침에 미쳐 동풍이 메뚜기를 불러들인지라, 메뚜기가 애굽 온 땅에 이르러 그 사방에 내리매 그 해가 심하니 이런 메뚜기는 전에도 없었고 뒤에도 없을 터라. 메뚜기가 온 지면을 덮어 날매 땅이 어둡게 되었고, 메뚜기가 우박에 상하지 아니한 밭의 채소와 나무 열매를 다 먹었으므로, 애굽 전경에 나무나 밭의 채소나 푸른 것은 남지 아니하였더라"(《출애굽기》 10장 13~15절). 이스라엘인의 이집트 퇴거를 허락지 않았던 이집트 왕(파라오)과 그 인민을 징벌하기 위해 하느님께서 내린 재앙 중의 하나인 메뚜기 이야기에 비유하여 타락 천사들이 공중을 날 때의 상황을 묘사했다.
80) 마왕 · 사탄.
81) 고트족, 훈족, 반달족 등 북방으로부터 아테네 · 로마 등 남부 유럽으로 침입(기원후 410년), 들판에 깔린 반역 천사의 무리를 그것에 비유했다.
82) 라인 강.
83) 다뉴브 강. 라인 강과 다뉴브 강은 로마 제국의 경계선을 이루었다.

대장과 지도자들이
저희들 사령관이 선 곳으로
급히 온다. 신神다운 모습들, 초인적인
형상, 왕자다운 위엄,
그리고 전에 하늘에선 왕좌에 앉았던 권세자들,
비록 천국의 기록에 그들의 이름이 이제
그들의 반역 때문에
생명의 책[84]에서 말소되어 없어지긴 했지만.
그리고 아직 이브의 자손들 중에서도
새 이름을 얻지 못했지만,[85] 뒷날 인간을
시험하기 위해 하느님의 높으신 허락을 얻어
지상을 두루 다니며 거짓과 기만으로 대부분의
인류를 부패시켜 창조주 하느님을
버리게 하고, 자기를 만드신 그분의
보이지 않는 영광을 짐승의 모습으로 바꾸어,
금빛 찬란하고 호화로운 의식儀式[86]으로
이를 장식하고, 악귀[87]들을
신으로 숭상토록 만들었다.

---

84) "열방을 책하시고 악인을 멸하시며 저희 이름을 영영히 도말하셨나이다"(〈시편〉 9편 5절), "생명의 책"에 대한 언급은 성서에 여러 군데 있다(〈요한 계시록〉 3장 5절, 〈시편〉 69편 28절).
85) 이교의 신들은 사실상 사탄과 함께 타락한 악귀들이라고 초대 교부들은 믿었다. 그래서 그 원명은 하늘에서 영원히 없어졌지만, 후에 인간들 사이에서 우상으로 새로운 이름을 얻게 되었다.
86) 호화롭고 장엄한 모든 종교 의식에 대해 밀턴은 청교도다운 반감을 표시했다.
87) 우상숭배에 있어, 한 가지는 여호와의 영광을 더러운 모양으로 나타내려는 것, 또 한 가지는 여호와를 버리고 악귀들을 숭배하는 것 등 두 가지 태도를 말했다.

그 후에 그들은 갖가지 이름으로
인간에게 알려졌고,
갖가지 우상으로 이교 세계에 알려졌다.
　　뮤즈여,[88] 그때 알려진 그들의 이름을 말해주십시오.
그 불의 침상에서 자다가
대제[89]가 부르는 소리에 깨어나 하나씩 순위에 따라
군중들이 뒤죽박죽 아직 멀리 떨어져 있는 동안
대제가 서 있는 텅 빈 바닷가로 나온 것은
누가 먼저이며, 누가 나중인지.
그 우두머리 된 자들[90]은 지옥의 구덩이에서
먹이를 찾아 지상을 헤매다가,[91] 후세엔
감히 저희들 자리를 하느님 자리 가까이에,
저희들 제단을 하느님 제단 가까이에 정하고,[92]
사방의 백성들로부터는 신으로 받들어졌으며,
케룹들 사이에 앉아 시온으로부터 뇌성[93] 울리시는
여호와께 대항한 자들. 그렇다, 그자들은
그분의 신전 안에다 가끔 저희들의 사당,

---

[88] 40쪽 14행까지 이교 신의 긴 목록을 열거하는 데 있어 밀턴은 호메로스의 배의 목록(《일리아스》 2장 484행 이하)과 베르길리우스의 전쟁 표(《아이네이스》 7장 641행 이하)를 생각한 것이 틀림없다. 타락 천사들이 여기 이교 신의 이름으로, 이교 신을 숭배하던 지역별로 구분되어 있다. 첫째는 성지 자체에서, 다음은 시리아와 페니키아에서, 다음은 이집트에서, 다음은 벨리알, 다음은 그리스와 로마에서다.
[89] 밀턴은 사탄을 한 제국의 황제로 표현해 강력하고 당당한 위세를 보이고자 했다.
[90] 최초에 온 것은 하느님 자리 가까이에 감히 머무르고자 한 반역 천사들이다.
[91] "우는 사자같이 두루 다니며 삼킬 자를 찾나니"(《베드로 전서》 5장 8절).
[92] 〈열왕기 하〉 21장 4절, 〈역대 하〉 33장 3~7절 참조. 즉 무나셋, 아랍 같은 불경한 왕들.
[93] 뇌성은 성서에서 곧 하느님의 목소리이다.

그 가증한 것[94]을 차려두고 저주받은 물건들로
거룩하고 엄숙한 하느님의 제사를 더럽히고
암흑으로 하느님의 광명에 맞섰던 것이다.
　첫째는 몰록,[95] 희생의 제물, 사람의 피와
부모의 눈물로 젖은 무서운 왕,
비록 요란스러운 북과 탬버린 소리 때문에
불 속을 지나서 무시무시한 우상에게로 가는 아이들의
울음소리 들리지 않지만, 그를 암몬[96] 사람들은
숭상했다. 라바[97]와 그 물 벌판에서,
아르곱[98]에서도, 바산[99]에서도, 저 먼 아르논[100]에
이르기까지. 이같이 뻔뻔스러운 이웃에도
만족하지 못해 그는 가장 지혜로운
솔로몬의 마음을 꾀어 저 치욕의 산[101] 위에

---

94) "내 이름으로 일컬음을 받는 집에 그들의 가증한 것을 두어 집을 더럽혔으며"(〈예레미야〉 7장 30절).
95) 원래는 왕이라는 뜻. 암몬인이 숭배한 바다의 신. 이 우상은 소 머리에 사람 몸으로 된 황동제인데, 제물로 바친 아이들을 손으로 받아 가슴에 뚫린 구멍, 그 불 속에 집어넣는다. 이 식을 올릴 때는 사제들이 북을 울려 아이들의 울음소리가 들리지 않게 한다.
96) 〈창세기〉 19장 38절 참조.
97) 암몬족의 수도. 〈사무엘 하〉 12장 27절에는 '물의 도읍'이라 되어 있다.
98) 아르곱, 바산은 갈릴리 바다와 요르단 강 동쪽 지방. 이 지방은 옥 왕의 왕국인데, 이스라엘인에 의한 패망이 〈신명기〉 3장 13절에 묘사되어 있다.
99) 주 98)과 같음.
100) 사해死海로 흘러드는 강. 모압인의 영토와 암몬인의 영토의 경계를 이룬다.
101) 솔로몬이 이교 신의 전당을 세운 올리브 산을 밀턴은 특히 "치욕의 산"이니 "치욕의 언덕"이니 "능욕의 산"[주 124)]이라 부른다(〈열왕기 하〉 23장 13절 참조). 당시 가장 지혜 있던 솔로몬도 말년에 영화와 사치에 빠져, 결국은 우상숭배를 하는 후궁들의 유혹으로 "하느님의 성전에 바로 대면해서" 몰록과 그모스 등을 위한 사당을 지었다(〈열왕기 상〉 11장 4~8절 참조).

하느님의 성전을 바로 마주 보게 해서 신전을
짓게 하고, 상쾌한 힌놈의 골짜기[102]를
그의 숲으로 삼았다. 그때 이래로 그곳을 사람들은
토펫 또는 검은 게헤나, 즉 지옥의 모형이라 불렀다.
다음은 케모스,[103] 모압의 자손들이 무서워했던 음란한 것,
아로엘[104]로부터 네보[105]까지, 그리고 남쪽 끝의
아바림 광야까지, 포도 덩굴로 덮인
십마[106]의 꽃 피는 골짜기 너머 시온[107]의 나라,
헤스본[108]과 호로나임[109]에서도, 그리고
엘레알레[110]부터 사해死海[111]에 이르기까지.

---

102) 예루살렘 서남쪽에 있는 골짜기로서, 본래는 왕궁 정원의 일부로 경치 좋은 곳이었으나, 몰록의 제사에 쓰인 후 요시아 왕이 이곳을 쓰레기 태우는 곳으로 만들어 항상 불이 타고 있었으므로 지옥의 입구로 생각되었다. 게헤나는 힌놈의 골짜기 별명인데, 후에 지옥을 의미하게 되었고(〈마태〉 5장 22절), 토펫은 탬버린이나 북을 의미하는 말로서, 몰록의 제사 때 쓰인 북이나 탬버린을 연상시키는 힌놈의 골짜기의 또 다른 별명이다(〈열왕기 하〉 23장 10절, 〈이사야〉 30장 33절).
103) 모압인의 해의 신. 암몬인의 몰록에 해당한다(〈민수기〉 21장 29절, 〈열왕기 상〉 2장 7절 참조). 모압인에 대해서는 〈창세기〉 9장 3절 참조.
104) 이하 8행에는 지명이 많이 나오는데, 모두 요르단 강과 사해 동쪽에 있는 곳이다. 이 지방은 때로는 모압인의 영토였고, 때로는 암몬인의 영토 등으로 소속이 많이 바뀌었다. 각 지방의 정확한 위치는 확실치 않다. 당시 지도가 오늘날 지도와 다르고, 또 같은 시대의 지도라도 서로 다르기 때문이다. 그러나 밀턴은 지리학자가 아니기 때문에 그런 위치에 별 관심을 갖지 않았고, 다만 성서상의 의의와 말의 시적 음향에 보다 많은 관심을 가졌다.
105) 모세가 최후로 가나안 땅을 바라본 곳.
106) '십마의 포도 덩굴'이 〈이사야〉 14장 8~10절, 〈예레미아〉 58장 32절에 언급되어 있다.
107) 아모리인의 왕(〈민수기〉 21장 26절 참조).
108) "헤스본의 아모리인의 왕 시혼의 도성이라"(〈민수기〉 21장 26절 참조).
109) 모압인의 영토에 있는 도시. 위치 미상(〈이사야〉 15장 5절 참조).
110) 〈민수기〉 32장 3절, 〈이사야〉 16장 9절에 헤스본 등의 지명과 함께 나와 있는 도시명.
111) 예루살렘 동남 16마일에 있다.

그의 다른 이름은 피오르[112] 나일을 떠나
항해 중 시림[113]에 이른 이스라엘을 꾀어 그들에게
음란한 제사를 올리게 하여, 재앙을 입게 했다.
그 음란의 광란을 더욱 확대시켜
살인자 몰록의 숲과 그 치욕의 언덕에까지
이르게 하니, 음욕은 지옥과 짝지어,
드디어 선한 요시아 왕, 그것들을 모두 지옥으로 내쫓았다.[114]
이들과 함께 온 자는 성지의 경계선이 되는
옛 유프라테스 강으로부터 이집트와 시리아를 갈라놓고
시나이에 이르기까지 일반적으로 바알[115]
그리고 아스타롯[116]이라 불린 자들이다.
전자는 남성, 후자는 여성이다.
영이기 때문에 그들은 원하면
어느 성별이고, 또는 양성兩性을 모두 취할 수 있으니까.
그토록 그들의 청순한 본질은 부드럽고,
섞인 것 없고, 관절이나 사지에 얽매여 구속되지 않고,
번뇌의 육체같이, 여린 뼈의 힘으로
지탱되어 있는 것도 아니고, 어떤 모양으로든지[117]

---

112) 바알 피오르(Baal Peor). 바알은 가나안인의 주신.
113) 요르단 강 동쪽에 있는 도시.
114) 이교의 신전·사당, 그리고 제관들을 없애버린 이야기는 〈열왕기 하〉 23장 1~20절, 〈역대 하〉 34장 1~7절에 기술되어 있다.
115) 가나안과 페니키아인이 숭배한 해의 신[주 112) 참조].
116) 바알과 상대되는 여신. 즉, 가나안인과 페니키아인의 달의 신[주 121) 참조].
117) 제1편에 나타나는 바와 같이 타락 천사들은 거인으로부터 난쟁이로 몸을 축소할 수 있고, 사탄 자신도 마음대로 어떤 형태라도 취한다. 예를 들면 아담과 이브를 정탐할 때 처음엔

늘기도 줄기도 하고, 빛나기도[118] 흐리기도 해,
그들의 공중에서의 목적을 마음대로 수행하고
사랑이나 증오의 사업을 성취하는 것이다.
이들 때문에 이스라엘 민족은 이따금
살아 계신 하느님의 힘[119]을 버리고, 그 의로운 제단을
돌보지 않고, 머리를 낮추어 짐승의 신[120]에게
굽혔으며, 이 때문에 그들의 머리는 역시 전쟁에서도
낮게 숙여져 천한 적의 창 앞에
떨어졌다. 부대를 이룬 이들과 함께
아스토렛[121]이 왔다. 페키니아인들은 그녀를
아스타르트[122], 초승달의 뿔을 한
하늘의 황후라 불렀다.
그 빛나는 모습을 향해 달 밝은 밤마다
시돈[123]의 처녀들은 맹세하고 노래 불렀다.
또한[124] 시온에서도 노래 불렀고, 그 사당을,
마음은 넓으면서도[125] 여자에겐 약하고,

사자로, 다음엔 범으로 변형했고(제4편 참조), 가장 유명한 것은 이브를 유혹하려고 뱀으로 변형한 사실이다.
118) "사탄도 자기를 광명의 천사로 가장하나니"(〈고린도 후서〉 11장 14절).
119) 〈사무엘 상〉 15장 29절 참조.
120) 즉, 〈출애굽기〉 32장 1~8절의 금송아지 같은 짐승 모양의 신들.
121) 페키니아인의 달의 여신. 달의 여신으로서의 아스토렛 우상의 머리에는 초승달을 붙였는데, 그것은 뿔같이 보였다(〈예레미야〉 7장 18절). 아스타롯은 아스토렛의 복수이다.
122) 별을 뜻하는 산스크리트어의 타라tara, 또는 스타라stara에 상당하는 말이라 한다.
123) 페니키아의 주요 도시.
124) 이하 5행은 솔로몬이 아름다운 후궁들로부터 이교 신을 섬기도록 유혹당해[주 101] 참조] 몰록·케모스의 사당을 "치욕의 산"에 세웠던 일을 말한다.
125) "하느님이 솔로몬에게 지혜와 총명을 심히 많이 주시고 또 넓은 마음을 주시되"(〈열왕기

어여쁜 우상숭배자들의 기만으로 더러운
우상을 섬기던 그 왕의 능욕의 산 위에
세웠었다. 그 뒤를 따라서 담무스[126]가 나타났다.
그가 매년 레바논에서
상처를 받는다고 해서 거기에 끌려
시리아의 처녀들은 온 여름의 하루해 동안
다정한 노래를 불러가며 그의 운명을 슬퍼했다.
잔잔한 아도니스는 그 근원지 바위에서
붉게 바다로 흐르고,[127] 이것을 사람들은
해마다 상처 입은 담무스의 피라고 생각했다.
시온의 딸들 역시 이 사랑 이야기에 불붙어
성스러운 문간[128]에서 음탕한 생각에 잠기는 것을
에스겔은 보았다. 환상에 이끌려 그의 눈은
신을 배반한 유다의 그릇된 우상숭배를
바라보았다. 그다음에 온 자는

상〉 4장 29절).
126) 전설에 의하면 담무스는 아스토렛의 사랑을 받은 시리아의 왕자였다. 그가 어느 날 레바논에서 멧돼지를 사냥하다가 물려 죽어 매년 여름이 되면 그 참극이 되풀이되기 때문에, 페니키아 여인들이 매년 제사를 지내 그의 죽음을 애도하고 그의 부활을 빌었다고 한다(〈에스겔〉 8장 14절 참조). '담무스'와 '아스토렛' 이야기에 해당하는 것이 아도니스와 아프로디테의 그리스 신화이다.
127) 아도니스 강의 근원지는 레바논에 있고, 아도니스 강은 수원지인 레바논의 산에서 씻겨 내려오는 붉은 흙으로 인해 철 따라 붉어진다고 한다.
128) "그가 또 나를 데리고 여호와의 전으로 들어가는 북문에 이르시기로 보니, 거기 여인들이 앉아 담무스를 위하여 애곡하더라"(〈에스겔〉 8장 14절). 에스겔은 기원전 620년경의 예언자이다. 그는 예루살렘 함락 뒤 바빌론으로 끌려간 포로의 한 사람이었는데 환상을 통해 성지에서 우상숭배의 추태를 보았다고 한다(〈에스겔〉 8장 12절 참조).

빼앗긴 법궤[129] 때문에 자기 사당 안에서
머리와 양손이 잘려 그의 짐승의 상이 불구가 되었을 때
문지방에 엎드려 그의 숭배자들을
부끄럽게 한, 진실로 통곡하던 자[130]이다.
그 이름은 다곤,[131] 위는 사람이고 아래는 물고기인
바다의 괴물. 그럼에도 아조투스 높이
그의 사당은 세워져 팔레스타인 땅 일대에서,
가드와 아스칼론에서, 아카론과
가자의 변경에 걸쳐 위엄을 떨쳤다.
그 뒤를 따른 것은 림몬,[132] 그의 즐거운 자리는
맑은 시내 아바나와 파르파르의
비옥한 강변, 아름다운 다마스쿠스에 있었다.
그도 또한 감히 하느님의 궁전에 대항했다.
한때 한 문둥병자[133]를 잃었으나 왕을 얻어,
그는 이 어리석은 정복자 아하즈[134]를 유인해

---

129) 〈사무엘 상〉 5장 1~5절 참조. 이스라엘인이 블레셋 사람과 싸워 대패했을 때 법궤를 빼앗겨 적들의 아조투스에 있는 다곤의 전당 안에 놓였다. "그 이튿날 아침에 그들이 일찍이 일어나 본즉 다곤이 여호와의 궤 앞에서 엎어져 얼굴이 땅에 닿았고, 그 머리와 두 손목은 끊어져 문지방에 있고, 다곤의 몸뚱이만 남았더라."
130) 담무스를 위한 가장적인 울음과 대조되는 '진정한 통곡'이다.
131) 블레셋 사람이 숭배하는 바다의 신.
132) 다마스쿠스의 시리아인의 신(〈열왕기 하〉 5장 12절, 18절 참조).
133) 나만. 시리아군의 대장이었던 나만이 예언자 에리사에게 가서 문둥병을 고치고자 하니, 에리사가 요르단 강에서 목욕하라고 명했다. 처음엔 아바나와 파르파르 강이 요르단 강보다 낫다고 하며 그 명령을 좇지 않았으나, 결국 에리사의 권유를 들어 일곱 번 목욕하고서 병이 낫고 즉시 "이스라엘 외에는 온 천하에 신이 없는 줄 아나이다"라고 외쳤다(〈열왕기 하〉 5장 참조).
134) 유대의 왕 아하즈는 아수르 왕에게 예물을 보내어 다마스쿠스를 함락하고, 자기는 나중에 아수르 왕을 만나러 다마스쿠스로 가서 림몬의 제단 구조와 제도에 흥미를 느껴, 사제에

하느님의 제단을 무시하고, 시리아식 제단으로
바꾸게 하고, 더러운 제물을 그 위에다
불태우게 함으로써 자기가 정복한 신들을
숭배하게 했다. 이들 뒤로 나타난 무리들은
옛날부터 이름 높았던 오시리스,[135]
이시스,[136] 오루스,[137] 그리고 그 족속들,
기괴한 형상[138]과 요술을 써서
광신적인 이집트와 그 사제들을 기만해
사람이라기보다 짐승으로 가장한
방황하는 신들을 좇게 했다. 이스라엘 또한
거기에 물들어, 빌려 온 황금[139]을 가지고
오렙에서 송아지를 만들었다.[140] 또한 반역의 왕은

게 그와 같은 것, 즉 '시리아식'으로 만들게 하고, 제단에서 이교의 제식을 행했다(《열왕기 하》 16장 참조). 그러므로 림몬 쪽에서 보면 왕을 얻은 것이다.
135) 이집트의 주신. 그는 이집트 왕이었는데, 아우인 세트에게 살해당해 시체가 절단되어 뿌려진 것을, 누이이자 아내인 이시스가 썩지 않게 해, 부활하고 죽은 사람의 수호신이 되었다고 한다.
136) 이시스는 오시리스의 아내이자 누이.
137) 이시스와 오시리스의 아들.
138) 이집트의 신들은 짐승의 머리나 몸으로 표현되는 기괴한 형체의 우상들이다.
139) 이스라엘인이 이집트를 떠날 때 그들로부터 보석과 황금을 많이 빌려 가서 황금으로 송아지를 만들었고, 그 송아지는 이집트인의 동물 신을 모방했다는 것이다(《출애굽기》 12장 35~36절, 32장 1~8절 참조).
140) "모세의 인도로 애굽을 나온 이스라엘인이 오렙 산에 이르러 십계명을 받으러 산에 올라간 모세가 산에서 내려옴이 더딤을 보고 모여 아론에게 이르러 가로되, 일어나라 인도할 신을 우리를 위하여 만들어 이 모세, 곧 우리를 애굽 땅에서 인도하여 낸 사람은 어찌 되었는지 알지 못함이니라. 아론이 그들에게 이르되 너희 아내와 자녀의 귀의 금고리를 빼어 내게로 가져오라. 모든 백성이 그 귀에서 금고리를 빼어 아론에게로 가져오매 아론이 그들의 손에서 금고리를 받아 부어서, 각도로 새겨 송아지 형상을 만드니, 그들이 말하되 이스라엘아, 이는 너희를 애굽 땅에서 인도하여 낸 너희 신이로다 하는지라"(《출애굽기》 32장 1~4절). "반역의 왕"

베델과 단에서, 이 죄를 이중으로 범하고
창조주를 풀 뜯는 소와 흡사하게 만들었다.[141]
이집트에서[142] 행군해 나오시던 때
하룻밤, 그 나라의 갓난아기와 양 울음 우는
신들[143]을 일격에 처치해버린 여호와를.
마지막으로 온 것은 벨리알,[144] 타락 천사 중
그보다 음란하고 악을 위해 악을 사랑하는
자는 없었다. 그를 위해서 사당이 선 일 없고,[145]
제단에 향불 피워진 일 없다.
그러나 누가 그보다 더 많이
사당과 제단에 나타나는가, 음란과[146] 광포로
하느님의 궁전을 채운 엘리의 아들들[147]처럼
사제 스스로 신을 버렸을 때

은 솔로몬 왕의 후계자 레호브암에 반역한 예로보암을 말한다. 그는 블레셋 북방에 왕국을 세우고, 두 금송아지를 만들어 하나는 베델에, 하나는 단에 두었다(〈열왕기 상〉 12장 28~33절). "죄를 이중으로" 했다는 것은 이 두 금송아지를 말한다.
141) "자기 영광을 풀 먹는 소의 형상으로 바꾸었도다"(〈시편〉 106편 20절).
142) 이하 3행은 "밤중에 여호와께서 애굽 땅에서 모든 처음 난 것, 곧 위에 앉은 바로의 장자로부터 옥에 갇힌 사람의 장자까지와 생축의 처음 난 것을 다 치시매"(〈출애굽기〉 12장 29절) 이것이 이집트에 내린 열 번째 재앙이다.
143) 동물 형상의 이집트 신들 또는 신 취급을 받는 짐승들. 그러므로 원어로는 양과 염소뿐만이 아니라, 모든 짐승의 소리를 포함하는 말이다.
144) 구약에서는 '쓸모없는 것' 혹은 '사악한 것'을 뜻하는 추상명사로서 '벨리알의 아들'이라면 '행실 나쁜 놈'(〈신명기〉 13장 13절 참조)을 뜻하는데, 신약에서는 고유명사로 썼다. 그러나 어느 한 신보다는 전체 악령을 의미한다(〈고린도 후서〉 6장 15절 참조).
145) 벨리알이 하나의 고유신이 아니기 때문에.
146) 이하 4행은 밀턴이 청교도의 정치적, 종교적 관점에서 볼 때 음란한 벨리알 같은 것은 주로(당시의) 부패한 교회나 공중에 있다고 생각했음을 보여준다.
147) 실로(Shiloh)의 사제들. 그들의 비행이 〈사무엘 상〉 1장 12~17절에 기술되어 있다.

그는 또한 궁중과 궁전에서도 세력을 편다,
호사스러운 도시에서도 광란과 부정,
폭행의 굉음이 높디높은 탑을 넘어
들리는 시市 한복판에서도.
그리하여[148] 밤이 되어 거리가
어두워지면, 벨리알의 아들들이 나타나
거만과 술에 도취되어 쏘다니는 것이다.
소돔의 거리와 기베아[149]에서의 밤을 돌이켜보라.
객을 환대하는 집이, 더 심한 능욕을
피하기 위해 유부녀를
문밖으로 내쫓았던 그 밤을.
   이들은 지위와 권력에 있어서 으뜸가는 자들.
나머지는 말하기도 장황하다, 명성[150]은 높지만.
야완[151]의 자손들이 신으로 모셨건만, 저희가
자랑하는 양친,[152] 하늘과 땅보다도 확실히 늦게 태어났던
이오니아[153]의 신들─하늘의 첫아들[154]이고

---

148) 이하 7행은 당시 찰스 2세의 신하들에 대한 신랄한 비난으로 볼 수 있다.
149) 〈사사기〉 19장 참조.
150) 기타 이교 신이 얼마든지 있지만, 문화사적 의의가 큰 몇몇 그리스 신들을 열거했다.
151) 야벳(노아의 아들)의 넷째 아들(〈창세기〉 10장 2절 참조).
152) 우라노스(하늘)와 가이아(땅)를 양친으로 하는 열두 아들이 모두 '티탄'이라 불린다. 이스라엘의 신은 천지의 창조주이지만, 그리스 신들(이오니아 신들)은 우라노스와 가이아에서 나온 데 불과하니 격이 낮다.
153) 보통의 그리스 신화에 따르면 열두 거신巨神의 큰형이 오케아노스로서 3천 강과 3천 대양의 물의 신을 거느렸다. 밀턴은 여기서 큰형을 특히 티탄이라 하고, 그가 막내 동생 크로노스에게 자리를 빼앗기고, 크로노스 또한 아들 제우스에게 같은 꼴을 당한 것으로 했다.
154) 그리스 신.

수없는 아들들이 있었건만 동생 크로노스에게
맏아들의 권리를 빼앗겼던 티탄.
크로노스는 또한 자신과 레아[155] 사이의 아들인
힘센 제우스에게 같은 일을 당해
결국 제우스가 왕권을 빼앗았다.
이들은 우선
크레타와 이데[156]에 알려졌고, 그 후에
추운 올림포스의 눈 덮인 산상에서
저희의 지상천至上天인 중천中天[157]을 다스렸다.
또한 델피[158]의 벼랑에서
혹은 도도나[159]에서, 도리스의 나라[160]
방방곡곡을 다스렸다. 또한 늙은 크로노스와 더불어
아드리아[161]를 지나 헤스피리아[162] 들판으로 도망치고,
켈트[163]의 나라를 넘어서 극지[164]의 섬들을 방황했다.

---

155) 크로노스의 누이이자 처, 제우스의 어머니.
156) 크레타 섬에 있는 산.
157) 중세인은 공중을 셋으로 나누어 상층은 뜨겁고, 하층은 온화하고 습기 있고, 중간은 차다고 생각했다. 그 중간 하늘이 올림포스 산 꼭대기까지 미쳐, 거기서 구름과 비가 형성된다고 생각했다.
158) 아폴론 신전이 있던 곳. 파르나소스 산 남쪽에 있다.
159) 제우스 신전의 소재지.
160) 도리안은 도리스에 사는 그리스 민족의 일부로, 여기서 말하는 도리스는 그리스를 말한다.
161) 크레타 섬과 시칠리아 섬 사이의 바다.
162) 헤스피리아란 서방이라는 뜻으로, 그리스의 서쪽 나라인 이탈리아를 말한다. 크로노스는 제우스에게 패한 뒤 이탈리아로 도망쳤다.
163) 프랑스.
164) 영국. 옛 사람들은 영국을 지구의 끝이라고 생각했다.

이들과 또 기타[165] 많이 떼 지어 왔다가 기가 꺾이고
풀이 죽었지만, 저희들의 두목이
절망에 빠지지 않은 것을 보고, 저희들 자신도
아주 패망한 것이 아니라는 것을 알고서
희미하게 기쁨의 빛이 나타났다.
의심스러운 빛[166]은 두목의 얼굴에도 보인다.
그러나 그는 즉시
평상시의 교만으로 돌아가, 속은 비었지만
잘난 체하는 큰 소리로, 살며시
그들의 꺼져가는 용기를 북돋우고,
두려움을 없게 했다.
그리고 즉시 명령을 내려서, 나팔과 클라리온의 도전적인 높은
소리에 맞춰, 위세 있는 깃발을 올리게
했다. 이 자랑스러운 영예를 권리인 양
주장하고, 키가 큰 아자젤[167] 대천사가
즉시 번쩍이는 깃대에 천황기天皇旗를 펼치니,
하늘 높이 올라가, 바람결 따라 흐르는
유성流星같이 빛난다. 거기에 보석과
화려한 금빛으로 천사의 휘장과 문장이
곱게 아로새겨져 있다. 그러는 동안 한편에서
요란하게 금속 악기[168]가 용맹스러운 곡을 연주하면

---

165) 그 밖에 전 세계에서 우상으로 숭배받는 자들.
166) 다소의 기쁜 기색.
167) 이것을 중세인들은 악귀의 일종이라고 기술했고, 4대 기수旗手 중 하나라고도 했다.
168) 나팔.

그 소리에 맞추어 전군全軍이 일제히 환호성을
올리니, 지옥의 하늘도 찢어지고, 저쪽
혼돈과 오랜 밤의 나라[169]도 기겁한다.
순식간에 어둠 속으로 보인다. 1만의
깃발이 공중에 올라, 빛깔도 찬란히
나부끼는 것이. 또한 그것과 함께 창검의
거대한 숲이 솟고, 군집한 투구들이 나타나며,
빽빽이 줄지어 늘어선 방패는 그 깊이를
헤아릴 수 없다. 이윽고 그들은
빈틈없이 대열을 지어, 도리스풍[170]의
피리와[171] 부드러운 퉁소에 맞추어 움직인다—무장하고
싸움터로 나가는 옛 영웅들의 사기[172]를 극도로
숭고하게 북돋우고, 굳세고 흔들리지 않고,
죽음이 두려워 도망치거나 물러서지 않는
분격 아닌 신중한 용기를 불어넣던 군악 소리처럼.
또한 그 장엄한 음률로 괴로운 생각을 달래고
위로해, 고뇌와 의심과 공포와 비애와
애통을 인간이나 천사의 마음으로부터

---

169) 혼돈계. 혼돈계의 왕은 혼돈, 여왕은 밤이다(제2편 참조).
170) 그리스 음악에는 세 가지 스타일이 있다. 용감하고 자극적인 프리지언풍Phrygian mode, 부드럽고 감미로운 리디언풍Lydian mode, 소박하고 장엄한 도리안풍Dorian mode 이다.
171) 이하 5행에서 밀턴은 투키디데스가 기술한 만티네아 전쟁에서의 스파르타군을 생각했다고 학자들은 흔히 말한다. 스파르타군은 피리 소리에 맞추어 진군했다고 한다.
172) 사탄은 천사들을 부추겨 싸움터에 내보낼 때는 나팔이나 클라리온을 상용했지만, '굳세고 흔들리지 않는' 결심이 필요할 때는 피리를 사용했다.

몰아내는 힘 있는 곡조였다. 이리하여 그들은
확고한 생각으로 단결한 힘을 과시하며
초토焦土를 밟는 아픈 걸음을
달래주는 고운 피리 소리에 따라 묵묵히 걸어갔다. 이제 그들이
가까이 다가서니,
눈앞에 뚜렷이 나타났다.
엄청난 길이에다 눈부신 무기,
옛 무사의 차림으로 창과 방패를 들고 정렬해
그들의 위대한 두목이 명령을 내리기를
기다리고 있다. 두목은[173] 노련한 눈으로
무장한 대열 사이를 쏘아보고, 전군을
가로로 훑어본다, 그들의 서열이 정연하고,
면모와 자태가 모두 신들에 적합함을.
마지막으로 그는 그들의 수를 센다.
이제 그의 가슴은
자부심에 부풀고, 완강해지며 자기 힘을
의기양양해한다. 일찍이 인간이 창조된 이래
어떠한 군사 집단도
두루미 떼에 습격당했다는
저 소인小人 부대[174]보다 더

---

[173] 이하 3행까지는 사탄이 자기 부하들의 대열 앞을 지나며, 그 대열 사이를 세로로, 또 가로로 끝까지 훑어보는 상태이다.
[174] 호메로스의 《일리아스》 3장 5~6행에 의하면, 피그미라고 하는 난쟁이 족속이 인도 또는 에티오피아 지방에 살았는데, 봄마다 이동하는 두루미 떼에 습격당해 멸망했다고 한다.

나을 것 없다, 비록[175] 플레그라[176]의 모든 거인들이
테베와 일리움[177]에서 싸운 영웅들의 무리와
합치고, 그 양쪽에 지원군의 신[178]들이
가담한다 해도. 또는 유더의 아들[179]
전설이나 이야기에서 유명한, 브리튼과
아르모리카[180] 기사들에게 포위당했던 그들까지도.
또는 그 후 교도,[181] 비교도를 막론하고,
아스프라몬트,[182] 몽탈반,[183] 또는 다마스쿠스,[184]
마로코,[185] 트레비존드[186]에서 마상馬上 시합을 했던 자들 모두.

---

175) 이하 12행에서 밀턴은 사탄의 대군에 비할 만한 역사상 유명하고 가장 컸던 대군을 열거해, 사탄의 군사가 강대함을 증명하고자 한다. 첫째는 테베와 트로이(그리스)의 대군, 다음은 원탁의 기사(영국), 다음은 중세 로만스(남유럽)에 나오는 대군의 이야기이다.
176) 마케도니아 피레네 반도의 옛 이름. 여기서 거인족이 신군과 싸워 패했다고 한다(〈지옥편〉 4장 58행 참조).
177) 테베는 아테네 북방의 옛 도시인데, 그곳에서 싸운 영웅들의 이야기는 아이스킬로스의 《테베 공격의 일곱 용사》에 나타나 있다. 일리움은 트로이의 별명이며, 트로이 전쟁의 용사 아가멤논 등에 대한 이야기는 호메로스의 《일리아스》를 비롯해 베르길리우스의 《아이네이스》 등 여러 군데에 나와 있다.
178) 트로이 전쟁 때는 양군에 각각 원조하는 신들이 가담했다.
179) 유더는 팬드라곤의 아들 아서 왕. 그의 전설은 유럽에 널리 퍼져, 여러 문학 작품의 소재로 취급되었다. 밀턴은 처음에 아서 왕을 소재로 서사시를 쓰려고 했다.
180) 지금의 브레타뉴. 프랑스 북서부에 위치하고 있다. 아서 왕 전설에서 영국과 깊은 관련이 있다.
181) '교도'는 기독교도, '비교도'는 이슬람교도(사라센인). 이것은 샤를마뉴와 파라딘에 대한 로맨스이다.
182) 이와 비슷한 이름이 여러 곳 있는데, 틸야드에 의하면 남부 이탈리아 칼라브리아 산맥 중의 한 도시로 생각된다.
183) 남부 프랑스의 도시.
184) 성서에는 다마섹으로 나온다.
185) 모로코.
186) 흑해 연안의 도시.

또는 샤를마뉴가 용사들과 함께
폰타라비아[187]에서 쓰러졌을 때 비세르타[188]가
아프리카 해안에서 보낸 자들까지 합친다 해도.
이처럼 인간의 용맹에 비할 바 아닌데도
그들은 무서운 지도자의 명령에 복종한다.
그는 형체와 거동이 남들보다 의젓하고 뛰어나
탑처럼 솟아 있다. 그의 형체에선 아직
본래의 광채[189]가 사라지지 않았고, 몰락한
대천사 그대로이지만, 넘치는 영광은 이제
희미하다. 그것은 마치 솟아오르는 아침 해가
안개 낀 지평선을 통해 광휘를 잃고
얼굴 내밀 때 같고, 혹은 컴컴한 월식 때
달 뒤로부터 반쪽 세계의 백성들에게
불길한 어둠이 내리고,
변괴에 대한 두려움으로
제왕들이 당황할 때 같다.[190] 이렇게 빛이 없어도
대천사는 무리들보다 뛰어나게 빛난다. 그러나

---

187) 에스파냐와 프랑스 사이의 변경에 있는 요새. 영국군이 자주 이곳에서 싸웠다고는 하나, 샤를마뉴 대제가 여기서 전사하지는 않았다.
188) 튀니지 연안의 도시로, 여기서 아프리카의 왕이 프랑스의 샤를마뉴 대제 군대를 공격하러 출발했다.
189) 사탄은 타락하기 전에는 그 영광으로 찬란했었지만, 타락한 후에는 그나마 조금 남아 있는 광채마저 점차 희미해진다.
190) 이 구절은 분명히 찰스 2세에 대한 위협이라고 생각되어 당시 검열관이 이 부분을 삭제하려 했다고 한다.

얼굴엔 깊이 우레[191]의
상흔이 새겨져 있고
근심이 파리한 뺨에 어려 있다. 그러나 그것은
불굴의 용기와 복수를 기대하는 신중한
긍지의 눈썹 밑에 가려져 있다.
눈초리는 잔인하나
연민과 동정의 빛을 띠고 그의 죄의
반려자들, 아니 그의 추종자들이
한때는 지금과 달리 행복하게 보이더니
이제 영원히 고통받도록 운명 지어진 것을 바라본다.
수백만의 영들은 그의 과오 때문에 천국을
빼앗겼고, 그의 반역 때문에 영원한 광휘에서
쫓겨났다. 그러나 영광은 시들었어도, 그들은
충실히 서 있다. 마치[192] 하늘의 불이 참나무 숲
또는 산의 소나무를 내리칠 때
나무 끝은 그을어 헐벗었어도 불탄 황야에
정정하게 서 있는 모습과도 같이.
그가 이제 말할 준비를 하자, 그들은
겹친 대열을 좌우익에서
구부려 그와 그의 상천사上天使들을 반쯤
에워싸고, 침묵에 잠기며 주의를 기울였다.

---

191) 하느님의 무기.
192) 이하 4행의 비유가 아주 적절하다고 비평가들은 말한다. 그들의 광채는 벼락으로 타버린 나무껍질같이 그을리고, 불탄 황야는 지옥의 초토, 바로 그것이다.

세 번 그는 말하려다 차마 억제치 못해
천사가 흘리는 듯한 눈물이 세 번이나 쏟아졌다.
드디어 한숨 섞인 말이 간신히 새어 나온다—
"아, 무수한 불사의 영들이여,
전능자를 제외하곤
견줄 바 없는 권력자들이여!—그 싸움이 결코
불명예스러웠던 것만은 아니다, 비록
결과는 비참했어도.
이 장소와 말하기도 지긋지긋한 이 비참한
변화가 실증하듯이. 그러나 어떠한 정신력이
과거와 현재의 심오한 지식에서
미리 알거나 예언할 수 있었다 해도
여기 이같이 선신들의 연합군이 설마
격퇴되는 일이 있으리라고 두려워했으랴.
대체, 추방되어 천국을 텅 비게 한[193]
이 강대한 군대가 패배하고 난 뒤라곤 하지만,
스스로 일어나 다시 천국에 올라가서
옛 자리를 회복하지 못하리라고 누가 믿으랴.
나를 위해 하늘의 만군萬軍들[194]아, 증인이 되어라.
내가 의견을 달리하거나 위험을 피해

---

193) 이것은 사탄의 과정이다. 모든 천사 중에서 사탄을 따른 것은 약 3분의 1쯤 된다고 한다 (제2편, 제5편, 제6편 참조). 이런 이론의 근거는 성서에서 나왔다. "그 꼬리가 하늘 별 3분의 1을 끌어다가 땅에 던지더라"(《요한 계시록》 12장 4절).
194) 사탄은 자기들의 실패의 책임을 변명하려고 한다. 여기 "만군들"이라 함은 타락 천사만을 의미한다.

우리의 희망을 잃은 일이 있는가.
다만 하늘에서 군왕으로서 통치하는
그가 오랜 명성과
승인과 습관 등에 떠받들려 그때까지
편안하게 보좌에 앉아 제왕의 위엄을
충분히 발휘하면서도 항상 그 힘을 숨겼었고,
그 때문에 우리는 시도해 실패한 것이다.
이로부터 우리는 그의 힘을 알고 우리의 힘을 알아
이쪽에서 도전도 하지 않겠지만 도전해 온
싸움도 두려워하지 않으리라. 이제
앞으로의 선책善策은 힘으로
이길 수 없는 것을 사기와 기만과
음모로 수행하는 것이다. 이리하여 그는 또한
결국 우리를 통해 알게 되리라, 힘으로
이긴 자는 그의 적을 반밖에 이기지 못했음을.
대허공大虛空은[195] 신세계를 만들어낼 수도 있다.
이에 관해 하늘에 소문이 크게 퍼져 있다.
신은 오래지 않아 한 세계를 창조해,
하늘의 아들들과 동등하게 은총 입은
한 족속을 거기에 두려 한다고.
겨우 탐색행探索行이라 하더라도 그곳으로
우리 우선 진출하자, 그곳이나 딴 곳이나,

---

195) 이하 14행에서 사탄은 앞으로의 계획을 대강 말하고, 이후 실천한다. 좀 더 세밀한 계획은 제2편에서 바알제붑의 말에, 그리고 제2편 이후에서 사탄의 말에 나타난다.

이 지옥의 구덩이도 결코 하늘의 영들을
묶어두지 못할 것이고, 이 심연[196] 또한
언제까지나 그것을 암흑으로 덮지는 못하리라.
그러나 이런 생각들은
충분히 심사숙고되어야 한다. 평화는 가망 없다.
굴복을 생각할 자 누군가. 전쟁,
공공연하든, 비밀스럽든, 결심해야 할 것은 전쟁이다."
　이렇게 말하자, 그 말에 호응하려고
힘센 케룹들의 허리에서
수백만의 번득이는 칼들이 뽑혀 휘둘린다.
그 돌연한 광휘는 멀리
지옥을 두루 비춘다.
지존자至尊者에 대해
그들이[197] 격분하여, 움켜쥔 무기로 사납게
방패를 두드리니 전향戰響 울리고
하늘의 궁륭을 향해 도전의 함성 울린다.
　멀지 않은 곳에 산이 있어,[198]
그 무서운 산꼭대기에서는
불과 연기의 소용돌이를 내뿜고, 그 나머지는
온통 윤기 나는 비늘로 빛난다. 틀림없이
태내에 유황의 작용[199]인 금광이

---

196) 혼돈을 의미한다.
197) 이하 3행을 보면 로마의 군인들도 이런 식으로 저희 대장들의 연설에 갈채를 보냈었다.
198) 지옥에는 불바다 · 불산 · 불들판이 있다.
199) 당시의 대과학자 베이컨 같은 사람에 따르면, 금속의 주요 성분은 유황과 수은이다. 그

묻혀 있는 증거. 그곳으로 황급히 날갯짓하며
대大부대가 급히 향한다. 마치
삽과 곡괭이로 장비 갖춘 공병대[200]가
들에 참호를 파고 보루를 구축하기 위해 왕의
진영을 앞서 달릴 때처럼. 마몬[201]이 그들을 인도한다.
마몬, 하늘에서 떨어진 가장 저속한
영靈, 하늘에 있을 때도 그의 시선과 생각은
언제나 아래로 향해, 하느님 뵙고서[202]
즐기는 거룩하고 성스러운 것보다는
황금을 밟는[203] 천국 도로의 부富를
더욱 찬탄했었다. 처음에는 인간들도
그에게 이끌려,[204] 그의 암시를 받아
지구를 뒤져 묻어두는 게 좋을 뻔한
보물을 찾느라고 불효의 손으로 어머니인
대지의 내장을 뒤졌다. 곧 그의 일당들은
산에 널찍한 구멍을 뚫고 금덩어리를
파냈다. 지옥에서 부가 나온다고 해서
아무도 놀라지 말라. 이 지옥 땅은

리고 흙이 유황의 열로써 금속이 된다고 생각했다.
200) 본뜻은 보병인데, 진군할 때 앞서 길을 닦고 호를 파는 노동 병졸을 말한다.
201) 실제 뜻은 '부유함'으로서 성서에도 그런 뜻으로 나타나 있지만, 후에 부의 신을 의미하게 되었다.
202) "마음이 깨끗한 자는 복이 있나니 저희가 하느님을 볼 것임이요"(〈마태〉 5장 8절).
203) "성의 길은 맑은 유리 같은 정금이더라"(〈요한 계시록〉 21장 21절). 제우스의 궁전도 그런 황금 길이었다(《일리아스》 4장 2행).
204) 유혹에 빠져.

값진 해독害毒에
가장 적합한 땅이리라. 그러나 인간적인 것을
자랑하면, 바벨[205]이나 멤피스 왕[206]의 업적을
탄복해서 말하는 자들로 하여금
여기서 배우게 하라,
명예와 힘과 예술의 극치인 기념비도
타락한 영들은 쉽사리 능가할 수 있고,
그들의 끊임없는 노력과 수많은 손으로도
당대에는 이루기 힘든 것[207]을 이들은
단 한 시간에 해치울 수 있다는 것을.
가까운 들판에서, 둘째 무리들이 연못에서
홈통으로 흘러들어 유동하는 불줄기 밑에
구멍을 많이 마련하고, 놀라운 기술로
광석의 덩어리를 녹이며 종별로 걸러내고,
거기 떠 있는 찌끼를 걷어낸다.
셋째 무리들도 동시에 땅속에다 각종 거푸집을
만들고 끓는 구멍에서 기묘하게 액체를
끌어들여 움푹 빈 속을 가득 채운다.
마치 오르간[208]의 음반이 한 줄기 바람을 받아들여
줄지어 선 많은 파이프에 공기를 불어넣는 것 같다.

---

205) 바벨론이라고도 해석되나 '바벨의 탑'(〈창세기〉 11장 4~9절)인 듯도 하다.
206) 이집트 왕. 피라미드를 건조했다.
207) 피라미드 하나를 세우는 데 36만 6천 명이 20년간 노동했다고 한다.
208) 밀턴의 작품에는 음악에 대한 언급이 많은데, 그가 훌륭한 오르간 연주자였을뿐더러 모든 음악에 정통한 음악가였기 때문이다. 그의 부친도 그러했다.

그러자 곧 땅속으로부터 거대한 건물 하나가
안개 피어오르듯 솟아난다. 미묘하게
조화된 음향과 고운 목소리에 따라,
신전처럼[209] 세워져, 사방으로 벽주壁柱와
도리스식 기둥이 늘어서고, 황금의
처마가 그 위를 덮는다. 또 거기엔
부각浮刻된 박공과
조각대까지 구비되어 있고,
지붕은 황금으로 장식되어 있다. 바빌론도
대大알카이로[210]도 영화를 누리고 있을 때
그들의 신 벨루스[211]며 세라피스[212]를 섬기는 데에
또는 이집트가 부와 사치로써 아시리아와
경쟁하던 때 그들의 왕을 받드는 데에도
이런 웅장함에는 따르지 못했다. 솟아오르던 그
대건물은 당당한 높이에서 멎고, 곧 모든 문에서
청동의 문짝들이 열리니, 안으로 환히
판판하고 반질거리는 바닥의 광장이
드러난다. 아치형 지붕에는
기묘한 마술로 매달린 별 같은 등불과

---

209) 이하 6행의 건물은 그리스 사원과 흡사하다. "도리스식 기둥"은 장중한 두부에 별 장식이 없는, 세로로 홈 파인 기둥이다. 이 부분의 묘사는 찰스 1세 때 궁중에서 거행된 가장극의 각종 화려한 장치에서 암시받았을 것이라고 한다.
210) 카이로를 말한다. 카이로는 10세기에 멤피스 근처에 세워졌고, 후에 이집트의 수도로 대치되었다. 여기서는 멤피스를 뜻한다.
211) 히브리인의 바알, 즉 술의 신에 해당하며, 바빌론에 신전이 있다[주 112) 참조].
212) 이집트 신. 멤피스와 알렉산드리아에 신전이 있다.

타오르는 횃불이 겹겹이 줄을 지어
나프타와 아스팔트유로
불붙어서, 마치 하늘에서 내리듯
빛을 발사한다. 그 많은 무리들이 분주히
감탄하며 들어와, 그 업적을
혹은 건축사[213]를 칭찬한다. 그의 솜씨는 하늘에서
높이 치솟은 수많은 건물들로 알려졌었다.
대왕으로부터 높은 권력을 부여받아
각기 그 겨레 중에서 빛나는 각위各位를
통치하도록 허락받아 홀笏을 쥔 천사들이
거처하고 있고, 왕으로서 자리 잡고 있다.
또한 그의 이름[214]은 고대 그리스에도 전해져
칭송받았으며, 아우소네스[215]의 나라에선 그를
물키베르[216]라 불렀다. 사람들에 따르면,
그는 노한 제우스[217]가 내던져
하늘에서 수정 성벽 너머로
똑바로 떨어졌는데, 아침부터 한낮까지,
한낮부터 이슬 내리는 저녁까지

---

213) 주 216)의 물키베르. 대부분 그를 마몬이라고 주장하는데, 그렇지 않다고 하는 이도 있다.
214) 그리스 신화에서 그의 이름은 헤파이스토스, 불의 기술 또는 금공의 신이다. 올림포스의 궁전은 모두 그가 제작한 것이다.
215) 고대 라틴 민족을 말하며, 그들이 살던 땅 이탈리아를 뜻한다.
216) '부드럽게 하는 자', 금속을 녹이고 부드럽게 하는 자를 뜻한다. 불의 신 불카누스.
217) 제우스(부)와 헤라(모)의 싸움에서 헤파이스토스가 모신母神에게 가담했으므로, 부신父神이 노하여 그를 하늘에서 떨어뜨렸다(《일리아스》 1장 591행 이하 참조).

여름의 하루해 동안 떨어졌고, 지는 해와 더불어
하늘 한가운데에서 유성처럼 에게 해의
렘노스 섬[218]에 떨어졌다 한다.
그들은 이렇게 말하지만,
이것은 잘못,[219] 이미 오래전에 반역의 무리와 함께
그는 떨어졌던 것이니. 하늘에 높은 탑들을 세운 것도
이젠 쓸데없는 일, 갖은 재간 다 부려도
피할 수 없어, 그는 부지런한 동료들과 함께
거꾸로 내던져졌다. 지옥에 집을 지으라고.
이때 날개 돋친 전령자들, 주권자의
명령에 의해, 엄숙한 의식과
나팔 소리로 전군에 포고한다.
사탄과 그 일족의 대수부大首府인
복마전伏魔殿[220]에서
곧 장중한 회의가 열릴 것이라고.
지위 높은 자, 선발된 가장 우수한 자들을
각 대대 각 소대에서 불러들이니,
그들은 즉시 수천수백의 부하들을
거느리고 떼 지어 모여든다.
모든 통로가 그들로 붐비고,
문과 넓은 현관, 특히 광활한 관공청은

---

218) 에게 해의 북쪽에 있는 섬. 헤파이스토스에게 제사 지내는 곳이라고 한다.
219) 이 전설이 틀렸다는 것, 이교의 신화가 성서의 역사를 완전히 날조했다는 것이다.
220) 여러 신의 사원 판테온에 따라 여러 악마의 전당 이름을 이렇게 지었다.

(그것은[221] 전사들이 무장하고 말 타고 들어와 술탄[222]의 옥좌
앞에서 이교 무사 중 제일가는 자에게
결사전 혹은 창 시합[223]으로 도전했다는
그 들판에 지붕을 덮은 것 같긴 하지만)
지상, 공중, 할 것 없이 운집해
서로 스치는 날개 소리 소란하다. 그것은[224] 봄날
태양이 황소자리[225]와 함께 말 달릴 때, 꿀벌들이
수많은 새끼 떼를 벌집 근처에 낳아놓으면,
그것들이 신선한 이슬과 꽃 사이를
이리저리 날거나, 혹은 짚으로 지은 성곽의
문밖, 향유로 새로 문지른 반질반질한
널빤지[226] 위로 걸어 나와 그들의 나랏일을
논의하는 것과도 흡사하다. 그처럼 하늘의 무리들이
빽빽이 몰려들어 혼잡을 이룬다. 드디어 신호를 내리니
보라, 기이하다. 지금까지
거대한 땅의 아들[227]보다 크게 보이던 그들이
이제 제일 작은 난쟁이보다 작아져, 좁은 방에

---

221) 이하 4행은 에스파냐 같은 곳에 있었던 그리스도교도와 사라센인 사이의 시합.
222) 이슬람교 국왕.
223) 결사전은 죽음을 걸고 하는 시합이고, 창 시합은 스포츠로서 기술 시합이다.
224) 이하 9행에서 사람의 군집을 벌 떼에 비유하는 것은 흔히 있는 일인데, 한 걸음 나아가 그들이 일을 상의하는 것으로 표현했다. 벌 떼의 날갯짓하는 소리로 친밀하게 접촉하는 모습을 비유했다.
225) 4월 19일에서 5월 20일까지 태양은 황소자리에 머문다.
226) 벌집 앞에 놓인 널빤지. 향유를 칠한 것은 벌을 끌기 위한 것이다.
227) 주 55), 56)을 참조할 것.

수없이 들끓었다. 그것은 저 인도의 산 너머에 사는
소인족[228] 같고, 아니면 한밤중에
숲가나 샘터에서 잔치 벌이는 것을
어느 농부가 늦게 돌아가다가 보기도 하고
본 것으로 꿈꾸기도 한 새끼 요정과 같다.
천상의 달이 머리 위에 앉아 구경하며, 땅에 가까이[229]
궤도를 돌 때, 환락과 춤에
도취된 요정들이 즐거운 음악으로 그의 귀를 매혹하면,
당장 환희와 공포에 그의 마음은 고동쳤었다.
이같이 실체 없는 영들은 거대한 모습을
아주 작은 형상으로 줄여[230] 여전히 무수하지만,
이 지옥 궁전의 대청 한복판을
자유자재로 움직인다. 그러나 멀리 안에서는
저희들 본래의 크기와 같은 모습으로
위대한 세라프와 케룹의 대공大公들이
밀실에서 밀의密議[231]하고 앉아 있다,
수천의 반신半神들이 황금의 자리에
가득 앉은 채 잠시의 침묵 후에
소집문이 낭독되고 대회의는 시작되었다.

---

228) 소인족은 갠지스 강의 수원지 저쪽에 산다고 한다. "인도의 산"은 서부 히말라야 산을 말한다[주 174) 참조].
229) 달이 마귀의 마력으로 땅에 내려온다고 믿었다. 여기서는 달이 요정들을 더 잘 보려고 가까이 내려오는 것이다.
230) 이들이 몸을 자유로이 축소할 수 있다는 것은 이미 말했다.
231) 주로 로마 교황 선거 같은, 추기경들의 비밀회의에 쓰는 말이다.

제2편

회의가 열리고, 사탄은 천국을 회복하기 위해 위험을 무릅쓰고 다시 싸움을 감행할 것인가 아닌가를 토론한다. 전에 사탄이 말했던 제3의 제안이 채택된다. 즉, 하나의 다른 세계와, 자신들과 비슷하거나 또는 별로 뒤지지 않는 또 한 종류의 생물이 지금쯤 창조되리라고 하는 하늘에서의 예언, 또는 전설이 사실인가를 탐색해보자는 것이다. 누가 이 어려운 탐색을 할 것인가 의논 끝에 그들의 수령인 사탄이 단독으로 이 원정을 맡는다고 하니, 모두 그에게 갈채를 보낸다. 여정에 오른 사탄은, 지옥문에 이르자 그 문이 닫히고 그곳을 지키는 자가 앉아 있는 것을 본다. 문이 문지기에 의해 열리고, 지옥과 하늘 사이의 대심연이 나타난다. 그곳의 주권자 '혼돈'의 지시를 따라 갖은 어려움을 겪으며 그곳을 통과해, 드디어 그가 찾는 신세계가 보이는 곳에까지 이른다.

◆

오르무스[1]나 인도의 부(富)보다 찬란하고,

이방의 진주와 황금을 아낌없이
왕들에게 뿌려주는[2] 화려한 동방의 부보다
찬란한 옥좌에 높이, 사탄은
의기양양하게 앉아 있다, 제 실력[3]으로
이렇게 출중한 악의 권좌에까지 오르고,
절망[4]을 뛰어넘어 이런 바랄 수 없는
높이에 오르고서도,
그 자리 이상을 갈망해, 하늘과의
부질없는 한바탕 싸움을 꿈꾸며 애태운다.
아직도 깨닫지 못하고
거만한 자기의 꿈을 이같이 늘어놓는다.
"권력자들이여, 지배자들이여,[5]
하늘의 제신[6]들이여,
불사의 힘이 비록 억눌려 떨어졌을망정
그걸 어떤 심연 속에도 잡아둘 수는 없나니,
나는 하늘을 잃었다곤 생각지 않는다. 천사가
이렇게 떨어졌다 다시 오르면, 떨어지지 않을 때보다
더욱 빛나고 무섭게 보일 것이요,

---

1) 페르시아 만 어귀의 한 섬에 있는 도시. 16, 17세기에는 유럽과 동방 사이의 중요한 무역 중심지로, 특히 금은보석의 시장으로 유명했다.
2) 옛날 동방 제국에서는 왕의 즉위 때 진주나 황금을 뿌리는 의식이 있었다고 한다.
3) 마땅히 그럴 만한 가치.
4) 그는 실망에 빠져 괴로워하다가 점차 자신을 회복해 완전히 최후의 승리를 확신하게 되었다. 이제 바랄 수 없는 높이까지 추켜올려지니 거만해진다.
5) 모두 천사 계급이다.
6) 반역 천사들을 신이라 불렀다. 다음 1행 이하에서 그 이유를 말한다.

제2의 비운을 두려워하지 않을 자신을 얻으리라.
정의와[7] 하늘의 율법에 의해서 내가
우선 너희들의 지도자가 되었고, 다음으로
너희의 자유 선택과 또한 회의와 전투에서
성취한 공격으로 그렇게 되었다만,
이제 이 패배가
그래도 이만큼 회복되었으니,
너희들은 나를
안전하고 시기심 없는 보좌에 만장일치로
앉힌 것이다. 천상에서의[8] 행복한 자리는
권위에 따르는 것이기에 모든 저열한 자들의
시기심을 살지 모른다. 그러나 여기서야
최고의 지위 때문에 맨 앞장에 서서
너희들의 보루로서 대뇌신大雷神[9]의 표적이 되어
끝없는 고통을 가장 많이 받아야 할 자를
누가 시기하겠는가. 그러니 다툴 만한 아무런 이득이
없는 곳에 내분으로 인한 다툼이

---

7) 이하 8행에서 사탄은 자기의 지위를 천명하고 자기가 수령인 이유를 열거한다.
   ① 정의—그의 타락 이전에 하늘에서의 지위가 최고였다는 것.
   ② 하늘의 정리—즉, 운명적으로.
   ③ 다른 천사들에 의한 자유 선택.
   ④ 모의와 전투에서의 우월성.
   ⑤ 그들의 패배로 당연히 자기가 시기심 없는 안전한 자리에 놓였다는 것.
8) 이하 15행에서 천상과 달리 지옥에서는 쓸데없는 시기심을 일으킬 자가 없을 터이니 대동단결하자는 이야기이다.
9) 주피터의 별칭인데, 사탄은 이를 여호와에게 적용했다.

있을 리 만무하다. 확실히 지옥에선 아무도
우월을 바라는 자 없고, 지금
제 몫의 고통이 적어서
야심을 가지고 더 얻고자 탐내는 자
없을 것이니. 그러니 천상에서 할 수 있는 이상의
단결과 굳은 신념과 견고한 일치를 기할 수 있는
이점을 가지고, 이제 우리는 방향을 바꿔
우리의 정당한 옛 권리를 요구하자.
그러면 확실히 번영이 우리에게 이제까지 보증하는 것 이상으로
번영할 것이다. 그 최선의 방도는 무엇이냐,
공공연한 전쟁이냐, 비밀의 간계냐,[10]
그것을 토의하려는 것이다.
의견 있는 자는 말해라."
   그의 말이 끝나자, 다음으로
홀을 쥔 왕 몰록[11]이
일어선다. 그는 하늘에서 싸운 가장 힘세고
가장 무서운 영靈, 지금은
절망 때문에 더욱 사납다.
그는 힘에 있어서 영원한 신과 대등하리라
자신하고, 그만 못하다면 차라리
존재하기를 원치 않았다. 하느님도,

---

10) 사탄은 여기서 두 가지 방법 중 하나를 택할 것을 묻지만, 이미 자기 의견을 말한 적이 있다.
11) 그의 연설은 성격에 어울리게도 사납고 난폭한 내용이다. 밀턴은 해설자의 입장에서 우선 그를 소개하고 등장시켜 발언하게 한다.

지옥도, 보다 더한 것도
그는 개의치 않았다, 그래서 이렇게 말한다—
"나의 의견은 공공연한
싸움을 원한다.[12] 간계는
능하지 못하므로 나는 좋아하지 않는다.
그런 건 필요한 자가
필요할 때 꾸밀 것이지 지금은 아니다.
그들이 모여 앉아 일을 꾀하는 동안 그 나머지,
무장하고 서서 오르라는 신호만을 기다리는
수백만은, 하늘의 망명자로서 여기에
머뭇거리고 앉아,
우리의 망설임 때문에 군림하는 학정자[13]의
감옥인 이 치욕의 어둡고 더러운 동굴을
우리가 살 거처로 받아들여야 한단 말인가. 아니다, 우리로 하여금
즉시 지옥의 화염과 격분으로 무장하고,
우리가 받는 고통을 그 고통[14] 주는 자에게
항거하는 무서운 무기로 바꾼 뒤
하늘의 높은 탑을 넘어
무찌르고 나가자. 그때에
그의 전능한 무기[15]의 소리에 맞서는
지옥의 뇌성을 들을 것이고, 번갯불 대신

---

12) 즉시 전쟁을 시작하자는 주장이다.
13) 몰록도 사탄과 같이 하느님의 이름을 말하지 않는다.
14) 지옥의 불과 유황 같은 것.
15) 벼락.

검은 불[16]과 무시무시한 것들이 천사들 사이로
똑같이 맹렬히 발사되어 그의 보좌마저
자신이 고안해낸 고통 주는 도구, 지옥의 유황과
기이한 불[17]로 뒤덮이게 되리라.
그러나[18] 아마 길은 험할 것이고, 높은 적과 대항해
날개를 곤두세워 오르기란 어려울 성싶다.
만일 저 망각의 연못의
졸게 하는 몰약에 아직 마비되지 않은 자들이 있다면,
생각해보아라, 우리의 동작은 우리 본래의 자리에
날아오르기 적합하고, 떨어지기에는
부적당하다는 것을. 얼마 전에
그 사나운 적이, 패하여 흩어지는
우리의 뒤쪽 진영에 매달려 공격해서 우리들을
심연 속으로 추격했을 때
얼마나 강제로 힘들게 날아서, 이렇게 비참하게
떨어졌는가를 모를 자 누구냐.
그러니 오르기는 쉽다.
결과가 무섭지. 우리가[19] 다시 그 강적에게
도전한다면, 그의 분노는 우리를 파멸코자

---

16) 지옥의 화염엔 빛이 없다.
17) 천국에서는 볼 수 없는 검은 불.
18) 이하 13행에서 몰록은 전쟁을 시작하자는 자기 의견에 반대가 있을 것을 예상하고 논박한다. 주요 내용은 하늘까지 올라가는 데 대한 가능성 여부이다. 천사는 천성적으로 올라가기에 적합하다는 것이다.
19) 이하 23행은 성공하지 못하면 지금보다 더 불행해질 것이라고 우려하는 데 대한 반박이다.

더욱 가혹한 수단을 찾을 것이다, 만일 지옥에서
더 지독하게 파멸될 수도 있다면. 축복에서 쫓겨나
이 혐오의 심연 속, 최악의 재난 속에서
사는 것보다 더 가혹한 일이 또 어디 있겠는가.
이곳의 사정없는 채찍과 가책의 시간이
우리를 징벌에 부치고, 동시에 꺼지지 않는
불의 고통이
언제 그칠 희망도 없이
우리를 괴롭혀 그의 분노의 종으로
삼는 곳. 이 이상 더 파멸한다면
우리는 아주 전멸해 없어져야 할 것이다.
그렇다면 두려울 게 무엇인가? 그의 극도의 분노를
일으키는 데 주저할 것이 무엇인가? 그렇게 해서
분노가 극에 달하면 우리를 완전히 소멸시키고,
이 영체를 무無로 돌릴지 모른다.
―영원히 비참한 존재를 지니는 것보다는,
훨씬 행복할 것이지만―
그렇지 않고 만일 우리의
본질이 정말 신성神性을 지녀서
없어질 수 없다면 우리는 바로 '무'의 직전인
최악의[20] 상태에 놓인 것이다.
시험한 결과로 안다, 우리의 힘은

---

20) 이하 6행은, 결과적으로 만일 성공하지 못해도 천국을 교란해 복수의 목적을 달성할 수 있다는 것이다.

그의 천국을 교란하기에 충분하고 운명[21]이 보우하는
보좌에 접근할 순 없더라도
부단히 침입해 이를 위협할 만하다는 것을.
이것이 승리는 못될망정 복수는 될 수 있을 것이다."
　그는 상을 찡그리며 말을 끝냈다.
그의 눈은 필사의 복수와
신 아닌 자에겐 위험할 정도의
전의를 나타냈다. 저편에서 일어서는 건
태도가 한층 우아하고 점잖은 벨리알.
하늘을 잃은 자 중 이보다 아름다운 자는 없다.
마치 높은 지위와 공훈에 알맞게 만들어진 자 같다.
그러나 모두가 거짓되고 헛된 것, 비록 그의 혀에서
감로[22]가 떨어지고, 옳지 않은 이치를 보다
훌륭하게 꾸며대 완전히 합의된 의견을
혼란시키고 파괴할 수는 있지만, 이것은
그의 생각이 저열하고 악에는 약삭빠르나
고귀한 일에는 겁을 내고 꾸물대기 때문. 그러나
그는 듣기 좋게 그럴듯한 어조로 이렇게 시작한다.
　"나도[23] 공공연한 싸움에 찬성이다, 보시라,

---

21) 사탄 일당은 하느님의 절대권을 인정치 않으며, 바알제붑이 이미 말한 바와 같이 하느님의 주권이 '힘이나, 우연이나, 운명' 그 어느 것으로 유지된다고 생각한다.
22) "그 이름을 만나라 하였으며 그것은 고수 씨같이 희고 맛은 꿀 섞은 과자 같았더라"(《출애굽기》 16장 31절).
23) 벨리알의 연설도 몰록의 연설처럼 그 성격에 어울리는 내용이지만, 몰록이 단지 강직한 것과는 대조적으로 논리 정연하고 웅변적인 점이 특색이다.

증오에 있어 뒤지지 않으니, 만일 속전을
추구하는 주요한 이유로 주장하는 바가
나를 단념케 하지 않고, 또 그것이
전체 결과에 대해 불길한 염려를 일으키지 않는 한
그런 염려는, 무예와 용맹에 극히 뛰어난 자가
자기 계책과 자기 장점을 믿지 않고,
자기가 노리는 모든 목표로서, 다만
무서운 복수 뒤에 올 절망과 전멸[24]에
용기의 근거를 두고 있기 때문이다.
첫째, 무슨 복수인가. 하늘의 탑들은
무장한 파수병들이 가득 차 있어, 어떠한 접근도
불가능하게 하며, 가끔 심연의 변경[25]에
군단이 진을 치거나, 어둠 속을 날아
멀리 널리 밤의 나라를 정찰하면서
기습을 비웃고 있다. 혹 힘으로
억지로 침입할 수 있고, 지옥이 뒤를 따르면서
암흑의 반란을 일으켜
가장 맑은
하늘의 빛을 어지럽힌다 해도,
불후의 우리 대적은 조금도 더럽혀지지 않은 채
그의 보좌 위에 앉아 있는 더러워질 수 없는

---

24) 몰록의 말은 비록 실패하여 절망과 전멸이 온다 해도 현재의 고통보다 나으면 나았지 못할 바 없다는 것이다. 즉, 현재의 상태가 전멸과 절망이라는 것인데, 벨리알은 그것을 논박한다.
25) 천국에 제일 가까운 혼돈의 부분.

하늘의 영체[26]는 곧 그가 받은 재앙을
물리치고, 더러운 불을 정화하고서
의기양양하리라. 이렇게[27] 격퇴당하면
궁극의 희망마저 절망일 뿐. 전능의 승리자를
격분시켜 헛되이 분노를 내쏟게 하고 우리를
절망케 하는 것뿐, 그것이 우리의 치료법임엔 틀림없지—
무로 돌아가는 것. 그러나 슬픈 치료법이구나. 누가,
비록 고통뿐이기는 하지만 이 지적인 존재[28]를 잃고
영원을 헤매는 이 사상을 잃고서
창조 이전 어둠의 넓은 태내에 삼켜 들어가
감각도 활동도 없이 멸망해버리기를
바라겠는가. 이것이 아무리 좋다 한들
우리의 성난 적이 그것을 허용하겠는지
하려고 할는지 누가 알 수 있는가?
허용할지 의심스럽고,
허용하려 하지 않을 것은 확실하다.
그렇게 현명한 그가 일시에 분노를 터뜨려
혹시 자제력을 잃고, 부주의로
적의 소원을 만족시키고 화풀이로 그들을

---

26) 하늘의 바다라고 해석하는 이도 있지만, 천사들의 몸(본질)이라고 해석하는 편이 나을 것 같다.
27) 이하 5행은, 벨리알 자신의 의견이 아니라 몰록의 의견이다. 벨리알의 의견은 그다음에 계속된다. 결국 그의 의견은 전멸설에 대한 반박이다.
28) 천사가 가진 영혼의 종류를 말한다. 식물, 짐승, 인간, 천사는 각각 식물적 · 감성적 · 이성적 · 지성적 영혼을 소유한다.

멸망시킬 것인가, 그의 분노는 영겁[29]의 벌을 주고자
간직할 것인데. '그러면[30] 왜 우리는 그만둬야 하나?'
하고 전쟁 주장자는 말할 것이다.
'우리는 영원한 고통을 받도록
명을 받고, 정해지고, 운명 지어졌다.
무엇을 하든 우리에게 이 이상의 고통이 있고,
더 심한 고통이 있겠는가'라고.
이것이[31] 그러면 최악의 방법인가,
이렇게 앉아서 의논하고, 이렇게 무장하는 것이.
내리치는 하늘의 벼락에 쫓기며 맞으면서
몸을 숨길 심연을 찾아 황급히 달아나던
때는 어땠는가. 그때는 이 지옥이
부상을 피하는 피난처로 보였지. 또 불타는 연못에서
사슬에 매여 있던 때는 어땠나.
분명 더 나빴지.
만일 저 무시무시한 불을 일으킨 숨결[32]이 다시 깨어나서
그 불을 다시 일곱 배나 사납게 일으켜
우리를 화염 속에 처넣는다면 어떻겠는가. 또는 하늘에서

---

29) 반역자에 대한 형벌은 영겁이다. "그들이 나가서 내게 패역한 자들의 시체들을 볼 것이다. 그 벌레가 죽지 아니하며 그 불이 꺼지지 아니하여, 모든 혈육에서 가증함이 되리라"(《이사야》 66장 24절).
30) 몰록의 주장.
31) 몰록의 주장에 대한 벨리알의 대답.
32) 하느님의 노여움. "여호와의 호흡이 유황 개천 같아서 이를 불사르시리라"(《이사야》 30장 33절).

잠시 멈추었던 복수[33]가 우리를 괴롭히려고 다시
그의 붉은 오른손을 무장한다면. 만일 모든
지옥의 창고가 열리고, 지옥의 창궁에서
불의 폭포와 절박한 공포를 내뿜어
언젠가는 우리 머리 위에 무섭게
떨어뜨리려고 위협한다면 어떻겠는가? 한편 우리가
영예로운 전쟁을 계획하며 주장하다가
불의 폭풍에 휩쓸려 휘몰아치는 선풍의
노리개가 되고 밥이 된 채
하나하나 바위에 꽂히거나, 또는 사슬에
감겨 저 끓어오르는 대양 밑으로 영원히
가라앉아, 거기서 끝없는 신음과 더불어
용서도 없고, 동정도 없고, 유예도 없이
언제 끝날 희망도 없는 세월을 보내게 된다면.
이것은 더욱 나쁠 것이다. 그래서 전쟁은 공공연하건
비밀스럽건 간에 반대한다. 실력이든 기만이든
그에게 무슨 소용이 있는가? 만물을[34] 한눈으로 다 보는
그의 마음을 누가 속일 수 있는가?
하늘의 그 높은 곳에서

---

33) 반역 천사에 대한 하느님의 공격이 잠시 멈추었다고 사탄은 말한 적 있다.
34) 이하 6행에서 사탄 자신도 인정치 않는 하느님의 전지전능을 벨리알은 인정한다. "지으신 것이 하나라도 그 앞에 나타나지 않음이 없고, 오직 만물이 우리를 상관하시는 자의 눈앞에 벌거벗은 것같이 드러나느니라"(〈히브리서〉 4장 13절). "주에게서는 흑암이 숨기지 못하며 밤이 낮과 같이 비치나니"(〈시편〉 139편 12절).

그는 이 헛된 움직임을 보고 조소한다.[35]
우리의 힘을 막을 수 있을 만큼 전능하고,
모든 음모와 간계를 좌절시킬 만큼 현명하다.
그러면[36] 우리의 이 하늘 족속이 이렇게 짓밟히고
여기 사슬과 고통을 견뎌가며 쫓겨서
이렇게 비열하게 살아야 하나. 내 생각엔
그래도 이것이 나은 편이다. 어쩔 수 없는 운명[37]과
승리자의 의지, 즉 전능의 결정이 우리를
억누르고 있으니 그대로
견디는 것이나 감행하는 것이나
우리의 힘은 매한가지이다.[38] 또한
이렇게 정해진 법칙이
부당한 것도 아니다. 적은 그처럼 위대하고
결과는 그렇게 의심스러운 싸움이었으니
우리가 현명했다면
이것은 처음부터 확실한 것이다.
창을 든 용맹하고 대담한 자들이
패했을 때, 반드시 뒤에 따르게 되는
추방 · 굴욕 · 속박 · 고통 등 자기들의
정복자의 판결을 참고 받아들이기를

---

35) "어찌하여 열방이 분노하며 민족들이 허사를 경영하는고⋯⋯ 하늘에 계신 자가 웃으심이여 주께서 저희를 비웃으시리로다"(《시편》 2편 1~4절).
36) 벨리알의 결론이 시작된다.
37) 하느님의 의지와 운명을 동일시했다. 사탄은 운명이 하느님보다 우위인 것처럼 말했다.
38) 벨리알만이 신의 명령이 정당함을 인정한다.

두려워하며 겁먹는 자들을 나는 비웃는다. 이제 이것은
우리의 정죄다. 이것을
우리가 참고 견딘다면,
우리의 최고의 적은 언젠가는 그의 분노를
크게 누그러뜨려, 또한 이렇게 멀리 떨어져 있으니,
지금 주는 벌로 만족하고, 다시 반역하지 않는
우리를 개의치 않으리라. 이 사나운 불도그의
숨결로 불러일으키지만 않으면 누그러질 것이다.
우리의 순결한 본질은
독성의 열기를
이겨낼 것이고, 습관이 되어 느끼지 않으며,
결국은 변해서 기질과 본성이
이 장소에 알맞게 적응하게 되어, 이 맹렬한
열기를 익숙하게 받아들일 것이며, 고통도 없어지고
공포는 완화되고, 이 어둠은 밝아질 것이다.
그리고 쉴 새 없이 흐르는 미래의 나날이
어떠한 희망, 어떠한 기회, 어떠한 변화를 가져다줄지
기다려볼 만한 일, 우리의 현재의 운수는
만일 우리 스스로가 더 큰
화를 자초하지만 않는다면,
행복이라고 보기엔 불행하지만,
최악의 불행은 아니다."
    이렇게 벨리알이 순리를 가장한 말로
비루한 안이함과 평화가 아니라 평화의 태만을
권하자, 그 뒤를 이어서 마몬이 이렇게 말한다.

"천왕[39]의 보좌를 빼앗기 위해 혹은
우리가 상실한 권리를
되찾기 위해 싸움이 최선책이라면
싸우자. 그러나[40] 항구적인 '운명'이 변하기 쉬운 '우연'에
굴복하고, '혼돈'이 그 싸움을 심판할 때나
우리는 왕위를 빼앗을 것을 바랄 수 있으리라.
전자[41]가 가망 없는 것은 후자[42] 역시 부질없다는
증거이다. 우리가 하늘의 지존한 군주를
정복하지 않고서야 우리를 위해 무슨 자리가
천국에 마련되리. 설사 그가 마음이 누그러져
새로운 복종의 약속 아래, 누구에게나 자비를
베푼다 하더라도 무슨 면목으로 비굴하게
그 앞에 설 수 있으며, 부과한 엄한 율법을
받아들일 수 있겠는가, 찬송가 불러 그의 보좌를
찬양하고, 그의 신성에 대해 억지로
할렐루야를 부를 수 있을 것인가? 그가 당당히
우리의 선망의 군주로서 앉고, 그의 제단엔
종들의 굴욕적인 제물, 거룩한 꽃들이

---

[39] 마몬이 전쟁을 배척하는 점에선 벨리알과 같지만 주장은 한층 적극적이어서, 안이함과 태만으로 하느님의 노염을 피할 것을 바랄 게 아니라, 현재의 환경을 선용해 역경에서 번영을 만들어내고, 근면과 인내로 고통에서 안락을 만들자는 것이다.
[40] 이하 2행은, 영원의 운명이 무상의 우연에 굴복할 때 승리가 가능한데, 그럴 리 없다는 것이다. "'혼돈'이 그 싸움을 심판할 때"란 운명과 우연의 싸움을 말한다. 왜냐하면 '우연'은 '혼돈'의 수행자 중의 하나인데, 심판은 편파적이어서 승리를 기대할 수 없기 때문이다.
[41] '천왕의 지위를 빼앗는' 것.
[42] '우리의 상실한 권리를 되찾는' 것.

거룩한 향기를 풍기고 있는데. 이것이 분명 천국에서의
우리의 일이요, 우리의 기쁨이어야 할 것이다. 그러나
우리가 미워하는 자를 숭배하면서 보내는
영원의 시간이 얼마나 고달플까.
힘으론 불가능하고,
허락으로 얻는 것이라면 천국에서인들
반가울 것 없는 영광스러운 노예라는
지위를 추구할 것 없다. 차라리[43] 그보다는
우리 스스로 선을 찾고, 스스로 생활을
하자. 비록 이 황막한 은신처에서일지라도
자유로이, 아무에게도 구애받지 않고,
화려한 노예의 안이한 멍에보다는
쓰라린 자유를 택하기로 하자.[44] 작은 것에서 위대한 것을,
해로운 것에서 이로운 것을, 역경에서 번영을
만들어내고, 또는 어떤 곳에서든지
재난 속에서 번영하고, 근면과 인내로
고통에서 안락을 만들어낼 때, 그때 비로소
우리의 위대함은 가장 뚜렷이 드러날 것이다.
이 깊은 어둠의 세계를
우리는 두려워하는가. 얼마나 자주
하늘을 지배하는 만물의 군주는 즐겨 짙은 먹구름[45] 속에서

---

43) 이하 6행에서 마몬의 의견은 사탄의 의견과 아주 흡사하다.
44) 고생스러운 자유라도 화려한 노예 생활보다 낫다는 것이다.
45) "저가 흑암으로 그 숨는 곳을 삼으사 장막같이 자기를 두르게 하심이여"(《시편》 18편 11절).

여전히 흐려지지 않는 영광을 지니고 살기를 택했는가,
장엄한 암흑으로 보좌를 에워싸면,
거기서 깊이 울리는 뇌성[46]이
격노를 북돋우어, 하늘은 그대로 지옥이 아니었던가.
그가 우리 암흑을 모방했듯이 우리도 그의 빛을
마음대로 모방 못할 것 없지. 이[47] 황폐한 땅에도
금이나 보석의 숨은 광채가 없는 것 아니고,
웅장하고 화려하게 할 기술이나 재주가 부족한 것
아니니, 하늘인들 이보다 더 나타낼 것이 무엇이랴.
시간이[48] 흐르는 동안엔 우리의 고통 또한
우리의 원소[49]로 화하여, 이 찌르는 불도
성질이 우리의 성질에 화합해
지금 혹독한 만큼 부드럽게 될 것이고, 결국
고통의 감각은 반드시 제거될 것이다. 아무리
생각해봐도 평화의 모의와 안정된 질서밖에 없고,
전쟁에 대한 일체의 생각을 버리고,
우리는 무엇이며, 어떤 곳에 처했는가를

---

46) 뇌성은 하느님의 권능의 표현이다(〈시편〉 18편 13절, 〈시편〉 105편 7절).
47) 이하 4행에서는 천국을 모방해 지옥의 나라를 세우고 싶어 한다. 마몬은 땅에 있는 귀금속에 대해 알고 있다. 그의 흥미는 언제나 이런 데 있고, 복마전 건축에서 이런 금속의 발굴과 제련을 지휘했다.
48) 마몬은 벨리알의 의견과 같다.
49) 그리스 물리학에 의하면 우주엔 흙, 물, 불, 공기, 그리고 정신의 다섯 원소가 있는데, 생물은 각기 자기 고유의 원소 속에 있을 때 가장 행복하다. 예를 들면 고기는 물에, 새는 공기 속에, 짐승은 땅에. 천사의 원소는 정기精氣인데, 악귀들은 결국에 지옥의 불이 그 원소가 될 것이라고 마몬은 말한다.

반성하면서
당면한 재난을 안전하게 가장 잘
처리하는 방도밖에 없다.
이것이 내가 권고하는 바이다."
   그의[50] 말이 끝나자 당장 장내는
수군대는 소리로
가득 찼다, 마치 밤새껏 파도를 일으킨
폭풍이 이제 목쉰 가락으로
때마침 폭풍이 그친 후 어느 바위 많은 포구에
작은 배의 닻을 내리고 꼬박 밤을 새운
선원들을 잠재울 때, 텅 빈
바위 사이에 아직 남아 있는
바람 소리와 흡사하다. 마몬의 말 끝났을 때,
이러한 갈채 소리 들렸다. 그리고 평화를 권하는
그의 주장은 환영받았다. 전쟁이 또 있다면 그들은
그것을 지옥보다 더 두려워했고, 그에 못지않게
신뢰神雷와 미카엘[51]의 칼에 대한 공포가
아직 마음속에 생생했다. 한편
오랜 세월이 경과하는 동안
하늘과 맞서 대항할 수도 있는 하계의 제국을

---

[50] 이하 9행에서 마몬의 연설에 대한 반응은 사탄의 경우와 다르다. 사탄의 도전적 연설을 들었을 때는 박수갈채로 요란했지만, 벨리알과 마몬의 반전론反戰論을 듣고서는 그들의 흥분이 가라앉은 것이다.
[51] 천사장 중의 하나. 주로 전쟁을 맡는다. 우레와 미카엘의 칼은 하늘을 방비하는 2대 무기이다. 미카엘 칼의 위력은 제6편 전쟁의 묘사에 잘 나타나 있다.

세워보고자 하는 욕망 또한 있었다.
이것을 본 바알제붑, 장중한 태도로 일어선다.
여기서 사탄 이외엔 그보다 지위 높은 자 없고,
일어설 때 보니 그 모습은 마치 나라의 기둥처럼
보인다. 그의 이마에는 깊이
신중한 사려와 안녕에 대한
근심 새겨져 있고,
비록 타락했을지라도 위엄 있는 얼굴엔
왕자다운 분별이 빛난다. 그는 현자답게 서 있다.
아틀라스[52] 같은 양어깨는 가장 강대한
하늘의 무게를 견딜 만하고, 눈초리는
밤과 같이, 아니 여름 한낮의 공기 같은 침묵 속에
청중의 주의를 끌었다. 그는[53] 이렇게 말한다.
"고위자들이여, 제권자諸權者들이여,
하늘의 후예여,
천상의 용사들이여, 아니, 이런 칭호를
버리고서 이름을 바꾸어 지옥의 왕자들이라고
불러야 하지 않을까? 그렇게
일반 공론이 계속 여기에 머물러서
여기다 번성하는 제국을 세우자는 쪽으로 기울고 있으니.
틀림없다, 우리가 꿈꾸느라고 알지 못했을 뿐,

---

52) 그리스 신화에 나오는 거신. 그는 제우스와 싸운 벌로 하늘을 어깨에 메었다.
53) 바알제붑은 싸움을 끝내기 위해 화합하는 것을 찬성치 않고, 교활한 간계로 인간을 멸망시켜 복수하자고 제의한다.

이곳은 하늘의 왕이 우리의 감옥으로 정해놓은 곳,
그 힘센 팔이 미치지 않는 안전한 피신처가 아니다.
그의 보좌에 대항하는 새로운 동맹을 맺고,
하늘의 높은 통치에서 벗어나 살라는 것은
아니다, 이렇게 멀리 떨어졌을망정
그의[54] 포로 무리로 억류되어
피할 수 없는 굴레 밑에서 혹심한 구속에
얽매여 머물러야 할 곳이다. 그는 확실히
하늘[55]에나 지옥에서 여전히 유일한 왕으로서
영원히 다스릴 것이며, 우리의 반란으로
그의 왕국이 조금도 상실되지 않고, 도리어
영토를 지옥까지 넓혀
하늘에서[56] 금홀金笏로 다스린 것처럼
여기에선 우리를 쇠막대기로 지배할 것이다.
그럼 왜 우린 평화냐 전쟁이냐를 계획하고 있는가?
전쟁은 이미 우리의 운명을 결정했고 회복할 수 없는
손실로 좌절하게 했다. 평화의 조건은
하나도 허락되지 않았고, 찾을 수도 없다.
노예인 우리에게 무슨 평화가 허락되랴,
엄중한 감금과 채찍과 잔학한 형벌 이외에.

---

54) 이하 3행. "자기 지위를 지키지 아니하고 자기 처소를 떠난 천사들을 큰 날의 심판까지 영원한 결박으로 흑암에 가두셨으며"(〈유다서〉 1장 6절).
55) "나는 알파와 오메가요, 처음과 나중이요, 시작과 끝이라"(〈요한 계시록〉 22장 13절).
56) 이하 2행에서 금은 온유함, 쇠는 엄하고 모짐이다. "네가 철장으로 저희를 깨뜨림이여"(〈시편〉 2편 9절).

그러면 어떤 평화를 우리는 되찾을 수 있단 말인가?
어떻게 하면 정복자가 그 정복에서
최소의 수확을 올리고, 어떻게 하면
우리들을 괴롭히는 데서 느끼는 즐거움을 최소로 줄이느냐를
비록 느릴망정 항상 계획하고, 힘을 다해
적대와 증오, 불굴의
반항과 복수를 할 수 있는 것 이외에.
기회도 없지 않을 것이니, 위험한 원정으로
하늘을 침범할 필요가 어디 있겠는가.
하늘의 높은 성벽은 공격도, 포위도, 지옥에서의
기습도 두려워 않는다. 그러니 보다 쉬운
계책을 찾으면 어떨까. 한[57) 곳이 있다.
(만일 하늘에서의 오랜 예언적 풍문이 틀림없다면)
그건 별세계로서, '인간'이라고
불리는 새로운 종족의 복된 보금자리,
지금쯤 그들은 우리와
비슷하게 창조되었을 것이고,
힘과[58) 탁월함이 우리만은 못해도,
천상을 다스리는 자에게서는 더욱 은총받는 자들.
이렇게 이미 천사들 사이에 그의 뜻이
선포되었고, 하늘의 온 주위를

---

57) 이하 8행에서, 천국에 퍼진 인간 창조의 풍문은 이미 사탄이 언급한 바 있다.
58) 이하 2행. "저를 천사보다 조금 못하게 하시고 영화와 존귀로 관을 씌우셨나이다"(《시편》 8편 5절).

뒤흔들 선서로 확립되었다.
그러니 우리의 온갖 생각을 기울여
어떤 생물이 거기 살며, 그건 어떤 형체이고
본질이 어떻고, 본성은 어떻고, 힘은 무엇이고,
약점은 무엇인가, 힘으로 할 것인가, 간계로 할 것인가,
무엇이 가장 좋은 계책인지 알아보자. 하늘은 닫히고,
하늘의 높은 집권자는 자기 세력권 내에
안전하게 앉아 있지만, 이곳, 그의 왕국의
아득한 변경은 노출된 채 그 소유하는 자의 방위에
내맡겨져 있다. 여기서 아마
불의의 습격으로 어떤 유리한 일이
생길지도 모른다. 지옥의 불로 그의
전 창조물을 파괴해버리거나, 모든 것을
우리의 소유물로 만들어 우리가 쫓겨난 것처럼
그 미미한 주민들을 몰아내자.
몰아내지 않으려면
그들을 꾀어 우리 편으로 삼아서 저희들의 신을
적이 되게 해, 마침내 신이 후회하는 손으로[59]
자신의 창조물을 멸망시키게 하자. 이것이
평범한 복수보다 나을 것이고, 우리의 몰락에 대해서
그를 즐거워하지 못하게 하고, 그의 당황에 대해서

---

[59] "여호와께서 사람의 죄악이 세상에 관영함과 그 마음의 생각의 모든 계획이 항상 악할 뿐임을 보시고, 땅 위에 사람 지으셨음을 한탄하사 마음에 근심하시고 가라사대, 나의 창조한 사람을 내가 지면에서 쓸어버리되…… 이는 내가 그것을 지었음을 한탄함이니라 하시니라"(《창세기》 6장 5~7절).

우리를 더욱 즐거워하게 해줄 것이다. 그때
그의 사랑하는 아들들은
거꾸로 떨어져 우리와 합류해
그들의 약한 근원[60]과, 너무 빨리
사라진 축복을 저주하리라. 생각해보아라, 이것이
해볼 만한 가치가 있는가,
그렇지 않으면 헛된 제국을
꿈꾸며, 여기 어둠 속에
앉아 있어야만 하나." 이같이
바알제붑은 그의 흉악한 의견을 말했다. 이것은
처음에 사탄이 생각하고 일부 제안했던 것.
모든 악의 원조로부터가 아니고야 어디서
그렇게 깊은 악의가 나올 수 있을 것인가? 인류를
그 근본 뿌리에서 멸망시키고, 대지를 지옥과
혼동하고 모든 일을
다해서 위대한 창조주를 괴롭히려는
악의가.
그러나 그들의 악의는 언제나
하느님의 영광을 더할 뿐. 담대한 이 계획은
지옥의 의원들을 크게 만족시켰고, 기쁨이
그들의 눈에서 빛난다. 그들이 만장일치로
찬성을 표하니, 그는 다시 말을 잇는다.

---

60) 저희들의 근원이 되는 자, 인류의 조상 아담이다.

"잘들 판단하여, 오랜 논의를 잘들
종결했도다.
신들의 모임이여, 그대들 제신답게
대사는 결정됐다. 이로써 우리는 이 지옥의
밑바닥으로부터 다시 한 번 운명에도 불구하고,
옛 자리에 한층 더 가까이 올라갈 수 있게 됐다. 어쩌면
그 찬란한 지경[61]이 보이는 곳, 그로부터 가까이
무기를 준비해 돌격의 기회를 타서, 잘되면
다시 하늘로 들어갈 수 있을 것이고,
그렇지 않으면
하늘의 고운 빛이 들어오는 어느 온화한 지대에서
편안히 살며, 찬란히 떠오르는 빛에
이 불운을 씻어버릴 수 있을 것이고, 부드럽고
상쾌한 공기가 이 썩어드는 불의 상처를 치료할 수 있는
꽃다운 향기를 풍기리라. 그러나 먼저
누구를 보내어 이 신세계를 탐험할 것인가. 누가
적당할 것인가. 누가 방랑의 길을 떠나
어둡고 밑 없는 무한의 심연[62]을 탐색해
만지면 만져질 것 같은 어둠 속에서 낯선 길을
찾아낼 것이며, 또는 지칠 줄 모르는
날개를 펴고 가볍게 하늘을 날아
광막한 심연을 넘어

---

61) 천국 근처 혹은 그 수정 벽.
62) 지옥 밖의 혼돈체.

드디어 행복의 섬[63]에 이를 것인가.
그러면 어떠한 힘, 어떠한 재주가 있으면
충분한가. 또는 어떻게 도피해야 주위를
감시하는[64] 삼엄한 초소와 빽빽한
초병들 속을 뚫고 나갈 것인가. 여기에 그는
만전의 주의를 요할 것이고, 우리 또한
선거에 신중을 요한다. 우리가 보내는
그에게 모든 것, 최후의 희망이 달려 있으니."
　이렇게 말하고 그는 앉는다. 과연 누가
나와서 찬성 혹은 반대를 하고, 이 위험한
시도를 맡을 것인가.
대답을 기다리노라니, 그의 눈은
기대에 부풀어 초조의 빛이 어린다. 그러나 모두
묵묵히 앉아 깊은 생각에 잠겨 그 위험을 심사숙고한다.
그리고 각기 자기의 불안을 남의 표정에서 읽고
놀란다. 하늘의 역전 용사 중
으뜸가는 자들 사이에서도
홀로 이 무서운 원정을 자원하거나,
그것을 맡을 만큼 그렇게 대담한 자는
찾아볼 수 없다. 드디어 지금 그 영광
탁월하여 뭇 동료를 능가하는 사탄은

---

63) 혼돈 속에 떠 있는 일종의 섬, 즉 지구를 말한다.
64) 이하 2행에서, 이렇게 위험을 강조하는 것은 다른 자들의 용기를 꺾고 사탄에게만 임무를 자원할 길을 열어주려는 것이다.

<u>스스로</u> 자기를 최고라고 자인하면서
제왕의 긍지를 가지고, 단호히 이렇게 말한다.
"오, 하늘의 아들들이여,
하늘의 집권자들이여,
우리가 낙담한 건 아니지만, 깊은 침묵과 주저에
사로잡혔던 건 무리가 아니다. 지옥에서
광명에 이르는 길은 멀고 험하다.
우리의 지옥은 단단하고, 이 거대한 불의 도가니는
집어삼킬 듯이 광분하며, 아홉 겹으로
우리를 에워싸고 불타는 다이아몬드 대문들은
위로 닫혀 있어 나갈 길이 모두 막혀 있다.
혹 이것을 통과하여 빠져나갈 자가 있다 해도
다음은 허무한 밤의 무한히 깊은 공허가
입을 딱 벌리고 그를 맞이하고,
죽음의 심연 속에 빠뜨려
완전히 존재하지 못하게 하려고 위협한다.
만일 거기서 빠져나와 어떤 다른 나라,
또는 미지의 땅에 이른다 해도, 미지의 위험과
어려운 탈출 이외에
달리 무엇이 있겠는가?
그러나[65] 만일 곤란이나 위험이 보인다 해서
공적인 중대사로 제안되어 의결된 것을

---

65) 이하 12행은 사탄 자신의 결심이다.

해보지도 않고 단념한다면,
보시라, 영화로 장식하고, 권력으로
무장한 이 옥좌와 황제의 권한에 나는 부적당하다.
명예에 상당하는 큰 몫의 위험을
받기를 거부한다면, 내 어찌
이런 왕위를 보유하고 통치하기를
바랄 수 있으랴. 그 위험은 통치자도
똑같이 받아야 하고, 남보다 뛰어나
높은 지위에 앉았으니 그만큼 더 많은 위험을
받아 마땅하다. 그러니[66] 가거라, 힘센 천사들이여,
비록 떨어졌으나 하늘의 공포여. 집[67]에서 생각해라.
여기가 우리의 집이어야 한다면 어떻게 해야
현재의 참상을 가장 완화할 수 있으며, 지옥을 더욱
견딜 만하게 할 수 있는가를. 만일 이 불운한 집의
고통을 멈추고, 잊게 하고, 완화하는
요법이나 마법이 있다면, 주의 깊은 적에 대한
경계를 게을리 마라, 내가 나가서
두루 어둔 파멸의 나라들을 다니며,
우리 모두의 구원을 찾는 동안. 이 계획에는
아무도 나와 더불어 함께할 수 없다." 이같이 말하며
마왕은 일어나[68] 모든 응답을 막아버린다.

---

66) 이하 11행은 결론이다.
67) 각기 고향에서, 즉 지옥에서.
68) 사탄은 응답의 여지를 일절 주지 않으려고 일어서버린다.

혹 그의 결의에 기운을 얻어, 이제 수령들 중에서
어떤 자가(거절될 것을 확실히 알면서도)
전에 저희가 두려워했던 것을 제안할지도 모르고,
과연 거절당하고선, 의견상 그의 적대자가 되어,
그가 대모험을 통해서만 얻을 수 있는 높은 명성을
쉽사리 얻을까 두려워서.[69] 그러나 그들은
모험에 못지않게, 그의 제지하는 목소리가
두려워 곧 그를 따라 모두 일어난다.
그들이 일제히 일어서자, 그 소리는 마치
멀리 울리는 우렛소리 같다. 그를 향해
그들은 두려움에 찬 경의를 표하며 허리 굽히고,
하늘의 지존과 대등하게 그를 찬양한다.
또한 그가 안녕을 위해서 자기의
안전을 돌보지 않는 것을 크게 찬양하고 있다는 뜻을
표시한다. 그들이 타락 천사일망정
덕을 모두 잃은 건 아니었기에. 악인들이
이 세상에서 영예나 열성을 가장한
숨은 야심의 충동에서 하는
겉치레의 미행美行을
뽐내지 못하도록 이른다.
   이리하여 그들의 암흑에 싸인[70] 어둠의 회의는
끝난다, 견줄 바 없는

---

69) 이 세상에서 명예나 열성을 가장한 "숨은 야심의 충동"이 야비함을 암시한다.
70) 회의 초반의 불안하고 암담한 분위기를 말한다.

저희 수령에게 한껏 만족하며.
마치[71] 산꼭대기에서 검은 구름이 일어
북풍이 잠자는 틈에, 하늘의 명랑한
얼굴을 뒤덮으면, 험상궂은 하늘이 상을 찡그리고
어둑해진 풍경 위에 눈이나 비를 뿌릴 때,
때마침 찬란한 태양이 달콤한 작별 인사로
석양의 햇살을 퍼뜨려, 평야는 다시 소생하고,
새들도 다시 노래를 시작하며, 양 떼는 울어
기쁨을 표시해 들과 골짜기가 메아리치는 것 같다.
아, 부끄럽구나[72] 인간들이여,
저주받은 악마도 저희끼리
굳은 화합 이루거늘, 오직
인간들만이 불화하는구나,
이성을 지닌 생물이고, 하늘의 은총 받을
희망을 지니고서도. 하느님은 평화를 선포하셨는데,
아직도 저희끼리 미움과 적대와 싸움 속에
살고, 서로 파멸시키려고 잔인한 전쟁
일으켜서 대지를 황폐케 하는구나.
마치(우리의 화합을 촉구하는)
인간에게는 이외에도 지옥의 적 얼마든지 있어
인간의 파멸을 밤낮 기다리고 있음을 모르는 듯이.

---

71) 이하 8행은 암담한 토의 과정과 자랑스러운 결론에 대한 훌륭한 비유이다.
72) 이하 12행에서 밀턴은 자신이 평생 겪은 종교적·정치적으로 허다한 분규와 갈등에 대해 감회 어리게 비탄한다.

지옥의 회의는 이리하여 파하고, 차례로
위세 있는 하계의 귀족들이 나온다.
한복판에 나온 것은 그들의 강대한 군주, 마치
혼자서 능히 하늘의 적대자가 될 수 있는 것같이 보이고,
최상의 화려함과 신답게 꾸민 위엄으로
지옥의 무서운 제왕 될 수 있어 보인다.
주위에는 불의 천사들 무리가,
찬란한 문장紋章 장식[73]과
무시무시한 무기로 그를 에워싼다.
그러고서 끝난 회의의 중대한 결과를
장엄한 나팔 소리로 외쳐 알리게 한다.[74]
동작 빠른 네 명의 천사가 사방을 향해
영롱하게 울리는 놋쇠 악기를 불고,
전령의 목소리는 곧 그것을 설명[75]한다. 공허의 심연이
멀리 널리 울리자, 지옥의 만군들은
귀 찌르는 함성으로 요란하게 그에 환호한다.
그러고선 마음 편해지고, 헛되이 외람된
희망에 약간 우쭐해져, 군사의 대열은
해산한다. 그러고서 방황한다,
각기 마음 내키는 대로,
슬픈 선택이 당황한 마음 이끄는 대로

---

73) 41쪽 18~20행 참조.
74) 나팔로 우선 알리고, 그 취지를 전령자가 다시 설명한다.
75) 대표자만 이 회의에 참석하고 나머지는 밖에서 기다렸다.

이리저리 갈 곳 찾아 그들의 수령이 돌아올 때까지
불안한 생각에 휴식을 찾고, 지루한
시간에 위안을 줄 곳이 혹 있나 해서.
더러는 들로, 더러는 공중으로 높이
날기도 하고, 경쟁하며 빨리 달리기도 한다.
올림피아 경기나 피디아의 경기[76]에서처럼.
일부는 화염의 말을 몰고,[77] 더러는 빠른 수레를 타고
목표물을 피하기도 하고,[78]
진을 치기도 한다.
마치[79] 오만한 도시를 경고하기 위해,
어지러운 하늘에 전쟁의 빛 어리어, 구름 사이로
군사들이 돌진하고, 각 전위대 앞으로
하늘의 기사들이 말 달리고, 창을 겨누며
드디어 군대끼리 서로 엉키어, 갖은 무예를 겨누어서
하늘의 양쪽으로부터 창궁이 타오르듯 한다.
다른 한 패는 거인 튀폰[80]의 분노로
바위와 언덕을 모두 찢어발기고 선풍 일으키며
높고 넓은 하늘을 돈다.
지옥도 용납할 수 없는 그 소란은

---

76) 엘리스의 올림피아에서 열리는 올림피아 경기와 델피에서 열리는 피디아 경기는 고대 그리스 최대의 국민 경기 대회로서, 후자에는 음악 예술제가 포함되는 점이 다르다.
77) 경마.
78) 로마 시대 전차 경기에서 말을 타고 중앙에 세워진 담을 피하며 일곱 번 도는 경기.
79) 이하 6행에서의 이러한 조짐은 여러 가지 흉사가 있기 전에 반드시 나타나서 사람들에게 경고했다고 한다. 예를 들면 시저가 죽기 전이나 예루살렘이 함락되기 전 조짐도 이런 것이다.
80) 제1편 주 58) 참조.

알키데스[81]가 승리의 관을 쓰고 오이칼리아로부터
돌아왔을 때 옷에 묻은 독기에 감염되어
고통 끝에 테살리아[82]의 소나무를 뿌리째 뽑고,
리카스를 오이타의 산꼭대기로부터 유베아 해[83]로
내던지던 때와 같다. 좀 온순한 다른 패들은
조용한 골짜기로 들어가 천사의 가락으로
수많은 하프에 맞추어 전쟁에서의 용맹함이나
운이 다해 불행하게 패망한 사연을
노래 불러, 자유의 덕이 폭력이나
우연에 굴복해야 했던 운명을 한탄한다.
그들의 노래는 편파적이었지만 그 조화는
(불멸의 영들이 노래할 때 그렇지 않을쏜가?)
지옥을 가라앉혔고, 군집한 청중을
황홀케 했다. 더한층 감미로운 담론에 빠져
(웅변은 영혼을, 노래는 감각을 매혹하는 것이니)
저만치 떨어져 언덕 위에 물러나 앉은 패들도 있다.
한층 고상한 사색에 잠겨

---

81) 헤라클레스. 헤라클레스는 오이칼리아 왕을 치려고 원정에 오랫동안 나갔다 돌아와 승리를 제우스에게 감사하기 위해 제단을 장만하고, 제복을 보내달라고 부하 리카스를 애처에게 보냈다. 애처 데이아네이라는 남편의 사랑을 의심하고, 전에 남편이 독살한 네소스가 죽을 때 사랑의 마력이 있다고 그녀에게 준 독약을 속옷에 묻혀 남편에게 보냈다. 헤라클레스가 그것을 입고 제단에 나가니 독이 몸속에 돌아 고통에 미쳐 나무를 뿌리째 뽑고, 바위를 부수고, 리카스를 바다에 던지고, 그래도 견디지 못해 오이타 산에 올라 장작에 불붙여 스스로 타 죽고 연기가 되어 승천했다는 것이다(오비디우스의 《변신 이야기》 참조).
82) 오이타 산이 테살리아에 있다.
83) 그리스의 동부 해안과 유베아 섬 사이의 바다.

섭리 · 예지 · 의지, 그리고 운명,[84]
숙명, 자유의지,
절대 예지豫知 등에 대해 크게 논했지만
결론 없고, 정처 없는 미궁 속에 빠질 뿐.
그러고서[85] 선과 악에 대해, 행복과
종국적인 재난에 대해, 정과 비정,[86]
영예와 치욕에 대해 그들은 많이 논했지만,
모두가 헛된 지혜, 허위의 철학이다.
그러나 그것은 즐거운 마법으로서 잠시
고통이나 고뇌를 덜어주고, 헛된 욕망을
자극하고, 또는 세 겹 강철로 묶듯이
꾸준한 인내로 완고한 가슴을 무장케 한다.
또 다른 패는 떼를 지어 큰 집단을 이루고
저 음침한 세계를 널리 탐험코자
대담한 모험의 길에 올라, 혹 그들에게
더 편안한 거처를 주는 나라가 있는가 하고,
지옥의 네 강의 둑을 따라
날아서 사방으로 행진한다. 그[87] 강들은 독기 있는
물줄기를 불타는 바다에 토하는 강들,
죽음 같은 미움이 흐르는 증오의 강,

---

84) 자유의지니, 운명 예정설 같은 것은 밀턴 당시의 신학자들 간에 중요한 논제였다.
85) 이하 4행에 나오는 논제들은 그리스 · 로마의 철학자들이 특히 관심 가졌던 문제이다.
86) 일체의 감정에 대한 무감각. 스토아 철학에서 이상으로 삼는 것이다.
87) 이하 12행은 그리스 신화에 의한다. 지옥의 경계를 이루는 강이 넷 있는데, 그 이름이 각각 밀턴이 말하는 증오, 눈물, 비탄, 불에 해당하는 의미를 지니고 있다.

검고 깊고 뼈저린 비애의 눈물의 강,
회한의 물 흐를 때 소리 높이 들리는
통곡에서 이름 생긴 비탄의 강, 폭포같이
맹렬히 날뛰며 불타는 사나운 불의 강.
이 강들에서 멀리 떨어져 천천히 고요히
흐르는 망각의 강 레테[88]는 굽이쳐
물의 미로[89]를 이루니, 그 물 마시는 자는
바로 그의 전생의 상태와 존재를 잊고
즐거움과 괴로움, 기쁨과 슬픔을 모두 잊는다.
이 강 저쪽으로 얼어붙은 대륙[90]이
캄캄하고 황막하게 누워 있어, 선풍과 무서운 우박의
끊임없는 폭풍이 몰아친다. 굳은 땅에서도
우박은 녹지 않고, 산처럼 쌓여 고대 건축의
폐허와 흡사하다. 그 밖에는
온통 깊은 눈과 얼음이고
다미아타와 오랜 카시우스[91] 산과의 사이에서,
전 군대가 모조리 빠져 죽은 세르보니스[92] 같은
무한히 깊은 심연뿐, 바싹 마른 공기는

---

88) 지옥을 흐르는 이 강물을 죽은 자의 영혼이 마시면 전생을 모두 잊는다고 한다.
89) 흘러 나가는 곳 없이 순환하기 때문이다.
90) 지옥에는 불에 의한 형벌뿐 아니라 얼음에 의한 형벌도 있다고 중세 사람들은 믿었다. 단테의 《신곡》 지옥편 32장에도 얼음에 의한 고통의 장면이 있다.
91) 다미아타는 나일 강의 동쪽 강어귀에 있는 도시. 지금의 다미에타. 카시우스는 다미에타에서 동쪽 70마일에 있는 해안의 모래 산이다.
92) 다미에타 근처 나일 강 동쪽에 있는 일종의 모래밭 지역으로, 중앙에 못이 있다. 이집트에 침입한 페르시아군이 여기서 침몰했다고 하지만, 전 군대라 함은 과장인 듯하다.

얼어 불타고, 추위는 불의 작용을 한다.
그리고 모든 죄인들이 일정한 주기가 되면,
괴상한 새[93)]의 발을 가진 사나운 여인[94)]들에 끌려
운반되어 서로 번갈아 극도로 격렬한 쓰라린 변화,
그 변화 때문에 더 격렬한 극단의 쓰라림을 맛본다.
부드러운 영체의 온기[95)]를
열화의 화덕으로부터
얼음 속에서 감각 잃게 해 움직이지 못하고,
틀어박힌 채 얼마 동안 얼어붙어 거기서
기진한 것을 그로부터 다시 불로 돌려보낸다.
그들은 이 레테 강 물목을 배로
이리저리 왕래하지만, 슬픔만 더할 뿐.
지나는 길에 한 방울의 단물을 얻어
일순간에 모든 아픔과 괴로움을
깨끗이 잊고자 유혹의 강물에 이르기를
바라고자 애쓴다. 그래서
그렇게 가까이 물가에 접근한다.
그러나 운명은 이를 가로막고, 메두사[96)]는
그런 시도조차 막으려고 고르곤의 공포로

---

93) 그리스 신화에 나오는, 여인 형상에 큰 새의 형체를 한 괴물.
94) 죄인의 양심의 고뇌를 상징하는 여신들.
95) 천사는 청화체淸火體이기 때문에 신체에 고유의 열이 있어 추위에 고통받는다.
96) 고르곤이라는 세 괴물 여신 중 하나. 얼굴은 고우나 머리 대신 뱀을 지녔고, 그 얼굴을 보는 자는 모두 돌이 되어버린다.

여울목을 지키고, 강물 자신도 옛날 탄탈로스[97]의
입술에서 달아나듯이 산 인간들이
맛보는 것을 피한다. 이같이 헤매며
쓸쓸한 혼란의 행군을 계속하는 모험의 무리들은
공포에 싸여 창백하게 떨며, 눈은 겁에 질리고,
비로소 자신들의 가련한 운명을 보고, 또한 안식처가
없음[98]을 안다. 어둡고 황량한 수많은 골짜기,
여러 음울한 지방을 지나 얼어붙은
알프[99] 같은 여러 산들을 넘어 그들은 간다.
바위 · 동굴 · 호수 · 늪 · 습지 · 동혈 ·
죽음의 그늘,
하나의 죽음의 우주, 그것은 하느님이 저주로
악을 창조한 것, 다만 악을 위한 선,
거기서[100] 모든 생은 죽고, 죽음만이 살고, 자연은
심술궂게 온갖 보기 흉하고 온갖 기괴한 것들을 만들어낸다.
징글맞고 형언할 수 없는, 옛 전설이 꾸며낸 것,
공포의 산물인 사발녀蛇髮女,[101]

---

97) 제우스의 비밀을 누설한 죄로 호수 속에 세워진 채 갈증의 고통이 부여되었는데, 그가 물을 마시려고 하면 물이 줄어들어 마실 수 없었다. tantalize(애태운다)라는 말이 여기서 나왔다.
98) "더러운 귀신이 사람에게서 나갔을 때에 물 없는 곳으로 다니며 쉬기를 구하되 얻지 못하고"(〈마태〉 12장 43절).
99) 본래 모든 높은 산을 '알프'라 한다.
100) 이하 2행. "악을 선하다 하며 선을 악하다 하며, 흑암으로 광명을 삼으며 광명으로 흑암을 삼으며, 쓴 것으로 단 것을 삼으며, 단 것으로 쓴 것을 삼는 그들은 화 있을진저"(〈이사야〉 5장 20절).
101) 주 96) 참조.

물뱀, 무서운 화룡[102]보다
더한 것만을 만들어낸다.
   한편 하느님과 인간의 대적大敵
사탄은 아주 어마어마한 계획에 신바람이 나서
신속한 날개를 타고, 지옥의 문을 향해
홀로 날아서 탐험길에 나선다. 때로는
오른쪽 지역을, 때로는 왼쪽 연안을 탐색하며,
날개[103]를 평평히 하고서 심연을 스쳤다간
솟구쳐 높이 솟은 불의 궁륭으로 올라간다.
마치 벵갈라[104]로부터 또는 상인들이
향료를 가져오는 테르나테나 티도르[105]의
섬으로부터 무역풍[106]을 받으며 밀집해 배 저어
세찬[107] 파도를 타고, 넓은 인도양을 거쳐
희망봉으로, 밤마다 남극을 향해 난항을 거듭하는
상선의 함대가 바다 멀리 떠 있어
구름에 걸려 있는 듯 희미하게 나타나는구나.
날아가는 마왕. 드디어 나타난다,
무서운 지붕까지 높이 닿은 지옥의 장벽,

---

102) 물뱀은 머리가 아홉 있는 거대한 괴물이고, 화룡은 몸의 일부는 사자, 일부는 산양, 일부는 뱀으로 된 불을 뿜는 괴물이다. 베르길리우스에 의하면 물뱀, 화룡, 고르곤 등이 다른 괴물들과 함께 지옥의 입구를 지킨다고 한다.
103) 사탄이나 다른 천사에겐 본래 날개가 달려 있다.
104) 벵골.
105) 두 섬 모두 말레이 제도 중 향료로 유명한 섬이다. 적도에서 1도 이내에 있다.
106) 적도 위를 춘분과 추분 때 부는 바람을 말하는 듯하다.
107) 원어 '무역해'의 의역. 무역의 통로가 되는 해상으로, 세찬 무역풍이 부는 곳이다.

세 번 세 겹으로 된 문들이. 세 겹은 놋쇠,
세 겹은 쇠, 또 세 겹은 금강의 바위여서
꿰뚫을 수도 없고, 불로 둘러싸였으나
타지도 않는다. 문 앞의 양쪽엔
무시무시한[108] 형체가 앉아 있다.
하나[109]는 허리까지는 여자같이 아름다운데,
아랫도리는 흉하고 많은 비닐로 겹겹이
둘둘 말려 있다. 커다란 죽음의 독침[110]으로 무장한
큰 뱀이다. 그 배때기 부근에선
지옥의 개 떼들이 세르베루스[111] 같은 넓은 입으로
쉴 새 없이 요란하게 짖어댄다.
그러나 그 소리를 방해하는 게 있으면
마음 내키는 대로 그녀의 자궁 속으로 기어들어
그 속에 숨어 나타나지 않고 여전히
짖고 으르렁댄다. 물소리 거친 트리나크리아 해변[112]과
칼라브리아[113] 해변을 갈라놓은 바다에서 목욕하던
성난 스킬라[114]도 이처럼 징그럽진 않았다.
또한[115] 밤의 마녀가 은밀한 부름을 받고

---

108) 여기서부터 죄와 죽음을 의인화한 비유가 시작된다.
109) 죄.
110) "사망의 쏘는 것은 죄요"(〈고린도 전서〉 15장 56절).
111) 지옥의 문을 지키는 머리 셋 달린 개.
112) 시칠리아 섬.
113) 이탈리아의 '발가락', 남부 이탈리아.
114) 바다의 신 글라우코스의 사랑을 받은 아름다운 소녀였는데, 요녀 키르케가 질투해 스킬라가 목욕할 때 마력 있는 풀을 바다에 넣어 하체를 고기로 변하게 했다고 한다.
115) 이하 5행에서, 스칸디나비아 신화에 의하면 밤의 마녀들이 공기를 타고 어린아이의 피

어린애 피 냄새에 홀려, 라플란드의 요녀들과,
피곤한 달[116]이 그들에 매혹되어 자지러질 때까지
춤추기 위해 공중을 날아 찾아올 때도
이보다 추한 개는 뒤따르지 않았다.
또 하나의 형체―
눈코나 관절이나 사지도 구별할 수 없는
그런 형체를 형체라 부를 수 있다면,
또한 어느 것으로도 보이기 때문에
그림자로도 보이는 것을
실체라고 말할 수 있다면―그것이 밤처럼
시꺼멓게, 열 명의 복수신처럼 사납게,
지옥처럼 무섭게 일어서서 무시무시한 창을 휘둘렀다,
머리 비슷한 그 위에 왕관 비슷한 것을 얹고서.
이제 사탄이 다가오자, 이 괴물은
자리에서 일어나 무섭게
빨리 걸어 나왔다. 그 발걸음에 지옥이 뒤흔들린다.
겁을 모르는 마왕은 이게 뭔가 하고 의아해한다.
의아해한 것이지 두려워한 것은 아니었다.
(하느님과 성자聖子밖엔
어떠한 창조물도 쳐주질 않았고,
피하지도 않았다)
그는 마침내 경멸에 찬 눈으로 우선

를 빨리 갔다고 한다. 그 마녀들의 본거지가 라플란드이다.
116) 달이 마술에 매혹되어 월식이나 기타의 변형을 일으킨다고 중세인들은 믿었다.

이렇게 말을 시작했다.

"넌 어디서 왔으며 정체는 뭐냐,

저주받을 형상아,

아무리 험상궂고 무서운 놈이로되, 감히

저쪽 문으로 가는 내 길을 가로막고,

흉한 상판을 내밀다니. 나는 저 문을 통과하려는데,

단단히 들어둬라, 네게서

허락 같은 건 바라지 않을 테니.

물러나라, 아니면 그대의 어리석음을 깨닫게 하리라.

하늘의 영과는 다툴 수 없음을, 지옥에서 태어난 자여."

　화가 치민 이 귀신은 그에게 대답했다.

"그대가 바로 반역의 천사인가, 그때까지 깨어진 일 없는

하늘의 평화와 믿음을 처음으로 깨뜨리고

오만한 반란을 일으켜, 하늘의 자손들

3분의 1을[117] 이끌고 지고하신 이에게

모두 함께 대항해 그 때문에

너 나 할 것 없이 하느님께 쫓겨나, 영원한 세월을

슬픔과 고통 속에 살도록 선고받은 자가 그대인가?

지옥에 떨어진 자여, 자기를 하늘의 영이라고 생각하고,

도전과 경멸의 말을 입 밖에 내는가,

여기는 내가 왕으로 군림하는 곳, 그리고 화가 나겠지만

나는 그대의 왕이고 너의 주인이다. 네 별로 돌아가거라,

---

117) "그 꼬리가 하늘 별 3분의 1을 끌어다가 땅에 던지더라"(《요한 계시록》 12장 4절).

거짓 망명자여, 날개라도 달고 빨리 가버려라.
머뭇거리면, 내 사슬 달린 채찍[118]에
쫓겨나고, 이 창으로 한 대 갈겨 기이한 공포와
전에 느끼지 못한 고통에 사로잡히리라."
 이 소름 끼칠 듯한 무서운 악귀는 이렇게 말했다.
이렇게 말하고 위협하는 동안 그 형상은
열 곱이나 더 무섭게 흉해졌다. 한편
사탄은 무서워하기는커녕 분노에 불탔다.
마치 북극 하늘에서 거대한 뱀 별자리[119]의
전역에 걸쳐 불타며, 그 무서운 머리카락[120]에서
역병과 전쟁을 흔들어 떨어내는 혜성처럼
불탔다. 양편 서로가 필사로
대가리에 겨누고, 그들의 결정적인 손으로
단번에 내리치려 한다. 눈살 찌푸리고
마주 쳐다보는 모습은 마치 두 개의 검은 구름이
하늘의 대포를 가득 싣고, 카스피아 해[121] 위로
으르렁거리며 내려오다 잠깐 주저하고선,
그만 정면으로 맞서서, 바람이 신호의 나팔을 불면
공중에서 험악한 접전을 벌이려는 것 같다.

---

118) "내 부친은 채찍으로 너희를 징치하였으나, 나는 전갈로 너희를 징치하리라 하소서"(《열왕기 상》 12장 11절).
119) 북반구에 있는 거대한 별자리로, 모양이 뱀을 들고 있는 사람과 흡사하다.
120) 혜성이란 단어 comet는 어원적으로 해석하면 '머리카락 별'이다. 당시 혜성의 출현은 재난의 전조라고 생각되었다. 사탄을 혜성에 비유한 것은 사탄의 크기와 빛남을 표현하는 데 적절한 비유이다.
121) 폭풍이 심한 곳으로 유명하다.

이 힘센 투사들이 이같이 인상을 찌푸리자 지옥도
더욱 어두워지고, 둘은 대항하여 섰다.
쌍방이 두 번 다시[122] 이러한 대적을
만날 것 같지 않았다. 온 지옥이 진동할 만한
큰일이 당장 벌어졌을 것이다, 만일
지옥문 바로 곁에 운명의 열쇠를 쥐고 앉은
뱀 같은 마녀가 일어나서 무서운 비명을
울리며 양자 사이로 뛰어들지 않았더라면.
   그녀는 외친다. "아, 아버지,
그 손으로 무슨 짓을 하려 하는지,
당신의 외아들에게. 그리고 아들아, 얼마나
분노에 사로잡혔기에, 아버지의 머리에
치명적인 창을 겨누는 것이냐. 누굴 위해서지?
즉,[123] 하늘에 앉아 스스로 정의라고 부르는,
분노가 명하는 대로 무엇이든
궂은일을 시키는 대로 하도록 정해진
널 보고서 비웃는 그를 위해서이다.
그의 분노로 언젠가는 둘 다 멸망할 것이다."
   이렇게 말하자, 그 말 들은 지옥의
역병의 신은
손을 멈추고, 사탄은 그녀에게 이렇게 대답한다.

---

122) 그들(죽음과 사탄)은 후에 대적 그리스도를 만나 파멸당한다(〈고린도 전서〉 15장 25~26절, 〈요한 계시록〉 10장 10절 참조).
123) 이하 4행은 벨리알이 말한 바이다. "주께서 저희를 비웃으시리로다"(〈시편〉 2편 4절).

"참 이상하도다, 너의 소리. 참 이상하도다, 너의 말.
네가 참견해, 내 빠른 손을 막으니
그것이 맘먹은 것을 행동으로 네게 알려주고자
한 것도 잠시 멈추리라, 우선 너에 관해서 알 때까지.
이렇게 두 몸 가진 너는 무엇이며, 또 어째서
이 지옥의 골짜기에서 처음 만난 나를
아버지라 부르고, 저 유령을 아들이라 부르느냐.
난 너를 모른다. 그리고 이제까지 저놈이나
너같이 흉측하게 생긴 꼴을 본 일이 없다."
　지옥의 문지기 계집은 이렇게 대답한다—
"그러면 나를 잊었단 말인가? 그대의 눈에
이젠 그렇게 추하게 보이나, 한때 하늘에선
그렇게 아름답게 보였던 내가. 하늘의 왕에 대해
대담한 모반의 회의에서 그대와 결탁한 온 천사들의
눈앞에서 갑자기 처절한 고통에
사로잡혀 그대 눈이 어두워지고, 어둠 속에서
현기증 일으켰었지. 한편 머리에선 짙은
불꽃이 마구 튀어나오고, 그것이 마침내 왼쪽으로
넓게 벌어져 형체와 빛나는 용모가
그대와 아주 흡사한, 천상의 아름다움 찬란한
무장의 여신으로서, 내 그대 머리[124]에서
튀어나왔었다. 하늘의 온 무리들

---

124) 아테네(지혜)가 제우스의 머리에서 완전히 무장하고 나왔다는 그리스 신화를 성서적 사실에 결부한 것이다.

놀라움에 빠져, 처음엔 두려워서 물러나
나를 '죄'라고 부르고, 불길한 징조로
여겼지만, 차차 친근해지자 모두 나를
좋아했고, 가장 싫어하던 자, 특히 그대도 매혹적인 미에
사로잡혔지. 그대는 가끔 내게서
그대의 완전한 모습을 발견하고는
사랑에 빠져, 남몰래 나와 더불어 향락한
결과, 내 배 속에 점점 무거워가는 짐을
잉태[125]시켰었다. 그러는 동안 전쟁이 일어나
하늘에선 싸움판 벌어졌고, 우리 전능의 적에게
(당연한 일이지만) 깨끗이 승리가 돌아갔고,
우리 편은 패배해, 온 청화천을 빠져나와
도망쳤었다. 하늘 꼭대기에서
거꾸로 떨어졌지,
이 심연으로. 모두 떨어지는 통에
나도 떨어졌고, 그때[126] 이 힘 있는 열쇠가
내 손에 맡겨졌고,
내가 그것을 열지 않으면
아무도 통과 못하도록 이 문을 닫아둘 책임이 주어졌지.
시름에 잠겨 나는
여기에 홀로 앉았었는데, 얼마 안 있다가, 그대가

---

125) "욕심이 잉태한즉 죄를 낳고, 죄가 장성한즉 사망을 낳으리라"(《야고보서》 1장 15절).
126) 이하 4행은 그리스도가 십자가에서 죽음으로써 속죄한 뒤로는 이 열쇠가 그의 손으로 넘어간 것을 뜻한다. "내가…… 이제 세세토록 살아 있어 사망과 음부의 열쇠를 가졌노니"(《요한 계시록》 1장 18절).

잉태하게 한 내 배 속이 이제 너무나 불러서
이상한 움직임과 쓰라린 진통을 느꼈었다.
드디어 그대가 본바 이 흉측한 자식인
그대 소생이 사납게 터져 나오느라고
내 내장을 찢어 헤치고, 그 때문에 두려움과 아픔에
뒤틀려, 내 하체는 온통 이처럼 흉하게
변형된 것이다. 그러나 결국 저,
나의 천생의 원수는
파멸을 위한 그 치명적 창을 휘두르며
나왔고, 난 도망치며 외쳤었다. '죽음이다' 하고.
그 무서운 이름에 지옥도 떨었고,
동굴마다 한숨지으며 '죽음이다' 하고 메아리쳤었다.
나는 도망쳤지만, 나보다 훨씬 빨리,
(분노라기보다는 욕정에 불탄 듯) 그놈은 뒤쫓아 와서,
아주 당황한 그의 어미, 날 붙들고
우격다짐으로 추악하게 포옹해 나와
교접한 뒤, 그 능욕에서 태어난 것이
이 짖어대는 괴물들. 쉴 새 없이 내 주위에서
그대가 보는 바와 같이 소리 지르며, 시간마다
잉태해, 시간마다 낳아, 내겐 한없는
슬픔일 뿐이다. 그것들이 제멋대로 저희를 낳은
배 속으로 되돌아가, 짖어대고, 내 창자를
씹어대다간, 다시 또
튀어나와, 몸에 사무치는 공포로 나를
괴롭혀 편안도 휴식도 찾을 길 없다.

눈앞에 내 아들이요, 내 원수인 무서운 죽음이 맞대 앉아
그것들을 충동해, 달리 먹을 것 없으니
저의 어미인 나를 순식간에 다 먹어치웠을 거다,
만일 저도 나와 함께 죽는다는 것[127]을
모르고, 또 그 맛이 써서 언제든지 저에게
독이 된다는 것을 몰랐더라면. 운명[128]은
그렇게 고했었다. 아, 그런데 그대 아버지여,
미리 알리나니, 그 죽음의 화살을
피해라. 그리고 저 빛나는 무기가
능히 죽음을 견뎌낼 수 있다고 헛되이 생각 마라.
비록 하늘에서 달군[129] 것이라 하더라도.
저 치명적 타격에
견딜 수 있는 것은 하늘을 다스리는 그이뿐이니."
    그녀의 말이 끝나자,
지혜 있는 마왕은 곧 깨닫는 바 있어,[130]
누그러져 부드러이, 이렇게 대답한다.
"사랑스러운 딸아. 네가 나를 아비라 부르고,
귀여운 자식을 여기에서 보여주는구나,
하늘에서 나와 즐겼던 그때의 달콤한
즐거움의 기념물을. 하지만 뜻밖에

---

127) "죽음은 죄의 값이니"(《로마서》 6장 23절) 죄가 없어지면 죽음도 없어진다.
128) 사탄처럼 운명을 최고의 권위라고 믿는다.
129) 사탄의 칼은 하늘에서 달군 것이라고 했다.
130) 사탄은 죄가 보여주는 것을 통해 깨달은 바 많다. 그 결과 그의 어조에는 많은 차이가 있다.

일어난 비참한 변화가 우리에게 닥쳐와
지금은 말하기도 슬프구나.
깨달아라, 내가 온 것은 적으로서가 아니라, 이 어둡고
음울한 고통의 집에서 그와 너를, 그리고
정당한 권리로 무장했다가 그 높은 곳에서
우리와 함께 떨어진 모든 천사군을
해방시키고자 함이라. 그들과 헤어져, 나는
단독으로 이 미지의 사명을 띠고 간다, 전체를 위해
자신의 위험을 무릅쓰고 쓸쓸히 무한히 깊은
심연을 밟으며, 무한의 공허를 지나
헤매며 찾는다[131]—한 장소를, 반드시 있으리라고
예언되었고, 또 모든 징조로 보아
이미 광대하고 둥글게 창조되어 있을 하늘 변두리의
복된 장소를. 거기엔 아마
강력한 무리들이 너무 가득 차서 새로운 소동
일어날까 두려워, 좀 멀리 격리시켰겠지만,
우리가 비워놓은 자리를 메우고자 신흥 족속을
살게 했을 것이다. 과연 이것이 사실인지, 또 그 외에도
비밀의 계획이 있는지를 나는 즉시
알아야겠고, 일단 이것만 알면, 곧 돌아와
너와 '죽음'이 편안히 살며[132] 향기롭고 부드러운

---

131) "사탄이······ 가로되 땅을 두루 돌아 여기저기 다녀왔나이다"(〈욥기〉 1장 7절).
132) 사탄이 탐색에 성공하고 아담과 이브가 그의 꾀에 빠질 때 '죄'와 '죽음'에 대한 그의 약속은 완전히 이행된다. 제10편에서 사탄은 '죄'와 '죽음'을 불러 이 지구와 인간을 통치하라고 말한다. "너희 둘은 이 길을, 전부 너희들 것인 무수한 천체들 사이를 뚫고 낙원으로 곧장 가거

하늘을 여기저기 숨어서 고요히
날 수 있는 곳으로 너희를 데려가련다.
거기에서 너희는 한껏 먹고 배부를 수 있을 것이며,
만물이 너희들의 먹이가 될 것이다."
 그의 말이 끝나자, 둘 다 아주 만족하고, '죽음'은
자기의 주림이 채워진다는 말을 듣고 허연 이빨 드러내어
무섭게 소름 끼치는 미소 짓는다. 그리고 그렇게
좋은 때를 만나게 될 제 밥통을
축복한다. 그에 못지않게
그 악한 어미도 좋아하며, 아비에게
이렇게 말한다.
"이 지옥 구덩이의 열쇠를 나는 권리와,
그리고 하늘의 전능한 왕의 명령에 의해
간직하고 있으나, 그의 명령으로 이 금강의 문들은
열지 못하게 되어 있는 것이다. 강요하는 자에겐
'죽음'이 당장 일어서서 창을 던지게 될 것이다.
산 자와 힘에 패하리라는 두려움 없으니.
그러나 내가 미워하여 이 깊은 지옥의
어둠 속에 떨어뜨려, 이 지긋지긋한 일을
하도록 여기에 가둬놓고, 싫은 일 하게 하고
하늘의 백성이며
하늘에 태어난 나를

라. 축복 속에 그곳에서 살며 통치하라. 다음에는 지상과 공중에, 특히 만물의 유일한 주인이
라고 선고받은 인간에게 지배권을 행사하라. 우선 그 인간을 노예로 하여 종말엔 죽여라."

고통 속에 묻게 해, 내 창자를 먹고 사는
내 새끼들 때문에 공포와 소란에 싸여
살게 하는 하늘에 있는 그이의 명령을 지켜야 할
의무가 어디 있겠는가. 그대는
내 아버지요, 나를 만든 자이니, 그대야말로
나에게 삶을 부여했다. 그대가 아니고 내가
누구에게 복종하겠는가. 누굴 따르겠는가. 그대는
나를 곧 그 빛과 축복의 신세계, 평안한 생활 하는
신들 사이로 데려다 줄 것이니, 게서
나는 그대의 오른쪽[133]에서 안락하게 다스리련다,
언제까지나 그대의
사랑하는 딸로서 부끄럽지 않게."
  이렇게 말하면서, 그 옆구리에 인간의
모든 재앙의 도구인 숙명의 열쇠를 꺼내 들고,
천한 긴 몸뚱이를 흔들며 문으로 향해 가서
그녀 아니고선[134] 지옥의 천사들도 단 한 번을
움직일 수 없었던 거대한 쇠창살을
높이 끌어 올리고는, 열쇠 구멍에
까다로운 쇠끝을 넣어 돌려, 육중한 철이나
또는 견고한 바위로 된 빗장들을 모두
손쉽게 벗긴다. 갑자기 지옥의 대문들이
힘차게 퉁겨지며, 삐걱대는 소리와 함께

---

133) 하느님의 아들이 오른쪽에 앉듯이 악마의 딸로서 '죄'는 악마의 오른쪽에 앉고자 한다.
134) 죄를 범하지 않는다면, 사탄과 그의 대군의 힘으로도 인간을 지옥에 끌어넣을 수 없다.

활짝 열린다. 돌쩌귀마다 마찰되어 일어나는
난폭한 우렛소리에 지옥의 제일 밑바닥까지
진동한다. 열긴 했으되, 닫기에는[135]
힘에 겨워, 문들을 활짝 연 채 두니
군기軍旗를 든 대군이 날개 쫙 펼치고
깃발 펄럭이며 행진해 통과할 수 있다,
말과 전차가 여유 있게 줄지어 그들을 따르고.
넓게 열린 문은 마치 용광로 아가리같이
소용돌이치는 연기와 시뻘건 불을 토한다.[136]
그들의 눈앞에 갑자기 나타나는 건
만고의[137] 심연 속 비밀들,
끝없이 펼쳐져 있는 망망대해.
거기엔 길이도 폭도 높이도 없고,
시간도 장소도 없다. 거기서 가장 늙은 밤과
'혼돈',[138] 즉 자연의 선조들이 끝없는
전쟁의 소란 속에서 영원한 무질서를
유지하고, 혼란에 의지하고 있다.
열과 추위와 습기와 건조[139]의 사나운 투사 넷이

---

135) 다만 하느님만이 최후의 심판 후에 지옥의 문을 닫을 수 있다.
136) "저가 무저갱을 여니 그 구멍에서 큰 풀무의 연기 같은 것이 올라오매"(〈요한 계시록〉 9장 2절).
137) 이하는 혼돈을 묘사한다.
138) 이하 3행에서 혼돈은 다만 질서 없는 만물의 무더기일 뿐 아니라, 신화에 나타나듯 인격화된 인물이고 밤의 친구이다. 빛은 창조를 수반하고, 밤과 혼돈은 자연의 조상으로서, 그들이 사는 무질서의 세계에서 자연의 세계가 탄생했다.
139) 이 네 가지가 둘씩 짝지어서 4대 원소를 이룬다. 열과 건조가 불, 열과 습기가 공기, 추위

여기서 패권을 겨누고, 각기
그 어린 원자原子를
싸움에 끌어들인다. 그들은 각기 제 당파의
깃발을 둘러싸고, 부족별로 나뉘어
중무장140) 혹은 경무장, 혹은 날카롭게
혹은 부드럽게,
혹은 급하게 혹은 완만하게, 수없이 몰려 우글거린다,
마치 바르카141)나 키레네142)의 열대 지방 모래가
바람에 날려 가벼운 쪽에 무게를 더 주어가며,
바람들의 싸움에 가담할 때와 같다. 이 원자들이
많이 따르는 쪽이 잠시 승리한다. '혼돈'이
심판관으로 앉아 있다. 그러나
판결로 혼란은 더하고,
혼란으로 통치한다. 그다음의
높은 결재권자로서
'우연'143)이 모두를 통치한다. 이 황량한 심연,
자연의 태이면서, 어쩌면 무덤,144)
바다도, 육지도, 공기도, 불도 아니고,
이 모두가 혼연히 뒤섞인 생산 원자,

와 습기가 물, 추위와 건조가 땅을 이룬다.
140) 무게와 굳기와 속력, 다른 무수한 원자가 신의 지혜로 질서 잡히고 정리되어 우주가 형성된다고 본다.
141) 이집트와 튀니지 사이의 사막. 대략 리비아 근처이다.
142) 북아프리카 튀니지 동쪽 지방이다.
143) '우연'과 '혼돈'이 재결권자로 합세함으로써 혼란을 더한다.
144) 하느님은 최후의 심판의 날에 우주를 파멸시켜 다시 혼돈으로 만들 수 있다.

만능의 조물주께서 다시 더 여러 계류를
창조하기 위해 그것을 재료로 정하지 않으면
언제까지나 이렇게 싸우고 있을 것을.
이 황량한 심연 속을 조심성 깊은 마왕은
지옥의 언저리에 서서 잠시 들여다보며,
자기가 갈 길을 곰곰이 생각한다.
이제 건너야 하는 것은
좁은 해구海口가 아니었기에. 또한
그의 귀를 울리는
크고 요란한 소리는(큰 것을
작은 것에 비유한다면) 벨로나[145]가 온갖
파괴용 무기를 써서 어느 수도를
무너뜨리려 했을 때 그만 못했고, 또는
하늘의 테두리가 떨어지고 여러 원소들이
항거해 움직이지 않는 지구를 그 축에서
떼어낸다 해도 이만 못했다. 드디어 그는 날려고
돛폭만 한 날개를 펴며, 파도치는
연기 속을 땅을 차고 날아오른다. 그리하여 수백 리,
구름 의자에 앉은 듯, 거리낌 없이
올라간다. 그러나 앉은 자리는 곧 무너지고 부딪힌 것은
광막한 공허. 아주 뜻밖이라, 헛되이
활개 치며 거꾸로 떨어져 내리기를

---

145) 전쟁의 여신.

수만 길, 아마 이 시간까지도
떨어지고 있었으리라, 만일 운수 나쁘게도,
불과 암초가 가득 찬 소란한 구름의
강한 반발로 그가 떨어진 만큼 높이
퉁겨 올라가지 않았더라면. 그 격동도 끝났다.
바다도 아니고 좋은 땅도 아닌
늪 같은 모래 속에 걸렸다.
거의 빠지며
거친 진창을 밟으며 반은 걷고 반은 날아서
그는 간다. 이제야 그에게 노와 돛이 다 필요하다.
마치 그리폰[146]이 밤새도록 지키던 황금을
남몰래 훔쳐 간 아리마스포이[147]를 뒤쫓아
산을 넘고 황야의 골짜기를 건너
황무지 들판을 쏜살같이 날아가던
그때처럼 그렇게 마왕은 전력을 다해
늪과 절벽을 넘어 좁은 곳, 거친 곳,
짙은 곳, 엉성한 해협을
지나 머리로, 손으로, 날개로, 발로 가는가 하면
헤엄치고, 가라앉고, 건너고,
기고, 난다.
마침내 고막을 찢는 음향과 소란한 음성이

---

146) 상체는 독수리, 하체는 사자 같은 신화상의 괴물. 황금 창고를 소유했다고 한다.
147) 신화에 의하면 아리마스포이라는 애꾸눈 족속이 지금의 남부 러시아에 살았는데, 머리를 금으로 장식했고, 그 때문에 자주 그리폰과 싸웠다고 한다.

사납게 천지에 가득 차며, 텅 빈
어둠 속으로 들려와 아주 드높게 격렬하게
그의 귀를 때린다. 그리로 그는 대담하게
간다, 혹 그 소음 속에 하계 심연의
어떤 천사나 영체가 살고 있으면,
그를 만나 광명에 접경하는 가장 가까운
변경이 어디 있는가를 묻고자 함이다.
이때 똑바로 보라, '혼돈 왕'의 옥좌와
황량한 심연 위에 널리 펼쳐진 그의
어둠의 대천막을. 옥좌에 함께 앉은 건
검은 옷을 입은 '밤', 만물의 연장자,
그의 통치의 배우자. 그들 곁에 서 있는 것은,
오르쿠스와 아데스,[148] 그리고 이름도 무시무시한
데모고르곤.[149] 그다음엔, '풍문'과 '우연',
그리고 '소요'와 모두 뒤범벅이 된 '혼란',
또한 수천의 다른 입을 가진 '불화' 등.
    사탄은 이들을 향하여 대담하게 말했다. "너희들,
이 하계의 심연의 권력자, 천사들이여,
그리고 '혼돈'과 태고의 '밤'이여,
나는 너희들 나라의
비밀을 정탐하거나 교란할 목적으로 온

---

148) 오르쿠스는 로마 신화의 지옥 혹은 지옥의 신이고, 아데스는 그리스 신화의 지옥 혹은 지옥의 신이다.
149) 신비스러운 지옥의 힘을 인격화한 것. 후기 라틴 문학에도 언급돼 있다고 한다.

첩자가 아니다. 다만 광명으로 가는 내 길이
너희의 광활한 제국을 통과하게 되었기에
하는 수 없이 이 어둠의 광야를 방황하며
홀로 길잡이도 없이 갈 바를 모르고 허둥지둥,
너희의 어두운 영토가 하늘과 접경한 곳에
어떤 가까운 길이 있는가를 찾고 있을 따름이다.
또 하늘의 왕이 요즈음 너희 영토[150]에서
어느 곳을 빼앗아 영유하고 있다면,
거기에 이르고자,
이 심연을 여행하고 있는 것이다. 내 길을 인도해라.
인도받아서 내가 만일 너희가 잃어버린 영역에서
모든 찬탈자를 몰아내고, 그것을 본래의 암흑과
너희의 지배하에 환원해(그것이 나의
여행의 목적이지만) 다시 한 번 태고의 밤의
깃발을 거기에 세운다면, 너희를 위한
보수도 결코 적지 않으리라.
이익은 모두 너희 것, 복수는 나의 것이다."
　이렇게 사탄이 말하자, 늙은
'혼돈 왕'은 그에게
당황한 표정으로 더듬더듬 이렇게
대답한다. "낯선 이여, 나는 안다,
그대가 누구인지를,

---

150) '혼돈'의 불평과 같이 그의 영토는 우선 지옥의 창조로, 그다음은 우주의 창조로 줄어들었다.

비록 패배하긴 했지만 최근 하늘의 왕에게
대항했던, 저 힘센 천사장임을.
나는 보고 들었다. 이렇게 수많은 대군이
파멸에 파멸을, 패주에 패주를 거듭하고,
혼란에 혼란을 더하면서, 이 겁에 질린 심연을 거쳐
도망칠 때 조용하지도 않았으니.
그리고 천문天門에선
승리의 대군 수백만[151]을 쏟아내어
추격시켰었고. 나는 여기 내 땅 변두리에
거처를 정하고, 힘닿는 한 남아 있는
작은 땅을 지켜보려는 것이다. 그 영토는
우리의 내란 때문에[152] 항상 침범당해
늙은 '밤'의 권세가 약해져 가고 있으니.
첫째, 지옥,
즉 그대의 암굴은 멀리 널리 아래로 퍼져 있다.
다음으로, 최근에 이룩된 하늘과 땅, 이 별세계는
그대의 군대들이 떨어진 하늘의 그쪽과
황금 사슬[153]로 연결되어 내 영토 위에 걸려 있다.
그대가 그 길로 간다면, 멀지 않으리라.

---

151) 사실은 메시아 단독의 추격에 불과했다. 혼돈은 겁에 질려 수백만으로 착각한 것이다.
152) 혼돈 안에서의 각 원소들의 싸움을 내란이라 했다. 그 싸움으로 혼돈은 하느님의 침범에 대한 방어력이 약화되었다고 하는 것이다.
153) 호메로스의 《일리아스》에 따르면, 제우스는 자기의 힘이 다른 신들보다 탁월한 것을 과시하기 위해, 하늘에서 내리는 '황금 사슬'로 지구와 하늘을 끌어 올릴 수 있다고 주장한다. 사슬은 본래 인간과 신과의 결합의 표상이라고 생각되었다(《일리아스》 8장 18행 이하 참조).

그만큼 더 위험에도 가깝고. 가거라, 빨리.
파괴와 약탈과 황폐는 나의 이익이다."
 그의 말은 끝났으나, 사탄은 대답하기 위해
머무르지 않았고,
바다가 이제 해안에 가까워졌음을 기뻐하며,
새로운 활기와 새로운 힘으로
뛰어오르는 모습이 마치 불의 피라미드[154]같이
광막한 허공 속으로 들어가, 사방으로 에워싼
싸우는 모든 원소들의 충격 속을
뚫고 나아간다. 아르고 호가[155] 보스포러스 해협의
맞부딪는 바위 사위를 뚫고 통과할 때보다도
오디세우스가 좌현으로 카리브디스[156]를 피하고
저쪽 소용돌이 가까이 배를 조종해 가던 때보다도
더 곤란에 싸이고, 위험에 직면했다.
그같이 그는 곤란을 겪고, 힘들여
나아갔다, 고생하면서 힘들여 나아갔다.
그러나 그가 일단 지나가고, 얼마 안 있어 인간이

---

154) 로켓처럼 거대한 발광체가 급속하게 위로 올라감에 따라 점점 크기가 작아지고 나중엔 그 영상만이 마치 불의 피라미드같이 눈에 남는다.
155) 그리스 신화에서 아르고 호는 최초의 항해선이다. 그것을 타고 이아손과 그의 부하가 그리스로부터 보스포러스 해협을 통과해 황금 양피를 실어 갔었다. 흑해 동쪽 끝쯤에 두 바위가 있어, 배가 지날 때마다 충돌하여 난파했는데도 아르고 호는 무사히 통과했다는 것이다.
156) 이탈리아 반도와 시칠리아 섬 사이의 메시나 해협에는 두 바위로 된 좁은 통로가 있고 위험한 소용돌이가 있다. 한 바위는 '실라'이고, 또 한 바위는 '카리브디스'인데, 배가 한쪽 바위를 비키면 다른 바위에 부딪히게 마련이다. 그런데 오디세우스는 실라 쪽으로 배를 몰고 카리브디스를 피하여 항해했다는 것이다.

타락했을 때, 이상한 변화가 일어났다. '죄'와 '죽음'이
곧 그 발자국을 따라가며(이것이 하늘의 뜻)
그[157] 뒤로 넓고 잘 다져진 길을 암흑의
심연 위에 깔고, 끓어오르는 심연이
지옥으로부터 계속해서 이 연약한 세계의 끝 성천星天에
이르는, 이상하게 긴 다리를 가만히
떠받들고 있다. 이 다리를 통해서 악령들은
이리저리 쉽게 왕래하며 하느님과
선한 천사의 특별한 은총으로 보호받는 자 외의
인간들을 유혹하기도 하고 벌하기도 한다.
그러나 이제 드디어 성스러운 광명[158]의 힘이
나타나, 하늘의 성벽으로부터 멀리
어둠침침한 밤의 가슴속으로 희미한
새벽빛이 쏘아 든다. 여기에 자연[159]은 비로소
그 끝닿는 변두리를 열고, '혼돈'은 물러난다,
마치 패배한 적군이 외곽 요새에서
소동과 적에 대한 소음도 없이 후퇴하듯.
그래서 사탄은 이제 별 힘 안 들이고 편안히
희미한 빛을 받으며 잔잔한 물결에 떠서
비바람에 시달린 배처럼 돛줄과 연장은

---

157) 이하 5행에서 보면, 다리라고도 할 수 있고 길이라고도 할 수 있는 우주와 지옥 간의 이 통로에 대한 묘사가 463쪽 8행 이하에도 나온다.
158) 하느님과 천국의 상징. 제3편은 이야기가 빛과 천국으로 옮겨 간다. 제2편의 종말은 제3편의 도입 역할을 한다.
159) 우주의 창조가 시작된다.

파손되었어도 즐거이 항구로 향한다.
혹은 공기 비슷한 희박한 허공 속을
수평으로 날개 펼치고서 유유히
아득한 청화천을 바라본다. 그 하늘은 주위에
널리 모났는지 둥근지 확연치 않게 펼쳐져 있고
오팔로 된 탑과 찬란한
사파이어로 된 흉벽이 있는[160]
한때는 그의 고향이었던 그곳을,
그리고 또한 바로 곁에, 황금의 사슬에 걸려서[161]
달 바로 가까이에 있는 가장 작은 별같이 보이는[162]
이 세계를 바라본다.
그곳으로 악의에 찬 복수심 가득 품고서
저주받은 채, 저주받은 시간에, 그는 발을 재촉한다.

---

160) "그 성곽은 벽옥으로 쌓였고, 그 성은 정금인데 맑은 유리 같더라. 그 성의 성곽의 기초석은 각색 보석으로 꾸몄는데 첫째 기초석은 벽옥이요, 둘째는 남보석이요, 셋째는 옥수요, 넷째는 녹보석이요, 다섯째는 홍마노요"(《요한 계시록》 21장 18~19절).
161) 주 153) 참조.
162) 우리 이 우주도 청화천과 비교하면 육안으로 보는 달 곁에 있는 극소한 별밖에 되지 않는다.

제3편

 하느님은 보좌에 앉아 이제 막 창조된 이 세계를 향해 날아오는 사탄을 본다. 오른쪽에 앉아 있는 아들에게 사탄이 인류를 타락시키는 데 성공할 것을 예언하고, 인간을 자유롭게 유혹자에게 대항할 수 있도록 창조했으므로 자신의 정의와 지혜를 비난할 수 없음을 밝힌다. 그러나 인간은 사탄처럼 자기의 악의에서가 아니라, 사탄의 유혹에 의해서 타락된다는 점에서, 인간에게 자비심을 베푸실 뜻을 선언한다. 인간에 대한 자비로운 뜻을 표명한 데 대해 하느님의 아들은 아버지 하느님에게 찬미를 드린다. 그러나 하느님의 정의가 충족되지 않으면 인간에게 자비를 베풀 수 없다고 다시 선언한다. 인간은 신격神格을 탐내어 하느님의 존엄을 더럽혔기에 충분히 그의 죄를 면하고, 벌을 대신 받을 자가 나타나지 않는 한, 그의 자손과 더불어 죽음을 선고받고 죽지 않으면 안 된다. 하느님의 아들이 자진해서 자신이 인간을 대속할 것을 제의하자, 하느님은 이를 받아 그의 화신化身을 정하고, 천지의 모든 이름을 초월해 그의 우월함을 선언하고, 모든 천사들에게 그를 예찬할 것을 명한다. 그들의 전 합창대는 일제히 하프에 맞추어 찬가를 부르며 하느님과 그 아들을 찬양한다. 그러는 동안 사탄은 이 세계의 극외권極外圈 둥근 형체의 돌출부에 내려 방황하다가, 공허의 변방이라는 곳을 발견한다. 사람들과 물건들이 거기로 날아 올라가는 것을 보고, 거기로부터 사닥다리로 오르는 천문天門과, 그 주위에 흐르는 푸른 하늘 위의 물 있는 데로 온다. 이어 그는 태양太陽으로 나아가 태양의 지배자 우리엘을 만나지만, 스스로 미천한 천사의 형체로 바꾸어 새로 창조된 세계와 하느님께서 있게 하신 인간을 보고 싶다는 열망을 가장하면서 인간이 있는 주소를 그에게 물어봐 알아내고는, 먼저 니파테 산에 내린다.

◆

기쁘다, 성스러운 빛[1]이여 하늘의 초생아[2]여.
영원한 분과 공존하는 영원의 빛이라고
너를 불러도 잘못이 없을 것인가? 하느님은 빛이라,
영원 이래 다만 가까이 할 수 없는
빛 속에서 사셨나니—창조되지 않은
빛나는 본질이 찬란하게
흘러 나가는 그 속에서 사셨도다.
혹은 차라리 아무도 근원을 모르는
순수 정기[3]의
흐름이라고 불러야 하나. 태양보다도 먼저

---

1) 제3편은 빛에 대한 찬미로 시작한다. 밀턴은 여기서 잠시 원래의 주제를 벗어나 맹인으로서 자신의 빛에 대한 간절한 심정을 토로한 것으로 유명하다.
2) 빛은 창조 제1의 소산이다(〈창세기〉 1장 3절 참조).
3) 제1편 주 24) 참조.

하늘보다도 먼저 너는 있어서, 하느님의
목소리 듣고,[4] 공허하고 형상 없는[5] '무한'에서
얻어진 캄캄하고 깊은 물로 이루어진[6] 새로 생긴
이 세계를 외투로 싸듯이 감싸고 있다.
비록 오랫동안 어두운 객지[7]에 머물렀으나,
지옥의 호수에서 도망쳐 대담하게 날아
이제 나는 너를 다시 찾는다. 그때
바깥과 중간의 어둠[8] 속을 오락가락 날면서
힘들고 비록 어렵긴 하지만, 감히 어둠 속을 내려왔다가
올라가기 위해서 하늘의 뮤즈[9] 신의
가르침을 받아 오르페우스[10]의 거문고와는
다른 곡조로 '혼돈'과 영원의 '밤'을
나는 노래했었다. 나는 무사히 너를 다시 찾아
너의 생기 높은 불빛[11]을 느낀다. 그러나 네가
이 눈을 다시 찾지 않는다면,
그것이 헛되이 굴러

---

4) "하느님 가라사대 빛이 있으라 하시매 빛이 있었고"(《창세기》 1장 3절).
5) 즉, 혼돈.
6) 이 세계가 최초로 창조되었을 때는 '유동의 덩어리'였다.
7) 지옥 그 자체, 즉 '불의 심연'.
8) 지옥과 혼돈. 바깥 어둠은 지옥, 중간 어둠은 혼돈이다.
9) 신의 영감.
10) 오르페우스는 호메로스 이전의 최대 시인이다. 아폴론에게 칠현금을 얻어 뮤즈 신으로부터 음악을 배웠다고 한다. 오르페우스가 작곡한 〈밤의 찬미가〉도 있지만, 밀턴의 밤의 노래는 "하늘의 뮤즈"로부터 영감을 받은 것이므로 다른 곡조이다.
11) 원어 램프를 의역한 것으로, 태양을 말한다. 혼돈에서 나와 청화천으로 옮기는 것을 밤에서 나와 아침으로 옮기는 것에 비유했다. "느낀다"는 작가가 맹인이기 때문이다. 밀턴은 1652년 44세에 완전히 실명했다.

섬광을 찾으나, 새벽을 보지 못할 것이다.
그렇게 두꺼운 흑내장은
안구를 싸버리거나
어두운 백내장에 덮였으니. 그러나 여전히
굴하지 않고, 뮤즈 신[12]이 드나드는
맑은 샘, 그늘진 숲, 해 비치는 언덕[13]을
성가聖歌의 사랑에 매혹되어
방황한다.[14] 그러나 특히
너 시온, 그리고 너의 맑은 발을 씻으면서
노래하며 흐르는 꽃다운 시내[15]를
밤마다[16] 나는 찾는다. 그리고 언제나
잊을 수 없는 것은
나와 운명을 같이한 두 사람,[17]
명성도 그들과 같았으면 하고 염원하는
눈먼 타미리스,[18] 눈먼 마에오니데스,[19]

---

12) 뮤즈 신의 영감이 나타나 있는 고전 시가의 세계.
13) 헬리콘 · 파르나소스 영산들과 히포크레네 · 아가니페 · 카스탈리아의 샘 등 모두가 고전 시가의 세계를 상징한다.
14) 고전 시가의 세계보다도 성서의 세계에서 더욱 기쁨을 얻었음을 말한다. "시온"이니 "꽃다운 시내"니 하는 것은, 전기 고전 시가의 세계에 대해 성서의 세계를 상징하는 지명이다.
15) 실로아의 시내.
16) 밀턴은 시의 영감을 주로 밤과 새벽에 얻었다고 한다.
17) 타미리스, 마에오니데스는 예언가이자 시인이다. 여기에 또 두 사람의 이름이 추가된 것은, 말하는 중에 생각났기 때문이다.
18) 호메로스의 《일리아스》에 나오는 트라키아의 시인. 시 짓는 재능이 뮤즈의 여신보다 낫다고 호언하다가 여신들의 노여움을 사서 시력을 빼앗겼다(《일리아스》 2장 595~600행).
19) 호메로스. 마이온의 아들이라는 데서 그런 이름을 지었다고 한다.

옛 예언자 티레시아스[20]와 피네우스.[21]
그러면서 저절로 고운 가락 우러나오는
사색에 잠긴다. 마치 은밀한 숲 속에 숨어
어둠 속에서 노래하면, 밤의 곡조 자아내는
밤새[22]처럼. 이렇게 세월과 더불어
계절이 바뀌어도 내겐 오지 않는구나.
낮도, 아침저녁이 아름답게 다가옴도,
봄철의 꽃, 여름 장미의 광경도,
양 떼, 소 떼, 거룩한 사람의 얼굴도.
다만 나는 구름과 개는 날이 없는 어둠에
싸여, 사람들의 즐거운 길은 차단되고,
아름다운 지식의 책 대신 내게는
지우고 깎아버린 자연 만물의
끝없이 망망한 공백만이 제시되어 있고
지혜는 한쪽 문으로 내밀려 버렸구나.
그러나 차라리 너, 하늘의 빛이여,
마음속에 빛나라, 마음의 능력 전부를
비춰라. 거기에 눈을 심고, 모든 안개를
거기서 씻어 걷어내라, 인간의 눈에
보이지 않는 것을[23] 내가 보고서 말할 수 있게.
    이제 전능하신 하느님, 높은 그곳에서

---

20) 테베의 맹인 예언자.
21) 트라키아에 있는 살미데소스의 왕이며 유명한 맹인 예언자.
22) 나이팅게일.
23) 현상 세계가 아닌 신의 세계. 지금까지의 탈선에서 시는 이제 본주제로 돌아간다.

모든 높은 것보다 더 높은 보좌에 앉아
청화천[24]으로부터 아래를 굽어보시고
당신의 창조물과 그들이 하는 일을 굽어보신다.
그 둘레에는 하늘의 모든 성자들이
별처럼 빽빽이 모여 그분의 모습 보고
형언할 수 없는 축복[25]을 받는다. 오른쪽엔
하느님의 영광의 빛나는 표상,[26] 그의 독생자 앉아 있다.
그는 처음으로 지상에
우리의 최초의 양친, 아직 둘밖에 없는
인류, 행복의 동산에 놓여
복된 고독 속에 환희와 사랑과 끊임없는 희열과
비할 바 없는 사랑의 영원한 열매를
거두고 있음을 보신다. 다음으로 그는
지옥과 중간의 심연[27]을, 그리고 거기에 사탄이
'밤' 이쪽[28] 편 하늘의 성벽 따라
캄캄한 공중을 높이 올라 피곤한 날개와
의욕적인 발을 이 세계의 아무것도 없는 표면에
지금 막 내리려는 모습을 보신다. 그 표면은
창궁[29] 없고, 바다인지 공기인지 확실치 않은

---

24) 영원한 신의 처소.
25) "마음이 청결한 자는 복이 있나니, 저희가 하느님을 볼 것임이요"(〈마태〉 5장 8절).
26) "이는 하느님의 영광의 광채시요, 그 본체의 형상이시라······ 높은 곳에 계신 위엄의 우편에 앉으셨느니라"(〈히브리서〉 1장 3절).
27) 천국과 지옥의 중간, 즉 혼돈.
28) 즉, 혼돈의 이쪽 청화천의 외벽에 연하여 사탄은 지금 천국과 신세계 중간에 있다.
29) 우주는 하나의 크고 단단하고 둥근 형체인데, 태양과도 같고 공기와도 같은 혼돈에 에워

것에 에워싸인, 단단한 땅처럼 보인다.
하느님은 과거, 현재, 미래가 다 내다보이는
그 높은 곳에서 사탄을 바라보면서,
당신의 독생자에게
이렇게 예언해 말씀하신다.
"독생자여,[30] 너 보는가, 우리의 적이
얼마나 분노에 사로잡혔는가를. 정해진 경계도
지옥의 관문도 그에게 씌워놓은 모든
쇠사슬도, 널리 가로놓은 대심연도,
그를 제어할 수 없을 만큼 그는 필사적으로
복수를 마음먹은 모양이나, 그 복수는 저 자신의
반역의 머리 위로 되돌아가리라. 이제
일체의 제지를 뚫고, 하늘에서 가까운
빛의 경내를 그는 날아가고 있구나.
새로 창조된 세계와 거기 놓인 인간을
힘으로 멸망시키든지, 안 되면
더 나쁘게[31] 어떤 허위의 간계로 타락시켜볼
생각에서. 아니, 타락할 것이다.
인간은 그가 아첨하는 거짓말에 귀를 기울이고,

싸여 있을 뿐, 둘레에 창궁이 있는 것이 아니다. 창궁은 우주의 내면에 있다.
30) 이하의 하느님과 독생자 사이의 대화는 시가 아니라, 하나의 신학상의 이론 전개라 하여 비난을 많이 받는다. 여기서의 적은 사탄이다.
31) 허위의 간계로 인해 타락하는 것은 타락하는 자의 의지로 타락하는 것이다. 그러니 폭력으로 타락을 강요당하는 것보다 더 나쁘다. 아담도 스스로 죄짓지 않았으면 타락하지 않았을 것이다.

유일한 명령,[32] 순종이란 유일한 언약을
쉽게 배반할 것이다. 그리하여 인간과
그 믿음 없는 자손들은 타락할 것이다. 누구의 잘못인가,
자기 자신 이외에 누구의 잘못인가? 얻을 수 있는 모든 것을
내게서 얻고서도 은혜를 모르는구나. 타락하는 건
자유이나, 나는 능히 견디도록 바르고 옳게 그를
만들었느니라. 모든 상천사上天使들도,
영체들과 그리고
일어선 자들과 패배한 자들도 그렇게 창조했다.
일어선 자도 자유로이 일어섰고, 넘어진 자도 그렇다.
자유롭지 않다면 참된 충성과 변함없는 신의와
사랑의 실증을 어떻게
그들은 보일 수 있었을까.[33]
거기서는 꼭 해야 할 일만 나타날 뿐 하고 싶은 일은
나타나지 않을 것이다. 이런 순종에서
그들은 어떤 찬양을 받고, 나는 어떤 기쁨을 얻을까,
의지와 이성이(이성도 선택[34]이지만)
두 가지 다 자유를 빼앗겨 쓸데없는 것이 되어
두 가지 다 수동적인 것이 되어버려서, 나 아닌
필연을 섬기게 되었을 때. 그러므로 그들은 정의에

---

32) 아담과 이브에게 지혜의 나무 열매를 먹지 말라고 내린 명령.
33) 의지와 이성에 자유가 부여되는 곳에 참된 충성과 신의와 사랑이 있다. 인간에겐 축복, 신에겐 기쁨이 있다.
34) "하느님이 아담에게 이성을 부여했을 때 그는 선택의 자유를 주었다. 왜냐하면 이성도 다름 아닌 선택이기 때문이다"(밀턴의 산문《재판관》참조).

속하도록 만들어졌으니,³⁵⁾ 그들을 만든 자와
그 만듦과 그 운명을 비난함은 부당하다.
마치³⁶⁾ 숙명이 절대의 결정으로, 또는
높은 선견으로 처리되어, 그들의 의사를
지배한 것이나 다름없으니. 자신들의 반역을
저희들 스스로 정했지 나는 아니다.
내가 예견한대도
그 예견이 그들의 죄에 영향을 주는 바 없다.
예견되지 않아도 확실한 죄였을 것이니.
그러므로 운명의 사소한 자극이나 그림자 없이,
또는 나의 예견 때문에 어떤 영향받음 없이
그들은 죄를 범한다.³⁷⁾ 그들의 판단에서나, 그들의
선택에서나 만사에 자신이 주동하여. 그렇게
그들을 자유롭게 했으니, 스스로 노예가 될 때까지
자유로이 지내리라. 아니면 그들이 본성³⁸⁾을

---

35) 천사들은 정의가 요구하는 대로, 즉 자유롭도록 창조되었다.
36) 이하 7행은 하느님의 예정과 인간의 자유의 문제이다. "하느님이 미리 아신 자들로 또한 그 아들의 형상을 본받게 하기 위하여 미리 정하셨으니…… 또 미리 정하신 그들을 또한 부르시고, 부르신 그들을 또한 의롭다 하시고, 의롭다 하신 그들을 또한 영화롭게 하셨느니라"(《로마서》 8장 29~30절). 엄밀한 칼뱅주의자에 의하면 하느님의 절대적 결정에 의해 구원받을 자와 벌받을 자가 예정된다. 그러나 밀턴은 아르미니위스파적인 견해를 가졌던 것 같다. 그러므로 그의 사상에 의하면 예정설이란 구원받을 자에 대한 절대적 결정이 아니라, 신앙심이 있고 그것이 계속되면 구원이 결정되는 조건적 예정이다. 이 7행에서 말하는 것이 바로 그것이다. 즉, 절대의 결정으로 인간의 자유의지를 억제하는 것이 아니라, 한 인간의 자유의지에 의한 선택을 하느님이 예견하고서, 그에 해당하는 운명을 예정하는 것이다.
37) 부여된 자유로 선을 택하지 않고 악을 택해 드디어 악의 노예가 되어버린다.
38) 그들이 창조될 때(타락 이전)는 하느님의 성품이 곧 그들의 성품이었다. "하느님이 가라사대 우리의 형상을 따라 우리의 모양대로 우리가 사람을 만들고"(《창세기》 1장 26절).

바꾸어 그들의 자유를 정해준 영원불멸의
높은 명령을 버리지 않을 수 없다.
그들 스스로 자신의 타락을 정했다.
전자의 것들은[39] 스스로 꾀고 스스로 부패하여
남에게 나쁜 짓을 하게 해 타락했고, 인간은 전자의
기만으로 타락한다.
그러니 인간은 은혜받아야 한다.
전자는 아니다, 그렇게[40] 자비에서나 정의에서나,
내 영광은 하늘과 땅에 드높아야 한다.
그러나 연민은 시종 찬란히 빛나야 하리라."
　이렇게 하느님이 말씀하시는 동안
고운 향기가
온 하늘에 충만하고, 축복받아 뽑힌 영들은
형언할 수 없는 새로운 희열에 싸인다.
그리고 비길 바 없이 하느님의 아들은 가장 빛나
보인다. 아버지[41]의 모든 것은 그에게
실체 되어 나타나 빛나고, 그의 얼굴에
완연히 떠오르는 것은 성스러운 연민,
끝없는 사랑, 헤아릴 수 없는 은총.
그것[42]을 표현하면서, 이렇게 아버지께 말한다.

---

39) 사탄과 타락 천사들.
40) 이하 3행. "의와 공의가 주의 보좌의 기초라, 인자함과 진실함이 주를 앞서 행하나이다" (〈시편〉 89편 14절).
41) "그 안에는 신성의 모든 충만이 육체로 거하시고"(〈골로새서〉 2장 9절).
42) 연민과 사랑과 은총.

"아, 아버지시여,
인간은 은총을 받아야 한다고
거룩한 결론 맺으신 그 말씀은 은혜롭나이다.
그러므로 하늘도 땅도 수없는 찬가와 성가의
음향으로 당신을 높이 칭송할 것이요,
당신의 보좌는 그 소리에 싸여 당신에 대한
영원한 축복의 소리 울려 퍼지리다.
인간은 결국 망할 것이옵니까. 인간이,
최초에 그렇게 사랑받은 당신의 피조물이고,
당신의 가장 어린 아들이 제 잘못 있다 하더라도,
이렇게 기만당해 떨어질 것이옵니까. 당신에겐
있을 수 없는 일, 있을 수 없는 일입니다.[43] 아버지여,
창조된 만물의 심판자, 다만 옳게 판단하시는 이여.
저 대적은 이리하여 자기의 목적을
달성하고 당신의 목적을 방해할 것이옵니까. 그는
자기의 악한 뜻을 성취하고, 당신의
선의를 헛되게 한 것이옵니까.
또는 형벌이 한층 중할지라도 복수를
성취하고, 의기양양하게 돌아갈 때 자기가
망쳐놓은 온 인류를 지옥으로 끌고 갈 것이옵니까.
혹은 당신 스스로 당신의 창조물을

---

43) "주께서 이같이 하사 의인을 악인과 함께 죽이심은 불가하오며, 의인과 악인을 균등히 하심도 불가하나이다. 세상을 심판하시는 이가 공의를 행하실 것이 아니니이까"(〈창세기〉 18장 25절).

버리고, 당신의 영광을 위해 당신이
만드신 것을, 그를 위해 파멸시키실 것이옵니까.
그러신다면, 당신의 선하심도 위대하심도
변명의 여지 없이 의심받고 모독받으리다."
 그에게 대창조자는 이렇게 대답하신다.
"오, 내 마음의 최대의 기쁨인 아들이여,[44]
내 사랑하는 아들이여, 유일한 나의 말,
나의 지혜, 그리고 실제 있는 힘[45]인 아들이여,
너는 내가 생각하는 바를 그대로 말했도다,
나의 영원의 목적이 정해놓은 그 전부를.
인간은 다 멸망치 않는다, 원하는 자는 구원받는다.
그러나 저의 의지가 아니라, 자유로이 베푸는
내 은혜에 의해서. 다시 한 번 나는 그의
약해진 힘[46]을 회복시키련다, 죄로 인해서
벌받고, 더러운 야망의 노예가 되었을망정.
나에게 떠받들려 그는 다시 한 번
죽음의 적과 대등한 지위에 서야 한다.
내가 떠받드는 것은 그의 타락의 상태가
얼마나 허무한 것이며, 모든 구원은 나로 말미암아
다만 내게 의해서만

---

44) 〈마태〉 3장 17절, 〈요한〉 1장 18절, 〈요한 계시록〉 19장 13절, 〈고린도 전서〉 1장 24절 참조.
45) 성자가 아버지 하느님의 명령을 실현하기 때문이다. "그리스도는 하느님의 능력이요, 하느님의 지혜니라"(〈고린도 전서〉 1장 24절).
46) 구원을 얻기 위해 자유의지를 행사하는 힘.

이루어짐을 알게 하기 위함이다.
어떤 자는 골라서 다른 자의 위에 놓고
특별한 은총 베풀리라.[47] 내 뜻 이러하다.
다른 자들은 내 부름을 받고서, 자주
죄 있음을 두려워하고, 아직 은총의
부름이 있는 동안에 분노한 신을 진정시키도록
충고받는다. 그것은 충분히 그들의
어두운 생각을 깨끗이 씻고, 돌 같은 심장을 녹여서
기도하고, 회개하고, 으레 순종케 하려 함이다.
기도와 회개와 의당한 순종에 대해서는
비록 참된 염원의 노력에 불과할지라도[48]
내 귀가 무디지 않고 내 눈 감지 않으리라.
그래서 그들의 마음속에 나의 심판자 '양심'을
지도자로 놓으련다. 그들이 거기에 귀 기울이면,
광명을 바르게 써 계속
광명으로 나아갈 것이고,
끝까지 굴복하지 않고 무사히 종말에 이르리라.[49]
나의 이 오랜 인내와 은총의 날은
그걸 무시하고 비웃는 자는 받지 못할 것이고
완고함은 더 완고해지고, 어둠은 더 어두워져

---

47) 어떤 선택된 자에게 특수한 은혜를 베푸는 것은, 그들을 위하는 것이 아니라 그들을 통해서 은혜를 다른 자에게 미치게 하려는 것이다.
48) 나타난 결과보다는 진지한 의도에 하느님의 눈과 귀는 더 쏠린다.
49) "나중까지 견디는 자는 구원을 얻으리라"(〈마태〉 10장 22절). 종말은 구원을 뜻한다.

그들은 거꾸러져 더 깊이 떨어지리라.[50]
이런 자들 이외에는 아무도
나의 자비에서 제외되지 않는다.
그러나 모든 것은 아직 끝나지 않았다. 인간은
순종치 않고, 불충하게도 신의를 깨고
하늘의 높은 주권에 대해 죄를 범하고,
신처럼 되기를 바라, 모든 것을 잃어버리니,
이제 그 반역을 보상할 아무것도 남지 않고,
다만 멸망하도록 저주받고 정죄되어,
온 자손과 더불어 죽게 될 것이다.
죽지 않을 수 없다,[51] 그나 정의나 둘 중 하나가.
대신에 능력 있는 다른 자가 자진해 충분히
만족하도록 죽음으로 죽음을 보상하지 않는 한.
말해라, 천사들이여, 이런 사랑이 어디 있는가.
인간의 죽어 마땅한 죄를 속죄하기 위해
죽는 몸이 되고,[52]
불의를 구하고자 의로워질 자 너희 중에 누구인가.
온 하늘에 이렇게 귀한 사랑이 사는가."
   이 물음에 온 하늘의 합창단[53]

---

50) 많은 죄를 범하며 더 깊이 죄에 빠지리라.
51) 그가 죽거나 정의가 희생되거나 해야 한다. 즉, 그가 죽지 않으면 정의가 깨진다.
52) "의인을 위하여 죽는 자가 쉽지 않고, 선인을 위하여 용감히 죽는 자가 혹 있거니와, 우리가 아직 죄인 되었을 때에 그리스도께서 우리를 위하여 죽으심으로, 하느님께서 우리에게 대한 자기의 사랑을 확증하셨느니라"(〈로마서〉 5장 7~8절).
53) 천사의 집단을 합창단이라 하는데, 주요 임무가 하느님의 영광을 노래하는 것이기 때문이다.

묵묵히 일어서고,
정적이 하늘에 넘친다. 인간을 위해
변호자도 조정자도 하나 나타나지 않는다.
하물며 죽음의 죄를 자기 몸에 인수하고,
감히 정해진 배상을 감수할 자가 있을쏘냐.
이렇게 이제 온 인류는 엄숙한 심판에 의해
죽음과 지옥의 판정을 받아 속죄할 자도 없어
멸망할 길밖에 없던 차, 몸에[54]
성스러운 사랑이 충만한 하느님의 아들이 나서서
이렇게 진정한 중재의 말을 되풀이한다.
"아버지, 언약했사옵니다,[55] 인간에게
은총을 내리신다고.
당신의 날개 돋친 사절 중에서 제일 빠른
그 '은총'에
수단이 없을 리 없고, 모든 창조물을 찾는
길 알며, 예기치 않고, 기원하지 않고,
원치 않아도 만물에 오는 것이라고.[56]
인간을 위한 축복은 그렇게 오는 것이라고.
인간은 일단
죄에 죽고 망했으니, 은총의

---

54) 〈골로새서〉 1장 19절 참조.
55) 〈이사야〉 55장 11절 참조.
56) "나는 나를 구하지 아니하던 자에게 물음을 받았으며, 나를 찾지 아니하던 자에게 찾아냄이 되었으며, 내 이름을 부르지 아니하던 나라에게 내가 여기 있노라 하였노라"(〈이사야〉 65장 1절).

도움 청하지 못하옵니다.
의무 지고 갚지 못했으니, 자신의 속죄도
적합한 봉헌물도 전혀
바칠 길 없는 것이옵니다.
그러니 나를 보소서, 그들을 위해 나를, 그들의 목숨 대신
내 목숨을 바치나이다. 당신의 노여움을 내게 내리소서.
나를 인간으로 보소서, 그들을 위해 당신의 품을
떠나려 하나이다. 그리고 당신 다음가는 이 영광을
벗어버리고 결국 그들을 위해 기꺼이 죽겠나이다.
'죽음'이 모든 분노를 내게 풀게 하소서.
그의 어두운 권세 밑에 나는 오래 굴복하고
누워 있지 않겠나이다. 당신은 내가 스스로 영원히
생명 갖도록 하셨나이다.[57]
나는 당신에 의해 사나이다.
지금 내가 '죽음'에 굴해 나의 죽을 수 있는
일체가 그의 소유가 된다 해도, 그 빚 갚으면
당신은 나를 저 지긋지긋한 무덤에 그의 밥으로
버려두지 않을 것이고,[58] 나의 티 없는 영혼을
거기에 영원히 부패해
살도록 하진 않으시리다.

---

57) "아버지께서 자기 속에 생명이 있음같이, 아들에게도 생명을 주어 그 속에 있게 하셨고"(〈요한〉 5장 26절).
58) "이는 내 영혼을 음부에 버리지 아니하시며, 주의 거룩한 자로 썩지 않게 하실 것임이니이다"(〈시편〉 16편 10절).

나는 당당히 일어나[59] 나의 정복자를 누르고
그가 자랑하는 전리품을 빼앗으리다.
그러면 '죽음'은 치명의 상처 받고, 치명의
가시 뽑혀[60] 불명예스럽게 굴하지 않을 수 없으리다.
나는 당당히 승리하여 지옥일지라도
지옥을 생포해 넓은 하늘을 뚫고 끌어와
구속된 어둠의 천사들을 보여드리리다.
그대 이것을
하늘에서 굽어보시며 당신께선 기뻐하시고,
미소 지으시리다.
그때 당신에게 격려받아 나의 적
모두를 멸망시킬 때,
마지막의 죽음[61]은 시체로 무덤을 가득 차게 하리다.
그러고선 속죄한 자의 무리[62]를 이끌고,
오랫동안 떠났던[63] 하늘에 돌아와, 아버지시여,
당신을 삼가 뵙겠나이다.
노여움의 구름이 가시고,
확정된 평화와 화해의 빛 감도는
성스러운 모습을. 그 후 분노는 이미 사라지고,

---

59) 성자는 자기의 부활을 예상하고 기다린다.
60) "사망아, 너의 이기는 것이 어디 있느냐"(〈고린도 전서〉 15장 55절).
61) "맨 나중에 멸망받을 원수는 사망이니라"(〈고린도 전서〉 15장 26절).
62) 여기서 말하는 "속죄한 자"란, 그리스도가 지상에 대한 사명을 띠기 전에 죽은 의로운 사람인데, 어떤 신학자에 의하면, 그리스도는 부활 후에 그를 하늘로 데리고 갔다고 한다.
63) 그리스도가 지상에 체재했던 기간은 37년이다.

당신 앞에는 완전한 기쁨만이 있을 것입니다."
 여기서 말을 마쳤으나, 그 온유한 얼굴엔
침묵의 말[64]이 있고, 죽어야 할 인간에 대한
불사의 사랑이 풍기고, 그 이상 빛나는 것은
다만 아들로서의 순종. 자신이 희생으로
바쳐짐을 기뻐하며, 그는 위대하신 아버지의
뜻을 살피는 것이다. 온 하늘이
경이에 사로잡혀 어찌 된 일인가,
어찌 되어갈 것인가
의아해한다. 그러나 곧, 전능하신 분께서
이렇게 대답한다.
"아, 너, 분노 밑에서 인류를 위해 나타난
하늘과 땅의 유일한 평화[65]여. 아, 너,
나의 유일한 기쁨이여. 너는 잘 알지, 내가 얼마나
나의 창조물을 귀히 여기는가를. 비록 최후에
창조되었으나, 인간도 다른 창조물 못지않게 귀히 여겨
그들을 위해
너를 내 품 안과 오른손[66]에서 내놓아, 잠시
너 잃음으로써 상실한 온 인류를 구원코자 함을.
그러므로 너는 너만이 속죄할 수 있는
인간의 본성을 너의 본성에 합쳐라.

---

64) 말은 없지만, 표정에 깊은 뜻을 나타내고 있다.
65) 평화를 이룩하는 사람. "그는 우리의 평화이신지라"(《에베소서》 2장 14절).
66) 성자의 자리가 하느님 아버지의 가슴이고, 그의 오른쪽이라 함은, 애정에 제일 가깝고, 영광에 다음간다는 뜻이다.

그러고서 때[67]가 오면, 기이하게 출생하여
처녀의 씨로서 태어나,
스스로 땅 위 인간들 중의
인간이 되어라. 너 아담의 자식이지만
아담을 대신해 전 인류의 우두머리 되어라.
그로[68] 인해 온 인류가 멸망하듯이, 너로 인해
마치 제2의 뿌리[69]에서처럼 소생할 수 있는 한
소생되리라. 너 없으면 소생될 자 없다.
그의 죄는 온 자손을 죄 있게 하고,[70]
너의 덕은 그들에게 파급되어
그들을 사면할 것이다,
저희 옳은 행위와 불의의 행위를 다 포기하고,
자리 바꾸어 네 속에서 살며
너에게서 새 생명을 받으려는 자들을.
그렇게 인간은 가장 바르게
인간을 위해 대속하고, 심판하고 죽어,
죽어서 일어나, 일어나면서 저의 귀한 목숨 바쳐
살린 형제[71]를 함께 일으켜 주어야 한다.

---

67) "때가 차매 하느님이 그 아들을 보내사 여자에게서 나게 하시고"(〈갈라디아서〉 4장 4절).
68) 이하 19행은 속죄의 원리.
69) 인류의 조상 아담이 첫째 뿌리이고, 다시 인류의 출발점을 이루었던 그리스도는 말하자면 제2의 뿌리이다. "아담 안에서 모든 사람이 죽은 것같이 그리스도 안에서 모든 사람이 삶을 얻으리라"(〈고린도 전서〉 15장 22절).
70) "그런즉 한 범죄로 많은 사람이 정죄에 이른 것같이, 의로운 한 행동으로 말미암아 많은 사람이 의롭다 하심을 받아 생명에 이르렀느니라"(〈로마서〉 5장 18절).
71) 모든 인간은 하느님의 아들이니, 그리스도는 인류의 맏형인 셈이다.

이렇게 하늘의 사랑은 지옥의 미움을 이겨내어
죽음 앞에 양보하고, 속죄하기 위해
죽어야만 한다.
지옥의 미움[72]에 그렇게 쉽사리 파멸당하고,
은총을 받을 수 있는데도 받지 않고
항상 파멸당하는[73] 자를 값비싸게 구원하기 위하여.
또한 너는 내려가 인간의 본성을 취함으로써
너 자신의 본성이 저하되고 손상됨이 없으리라.
너는 하느님과 동등[74]하게 더없는 행복의 자리에
앉아, 하느님과 같은 기쁨을 향유하면서도
세상을 전멸로부터 구하려고 일체를 버림으로써
타고난 권리라기보다 공로로
하느님의 아들로
알려지리라—위대하고 고귀해서가 아니라 훨씬
착하기에 누구보다도 그만한 가치가 있다.
그것은 너는 영광에
찼다기보다 사랑에 충만했기 때문.
그러니 너의 겸손은 너와 더불어
너의 인성人性[75]까지도 높여 이
보좌에 오게 할 것이다.

---

72) 인간의 순진 · 정의 · 신에 대한 순종 등에 관한 사탄의 증오심.
73) 생명.
74) 절대적 동등이 아니라 영광과 축복의 위치에서 동등하다는 것이다.
75) 그리스도는 승천해 인성을 버린 것이 아니라, 사람의 아들인 채로 사람의 육체로부터 부활해 인간으로서 완성되고, 인성 그 자체가 높아진 것이다.

여기서 너는 인간의 육체로 앉아

신이면서 인간,[76] 하느님의 아들이면서 인간의 아들,

성스러운[77] 만물의 왕으로서 다스릴 것이다.

내가 너에게 모든 권세를 주노라.[78] 영원히 다스려

너의 공로를 세워라. 지상의 일꾼으로서,

네 밑에 패자 · 왕자 ·

권자權者 · 지배자를

굴복시키면, 하늘과 땅과 혼돈과 지옥[79]에 사는

모든 자들이 너에게 무릎 꿇으리라.[80]

하늘에서 네가 영광스럽게 수종隨從 거느리고

공중에 나타나, 소환 임무의 천사장들을

내보내어, 너의 무서운 재판[81]을 선포할 때,

곧 사방에서 살아 있는 자들, 그리고

지나간 시대에 죽었으나 부름받은 자들은

최후의 심판으로 달려갈 것이고,

---

76) 복음서에서 그리스도는 대체로 자신을 '인자'라고 말한다. 성모 마리아의 아들로 태어났기 때문이다.
77) 원어 Anointed의 번역인데, 히브리어로 메시아, 그리스어로 그리스도는 본래 '기름 부음을 받은 자'라는 뜻이고, '기름 부음'은 제왕이나 사제 등의 임명 의식이다.
78) 성자는 하느님 아버지로부터 권력을 받는 것이니, 지위가 결코 동등하지 않다고 밀턴은 생각했다. "예수께서 가라사대 하늘과 땅의 모든 권세를 내게 주셨으니"(〈마태〉 28장 18절).
79) 원문으로는 under earth라고 되어 있다. 밀턴의 우주관에 의하면 우주의 최상부에 하늘, 즉 청화천이 있고, 바로 밑에 세계가 매달려 있어 그 세계에 태양과 달과 뭇별이 그리고 중심에 지구가 포함되어 있다. 지옥은 우주의 최하부에 있는 것이다. 그러므로 지옥은 지하에 있는 것이 아니라, 일체의 별세계의 우주 밑에 있는 것이다.
80) "하늘에 있는 자들과 땅에 있는 자들과 땅 아래 있는 자들도 모든 무릎을 예수의 이름에 꿇게 하시고"(〈빌립보서〉 2장 10절).
81) 최후의 날 그리스도에 의한 심판.

그 나팔 소리[82]에 그들은 잠을 깰 것이다.
그리하여 성자들 모두 모이고, 악인과
천사들을 네가 심판하면, 그들은 규탄받고
너의 선고에 복종하게 되고,
지옥은 그들로 가득 차서
그 후 영원히 닫히리라. 그러는 동안
세계는 불타고[83] 그 재에서 신천지[84]
솟아 나와, 의로운 자는 거기 살며,
그들은 오랜 고난 끝에
황금의 행위 열매 맺는 황금의 날을 맞이할 것이요,
기쁨과 사랑과 아름다운 진리로 승리하리라.
그때에 너는 왕자의 홀笏을 버릴 것이다,
하느님은 만물에 퍼져 있어[85] 홀은 이제
더 필요치 않을 것이니. 그러나 너희들 신[86]들이여,
이것을 이루기 위해 죽는 그를 숭배해라,
성자를 숭배해라, 그를 나처럼 찬양해라."
　전능하신 분 말씀 그치자마자

---

82) 〈고린도 전서〉 15장 51절, 〈데살로니가 전서〉 4장 16절 참조.
83) "그날에는 하늘이 큰 소리로 떠나가고 체질이 뜨거운 불에 풀어지고, 땅과 그중에 있는 모든 일이 드러나리로다"(〈베드로 후서〉 3장 10절).
84) "우리는 그의 약속대로 의의 거하는바 새 하늘과 새 땅을 바라보도다"(〈베드로 후서〉 3장 13절).
85) "만물을 저에게 복종하게 하신 때에는, 아들 자신도 그때에 만물을 자기에게 복종케 하신 이에게 복종케 되리니, 이는 하느님이 만유의 주로서 만유 안에 계시려 하심이라"(〈고린도 전서〉 15장 28절).
86) 밀턴은 천사들을 신들이라 부른 일이 가끔 있다. 그의 《기독교 교리론》에서 설명하기를 천사들이 신의 영광과 신의 모습을 지녔고, 신의 말까지도 하기 때문이라고 한다.

온 천사의 무리는 수없는 목소리에서 울려오듯
큰 소리로, 축복받은 목소리같이 아름답게
기쁨을 외치니—하늘은 환희에 차서
울리고, 드높은 호산나[87]는 영원한
나라에 가득 찬다. 낮게, 공손하게, 그들은
두 보좌[88] 앞에 머리 숙이고 장엄하게
경배하며 아마란트[89]와 황금으로 꾸민
그들의 면류관을 땅에 내던진다.[90]
불사의 아마란트, 한때 낙원에서
생명의 나무 가까이 꽃피기 시작했던 한 떨기 꽃,
그러나 곧 인간의 죄로 해서 처음에 자라던
하늘로 옮겨져, 거기에서 커서
생명의 샘[91]에 그늘을 드리우며 높이 피는 꽃,
축복의 강, 하늘 복판을 흘러 극락의
꽃동산에 호박의 물결[92] 굴리는 곳에 피는.
시드는 일 없는 이 꽃을 가지고, 선출된 천사들은
빛으로 땋은 눈부시게 빛나는 머리채를 묶는다.
빈틈없이 던져 흩어진 화관 사이에,

---

87) 하느님의 영광을 찬미하는 부르짖음. 히브리어로 '원컨대 구원하라'라는 뜻.
88) 성부와 성자의 보좌.
89) '시들지 않는 꽃', 그리스어로 시들지 않는다는 뜻.
90) 겸양과 복종의 아름다운 표현. "보좌에 앉으신 이 앞에 엎드려 세세토록 사시는 이에게 경배하고, 자기의 면류관을 보좌 앞에 던지며"(〈요한 계시록〉 4장 10절).
91) 〈요한 계시록〉 7장 17절 참조.
92) 완전히 투명한 "수정같이 투명한 생명의 물"(〈요한 계시록〉 22장 1절).

벽옥의 바다[93)]처럼 빛나는 포석鋪石은
하늘나라의 장미로 물들어 미소 짓는다.
그들은 다시 그 화관을 쓰고 황금의 거문고 손에 잡았다.
언제나 고운 가락 울리는 거문고를 집어 들어,
화살통처럼 찬란히 옆에 메고, 매혹적인
황금의 아름다운 전주곡으로 성가聖歌를
시작해 드높은 환희를 불러일으킨다.
목소리 하나 빗나가지 않고
목소리 하나 선율에 화합하지
않는 것 없으니, 하늘의 음률은 바로 이런 것.
　　성부聖父시여, 그대를 저들은
노래하옵니다.[94)]
전능의, 불변의, 불사의, 무한의, 영원의
왕이시라고. 당신은 만물의 창조주라고,
빛의 원천이라고.
스스로는[95)] 눈에 보이지 않지만
찬란한 광휘에 싸여 아무도 가까이 할 수 없는
보좌에 앉으신 당신. 때로 빛의 모든 휘황한
광염을 가리시면, 찬란한 성소聖所[96)]처럼
주변에 감싼 구름을 통해서

---

93) "보좌 앞에 수정과 같은 유리 바다가 있고"(〈요한 계시록〉 4장 6절).
94) 하느님 아버지에 대한 찬미이다.
95) 이하 12행은 신의 모습은 눈에 볼 수 없고, 때로 자신의 빛에 싸여 옷자락이 보이는 일이 있으나, 그것마저 눈부셔 볼 수 없다는 것이다.
96) 구름을 성소에 비유한 것은 그 안에 성스러운 것을 모시고 있기 때문이다.

몸에 휘감으신 당신의 옷자락이 나타날 때
너무 찬란해 어둡게 보이는,[97]
그래도 하늘은 눈부셔
두 날개로
눈 가리지 않고선
가장 빛나는 세라프[98]들도
가까이 못하는 보좌에 앉으신 당신.
다음으로 그들은 당신을 노래하옵니다.[99]
최초의 창조물,[100] 태어난 아들,
하느님을 닮으신 형상이시여,
뚜렷한 용모에, 가리는 구름도 없이
환히(그렇지 않고선 아무도 볼 수 없는)
전능의 아버지는 나타나 빛나고, 그의
영광의 광휘는 당신에게 새겨져 있으며
그의 크나큰 영은 당신에게 깃들여 있나이다.
하느님은[101] 그대에 의해

---

97) 소위 모순 어법으로서, 지나치게 찬란하기 때문에 우리가 태양을 바라볼 때처럼 도리어 물건이 어둠처럼 보임을 말한다.
98) 세라프(Seraph, 성경에서는 스랍)는 히브리어로 '불탄다'라는 뜻에서 나온 것으로, 밀턴은 그것을 천사 중에 제일 빛나는 것으로 생각했다.
99) 성자에 대한 찬미.
100) of all creation first. 밀턴은 성자 그리스도를 하느님과 영원 공존자로 동등하게 보지 않고, 하느님의 창조물로, 즉 제2위로 보았다. 이것이 소위 밀턴이 아리안주의라고 일부 그리스도교의 비난을 받는 이유이다[주 78) 참조]. 그런데 이 부분을 the first born of all creation('모든 창조물보다 먼저 나신 자')' 만물이 그에게서 창조된다.〈골로새서〉1장 15절)을 줄여서 of all creation first라고 했다고 보는 이도 있다. 이렇게 되면 해석이 달라진다.
101) 이하 31행은 천사의 합창대가 하느님과 성자에게 노래하는 것을 인용 부호 없이 직접 그대로 전한 대목이다.

하늘 가까운 데에 하늘[102]을
그리고 그곳의 온 천사들을 만들고,[103] 당신을 써서
야심 있는 천사들[104]을 타도하셨나이다. 그날 당신은
아버지의 무서운 벼락을 아끼지 않았고,
불길 이는 전차를 멈추지 않고, 영원한
하늘의 틀을 뒤흔들며 흩어져 싸우는
천사들의 목을 짓밟고 달리셨나이다.
추격에서 돌아오니, 당신의 천사들은 소리 높이
하느님의 적에 무서운 복수를 수행할
하느님의 능력 있는 아들이라고
다만 당신을 찬양했나이다.
인간에게 복수는 안 하셨나이다.[105] 적의
악의로 타락했으니,
자비[106]와 은총의 아버지 당신은 인간을 엄하게
벌하지 않으시고, 한층 가엾게 여기셨나이다.
당신의 약한 인간을 그리 엄하게
벌하려는 것이 아니고 한층 가엾게 여기심을 알자 즉시
당신의 귀한 독생자는 당신의 분노를
가라앉히고, 성스러운 모습에 나타난 자비와 정의의
싸움을 막으려고, 당신 곁에 자리 잡은

---

102) 하느님과 천사의 고장.
103) 하느님의 '실제의 힘'으로서의 성자의 권능이다.
104) 사탄과 그의 도당.
105) 인간에겐 복수를 가하려고 하지 않았다.
106) 여기서는 하느님에게 하는 말이다.

축복을 돌보지 않고, 인간의 죄를 위해
자신이 죽고자 했던 것이옵니다.
아, 유례없는 사랑이여,
하느님에게서 아니곤 찾아볼 수 없는 사랑이여.
훌륭하시도다,[107] 하느님의 아들이시여,
인간의 구세주시여.
당신의 이름은 이후 내 노래[108]의 풍부한
내용이 될 것이요, 거문고는 당신의 찬미를
잊을 리 없고, 또한 당신 아버지의
찬미에서 떠날 리 없으리다.
   이렇게 그들은 별들 빛나는
천체[109] 위에서
기쁨과 송가로 복된 시간을 보낸다.
그동안에 이 둥근 세계의 단단하고
어둡고 둥근 형체 위, 그 제1철면체凸面體[110]가
아래에 빛나는[111] 여러 천체를 분리해,
혼돈과 오랜 암흑의 침입을 막는 그 지경에
사탄은 내려서 걷는다. 멀리 한 둥근 형체로
보이던 것이 지금은 무한한 대륙으로 보인다.

---

107) 다시 성자에게 말한다.
108) 이 부분의 천사들의 찬미 노래는 밀턴 자신의 노래라고도 볼 수 있다. 그리스 비극의 합창대는 스스로를 부를 때 대개 1인칭 단수를 쓴다. 밀턴은 그것을 모방한 것이다.
109) 항성이 포함되는 제8천.
110) 우주의 외곽을 이루는 제10천. 그 밖의 9천을 안에 싸고 혼돈의 침입을 막는다.
111) 세계의 외곽 아래에 있는(내부에 있는) 9천.

어둡고 황막하고 거칠고, 별 없는[112] 밤의
찡그린 상像, 그 아래에서 노출되어,
주위엔 쉴 새 없이 위협하는
혼돈의 폭풍이 불어댄다. 험악한 하늘
다만 한쪽, 좀 떨어져 있기는 하지만, 하늘의
성벽으로부터 거센 폭풍의 영향이 별로 없는
빛나는 대기로 희미하게 반사받는
그쪽만은 다르다.
여기서 마왕은 자유로이
광장을 거닌다.
마치 눈 덮인 산마루가
유랑하는 타타르인을
에워싸는 이마우스[113]에서 자란 독수리가,
먹을 것이 적은 지방을 떠나 양 떼들
자라는 산에서, 양 새끼, 염소 새끼 고기를
포식하고자, 갠지스 강이나 히다스페스 강[114] 등
인도의 강들 원천으로 날아가는 도중,
중국인들이 바람에 돛 달고
가벼운 등나무 사륜차를 모는 세리카나[115]의
메마른 평원에 내리던 때와 같이, 마왕은
이 바람 많은 육지의 바다 위를

---

112) 혼돈.
113) 히말라야.
114) 모두 히말라야에서 흘러내리는 강. 히다스페스는 지금의 젤룸 강.
115) 중국 서북부의 평원.

먹이 찾아 홀로 이리저리 방황한다.
과연 홀로구나. 여기 다른 것들이란
생물·무생물 할 것 없이 아무것도 없으니.
아직 아무것도 없다. 그러나 그로부터 이후,
죄가 인간의 업적을 허영으로 가득 채울 때
땅에서 가벼운 증기같이 허다한 것들이 여기로
떠오른다, 무상하고 허무한 모든 것들이.
허무한 모든 것, 그리고 허무한 것들 속에
영광이나 불후의 명예나
이 세상 혹은 저 세상의
행복에 대한 어리석은 희망을
쌓아 올리는 모든 자들이.
고통스러운 미신과 맹목적인 열정의
열매 같은 지상에서의 보답을 받는 자는 모두
사람들의 찬사만을 추구하다가, 여기서
저희의 행위만큼이나 허무하고
적절한 보상을 받는다.
자연의 손으로 이룬 모든 미완성품들,
기괴하고 부자연하게 조합된 것들은
지상에서 멸해 여기로 날아와, 헛되이
최후의 소멸까지 여기서 방황한다.
어떤 이의 공상처럼 이웃
달나라에 쌓여 있는 것이 아니다.[116]

---

116) 예를 들면 아리오스토 같은 이는 지상에서 상실된 것이 모두 달 세계의 골짜기에 기이하

그 은세계에는 더 적합한 주민들,
현신승천現身昇天한 성도,[117)]
또는 천사와 인간과의
사이에 중간 위치[118)]의 영들이 산다.
여기로[119)] 잘못 맺어진[120)] 아들과 딸 사이에 난
저 거인들이 먼저, 옛 세계에서 왔었다,
당시 유명했으나 헛된 공적을 많이 가지고.
다음은 세나르[121)] 평원에서 바벨탑을 세운 자들,
아직 재료만 있으면, 헛된 계획으로
새로운 몇 개의 바벨탑[122)]을 세우고자 한다.
그 밖엔 하나씩 온다. 신으로 인정받고자 해서
어리석게 에트나의 화염 속에 몸을 던진

게 쌓여 있다고 상상했다.
117) 에녹(〈창세기〉 5장 24절), 엘리야(〈열왕기 하〉 2장 2절)같이 죽지 않고 승천한 성도.
118) 자연의 등급 원칙에서 천사와 인류 사이에 어떤 중간 계급의 존재가 틀림없이 있다고 상상되었다.
119) 즉, 우주의 변경으로.
120) '신의 아들들'과 '인간의 딸들'의 잘못 맺은 결합에서 거인족이 나온다. "하느님의 아들들이 사람의 딸들을 취하여 자식을 낳았으니, 그들이 용사라 고대에 유명한 사람이었더라"(〈창세기〉 6장 4절). 여기서 말하는 '하느님의 아들들'은 천사라고도, 하느님을 믿는 인간들이라고도 해석한다. '사람의 딸들'은 하느님을 믿지 않는 사람들이다.
121) 바빌론 지방을 가리킨다. 성경의 시나르Shinar이다.
122) 〈창세기〉 제11장에 의하면 당시 한 가지 언어를 사용하던 지상의 주민들이 꼭대기가 하늘까지 닿는 탑을 쌓기로 해, 그것으로써 "이름을 내고 온 지면에 흩어짐을 면하자 하였더니 여호와께서 인생들의 쌓는 성과 대를 보시려고 강림하셨더라. 여호와께서 가라사대 이 무리가 한 족속이요 언어도 하나이므로 이같이 시작하였으니, 이후로는 그 경영하는 일을 금지할 수 없으리로다. 자, 우리가 내려가서 거기서 그들의 언어를 혼잡케 하여 그들로 서로 알아듣지 못하게 하자 하시고 여호와께서 거기서 그들을 온 지면에 흩으신 고로 그들이 성 쌓기를 그쳤더라"라는 것이다.

엠페도클레스,[123] 그리고 플라톤의 낙원을

즐기고자 바닷속에 몸을 던진

클레옴브로투스,[124] 말하기엔 너무나 긴, 더 많은 자들,

미성년자,[125] 백치[126], 흰색·검은색·회색[127] 법복을 입은

은자와 탁발승들이

잡동사니[128]를 몸에 지녔다.

하늘에 사는 자를 죽은 자로서 골고다[129]에서

찾아 헤매는 순례자[130]도 여기서 방황한다.

반드시 극락으로 가려고, 죽을 때 도미니크파의

법복을 입고,[131] 또는 프란체스코파의 차림으로

가장해 통과하려고 생각하는 자들도.

그들은 일곱 유성권遊星圈[132]을 지나고

---

123) 기원전 490~430년경의 시칠리아에서 난 그리스 철학자. 그는 갑자기 모습을 없애 신으로 인정받기 위하여 에트나 산의 분화구에 몸을 던진바, 신 한 짝이 분화에 날려서 어리석은 술책이 드러났다고 한다.
124) 연대 불명. 에피루스의 암브라키아에 살았던 철학자. 플라톤의 《파이돈》의 기록에서 사후 생활의 묘사에 매혹되어 더없는 행복의 상태에 빨리 가고자 바다에 몸을 던졌다고 한다.
125) 천주교 성직자들에 대한 멸시.
126) 천주교 성직자들에 대한 멸시.
127) 흰색·검은색·회색은 '카르멜', '도미니크', '프란체스코', 3파의 교단 성직자들. 그들을 법복의 빛깔로 구별해 이렇게 말했다.
128) 승모·두건 등등 다음 쪽에 열거한 것들.
129) 예루살렘 근처의 산. 그리스도가 십자가에 못 박힌 자리.
130) 밀턴은 신교도의 정신에서 로마가톨릭교가 숭상하는 성지 순례를 조롱한다. "어찌하여 산 자를 죽은 자 가운데서 찾느냐. 여기 계시지 않고 살아나셨느니라"(《누가》 24장 5~6절).
131) 진정한 믿음이 아닌, 헛된 것에 대한 어리석은 희망의 또 하나의 예로서, 중세 미신이다. 즉, 성직자의 법복을 입고 죽으면 곧장 천국으로 갈 수 있다는 당시의 생각을 경멸한다.
132) 달·수성·금성·태양·화성·목성·토성을 당시 일곱 유성으로 보았다. 이것이 7권을 이루고 중심인 지구의 주위를 회전한다고 생각했었다.

항성권恒星圈[133)]을 지나

그 균형이, 오래 논의된 세차歲差[134)]를 조정한다는

저 수정권水晶圈[135)]과 원동권原動圈[136)]을 지난다.

이제 작은 문에서 성 베드로[137)]가

열쇠를 쥐고 그들을 기다리는 것같이 보인다. 이제

하늘의 오르막길 아래에서 그들이 발 쳐들 때,

보라, 사나운 십자풍十字風이 양쪽 언덕에서

가로질러 그들을 몰아친다, 몇만 리 떨어진 엇갈린

먼 공중으로. 그때 볼 수 있으리라,

승모 · 두건 · 법복,

그것을 쓰고 입은 자들과 함께

바람이 휘날려서 갈기갈기 찢어진 것들을. 유물[138)] · 묵주[139)] ·

면죄부[140)] · 특면권[141)] · 사죄권[142)] ·

---

133) 항성의 하늘인 제8권. 일곱 유성권 위에 있고 역시 지구를 회전한다.
134) 제9권인 수정권의 균형 잡힌 운동이 천문학상 논의되는 항성의 움직임을 조절한다고 한다. "세차"란 태양과 달리 지구에 미치는 인력으로 말미암아 지축이 수직선에 대해 같은 경사를 유지하며 방향을 바꾸어 회전하기 때문에 일어나는 현상인데, 고대 천문학에서는 항성권 위의 수정권이 항성권의 진동을 좌우하기 때문에 일어난다고 생각했다.
135) 앞서 말한 제9권. 항성권 위의 수정같이 투명한 물로 된 세계.
136) 제10권. 최초로 움직여 다른 여러 권圈에 운동을 전했다고 생각되는 단단한 물질로 된 우주의 외곽.
137) 로마가톨릭교에서는 베드로를 천국의 문지기로 생각한다. 이론의 근거는 〈마태〉 16장 19절 "내가 천국 열쇠를 네게 주리니"이다.
138) 로마가톨릭교도들이 미신적으로 숭배한 성자나 순교자들 유해의 단편이나 의복. 이런 유물을 숭배하는 점에서 불교도 그와 유사한 점이 있다.
139) 기도의 횟수를 세기 위해 구슬을 꿴 것.
140) 죄인을 연옥에서 구출해준다는 표시. 종교 개혁의 한 원인이다.
141) 교회법 위반을 특별히 허락하는 표시.
142) 범한 죄를 용서하는 명령서.

포고서[143] 등도 바람의 노리개가 되어,
모두 높이 날아 올라가
세계의 후면을 넘어 멀리 날아, 그 후
어리석은 자의 낙원[144]이라고 부르는 광대한
변방으로 들어간다. 그곳은 오랜 뒤에는
널리 알려졌으나, 지금은
사는 자도 찾는 자도 없다.
   마왕은 이 검고 어둡고 둥근 형체를 지나면서 보고
오래 방황한 끝에 드디어 한 줄기
희미한 빛을 보고 피곤한 발걸음을 황급히
그쪽으로 돌린다. 멀리 그의 눈에 보이는 건
장엄한 계단을 따라 올라가
하늘의 성벽에 이르는 한 높은 건물.[145]
그 꼭대기에 왕궁의 문 같은,
그러나 훨씬 화려한 건물이 나타난다,
정면은 황금과 다이아몬드로 장식하고,
찬란히 반짝이는 보석으로 가득 찬
그 문은 빛나고 있어, 지상에서는 모조로도,
화필의 농담으로도
흉내 낼 수 없다.

---

143) 교황의 칙서.
144) 로마가톨릭교에서 말하는 림보(지옥의 변방)에는 부조父祖의 림보, 유아의 림보, 어리석은 자의 림보, 세 지역이 있다.
145) 하늘의 문과 계단.

계단은[146] 마치 야곱이 에서[147]로부터 도망쳐
파단[148]과 아람으로 향할 때, 루즈[149]의 들
노천에서 하룻밤 꿈꾸는 중에 빛나는
한 무리의 호위대인 천사들이 오르고
내리는 걸 보고서 잠이 깨어
"이는 하늘의 문[150]이로다" 하고
외쳤던 바로 그것 같다.
계단은 하나하나 신비스러운 의미가 깃들고, 항상
거기 있는 것도 아니고, 때로 하늘로 끌어 올려져
보이지 않는다. 아래로는 빛나는 벽옥의
또는 액체 진주의 바다가 흐르고, 그곳으로
뒤에 지구에서 온 자들이 천사에게 이끌려[151]
노 저어 이르렀거나, 화마가 끄는[152]
수레를 타고 호수를 건너 날아왔었다.
그때 계단은 쉽게 올라오라고 마왕에게
유혹하는 듯이 또는 축복의 문에서 추방된
그의 비애를 더해주는 듯이 내려놓여 있었다.

---

146) 이하 26행의 사실은 〈창세기〉 28장 12~17절 이야기로서, 이스라엘인의 선조 야곱이 본 계단과 천사에 대한 것이다. "꿈에 본즉 사닥다리가 땅 위에 섰는데, 그 꼭대기가 하늘에 닿았고, 또 본즉 하느님의 사자가 그 위에서 오르락내리락한다"라고 기록되어 있다.
147) 야곱의 쌍둥이 형. 아비가 야곱에게 복을 주므로 에서는 야곱을 미워했고, 그래서 야곱은 에서를 피했다.
148) 메소포타미아 북부의 한 지방.
149) 베델의 옛 이름.
150) 〈창세기〉 28장 17절 참조.
151) 나사로처럼 "천사들에게 받들려"(〈누가〉 16장 22절).
152) 마치 엘리야처럼(〈열왕기 하〉 2장 11절).

그것을 향해 정면으로 그 밑에
바로 복된 낙원의 자리 위에 지구로
내려가는 한 통로,[153] 넓은 통로가 열려 있다.
후일 시온의 동산 위에 있던, 또
하느님의 사랑하는 '성약聖約의 땅'에 있던
그 넓은 통로보다 훨씬 더 넓다.[154]
그리로 해서, 가끔 높으신 명령에 따라,
행복한 족속[155]을 찾으려고 천사들이
왔다 갔다 자주 내왕했고, 또는 특별하신 뜻에서
하느님의 눈이 요르단 강의 근원인 파네아스[156]로부터
성지가 이집트와 아라비아의 해안에 경계하고 있는
브에르사바[157]에 이르기까지 내왕하시던 그 길.
그것은 거대한 바다를 한계 짓는[158] 것과 같이 그렇게
어둠에다 한계를 이룬 광대한 통로[159]로 보였다.
　여기서 사탄은, 이제 황금 층계인
하늘의 문에 오르는 계단 밑에 서서
한눈으로 보이는 이 세계를 갑자기

---

153) 여기서 말하는 두 통로 중 하나는 천지 창조의 날에 개설된 낙원의 통로이고, 구속의 날에 시온 산을 중심으로 성스러운 약속의 땅 팔레스타인에 제2의 통로가 개설되었다. 전자로써 하늘에 오르는 특권을 잃은 인류는 신의 은총을 받아 후자를 통해 다시 오를 수 있다.
154) 성지로 가는 길이 낙원으로 가는 길보다 더 넓다. 구원의 길이 더 쉽다는 뜻이다.
155) 선민 이스라엘의 열두 족속.
156) 단Dan의 그리스 이름. 팔레스타인 북쪽 끝에 있는 도시.
157) 팔레스타인 남단의 도시.
158) "수면에 경계를 그으셨으되 빛과 어둠의 지경까지 한정을 세우셨느니라"(〈욥기〉 26장 10절).
159) 주 153) 참조.

내려다보고서 놀란다.[160] 마치 한 척후병이
어둡고 황량한 길을 위험을 무릅쓰고 밤새도록
가다가, 마침내 동틀 무렵 상쾌한 새벽에
높이 솟은 어느 산꼭대기에 이르러
처음 보는 어느 외국[161] 땅의 훌륭한 광경,
또는 솟아오르는 아침 햇빛에
채색된 빛나는 크고 작은 첨탑으로
꾸며진 어느 이름 있는 도읍을
뜻밖에 보았을 때처럼,
그런 놀라움에 악마는 사로잡혔다. 비록
천국을 보고 난 뒤였지만, 그처럼 아름답고
고운 세계를 보자 질투심이 치솟았다.
그는 둘러보았다(능히 그럴 수 있다, 그는 높이
빙빙 도는 하늘 꼭대기인 밤의 퍼진 그림자[162]보다
훨씬 위에 서 있으니),[163] 천칭자리[164] 있는
우주의 동쪽 끝으로부터 대서양 더 멀리,
수평선 저쪽 안드로메다[165] 별자리를 업고 있는
양자리[166]에 이르기까지.

---

160) 사탄이 비로소 우리의 우주를 관찰한다.
161) 이하 4행은 밀턴 자신의 외국 여행 기억에 연유한 것으로 본다.
162) 지구를 뒤집어씌운 거대한 그림자인 밤에 대한 비유이고, "밤의 퍼진 그림자"란 그 밤이 지구의 배후에서 투영하는 음영을 말한다.
163) 사탄은 태양보다 한층 높은 곳에 있으니, 그 그림자에 조금도 방해되지 않는다.
164) 우주의 동쪽 부분으로 보았다.
165) 양자리보다 조금 서쪽에 있는 별자리인데, 위에 있기 때문에 "업고" 있다고 했다.
166) 천칭자리와 정반대 쪽에 있는 별자리. 여기서는 서쪽 끝으로 보았다.

그러고선 극에서 극으로
죽 훑어본다. 이어서 더 이상 멈추지 않고,
우주의 제1지구[167] 속으로 곧장 아래로
거꾸로 날아든다, 비스듬히 맑게 빛나는
대공을 훨훨 누비며, 멀리는
별들처럼 빛나고 가까이는 다른 세계처럼
보이는 무수한 별들 사이로.
그 별들은 다른 세계인가, 아니면 옛날
이름 있던, 행복의 들, 숲, 꽃의 계곡 있는
헤스페리데스[168] 동산과 같은 행복의 섬[169]들인가,
몇 배 더한 행복의 섬들이여. 그러나 그는
거기서 누가 행복하게 사느냐고 묻지도 않는다. 뭇별 중에서
황금의 태양은 광휘가 무엇보다 천국과
흡사해 그의 눈을 끈다. 그리로 향하여
(위인지 아래인지,[170] 중심 쪽인지[171] 바깥인지,
오른쪽인지 왼쪽인지[172] 알 수 없지만), 고요한 하늘을
지나간다. 거기엔 큰 발광체[173]가 있어,
위엄 있는 눈이 거리를 적당히 두고

---

[167] 중세 물리학자는 하늘을 세 지역으로 구분했는데, 제1지구는 하늘의 최상층, 즉 이 우주의 외부 근처이다.
[168] 헤스페리데스라고 불리는 세 선녀가 황금 사과를 지키고 있다는 화원.
[169] 그리스 신화에 의하면 축복받은 자의 영혼이 이승을 떠난 후 사는 섬이다.
[170] 북쪽인지 남쪽인지.
[171] 지구를 향해선지.
[172] 서쪽인지 동쪽인지.
[173] 태양.

숱한 저속한 별들에서 떨어진 채 멀리서
빛을 발한다. 이 별들은, 날과 달과 해를
계산하는 절도[174]로서 별의 춤을 추면서
만물에 기쁨 주는 그 등불 쪽으로, 경쾌한
갖가지 동작[175]을 보여주기도 하고, 자력[176] 있는
빛에 이끌려 그쪽으로 향하기도 한다. 그 빛은
온화하게 만물을 덥게 하고, 내부에 골고루,
눈에 띄지는 않지만 부드럽게 침투해
보이지 않는 힘을 그 속[177]까지 쏴 넣는다.
그렇게 훌륭한 전망의 위치를 그는 차지했다.
  그곳에 마왕은 도착한다. 이런 흑점을
아마 천문학자도 망원경[178]을 가지고도 태양의
빛나는 둥근 형체에서 아직 본 일이 없으리라.
지상의 쇠붙이와 돌 같은 것과 비교해도 그에겐
이 장소가 말할 수 없이 찬란히 보인다.
각 부분이 같지 않으나 모두 한결같이
불타는 쇠처럼 찬연한 빛을 받아서.
금속이라면 반은 금, 반은 순은 같고,
돌이라면, 대부분이 홍옥 또는 감람석,

---

174) 절도 있는 운명.
175) 태양을 중심으로 한 유성의 움직임.
176) 인력.
177) 지구의 내부.
178) 망원경으로 1611년에 태양의 흑점을 발견한 갈릴레이에 대한 암시이다.

루비, 토파즈, 그리고 아론의 흉패胸牌[179]에 빛나는
열두 보석과, 다른 한 보석은 다른 데서[180]
볼 수 있다기보다 오히려 가끔 상상된 것[181]이
하계下界에서 오랫동안 연금술사들이 찾았으나
찾지 못한 그런 보석, 또는 그와 같은 보석들.
강력한 기술로 변덕스러운 헤르메스를 묶고,[182]
또는 늙은 프로테우스[183]를 갖가지 형태로
묶지 않고 바다에서 불러내어 증류기에
걸러서 본래의 형태로 환원해도
헛된 일이었다.
그러나 여기[184] 들이나 산이 불로장생약[185]을
뿜어내고, 강에선 마실 수 있는 황금이 흐른다 해도,
무엇이 기이하랴,[186] 영광일촉靈光一觸,

---

179) 사제장 '아론'의 제복에 달린 흉패. 넷씩 석 줄로 열두 보석을 박아서 이스라엘 열두 족속의 이름을 새겼다(〈출애굽기〉 28장 21절).
180) 태양 이외의 장소에서.
181) 중세의 학자들(연금술사)이 수은이나 동 같은 열등한 금속을 금으로 만들 수 있는 힘이 있다고 믿고서, 부단히 그것을 발견하고자 한 상상의 돌. 밀턴은 태양의 위대한 힘 속에 그런 물질 혹은 그와 비슷한 것이 들어 있다고 상상했다.
182) 즉, 항상 유동하는 수은을 비유한 것. 묶는다는 것은 다른 금속과 합금하여 고정한다는 것이다.
183) 바다에 살며 예언에 능한 신. 예언을 피하려고 할 때는 여러 가지 형체를 취하는데, 일단 잡혀서 속박되면 고유의 형체로 환원해 미래를 예언한다. 그 경로가 연금술과 흡사하다. 즉, 물질이 자연의 상태로 나타나지만 연금술사가 그것을 증류기에 몇 번 거르면 본래의 형태로 환원된다.
184) 태양.
185) 연금술사는 황금 속에 장수의 힘이 들어 있다고 생각했다.
186) 태양이 위력 있는 빛과 열로 이렇게 먼 지구에 많은 금은보석을 산출한다면, 태양 자체 내에 좋은 약이 있다 한들 하나도 이상할 것이 없다.

대연금사인
태양이 이렇게 멀리 떨어져 있어도
땅의 습기와 혼합해 여기[187] 어둠 속에서
빛깔 찬란하고 효능 신기한 갖가지
귀중한 물건[188]을 그렇게 많이 산출하니.
여기서 신기한 것들을 보고서도 마왕은
현혹됨 없이 멀리 널리 내다본다.
여기엔 눈을 가리는 장애물도 그림자도 없고,
다만 햇빛만이 있을 뿐, 마치 그 광선이 지금 계속
위로 비치고 있는 것처럼
한낮의 햇빛이 주야평분선晝夜平分線[189]에서
수직으로 내리비치면, 불투명체가 있어도
주위 사방에 그림자 지지 않는 때와 같으니.
대기는 비할 바 없이 맑아, 멀리 떨어진 물체를 볼 수 있게
안광을 예리하게 해주니, 그는 곧 본다,
한 영광의 천사가 시야 속에 서 있음을,
요한[190]이 또한 태양 속에 본 바로 그 천사를.
등을 돌리고 있으나, 그 광휘는 가려지지 않고
눈부신 햇빛 같은 금관[191]이 머리에

---

187) 지구 내부.
188) 귀금속·보석류.
189) 태양이 이 선에 들어오는 것은 춘분·추분 때인데, 이때 태양 광선이 적도 위에서는 수직으로 비치기 때문에 불투명체가 있어도 그림자가 지지 않는다.
190) "또 내가 보니 한 천사가 해에 서서"(〈요한 계시록〉 19장 17절).
191) "그 보좌들 위에 24명의 장로들이 흰옷을 입고 머리에 금 면류관을 쓰고 앉았더라"(〈요한 계시록〉 4장 4절).

없혔고, 그에 못지않게 빛나는 뒷머리채도 역시
번들번들 날개 돋친 어깨 뒤에 물결친다.
어떤 큰 임무를 맡고 있거나
깊은 생각에 골똘하고 있는 듯 보인다.
부정한 영은 이제 저의 방랑길을
인도할 자를 찾게 된 희망에 기뻐한다,
저의 여행의 종말이고, 우리의 고난의 시초인
인간의 낙원, 복된 자리로.
그러나 그는 우선 자기 본래의 형상을 바꾸고자 궁리한다.
그러지 않고선 위험하고, 일이 더딜까 봐.
그리하여 이제 그는 젊은 천사[192]의 모습으로 나타나
전성기는 아니지만 얼굴에 거룩한
청춘의 미소가 어리고, 미소에 어울리는
우아함으로 충만하여 아주 근사하게 가장했다.
관 아래에는 흘러내린 곱슬곱슬한 머리가
치렁치렁 양 뺨에 너울거리고, 몸에는
황금 뿌려진 가지각색의 깃 달린 날개,
날기에 알맞은 옷차림[193]을 하고
점잖은 발걸음 앞에 은 지팡이 짚고.
빛나는 천사 하나가 가까이 오는 소리 들린다.
미처 그가 가까이 가기 전에,
빛나는 얼굴 이쪽으로 돌리니, 곧 알 수 있다,

---

192) "사탄도 자기를 광명적 천사로 가장하나니"(〈고린도 후서〉 11장 14절).
193) 밀턴의 천사에게는 대개 옷이 없는데, 이것은 아마 날개인 듯하다.

그는 바로 대천사 우리엘[194]이라. 저 7대 천사 중의 하나,
하느님 앞 보좌 가장 가까이에 서서
명령을 대기하고 그의 눈[195]은 온 하늘을
두루 전망하기도 하고, 지상에 내려선
젖은 땅과 마른 땅을 넘고 바다와 육지를 넘어
그의 빠른 사명을 전하기도 한다.
사탄은 그에게 말을 건넨다.
"우리엘, 그대는 하느님의 높은 보좌 앞에
서는 영광 빛나는 일곱 명 중 일인자,
통변자로서 그의 절대적인 큰 뜻을
청화천에 갖고 가, 그대의 사신使信에 복종하는
모든 그의 아들들[196]에게 전하는 자.
그런데 아마 여기서도[197] 그대는
지상의 명령에 의해
같은 명예를 얻고, 그의 눈으로
가끔 이 새로운 창조 세계를 두루 살피겠지.
나는 모든 그의 놀랄 만한 창조물, 특히 그의
주요한 기쁨이요 사랑인 인간,
그 때문에

---

194) 성서에 의하면 천사 중 가장 지위 높고 항상 성좌 앞에서 성스러운 모습을 뵙는 소수의 천사장이 있는데(〈마태〉 18장 10절 참조), 일곱 명이라고 상상된다(〈요한 계시록〉 8장 1절 참조). 우리엘은 그중 하나다. 그 밖에 가브리엘 · 미카엘 · 라파엘 · 라구엘 · 사리엘 · 레미엘 등이 있다.
195) "이 일곱은 온 세상에 두루 행하는 여호와의 눈이라"(〈스가랴〉 4장 10절).
196) 천사들.
197) 이 새로 창조된 세계에서도.

이 모든 놀랄 만한 창조물이 이루어진
그를 보고 싶고 또한 알고자 하는
말할 수 없는 욕망에
끌려 천사의 합창대에서 나와 이렇게
홀로 방황하는 바이다. 지극히 찬란한 천사여,
말해라, 이 빛나는 모든 둥근 형체 중 어느 것에
인간은 그의 자리를 정했는지—혹은 자유롭게
이 모든 빛나는 둥근 형체에 마음 내키는 대로 사는지—
내가[198] 그를 찾아서 남몰래 바라보든지
또는 공공연히 찬미하며 볼 수 있도록,
대창조주가 세계를 주고 또한 이 모든
은총을 퍼부은 그를 볼 수 있도록,
그와 만물이 다 잘되었음을 보고서
우주의 창조주를 찬미할 수 있도록.
얼마 전에 반역의 적을 지옥의 심연으로
몰아내고, 손실을 보충하기 위해
인간이라고 하는 행복한 신종족을 창조해
더 잘 섬기게 하시니,
하느님의 길은 모두 현명하시다."[199]

　이 위선자는 들키지 않고 이렇게 시침 떼고 말했다.
인간도 천사도 분간할 수 없는 것이

---

198) 이하 11행에서 사탄은 창조자인 하느님을 찬미하는 듯 가장한다. 사탄의 최대의 위선이다.
199) 사탄의 위선을 보이기 위해 이 대목의 번역을 높임말로 써보았다. 지옥에서 저희들끼리라면 이렇게 쓰지 않았을 것이다.

위선이기 때문이다. 그것은 하느님 이외엔 누구에게도
보이지 않고, 그의 용서 있음으로 해서
하늘과 땅을 두루 다닐 수 있는 유일한 악이다.
'지혜'는 자주 깨어 있어도 '의심'은 '지혜'의
문턱에서 잠들어, 자기의 책무를
'단순'에게 맡기고,
또한 '선의'는 악이 안 보이면 악을
생각지도 않는다. 그러므로 지금 한 번은
우리엘도 속는다. 태양의 지배자이고,
하늘에서 가장 예리한 눈 가진 영으로 알려졌건만,
그는 이 비열한 사기꾼에 대해
정직하게, 이렇게 대답한다.
"아름다운 천사여, 하느님의 일을 알고,
대창조주에게 영광 돌리려고 생각하는
그대의 소망은 도를 넘지 않는 한
비난받지 않을 것이고, 도리어 도를 넘는다면
오히려 칭찬받을 것이다. 어떤 자는
소문만으로 만족하고 하늘에서
듣기만 하는 것을, 그대는 자기 눈으로 목격하고자
이렇게 홀로 천상의 저택을 나와 여기까지 왔으니.
참으로 하느님의 업적은 놀랄 만한 것이고,
알아서 즐겁고, 항상 그 전부를 즐겁게
마음에 기억할 만한 가치 있는 것이다.
그러나 어떤 피조물의 마음이
과연 그 수를

헤아리고, 그것을 만들고서도 원인을
깊이 숨기신 무한의 지혜를 알 수 있을 것인가?
나는[200] 이 세계의 원질原質, 형체 없는 덩어리가
하느님 말씀에 따라 쌓이는 것을 보았다.
'혼란'에게 그분 목소리가 들려오자
사나운 '소요'는 진정되고, 광대무변한
'공간'은 한계 지어졌다.
드디어 그다음 말씀으로 '암흑'은 도망치고,
'빛'은 비치고, 질서는 무질서에서 생겼다.
다음으로 복잡한 원소, 흙·물·불·공기가
재빨리 각기 자리를 찾아 달아났다.
그리하여 이 하늘의 정기인
제5원소는[201]
갖가지 형태로 생기를 얻어 하늘로 올라가
회전해 둥근 형체를 이루어, 그대가 보는 바와 같이
무수한 별로 변해 움직이고 있는 것이다.
각각 정해진 장소가 있고, 가는 길이 있다.
나머지[202]는 둥글게 우주의 벽[203]을 이룬다.

---

200) 이하 16행은 천사장 우리엘이 목격한 우주 창조의 묘사이다.
201) 아리스토텔레스에 의하면, 4대 원소 외에 정기精氣라고 하는 제5원소가 있어 하늘의 공간을 채운다. 이 제5원소에서 천체는 이루어진다. 4대 원소가 상하적인 데 대해 이 운동은 회전적이다. 밀턴에 의하면 천사의 몸도 이것으로 되어 있다. 정기의 질은 청화淸火라고 불리는 특수한 불, 즉 빛이다.
202) 제5원소의 나머지.
203) 밀턴은 루크레티우스에 따라 이 우주가 정기의 벽으로 에워싸였다고 한다.

저 둥근 형체[204]를 내려다보아라, 이쪽 면은
반사이긴 하지만, 여기에서 빛을 받아 빛난다.
그곳이 지구, 인간의 거처이다. 저 빛이
그의 낮, 이것이 없으면, 저쪽 반구半球처럼
밤이 점령할 것이다. 그러나 그곳에는
이웃의 달이(반대편 아름다운 별을 그렇게 부른다)
때를 맞춰 도움을 주어 중천을 헤치고
다달이 회전을 부단히 반복함으로써
빌린 빛으로 여기서 세 가지[205] 용모를
채웠다 기울였다 하며 지구를 비춰주어
저의 창백한 영토 내에 밤을 억제하는 것이다.
내가 가리키는 저 지점이 아담의 거처,
낙원이고, 저 높은 녹음은 그의 정자이다.
길 잃을 리 없으니 가거라, 내겐 내 일이 있으니."
　이렇게 말하고서 돌아서니, 사탄은,
적당한 명예와 존경을 중시하는 하늘에서
최고 영에게 하듯이 몸을 굽혀
하직하고, 황도黃道[206]로부터 아래 지구의
영역을 향해 성공의 기대에 발도 가볍게,
공중을 여러 번 회전한 뒤 곧장 날아 내려가
멈추지도 않고 니파테[207]의 산꼭대기에 내려앉는다.

---

204) 태양에서 내려다본 지구와 그 낙원.
205) 초승달 · 반달 · 보름달.
206) 고대 천문학에 의하면 이것은 태양이 지구를 도는 궤도이다.
207) 아르메니아의 다우라스 산맥의 한 봉우리. 에덴 변경에서 멀지 않다.

제4편

사탄은 지금 에덴이 보이는 곳, 하느님과 인간에 대항해서 단독으로 세운 대담한 계획을 시도해야 할 장소에 가까워지자 자신에 대한 여러 가지 의혹과 공포·질투·실망 등 여러 감정에 사로잡힌다. 그러나 결국 악에 대한 결심을 굳히고 낙원으로 향해 여행을 계속한다. 낙원의 외양과 상태에 대한 묘사. 그는 경계를 뛰어넘어 주위를 둘러보기 위해 낙원 내에서 제일 높은 나무인 '생명의 나무' 위에 가마우지 모양으로 올라앉는다. 낙원의 묘사. 사탄은 처음으로 아담과 이브를 본다. 그들의 훌륭한 외양과 행복함을 보고 경탄하나 그들을 타락시키고자 하는 결심은 여전하다. 그들이 하는 얘기를 엿듣고, 거기서 지혜의 나무 열매를 따 먹는 것은 죽음의 형벌로 금지되어 있음을 탐지하고는, 이것을 근거로 꾀어서 죄를 범하게 해 유혹을 성취하리라 생각한다. 그러고서 잠시 그들에게서 떠나 다른 수단으로 그들의 상태를 더 알아보려고 한다. 그러는 중에 우리엘은 태양 광선을 타고 내려와 낙원의 문을 지키는 가브리엘에게 경고해 말하기를, 어떤 악령이 지옥을 탈출해 선량한 천사의 모습을 하고, 대낮에 자기의 영역을 지나 낙원으로 내려갔는데, 그것이 뒤에 산에서 광포한 거동으로 드러났다고 한다. 가브리엘은 아침 전에 그를 찾겠다고 약속한다. 밤이 되어 아담과 이브는 이제 쉬자고 얘기한다. 그들의 정자 묘사와 저녁 예배. 가브리엘은 야경대夜警隊를 불러내어 낙원을 돌게 하고, 잠자는 아담이나 이브에게 악령이 어떤 해를 끼치지나 않을까 해서 힘센 두 천사를 아담의 정자에 배치한다. 거기서 그들은 이브의 뒷전에서 꿈결에 그녀를 유혹하고 있는 악령을 보고서, 싫어하는 그를 가브리엘에게 데려온다. 가브리엘의 심문을 받고서 그는 경멸하며 대답하고 대항할 자세를 취한다. 그러나 하늘의 계시를 어찌할 수 없어 낙원 밖으로 도망친다.

✦

아, 그 경고의 목소리[1] 있었으면, 계시[2]를 본
저 성자[3]가, 악룡惡龍[4]이 두 번째로 패배[5]당해
인간에게 복수하려고 사납게 지상에 내릴 때
"화 있을진저, 지상에 사는 자들[6]" 하고

---

1) "땅과 바다는 화 있을진저. 이는 마귀가 자기의 때가 얼마 못 된 줄을 알므로 크게 분내어 너희에게 내려갔음이라"(《요한 계시록》 12장 12절).
2) 사도 요한이 받은 하늘의 계시.
3) 사도 요한.
4) 사탄의 별명. "하늘에 전쟁이 있으니 미카엘과 그의 사자들이 용으로 더불어 싸울새 용과 그의 사자들도 싸우나 이기지 못하여 다시 하늘에서 저희의 있을 곳을 얻지 못한지라. 큰 용이 내쫓기니, 옛 뱀 곧 마귀라고도 하고 사탄이라고도 하는 온 천하를 꾀는 자라, 땅으로 내쫓기니 그의 사자들도 함께 내쫓기니라"(《요한 계시록》 12장 7~9절).
5) 첫 번째 패배는 제5편에 묘사되어 있다. 《요한 계시록》 12장에 기술된 것은 두 번째 패배이다[주 2) 참조].
6) "내(요한)가 또 들으니 하늘에 큰 음성이 있어 가로되…… 땅과 바다는 화 있을진저"(《요한 계시록》 12장 10~12절).

천상에서 외치는 소리를 들었던 그 목소리.
아직 시간 있을 때 우리의 선조가
알지 못하는 동안 오는 적에 대해 경고를 받고
치명적인 덫을 피하자면, 피할 수도 있었을 것이니.
이제 사탄은 비로소 격분해 첫 싸움의
패배와 지옥으로 도주한 것을 죄 없고
연약한 인간에게 앙갚음하려고 인류의
고발자[7] 이전의 유혹자로서 오고 있다.
멀리 떨어져선[8] 대담하고 무서움 없었던 그였지만,
저의 행운[9]을 기뻐하지도 않고, 그걸 자랑할 이유도 없어
무서운 계획을 마음먹는다. 그 계획이 싹트려고
지금 꿈틀거리고, 소란한 가슴속에 끓어
요사스러운 기계처럼 제 가슴 위에 튀어 돌아온다.
공포와 의혹은 그의 어지러운 생각을
괴롭혀 마음속 지옥을 바닥으로부터
뒤흔든다. 마음속이나 신변에 지옥[10]을
지니고 있어, 장소가 바뀌어도 자신은
피할 수 없는 것처럼 단 한 발자국도
지옥에서 떠날 수 없는 것이니. 이제 양심은

---

7) "우리 형제들을 참소하던 자가 쫓겨났고"(〈요한 계시록〉 12장 10절). 사탄은 첫 번째 패배 후, 첫 번째 유혹을 인류에게 시도해 성공하고, 그 후 인류의 고발자(참소하던 자)가 되었는데, 두 번째 패배 후에 제2의 유혹을 그리스도에게 시도하여 실패했다.
8) 멀리 지옥에선.
9) 사탄이 지금까지 성공적으로 난관을 돌파해온 것.
10) 마음은 마음이 제집이다. 지옥을 천국으로, 천국을 지옥으로 만들 수 있다.

잠자는 실망을 일깨우니, 과거와 현재와
한층 더 악화할 미래의 괴로운 생각[11]이
눈을 뜬다. 악행 뒤에 악의 고난은 오고야 말리.
때로 그는 눈앞에 지금 즐겁게만 보이는
에덴을 향해 비통하게 쏘아보더니,
이젠 때로 하늘과 지금 정오의 탑에
높이 올라앉은 찬란한 태양을 향해
이것저것 두루 생각하다 한숨지으며 말한다.
"아,[12] 그대, 뛰어난 영광을 몸에 두르고,
이 신세계의 신처럼 홀로 다스리는 그곳에서
내다보는 그대여, 그대가 나타나자
뭇별들도 무색해 머리 숨긴다.
내가 그대에게 말하는 것은,
친구의 목소리는 아니지만 그대 이름 부르는 것은
오, 태양이여, 그대의
빛을 미워함을 알리고자 함이다.
빛은 내가 어떤 상태에서 떨어졌고,
천국에서 자존自尊과 야심을 가지고
하늘의 무적의 왕과
싸우다가 떨어져 내릴 때까지,
그대의 세계보다 훨씬 위에서

---

11) "역경에서 복된 날을 생각하는 것보다 더 슬픈 일은 없다"(《신곡》〈지옥편〉 5장 121~123행).
12) 이하 4행은 지상에서 태양을 바라보며 원한의 말을 하는 것이다. 8행까지는 밀턴이《실낙원》을 서사시가 아니고 비극으로 쓰려고 했을 때 1642년경에 서두로 써놓은 것이라고 한다.

내가 얼마나 영광스러웠던가[13]를 회상케 하는구나.
아, 왜[14] 그랬던가, 그에게 그렇게 보답할 건
아니었는데, 찬란히 탁월하게[15] 나를
창조했고,[16] 은혜를 줄 뿐 책하는 일은
없고 섬기기도 어렵지 않았던 그에게.
그를 찬미하는 일보다 더 쉬운 보상이 어디
있으며, 그에게 감사하는 일이
얼마나 지당했나. 그러나 그의 선의는 모두 내게
악으로 나타났고, 악의만을 행할 뿐. 너무 높이
떠받들려서 복종을 경멸하고, 한 걸음 더 오르면
지고하게 되어, 여전히 깊고 항상 빚지는
아주 귀찮은 무한의 감사와 큰 부채를
단번에 갚아버리려고 생각했었다. 여전히
그에게서 받고 있음은 잊고서.
그리고 은혜를 아는 마음이란 은혜를 입고도
입지 않는 것, 즉 은혜를 입고서 곧 갚으니
늘 갚고 있는 것임을 몰랐었다. 그런데
이 무슨 마음의 짐인가. 강력한 운명이
나를 낮은 천사로 정해주었더라면, 나는
행복했을 것이고, 무한한 욕망에서
야심 따위는 품지 않았을 텐데. 그러나 그럴 리 없다.

---

13) 타락 이전에는 사탄도 태양같이 빛나는 상태에 있었다.
14) 이하 16행에서 자신이 타락한 원인을 생각하고서 양심의 가책을 토로한다.
15) 254쪽 18행, 257쪽 3~5행 참조.
16) 264쪽 11~12행에서는 천사가 하느님의 창조물이 아니라고 주장한다.

나만큼 위대한 천사가 있어 높은 뜻 품고, 내 비록
비천하나, 자기편에 끌렸을지도. 그러나 나만큼
위대한 천사는 떨어지지 않고, 안팎[17]으로부터
모든 유혹에 대비해 흔들리지 않는다.
그만한 자유의사와 일어설 힘이 있었는가.
그렇다, 그러면 누구를, 무엇을 비난하겠는가,
만물에 평등한[18] 하늘의 자유로운 사랑밖에.
그러나 그의 사랑은 저주받을지어다,
사랑이고 미움이고, 내겐 영원한 화를 주는 것이니.
아니, 저주받을 것은 그대. 하느님의 뜻을 배반해
지금 슬퍼 마땅한 그것을 자유로 택한 건 너이니.
가엾구나 나는. 어느 쪽으로 피해야 하나, 끝없는
분노인가 끝없는 실망인가. 어느 쪽으로
피하든 지옥. 자신의 지옥이고 가장 깊은 심연에서보다
깊은 심연이 당장 나를 삼킬 듯 입을
크게 벌리니, 그에 비하면, 내가 고생하는
지옥은 하늘이다.[19] 아, 그러면 결국 항복인가. 회개의
여지는 없는가, 용서의 여지도 전혀 없는가.
복종밖에 다른 도리 없다. 그런데 그 말은
모욕적이어서, 그리고 하계 천사들에 대한
수치가 두려워서 못 한다. 굴복 아닌

---

17) 안으로부터의 유혹은 야심, 자부심, 증오 등이다.
18) 사탄은 자신이 타락한 원인을 하느님이 사랑하는 마음에서 모든 천사에게 준 자유의사 때문이라고 비난한다.
19) 자기 자신에게 하는 말이다.

다른 약속과 다른 큰 소리로 그들을
유혹했었다. 전능자를 정복할 수 있다고
뽐내면서. 아, 그들은 모르리라.
헛된 장담으로 내가 얼마나 귀중한 값을 치르고,
괴로움 때문에 얼마나 마음속에 신음하는가를.
영혼과 홀笏을 쥐고 높이 지옥의 옥좌 위에서
우쭐하는 나를 그들이 우러를 때,
나는 더욱더 낮게 떨어지고, 최고로
비참할 뿐.[20] 야심이 찾는 기쁨은 이것.
그러나 내가 회개하고 큰 용서 빌어,[21]
이전의 상태를 회복한다면 당장 높은 지위는
오만을 일으키고, 거짓 복종으로 맹세한 것을
당장 취소할 것이다. 안락은 괴로울 때의
언약을 무리하고 헛된 짓이라고 취소하리라.[22]
극심한 증오의 상처가 이렇게 깊이
뚫고 들어간 곳에 참된 화해가 자라날 수 없다.
그리하여 나를 더 심한 불행과 더 고된 타락으로
이끌어갈 뿐. 그래서 이중의 고통[23]을 바쳐
짧은 편안이나마 비싸게 사지 않을 수 없다.
나의 처형자는 이것을 알기에 내가 평화를

---

20) 타락 천사들 사이에서 받는 영광은 더 심한 불행이고 비참의 절정이라는 말이다.
21) 어떤 화해의 길이 있어 용서를 받으면, 전날의 불행을 잊고 다시 거만해져서 또 불행을 초래할 것이라고 스스로 자기비판을 한다.
22) 강제에 의한 것이니 무효라고 한다.
23) 전후 두 차례의 고통을 치러서 잠시의 편안을 산다는 것은 너무 비싼 대가이다.

구하지 않는 것처럼 그도 허용하지 않는다.
이렇게 일체의 희망이 끊어지고, 보라, 버림받고
추방당한 우리 대신, 그의 기쁨인 인류와
그들을 위해 창조된 이 세계를. 희망이여
안녕, 희망과 함께 두려움이여 안녕, 회한이여
안녕. 일체의 선은 내게서 사라져버렸다.
악이여, 너 나의 선이 되어라.[24] 너에 의해서 적어도
분할된 제국이나마 하늘의 왕과 더불어 차지하고,[25]
너에 의해서, 아마 반 이상[26]을 다스릴 것이다.
인간도 이 신세계도 머잖아 알게 되리라."
　이렇게 말하면서 온갖 감정으로 얼굴은 흐려지고
분노, 질투, 절망, 삼중으로 창백해진다. 그 때문에
가면[27]의 면상이 상하니,
그 거짓이 드러났으리라,
누군가 보는 자 있었다면.
천사의 마음이라면
이런 추악한 근심에 흐려지지 않을 것이니.
그것을 곧 알아차리고, 속임수에 능한 그는
외면상의 평온으로 마음의 동요를 진정한다.
그는 복수심이 도사린 깊은 악의를 숨기고 성자다운

---

24) 자기가 선으로 알고서 추구하는 목표. 그러나 악마가 선이라 생각하는 것은 우리의 악이다.
25) 사탄은 타락하여 지옥의 군주가 되고서, 이 우주를 양분해 한쪽은 선이, 또 한쪽은 사탄 자신이 통치한다고 생각한다.
26) 이 신세계를 정복하면 사탄의 몫은 반 이상이 된다.
27) 사탄이 가장한 아름다운 소년 천사의 얼굴.

외관으로 허위를 실천할 일인자이다.
그러나 일단 경계하게 된 우리엘을 속일 만큼
충분치는 못했다. 우리엘의 눈은
마왕이 간 길을 쫓아 아시리아 산[28]에서
선善의 영이라곤 할 수 없는,
사나운 거동과 미친 행동을
보았다. 그때 저 혼자 있으므로 아마
아무도 알아보는 이 없다고 저는 생각했으리라.
이리하여 마왕은 나아가 에덴[29]의 경계에
이르니, 이제 아주 가까워진 아름다운
낙원은 시골집 담장처럼
푸른 울타리로 황막한 산의 높은 지대를
뒤덮고, 숲으로 뒤덮인 더부룩한
산비탈은 기괴하게 험해서
접근을 불허한다. 머리 위론 삼나무, 소나무,
전나무, 가지 치고 있는 종려 등 지극히 높은
수목들이 하늘 닿는 높이로 솟아올라,
삼림의 장관, 녹음 위에 녹음이 탑을 지어
올라갔으니 아주 장엄한 숲의 극장[30]이다.
그러나 수목의 꼭대기보다 높이

---

28) 니파테.
29) 에덴은 하나의 비옥한 넓은 지역이고, 그 동쪽에 낙원이 위치한다. 그래서 그 낙원을 '에덴동산'이라고도 한다. "여호와 하느님이 동방의 에덴에 동산을 창설하시고 그 지으신 사람을 거기 두시고"(〈창세기〉 2장 8절).
30) 산비탈의 숲이 층층으로 높아진 것을 극장의 좌석에 비유했다.

낙원의 푸른 담장이 솟아올라 있다.
여기에서 우리 전 인류의 조상은 주위
사방에 있는 아래 세상을 크게 조망하는 것이다.
이 담장보다 위에는 둥글게 열을 지어
고운 열매 가득하고 황금빛 꽃 피고
금빛 열매 맺는 훌륭한 나무들이 보인다.
화려한 광택이 색색이 아롱져 있다.
그 위에다 태양은 고운 저녁 구름보다도,
하느님이 대지에 소나기를 내리실 때의
무지개보다도 더 화려하게 빛을 쏟는다. 그 경치가
그렇게 아름다웠다. 이제 맑디맑은 대기가
다가오는 그를 맞이하고, 그 가슴에 절망 이외의
모든 비애를 몰아낼 만한 봄의 즐거움과
기쁨을 불어넣는다. 때마침 산들바람은
향기로운 날개를 부채질하며 자연의
훈향을 뿌리고, 어디서 이런 향기로운 보물을
훔쳐 왔나 속삭인다.[31] 마치 저 희망봉을 넘어서
모잠비크[32]를 막 지난 항해자들에게
바다 저 멀리서 불어오는 북동풍이
복지 아라비아[33]의 향기로운 해안에서 사바[34]의

---

31) 그 향기를 어디서 가져왔는가, 즉 에덴동산에서 가져왔음을 속삭인다.
32) 아프리카 동쪽 해안. 포르투갈의 식민지.
33) 지금의 예멘 지방. 풍요하고 비옥하기에 "복지"라고 했다.
34) 시바. 솔로몬의 지혜를 시험하러 온 유명한 여왕이 있던 도시. 아라비아의 서남부. "복지 아라비아"에 있다.

향내를 몰아오면, 그들은 더딘 것 구애 않고
즐거이 갈 길을 늦추고, 몇 해리에 걸쳐
고운 향기 상쾌해 늙은 바다가 또한 미소 짓듯이
지금 이 달콤한 향기에 독 품고 오고 있는
마왕도 향기를 즐긴다. 옛날 아스모데우스[35]가
맡던 고기 냄새와는 딴판으로 즐거웠다,
그는 도빗의 아들의 처를 사랑했지만
그 냄새에 쫓겨 사납게 메디아로부터
당장 이집트로 도망쳐 거기서 포박당했었지.
   이제 이 험하고 거친 산의 언덕길로
사탄은 계속 생각에 잠겨 천천히 올라간다.
그러나 더 갈 길이 없다, 너무 빽빽이 뒤얽혀서
잇닿는 풀숲 같고 관목과 복잡한 덤불의
낮은 숲이 사람이나 짐승이나 이 길을
지나는 모든 자들을 괴롭히니. 오로지
저쪽으로 동쪽 향해
문 하나만이 거기에 있다. 마왕은 그것을 보고,
정문을 경멸하고, 조소하면서
가볍게 한 번 뛰어 산이나 높은 담의
경계를 넘어 곧장 안에

---

[35] 경외 성경 〈도빗서〉에 있는 이야기. 악령 아스모데우스는 메디아에 사는 사라라는 여자를 사랑했다. 사라는 일곱 번 결혼했는데, 일곱 번이나 남편이 아스모데우스에게 살해당했다. 마지막에 그녀는 도빗의 아들 도비아스와 결혼했다. 그때 천사 라파엘이 도비아스에게 일러 결혼할 밤에 고기 창자를 구우라고 했다. 아스모데우스는 이 냄새를 맡자, 이집트의 극지로 도망쳐 그곳에서 천사에게 체포되었다.

내린다. 이를테면 배고픔에 몰려 먹이가 있는
새 장소를 찾아 헤매는 늑대가,
저녁때 목자가 양 떼를 들 가운데, 담장 있는
우리 속에 안전히 가둬넣는 걸 보고서
담장 뛰어넘어 쉽게 울타리 안에 들어가는 것같이.
또한 도둑놈[36]이 어느 부유한 시민의
돈을 훔쳐내려고 마음먹고, 견고한 문이 단단히
빗장 질리고, 쇠 채워져 쳐들어갈 틈 없으므로
창문으로나 지붕 위로 기어 올라가는 것같이.
그렇게 이 최초의 대적大賊도
하느님의 우리로 넘어들었고,
그 이후에 악덕 고용인[37]들도
교회에 그렇게 들어갔다.
거기서 위로 날아 생명의 나무,[38]
거기서 자라는 한복판 제일 높은 나무 위의
가마우지처럼 앉는다. 그러나 거기 앉아서
참된 생명[39]을 얻는 것은 아니고, 산 사람의

---

36) 〈요한〉 10장 참조. "내가 진실로 너희에게 이르노니, 양의 우리에 문으로 들어가지 아니하고, 다른 데로 넘어가는 자는 절도며 강도요, 문으로 들어가는 이가 양의 목자라"(〈요한〉 10장 1~2절).
37) 부패한 성직자들이 본분을 잃고 돈만 탐내는 것을 풍자한다. "삯꾼은 목자도 아니고 양도 제 양이 아니라, 이리가 오는 것을 보면 양을 버리고 달아나나니, 이리가 양을 늑탈하고 또 헤치느니라. 달아나는 것은 저가 삯꾼인 까닭에 양을 돌아보지 아니함이니"(〈요한〉 10장 12~13절).
38) 〈창세기〉 2장 9절 참조.
39) 높은 의미에서의 생명, 즉 정신적 생명. "생명의 나무"는 그런 진실한 생명을 상징한다. 사탄은 지금 생명의 나무에 앉아 있지만, 그것은 역시 수작이고, 거기 앉아 있다고 해서 생명의 구원을 얻을 수는 없다.

죽음을 궁리하며 앉았을 뿐. 생명 주는 그 나무의
힘은 생각지 않고, 다만 먼 곳을 바라보기 위해서
이용할 뿐이라, 잘만 이용하면[40] 불멸의 담보가
되었을 것을. 오직 하느님 이외엔
자기 앞의 선에 대한 올바른 가치를 아는 자가
없고, 도리어 가장 선한 것을 가장 나쁘게 도용하거나,
가장 비천하게 악용하거나 한다.
그는 지금 눈 아래에 펼쳐진 새로운 경이를 본다,
좁은 장소에 자연의 모든 부富, 아니 그 이상,[41]
지상의 천국이 인간 감각의 온갖 기쁨 앞에
펼쳐져 있음을, 이 동산이 바로 에덴의 동쪽에
하느님이 만드신 행복의 동산이었으니.
에덴의 그 경계선은 아우란[42]으로부터
동쪽으로, 그리스 왕들이[43]
세운 거대한 셀레우키아[44]의
왕궁에 이르기까지, 또는 오래전에 에덴의
아들들이 텔라살[45]에 살던 근처까지 뻗어 있다.

---

40) 보통의 나무로 생각 말고, 그 나무가 주는 암시를 좇아 회개하면.
41) 하느님의 동산엔 자연의 풍성함뿐 아니라 초자연적 아름다움까지도 가득하다.
42) 팔레스타인 북부 해안 지대.
43) 셀레우쿠스와 그 자손들을 말한다. 시조가 그리스 출신이기 때문이다.
44) 티그리스 강가. 지금의 바그다드 동남쪽에 있는 도시. 알렉산더 대왕의 부하 장군의 하나인 셀레우쿠스가 세운 도시.
45) 에덴의 아들들이 산 곳으로 성서에 나타나 있으나 위치는 분명하지 않다. 밀턴은 셀레우쿠스가 뒤에 세운 티그리스 강 근처로 보는 것 같다.

이 유쾌한 땅⁴⁶⁾에 하느님은 훨씬 더 즐거운
동산을 세우셨다. 이 풍요한 땅에서
보기 좋고, 향기 있고, 맛좋은 온갖
종류의 고귀한 나무들을 자라게 하셨다.
그 한복판에 생명의 나무가 서 있다.
뛰어나게 높고, 식물성 황금의 맛좋은
과실이 주렁주렁 열린다. 생명의 나무 바로 옆에는
우리의 죽음인 지식의 나무⁴⁷⁾가 서 있다―
악을 앎으로써 비싸게 팔린 선의 지식.
남쪽으로 에덴을 거슬러 큰 강이 하나 흐른다.⁴⁸⁾
수로를 바꾸지 않고,⁴⁹⁾ 밑으로 침투하면서
나무 많은 산속을 지나. 하느님이 이 산을
원토園土로서 내던져 급류 위에 이 산을
높이 쌓아 올렸다. 그 물이 구멍 많은
지맥을 통해 자연의 건조에 흡수되어
많은 샘으로 솟아 나와 많은 시냇물로
동산을 적시고, 거기서 다시 모인 물은
험한 숲의 땅으로 떨어져 어두운 통로에서
막 나타나는 아랫녘 물과 합친다.

---

46) '에덴'이란 말의 뜻.
47) 완전한 이름은 '선악의 지혜의 나무'이다. 이 나무의 열매를 먹는 사람은 선의 지혜를 얻는 혜택이 있는 반면, 선의 반대인 악의 지혜를 얻는 것이니, 말하자면 악의 지혜를 대가로 선의 지혜를 사는 셈이다.
48) "강이 에덴에서 발원하여 동산을 적시고 거기서부터 갈라져 네 근원이 되었으니"(〈창세기〉 2장 10절).
49) 강이 산의 굴곡을 감돌지 않고 지하로 흘러, 그중 일부가 "구멍 많은 지맥을 통해" 나간다.

그리하여 네 줄기 주류로 갈라져
따로따로 흐르며, 여기선 얘기할 필요 없는
많은 이름 있는 나라들을 누빈다.[50]
오히려 말해야 할 것은(말할 재주가 있다면)
저 사파이어의 샘에서 잔물결 이는 시내가
빛나는 진주와 황금의 모래 위를 굴러
내리덮은 녹음 아래를 빙빙 돌아다니며
감로 되어 흐르면서 나무들을 고루 찾아
낙원에 적합한 꽃들을 기른다. 그것은
손재주 피운 꽃밭이나 화단의 원예가 아니고,
풍요한 자연이 아낌없이 쏟아내는 꽃,
산에, 골짜기에, 들에, 아침 햇볕이 넓은 들판에 따뜻이
내리비치는 그곳에, 또는 햇빛도 뚫을 수 없는
그늘이 한낮의 정자를 어둡게 하는 그곳에.
이렇게 이곳은 여러 가지 경치로 행복한 전원 지대.
향액香液[51]과 향유 스며 나오는
살찐 나무의 숲이 있고,
또 저쪽 숲에선 과실들이 황금 껍질로 빛나고
아름답게(헤스페리데스의 이야기[52]가 사실이라면
그것은 여기에서뿐) 단맛 풍기며 매달려 있다.
숲과 숲 사이에는 풀밭, 평평한 언덕, 연한

---

50) 〈창세기〉 2장 10~14절 참조.
51) 이하는 낙원 풍경의 묘사이다.
52) 헤스페리데스라고 불리는 세 선녀가 지키는 황금 사과원에 관한 이야기.

풀 뜯는 양 떼, 종려나무 동산 등이
여기저기 있고, 또한 축축하게 물기 있는 골짜기의
꽃다운 둔덕에는 갖가지 꽃과
가시 없는 장미[53]의 보고寶庫가 펼쳐져 있고,
저쪽에는 그늘진 작은 암굴과 동굴의
서늘하고 아늑한 곳, 그 위엔 포도 덩굴이 덮여
보랏빛 열매를 내밀고 곱게 무성하게
뻗어 있다. 한편, 물은 졸졸졸 흘러
산비탈을 흘러 흩어지고 그 물줄기는
도금양挑金孃나무 곱게 우거진 언덕 언저리까지
수정의 거울 간직하고 있는 호수에서 합친다.
새들은 이 자연의 음악에 합창하고, 대기,
봄의 대기가 들과 숲의 향기를 싣고
흔들리는 나뭇잎을 어루만질 때,[54] 만물의 '판'[55]은
'우미'[56]와 '계절'[57]과 얼싸안고 춤추며
영원한 '봄'[58]을 인도한다. 페르세포네[59]가

---

53) "땅은 너로 인하여 저주를 받고…… 땅이 네게 가시덤불과 엉겅퀴를 낼 것이며"(〈창세기〉 3장 17~18절). 인류의 타락 이전엔 장미에 가시가 없었다고 상상한다.
54) 나뭇잎이 흔들려 고운 가락을 이룬다.
55) '판'은 그리스 신화에서 산야 목축의 신이고, 어원적으로는 '전체'라는 뜻이니, 여기서 "만물"은 그런 어원을 뜻하며, 전 자연을 인격화해서 이렇게 불렀다.
56) 제우스와 아프로디테의 소생이라는 인생의 우미와 환희를 의인화한 것이다.
57) 제우스와 테미스의 딸들. 올림포스의 문을 지키는 계절의 여신.
58) 낙원에서 자연(판)이 인생의 우미·환희·계절과 얼싸안고 춤을 추면 영원한 봄이 된다.
59) 데메테르의 딸인 페르세포네는 아름다운 처녀였는데, 어느 날 들에 나가 꽃을 딸 때, 돌연 땅이 갈라져서 그 밑에 있는 지옥의 왕 '하데스'에게 붙잡혀, 지옥에 가서 그곳 여왕이 되었다고 한다. 그 어미 데메테르가 딸을 찾아 여기저기를 헤맸다고 한다.

꽃을 따다가 저 자신도 고운

꽃이었기에, 음울한 하데스가 그녀를 따버려

그녀를 찾아 세상을 헤맨 데메테르는

고생만 했던 저 아름다운

엔나[60]의 들판도, 또는 오론테스[61] 강과

카스탈리아[62] 영천靈泉의 저 다프네[63]의

아름다운 숲도, 또는[64] 이교도가 암몬 또는

리비아의 조브라고 부르는 늙은 캄,[65]

아말테이아[66]와 붉은 얼굴[67]의 젊은 아들 디오니소스를

계모 레아의 눈에서 숨겼던, 트리톤 강에

에워싸인 저 니사 섬도, 또는 아비시니아 왕들이[68]

그들의 아들을 지키는 곳,

에티오피아 적도 밑

---

60) 시칠리아의 도시. 그 근처 들에서 지옥의 왕 하데스가 페르세포네를 납치해 갔다.
61) 레바논 부근에서 발원하여 지중해로 흘러드는 북시리아에서 제일 큰 강.
62) 다프네의 숲 속에 있는 샘. 그 물을 마시면 시적 영감을 얻는다고 생각돼, 델피 근처 파르나소스 산의 뮤즈 신에 속하는 동명의 샘을 모방해 이름 붙였다.
63) 시리아의 안티오크 시 근처 오론테스 강가의 아름다운 숲. 아폴론 신전이 있다.
64) 이하 4행은, 보통 그리스 신화에 의하면 디오니소스는 제우스와 세멜레의 아들이고, 제우스는 크로노스와 레아의 아들이다. 그런데 밀턴은 여기서 그 신화에 따르지 않았다. 밀턴이 근거한 디오도루스 시쿨루스가 말하는 전설에 의하면, 리비아의 왕 암몬이란 자가 후에 리비아의 조브라고 불렸다. 그는 레아와 결혼했는데, 후에 아말테이아와 사랑해 태어난 것이 디오니소스다. 그런데 처 레아의 질투가 두려워 모자를 니사 섬에 감추었다고 한다.
65) 함Ham. 노아의 아들. 이집트인의 선조(〈창세기〉 10장 1절 참조). 그래서 이집트를 함의 땅이라 한다. 밀턴이 캄(함)을 암몬과 동일시하는 이유가 이것인 듯하다.
66) 그리스 신화에서, 제우스를 크레타 섬에서 양육한 유모이다.
67) 디오니소스는 술의 신이기 때문이다.
68) 아마라의 산은 나일 강 상류에 있으며 하루쯤 걸려야 올라가는 높은 산인데, 아비시니아의 왕이 아들의 반역이 두려워 이 산꼭대기에 34개의 궁전을 짓고 그들을 격리했다고 한다. 적도 근처이지만 산상의 기후가 온화해 이곳을 낙원으로 생각하는 사람들이 있었다.

나일 강의 근원 지대, 빛나는 바위로 에워싸인
하루 여정 되는 높이(이것을 진정한
낙원으로 생각한 자도 있지만), 그러나
이 아시리아 동산[69]에서 멀리 떨어진
저 아마라의 산도 에덴동산에
비할 바 아니다. 마왕은
이 동산에서 새롭게 기이하게 보이는 각종 생물과
일체의 기쁨을 아무 기쁨 없이 보았다.
그중 훨씬 고상한 두 모습,[70] 몸이 곧고 키가 크고,
하느님처럼 곧은 데다 위엄 있는 알몸에는
본디부터 있는 존귀의 옷이 입혀졌고,
만물의 주인으로 보이며
그만한 가치가 있어 보인다. 그 거룩한 얼굴엔
영광스러운 창조주의 모습[71]·진리·지혜,
엄하고 순결한 성덕이 빛난다. 그것은
엄하지만 아들로서의 참된 자유에서 나온
인간의 참된 권위의 원천.[72] 두 사람은
성性이 같지 않은 것처럼 동등치 않고,[73]
남자는 사색과 용기를 위해 만들어졌고,

---

69) 낙원을 이렇게 부르기도 하는데, 아시리아의 일부가 에덴 안에 포함되어 있기 때문이다.
70) 드디어 이 시의 주인공 아담과 이브가 등장한다.
71) 성서에 의하면 하느님은 인간을 당신 모습대로 만드셨다(제7편 및 〈창세기〉 1장 26~27절 참조).
72) 인간의 참된 권위는 인간이 하느님으로부터 아들로서의 자유의사를 부여받은 데 있다.
73) 밀턴은 남녀평등 사상을 반대한다. 여자는 남자의 절대권에 복종하도록 되어 있다. 하느님을 섬기는 것도 남자에 대한 자기 임무를 충실히 이행함으로써 간접적으로 섬기는 것이다.

여자는 온화함과
매력 있는 기품을 위해 만들어졌다.
그는 하느님만을 위해
그녀는 그를 통한 하느님[74]을 위해 있다.
그의 곱고 넓은 이마[75]와 숭고한 눈은
절대적인 지배를 나타내고, 히아신스의 머리채[76]는
갈라진 앞머리에서 주렁주렁 늘어져
씩씩하지만, 넓은 어깨 밑까진 처지지 않았다.
그녀의 장식 없는 금발은 베일[77]처럼
가느다란 허리까지 내려 흐트러져
포도 덩굴의 꼬불꼬불한 수염처럼,
제멋대로 동그라미 그리며 물결친다. 이것은 복종의 의미,
그러나 그것은 점잖은 주권으로 요구되어
그녀가 스스로 바치는 것. 수줍고 공손하게,
정숙하고 긍지를 가지고 우아하게, 마지못해,
애교 있되 주저하며 응하면 그에게 용납되는 것.
그때는 신비한 부분도 가리지 않았고,

---

74) "남자는 하느님의 형상과 영광이니, 그 머리에 마땅히 쓰지 않거니와 여자는 남자의 영광이니라. 남자가 여자에게서 난 것이 아니요 여자가 남자에게서 났으며, 또 남자가 여자를 위하여 지음을 받지 아니하고 여자가 남자를 위하여 지음을 받은 것이니"(〈고린도 전서〉 11장 7~9절).
75) 지력의 상징이다.
76) 호메로스가 《오디세이아》에 쓴 비유에 따라 까만 머리채를 그리스의 미소년 히아신스에 비유했다.
77) "만일 여자가 긴 머리가 있으면 자기에게 영광이 되나니 긴 머리는 쓰는 것을 대신하여 주신 연고니라"(〈고린도 전서〉 11장 15절).

죄스러운 수치감도 없었다. 자연의 작품에 대한
불순한 수치여, 죄가 빚어낸 부정한
치욕이여, 너는 외관만으로 다만
외관적인 순수만으로 인류를 어지럽히고,
인간의 생활에서 가장 복된 생활,
다만 오점 없는 순결을 몰아냈던가.
두 사람은 벌거벗은 채 걷는다. 하느님이나 천사의
눈도 피하지 않고, 악을 생각지 않기 때문에.
손에 손 잡고 걷는다. 일찍이 사랑의
포옹을 나누었던 지극히 아름다운 한 쌍,
그 후 그의 아들로 태어난 남자 중 누구보다 잘난
아담과, 그녀의 딸들 중 누구보다 제일 고운 이브.[78]
푸른 풀밭에 조용히 속삭이며 서 있는
그늘진 나무 숲 아래 맑은 샘가에
그들은 앉는다. 즐거운 정원을 가꾸는 일이
서늘한 미풍을 더욱 상쾌하게 하고, 안락을
더욱 평안케 하고, 건전한 갈증과 시장을
더욱 만족케 할 만큼 충분한 노력 후에
그들은 나무 열매로 저녁 식사를 한다.
꽃으로 아로새긴 연한 솜털 같은 둑 위에
비스듬히 기대앉아 휘어지는 가지에서
따 모은 감미로운 열매와 향기로운 과육을

---

[78] 타락 후에 자기 자손으로 태어난 남자들 중 누구보다도 잘난 아담과 자기의 여자 자손들 중 누구보다도 고운 이브.

씹으며, 목마를 때는 그 껍질로
흘러넘치는 시냇물을 떠 마신다.
고운 말과 사랑의 미소를 주고받으며,
달리 아무도 없으니,[79] 복된 원앙의 연분 맺은
아름다운 부부로서 어울리는 젊음의 희롱도
사양치 않고, 주위에 뛰노는 것은
그 후 야생화한 지상의 모든 짐승,
산이나 들이나 숲이나 동굴에서 쫓을
사냥거리들.
사자는 희롱에 겨워 뒷발로 서서 앞발로
새끼 양을 어른다.[80] 곰·범·살쾡이·표범이
두 사람 앞에서 뛰놀고, 몸 무거운 코끼리는
두 사람의 흥을 돋우려고 전력 다하며 연한
코를 만다. 근처에는 교활한 뱀이
몸을 서리고서 고르디우스의 매듭[81]처럼
비꼬인 꼬리[82]를 틀고 남몰래 치명적인
간계의 증거를 드러낸다. 다른 동물들은

---

79) 남들 앞에서 부부가 희롱하는 것을 밀턴이 옳게 보지 않음이 은연중 나타난다.
80) 인류 타락 이전의 동물의 상태. "이리가 어린 양과 함께 거하며, 표범이 어린 염소와 함께 누우며, 송아지와 어린 사자와 살찐 짐승이 함께 있어, 어린아이에게 끌리며 암소와 곰이 함께 먹으며 그것들의 새끼가 함께 엎드리며, 사자가 소처럼 풀을 먹을 것이며, 젖 먹는 아이가 독사의 굴에 손을 넣을 것이라"(〈이사야〉 11장 6~8절).
81) 프리지아의 왕 고르디우스의 수레 끌채에 메어놓은 멍에의 매듭을 푸는 자는 아시아의 주인이 되리라는 신탁이 내렸는데, 아무도 그것을 풀 수 없었다. 그런데 알렉산더가 나타나 칼로 그것을 끊었다. 그 후 "고르디우스의 매듭을 끊는다"라는 말이 생겼으니, 이것은 복잡한 일을 하기 위해 폭력을 사용하는 것을 말한다.
82) 비꼬인 꼬리는 뱀이 품은 간계의 상징이다.

풀 위에 웅크렸다가 그만
배가 불러, 목초에 앉아
둘러보거나 졸면서 되새김질을 한다.
그럴 수밖에,
해는 기울어 서해의 섬[83]을 향해 급히 달음질쳐
내려가고 있고, 솟아오르는 하늘의 천칭[84]을 타고
저녁을 앞서 이끄는 별들이 솟아오르고 있으니.
그때 처음부터 여전히 쏘아보고 서 있던 사탄은
드디어 끝맺지 못한 말을 슬프게 다시 잇는다.
"아, 지옥! 이 슬픈 눈에 보이는 저것은 무엇인가.
우리의 축복의 자리에 이처럼 높이 들어온
이질적인 생물―혹은 지상에서 태어난 것인지도.
천사는 아니고, 그러나 빛나는 하늘의 천사에
못지않으니,[85] 놀라움에 내 마음은 끌려,
사모하지 않을 수 없다. 신의 모습이 거기에
역력히 빛나고, 저들을 만든 조물주는
저런 은총을 그 모습에 퍼부었구나.
아, 다정한 한 쌍이여, 그대들은 모르는가,
바로 변화가 다가와 이 모든 기쁨이 가고
고난의 손에 넘어가게 될 날을―

---

83) 대서양에 있는 아조레의 아홉 섬. 지금은 포르투갈 영토이다. 주 115) 참조.
84) 하늘의 동반부와 서반부를 저울의 양쪽에 비유한다. 해가 지고 있는 서반부가 가라앉으니 자연 동반부가 솟아오른다.
85) "저를 천사보다 조금 못하게 하시고"(〈시편〉 8편 5절).

지금 맛보는 기쁨이 클수록 슬픔은 크리라.[86]
행복을 얻었을지라도 예방이 없으면 행복은
오래 지속하지 못하고, 이 높은 자리, 그대들의 천국에는[87]
지금 닥쳐오는 그런 적을
막아낼 울타리가 없다. 그러나 나는 그대들의
심사를 괴롭힐 적은 아니니, 처량한 그대들을
동정한다. 나는 동정받지 못하지만 그대들과
동맹해 아주 친밀하게 화목하고자 한다.
이후 나는 그대들과 함께, 그대들은 나와 함께
살아야겠기에. 나의 집[88]이 아름다운 낙원만큼
그대들에게 즐겁진 않겠지만, 그러나 이것 역시 창조주가
지으신 것으로 받아들여라. 그가 내게 줄 때처럼
기꺼이 내가 주는 것이니. 지옥[89]은 그대들을
환영하기 위해 문 활짝 열고
거기 모든 제왕들도 영접하리라. 이 좁은 지역과는 달리
여유 있으니 그대들의 무수한 자손을
받아들이리라. 그곳이 좋지 않거든
그이에게 감사해라,[90] 나를 해친 그 때문에,
해치지도 않은 그대들에게 마지못해

---

86) 주 11) 참조.
87) 천국으로 본다면 빈약한 천국이다.
88) 사탄이 인간과 더불어 지상에 살든, 인간이 사탄과 더불어 지옥에 살든.
89) "아래의 음부가 너로 인하여 소동하여 너의 옴을 영접하되, 그것이 세상에서의 모든 영웅을 너로 인하여 동하게 하며, 열방의 모든 왕으로 그 보좌에서 일어서게 하므로"(《이사야》 14장 9절).
90) 반대의 뜻으로 한 말이다.

복수하게 하는 그이에게.
내가 이처럼 그대들의 죄 없는 순진 때문에
마음 누그러진다 해도, 정당한
공적인 이유[91]에 끌려,
복수하기 위해 이 신세계를 정복함으로써
확장되는 명예와 주권, 그 때문에 나는
타락자로서 차마 못할 일을 하는 것이다."
   이렇게 마왕은 말하고서 폭군의 구실인
필연성을 내세워 악마의 행위를 변명한다.
그러고서 높은 나무의 높은 자리에서
저 네 발로 노니는 짐승들 틈에
내려선다. 스스로도 자기 몸을 지금은 이것,
때로는 저것, 목적에 따라 알맞은 형상을 취하여,
좀 더 가까이 먹이들을 바라보며, 들키지 않게
언행으로 좀 더 그들의 상태를
알고자 주목한다. 우선 두 사람의 주위를
사나운 눈초리의 사자[92]로서 활보한다.
다음엔 범이 되어, 숲가에 연약한 사슴 새끼 둘이
놀고 있음을 어쩌다 보고서 곧 가까이에
웅크리고 앉았다가 일어서기도 하면서 감시의 자세를
가끔 바꾼다, 마치 돌진해 두 발에 각각

---

91) 사정은 딱하지만 공공연한 정의로 부득이 인간을 타락시킨다고 말한다.
92) 사탄은 사자의 모습을 취한다. "근신하라, 깨어라, 너희 대적 마귀가 우는 사자같이 두루 다니며 삼킬 자를 찾나니"(〈베드로 전서〉 5장 8절).

하나씩 틀림없이 잡아챌 수 있는 지점을
택하는 것처럼. 그때 최초의 남자 아담이
최초의 여자 이브에게 이렇게 말을 시작하니,
흘러나오는 이 새로운 말 들으려고 사탄은 귀 기울인다.
"내 기쁨의 유일한 상대, 유일한 부분[93]이여,
누구보다 사랑스러운 이여, 우리를 만드시고,
우리를 위해 이 넓은 세계를 만드신
'권세'는 반드시 한없이 선하고, 그 선에 있어서
무한히 관대하고 자유로우시다.
그는 우리를 흙에서 일으켜[94] 이 모든
행복 속에 놓으셨으나 우리는 그에게서
아무것도 받을 만한 가치가 없고, 그분에게
필요한 것을 한 가지도 수행할 능력이 없다. 그분은
우리에게서 단 한 가지, 이 쉬운 명령 지킬 것밖에
달리 아무런 봉사도 바라지 않으신다─낙원의
가지가지 단 열매 맺는 모든 나무 중에서
생명의 나무 곁에 심어진 유일한
지식의 나무만은 맛보지 말라는 것.
생명 가까이에 죽음은 자라는 것,[95] 죽음이 어떠하든─
무서운 것만은 사실. 그대 잘 알듯이
그 나무를 맛보는 것은 곧 죽음이라고

---

93) 이브는 아담의 영혼의 일부이고 육체의 일부이다.
94) 〈창세기〉 2장 7절 참조.
95) 이 지혜의 나무는 동시에 죽음의 나무이다. 그 열매를 먹는 데 대한 형벌이 죽음이기 때문이다.

하느님께서 선언하셨으니,
그것은 우리에게 부여된 권력과 지배, 그리고
땅과 하늘과 바다에서 살고 있는 다른 모든 생물들을
다스리는 허다한 주권의 상징 중에서
단 한 가지 우리의 순종을 바라는 상징[96]이다.
그러니 한 가지 용이한 금단을 어렵게
생각할 것은 없다, 이렇게 풍부히
마음껏 만물을 즐길 수 있고, 가지가지
기쁨을 한껏 택할 수 있는 몸이니.
우리는 언제나 그를 찬양하고, 그 은혜를
칭송하자, 자라나는 초목을 손질하고,
꽃 가꾸는 우리의 즐거운 일에 종사하며,
그 일이 힘드나 그대와 더불어 하면, 달가운 것."
　이 말에 이브는 대답한다.
"아, 임이여,
임 위하여 임의 육신에서 나의 육신 만들어져,[97]
임 없으면 내가 살 목적 없으리다, 나의 안내자,
나의 머리여,[98] 임의 말은 옳고 당연합니다.
우리가 일체의 찬미와 매일의 감사를 실로

---

96) 지혜의 나무 열매를 먹지 말라는 금지의 표시.
97) "여호와 하느님이 아담을 깊이 잠들게 하시니, 잠들매 그가 그 갈빗대 하나를 취하고 살로 대신 채우시고, 여호와 하느님이 아담에게서 취하신 그 갈빗대로 여자를 만드시고 그를 아담에게로 이끌어 오시니, 아담이 가로되 이는 내 뼈 중의 뼈요 살 중의 살이라, 이것을 남자에게서 취했은즉 여자라 칭하리라"(《창세기》 2장 21~23절).
98) "남자의 머리는 그리스도요 여자의 머리는 남자로서"(《고린도 전서》 11장 3절).

그에게 드려야 하나니, 특히 나는 이토록 부족한 몸으로
월등한 임을 모시니, 이만큼 더 행복을
누리지만, 임은 자신과 대등한 배필을
어디서도 찾지 못하고. 내가 가끔 회상하는 건,
그날 잠에서 처음 깨어 나무 그늘
꽃 위에 쉬고 있는 자신을 발견하고,
나는 무엇이고, 어디 있으며, 어디서 어떻게
여기에 왔는가를 의아해하던 그때의 일입니다.
그곳으로부터 가까운 곳에서 졸졸졸
흐르는 물 동굴에서 나와 퍼져서
물 벌판이 되어 움직이지 않고 괴어 있었고,
하늘의 창공과 같이 맑더이다. 나는
아직 체험한 일 없는 생각을
품고 그곳에 가 푸른 언덕 위에 누워
맑고 잔잔한 호수 속을 들여다보니,
그것은 마치 또 하나의 하늘처럼 보였나이다.
몸 굽혀 보려 할 때, 바로 건너편
번쩍이는 물속에 한 형체가 나타나
나를 보려고 몸 구부렸으나, 내가 놀라 물러서면
그것도 놀라 물러섰고, 기뻐서 곧 돌아오면
그에 응하는 동정과 사랑의 눈초리로 그것도
기뻐서 돌아오더이다. 거기서 나는 지금까지
그것만을 바라다보고 헛된 그리움에 애탔을지도 모릅니다.
이러한 경고의 목소리 없었던들. '네가 보는 것,
거기에 네가 보는 것은, 여인이여, 곧 너 자신이니

그것은 그대 따라 나타났다 사라지는 것. 나를 따르라, 그러면
그림자 아닌 것이 너에게 다가옴을. 그리고
너의 포근한 포옹을 기다리는 곳으로 인도하마.
그대는 그의 형상이고, 그를 결코 떠나는 일 없이
네 것으로 향락해라. 그에게
너 닮은 무리를 낳아주어, 그로 인해서
너는 인류의 어머니[99]라 불리리라.' 보이진 않았지만
이렇게 이끌리니[100] 곧장 따라갈 수밖에.
그리하여 결국 과연 아름답고
키가 큰 임을 보았습니다,
플라타너스 나무 아래서, 그러나 그 고요한
수면의 영상보다는 곱지 않고,
매력 있게 우아하지 않고,
사랑스럽게 온화하지도 않은 것 같더이다.
내가 돌아서면
임은 뒤쫓으며 크게 소리쳤나이다. '돌아오너라,
아름다운 이브여, 누구를 피하는가.
그 피하는 자에게서
그대는 나왔고, 그의 살이고 그의 뼈이다.[101]
그대 있게 하고자, 심장에서 가장 가까운
옆구리에서 실체 있는 생명을 주었고, 앞으로

---

99) "아담이 그 아내를 이브라 일렀으니 그는 모든 남자의 어머니가 됨이더라"(〈창세기〉 3장 20절).
100) '신들'에게 이끌려. 이 천사는 라파엘인 듯하다.
101) 〈창세기〉 2장 23절 참조.

그대를 갈라낼 수 없는[102] 귀여운 위안자로서
옆에 두고자 함이니,
내 영혼의 한 부분으로서 그대를 찾고 그대를
나의 반신이라 부른다.' 이렇게 말하고서 임은
온화한 손으로 나를 잡았으니, 나는 순종했고,
그때부터 사내다운 품위와 지혜는
아름다움보다 우월하고
그것만이 참으로 아름다운 것임을 깨달았나이다."
  이렇게 우리 인류의 어머니는 말하고서
비난할 바 없는 아내로서의 애교와
부드러운 순종의 눈으로 반쯤 포옹하며,
우리 최초의 아버지에게 몸을 기대니
벗은 몸 그대로의
부푼 젖가슴이 그의 가슴에 반쯤 닿는다.
풀어젖힌 머리채의 금빛 흐름 밑에 가려져서.
그는 여인의 미와 순종의 매력이 모두 기뻐,
우월한 사랑으로 미소 지으니, 마치 제우스[103]가
꽃피우는 5월의 구름을 잉태케[104] 하고서
헤라에게 미소 짓는 것 같고, 아내다운 그녀 입술에
청순한 키스를 한다. 마왕은 시기하며

---

102) 이 말은 밀턴이 그의 〈이혼론〉에서 주장하는 이혼의 자유사상과 모순된다고 맥밀란은 지적했다.
103) 밀턴은 베르길리우스의 비유에 따라 제우스를 공기의 의인화로, 헤라를 대지의 의인화로 보았다. 공기 중의 구름에서 비가 내려 제우스와 헤라가 결혼하면 대지가 풍요로워진다.
104) 구름으로 하여금 수증기를 가득 머금게 한다는 뜻. 구름이 내리면 5월의 꽃이 핀다.

고개 돌리면서도, 악의에 찬 질투의 곁눈질로 말한다.
"밉살스러운 꼴, 흥, 도저히 못 봐주겠군. 이렇게
저 두 사람은 서로 품 안에 낙원을 찾아
복된 낙원과 축복에 또 축복을
마음껏 향락할 테지. 나는 지옥에 처박혀
기쁨도 사랑도 없이 다만 불같은 욕망이
언제나 충족되지 못한 상태에서
그 어떤 고통 중에서도
가장 심한 번민인 욕망의 고통에 애탈 뿐.
그러나 저들의 입을 통해 들은 것을
잊지 말자. 모든 것이 저희들 것이 아니다.
지식의 나무라는 치명적인 나무가 있어
맛 못 보도록 금지되었다고. 지혜를 금지한다고.
믿을 수 없고 알 수 없는 일. 그들의 주인은
어째서 그것을 샘낼까. 아는 것이 죄가 될 수 있다니.
그것이 죽음일 수야. 그러면 그들은 다만
무지로 서 있을 뿐인가.[105]
그게 행복한 상태일까,
그들의 순종과 그들의 신앙의 증거일까.
아, 그들의 파멸을 쌓아 올릴 좋을
토대로군. 지금부터 나는 그들의 마음을 충동하여
점점 더 알고 싶은 욕망을 갖게 하고, 시기 섞인 명령을

---

105) 죽음을 피하는 길은 다름 아닌 무지로 지내는 길이란 말인가.

거역케 하리라. 지혜로 그들이 신들과
동등케 될까 하여 그들을 낮게 두고자 한
계획에서 꾸며진 그 명령을.
신처럼 되려고, 그들이
그것을 맛보고 죽을 것은 불 보듯 뻔한 일.
그러나 우선 이 동산을 돌아다니며,
자세히 살펴, 구석구석을 탐지해야겠다.
어쩌다 우연에 끌려 샘터나 으슥한
나무 그늘에서 어느 방황하는 하늘의 천사를
만나면,[106] 그에게서 더 알아야 할 것을
듣게 될지도 모르지. 그러면 살 수 있는 동안 살아라,
행복한 한 쌍이여, 즐겨라, 내가 돌아올 때까지,
잠시의 쾌락이나마, 앞으로 오랜 고통과 슬픔이
뒤를 따를 것이다."
 이렇게 말하고서, 그는 교활하게 조심하며
거만스러운 발을 당돌하게
돌려, 배회하기 시작한다,
숲을 지나 황야를 건너, 산 넘고 골짜기 넘어.
그때 하늘이 땅과 대양을
만나는 서녘 끝에 지는 해가
서서히 가라앉아 낙원의
동쪽 문 바로 정면으로

---

106) 확실치는 않지만 우연히 방황하는 하늘의 천사를 만날지도.

저녁 햇빛이 들이비친다. 문은 구름까지
첩첩이 쌓아 올려진 석고의 암산이어서,
멀리서도 뚜렷하고, 지상에서 접근할 수 있는
길 하나가 꾸불꾸불 있어, 높은 입구에 이른다.
그 외에는 험한 벼랑인데, 위로 갈수록
점점 험해져 기어오를 수 없다.
이 바위기둥들 사이에 가브리엘,[107]
경비 천사의 우두머리가 앉아서 밤을 기다린다.
주위에선 무장하지 않은 하늘의 젊은이들이
용맹스러운 유희를 하고. 그러나 가까이엔
방패·갑옷·창 등 하늘의 병기들이
다이아몬드와 황금 빛으로 찬란하게 높이 걸려 있다.
거기에 우리엘이 온다. 햇빛을 타고
저녁 하늘에 미끄러지면서. 그 빠르기란
유성이 가을밤을 횡단하면, 불붙은
수증기[108]가 하늘에 줄 긋고, 나침반의
어느 쪽에서 사나운 바람을 경계해야 하는가를[109]
선원에게 보여줄 때 같다.
그는 급히 이런 말을 꺼낸다.
"가브리엘, 추첨의 순서에 따라[110]

---

107) 일곱 천사장 중 하나. 사탄과 싸운 천군의 장군(〈다니엘〉 8장 9절, 〈누가〉 1장 참조).
108) 유성의 꼬리는 공기 중의 수증기가 불붙어서 그리 되는 것으로 알고 있었다.
109) 유성이 나타나는 방향에서 바람이 분다고 생각했다.
110) 유대의 사제들은 추첨으로 순서를 정해 신전의 봉사를 맡았다(〈역대 하〉 8장 14절). 그
와 같이 천사들도 추첨으로 임무를 맡았다. 가브리엘이 특별히 낙원의 경비에 뽑힌 것이 아니

그대에게, 이 복된 곳에
악한 자가 접근하거나 들어오지 못하도록
엄중히 감시하는 책임을 주었다.
오늘 대낮에 내 세계에 한 천사가 나타났는데,
보기에 그는 전능자의 창조물 같고, 특히 하느님의
최근[111]의 형상인 인간에 대해 좀 더
열심히 알고자 했다. 매우 서두르는 듯한
그의 행로를 가르쳐주고서, 그가 하늘을 나는 것을
보았는데, 에덴의 북쪽 산[112]에 처음
내려서자, 용모가 천사와 판이하게
추한 욕정에 흐려짐[113]을 곧 간파했다.
내 눈이 계속 그를 좇았으나, 그늘 밑에서
놓쳐버렸다. 아마 추방된 무리 중 하나가
감히 심연에서 빠져나와 소요를 일으킬 셈으로
모험에 나선 모양이니, 주의해 그를 찾아내라."
 그에게 날개 돋친 용사는 이렇게 대답한다.
"우리엘, 찬란한 태양 한복판에 앉아서
그대의 완전한 눈이 멀리 널리 보는 건
당연한 일이다. 여기에 수위가 있으니
하늘에서 온 낯익은 자가 아니고선 아무도

고, 추첨으로 차례가 된 것이다.
111) 그리스도나 천사들은 이미 아담과 이브의 창조 이전에 창조되었다. 그러니 하느님의 영상이 인간에게 나타난 것은 제일 나중이다.
112) 니파테. 제3편 주 208) 참조.
113) 169쪽 11~12행 참조.

이 문을 통과할 수 없다. 그런데 정오 이래
아무도 게서 온 자가 없다. 만일
다른 종류의 천사가
그런 마음을 먹고 고의로 이 토담을
뛰어넘었다면, 물질적 장벽으로 영체를
막아낼 수 없음은 그대도 아는 바이다.
하지만 혹시 이 순행의 구역 안에
그대가 말하는 것이, 형체야 어떻든
숨어 있다면 내일 아침까지 찾아내리다."
  이렇게 약속하고 우리엘이 제 임무를 찾아
빛나는 광선으로 돌아가니,
잠시 하늘에 올랐던 태양의 끝[114]이
벌써 아조레스[115] 밑으로 가라앉은 태양에게로
비스듬히 그를 실어 내린다.[116] 제1의 천구天球[117]가
믿을 수 없이 빠른 속도로 낮 동안에 거기로
회전하여 갔는지, 아니면 이 회전이 늦은 지구가
지름길로 동쪽으로 날아와, 거기에 태양을 남겨놓고
서쪽 옥좌에서 모시는 구름들을

---

114) 지평선 밑으로 떨어진 태양의 빗긴 광선이 낙원 위까지 잠시 반짝 비쳤을 때, 이 광선을 타고 우리엘은 비스듬히 태양 쪽으로 내려간다.
115) 에덴동산 서편에 있는 대서양의 아홉 섬.
116) 태양이 지평선 아래로 지는 것을 프톨레마이오스처럼 해석하면, 태양과 단둘이 동에서 서로 회전하는 것이지만, 코페르니쿠스의 지동설에 의하면 지구가 그 축을 중심으로 동쪽으로 회전하는 것이다. 밀턴은 대체로 프톨레마이오스식 천동설로 우주를 생각하는데, 여기서처럼 근대 천문학 이론도 잘 알고 있어서 양쪽 이론을 모두 채용했다.
117) 태양.

보랏빛 금빛의 반사로 장식하고 있는지.
이제 고요한 저녁이 찾아와 잿빛의 황혼이
그 소박한 옷자락에 만물을 감싸면
정적이 여기에 깃든다. 짐승들과 새들이 각기
하나는 풀 자리로, 하나는 보금자리로 숨어든다.
잠 안 자는 나이팅게일[118] 외에는 모두가.
이 새가 밤새껏 사랑의 노래 불러대면
정적은 이를 기뻐한다. 이제 하늘은
생생한 사파이어 빛이다. 별들의 무리 이끄는
헤스페로스[119]가 아주 찬란히 나타나고, 달은
위풍을 구름에 싸고 솟아올라 마침내
뚜렷이 여왕으로서 견줄 바 없는 빛을 발산하고,
어둠 위에 은빛 외투를 내던진다.
　그때 아담, 이브에게 말한다.
"아름다운 내 짝이여,
때는 밤, 만물이 이제 휴식으로 돌아가니,
우리도 휴식을 생각하자. 하느님은 인간에게
근로와 휴식을, 밤과 낮처럼 번갈아
있게 하셨으니 때맞게[120] 찾아드는 잠의 이슬[121]은
이제 살며시 졸음의 무게로 내려와 우리의

---

118) 이 시뿐만 아니라, 기타 밀턴의 시에 자주 나오는, 밀턴이 사랑하는 새다.
119) 그리스어로 '저녁 별'을 뜻하며 비너스, 즉 금성이다. 새벽별은 루시퍼이다.
120) 잠자는 시간에 알맞게, 즉 저녁에.
121) 밀턴은 가끔 잠을 이슬에 비유한다. 잠이 이슬처럼 고요히 무의식중에 내려 우리의 피로를 상쾌하게 풀어주기 때문이다.

눈꺼풀을 감기게 한다. 다른 생물들은 온종일
하는 일 없이 배회하니 별 휴식이 필요 없지.
인간은 정해진 매일의 몸과 마음의 일이
있어, 거기에 그의 위엄이 나타나고, 모든
면에서 그에게 하느님의 돌보심이 나타난다.
그런데 다른 동물들은 일을 않고 돌아다니니,
그 하는 일을 하느님께서 돌보시지 않는다.
내일 상쾌한 아침이 첫 햇살을
동녘에 물들이기 전에 우리는 일어나 즐겁게 일하여
저쪽 꽃밭을, 또한 저쪽 푸른 오솔길을 손질하자.
우리들이 한낮에 거니는 길, 너무 뻗어서
손 덜 간 것을 비웃고, 제멋대로 자란
가지를 치는 데는 더 많은 손이 필요하다.
또한 저 꽃들, 저 방울지는 수액들도
보기 싫게 거치적거리게 흩어져 있으니
편안히 걷자면 제거할 필요가 있다.
그때까지는 '자연'의 뜻대로 밤을 쉬자."
　완전한 미로 찬연한 이브가 그에게 말한다.
"나를 만들고 나를 다스리는 자여,[122]
임의 명령엔 이의 없이 따를 뿐입니다.
그렇게 하느님은 정하셨나이다.
하느님은 임의 율법, 임은 나의 율법, 그것밖에

---

122) 여기에 또 밀턴의 여성관이 나타나 있다.

모르는 것이 여자의 가장 행복한 지식, 그리고
여자의 영예. 임과 더불어 있으면 모든 세월, 모든 계절,
그 변화도 다 잊고, 즐거움뿐입니다.
상쾌하다, 아침의 숨결. 상쾌하다,
이른 새소리에 밝아오는 아침. 기쁘다, 태양.
최초에 찬란한 빛을 즐거운 이 땅에,
이슬에 빛나는 풀에, 나무에, 과실에, 꽃에
비칠 때. 향기롭다, 풍요한 대지.
온화한 비 내린 뒤. 아름답다, 다가오는
상냥하고 온화한 저녁. 그러고서 정적의 밤,
이 밤에 우는 장엄한 새[123]와 이 고운 달과 달이 이끄는
이 하늘의 보석들, 별들의 행렬.
그러나 이른 새들의 노랫소리에 동트는
아침의 숨결도 이 즐거운 땅에 솟아오르는
태양도, 이슬에 빛나는 풀도, 과실도,
꽃도, 비 내린 후의 향기도, 다정하고 온화한
저녁도, 그윽한 새 우는 고요한 밤도
달빛 아래에서의 산책도, 빛나는 별빛도, 임 없으면
어이 즐거우리오.
그런데 이런 것들 어째서 밤새도록 빛나는지. 누구를 위한
영광스러운 광경일까, 만물이 잠자는 이때에."
  우리 전체의 조상[124]은 그녀에게 대답한다.

---

123) 나이팅게일.
124) 아담.

"하느님과 인간의 딸,[125] 완성의 이브여,
저것들에겐, 지구를 회전해 내일 아침까지
마쳐야 할 여정이 있다. 그래서 차례차례
이 땅에서 저 땅으로 찾아가 아직 생기지 않은
백성에게나마 마련된 빛을 주면서 뜨고 지는 것이다.
그러지 않으면 완전한 '어둠'[126]이 밤을 이용해
옛 영토를 회복하고 자연과 만물의
생명을 멸망시키리라. 이 온화한 불들은
빛을 줄 뿐 아니라, 갖가지 영향 주는[127]
천연의 열로 익게 하고 덥게 하며
가꾸고 양육하고, 또는 지상에서 성장하는
모든 물건에 별의 효력을 다소
발산해, 그 힘으로 한층 강력한
햇빛을 받아 완성에 이르기 쉽게 한다.
그러니 밤 깊어 별들이 보이지 않는다 해서
안 비치는 것 아니다. 그리고 사람이 없다 해서,
하늘은 보는 자 없고, 하느님을 찬미하는 자 없다고
생각지 마라. 수천만의 영물이
보이진 않지만, 우리가 깨었을 때나 잘 때나
지상을 걷는다.
그것들은 모두가 밤낮없이 하느님의 성업을 보면서

---

125) 인간의 딸 이브는 아담의 딸이다. 아담이 그녀를 만든 사람이므로.
126) 혼돈.
127) 점성학상의 용어인데, 점성학에서는 별이 지상에 여러 가지 영향과 감화를 준다고 상상한다. 밀턴은 당시 유행하던 점성학을 용인한 것으로 보인다.

찬미를 그치지 않는다. 메아리치는 동산의
벼랑이나 숲에서, 밤중의 하늘에 울리는
천상의 목소리가 혼자서 또는 서로 소리를 어울려
대창조주를 노래하는 것을 얼마나 자주
우리는 들었던가. 가끔 대열을 지어
야간 순회를 할 때
조화된 곡조로 엮는 천사의 묘음
울리는 악기 소리에
맞춰 부르는 그들의 노랫소리는 야경 교대 시각[128]을
알리고, 우리 생각을 천상에까지 끌어 올려 준다."
  이렇게 말하고서 그들은 손에 손 잡고
축복의 정자로 걸어간다. 이것은 창조주께서
인간이 즐겁게 쓰도록 만물을 지으실 때
선택한 장소. 그늘 짙게 뒤덮은 지붕은
월계수, 도금양나무 또는 한층 높이 자라서
향기롭고 단단한 잎이 붙은 나무들로
뒤덮이고 엉킨 것. 그 양쪽은 아칸투스와
향기 좋고 무성한 관목 등으로
푸른 담장을 이루고 갖가지 색깔의 붓꽃,
장미, 재스민 등 아름다운 꽃이 제각기
화려한 머리를 사이에서 추켜드니
모자이크 같고, 발아래에선 오랑캐꽃,

---

128) 원문은 "밤을 나누고"이며, 군대의 임무 교대 시각을 알리는 말이다. 밤을 여러 시간으로 나눈다는 뜻이다.

크로커스, 히아신스 등이 화려한 꽃무늬로
대지를 수놓으니, 아주 값진 무늬의 보석보다
더 다채롭다. 여기에 짐승·새·곤충·벌레 등
다른 생물들은 오지 않는다,
이것들은 사람을 두려워한다.[129] 이렇게 신성하고
외딴 그늘진 정자에는 이야기에서나마[130]
판[131]도 실바누스[132]도 와서 잠자지 않았고, 님프[133]도
파우누스[134]도 드나든 적 없다. 이 후미진 곳에
꽃과 꽃다발과 향기로운 풀로
신부 이브는 처음으로 신혼의 잠자리를 꾸미고,
천상의 악대는 혼례곡을 불렀었다.
신들로부터 온갖 천부의 재능 부여받은
판도라[135]보다 더 사랑스럽고, 나체미 갖춘
그녀를 혼인의 천사가 우리의 시조에게로
데리고 왔던 그날. 그런데 아, 너무나
똑같은 비극이다, 판도라가 헤르메스에게 이끌려
야펫[136]의 어리석은 아들 앞에 와서

---

129) 인간이 죄를 범하기 전에는 온갖 생물이 사람을 두려워했다.
130) 이야기의 세계도 이보다 낫지 않다.
131) 그리스 신화의 산림 목야의 신.
132) 로마 신화의 들과 숲의 신.
133) 산과 숲과 샘물의 여신.
134) 그리스 신화의 '판'에 해당하는 목축 농업의 신.
135) 그리스 신화에서는 판도라가 지상 여성의 시조이다. '온갖 재능 있는'의 뜻인데, 신들이 그녀에게 온갖 매력을 부여해 세상에 재난을 퍼뜨리게 되었다.
136) 성서에 나오는 노아의 셋째 아들. 밀턴은 그를 그리스 신화의 거인 야페투스와 동일시했다. 야페투스에게 두 아들이 있는데, 형이 프로메테우스이고, 아우가 에피메테우스이다. 프로

제우스의 본원本源[137]의 불을 훔친 자에게 복수하려고
고운 얼굴로 인류를 유혹했을 때와.
   이리하여 두 사람은 그늘진 숙소에 이르러,
서서 하늘을 예찬한다. 창공에서
지금 보는 하늘과 공기와 천지를,
그리고 달과 찬연한 둥근 형체와 별세계를 만드신
하느님을—"주께서는 또한 밤을 만드셨도다,
전능의 창조주여, 그리고 또한 낮도.[138]
정해진 일에 종사하는 우리들은 하루를
끝마치고, 주께서 설정한 모든 축복의 절정인,
서로의 사랑 속에 행복하나이다.
그리고 이 즐거운 장소도—우리 두 사람에겐
너무 넓고, 주님의 풍요는 나눠 갖는 자
없어서 거두어지지 않고, 그냥 땅에 떨어지나이다.
그러나 당신의 약속으로 우리 두 사람에게서 나와
지상을 충만케 할 인류들. 잠이 깨었을 때나,
지금처럼 주님의 선물인 잠을 찾고 있을 때나
그들도 우리와 함께 주님의 무한한

메테우스가 인류에게 이익을 주고자 제우스에게서 하늘의 불을 훔쳤다. 제우스가 노하여 한 가지 방안으로 헤파이스토스에게 명해 땅에서 한 여인을 만들어내게 했고, 신들이 그에게 온갖 재능을 부여했다. 그것이 판도라이다. 사자 헤르메스가 그녀를 동생 에피메테우스에게로 데려가 결혼시켰다. 에피메테우스는 신들에게서 아무것도 받지 말라는 형의 경고를 잊고서 그녀와 결혼한 것이다. 어리석은 자라 함은 그 때문이다. 판도라는 가지고 온 상자를 열어서 모든 재앙을 인류에게 퍼뜨려 프로메테우스에게 복수한 것이다.
137) 프로메테우스가 훔친 불이 지상의 불의 기원이 된 까닭에 본원이라 했다.
138) "낮도 주의 것이요, 밤도 주의 것이라"(《시편》 74편 16절).

자비 찬양하오리다."
　이구동성 이렇게 말하고서 그들은
하느님께서 가장 가상히 여기시는 순수한 예찬 외엔
아무런 의식도 올리지 않고,[139] 손을 맞잡고,
정자 제일 안쪽으로 들어가 우리가 입는
이 거추장스러운 옷까지 애써 벗을 것도 없이
바로 나란히 누웠다. 생각건대, 아담도
아름다운 아내를 마다하지 않고, 이브도
부부애의 오묘한 관례를 거절치 않았으리라.
하느님이[140] 순결하다고 선언하시고,
어떤 자에겐 명하시고,
모든 자에게 자유로 허락하신 것을, 불순하다고
비방하는 위선자들, 순결과 장소[141]와
무구함에 대해 엄격한 말 할 테면 하라.
우리 창조주는 번식을 명하신다. 하느님과 인간의 적인
파괴가 아니고는 누가 금욕을 명하겠는가.
축하한다, 부부애여, 신비한 법칙이여,
인간 자손의 참된 근원이여, 낙원 안의
기타 모든 공통사 중 유일한 특유한 일이여.

---

139) 밀턴은 청교도로 일체의 외형적 의식을 배척하고, 순수한 정신적 예배만 존중했다.
140) 이하 3행에서 대부분의 초기 그리스도교도들은 독신이 결혼보다 신성한 상태라고 보았다. 그래서 아담과 이브가 타락 이전에 부부로 함께 산 것을 부인한다. 로마가톨릭에서 성직자에게 결혼을 허락하지 않는 이유의 하나도 이와 같다. 밀턴은 여기서 그런 사상을 논박하고 결혼의 순수성과 성스러움을 주장한다.
141) 신성한 장소. 낙원.

그것 때문에 음욕은 인간에게서 쫓겨나
금수들 사이에서 헤매도다.
이성에 뿌리박은,
충성되고 바르고 깨끗한 그것 때문에
정다운 부부 관계와 아버지, 아들, 형제의
모든 애정을 비로소 알게 되었다.
그것을 나는 죄니 치욕이니
부르고, 지성至聖의 장소에
맞지 않는다고 생각하는 일 아예 없다.
그것은 가정적 쾌락의 무궁한 샘,
그 침상은 지금이나 과거나, 성자, 족장이
말한 것처럼 더럽혀지지 않고 깨끗하다.[142]
'사랑'은 여기에 황금 화살을 들고,
여기에 만년등萬年燈[143]을 켜고, 보랏빛 날개 펴고,
여기에 군림해 환락한다. 사랑이 없고
기쁨이 없고, 정 없는 매춘부의
일시적 향락엔 그런 것이 없다. 궁중의 정사[144]나 남녀의
혼무混舞[145]나 음란한 가면극,[146] 심야의 무도회,

---

142) "모든 사람은 혼인을 귀히 여기고 침소를 더럽히지 않게 하라"(〈히브리서〉 13장 4절).
143) 혼인의 신 히멘은 횃불이나 등불을 들고 있다. "만년"은 다음의 "일시적"과 대조되는 표현이다.
144) 찰스 2세의 궁중에 대한 간접적 비난일 것이다.
145) 청교도가 극히 저주한 전형적인 음란한 풍습.
146) 주로 궁중과 부유한 귀족의 연회에서 성행했다. 밀턴도 두 편의 가극을 썼는데, 뒤에는 반감을 갖게 되었다.

추위에 떠는[147] 애인이 거만한 미녀를 향해 부르는
무시해버리기에 마땅한 소야곡[148]에도 없다.
두 사람은 나이팅게일의 자장가를 들으며
껴안고 잔다. 그 나체의 팔다리에 꽃지붕에서 장미가
쏟아지고, 아침은 그것을 손질한다. 잠자라
복된 부부여, 아, 가장 행복하리라,
이 이상의 행복을 구하지 말고,
더 이상 알고자 하지 않는다면.

 밤은 이미 원추형의 음영[149]을 이끌고 이
거대한 달 아래의 하늘 언덕길 중턱에 이르렀다.
상아로 된 문[150]에서 케룹 천사들이
정한 그 시각에 나와 야경에 임한다,
군의 진용을 갖추고 무장해 서서.
그때 가브리엘은 다음 권력자에게 이렇게 말한다.
"우리엘,[151] 이 절반을 이끌고 가서 엄중히
남쪽을 감시해라. 그 나머지는 북쪽으로 돌아라.
우리는 서로 돌아서 정서正西에서 만나리라."[152]

---

147) 창 밑에서 소야곡을 부르는 애인을 생각해보라.
148) 밤에 여인의 창 밑에서 부르거나 연주하는 음악.
149) 태양 광선으로 우주에 투영되는 지구의 그림자. 그림자의 모양이 원추형이고, 태양과 반대로 지구를 돈다. 그 첨단이 하늘의 정점에 달했을 때가 밤중이다. "하늘 언덕길 중턱"에 이르렀다 하니 해 질 때부터 밤중 사이의 중간이다. 일몰이 6시라면 9시경이다.
150) 낙원의 문. 이 문은 치밀한 석고로 되어 있다고 한다. 경비 천사의 주둔소 문이고, 낙원의 문은 더 위에 있다고도 한다. 밀턴은 케룹의 임무를 파수 보는 것으로 취급했다.
151) '하느님의 세력'을 의미한다. 〈출애굽기〉 6장 18절에 나오는 인명에서 취한 듯하다.
152) 절반의 경비 천사는 우리엘에 이끌려 낙원의 남쪽을 돌고, 나머지 절반은 가브리엘이 이끌고 북으로 돌아 정서正西에서 만난다. 용어가 군대식으로 간단명료하다.

불길처럼[153] 갈라져,
그들은 반은 방패 쪽으로, 반은 창 쪽으로 돈다.[154]
그중에서 곁에 선 힘세고 예민한
두 천사를 불러 이렇게 임무를 맡긴다.
"이두리엘[155]과 제폰[156]은 날듯이 빨리
이 동산을 탐색해라. 한 구석도 남기지 마라.
특히 아름다운 두 사람이 지금쯤
편안히 잠들어 누워 있을 그 근처를.
오늘 저녁, 해지는 곳에서 온 자가
말하기를 지옥의 천사가 이쪽으로 향하는 것을
보았다고 한다(누가 예상할 수 있었으랴). 틀림없이
나쁜 짓을 하려고 지옥의 관문을 벗어났겠지.
그런 자를 보거든 꼭 붙들어, 이리로 끌고 와라."
 이렇게 말하고서, 그는 달도 눈부시게
찬란한 대열을 이끌고 간다. 두 신은 곧장
목적물을 찾으려고 정자로 향하고, 게서 발견한다.
이브의 귓전에 바싹 두꺼비처럼 쪼그리고 앉아,
악마다운 재간으로 그녀의 상상
기관에 접근해 거기에 제 맘대로
환영과 환상과 꿈을 만들어주는 그를.
또는 독기를 불어넣어 맑은 강물에서 불어오는

---

153) 신속한 동작뿐 아니라 천사들 몸의 찬란함을 표현하는 비유이다.
154) 왼손으로 방패를 잡고 오른손으로 창을 들므로 왼쪽과 오른쪽이라는 뜻이다.
155) 밀턴이 지은 이름으로 '신의 발견'이란 뜻이다.
156) '탐색'이란 뜻이다.

부드러운 바람처럼, 맑은 피에서 나오는
동물적 혈기[157]를 더럽혀 그 때문에 적어도
혼란되고, 불만스러운 생각, 헛된 희망과
헛된 목적, 자부심에 배불러 교만을
낳게 하는 과분한 욕망 등을 일으키고자 한다.
이렇게 여념 없는 그를 이두리엘은 창으로
살짝 건드린다. 그것은 어떠한 거짓도
하늘의 이기利器에 닿으면 으레 본연의 모습으로
돌아가게 마련이기 때문이다. 그는 발각되자,
놀라서 뛰어 일어난다. 마치 전쟁의 소문에
대비해 화약고에 저장해두려고
큰 통에 재어둔 화약 더미[158] 위에
불꽃이 떨어지면 검댕 가루가 갑자기
불붙어 퍼져서 화염이 하늘 높이 솟는 것 같다.
그렇게 악마는 제 본연의 모습으로 튀어 일어난다.
갑자기 무서운 이 마왕을 보자, 그들
아름다운 두 천사는 좀 놀라서 물러선다.
그러나 두려움에 동하지 않고, 곧 그에게 말한다.
"너는 지옥에 떨어진 반역 천사 중
누구이기에, 감옥을 빠져나와 여기 왔는가. 또한

---

157) 원어는 '동물적 영'인데, 성서에서 말하는 '혈기'에 해당한다. 순수한 '영'은 직접 하느님에게서 나오는 데 반해, 혈기는 영과 육체를 결합할 때, 후자에 대한 전자의 감화에 의해 '맑은 피에서 오르는' 것으로 본다. 종교적 의식 이외의 정신 작용은 모두 이 혈기의 작용이다.
158) 제6편에 묘사된 신군과의 싸움에서 악마는 제2일에 화약과 대포를 사용한다. 우레는 하느님의 무기, 화약은 악마의 무기이다.

변장하고서, 복병하는 적처럼 여기 자는 이의
머리맡에서 감시하며 앉아 있는 것은 무슨 까닭인가?"
"그럼 날 모른단 말인가." 사탄은 조소하며 말한다.
"날 모르는가, 과거엔 너희 동료가 아니었고,
너희가 감히 올라올 수 없는 곳에
앉았던 것을 알리라.
날 모른다는 건 자신이 이름 없다는 증거다,[159]
무리들 중 가장 낮은 자. 혹시 알고 있다면
왜 쓸데없는 말로 용무를 끄집어내어
그걸 묻는가, 그 용무도 실속 없이
끝날 것만 같은데."
제폰은 경멸에 대해 경멸로 그에게 말한다.
"반역 천사여, 네 모습이
전과 같고, 광채도 여전해 바르고 맑게
하늘에 섰을 때처럼 인정받으리라고 생각지 마라.
그 영광은 그때, 네가 선善에서 떠났을 때 벌써
네게서 떠난 것이다. 너는 지금 흡사
네 죄와 같고, 어둡고 더러운 사형장과 같다.
그러나 오너라. 우리를 파견한 분에게
네가 전말을 설명해야 한다. 그분의 임무는
이곳의 침범을 막고, 이 두 사람[160]을
보호하는 것이다."

---

159) 밀턴의 시구 중 유명한 구절. 출중한 사람은 서로 알아본다는 뜻이다.
160) 아담과 이브.

케룹 천사는 이렇게 말한다. 청춘의 아름다움 속에도
엄숙한 힐책의 위엄은 꺾을 수 없는
기품을 더해준다. 마왕은 무안하여 서서,
선이 얼마나 무서운 것인가를 느끼고,
덕의 모습이 얼마나 아름다운가를 보았다.
그는 보고서 제 타락을 한탄한다, 특히 제 광휘가
현저히 소멸한 것을 알고서. 그러나 대담한
자세로 그는 말한다. "만일 싸워야 한다면,
최강자, 즉 파견된 자가 아니고, 파견한 자와,
아니, 다 함께 오너라. 영광이 더하면 더했지
손실은 적을 것이다." 담대한 제폰이 말한다.
"네가[161] 무서워하니,
악하기 때문에 약한 너에게, 가장 약한 자로서라도
홀로 결투하고자 하나 할 필요 없다."
　마왕은 그만 분에 못 이겨 대답이 없다.
그러나 고삐에 끌리는 사나운 말이 재갈을 깨물며
가듯이 거만스레 간다. 싸우거나 도망치는 것이
부질없음을 안다. 다른 것엔 굴하지 않는 그의 용기가
하늘에서의 외경에는 압도당한다. 이제 그들이
서쪽 끝에 이르니, 거기엔 반원半圓의 순찰[162] 마친
경비병들이 막 만나 한 부대에 합쳐 서서

---

161) 이하 3행은 '네'가 무서워하기 때문에, 우리가 승패를 시험해볼 필요가 없다는 뜻이다. "악하기 때문에 약한"은 악한 것은 약한 것이고 선만이 가장 강한 것이라는 의미이다.
162) 우리엘과 가브리엘의 지휘하에 각각 낙원의 남반·북반을 순찰한 것을 말한다.

다음 명령을 기다린다. 수령 가브리엘은
그들을 향해 전면에서 큰 소리로 이렇게 부른다.
"오, 친구들이여, 나는 들었다. 빠른 발소리가
이쪽으로 달려오는 것을. 이제 힐끗 보건대
이두리엘과 제폰이 숲 속으로 오는 것을 알겠다.
그들과[163] 같이 오는 또 하나의 왕자의 풍채인데,
광채를 상실해 희미하고, 걷는 폼이나
사나운 거동으로 보아 지옥의 왕인 듯—
싸우지 않고서는 여기를 떠날 것 같지 않다.
자세를 확고히 해라, 그 얼굴에 도전의 빛 있으니."
　말이 채 끝나기 전에 그들 둘이 다가와,
누구를 데려오고, 어디서 발견했고,
얼마나 서둘렀고, 어떤 꼴로 웅크리고 있었나를 간단히 말한다.
그에게 엄숙한 낯으로 가브리엘은 말한다.
"사탄, 어째서 그대는 그대의 죄 위해 정해진
경계를 깨뜨리고, 남들의 책무를
침범하는가. 우리는 그대를 본떠서 죄짓는 것을
좋아하지 않고, 대담하게 이곳에 들어온
그대를 심문할 힘과 권리가 있다.
그대는 하느님이 행복하게 여기 살게 한
인간들의 잠을
침해하려던 것 같구나."

---

163) 이하 3행에서 가브리엘은 숲 속으로 걸어오고 있는 사탄의 모습을 재빨리 알아본다.

사탄은 그에게 조소하는 낯으로 이렇게 말한다.
"가브리엘, 그대는 하늘에서 총명하단 평 있었고,
나도 그렇게 생각했다. 그런데 이런 질문은 나를
의심케 하는구나. 세상에 고통을 좋아하는 자가 있는가.
길이 있는데도 지옥을 벗어나려고 하지 않을 자가
있겠는가, 비록 거기에 정죄되었다 한들. 그대 자신도
필시 고통에서 멀리 떨어진 곳이라면 어디로나 감히
가보려고 할 것이다,
괴로움을 평안으로
바꿀 수 있고, 슬픔을 재빨리 즐거움으로
보상할 희망 있는 곳으로. 그것을 나는 여기에서 찾는다.
선만 알고 악을 시도해본 일 없는 그대에겐
납득이 가지 않으리라. 우리를 속박한 자의
의사로 그대는 항변하려 하는가. 우리를
어두운 옥사에 머무르게 하려거든 그 쇠문을
더 단단히 잠그도록 하라지. 대답은 이것이다.
나머지는 모두 사실. 그들이 말한 곳에 내가 있었다.
그러나 폭행이나 해악의 뜻은 조금도 없었다."
　경멸하며 이렇게 말하자 용맹한
천사[164]는 노하여
반쯤 경멸의 미소를 지으면서, 이렇게 대답한다.
"아,[165] 사탄의 타락 이래 하늘에 현명을

---

164) 가브리엘 천사.
165) 이하 8행은 앞선 사탄의 말에 대한 풍자이다.

판단할 자 없구나, 어리석어서 그는 멸망했는데,
지금 감옥에서 도망쳐 돌아와
지옥의 지정된 경계로부터 허락도 없이
이리로 온 그 담대함을 힐책하는 자의
현명을 정색으로 의심스러워하니.
그는 어떡하든 고통을 피하고 형벌에서
도망치는 것을 현명하다고 판단한다.
언제까지나 그렇게 판단해라, 외람된 자여,
도망침으로써 너를 보복하고, 자극된 무한의 노여움에
견줄 만한 고통 없다고 네게 가르쳤어야 할
너의 '지혜'를 채찍질해서 지옥에
되돌려 보낼 때까지.
그런데 어째서 혼자냐. 왜 너와 함께
온 지옥이 도망쳐 오지 않았느냐. 고통이
그들에겐 적었더냐, 도망칠 정도가 아니었더냐,
혹은 네가 그들보다 참을성이 적으냐. 용감한 수령,
고통에서 도망친 일인자, 네가 도피의
이유를, 버리고 온 무리에게 말했더라면
확실히 너는 혼자 빠져나올 수 없었으리라."
　마왕은 엄하게 상을 찡그리고 대답한다.
"내가 참을성이 적고, 고통을 겁낸 것은 아니다.
무례한 천사여. 그대는 알리라, 내가 그대의
최강의 적이었던 것을. 일제히 폭발하는 우레[166]가

---

166) 하늘에서 전쟁 제2일에 메시아는 수천만의 우레로 반역 천사를 구축했다(제6편 참조).

그대를 도와 전속력으로 진격하여(그것 아니면
무서울 것 없는) 그대의 창을 지원했던
그 싸움에서.
그러나 여전히 분별없는 그대의 말은
온갖 시련과 과거의 실패가 있은 후에[167]
충실한 지도자의 할 일을, 즉
자신이 시험해보지 않은
위험한 길을 택해 전군을 위험에 빠뜨려선
안 된다는 것을 모르고 있음을 드러낸다.
그러므로 나는 혼자서 우선 황막한
심연을 날아, 지옥에서도 소문이 자자한
이 새로 창조된 세계를 탐색하고자
계획한 것이다. 여기에 좋은 거처를 찾아,
나의 고통받는 부하들을 여기 지상이나
또는 중천[168]에 정착시킬 희망을 품고
점령하기 위해서는 부득이 다시 한 번 그대와
그대의 화려한 무사들의 반대에 싸워야겠지만.
그대들이 하기 쉬운 일은 높이 천상에서
주를 섬기고, 노래 불러 성좌聖座를 찬양하고,
습관이 된 거리[169]에서 굽실거리는 일이지

---

167) 한 번 실패한 지도자는 다시 부하를 위험에 빠뜨리지 않도록 위험을 스스로 시험해보아야 한다는 말이다.
168) 하늘과 땅 사이의 공중. 중세인은 반역 천사의 고장이 '중천'이라고 생각했다.
169) 윗사람에 대한 예의로 항상 습관적으로 취하는 거리. 하늘에서나 지옥에서나 신분 낮은 천사들은 성좌로부터 적당한 거리를 유지한다.

싸우는 건 아니다."

그에게 무사武士 천사 곧 대답한다.
"처음엔 현명하게 고통을 피한 것처럼 말하고
다음엔 탐색하러 왔다고 당장 한 말을 취소하니,
지휘자가 아니라, 꼬리 드러낸 거짓말쟁이임을
증명하는구나, 사탄. 그러면서 '충실'하다고.
아, 이름,
충실이란 성스러운 이름이 더럽혀졌구나.
누구를 위한 충실인가? 너의 반역 도당들을 위해서인가?
악마의 군대여, 머리에 어울리는 몸이여!
부정할 수 없는 지상 권력에 대한 순종을
파기하는 것이 너희들의 규율이냐,
맹세한 신의냐, 너희들의 군軍의 복종이냐.
그리고 너, 간교한 위선자, 지금은 자유의
수호자인 체하는 자여, 일찍이 누가 너보다 더
아양 떨고, 굽실거리고 무서운 하늘의 군주를
노예처럼 숭배한 자 있었던가? 그분을 제거하고,
스스로 통치하려는 생각이 아니고 무엇이냐.
그러나 지금 내 충고를 들어라, 물러가거라.
도망쳐 온 그곳으로 날아가거라. 만일 앞으로
이 성스러운 경내에 다시 나타난다면,
사슬로 묶어 지옥의 구렁에 끌고 가서[170]

---

[170] "또 내가 보매 천사가 무저갱 열쇠와 큰 쇠사슬을 그 손에 가지고 하늘에서 내려와서 용을 잡으니, 곧 옛 뱀이요 마귀요 사탄이라, 잡아 1천 년 동안 결박하여 무저갱에 던져 잠그

가둬놓고, 다시는 허술하게 잠긴
지옥의 문이 가볍고 편하다고 비웃지 못하게 하리라."
 이렇게 위협했으나, 사탄은 그런
협박 같은 건 아랑곳없이, 더욱 분격해서
대답한다.
 "내가 포로가 되었을 때나 사슬 얘기를 해라.
오만한 변경지기[171] 케룹이여. 그러나 그 전에
더 무거운 짐을 내 이 힘센 팔에서
네가 받을 것을 각오해라. 비록 하늘의 왕이
네 날개를 타고, 너는 멍에에 익숙한
네 동료들과 함께 싸움에서 이기고 돌아온 그의
수레를 끌고서,
별 깔린 천국의 길을 전진해 간다 한들."
 이렇게 말하는 동안 빛나는 천사 군대는
불처럼 새빨개져 사각형의 진을 초승달 모양으로
바꾸고서 창을 거머잡고[172] 그를 에워싸기 시작한다.
빈틈없이 늘어선 그 상태는 마치 익은
곡식이 수확을 기다리는 들판에 바람결 따라
물결치며 수염 난 이삭이 고개를 수그리면,
불안한 농부가 희망을 건 곡식 단이 타작마당에서
껍질만이 되지 않을까 걱정하며 서 있을 때와

고, 그 위에 인봉하여 천년이 차도록 다시는 만국을 미혹하지 못하게"(《요한 계시록》 20장 1~3절).
171) 케룹이 경비 임무를 맡고 있음을 경멸하는 말이다.
172) 언제든지 공격할 수 있도록 창끝을 위로 해 어깨 쪽으로 비스듬히 잡는 자세이다.

같고, 저쪽에는 사탄이 전투태세 갖추고,
전력 집중하며 태연히 테네리프나[173)]
아틀라스 산[174)]처럼 팽대하여[175)] 서 있다.
그의 키는 하늘에 닿고, 깃털로 장식한 투구의 차양에는
'공포'가 앉아 있다. 손아귀에는
창과 방패가 들려 있다. 당장 무서운 행동이
일어날 것 같고, 이 소동에 비단
낙원뿐 아니라, 아마 하늘의 별 반짝이는 궁륭도,
적어도 일체의 원소까지도 맹렬한
이 전투에 흩어지고 찢기어
파멸되어버릴 것이다, 만일 영원의 하느님께서
즉시 이 무서운 충돌을 방지하고자
황금의 저울[176)]을 하늘에 내걸지 않았더라면.
이것은 지금도 처녀자리와
전갈자리[177)] 사이에 보이고,
이것으로 처음 하느님[178)]은 공중에 매달린 지구[179)]가

---

173) 카나리아 군도 가운데 가장 큰 섬 테네리프에 있는 3657미터의 화산.
174) 모로코의 대산맥. 4천 미터.
175) 영체는 신축이 자유롭다(제1편 참조).
176) 《일리아스》 8장 69~72행에 나오는 황금 저울 이야기에 의하면, 트로이군과 그리스군의 운명을 이 저울로 달았다. 밀턴은 여기서 그것을 하늘의 별자리 천칭자리와 관련해 모든 창조물이 최초에 그 저울로 측정된 것으로 보았다.
177) 십이 성좌 중 처녀자리와 전갈자리, 그 중간에 천칭자리가 있다.
178) "누가 손바닥으로 바닷물을 헤아렸으며 뼘으로 하늘을 재었으며, 땅의 티끌을 되에 담아 보았으며, 명칭으로 산들을, 간칭으로 작은 산들을 달아보았으랴"(《이사야》 40장 12절).
179) 제2편에서는 우주가 청화천에 황금 사슬로 매달려 있다고 했다(제7편 참조).

그것과 맞먹는 공기와 균형을 이루는 것 등[180)
온갖 창조물을 저울질했었는데, 이젠 모든 사건을
측정[181)한다, 전쟁도 영토도 역사까지도. 그 속에다
두 개의 추錐,
분리의 결과와 전투의 결과를 놓았는데,[182)
후자가 갑자기 튀어 올라 저울대를 찬다.
가브리엘은 이것을 보고 마왕에게 말한다.
"사탄, 내가 그대의 힘을 알고, 그대는 내 힘을 안다,
그건 우리의 것이 아니고 받은 것이다. 그러니
무용武勇의 자랑이 얼마나 어리석은 짓인가. 그대나 나나
하늘이 허락하시는 이상의 힘은 없다. 내 힘이
배 되어 그대를 밟아 곤죽으로 만들 수 있다 해도.
증거 삼아 우러러 거기 하늘의 징표에서 그대의 운명을
읽어라. 그대는 거기 저울에 걸려
참 가볍고 약한 것이
드러나 있다, 반항한다 해도." 마왕은 고개를 쳐들어
높이 올라간 자기 쪽의 저울을 보고,
두말없이 중얼대며
도망치니, 밤의 그림자도 그를 따라 물러간다.[183)

---

180) 저울 한쪽에 공기가, 다른 쪽에 지구가 담겨 균형을 취한다.
181) 이하 2행에서 창조 초에는 만물을 재고, 그다음에는 전쟁도 국가도 일체의 역사도 측량하는 황금 저울을 가지고 사탄의 운명을 잰다.
182) 싸우지 않고 헤어지는 결과와 전투하는 결과를 각각 저울 양쪽에 놓고 달아보니, 후자가 훨씬 가볍게 나타났다.
183) 사탄이 물러갈 때 어둠도 함께 낙원에서 떠나고 새벽이 온다. 인물과 환경, 사건과 자연의 조화를 꾀한 밀턴의 수법이 잘 나타나 있다.

제5편

아침이 다가오자 이브는 아담에게 어지러웠던 꿈 이야기를 한다. 아담은 마음이 언짢았지만 그녀를 위로한다. 두 사람은 낮일에 나간다. 그들의 정자 문간에서의 아침 기도. 하느님은 인간에게 도피의 구실을 주지 않기 위해 라파엘을 보내어, 아담의 순종과 그의 자유로운 신분, 가까이에 있는 그의 적, 그리고 그 적은 누구이며, 왜 적인지, 그 밖에 알아두면 아담에게 유리한 것들에 대해 주의를 준다. 라파엘은 낙원으로 내려온다. 그의 외양 묘사. 그가 낙원에 내려오는 것을 정자 문간에 앉아 있던 아담이 멀리서 알아보고 그를 맞이하러 나가, 자기 숙소로 데려와서 이브가 낙원에서 따 모은 가장 맛좋은 과일로 대접한다. 식탁에서의 담화. 라파엘은 자기 사명을 다하기 위해 아담에게 그의 신분과 그의 적에 대해 주의를 환기하고, 아담의 요청에 따라, 그 적이란 누구인가, 어째서 적이 되었는가를, 천국에서의 그의 최초의 반역과 그 원인으로부터 말을 시작해, 그가 군대를 끌고서 천국의 북부로 간 것, 거기서 단 하나의 천사 아브디엘을 제외하고는 모두를 설득시킴으로써, 그들을 선동해 반역에 가담케 한 것, 그런데 아브디엘은 논의로써 그를 말리고 그에게 반대해 드디어 그를 버리고 떠나갔다는 이야기를 한다.

◆

    아침이 이제 동방에서 장밋빛[1]
발자국을 옮기며 빛나는 진주[2]를 대지에 뿌릴 때,
아담은 습관처럼 잠을 깬다. 그의 잠[3]은
건전한 소화와 온화하고 적당한 발산물에서
오는 것이니, 가볍기가 공기 같아서
새벽의 부채인 나뭇잎[4]과 안개 이는
시냇물 소리, 그리고 가지마다에서 우는
새들의 아침 노래에 가볍게 흩어지고 만다.
그러니 더욱 그의 놀라움 더할 수밖에, 불안한
휴식 때문인가, 이브가 머리는 흐트러지고
뺨은 불붙은 채 잠이 깨지 않은 걸 보았을 때.
그는 몸을 반쯤 일으켜 한쪽으로 기울이고
진정한 사랑의 표정으로 황홀히 그녀의 모습을
들여다본다, 자나 깨나 특이한 매력을 쏟는
아름다움을. 서풍이 화신花神에게 속삭일 때처럼
부드러운 목소리로 살짝 그녀의 손을 만지며,
이렇게 속삭인다.

---

1) '회색'은 해 뜨기 직전, '장밋빛'은 해 뜰 때를 수식하는 상투적 형용사이다.
2) 이슬.
3) 이하 3행. 과도한 식사로 머리를 흐리게 하는 깊은 잠은 아니었다.
4) 산들바람에 흔들리는 나뭇잎. 더 나아가 그 나뭇잎이 스치는 소리까지도 암시했다.

"깨어라,5) 나의 아름다움,
나의 아내여. 눈을 떠라, 새로이 만난 이여.
갓 얻은 하늘의 최후 최선의 선물,
나의 만년萬年 새로운 기쁨이여. 일어나라.
아침은 빛나고, 신선한 들은 우리를 부른다.
이 새벽을 놓치지 말고 보자. 우리가 가꾼 초목이
어떻게 자라고, 감나무의 숲이 어떻게 꽃피고
몰약이나 향나무에선 어떻게 수액이 흐르고,
자연은 색채가 어떠한지, 그리고 벌은
단물 빨며 어떻게 꽃에 앉아 있는지를."
　이렇게 속삭이며 이브를 깨우니, 그녀는
놀란 눈으로 아담을 보며, 그를 껴안고 말한다.
"아, 내 마음의 안식처인 단 한 사람이여,
내 영광이여, 나의 완전체여. 임의 얼굴을 보고
아침 돌아옴을 보니 마음 기쁩니다. 내가 간밤에,6)
(지금까지 이런 밤 없었는데) 꿈인지 몰라도
꿈을 꾸니 자주 있는 것처럼 임에 대한 것이나
지난날의 일, 내일의 계획 같은 것이 아니고,
이 우울한 밤 이전엔 내 마음이 일찍이 몰랐던
죄와 번뇌를 보았나이다. 누군가 귓전에서
부드러운 목소리로 내게 거닐자고 속삭이는 자가
있는 것 같았습니다. 임의 목소린 줄 알았습니다.

---

5) 이하 10행은 〈아가〉 2장 10~13절 참조.
6) 159쪽 22행~160쪽 8행 참조.

말하더이다. '왜 잠자는가, 이브, 지금 때는 상쾌하고,
신선하고, 고요하고, 다만 이 고요를 깨뜨리는
밤에 우는 새[7]가 지금 눈을 뜨고서 사랑에
애타는 노래를 곱게 부를 뿐. 그리고 달은
보름달로 두루 비추고, 더욱 상쾌한 빛으로 만물의
생김새를 어스름히 장식한다. 보는 이 없으면[8]
허사이다. 하늘은 깨어서 두 눈을 뜨고[9] 있지만
누구를 보라 하랴, 자연의 동경[10] 대상인
그대밖에.
만물은 그대를 보고서 기뻐하고 그대의
아름다움에 매혹되어 아직도 들여다보고 있다.'
임의 목소리 같기에 일어났으나, 임은 없더이다.
그래서 나는 임을 찾아 걸어갔나이다.
홀로 이리저리 가고 또 가니, 아마
갑자기 당도한 곳이 금단의 지혜 나무 있는
거기였던 것 같더이다. 그것은 아름답더이다.
내가 보기엔 낮에보다 훨씬 아름답더이다.
놀라 바라보고 있노라니, 그 곁에는
우리가 자주 본 하늘에서 온 듯한 분,[11]

---

7) 나이팅게일.
8) 198쪽 21행 참조.
9) 뭇별들.
10) 여성은 자연의 창조물 중 가장 아름다워서 만물의 동경의 대상이 된다.
11) 사탄에 대한 이야기이다. 제3편에서도 사탄은 우리엘을 속이기 위해 여기서처럼 날개 달고 머리채가 고운 케룹의 모습으로 변신했었다.

그런 모습에 날개 달고, 이슬 어린 머리채는
향기 스며 있더이다. 그도 그 나무를 보면서 말했나이다.
'아, 아름다운 나무로군, 열매 풍성하구나. 이 열매 따서
향기로운 단맛을 보는 자가 신[12]에도 인간에도 없구나.
그토록 지혜를 싫어하나.
혹은 선망인가, 사양인가, 이걸 먹지 않음은.
누가 금하든 네가 주는 이득을 이젠
아무도 막지 못하리라, 아니면 왜 여기에
놓였겠는가.' 이렇게 말하고서 주저 없이 대담하게
모험의 손 내밀어 따서 맛보더이다. 이런 대담한
행동으로 뒷받침된 대담한 말을 듣고서 나는
무서워 떨었나이다. 그러나 그는 기뻐서 말했나이다.
'성스러운 열매여, 이렇게 따서 먹으니 네가 지닌 단맛, 더욱
감미롭구나. 신에게만 알맞은 것이기에
금지됐을 것이나, 인간을 신으로 만들 수도 있다.
인간을 신으로, 나쁠 게 뭐냐? 선은
펴면 펼수록 더욱더 풍부해질 텐데,
그것을 행하는 자는 손상되지 않고, 영예가 더할 텐데.
자, 행복한 이여, 아름다운 천사 이브여!
그대도 함께하자, 그대 지금 행복하지만,
더 행복해지리라, 이 이상 보람 있는 일은 없으리라.
이걸 맛봐라, 그리하여 앞으로 신들 사이에서

---

12) 천사.

여신이 되어라. 땅에 한정될 것이 아니라,
때로는 우리처럼 공중으로, 때로는
그대의 가치로 천국에 올라, 거기서
신들이 사는 걸 보고, 그대도 그렇게 살라.'
그렇게 말하면서, 가까이 와 내게 내밀더이다.
그가 딴 과실 중에서 일부를 내 입에까지
갖다 주더이다. 상쾌하고 향기로운 냄새[13]가
그토록 식욕을 자극하니,
먹지 않을 수 없을 것같이
생각되더이다. 이어서 곧 그와 함께
구름에 날아올라 아래를 내려다보니
대지는 한없이 펼쳐져 있고 광활한 갖가지
풍경이더이다. 내가 날아서 이 높은 위치에
옮겨 온 걸 의아해하고 있을 때, 돌연
안내자는 사라지고, 나는 밑으로 가라앉아서 잠이 든 것같이
생각되었나이다. 그러나 참으로 기뻤나이다.
깨어서 그것이 다만 꿈인 줄 알고." 이렇게 이브가
그날 밤 얘기를 하니, 아담은 진지하게 대답한다.
"나의 최선의 형상이여,
사랑스러운 절반의 몸이여,
지난밤 잘 때 그대가 겪은 괴로움이

---

13) 꿈속에 나타난 이 유혹의 서곡은 바로 하느님의 경고이다. 424쪽 10~13행의 유혹의 장면을 보라. "그동안에 점심때는 다가와 맹렬한 식욕이 눈뜬다. 그 과실의 달콤한 향기에 촉진되어".

똑같이 나의 마음을 괴롭힌다. 그 수상한 꿈이
나도 싫다. 그것이 악에서 나온 꿈 같은데,
악은 어디서 왔을까? 청순하게 창조된
그대[14] 속에 있을 리 없고. 그러나 깨달아라,
영 속에 많은 열등한 힘 있어 '이성'을
어른으로 섬기는 것을. 그 중간에 '상상'이
다음 자리를 차지한다. 약삭빠른 다섯 감각기관이
나타내는 모든 외부의 사물들로
상상은 허황된 형상을 만들어내어,
그것을 '이성'이 결합하고 분리해 우리가
긍정하거나 부정하는 일체의 것, 우리가
지식이니 의견이니 부르는 것을 형성한다.
그리하여 '신체'가 휴식에 들면 그것은
제 밀실로 물러난다.
가끔 빈틈을 타서 흉내 잘 내는 '상상'이 깨어
이성을 모방하지만, 형상을 잘못 결합하여
기이한 물건을 만들어낸다. 특히 꿈속에서
오랜 옛날 또는 최근의 언행을 그릇 결합하여.
우리들의 간밤의 얘기[15]와 아주 흡사한 것을
그대의 꿈에서 내가 본 것 같기도 한데,
그 이상의 수상한 일이 있구나. 그러나 슬퍼 마라,

---

14) 이하 14행에서, 신체에 잠이 깃들면 '이성'은 제 밀실로 물러가 이성이 없는 틈에 흉내 잘 내는 '상상'이 눈을 뜨고서 이성을 모방하고, 형상을 결합하고 분리해 기이한 물건을 만들어낸다. 특히 옛날 혹은 최근의 언어 행동을 모방하는데, 이것이 꿈이라고 아담은 설명한다.
15) 186쪽 5행~187쪽 참조. 즉, 지혜의 나무 열매를 먹지 말라는 것이다.

악은 신이나 인간의 마음에 드나들지만,
그처럼 달게 인정받지 못하면,[16] 오점이나
가책을 남기지 않는다. 그러니 그대가
잠자며 꿈꾸기조차 싫어하던 일을, 깨어나서
그대로 해야 할 필요는 없다.
그러니 실망치 마라, 얼굴을 흐리지 마라,
고운 아침이 세상을 보고 처음 미소 지을 때보다
더욱 쾌활하고 명랑한 평소의 그 얼굴을.
자, 우리 일어나 상쾌한 일터로 나가자,
숲과 샘과 꽃들이 밤 동안 마련해서
그대 위해 간직해 숨겨둔 훌륭한
향기를 지금 뿜고 있는 그곳으로."
    그렇게 위안하니, 그 어여쁜 아내의
두 눈에선 말없이 어진 눈물이
흐르고, 머리칼로 그것을 닦는다.
다시 솟아 수정수문水晶水門[17]에 괸 두 방울의
귀한 눈물이 채 떨어지기 전에 아담은
거기에다 입을 댄다, 죄 범하기 두려워하는
아름다운 후회와 경건한 두려움의
정중한 표시로.
    이리하여 모든 것이 개고 그들은 들로 나간다.

---

16) 마음속에 드나드는 악을 이성으로 용인하지 않으면 죄가 성립되지 않는다. "그처럼"이란 이브의 경우에서처럼이란 뜻이다.
17) 영롱하기가 구슬 같은 두 눈.

그러나 우선 정자의 지붕 밑을 벗어나
해 돋는 새벽의 하늘이 바라다보이는 곳까지 나오니
태양은 아직 솟지 않고, 바퀴 끌고
대양 변두리를 배회하며, 이슬 비추는
햇살을 대지에 수평으로 쏟으니
낙원의 동쪽과 에덴의 행복한 벌판은
모두 넓은 전망 아래 드러난다.
그들은 낮게 허리 굽혀 절하고, 찬양하고,
아침마다 각색의 양식으로 드리는 기도를
시작한다. 그들이 조물주를 찬양하는 데는
여러 가지 양식과 거룩한 열정으로 부르는
적절한 음조의 노래를 바친다.
이러한 즉석의 웅변이 산문이 되어, 또는
한층 곱게 하기 위해 비파나 하프가
필요 없을 만큼, 현묘한 가락의 운문이 되어
그들의 입술에서 흘러나온다. 그것은 이렇게 시작한다.
"이들은[18] 주의 영광스러운 성업이옵니다.
선善의 어버이 전능자시여, 이렇게 놀랍게 아름다운
우주의 구조는 당신의 것,
당신 자신도 놀라시리다.
형언할 수 없나이다, 이 하늘 위에 앉으시어,
눈에 보이지 않고[19] 이들 주님의

---

18) 이 장엄한 찬가는 〈시편〉 148편에 연유한 것으로 본다.
19) "하느님은…… 아무 사람도 보지 못하였고 또 볼 수 없는 자이시니"(〈디모데 전서〉 6장

최하의 창조물을 통해
희미하게 보이는 주이시여. 그러나 이것들은
생각을 초월한 주의 선과 거룩한 힘을
말해주고 있나이다. 말해라, 누구보다 잘 말할 수 있는
빛의 아들들이여, 천사들이여, 그대들은 그를 볼 수 있고
노래와 합창의 교향악으로 밤 없는[20] 나날을
즐겁게 성좌聖座를 싸고도나니,
그대들은 천상에서
지상에서, 너희들 온갖 만물이여,
다 같이 찬양해라.
처음에나, 끝에나, 중간에나, 끝없이 그를.
별 중에서 가장 고운 별,[21] 너는
새벽의 것이라고 할 순 없고,
밤의 무리에선 최후인 자, 빛나는 화환火環으로
미소 짓는 아침을 장식하는, 하루의 확실한 언약이여,
해가 뜨는 동안, 아침의 이 아름다운 시간에
너의 하늘에서 그를 찬양해라. 그리고
너 태양이여, 이 광대한 세계의 눈이여 영혼이여,
그를 위대하신 분으로 모셔라, 그를 찬양해라,
그대 영원한 회로에서, 그대 떠오르는 때에도,
중천에 이를 때나, 질 때나

15~16절).
20) 천국엔 지상과 같은 밤이 없다.
21) 금성. 이 별은 새벽에 나타날 때는 샛별, 저녁에 나타날 때는 태백성이라 한다.

너의 영원의 궤도에서. 찬란한 태양을 맞이하고선
날아가는 성권星圈[22]에 고정된 항성들과 함께 달리는
달이여, 그리고 노랫소리[23]까지 들리며
신비의 무도 속에 움직이는, 너희들
다섯 개의 다른 떠돌이별들[24]이여, 어둠 속에서
빛을 불러낸 그를 소리 내어 찬미해라.
공기여, 그대들 원소들[25]이여, 자연의
태중에서 맨 먼저 나온 자들이여,
네 패로 혼합되어 영원한 순환을 계속하며[26]
우리의 위대한 창조주에게 항시 새로운 찬사를
끊임없는 변화로 드리도록 해라. 안개여, 증기여,
산이나 물보라 이는 호수에서 어스름히
또는 뽀얗게 피어오르면, 햇빛에 양털 같은
옷자락이 황금빛으로 물드는 너여,
일어나라, 이 세상의 대창조주를 위해.
맑은 하늘을 구름으로 채색하기 위해서나

---

22) 항성은 그 성권에 고정되어 있는데, 성권 자체가 난다고, 즉 빠른 속도로 회전한다고 생각되었다.
23) 시인이나 철인들은 성신권의 음악을 상상했었다. 플라톤에 의하면 각 성신권 위에 '사이렌'이라는 요정이 서서 회전하며 한 음으로 한 곡씩 불러 전체 여덟 성권에서 나오는 여덟 곡이 조화된 음악을 이룬다고 한다. 이 음악을 일찍이 들은 사람은 피타고라스 한 사람뿐이라고 한다. 이 음악이 안 들리는 것은 그것이 지속적이기 때문이라고 플라톤은 말한다. 그런데 밀턴은 죄로 인해 인간의 귀가 어두워져서 안 들린다고 설명한다.
24) 수성·금성·화성·목성, 그리고 토성·금성은 이미 샛별로서의 특별한 면을 강조하기 위하여 따로 언급했다가 여기 다섯 유성 중에 또 포함했다.
25) 공기·흙·물·불.
26) 네 원소가 짝을 지어서 혼합됨으로써 새로운 물질을 만들어내며 영원한 순환을 이룬다.

소낙비로 마른 대지를 적시기 위해서나,
오르든 내리든 언제나 그에게 찬미드려라.
사방에서 부는 바람이여, 그를 찬미해
조용히, 또는 세게 불어라.
그리고 고개를 흔들어라,
소나무여, 모든 초목과 함께
숭배의 표시로 흔들어라.
샘이여, 너 흐르며 아름다운 곡조로
지껄이는 자여, 소리 내어 그를
찬미하는 노래 불러라.
너희들 온갖 생물이여, 소리를 합해라. 노래하며
천문天門으로 오르는 그대들이여,
너희 날개와 너희 노래에 그의 찬미를 싣고 올라가라.
물속에서 움직이는 자, 땅을 거닐며
뽐내며 걷거나 비굴하게 기는 자, 너희들,
증언해라. 내가 조석으로 노래 부르지 않았던가.
산을, 골짜기를, 샘을, 신선한 녹음을 향해.
그것들을 내 노래로
울리지 않았던가, 그의 찬미를 배우지 않았던가.
찬양하도다, 우주의 주여! 언제나 관대하여,
우리에게 선만을 베푸십시오.[27]
어떤 악한 것을 끌어들여 숨겨두었다면,

---

27) "너희가 악할지라도 좋은 것을 자식에게 줄줄 알거든, 하물며 너희 친부께서 구하는 자에게 성령을 주시지 않겠느냐 하시니라"(〈누가〉 11장 13절).

그것을 흩으십시오, 지금 빛이 어둠을 쫓고 있으니."
　이렇게 그들이 순진하게 기도하니,
그들의 마음은
뚜렷한 평화와 평소의 안정을 되찾는다.
이리하여 그들은 아침 전원의 일로 나간다.
감미로운 이슬과 화초 사이로. 거기에는 줄지어 선
너무 무성한 과실나무가, 여분의 가지를
멀리 내밀고 있어, 열매 안 맺는 덩굴을
제지할 손을 기다린다. 또한 그들은 포도 덩굴을
느릅나무에 짝지어주니,[28] 그녀는 짝을 얻어
사랑의 두 팔로 그를 휘감고, 혼인 물품으로
포도송이 갖고 가서 그의 쓸쓸한 잎들을
장식한다. 이렇게 일하는 그들을 측은한 눈으로 바라다본
하늘의 높은 제왕께서 라파엘을
부르신다. 일찍이 황송하게도 토비아스와 함께
여행해 일곱 번 결혼한 처녀와의
결혼을 성취시켜준 사교의 영靈[29]을.
　그리고 말씀하신다.
"라파엘,
그대는 들었으리라.

---

28) 포도 덩굴이 느릅나무에 감기는 것을 결혼과 관련시키는 상상은 라틴 문학에서 흔히 볼 수 있는 예이다. 호라티우스, 베르길리우스, 오비디우스의 시에 나타나 있다.
29) 천사장 라파엘이 도빗의 아들 토비아스와 함께 메디아에 가서 그를 도와 '일곱 번 결혼한 처녀' 사라와 결혼시켜, 악마 아스모데우스를 이집트로 쫓은 이야기는 이미 제4편 주 35)에 밝힌 바이다. 라파엘은 일곱 천사들 중 하나이다.

사탄이 지옥으로부터 어두운 심연을 빠져나와
지상의 낙원에서 어떤 소동을 일으켰는가를, 그리고
지난밤 두 사람의 인간을 어떻게 괴롭혔는가를.
그들을 통해 전 인류를 단번에 전멸시키고자
어떻게 계획했는가를.
그러니 가거라. 오늘 반나절을, 친구지간처럼
아담과 얘기해라, 한낮의 더위를 피하여
식사와 휴식으로 하루의 노고를 풀고 있는
그를 어떤 정자나 그늘에서 찾거든. 그리고
이런 얘기를 꺼내라, 즉 그의 행복한 상태를
일러줄 수 있는—자유의사대로 자기의 능력에 맡겨진
그의 행복, 자유이지만 변하기 쉬운
그의 의사, 자유의사대로 무엇이든
할 수 있는 행복을. 그래서 그가 너무 안심해
빗나가지 않도록 경고하고, 또한 그의 위험과
그것이 누구에게서 오는가를, 그리고
최근에 하늘에서 떨어진 적이 지금 다른 사람을 그 같은
복된 처지에서 떨어뜨리고자 계획 중이라고 알려라.
폭력으로? 아니다, 그것이라면 막을 수 있을 것이니
속임과 거짓말로. 이를 그에게 알려라.
미리 주의받고, 경고받지 않으면,
자진해 죄를 범하면서도
뜻밖의 일인 체할 것이니."
　영원의 아버지는
이렇게 말씀하심으로써 모든 의義를

이루었다.[30] 이 임무를 맡은 날개 달린 성자는
지체 없이 찬란한 날개들에 가려
서 있던 수천의 빛나는 자들[31]의 한복판에서
가볍게 솟아올라 중천을 뚫고
날아갔다. 천사의 악대들이 양쪽으로
갈라서 하늘 길을 달리는 그에게
길을 열어준다. 마침내 하늘의 문에
이르니, 황금 돌쩌귀 돌면서
문이 스스로 열린다, 지고한
대건축가에 의해서 만들어진 듯이.
여기로부터는 시야를 가리는 구름도 없고,
극히 작은 별도 없어, 그는 본다,
다른 빛나는 천체와 다름없는
지구를, 그리고 산이 온통 삼나무로 덮인
하느님의 동산을. 마치 밤에 갈릴레이의
망원경이,[32] 확실하진 않으나 달 속에
상상의 땅들과 나라들을 보듯이,
또는 선장이 키클라데스 제도諸島[33] 사이에서

---

30) "예수께서 대답하여 가라사대 이제 허락하라. 우리가 이와 같이 하여 모든 의를 이루는 것이 합당하니라"(〈마태〉 3장 15절).
31) 세라프들.
32) 천체 망원경은 일반적으로 이렇게 말해진다. 실은 갈릴레이가 발명한 것이 아니므로, 그가 발전시킨 망원경을 뜻한다. 밀턴은 갈릴레이를 이탈리아 여행 중에 만났고, 그를 매우 존경했다.
33) 그리스 에게 해에 있는 섬 무리.

델로스나 사모스 섬[34]이 비로소 구름의 한 점처럼
나타나는 걸 보았듯이. 그쪽으로 몸을 기울이고
날아간다, 광대한 정기精氣의 하늘을 통해서
이제 극동풍에 활짝 날개를 펼치고,
뭇 세계와 세계 사이를 빨리 날아간다. 그리하여
속력 빠른 풀무로
보드라운 공기 속에서 부채질해, 마침내 하늘로 치솟는
독수리들 무리 속에 들어가니, 뭇 새들이 보고
불사조[35]인가 한다, 즉 유일무이의 그 새가 유해를
빛나는 태양신의 사당에 모시기 위해
이집트의 테베로 날 때 뭇 새[36]들이 바라보았듯이.
곧 낙원의 동쪽 벼랑에 내려앉아
그는 본래의 모습[37]으로 되돌아간다,
날개 돋친 천사로. 여섯 개의 날개[38]로
그 거룩한 형체를 가리고 있다.
넓은 어깨에 붙은 두 개는 가슴 위를 덮어

---

34) 델로스는 키클라데스 제도의 중심에 있는 가장 작은 섬이다. 사모스는 에게 해의 이오니아 부근에 있어, 키클라데스 제도에 속하지 않지만 한데 포함했다.
35) 전설에 의하면 아라비아의 숲 속에 사는 단 한 마리의 아름다운 새인데, 500년간 산다고 한다. 그 기간이 끝나면 각종 향나무 가지로 집을 짓고 그 위에서 햇볕에 타 죽는다. 유골에서 다시 벌레 같은 것이 나와 그것이 아름다운 새가 된다. 이 재생의 새가 우선 제 몸의 유해를 모아 이집트의 테베에 있는 것으로 했다. "이집트의 테베"라 한 것은 그리스의 테베와 구별하기 위함이다.
36) 뭇 새의 주의를 끈 것은 불사조의 깃 빛깔 때문이다. 날개는 자색, 꽁지는 백색, 머리와 목은 금색이다.
37) 지금까지 날고 있는 동안에는 불사조같이 보였으나 다시 제 모습의 천사로 보인다.
38) "스랍들은 모여 섰는데, 각기 여섯 날개가 있어 그 둘로는 그 얼굴을 가리었고 그 둘로는 그 발을 가리었고, 그 둘로는 날며"(〈이사야〉 6장 2절).

제5편　233

제왕의 장식[39]을 이루고, 중간의 두 개는
별로 된 띠처럼 허리를 휘감고, 요부로부터
넓적다리까지 부드러운 금빛과 천국의 색채[40] 띤
빛으로 두르고 있다. 아래로 두 개는
하늘 빛깔[41]을 띤
솜털 갑옷으로 양 뒤꿈치로부터 발까지
덮고 있다. 마이아의 아들[42]처럼 그가 일어서
깃을 흔드니, 천국의 향기 널리
주위에 가득 찬다. 경비하던 천사의 무리들이
즉시 그를 알아보고, 그의 신분과
사명에 경의를 표해 모두 일어선다.
어떤 높은 사명을 띤 것으로 그들은 추측했기에.
그는 그들의 찬란한 막사[43]를 지나 몰약의 숲과
계수나무·감송·향유 등
향기 높은 꽃나무와
방향의 황야를 지나 축복의 들판에
들어선다. 여기에서 자연은 청춘이 무르익듯
한창 무성하고, 처녀다운 공상을

---

39) 자색은 왕자를 상징하는 빛깔이니, 위쪽 두 날개는 자색이다.
40) 천국의 광채처럼 찬란한 빛깔.
41) 연한 푸른색.
42) 제우스와 마이아의 아들인 헤르메스. 신들의 사자로서 날개가 있고, 우아함의 전형이라고 한다.
43) 천사들의 막사. "여호와께서 마므레 상수리 수풀 근처에서 아브라함에게 나타나시니라. 오정 즈음에 그가 장막 문에 앉았다가 눈을 들어본즉 사람 셋이 맞은편에 섰는지라"(〈창세기〉 18장 1~2절).

마음껏 구사해, 법이나 재간이 못 미칠 만큼
거칠게, 한층 향기로운 엄청난 축복을 쏟아낸다.
향기로운 숲을 지나 걸어오는 그를
아담은 알아본다, 서늘한 정자 문간에
앉아 있다가. 이제 중천에 뜬 태양이
곧게 불타는 햇빛을 쏘아 대지의
깊숙한 태내를 덥게 한다. 좀 지나치게 덥게.
이브는 안에서 때가 되었으므로 오찬을 위해
참된 식욕을 충족하고, 우유 같은 액체로 된
감미로운 음료에 대한 갈증을
풀 수 있도록 맛좋은 과실, 딸기·포도 등을
준비한다. 그녀에게 아담은 이렇게 말한다.
"어서 이리로 오오, 이브, 볼만한 게 있으니,
보오, 동쪽 저 나무 사이로,
참으로 거룩한 형체 하나가
이쪽으로 오고 있는 것을. 한낮에 다시 새벽이
떠오르는 것 같소. 아마 그가 우리에게
하늘로부터 받은 명령을 가져오는 모양이오. 오늘
우리의 손님이 되어주실지도. 그러니 빨리 가서
그대가 저장한 것을 가져다가 풍성히
내놓으시오, 우리의 하늘의 손님 경의를 표해
맞이하는 데 합당하도록. 우리에게 은혜를 베푸는 자에게
그 주신 것을 바칩시다. 많이 주셨으니
많이 드리는 게 좋을 듯. 자연은 여기에
풍성한 성장을 더하고, 줌으로써 더욱

풍성해지리니.[44] 이것이 아끼지 말라는 가르침이오."
 이브가 대답하되
"아담,
하느님의 영 받은[45]
대지의 성스러운 인간[46]이여, 많은 것이 사철
가지 위에 매달려 익어서 먹도록 되어 있으니
저장을 안 해도 족하리다. 다만 알뜰히 저장하면
더욱 굳어 양분되고, 여분의
습기가 사라지는 것들 외엔.
하지만 서둘러 하나하나 가지에서, 풀숲에서,
나무에서, 즙 많은 과실류에서,
가장 좋은 것을 따서
천사를 환대하리다. 그분이 보고서
이곳 지상에도 천국처럼
하느님께서 자비 베푸신 것이라고 말하도록."
 이렇게 말하고서 서두르는 얼굴로 급히
돌아서서 손님 접대할 생각에 골몰한다.
가장 맛좋게 하려면 무엇을 고를 것인가,
어울리지 않거나 풍미 없는 맛이 혼합되지 않고,
가장 자연스러운 변화로 점차 맛이 더해가도록
어떤 순서로 내놓아야 하느냐는 생각에.

---

44) 자연은 선과 같이 아낌없이 줌으로써 더욱 풍성해진다.
45) "여호와 하느님이 흙으로 사람을 지으시고 생기를 그 코에 불어넣으시니 사람이 생명이 된지라"(《창세기》 2장 7절).
46) 인간은 흙으로 만들어졌으므로.

그러고서 그녀는 서둘러 부드러운 가지로부터
만물의 어머니 대지가 생산하는
일체의 것—
동서 인도에서, 지중해변의 나라들에서,
폰토스[47]·푸닉[48]의 연해에서, 혹은 알키누스[49]가
통치하는 나라에서 생산되는, 거친 껍질,
부드러운 껍질 혹은 수염 달린 꼬투리나, 깍지로 된
각종 과실을 따서 큰 공물로서 상 위에
아낌없는 손길로 쌓는다. 음료로는 포도를
짜서 취하지 않게[50] 신께 올리는 술을 만들고, 또는
많은 딸기에서 단물을, 그리고
감미로운 씨를 짓찧어
향긋한 크림을 만든다. 이런 것을 담는 데 알맞은
청초한 그릇도 있다. 그리고 땅에는
장미며, 스스로 풍겨나는[51] 관목의 향기를 뿌린다.
그때 우리 원시의 시조는 성스러운 손님
맞이하러 걸어 나간다. 자기 스스로의
완전함 이외엔 뒤를 따르는 시종도 없이
위풍은 모두 그 자신 속에 들어 있어

---

47) 소아시아의 동북부 흑해 연안의 한 지방. 과실, 특히 포도·버찌 등의 명산지.
48) 아프리카의 북쪽 연안. 특히 카르타고를 가리킨다. 무화과의 명산지이다.
49) 《오디세이아》에 나오는 파이아케스인의 왕. 파이아케스인은 전설상의 종족이고, 파이아케스는 그리스 신화에 나오는 섬인데, 소재는 확실치 않다. 호메로스는 알키누스가 오디세우스의 손님으로 환대받은 것, 그의 궁정, 정원 등을 기술했다.
50) 발효시켜 취하게 만든 것은 후세의 일이다.
51) 인공적으로 만들어내는 것이 아니라, 자연적으로 우러나오는 향기.

제왕을 모시고 가는 장황한 행렬이
끌고 가 말과 금빛으로 칠한 마부들과
화려한 숱한 시종들로 군중들의 눈을 부시게 하고
그들을 모두 아연하게 할 때보다 더욱 장엄하다.
그 면전 가까이, 아담은 두렵지 않으나
머리 숙여 접근해, 공손한 경의로
어른을 대하듯 나직이 예하고,[52]
이렇게 말한다.
"하늘나라 주인이시여
(하늘이 아니고서야 이런 영광된 모습이 있을 곳 없을 것이니),
잠시 그 복된 고장에서 떠나시어 이곳에
영광을 주시려 하시니, 우리 단 두 사람에게,
높으신 은혜로 이 넓은 땅을 차지한
우리와 더불어 저기 나무 그늘 정자에서
쉬시고, 앉으시어 정원에서 나는 뛰어난 것들을
맛보소서. 이 한낮의 더위 가시고,
해가 좀 더 서늘하게 기울 때까지."
    천사는 이에 조용히 대답한다.
"아담, 나는 그 때문에 왔다. 그대가 이렇게
창조되고, 여기 이런 장소에 사니, 가끔
하늘의 천사라도 찾아오는 자를
초대할 수 있으리라. 인도해라,

---

52) 161쪽 16~17행 참조.

그대의 정자 그늘로.
저녁이 올 때까지 이 낮 동안은
내 자유이니." 그래서 숲의 거처로
그들은 간다, 포모나[53]의 정자처럼
미소 짓고, 잔꽃들 장식되고, 향기 진동하는 그 집으로.
그러나 제 몸 외엔 딴 장식 없어도
숲의 선녀인 이브는 이데 산[54]에서
알몸으로 아름다움을 겨뤘다는
세 여신[55] 중 가장 고운 여신보다 더 곱게
일어서 하늘의 빈객을 환대한다. 미덕에
싸였으니 베일이 필요 없고, 연약한 생각으로
뺨 붉히지도 않는다.[56] 천사가 그녀에게
'복 있으라'[57] 인사하니,
오랜 후에 제2의 이브,[58] 마리아에게 축복하기 위해서
사용할 성스러운 인사말을 한다.
"복 있으라! 인류의 어머니여,
풍성한 태胎가

---

53) 로마 신화에 나오는 과실의 여신.
54) 소아시아의 프리기아에 있는 산. 목자 파리스가 거기에 살았다.
55) 헤라·아테나·아프로디테, 세 여신은 황금 사과 하나를 놓고 아름다움을 다투었다. 그 사과에는 '가장 아름다운 자에게'라고 씌어 있었다. 펠레우스와 테티스의 결혼 연회석상에 에리스(투쟁의 여신)가 이것을 던진 것이다. 이 분쟁의 심판을 트로이의 왕자 파리스가 맡아 아프로디테를 '가장 아름다운 자'로 정했다.
56) "아담과 그 아내 두 사람이 벌거벗었으나 부끄러워 아니하리라"(〈창세기〉 2장 25절).
57) "그에게 들어가 가로되 은혜를 받은 자여 평안할지어다"(〈누가〉 1장 28절).
58) 그리스도는 "마지막 아담"(〈고린도 전서〉 15장 45절).

그대의 아들들로써 수없이 이 세계에 충만하리라.
하느님의 나무들이 이런 각종 과실로
이 테이블에
쌓아 올린 것보다 더 많이." 테이블은
잔디 뗏장으로 쌓아 올린 것, 이끼 낀 좌석이 둘러 있고,
넓은 상 위에는 구석에서 구석까지
온갖[59] 가을 산물이 쌓였다, 비록 여기서는 봄과 가을이
한데 어울려 있긴 하지만. 잠시
그들 사이에 담화가 오갔다,
식사가 식는 것 걱정 없이. 우리의 시조는
말 꺼낸다.
"하늘의 진객이여, 맛보소서,
이 하사품을. 이것은 모두 완전한 선을
무한히 내리시는 우리의 양육자가 우리의
음식과 기쁨을 위해 대지로 하여금 생산케
한 것입니다. 어쩌면 영자靈者들에겐 맛없는
음식일지 모르오나, 다만 이건 아나이다.
유일자이신 하느님 아버지께서
모든 자에게 주셨다는 것만은."
    천사는 대답한다. "그러므로 하느님이
(그 찬미 영원히 불릴지어다) 반영半靈의
인간에게 주신 것은 지순한 천사에게도

---

[59] 이하 2행에서, 낙원에는 봄과 가을의 차이가 없고 영원한 봄에 이끌려 춤을 춘다(제4편 참조).

달갑지 않은 음식[60]이 아니니라. 그리고 음식은
그대들 이성적 존재에게 필요하듯이, 순수 영체에게도
필요하다. 양자는 모두 체내에
온갖 낮은 감각 능력[61]을 소유해
그것으로 듣고, 보고, 냄새 맡고, 만지고, 맛보느니라.
맛보면서 혼합하고, 소화하고, 동화해
유형물을 영적 무형물로 변화시킨다.
깨달아라, 창조된 것은 보존되고 양육되어야 한다.
여러 원소 중에서 조잡한 것은 순수한 것을
부양한다. 땅은 바다를, 땅과 바다는
공기를, 공기는 저 정기精氣의 불을.
그리하여 우선 최하위의 달을 기른다.
그 둥근 면상에 있는 반점들은 아직
본질로 변하지 않은 불순한 증기[62]이다.
그리고 달도 그 습기 찬 대륙에서보다 높은
둥근 형체들을 향해 양분을 발하고 있다.
만물에 빛을 나누는 태양은 만물로부터
수증기 속에서 자양의 보상을 받고
저녁에는 대양과 만찬을 같이한다.[63]

---

60) 천사의 식사 이야기가 〈창세기〉 19장 3절에 있다(〈시편〉 78편 25절 참조).
61) 244쪽 7행 이하와 주 70)을 참조.
62) 달 표면의 반점은 사실 산과 골짜기 등 기복으로 인해 그렇게 보이는 것인데, 밀턴은 그것을 완전히 본질로 화하지 않은 불순한 증기가 밝은 배경 때문에 보이는 것으로 생각했다. 그는 그것을 구름에 비유한 적도 있다(359쪽 9행 참조). 밀턴은 그 사실을 알고 있었던 것 같은데 여기서는 낡은 견해를 따랐다.
63) 태양이 바다에서 떠서 바닷속으로 진다는 생각은 시적 상상에 불과하다.

천국에서 생명의 나무들은 향기로운
열매 맺고, 포도나무에선 신께 올리는 술이 나오지만,
아침마다 가지에서 꿀 같은 이슬을 털어
진주 같은 낟알[64]이 땅을 뒤덮고 있기는 하지만.
하느님은 여기에 새로운 기쁨으로
베푸심에 변화를 주어 천국과
비교하게 하셨느니라. 그러니 내가 음식에
까다롭다 생각지 마라." 이리하여 그들은 앉아,
먹기 시작한다. 천사로서[65] 외관상만도 아니고
애매하게도 아니고(신학자들이 흔히 해석하듯이)
진정 식욕이 당겨서
빨리 그리고 변질시키는 소화열로.[66]
여분의 것[67]은 쉽게 영체를 통해
발산한다. 그을음 낀 석탄불로 경험 많은
연금술사가 가장 불순한 광석을 금광에서
나온 것 같은 순금으로 변질시킬 수 있거나,
변질시킬 수 있다고 생각한다고 해도
의심스러울 것 없다. 이러는 동안 이브는

---

64) 만나(〈출애굽기〉 16장 14절 참조).
65) 이하 3행은, 교부들이나 고대 신학자 생각으로는 천사들의 식사가 단지 외관상으로만 그렇게 보일 뿐이라는 것이다. 경외 성경 〈도빗서〉 12장 9절에서 천사 라파엘은 "그동안 내가 너희에게 나타났다. 그러나 나는 먹지도 마시지도 않았다. 다만 너희가 환영을 본 것이다"라고 말했다.
66) 연금술사가 석탄불로 생광석 중에서 찌꺼기를 제거하고 순금으로 만들듯이, 천사의 영체도 내부의 열로 음식물 중 불순물을 기공으로 발산하고 나머지를 영체에 동화시킨다.
67) 변질(동화)시킬 수 없는 것.

식탁에서 나체로 시중들고, 상쾌한 음료로
넘쳐흐르는 술잔을 채운다. 아, 낙원에 어울리는
순결이여, 그러니 만일 바로 그때,
하느님의 아들들[68]이 그 광경에 매혹되었다 해도
이유 없는 것이 아니다. 그러나 그들의 마음엔
음욕을 모르는 사랑이 군림하고, 상처 입은
사랑의 지옥, 질투도 이해할 수 없다.
 이렇게 음식으로 그들이 만족하고, 몸에
부담스럽지 않을 무렵 갑자기 아담은
생각나는 바 있어, 크게 모여 토의하는
이 기회를 놓치지 않고,
이 세계 밖의 일들과
하늘에 사는 자들의 생활을 알고자 한다.
그들의 우수함은 그를 훨씬 능가하고,
그들의 빛나는 형상, 성스러운 광채, 그들의 높은 권력은,
훨씬 인간보다 뛰어남을 그는 보았다.
신중한 말로 하늘의 사신을 향해
그는 이렇게 말한다.
"하느님과 함께 사시는 분이여,
인간에게 주신
영광으로써 당신의 은총을 잘 알겠나이다.

---

[68] 〈창세기〉 6장 2절에 "하느님의 아들들이 사람의 딸들의 아름다움을 보고 자기들의 좋아하는 모든 자로 아내를 삼는지라"라는 말을 많은 성서학자들은 천사의 음탕함으로 해석한다. 그 "하느님의 아들들"을 천사로 해석하는 이도 있고 셋(〈창세기〉 4장 25절)의 후손으로 보는 이도 있는데, 밀턴은 전자로 해석한다. 그러나 제11편에서는 그렇지 않다.

황송하게도 우리의 이 비천한 지붕 밑에 들어오사
이러한 지상의 과실 맛보시고,
천사의 음식이 아닌데도, 하늘의 높은 향연에서도
더 기쁘게 드신 일 없는 양
받아주시나이다. 그런데 비교[69]해보니 어떠하십니까."
   그에 대해 날개 돋친 천사는 대답한다.
"아,[70] 아담, 유일한 전능자 있어 그로부터
만물은 생기고, 그것이 선에서 부패하지 않는다면
다시 그에게로 돌아간다, 만물은 이토록
완전히 창조되었다. 만물은
본디의 성질이 모두 동일하고,
갖가지 형태와 갖가지 정도의 본질이 있고,
산 것에는 각층의 생명이 부여되어 있다.
그러나 각기 과해진 활동의 세계에서
하느님께 가까이 자리하고 가까이 시중들면 들수록
더욱 우아하고, 영적이고, 순결해
마침내 각 종류에 따라 한계 안에서
육체는 영靈[71]으로 승화한다. 그래서 뿌리로부터

---

69) 하늘의 향연과 지상의 과실 맛을 비교한다는 뜻.
70) 이하에 나타난 밀턴의 만물 진화에 대한 철학 사상을, 메이슨 박사는 다음과 같이 요약했다. "모든 창조물은 영혼이나 물체를 불문하고 원시 물질로 이루어진다. 이 물질은 영원 무한한 영의 본질에서 직접 발로한 것이다…… 이 영에서 흘러나온 최초의 물질이 여러 가지로 점차 변했지만 근원적으로는 하나이고, 형식에 있어서는 상위 단계로 분화한다. 즉, 극히 낮은 것인 무기물로부터 다음은 식물, 다음은 동물, 다음은 인류, 그리하여 천사에 이른다. 천사가 성질상 가장 신에 가까운 것이다."
71) 육체가 영으로, 즉 물질이 낮은 것에서 높은 것으로 승화한다고 보는 사상은 밀턴의 아주

가벼운 푸른 줄기 솟고, 거기서 더 부드러운
잎이 나고, 마지막으로 빛나는 완성의 꽃이
향기로운 영기를 발산한다. 꽃과 그 열매,
인간의 자양은 점차 단계적으로 승화한다,
생명의 영, 동물의 영, 지혜의 영이 되고,
생명과 감각, 상상과 오성悟性을
그에게 부여한다. 영혼은 거기에서 이성을
받아들이고, 이성은 추론적이건 직관적이건[72]
영혼 그 자체이다. 추론은 대체로
그대들의 것이고, 직관은 주로 우리의 것이다.
정도의 차이뿐, 종류는 동일한 것.
그러니 하느님이 그대들에게 좋다고 본 것을
내가 거절치 않고, 그대들처럼 내 본질로
변화시킨다고 해도 의심하지 마라. 때가 오면[73]
인간이 천사와 같이 식사하면서도 불편을 모르고
너무 가벼운 음식이라 생각하지 않으리라.
그리고 아마 이런 육적인 자양으로부터
그대들의 육체는 시간의 경과에 따라 변하여,
마침내 온통 영으로 변해서 우리처럼

특징적인 사상이다. 이 사상은 〈고린도 전서〉 15장 46절 "먼저는 신령한 자니라"에서 연유한 것이라고 학자들은 본다.
72) 직관은 이론의 힘을 빌리지 않고 사물을 직접 파악하는 능력이고, 추론은 이론의 과정을 겪어 진리에 도달하는 능력이다.
73) 하느님의 최초의 목적은 인간의 생명이 진화해 영이 되게 하는 것이었다. 아담이 타락하지 않았더라면 그렇게 되었을 것이다. 죄지은 후로는 부활로 그 목적을 달성하게 되었다.

날개 돋쳐 가볍게 올라가 마음대로
여기나 하늘의 낙원에서 살게 되리라.
그대들이 만일 순종하고, 그대들을 낳은
하느님의 사랑을 그대로 변함없이
꿋꿋이 지닌다면. 하여튼 이 복된 곳이
허용되는 한, 그 이상은
얻을 수 없는, 행복을 마음껏 즐겨라."
　그에게 인류의 시조는 대답한다.
"아, 은혜로운 천사, 어진 손님이여,
당신은 우리의 지식의 향방을 훌륭히
가르쳐주셨고, 또한 중심에서 주위까지[74]
'자연'의 사다리[75]를 놓으셨으니, 이로써
창조된 것들은 마음눈에 비추어 바라보면서 한 걸음 한 걸음
하느님께 올라갈 수 있겠나이다.
그러나 말해주십시오,
'그대들이 만일 순종하면'이란 주의主意는 무엇인지,
말해주소서. 우리들이 그분에게 순종치 않고
감히 그 사랑을 버릴 수 있겠소이까,
흙에서 우리를 만들어, 여기에 놓으시고,
인간의 소원으로 구하고 얻을 수 있는
행복의 극한까지를 만족시켜주시는 그분을."
　천사는 대답한다.

---

74) 원시 물질을 중심으로 몇 개의 원을 그리며 자연 만물이 퍼진다.
75) 이 사다리의 최하층은 물질, 최고층은 신이다.

"하늘과 땅의 아들이여,
들어라, 그대가 행복함은 하느님의 힘이나,
그것을 지속함은 그대 자신의 힘,
즉 그대의 순종의 결과이다. 계속 순종해라.
이것이 그대에게 주는 주의니라.
하느님은[76] 그대를 완전하게 만드셨으되,
불변하게 만든 건 아니다.
그리고 선하게 만드셨으되, 지켜나가는 것은
그대의 힘에 맡겼다. 즉, 그대의 의지를 본래
자유롭도록 정하셨다, 피할 수 없는 운명이나
냉엄한 필연에 의해서도 지배받지 않고,
마음에서 우러나오고 강요되지 않은 봉사를 요구하신다.
강요된 건 그분에게
용납되지 않고, 용납될 수도 없는 일. 어떻게 하여
자유 없는 마음의 섬김이 자진해서인지
아닌지를 알겠는가, 그들이 운명에 의해서만
생각할 뿐 달리 선택할 수 없다면.
성좌聖座에 앉아 있는 하느님 앞에서는 나 자신이나
천사의 만군이 우리의 순종[77]을 지속하는 한,
그대들처럼 행복한 상태를 보전한다.
달리 보증은 없다. 자유로 우리는 섬긴다.

---

76) 이하 12행은 자유의지와 운명 예정설이다.
77) 순종은 강요가 아니라, 어디까지나 자유의사에 의한 것이다. 인간이 하느님에 대해서도 그렇지만, 이브가 아담에 대해서도 그렇다.

자유로 사랑하기 때문에. 사랑하고 안 하고는
우리의 의사에 있다. 서는 것도
떨어지는 것도 그렇고.
그런데 어떤 자는 떨어졌느니라. 불순종으로,
그래서 하늘에서 깊은 지옥의 밑바닥으로. 아, 그 타락,
그렇게 높은 행복에서 재앙 속으로의 타락!"
  우리의 대조상이 그에 대해 말한다.
"당신의 말씀 들었나이다.
거룩한 교사여, 주의 깊게
그리고 천국의[78] 노래가 밤에 근처 산에서
그윽한 가락을 보낼 때보다 더욱 기쁘게
귀 기울이며. 의지나 행위가 자유롭도록
만들어진 것 모르는 바 아니옵니다.
여전히 우리는 조물주를 사랑하고,
단 하나이되 지당한 명령[79] 주시는 그분에 대한
복종을 결코 잊지 않으려는 것은 내가 항상
마음속으로 다짐하고 또 다짐하는
바이옵니다. 그런데 하늘에서
있었다고 하시는 그 일이 내 마음에 의심 일으키니
동의하신다면 모든 얘기를 더 듣고 싶은
마음 간절하옵니다. 그건 필시 진지한 얘기여서

---

78) 이하 3행의 천국의 노래에 대해서는 200쪽 1~10행 참조.
79) 많은 명령이라 해도 복종할 것인데, 하물며 단 하나의 명령이고, 그것이 또한 지당한 명령인 바에야.

거룩한 침묵으로 들을 만한 가치 있으리다.
날은 아직 길고, 해는 아직 여정을
반도 채 못 끝내고, 하늘의 광대한 평온에서
나머지 반을 아직 시작도 안 했으니."

    이렇게 아담이 청하자 라파엘은,
잠시 주저하다가 응낙하고, 이렇게 말한다.
"그대[80]는 큰 문제를 강요한다,
인간의 조상이여.
슬프고 어려운 일. 어떻게 인간이 알아듣도록
싸우는 천사들의 보이지 않는 공적을
말할 수 있으랴, 어떻게 연민의 정 없이,
떨어지기 전엔 한때 빛나고 완전했던
그 많은 무리들의 멸망을, 그리고 또한 어쩌면
드러내는 것이 합당치 않을 타계의 비밀을
밝힐 수 있으랴. 그러나 그대를 위해서는
이것이 가능하다. 그러나 인간의 이해의
한계를 넘는 것은, 그것을 가장 잘
표현할 수 있도록 영적인 것을 육적인 형태로 바꿔서
설명하겠다. 가령 지상은 하늘의 그림자[81]에

---

80) 여기서부터 천상의 이야기가 시작된다. 이 긴 이야기는 《아이네이스》에서의 아이네이아스의 독백만큼이나 길어, 제6편 후반까지 계속된다. 말하는 사람은 천상의 사건에 직접 가담한 라파엘이다. 천상의 정신적·초자연적 사물들을 물질적·지상적인 것으로 바꾸어 표현한 것은 부득이한 일일 것이다. 지금까지의 지옥이나 혼돈계의 일도 마찬가지이다.
81) "믿음으로 모든 세계가 하느님의 말씀으로 지어진 줄을 우리가 아나니, 보이는 것은 나타난 것으로 말미암아 된 것이 아니니라"(〈히브리서〉 11장 3절).

불과하고, 하늘과 땅의 사물이 지상에서
생각한 것보다 훨씬 서로 유사하다 한들 어떠랴.
이 세계가 아직 없고, 황량한 혼돈이
지금 이 제천諸天이 돌고 있는 곳, 지구가 지금
그 중심 위에[82] 놓여 있는 그곳을 지배하던 무렵,
어느 날[83] (시간은 영원하지만 운행에 따라,
모든 영속적인 사물을 현재·과거·미래로
측정할 수 있으니), 하늘의 대세륜大歲輪[84]으로
이루어지는 그 어느 날, 하늘의
천사군이 칙명으로 소집되어, 즉시
각자의 수령 밑에 빛나는 서열에 따라
하늘 구석구석으로부터 수를 헤아릴 수 없이
전능하신 이의 보좌 앞에 나타났었다.
몇천만 개의 깃발이 높이 나부끼며,
전진前陳과 후진 사이에 군기와 작은 깃발이
바람에 나부껴, 하늘이 낸 겨레와 등급과
계급의 차이를 나타내는 데 소용되고,

---

82) 279쪽 20~21행 참조.
83) 플라톤에 의하면 시간은 천지 창조 이후에 존재했고, 그 전엔 날이니 달이니 해니 하는 것이 없었다. 그러나 밀턴은 여기에 의견을 달리하여, 어떤 운동의 과정에 과거·현재·미래를 구별할 수 있으므로 우주 창조 이전에도 시간이 있었던 것으로 보았다. 물론 그 시간은 우리의 시간과는 관념과 내용이 다르다.
84) 밀턴은 플라톤의 사상을 빌렸다. 플라톤에 따르면 우주에 '대세륜'이 있다. 그것은 엄청난 기간(3만 6천 년이라고 생각하는 이도 있다)이어서 이 기간이 끝날 때 모든 천체는 각종 운행을 종결하고, 다시 출발한 지점으로 돌아온다. 밀턴은 영원의 세계에 이러한 '대세륜'이 있어 윤회가 시작되는 날은 앞으로 말하는 것과 같은 사건으로 구분되는 것이라고 말한다.

또한[85] 번쩍이는 깃발에는 열성과
사랑의 공적 등 성스러운 기념이
분명히 기록되어 눈부셨다. 이렇게
이루 말할 수 없는
둘레의 원을 이루고, 원 속에 원을 겹치고
그들이 섰을 때, 영원하신 성부聖父는,
그의 축복에 싸여 있는 성자聖子를 곁에 앉히고,
한복판에서 광채로 꼭대기가 보이지 않게 된
불길 이는 산[86]에서처럼 이렇게 말씀하셨다.
 '들어라, 너희들 만천사萬天使들,
빛의 자손[87]들이여,
군주 · 지배자 · 공후 · 능력가 · 권력가여,
변함없이 선 채로 나의 명령을 들어라.
오늘[88] 나는 나의 독생자라고 선언할 자를
낳아 이 성스러운 산 위에서 성스러운 의식을
올렸다. 지금 너희들이 보는 내 오른편에 있는
그를, 그를 나는 너희들의 머리로 임명하고,
하늘의[89] 온 무릎을 그에게 꿇게 하고

---

85) 이하 3행. 군기의 바탕에는 천사들의 열성이나 사랑을 나타내는 그림이 있다.
86) 〈출애굽기〉 15장 참조.
87) "하느님은 빛이라"(제3편 3행 참조).
88) 이하 3행. "내가 나의 왕을 내 거룩한 산 시온에 세웠다…… 너는 내 아들이라, 오늘날 내가 너를 낳았도다"(〈시편〉 2편 6~7절).
89) 이하 2행. "하늘에 있는 자들과 땅에 있는 자들과 땅 아래 있는 자들로 모든 무릎을 예수의 이름에 꿇게 하시고, 모든 입으로 예수 그리스도를 주라 시인하여 하느님 아버지께 영광을 돌리게 하셨느니라"(〈빌립보서〉 2장 10~11절).

그를 주主라고 부르도록 나 스스로 서약했다.
그의 위대한 섭정 밑에 거처하며
하나의 나눌 수 없는 영혼처럼 단결하여
영원히 행복해라. 그에게 순종치 않는 자는
나에게도 순종치 않은 자, 결합을 깨고, 그날로
하느님과 축복의 시야[90]에서 쫓겨나 하늘 바깥의
암흑 속에 떨어져 심연에 틀어박혀
그곳에 구원 없이 놓일 것이다.'
   전능자 이렇게 말씀하시자 그 말에 모두
기뻐하는 듯 보였다. 그러나 전부는 아니었다.
그날 다른 축제일처럼 그들은 저 성스러운 언덕
주변에서 노래와 춤으로 보냈다.[91]
신비한 춤, 그것은 저 유성과 항성
별들의 구역이 일제히 회전하는 것과
아주 유사했다. 서로 얽혀서 돌고,
기울어지고, 감기고, 그러나 가장
불규칙하게 보일 때 가장 규칙 바르다.
그래서 그들의 운동 속에 거룩한 조화가 있어
매혹적인 음률 흘러나와, 하느님도 귀 기울여
즐기신다. 이제 저녁이 다가오니
(우리에게도 저녁이 있고 아침이 있다.

---

90) 제1편 참조.
91) 다시 천체의 음악을 언급하며, 천사들의 운율적 동작이 유성과 항성의 회전과 흡사하다고 한다.

필요 없으나 즐거운 변화를 위하여)
천사들은 즉시 무도에서 감미로운 식사로 기꺼이 향한다.
식욕 느끼며. 일동이 원을 그리며 둘러설 때
식탁이 놓이고, 당장에 천사의 음식[92]이
쌓이고, 하늘에서 자란 감미로운
포도 열매에서 짜낸 루비 빛깔 영주靈酒가
진주와 다이아몬드와 묵직한 금잔에 넘친다.
꽃 위에서 쉬고, 산뜻한 작은 꽃들을 머리에 쓴 채
그들은 먹고 마시고, 달콤한 교제 속에
영생과 환희[93]로 즐긴다, 다만 적당한 양이
지나침을 제한하니 포식의 염려도 없고,
그들의 기쁨을 즐기면서 풍족히
퍼부어주시는 자비로우신 왕 앞에서.
이제 향기로운 밤이 빛과 그늘을
방사하는[94] 성스러운 높은 산에서 토해내는
구름으로써 찬연한 하늘의 얼굴을
즐거운 황혼으로
변모시키고(밤은 거기[95]서 어두운 베일을 쓰고
오는 것이 아니다) 장밋빛 이슬은 잠 안 자는

---

92) 주 60) 참조.
93) "저희가 주의 집의 살찐 것으로 풍족할 것이라, 주께서 주의 복락의 강수로 마시우리다. 대저 생명의 원천이 주께 있사오니 주의 광명 중에 우리가 광명을 보리다"(〈시편〉 36편 8~9절).
94) 347쪽 8~10행 참조.
95) "거기(거룩한 성 예루살렘)는 밤이 없음이라"(〈요한 계시록〉 21장 25절).

하느님 눈[96] 이외의 만물을 휴식으로 꾄다.
그때 널리 이 둥근 지구를 평지로
펼친 것보다 더 널리, 전 평야 곳곳에
(하느님의 뜰은 이렇게 넓다) 천사의 무리가
크게 작게 대열을 지어 흩어져
생명의 나무들 사이로
흐르는 시냇가에 야영을 친다.
불시에 세워진 무수한 천막과
하늘나라의 막사에서 그들은
서늘한 바람에 잠든다. 다만 나누어서[97] 차례로
밤새도록 지엄한 보좌 주변에서 찬가
부르는 자들 이외에는. 그러나 그래서 사탄[98]이
깨어 있던 건 아니다 지금은 그를
그렇게 부른다.
그의 처음 이름이 이제 하늘에 전하지 않으니.
그는 제일급 대천사는 아니지만,
수석首席에 속하고,
권력 크고 은총 두텁고 탁월했지만,
그날, 위대한 성부로부터 공경받고
기름 부은 왕, 메시아로 불린 성자에게
질투심에 찬 교만심에서 그 광경을 차마

---

96) "너를 지키시는 자가 졸지 아니하리로다"(〈시편〉 121편 3절).
97) 제4편 주 110) 참조.
98) 제1편 주 82) 참조.

견디지 못해 스스로 열등하다고 생각했었다.
그때부터 깊은 악의와 멸시감을 품고
밤이 깊어지고, 정적에 가장 알맞은
어슴푸레한 시간이 되자 즉시 그는
전군을 거느리고, 그곳을 떠나 거만하게
지존한 보좌를 욕되게 하고, 복종치 않으려고
결심했었다. 그리하여 차석次席의 부하를
불러 일으켜 살며시 이렇게 일렀다.
 '그대 자는가 친구, 무슨 잠이
그 눈꺼풀을
덮고 있는가? 바로 어제, 어떤 명령이
하늘의 전능한 이의 입을 통해서 나왔나를
기억할 텐데. 그대는 나에게 그대 생각을,
나는 그대에게 내 생각을 늘 나누어왔지.
깨어 있을 때 우리가 한마음이었을진대, 어찌 지금
그대 잔다 해서 다를쏜가. 알고 있겠지,
새 법이 선포되었다.
통치하는 이의 새 법은 통치받는 우리에게도
새 정신을 불러일으킨다. 어떤 일이 닥쳐올까
곰곰 생각하게 한다. 이 이상 여기서
말하는 것은 위험하다. 우리가 거느리는 무수한 모든
무리들의 수령을 소집하여 말해라.
희미한 밤이 어두운 구름을 철수하기 전에
명에 의해 나는 급히 서둘러야 할 것이고,
내 부하는 모두 깃발 나부끼며

우리가 점유하는 북방의 나라[99]로
급히 행진해 돌아가야 한다는 것을. 거기서 우리는
우리의 왕,
새로운 명령 지니신 대메시아를 영접하기 위해
적절히 환대를 준비해야 한다고,
그가 지체 없이 모든 천국을 두루
다니면서 율법을 펴고자 의도하시니.'
   거짓 대천사는 그렇게 말하고서,
동료의 별 생각 없는 가슴속에 악한 심기를
불어넣었다. 그는 자기 밑에서 집권하는
집권자들을, 함께 또는 몇 명씩 하나하나
불러서 마왕에게 지시받은 대로 이른다.
지극히 높은 자의 명에 의하면 이제 밤이,
이제 희미한 밤이 하늘에서 물러나기 전에
대천사의 깃발이 이동되어야 한다는 것을.
그리고 암시받은[100] 원인을 말해주고, 사이사이에
애매한 말,[101] 질투심 일으킬 말을 섞어
충직을 떠보고 해치고자 한다. 그러나
일동은 익숙한 신호와, 대주권자의

---

99) 대체로 북방은 루시퍼, 바알제붑 같은 악령의 통치국이었다(여기에 "우리가 점유하는"하고 복수 '우리'를 쓴 것은 류시퍼 하나만의 나라가 아님을 표시하기 위함이다). "너 아침의 아들 계명성이여, 어찌 그리 하늘에서 떨어졌으며…… 네가 네 마음에 이르기를 내가 하늘에 올라 하느님의 뭇별 위에 나의 보좌를 높이리라. 내가 북극 집회의 산 위에 좌정하리라"(《이사야》 14장 12~13절).
100) 즉, 사탄에게.
101) 반역에 대한 암시.

위엄 있는 목소리에 따른다. 실로 그의 이름은
위대했고, 하늘에서 그의 지위는 높았으니.
성군星群을 인도하는 샛별[102]처럼 그 용모는
그들을 유혹했고, 거짓말[103]로 천군의
3분의 1을 뒤따르게 했다. 그동안
아주 은밀한 생각까지도 분별할 수 있는
영원의 눈은 그 신성한 산봉우리로부터, 또는
밤마다 눈앞에서 불타는 황금의 등불[104]
속에서(그 불빛 아니고도 보신다)
역모가 일어남을 보신다, 누구에게서, 어떻게
아침의 아들들[105] 사이에 퍼져, 어떤 무리들이
높으신 어명을 거역하기 위해
뭉치는가를.
그래서 그는 미소 지으며 독생자에게
말씀하신다.
　'아들이여, 내 영광의 광휘를 온통
드러내는 너여, 나의 전권을 대 이을 아들이여,
이제야말로 우리의 전능을 확인하고, 그 옛날부터
우리가 지녀온 우리의 신성과 주권을
어떤 힘으로 보전할 것인가를 확인할
시기가 닥쳐왔다. 광막한 북방 전역에

---

102) 루시퍼는 샛별이라는 뜻이다(《이사야》 14장 12절 참조).
103) "저가 거짓말쟁이요, 거짓의 아비가 되었음이니라"(《요한》 8장 44절).
104) "보좌 앞에 일곱 등불 켠 것이 있으니"(《요한 계시록》 4장 5절).
105) 주 102) 참조.

우리에 못지않은 왕권을 세우고자 하는
큰 적이 일어나고 있다. 그 정도에 그치지 않고
적은 우리의 힘과 권리를 싸워서
시험해보고자 한다. 우리는 상의하여
조속히 이 위험에 대비해 나머지
군사를 규합하고, 전군을 방어에
써야겠다, 부지중에 우리의 이 높은 곳,
우리의 성소·신성한 산봉우리를 잃지 않게.'
성자聖子는 침착하고 분명한 용모로
거룩하고, 형언할 수 없는 맑은 광채를 내며
대답하신다.
 '강하신 아버지시여, 적을
조롱하시고,[106)]
그들의 헛된 계획과 헛된
소요를 비웃는 것은 당연하옵니다.
그들의 교만을 쳐부술 왕권이 제게
있음을 그들이 보고, 또한 반역자를 정복할
능력이 있느냐, 아니면 천국의 최약자이냐를
결국 그들이 알게 될 때, 그들의 증오가 오히려 제 이름을
빛내는 것이니, 그것이 제겐 영광이옵니다.'
 성자는 이렇게 말씀하셨다.
그러나 사탄은 제 군사를 이끌고,

---

106) "하늘에 계신 자가 웃으심이여, 주께서 저희를 비웃으시리로다"(〈시편〉 2편 4절).

빠르게 날갯짓하며 멀리 전진한다. 무수한
그 무리는 밤하늘의 별 같기도 하고,
새벽 별들, 아니 햇살이 잎마다, 꽃마다,
진주알 놓는 이슬방울[107] 같기도 하다.
그들은 여러 나라를 지난다, 천사·
주권자·왕자 등 세 계급으로 된
강대한 나라들을—그에 비하면, 아담이여,
그대의 전 영토는, 하나의 완전한 둥근 형체로부터
평면으로 늘인 전 육지와 전 바다에
이 동산을 비교한 것밖에 안 된다.
이 나라들을 지나 드디어 북쪽 한계에까지
그들은 이르렀다. 그리하여 사탄은
다이아몬드와 황금의 암산에서 깎아낸
피라미드와 탑이 있고 산 위에 솟은
산처럼 광채가 멀리 퍼지는
그의 높은 옥좌에 올랐다.
이 위대한 샛별의 궁전(인간들의 말로 해석해
이 건물을 이렇게 불렀었다)을 그는 그 후
얼마 안 있다가 하느님과의 일체
평등을 탐내면서 저 메시아가
온 천사들이 보는 앞에서 선언한
그 성스러운 산을 모방해

---

107) "주의 권능의 날에 주의 백성이 거룩한 옷을 입고 즐거이 헌신하니 새벽이슬 같은 주의 청년이 주께 나오는도다"(〈시편〉 110편 3절).

'회중會衆의 산'[108]이라고 불렀다.
그것은 그가 그들의 왕을 영접할 대연회에 대해서
의논하고자 그리로 오도록 명령받은 듯이
꾸며서 전군을 그리로 소집했기 때문.
이리하여 진실인 듯 꾸며낸 교묘한
비방으로 그들의 귀를 솔깃하게 한다.
'왕자·권력자·공후·능력자·강자들이여—
만일 이 당당한 칭호들이
이름뿐인 것이 아니라면.
이렇게 말함을 칙명에 의해서
다른 자가 이제 전권을 독차지하고,
기름 부은 왕의 이름으로 우리의 빛을
빼앗았기 때문이다. 그래서 이렇게 황급히
야간에 진군해 서둘러 여기에 모인 것이다.
의논하려는 것은 단지 어떻게 하면 가장 좋은
새로운 존경의 방법을 고안해
유례없이 몸을 굽히고
비열하게 고개 숙이는 예를
우리에게서 받고자 오는 그를 가장 적절히 맞이하느냐이다.
하나도 견디기 어려운데, 둘을 어찌 견디랴[109]—
하나와 그리고 지금 선포한 그의 영상을.
그러나 보다 나은 계획이 있어 우리를

---

108) 〈이사야〉 14장 13절 참조.
109) 신 하나에게 몸을 굽히는 예도 벅찬데, 그 영상에까지 하라니 어떻게 견디겠느냐.

격려하고 이 멍에를 벗게 할 수도 있지 않을까.
그대들은 머리 숙이고 복종의 무릎을
꿇고자 택하겠는가. 안 할 것이다, 내가
그대들을 아는 것이 틀림없고, 또한 그대들 자신도
전에 아무에게도 속하지 않은, 모두 같진 않아도
자유로운, 동등하게 자유로운
하늘의 백성이요, 자손들임을
알고 있을 것이니. 대체 서열과 계급은
자유과 상충되는 것이 아니고 조화되는 것이니
나는 당연히 그와 동등자[110]인 것이다.
권력과 영광에선 떨어질지라도 자유에선
동등한 것 위에 이치로나 권리로나
누가 군림하겠는가. 그리고 율법 없이도
잘못하지 않은 우리에게 누가 율법과 법령을
펴려 하겠는가. 장차 그 때문에[111] 우리의 주가 되어
존경을 바라고, 우리가 봉사자가 아닌
지배자로서의 존재임을 주장하는
우리 군왕[112]의 이름들을 욕되게 해서야.'
　그의 거침없는 변론이 여기까지
이르렀을 때 천사 중에서
누구보다도 열성껏 신을 숭배하고,

---

110) 사탄은 그리스도를 하느님의 독생자로 보지 않고, 어디까지나 저와 비슷한 것으로 본다.
111) 율법을 펼 목적으로.
112) 257쪽 16행 참조.

신의 명령에 복종하는 아브디엘[113]이 일어서서,
맹렬한 열화의 불길 올리며
사탄의 격분한 어조에 이렇게 반대한다.
 '아, 모독 · 허위 · 오만의 변론이여.
어떠한 귀도 하늘에선 들으리라 예기치 못했던
말이로다. 더욱이 동료들보다 그렇게 높이
앉은 그대에게서 들을 줄이야, 배은망덕한 자여.
당연히 왕홀을 받은 그의 독생자에게
하늘의 영들은 모두 무릎 꿇고,
경의로써 그를 정통의 왕으로
부르도록 선언하고 맹세하신 하느님의
올바른 칙명을 그대가 불경한 욕설로
어찌 비방할 수 있는가? 그대는 말한다.
자유로운 자를 율법으로 묶고, 비슷한 것이
비슷한 것으로서 통치하게 하고, 하나가 만인 위에
무궁한 권력을 갖는 것은 불의不義,
참으로 불의한 것이라고.
그대가[114] 하느님에게 율법을 주려는가.
그분과 자유를 논하려는가, 그대를 그렇게
만들고 하늘의 여러 천사를 자기 좋으신 대로
만드시어, 그들의 존재를 한정한 그분과.

---

113) '신의 종복'이란 뜻이다.
114) 이하 4행에서 참조. "이 사람아, 네가 뉘기에 감히 하느님을 힐문하느뇨. 지음을 받은 물건이 지은 자에게 어찌 나를 이같이 만들었느냐 말하겠느뇨"(〈로마서〉 9장 20절).

우리는 경험으로 안다, 그분이 얼마나 선하고
또한 우리의 선과 존엄에 대해 얼마나
생각이 깊으신가를—우리의 행복을 덜 생각은
아예 없고, 오히려 한 머리 밑에 더욱 가까이
단합해 우리의 행복을 높이실 것이다.
군림함이 불의라는 그대의 말을 허용하고서—
그대, 위대하고 영광스러울지라도, 또는 천사의
성품을 한 몸에 지녔을지라도, 그대는 생각하는가,
태어나신 아드님과 동등하다고. '말씀'에 따라[115]
하신 바와 같이 그분에 의해 위대하신 아버지는
만물을, 심지어 그대까지도 만드시고, 또한
하늘의 영들도 모두 그 찬란한 계급에 따라 만드시고,
그들에게 영광의 관 씌우고, 그 영광에 따라
왕자·권력자·공후·능력자·강자라 부르는 것 아닌가,
이 진정한 천사들을. 그의 통치 아래 빛이
흐려지는 것이 아니고,
더욱 빛나게 함은 머리이신 그가
오히려 몸을 낮추고 우리의 일원이 되시어
그의 율법이 우리의 율법이 되고, 그의 모든 영광이
우리에게 돌아오기 때문이다. 그러니
이 불경의 광포를 그치고, 이들을 유혹하지 마라.

---

115) "그는…… 모든 창조물보다 먼저 나신 자니 만물이 그에게 창조되어 하늘과 땅에서 보이는 것들과 보이지 않는 것들과 혹은 보좌들이나 주관들이나 정사들이나 권세들이나 만물이 다 그로 말미암고 그를 위하여 창조되었고"(《골로새서》 1장 15~16절).

차라리 노하신 아버지, 노하신 성자의
노여움을 풀도록 해라.
늦게 전에 구하면, 용서를
받을 수 있으리니.'
 정열의 천사는 이렇게 말한다. 그러나
그의 열정은
시기에 맞지 않아 기이하고 경솔하게 여겨져,
찬성하는 자가 없다. 배신자는 이를 보고
기뻐서, 더욱 거만스레 이렇게 대답한다.
'그러면[116] 우리가 만들어졌단 말인가. 그리고
아버지가 아들에게 물려 내린 작업으로 된
하청下請의 작품이라고? 이상하고
기이한 주장이다.
그건 어디서 안 것이냐고
묻고 싶은 교리로다.
창조할 때 누가 보았는가? 창조주가 그대에게 생을 주어
만들었을 때의 일을 그대는 기억하는가?
우리는 우리가 지금과 같지 않았을 때를 모른다.
운명의 과정[117]이 전 궤도를 돌았을 때
이 우리의 고향 천국의 성숙한
산물인 청화천의 아들로서
스스로의 활력으로 스스로 태어나

---

116) 이하 15행에서 사탄은 저나 기타 천사들이 하느님에 의해 창조된 것을 부정한다.
117) 주 84)의 대세륜과 같은 것.

스스로 컸으니 그 이전은 아무도 모른다.
우리의 힘은 우리의 것. 우리의 오른손[118]은
우리가 누구와 동등한가를 실증함으로써
지고한 업을 우리에게 가르칠 것이다.
그때에 그대는 보아라, 우리가 애원으로
호소하고자 하나, 전능의 보좌를 에워싸고[119]
탄원하는지, 혹은 쳐들어가는지를. 이 보고報告,
이 소식을 기름 부은 왕에게 전해라.
떠나라. 악의 갈 길을 방해하지 말고.'
  그가 말하자 깊은 물의 음향[120]처럼
무수한 대군 속에서 요란한 말소리 일어나
그의 말에 갈채 보낸다.
그러나 그럴수록
더욱 대담하게, 불타는
세라프 천사는 홀로이지만,
적중에 포위된 채 무서움 없이 대답한다.
'아, 하느님의 배반자여,
일체 선에서 버림받은,
저주받은 영이여. 나는 본다, 그대의 타락은
이미 결정적이고, 그대의 불행한 도당은
이 불신의 기만에 휩쓸려 널리 그대의 죄악과 형벌에

---

118) "왕의 오른손이 왕에게 두려운 일을 가르치리다"(《시편》 45편 4절).
119) 원문은 beseeching or besieging이다. 밀턴은 이처럼 동음어를 반복적으로 사용해서 풍자나 멸시의 효과를 나타내곤 했다.
120) "내가 들으니 허다한 무리의 음성도 같고 물소리도 같고"(《요한 계시록》 19장 6절).

감염되어 있음을. 앞으로는 더 이상
하느님의 메시아의 멍에를 어떻게 벗을 것인가
고민할 것 없다. 그 관용의 율법은
이제는 허용되지 않을 것이다. 취소할 수도 없이
다른 칙명이 그대를 향해 발포되리라.
그대가 거부한 황금의 왕홀은 이젠
그대의 불순종을 쳐부술 철장[121]이 되었다.
그대[122]의 충언은 고마우나, 이 운명 지어진
악의 천막[123]을 떠남은 그대의 충언이나
위협 때문이 아니라, 임박한 분노가
순식간에 불붙어 차별 없이 해칠까
두려워서이다. 즉시 각오해라, 그대 머리 위에
임할 그분의 번갯불, 사나운 불을.
그대를 멸할 자가 누구인지를 알게 될 때
탄식하면서 자기를 창조한 자 누군지 알게 되리라.'
   충실한 세라프 아브디엘은 이렇게 말한다.
불충한 자들 속에 충실한 유일한 자.
무수한 허위의 군상 속에 동하지 않고,
충의와 사랑의 열정을 고수한다.
진리에서 벗어나게 하고, 확고한 마음을

---

121) "그가 철장을 가지고 저희를 다스려 질그릇을 깨뜨리는 것과 같이하리라"(〈요한 계시록〉 2장 27절).
122) 밀턴이 이하 12행을 쓰면서 마음속에 왕정복고 때의 자기 위치를 염두에 둔 것이라고 해석되기도 한다. 그의 시에는 이런 개인적 요소가 많이 나타나 있다.
123) "모세가 회중에게 일러 가로되 이 악인들의 장막에서 떠나고"(〈민수기〉 16장 26절).

변하게 할 수는 없다. 그들 사이에서 떠나와
가는 도중 그는 적들의 경멸을 초연히
견디며, 어떤 폭력도 두려워 않고,
당장 파멸이 운명 지어진 오만의 탑에
반발의 경멸을 보내며 등을 돌린다."

제6편

　라파엘은 미카엘과 가브리엘이 사탄과 그의 부하 천사들과 싸우기 위해 파견된 얘기를 계속한다. 첫 번째 싸움의 묘사. 사탄과 그의 부하들은 야음에 퇴군한다. 그는 회의를 소집한다. 요사스러운 기계를 발명해 그다음 날의 싸움에서 미카엘과 그 부하 천사들을 다소 혼란에 빠뜨린다. 그러나 그들은 산을 뽑아서 사탄의 군사와 기계를 모두 압도한다. 하느님은 사흘째 되는 날 메시아인 성자를 보낸다. 그를 위해서 승리의 영광을 보류해두었던 것이다. 성자는 아버지 하느님의 권력으로 그곳에 이르러 전군을 양쪽에 가만히 서 있게 하고, 전차와 천둥과 번개로 쳐들어가 그들을 저항하지 못하게 하늘의 성벽으로 추격한다. 성벽이 열리고, 적은 공포와 혼란 속에 저희들을 위해 마련된 심연 속 형장으로 뛰어내린다. 메시아는 개선해 아버지 앞으로 돌아온다.

◆

　"용감한 천사는, 밤새껏 쫓기지도 않고

하늘의 광야를 전진하니, 드디어 아침[1]은
순환의 '시간'에 잠이 깨어 장밋빛 손[2]으로
광명의 문을 연다,[3] 신을 모신 산속 성좌 가까이
동굴이 하나 있다. 그곳에[4] 빛과 어둠이
영원히 돌며 교대로 머물다 나갔다 한다.
그 때문에 온 하늘에 낮과 밤 같은
즐거운 교대가 생긴다. 빛이
나오면, 어둠이 다른 문으로
고분고분 들어가 하늘을 덮을
제 시간까지 기다린다, 그곳의 어둠은 흡사
이곳의 황혼[5]과 같긴 하겠지만. 이제
아침이 나타난다.
지극히 높은 하늘에 어울리는
청화천의 금빛으로 단장하고서. 그 앞에서
밤은 사라진다, 빛나는 햇빛에 뚫려서.
그때 들판은 온통 빽빽이 늘어선
빛나는 군대, 전차, 화염 토하는 무기.
화마火魔에 뒤덮여 불과 불이 서로 반사하며
비로소 그의 눈에 들어온다. 그는 전쟁임을,
전쟁의 준비임을 깨닫고, 그가 알리고자

---

1) 호메로스에 의하면 '시간'이 올림포스의 문을 지킨다.
2) 호메로스의 "장밋빛 손가락의 새벽"이란 말이 시인들에게 애용되었다.
3) "용감한 천사"는 아브디엘을 말한다.
4) 이하 8행은 253쪽 14~19행 참조.
5) 밤이 없는 하늘에서 어둠은 흡사 지상의 황혼같이 보일 것이다.

생각한 일이 이미 알려졌음을 안다.
그리하여 그가 기꺼이 친한 천사들 사이에
섞이니, 그들은 기쁨의 환호성 드높이
그를 맞이한다. 단 하나, 타락한 몇만 천사 중
타락하지 않고 돌아온 그 하나를. 그들은
요란한 갈채 속에 성스러운 산으로 인도해
보좌 앞에 내세우니, 황금 구름 속에서
한 음성이 고요히 이렇게 들려온다.
  '나 여호와의 종이여,
장하도다.[6] 너, 장한 싸움[7]을
장하게 싸웠도다. 반역 도당에 대해
무장한 그들보다 더 힘센 말로
홀로 옳은 길을 주장[8]하고, 또한
진리를 증명하기 위해 폭력보다
더 견디기 어려운 만인의 비난[9]을
견뎌 왔다. 이것은 오로지 네가, 온 세상이
너를 고집 세다 할지라도 하느님
앞에선 인정받을 것을
염원했기 때문이라. 이제 너의 승리는 더욱

---

6) "그 주인이 이르되 잘하였도다. 착하고 충성된 종아"(〈마태〉 25장 21절).
7) "믿음의 선한 싸움을 싸우라"(〈디모데 전서〉 6장 12절).
8) 밀턴의 시에는 개인적인 요소가 많이 들어 있다는 것이 정평인데, 여기서도 진리를 지키는 자로서 자신의 고독감을 토로한 듯하다.
9) "내가 주를 위하여 훼방을 '받았사오니"(〈시편〉 69편 7절). 왕정복고 이후의 밀턴의 처지를 생각해보라.

용이하다—이 많은 같은 편 군대의 도움을 받아
경멸받으며 떠났을 때보다 더욱 영광스럽게
너의 적에게로 돌아가, 저희 율법으로
올바른 도리[10]를 거부하고,
당연히 저희 왕인 메시아를 거부하는 무리들을
힘으로 멸망시킬 수 있으리라.
가거라,[11] 미카엘,[12] 천군天軍의 왕자여.
그리고 너 용맹함에서 버금가는
가브리엘,[13] 나의 필승의 아들들을
전쟁으로 이끌어라. 나의 무장한 성도들을 인도해라,
몇천몇백만이 전쟁의 대열을 정비하고,
그 수가 신을 모르는 반역의 도당들과
대등하리니. 불火과 적의에 찬
무기로 그들을
대담하게 치고, 하늘 낭떠러지까지
추격해 하느님과 축복에서 쫓아내어
그들의 형장인 지옥의 심연으로[14]
몰아넣었다. 그곳에선 당장 불의 혼돈이

---

10) 밀턴은 이 말을 양심과 같은 뜻으로 사용했다.
11) 이하 12행은 〈요한 계시록〉 12장 7~9절 참조.
12) '누가 신 같은 자냐'라는 뜻. "그때에 네 민족을 호위하는 대군 미카엘"(〈다니엘〉 12장 1절)은 가브리엘과 더불어 천사 중 하나인데, 가브리엘은 평화의 일을, 미카엘은 전쟁의 일을 맡는다. 밀턴은 여기서 가브리엘을 미카엘 다음에 놓았다.
13) 제4편 주 107) 참조.
14) 천사가 창조되었을 때 이미 지옥도 만들어졌었다.

그들의 타락을 맞이하기 위해 입을 크게[15] 벌리리라.'
  지존의 목소리가 이렇게 말씀하시니, 구름은
드디어 온 산을 덮고, 연기는 잿빛 소용돌이
성노聖怒의 징조인 솟구치는 화염을
감싸기 시작하고,
하늘의 나팔 소리는 높은 데서 요란하게 울린다.
그 명령에, 하늘을 지키는 천사군은
적대할 수 없는 결합으로 강대하게 진을 짜서
소리 고운 악기의 음에 맞춰[16]
묵묵히 찬란한 대열로 주둔한다.
음악 소리는 거룩한 지휘자들에
의해 하느님과 메시아를 위한
모험적 행동에 대한 용감한 열정을
고취한다. 견고히, 흩어지지 않고
그들은 나아간다. 길을 가로막는 산도
가로놓인 골짜기도, 숲도, 시내도, 그들의
완전한 대열을 흩뜨리지 못한다. 지상 높이
그들은 행군해 나아가니. 마치[17] 온갖 새들이
부름받고, 질서 있게 날아서 에덴을
넘어 그대[18]에게서 이름 받으러
날아왔을 때와 같이. 그렇게 하늘의 여러 지역,

---

15) 〈출애굽기〉 19장 16~19절 참조.
16) 음악의 힘을 말하는 점이 제1편과 흡사하다.
17) 이하 4행. "아담이 모든 육축과…… 모든 짐승에게 이름을 주니라"(〈창세기〉 2장 20절).
18) 라파엘이 아담에게 하는 말임을 염두에 두고 읽어야 한다.

이 지구 길이의 열 배나 넓은
여러 지역을 넘어서 그들은 나아간다. 마침내
북쪽으로 아득한 지평선에
끝에서 끝까지 진을 친 양상으로 퍼진
불과 같은 땅이 나타난다. 가까이 보니,
용감하게 원정에 내닫는 사탄의 대군,
늠름한 창의 곧게 일어선 무수한 창대와
빽빽이 밀집한 투구와 자랑스러운 문양
그려 넣은 각색 방패 등으로 가득 차 있다.
그것은 바로 그날, 전투나 기습으로
하느님의 산을 탈취해 그 보좌 위에
거만한 야심과 성위聖威를 질투하는 자를
앉히고자 그들이 별렀기 때문.
그러나 그들의 생각은 중도에서
어리석고 헛된 것임을 알게 된다.
한 사람의 위대한 가장家長의 아들들[19])로서
영원의 아버지를 찬양하며, 기쁨과 사랑의
축제에서 늘 같은 마음으로 서로 만났던
천사와 천사가 격렬하게 싸워야 한다는 것이
처음엔 이상하게 생각되었다. 그러나 이제
전투의 함성이 일기 시작하고, 무서운 진격의
소리에 온화한 생각은 즉시 사라진다.

---

19) 같은 창조주의 아들로 태어난 동기 혈육의 입장에서 서로 싸운다는 것은 좀 이상한 일이 아닐 수 없다.

중앙에 높이 신처럼 기고만장해
반역 천사는 태양과 같이 빛나는 전차에 앉아 있다.
화염 뿜는 케룹들과 황금 방패에
에워싸여 위엄이 신상神像과 거의 비슷하게.
이윽고 그는 호화로운 옥좌에서 내린다.
이제 양군 사이엔 다만 좁은 공간만 있을 뿐
무서운 간격 두고 정면으로 마주 서서
굉장한 길이의 가공할 진열을 이룬다.
구름처럼 밀리는 선봉대 앞에 당장
싸움 붙으려는 무서운 전선에 사탄은
다이아몬드와 황금으로 무장하고, 거만스레
크게 발자국 떼어 탑처럼 솟아오른다.
큰 공로를 결심하는 용사들 틈에 끼어 서서
아브디엘은 이 광경에 견딜 수 없어
이렇게 자기의 용감한 마음을 더듬는다.
 '아, 충의와 진실이 남아 있지 않은데,
이렇게 지고한 이와 닮은 모습이 아직
남아 있다니. 어찌 덕이 상실되는 마당에
세력과 위력이 상실되지 않으랴. 눈에는 아주 용맹하고
공격하기 어렵게 보이지만, 가장
약하게 되지 않을쏘냐?
전능자의 도움을 믿고, 그의 세력을
나는 시험하련다. 그의 이성을 시험해[20]

---

20) 262쪽 4~6행 참조.

거짓되고 불완전함을 알았지만 진리의 논쟁에
승리한 자가 무력에도 이기고, 두 가지 싸움에
다 승리자가 되는 것이 정의가 아니고 무엇이랴.
이성이 폭력과 대결해야 할 때, 그 투쟁이
야비하고 더러울지라도, 그러나 역시
이성이 승리할 것은 당연하다.'
　이렇게 생각하며 무장한 동료들로부터
저쪽으로 걸어 나오고 용감한 적과[21]
중도에서 만나, 이렇게 길을 방해하는 데 더욱
분개해, 그는 서슴지 않고 도전한다.
　'거만한 자여, 널 만났구나. 네 소망은
아무 방해 없이 네가 원하는 곳에,
경비 없는 하느님의 보좌에 네 권력과
힘센 혀가 두려움에 맡겨버린 그분 곁에
이르는 것이다. 어리석은 자여! 전능자에
거역하여 군사를 일으킴이
무익함을 생각지 않다니.
그분은 아주 작은 것[22]으로부터
끊임없이 군대를 일으켜 너의 어리석음을
깨뜨릴 수 있고, 또는 한 손으로
일체의 장벽을 넘어 아무 원조 없이도

---

21) 즉, 사탄.
22) "내가 너희에게 이르노니 하느님이 능히 이 돌들로도 아브라함의 자손이 되게 하시리라"
(〈마태〉 3장 9절).

일격으로 너를 멸망시키고, 너의 군대를
어둠 속에 깨쳐버릴 수 있다! 그러나 너는
모두가 다 그대를 따르지 않음을 알았으리라.
비록 너의 세계에선 나만이 홀로 이단적으로
그릇된 것처럼 보일 때 너에겐 안 보였지만,
하느님에 대한 믿음과 경건을 택하는 자는 있나니.
나를 따르는 자를 너는 보아라. 늦었지만 이제 깨달아라,
천만이 잘못했을 때도
한둘 아는 자 있음을.'
　대적大敵은 경멸의 눈 흘기며 그에게
대답한다.
'그대에겐 안됐지만, 복수에는
내가 원하는 시간에 처음으로 찾아낸 그대가,
선동적인 천사여, 도망에서 돌아와,
당연한 보상으로 도전당한 이 오른손의
첫 시험을 받으려 하는구나. 우선 그대의 혀는
반항심에 불붙어 저희 신성神性을 주장하려고
회합에 모인 신들의 3분의 1을 감히
거역했다. 그들은 신의 힘이 몸속에 있다고
느끼는 동안은 아무에게도 전능을
허용치 않는다. 그러나 그대가
내게서 다소의 공을 얻고자 하는 야심에서
동료들보다 앞서 온 것은 잘한 일,
너 자신의 운명으로
그들에게 파멸이나 보여줄 것이다.

잠깐 여유를 갖자,[23]
(대답 못 받았다고 뽐내지 마라) 그대를 깨닫게 하기 위해.
처음에 나는 생각했다. 자유와 하늘[24]은
하늘의 영靈에게 동일한 것이라고. 그러나 지금
보건대, 대부분이 게을러서 잔치와 노래를 배워
봉사의 영[25]으로 섬기기를 택한 것이다.
그대는 그 하늘의 악대를 이처럼 무장시켜
굴종으로 자유와 싸우게 하려 한다, 양자[26]의
재간이 오늘 비교되어 나타날 것이지만.'
   아브디엘은 단호하게 몇 마디
그에 대답한다.
'배신자! 너는 여전히 과오를 범하고 있다.
참된 길에서 멀리 떠나 잘못을 찾고 있다.
하느님이나 자연[27]이 명하는 자를 섬기는 것을
부당하게도 굴종이라는 이름으로 비방한다.
통치하는 자가 지극히 탁월해 피통치자보다
월등하면 하느님과 자연이 명하는 바는 같다.
굴종이란 이런 것이다―즉, 어리석은 자를
또는 네 부하가 지금 너를 섬기듯,

---

23) 사탄은 막 시작할 전쟁을 잠깐 중지하고 아브디엘에게 대답한다. 그러지 않으면 대답 못 했다고 아브디엘이 뽐낼 것이기에.
24) 반역을 자유라 부르고, 봉사를 굴종이라 부른다.
25) "모든 천사들을 부리는 영으로서"(〈히브리서〉 1장 14절).
26) 자유 천사와 노예.
27) 하느님의 명령이 곧 자연의 법칙이다.

어른을 거역하는 자를 섬기는 것이다.
너 자신에게는 자유가 없다, 자신의 노예이니.
그런데 비열하게도 우리의 봉사를 비방한다.
너의[28] 왕국이나 통치해라. 나는
하늘에서 영원히 축복받는 신을 섬겨
가장 복종할 가치 있는 그의 명령에 복종하련다.
너는 지옥에서 국토가 아니라
쇠사슬이나 기대해라.
조금 전에 네가 말한 것처럼, 도망에서 돌아온
나에게서 이 인사를 네 불경한
머리 위에 받아라.'

   이렇게 말하면서 기품 있는 일격을 높이 쳐드니,
그것은 멎지 않고 폭풍 되어 사납고 날쌔게
사탄의 거만한 머리 위에 내려, 눈도,
빠른 생각의 움직임도, 아니 그의 방패도
이러한 패망을 막지 못한다. 열 걸음 크게
그는 뒤로 물러선다. 열 걸음째는 무릎 꿇고
큰 창[29]으로 떠받친다. 마치 대지[30]에서
지하의 바람[31]이나 또는 물이 힘차게 넘쳐 나와,
옆구리에서 산 하나를 그 자리에서 밀어내어
소나무째 반쯤 침몰시키는 것 같다. 반역 천사들은

---

28) 이하 3행. 사탄은 하늘에서 섬기느니 지옥에서 통치하는 게 낫다고 말했었다.
29) 24쪽 19~21행 참조.
30) 21쪽 21행~22쪽 1행 참조.
31) 밀턴은 지하에서 빠져나오는 바람을 지진의 원인으로 보았다.

놀라움에 사로잡혔으나, 최강자가 이렇게
패한 것을 보고 더욱 격분한다. 우리 쪽은 기뻐서
승리의 전조인 함성이 오르고 치열한 전투 의욕이
충만하다. 이를[32) 보고 미카엘이 대천사의 나팔을
불게 하니 그 소리가 넓고 변함없는 하늘에
울려 퍼지고, 충직한 군대들은 지존자에게
호산나를 부른다. 적군도 또한 보고만
서 있을 수 없어 무섭게 충돌하며
달려드니, 이제 지금까지
하늘에서 들어본 일도 없는 광란한 소동이
일어나고, 갑옷에 부딪치는
무기에선 무거운 굉음 울리고 놋쇠 전차의
차바퀴는 미친 듯 날뛴다. 마주치는 전투의
소음 처절하고 머리 위에는 불의
투창이 불을 뿜으며 일제히 날아,
그 소리 무시무시하고, 날아서 양군 머리 위에
불의 궁륭을 이룬다. 이렇게 불의 궁륭 밑에서
다 같이 힘센 양군은 파멸의 공격과
그칠 줄 모르는 분격으로 돌진한다.
하늘은 온통 진동하고, 그때 땅이 있었다면
땅이 중심까지 뒤흔들렸으리라.
무엇이 이상하랴,

---

32) 이하 45행은 천군과 사탄의 군사 사이의 치열한 전투이다. 승패는 결말이 안 난다.

맹렬히 요격하는 수백만의 천사가 양쪽에서
싸우고, 가장 약한 자까지 갖가지 원소[33]를
구사해, 모든 부문의 힘으로 몸을
무장한다 한들? 무수한 군과 군이 싸우는 가운데
무서운 혼란 일으키고, 설사 망치지 않는대도
그들의 행복한 고향을 교란할 만큼
얼마나 더 힘이 강할지, 만일
전능하신 영원의 왕이 높은 하늘의
성채에서 지배하셔서 그들의 힘을
제한하지 않았던들. 분대[34] 하나하나가
대군처럼 보이고, 무장한 병사 하나하나가
힘으론 온 군대였던 그들. 지휘를 받으며,
그러나 군사 하나하나가 사령하는
지휘관처럼 보이니, 그들은 전진을 언제 할 것인가,
멈출 것인가, 전세를 바꿀 것인가, 언제
처참한 전열을 열고, 또 닫을 것인가를
잘 알고 있었다. 도망을 생각지 않고,
후퇴도 생각지 않고, 공포를 나타내는
이상한 행동도 없이, 각기 자기를 의지한다,
승리의 열쇠가 다만 자기 팔에 걸려 있는 듯이.
영원의 명예스러운 과업 이루어지고 있으나 끝이 없다.

---

33) 4대 원소. 제5편 주 25) 참조.
34) 이하 5행. 그 수로 말하면, 분대 하나가 대군단에 필적하고, 세력으로 말하면 전사 하나가 한 군단에 상당하고, 전술에선 졸병도 사령관에 못지않다.

싸움 널러 퍼지고, 변화무쌍하고 때로는
견고한 땅에 서서 싸우고, 때로는
힘찬 날개로 솟아올라 대기를 온통 소란케 한다.
그때 공기는 모두 번갯불로 보인다.
오랫동안 싸움은 승부를 가릴 수 없고, 드디어
그날 놀라운 힘을 과시한 사탄은
혼란 속에 싸우는 세라프 천사들의
치열한 공격을 뚫고 가다가
미카엘의[35] 칼이 내리쳐 일격에
여러 분대를 쓰러뜨리는 것을 본다—
거대한 두 손을 높이 휘둘러
무서운 칼날은 모조리 없애면서
내리친다. 이러한 파멸을 막으려고
그는 달려가 열 겹 다이아몬드로 된
바위처럼 둥근 거대한 둘레의 엄청난 방패[36]로
그것을 마주 받았다. 그가 접근하자 대천사는
싸움의 수고에서 손을 멈추고,
우두머리를 굴복시키거나 나포해
사슬로 끌고 감으로써 하늘의
내란을 끝맺게 될 것을
기대하며 기뻐서, 적의에 찬 찌푸린 얼굴에
노여움 불붙은 용모로 우선 이렇게 말한다.

---

35) 이하 5행은 미카엘의 칼의 위력.
36) 24쪽 20~21행 "그 넓은 원주는 달과 같이 어깨에 걸쳐 있다".

'악의 창조자여, 반역할 때까진
알려지지도 않았고
하늘에서 이름도 없었는데, 지금 보다시피
증오스러운 투쟁의 행위에 가득 차 있어—
모든 자에게 증오스럽고,
당연히 너와 너의 추종자들에게도
아주 견디기 어려울 것이다—어찌 너
하늘의 행복한 평화를 교란해, 네가 반역의
죄지을 때까지는 창조되지 않을 재앙을 자연 속에
끌어들였는가, 어째서 악의를 불어넣었는가?
전엔 충직하고 신실했으며, 지금은 배신자인
수천의 그들에게. 그러나 여기서 성스러운 휴식을
어지럽힐 생각 마라. 하늘은
온 경계로부터 너를 내던진다.
더없는 행복의 고장
하늘은 폭행과 전쟁 같은 일은 용납지 않는다.
그러니 가거라. 너의 자손인 악[37] 또한
너와 함께 가거라, 악의 고장 지옥으로.
너와 너의 도당들도! 거기 가서 소동을 일으켜라,
이 보복의 칼이 너에게 형벌을 시작하기 전에.
그리고 더 빠른 복수가 하느님에게서 날아와
가중하는 고통과 함께 너를 내던지기 전에.'

---

37) 죄와 죽음은 사탄의 아들딸이다.

천사왕 이렇게 말하니, 적이 대답한다.
'그대는 지금껏 행동으로 하지 못한 것을
위협의 헛바람으로 질리게
할 생각 마라. 그대는 그중 약한 자를
도망치게 했대서—그야 쓰러져서도 굴복하지는
않고 일어날 것이니—건방지게
나를 쉽게 다루고, 위협으로 여기서
내쫓을 성싶은가? 그대는 악이라 부르지만
우리는 영광의 투쟁이라 부르는 이 싸움이
이렇게 끝나리라고는 착각 마라. 우리들은 이기거나
이 천국 자체를 그대 말하는 소위 지옥으로
변하게 할 작정이다. 그러나 여기서 통치는 못 한다 해도
자유롭게 살련다. 그렇대서
그대의 최고의 힘을
(전능자라고 하는 자까지 널 돕게 해도 좋다)
나는 피하지는 않는다. 여기저기 널 찾고 있었으니.'
　논쟁이 끝나자 쌍방은 형언할 수 없는
싸움을 준비한다. 왜냐하면 비록 천사의 혀가
있다 한들, 누가 이것을 얘기할 수 있으며,
또는 지상의 현저한
어떤 물건에 비유해 인간의 상상을
이러한 신의 높이에까지 올릴 수
있겠는가? 왜냐하면 그들은 신과 아주 흡사해서
서거나 걷거나, 그 신장이나 거동이나 무기가
대천국의 주권을 정하는 데 적합하다.

이제 불 같은 칼이 물결치고 공중에
무서운 원이 그려진다. 방패는 두 개의 큰 태양처럼
불붙어 맞서고 '기대'[38]는 겁을 먹고
발을 멈춘다. 이제까지 가장 격렬하게 싸웠던
천사군은 넓은 땅을
남기고 재빨리 물러선다. 이런 소란의 근처에선
위험하니. 그것은[39] 마치(큰일을 작은
일로 표현한다면) 자연의 조화가 깨어져
여러 별자리 사이에 싸움 일어나면
두 개의 유성이 가장 심히 상반되는
불길한 대좌對坐[40]에서 돌진해 중천에서
싸움 붙어 상충하는 천체들이 혼란에 빠지는 것 같다.
둘이 모두 당장 전능에 다음가는 팔을 위세 있게
쳐들어 단 한 번에 결정지을 수 있는
일격을 겨눈다, 두 번 다시 반복할
필요 없게. 힘이나 민첩한 방어에 있어서
우열이 나타나지 않는다.
그러나 하느님의 무기고[41]에서
나온 미카엘의 칼은 잘 제련된 것이어서

---

38) 이런 의인화의 예는 밀턴에게서 흔히 볼 수 있다.
39) 이하 6행. 자연의 조화가 깨지면 별자리 사이에 전쟁이 일어나 유성들끼리 싸운다.
40) 고대 천문학에서는 두 별이 하늘의 양극단에 위치해 상대할 때 그것을 '대좌'한다고 말한다. 여기서 "불길"하다는 것은 두 별빛이 정면충돌해 우열을 다툴 때 독기를 지상에 떨어뜨리기 때문이다.
41) "나 여호와가 그 병고를 열고 분노의 병기를 냄은"(《예레미야》 50장 25절).

어떤 예리한 것이나 견고한 것이라도 그 날을
감히 당해낼 만한 것이 없다. 그것이 큰 위력으로
내리쳐서 사탄의 칼에 부딪쳐,
두 동강으로 자르고, 또한 그대로 멎지 않고,
재빨리 돌려 쳐서 반격하니 그의 오른쪽 옆구리를
깊이 치고 들어갔다. 사탄은 비로소 아파서[42]
이리저리 몸을 뒤튼다.
예리한 칼은 그를 뚫고 들어가, 그렇게 아프게
찢어지는 상처를 냈다. 그러나 영질靈質은
오래 갈라지지 않고 아물어, 깊은 상처에서
하늘의 영체들이 흘리는 붉은 영액靈液이
솟구쳐 나와, 그렇게 찬란하던
갑옷을 모두 물들인다. 곧 사방에서
그를[43] 돕고자 많은 힘센 천사들이 달려와
방어하기도 하고, 혹은 그를
방패에 실어 전선에서 멀리 떨어진
그의 전차로 옮겨 누이니,
그는 고통과 원한과 자기가 무적의
강자가 아닌 것을 깨닫고, 이런 징벌로
그의 긍지가 비굴해지고, 힘이 신과
대등하다는 자신이 헛되다는 것을

---

42) 반역 천사만이 고통을 느낀다. 죄 때문에 천사의 영체는 불순한 것으로 변하고, 따라서 물질로 타락해 고통을 느낀다.
43) 이하 4행에서 대장이 부상하자 전우가 달려와서 돕고 그를 전차로 실어 가는 광경은 흡사 호메로스의 묘사와 같다고 베리티는 지적했다(《일리아스》 14장 428~432행 참조).

알게 되자 이를 갈며 속을 썩인다.
그러나 곧 그는 낫는다. 영체는
약한 인간처럼 심장이나 두뇌나,
간장이나 신장 등 내장뿐만 아니라,
전신에 활기 가득 차, 절멸이 아니곤
죽지 않기 때문. 또한 유동하는 조직[44]이
치명상을 받지 않음은 유동하는 공기와 같다.
모든 심장, 모든 머리, 모든 눈, 모든 귀,
모든 지성, 모든 감각에 그들은 살고,
저희 마음대로
스스로 수족을 갖고, 빛깔·형체·크기를
저희 제일 좋아하는 대로 빽빽이 혹은 성기게 취한다.[45]
그런데[46] 이때 다른 곳에서도 기억할 만한
같은 일이 있었다. 힘센 가브리엘은 싸우고,
사나운 군기 들고, 흉포한 왕 몰록[47]의 깊은
대열로 돌진한다. 왕은 그에 도전해
전차 바퀴에 묶어서 끌고 가겠다고
위협한다. 그리고 하늘의 성자에 대해서도
모독의 말 함부로 한다.[48] 그러나 얼마 안 있어

---

44) 33쪽 15~16행 "그들의 청순한 본질은 부드럽고 섞인 것 없고".
45) 영체는 "어떤 모양으로든지 늘기도 줄기도 하고"(33쪽 17행~34쪽 1행).
46) 미카엘 대 사탄의 전쟁에 반역군의 장수로 등장하는 이름은 이교도가 숭배하는 우상들의 이름이다. "대저 이방인의 제사하는 것은 귀신에게 하는 것이요 하느님께서 제사하는 것이 아니니"(〈고린도 전서〉 10장 20절).
47) 31쪽 4~5행 참조.
48) "네가 누구를 꾸짖었으며 훼방하였느냐. 누구를 향하여 소리를 높였으며 눈을 높이 떴느

허리까지 찢기어 갈라지고, 깨진 무기를 들고
이상한 고통에 울부짖으며 도망친다.
양쪽에서 우리엘[49]과 라파엘은 거만스러운 적이
비록 거대하고 금강암으로 무장했다 해도
그것을 격파한다—아드라멜렉[50]과 아스마다이,[51]
두 힘센 천사들, 신들만 못함을 경멸당하고,
갑옷과 쇠줄을 뚫은 처절한 상처로
갈기갈기 찔려 도망치고서 비열한 생각 갖게 된다.
아브디엘도 또한 신의 없는 도당들을 치려는
각오 아래 일어서, 이중 삼중의 타격을 주어
아리엘,[52] 아리옥,[53] 그리고 광포한 라미엘[54]을
불에 그슬리고, 시들게 하고 타도해버렸다.
기타 수천의 그들을 얘기하여 이름을
이곳 지상에 길이 전할 수 있으나,
그 뽑힌 천사들은[55] 천상의 명예에 만족해
인간의 찬사를 바라지 않는다. 다른 자들은

냐. 이스라엘의 거룩한 자에게 그리하였도다"(《열왕기 하》 19장 22절).
49) '신의 화염'이라는 뜻. 천사장 중의 하나[제3편 주 195) 참조].
50) 스파르와임Sepharvites에서 사마리아로 이민한 사람들이 섬긴 신인데, 아이들을 불에 태워 제물로 바쳤다(《열왕기 하》 17장 31절 참조).
51) 아스모데우스[제4편 주 35) 참조].
52) '신의 사자'라는 뜻. 이 이름이 《이사야》 29장 8절에서 예루살렘을 가리키는 말로 나왔고, 《에스라》 8장 16절에서는 사람 이름으로 나왔는데, 밀턴은 이를 악귀의 이름으로 취했다.
53) '사자 같다'라는 뜻. 《창세기》 14장 1절, 《다니엘》 2장 14절에 왕 또는 왕의 시위장 이름으로 나와 있다.
54) '신의 높임'이라는 뜻. 출처 불명.
55) 125쪽 13행 참조.

비록 힘과 전술에선 놀랍고,
명성에도 적지 않게 열심이나 운명에 따라
하늘과 신들의 기억에서 말소되어[56]
이름 없이 어두운 망각 속에 살게 하라!
진리와 정의에서 분리된 찬양할 수 없는 힘은
비탄과 치욕밖에 아무 가치가 없는 것이나,
역시 영광을 그리워하고, 허영에 빠진 마음에서
오명을 통해 명예를 구한다.
그러니 영원의 침묵이 그들의 운명이다!
 이리하여 이제 최강자는 꺾이고, 싸움은 시든다,
수차례 습격받아. 비열한 패배와
추악한 혼란이 시작되어, 지상에는 온통
깨진 갑옷이 흩어지고, 겹겹이 쌓여
전차와 전차꾼, 그리고 불 거품 뿜는
군마들이 쓰러져 누워 있다. 방어할 힘 없이
기진한 사탄의 전군을 통해, 녹초가 되어
물러서거나 파랗게 질려 서 있는 자들은
비로소 공포와 고통에 겁 집어먹고
비열하게도 도망친다. 배신의 죄로
이 같은 재앙 당했다, 그때까진
공포와 도주, 그리고 고통 몰랐었건만.
그와는 딴판으로, 불가침의 성도들은

---

[56] 29쪽 6행~30쪽 3행 참조.

견고하게 입체적으로 진⁵⁷⁾을 치고, 일제히 전진한다,
깨뜨릴 수도, 뚫을 수도 없이 무장하고.
죄짓지 않고 배반치 않는 순진함 때문에
적보다 월등한 이런 높은 특전을
그들은 얻은 것이다. 그래서 그들은 싸움에서
피곤을 모르고, 상처로 고통받을 염려
전혀 없다. 비록 맹습에 위치를 옮기긴 해도.
　이제 밤은 길을 떠나 하늘에 어둠을
끌어들이고, 즐거운 휴전과 정적으로
증오스러운 전쟁의 소음을 덮는다.
그 희미한 밤 그늘 밑으로 승자나 패자나
모두 물러난다. 싸움 있던 들판엔
미카엘과 승리의 부하 천사들이
야영하며 주위에 초병을
배치한다,⁵⁸⁾ 불길 이는 케룹 천사들을. 저쪽에선
사탄이 반역의 무리들과 함께 눈앞에서 사라져
멀리 어둠 속에 자리를 옮겨, 쉬지도 못하고
그의 두목들을 야간 회의에 소집하고
한가운데서 태연히 이렇게 말한다.
'아, 위험 속에서 시련받고

---

57) 원어는 cubic인데, 사각으로 해석하는 이도 있다. 메이슨은 "강대하게 진을 짜서"와 같은 표현으로 취급해 입방체의 대형으로 해석했다.
58) 〈창세기〉 3장 24절의 사실에 따라, 밀턴은 항상 케룹 천사들에게 보초의 임무를 부과한다. "하느님이 그 사람을 쫓아내시고, 에덴동산 동편에 그룹(케룹)들과 두루 도는 화염검을 두어 생명의 나무의 길을 지키게 하시니라"(〈창세기〉 3장 24절).

감히 전복될 수 없는
무훈으로 알려진 친한 동료들이여,
너무나도 비굴한 야망인 자유뿐만 아니라,
더욱 우리가 바라는 영예, 주권, 영광,
명성을 받을 가치 있음이 알려진 동료들이여,
천주는 보좌 근처에서 최강자를
우리에게 보내 우리를 충분히 그의 뜻에
복종시킬 수 있다고 생각했으나, 그렇게 하지 못했다.
그대들은 승부 없는 싸움에서 하루를 견뎌냈다
(하루를 그랬으니, 영원히 그렇지 않겠는가)
그러니 지금까지는 그가 전능하다고
생각되었지만, 장래는 실수 많으리라고
볼 수 있으리라. 사실 무장이 견고하지 못해
약간의 불편과 지금까지 몰랐던
고통[59]을 겪었으나, 알고 나선 즉시 경멸했었지.
이제 우리가 알듯이 우리의 이 영체는
치명적 상해를 입을 일 없고 멸할 수도 없어서,
찔려 상처 난다 해도 즉시 아물고,
본래의 기력을 회복한다.
그러니 치료를 쉽게 생각할 수 있을 정도로
재난은 하찮다. 다음에 우리가 만나면,
아마 더 강력한 무기, 더 강렬한 병기로

---

59) 고통이지만 의식하고서는 즉시 경멸할 수 있을 정도의 것.

우리의 힘은 커지고 적은 약해져,
본질상 차이 없고[60] 우리 사이의 우열을
평등하게 할 것이다. 만일 다른 숨은 원인이
그들을 우월하게 한다면, 우리의
정신이 온전하고 우리들의 오성悟性이 건전한 동안에
적절히 탐구하고 상의해 밝히자.'
 그가 앉자, 다음으로 이 회합에서 일어선 것은
니스록,[61] 여러 왕후 중의 우두머리
잔혹한 전투에서 도망쳐 온 자로서
몹시 피로하고, 두 팔은 참혹하게 찢겨 상처 난 채
어두운 얼굴로 이렇게 대답한다.
 '새 군주들의 구세주시여, 신성한 권력을
자유롭게 누리게 할 지도자여!
감히 비교 안 되는
무기에 대해, 그리고 고통 모르고,
피해 안 받는 자에 대해 싸움을 한다는 것은
신으로서 힘들고 너무나 부당한 일로 아오.
이 재난에서 필시 파멸이 오리다. 만물을
굴복시키고, 최강자의 손을 무기력하게 하는
용기와 힘이 비록 막강하다 한들, 고통에
억눌려서야 무슨 소용이리오? 생에

---

60) 무장의 경중으로 생긴 차이이지 본질적으로는 차이가 없다.
61) 아수르의 신으로, 산헤립이 신당에서 예배하다가 그에게 암살당했다(〈열왕기 하〉 19장 36~37절. 〈이사야〉 37장 38절 참조).

쾌락감이 없다 해도 우리는 투덜대지 않고,
만족해서 살 것이오, 지극히 평온한 삶을.
그러나 고통은 완전한 비참이고 최악의 재난,
지나치면 모든 인내도 온통 뒤엎어버릴 판.[62]
그러니 아직 상처받지 않은 적을
우리가 공격할 수 있고, 또한 적에 비견할
방어로 무장 갖출 수 있게
더 강력한 것을 발명하는 자가 있다면, 그것은
우리가 지금 받는 구제 못지않게
가치 있는 것이라 생각하오.'
 사탄은 침착한 얼굴로 이에 대답한다.
'그대가[63] 당연히 우리의 성공에 필요하다고
생각하는 것을 나는 발명해 가져왔다.
우리가 서 있는 이 하늘의 흙—
초목과 과실과 향기로운 꽃, 보석과
금으로 장식된 이 광막한 하늘의 대륙,
빛나는 표면을 보고 있는 우리들 누가,
눈으로 그렇게 피상적으로 보고,
땅속 깊이 자라 나온 근원 되는 것을
생각지 않겠는가. 하늘의 광선에 닿아서
단련되어 주위의 빛을 향해 열리며

---

62) 여기서 밀턴은 자신의 경험을 말했다고 한다. 밀턴은 만년에 통풍으로 고생이 많았다고 한다.
63) 이하 26행은 사탄의 대포 발명에 관한 것.

그것들이 아름답게 터져 나올 때까진
어둡고 거친 영기 띠는 불 거품이었던 물체를?
암흑의 자연 그대로 이 물체는 지옥의
불길 내포한 채 지하에서 우리에게 부여된다.
그것을 길고 둥근 텅 빈 기관[64]에
단단히 채워 다른 구멍에 불붙이면
팽창하고, 격하여 우렛소리를 내며
멀리에서 흉기를 적중에 발사해,
가로막는 것은 무엇이고 분쇄하고
압도할 것이고, 그로써 그들은 우리가
뇌신으로부터 그 유일한 무서운
벼락을 빼앗았다고 두려워할 것이다.
우리의 수고는 오래 걸리지 않을 것이다. 동트기 전에
우리의 소원은 이루어질 것이다. 다시 기운을 내라,
두려움을 버려라. 힘과 사려가 합하면,
어려울 것 없을지니, 하물며 실망해서야.'
　말을 끝내자, 그 말은 그들의 위축한 심정을
밝게 해주고, 시든 희망을 소생시킨다.
모두 그 발명에 놀라고, 왜 자신이 발명자가
되지 못했을까 후회한다. 발명되기 전엔
불가능으로 생각되었던 것이 일단 발명되니,
아주 쉽게 보이는 법! 그러나 아마

---

64) 사탄이 앞으로 만들고자 하는 대포의 포신.

후세에 악이 충만해 그대의 족속[65] 중
어떤 자가 해악을 마음먹고, 요사스러운 간계의
충동으로 같은 기구를 발명해
전쟁과 상호 살육에 몰두하는
인간의 아들들을 그 죄로 인해 괴롭히리라.
즉시 그들은 회의를 끝내고 일을 급히 서두른다.
논의하며 서 있는 자는 없고, 무수한
손이 대기한다. 순식간에 그들이 넓은
하늘의 땅을 파 일으키니, 밑에는
자연의 원소가 미성숙의 형태 그대로
잉태되어 있다. 그들은 유황과 초석의 거품을
찾아내어 그것을 섞어, 교묘한 기술로
가열하고 건조해, 아주 새까만 낟알로
만들어 저장소에 운반한다. 일부는
숨은 광맥·석맥을 파내어(역시 대지에도
같은 내장이 들어 있다) 발사할 때 파괴하는
기관[66]과 탄환[67]을 주조하기도 한다.
또 일부는 한 번 닿으면 발화하는 위험한
도화관을 만들기도 한다. 이리하여
날이 밝기 전 내려다보는 밤 아래서[68]
비밀히 일을 마치고 태세를 정비한다.

---

65) 인류. 라파엘이 아담에게 하는 말이다.
66) 대포.
67) 대포가 처음 발명되었을 때는 쇠가 아닌 돌을 탄환으로 사용했다고 한다.
68) 밤만이 그들이 하는 짓을 목격했다.

소리 없이 신중히 남의 눈에 띄지 않게.
아름다운 아침이 동쪽 하늘에 솟아 나오자
승리의 천사들은 일어나 무기 들라고
아침 나팔 분다. 그들이 황금 갑옷으로
무장하고 일어서 당장 대열 지으니
찬란한 군세. 다른 자들은 동트는 산에서
둘러보고, 척후병은 가벼운 무장으로 구석구석
사방을 탐색하고, 먼 데 있는 적을 살핀다,
어디에 머무르고, 어디로 도망치고,
싸우며 전진할 것인가, 정지할 것인가를. 곧
그를 발견한다, 느리지만 견고한 대열로
나부끼는 깃발 아래 접근하는 그를. 케룹 천사 중
가장 빠른 날개를 가진 조피엘[69]이 전속력으로 날아서
돌아와 중천에서 드높이 외친다.
'무장해라, 전사들, 전투 준비로 무장해라,
도망친 줄 알았던 적이 바로 눈앞에 있으니 오늘
멀리 추격할 필요 없다. 도망칠까 염려 마라.
구름장처럼 그는 온다. 그 얼굴엔 확고하고
두려움 없는 각오가 서려 있다.
각자 금강의 갑옷 잘 입고, 각자 투구
잘 쓰고, 둥근 방패 단단히 쥐고 가거라.
평평하게 또는 높이 들고.[70] 오늘

---

69) '신의 스파이'라는 뜻. 밀턴의 창안일 것이라고 생각된다.
70) 방패를 가슴께에 평평히 들거나 머리를 보호하기 위해 높이 쳐들거나.

쏟아질 것은 내가 생각건대 가는 비가 아니고
불촉 달린 화살의 요란한 폭풍이리라.'
이렇게 그는 말하고, 각자 조심해
모든 짐을 놓고, 곧 열을 갖추도록 경고한다.
즉시 그들은 소란 없이 무기 들고, 진용을 갖추고 정연히
전진한다. 이때, 보라! 가까이에
무거운 발걸음으로 유유히
다가오는 적을. 텅 빈 입방체 대형 속에
요사스러운 기관 끌고, 숨긴 깊은 대열로
사방에서 에워싸서 흉계를 감춘다.
양군은 잠시 대치하고 서 있었으나,
곧 사탄이 선두에 나타나 드높이
이렇게 명령한다.
'전위 부대여, 좌우로 정면을 활짝 열어서[71]
우리를 미워하는 자들에게 보게 해라.
우리가 얼마나 평화와 화목을 구하고,
넓은 도량으로
그들을 받아들이고자 일어섰는가를, 그들이 만일
우리의 제안에 호의를 갖고,
악으로 돌아가지 않는다면.
그러나 의심스럽다. 여하튼 하늘이여,
살피시라! 하늘이여,

---

71) 이러한 풍자의 대목은 밀턴으로서 크게 성공하지 못한 것이라고 학자들은 지적한다. 역시 아이러니와 풍자는 밀턴의 장기가 아니었던 듯하다.

곧 살피시라, 우리들이 자유롭게 우리 직분을
수행하는 동안. 그리고 너희들
지령을 받고 일어선 자여,
책임을 다해라, 우리가 제안한 것에
약간만 손대라, 그러나 모두 듣도록 크게.'
   분명치 않은 말로 그렇게 조롱하며, 그가
말을 끝내자마자 정면이 좌우로
갈라지고, 각기 양쪽 측면이 뒤로 물러선다,
우리 눈앞에 나타난 것은 신기한
놋쇠·철·돌로 만들어져, 차륜 위에
실린 세 층으로 되어 있는 원주의 열
(그 형체가 기둥과 아주 흡사하고,
또는 숲이나 산에서 베어내 가지를 친
참나무·전나무로 만든 속 빈 물체 같고).
그 입이 무서운 구멍을 크게 벌려,
공허한 휴전[72]의 전조를 보이며, 우리에게
향한다. 각각 그 뒤에 세라프 천사가 서서
손으로 끝에 불붙은 갈대 쥐고 흔들며
서 있다. 우리들은 놀라서 마음속으로
의아해하며 마음 가다듬고 서 있었다.
그것도 잠시. 갑자기 일제히
불붙는 갈대를 내밀어 선뜻[73] 좁은 대포 아가리에

---

72) 기만적인 휴전이라는 뜻과, 포신 속이 텅 빈 것을 나타낸다.
73) 가장 정확히.

대니, 온 하늘이 당장 불붙는 듯했으나,
곧 목구멍 깊은 기관에서 분사하는
연기에 희미하게 흐려지고,
기관의 폭음이 세차고, 대기의
창자를 후벼내고,
내장을 남김없이 도려내어 그 안에 가득 찬 요사스러운 물건,
사슬처럼 이어진 천둥과 번개와 쇳덩이의
우박을 무섭게 토해낸다. 그것이 승리의 군세를
향해 미친 듯 사납게 휘몰아치니, 그것에
맞은 자, 그렇지 않으면 반석처럼 섰을 것이로되,
제 발로 서 있는 자 없고, 쓰러지는 자가
수천. 천사는 대천사 위에 굴러떨어진다.
그 무장 때문에 더 빨리. 영靈이어서 그들은
무장 안 했더라면, 재빨리 수축하거나[74] 물러나서
용이하게 신속히 피할 수 있었는데, 이제
참혹하게 흩어짐과 불가피한 패배는 계속되어,
밀집 대열을 늦추는 것도 아무 소용 없다.
어떻게 할 것인가! 만일 그들이 돌진하면,
반격은 반복되고 수치스러운 패배는
거듭되어 한층 더 멸시받고
적의 웃음거리가 될 것이다―왜냐하면 우리에게
두 번째 포열을 발사하고자 태세 갖추고,

---

74) 영체는 마음대로 몸을 신축하고, 진퇴도 자유자재이다. 주 45) 참조.

세라프 천사의 다른 대열이 눈앞에 줄지어
서 있으니. 패하여 물러서는 것은 그들이
더욱 싫어하는 일. 사탄은 이 꼴을 보고
동료들에게 조롱 조로 이렇게 말 건다.
'친구[75]들이여, 왜 이 거만한
승리자들에게 달려들지 않는가?
전에는 저들이 맹렬히 몰려왔지, 우리가
정면과 가슴을 열고(그 이상이야
할 수 있나) 그들을 후히 대우하려고
화해의 조건을 내걸자, 그들은 당장 변심해,
빨리 뛰어가서 춤이라도 추려는 듯
광기 속에 빠져버렸지. 그러나 춤이라기엔 다소
기괴망측해 보이고. 아마 화해의
제안을 받고 기뻐서겠지. 그러나 내 생각으론
저들이 우리의 제안을 다시 한 번 듣는 날엔
우리는 그들을 급속한 결말로 몰고 가리라.'
　벨리알[76]도 그런 농담의 기분으로 그에게 말한다.
'지휘자여,[77] 우리가 보낸 조건은 무거운 조건,
내용이 딱딱해,[78] 크게 힘을 과시한 나머지
보다시피 그들은 모두 당황하고
쩔쩔매는 것이다. 그걸 옳게 받아들이는 자는

---

75) 이하 12행에서 사탄의 말장난이 계속된다.
76) 38쪽 6행~39쪽 11행까지, 66쪽 8~17행 참조.
77) 벨리알의 재간은 궤변과 말장난뿐이다.
78) 딱딱하다hard라는 말에는 포탄이 딱딱하다는 뜻도 포함되어 있다.

철두철미 잘 이해해야 할 것이고,
그걸 이해 못하면 다시 그 조건으로 인해
우리는 적이 똑바로 걷지 못함을 보게 될 것이다.'
   이렇게[79] 그들은 저희끼리 유쾌한 기분으로
서서 조롱한다. 승리는 조금도 의심 없다는
생각에서 우쭐하여. 그들은 '영원한 힘'을
저희 발명에 겨눌 만한 것으로
쉽게 생각하고, 하느님의 우레를 우습게 생각하고,
하느님의 천군을 비웃는다. 잠시 천군들이 당황해
서 있는 동안. 그런 그들은 오래 서 있진 않았다.
드디어 분노는 그들을 고무해 이런
지옥의 장난에 항거하기에 적당한 무기를 찾는다.
그들은 즉시(하느님이 그 강한 천사들에게
부여한 탁월함과 그 힘을 보라)
무기를 내버리고, 산으로 향해
(참으로 대지는 언덕과 골짜기에 있는
이 기쁨의 여러 모습을 하늘에서 받은 것이니)
번갯불같이 가볍게 빨리 날아가고,
이쪽저쪽으로 늦추고, 바위 · 물 · 숲 등
모든 거기[80] 실린 물건들과 더불어 앉은 산들을
바탕으로부터 뽑아내고 손으로 덤불투성이의

---

79) 이하 28행. 반역 천사들이 대포를 발명하여, 감히 공격해 온 데 대해, 천사군은 무기를 모두 버리고 바위와 나무와 산들을 송두리째 뽑아서 반역자들에게 던진다.
80) 이하 3행은 87쪽 16~17행 참조.

꼭대기를 쳐들어 운반한다. 확실히
반역자들은 경악과 공포에 사로잡혔다.
산들의 밑바닥이 뒤집혀진 것을
가까이 와서 무섭게 보았을 때엔. 그리고
드디어 저주의 기관 삼층열三層列이
압도되고, 그들의 자신감은 모두
산들의 무게 밑에 깊이 파묻힘을 보았다.
다음으론 그들 자신이 습격당해 머리 위에
던져진 거대한 봉우리가 공중에
그림자 드리우며 닥쳐와 전 무장 군대를 짓누른다.
갑옷은[81] 찌그러지고 부서져 그들의 몸뚱이에
파고들어 피해가 더 크다―그것이 가차 없는
고통과 많은 슬픔의 신음을 자아내어,
오랫동안 그 속에서 몸부림친다. 이런 감옥에서
빠져나갈 때까지. 그들은 아주 청순한 빛의 영이어서
처음엔 순결했지만 지금은 죄에 더럽혀졌다.[82]
나머지 놈들도 모방하여 같은 무기에
몸을 맡기고 근처 산들을 찢는다.
이리저리 무섭게 내던져서,
산은 공중에서 산과 마주치고
지하의 음침한 그늘에서 서로 싸운다.
지옥의 음향! 전쟁도 이 소란에 비하면

---

81) 이하 3행은 주 74) 참조.
82) 주 42) 참조.

점잖은 시중市中의 경기처럼 보이고. 무서운 혼란은
혼란에 겹쳐 일어난다. 그때 하늘은 온통
파괴돼가고 있었다. 전능하신
아버지께서 그 모신 곳 하늘의
성소에 편안히 앉으시어 만물을 두루
살피시고,[83] 이 소란을 예견해
고의로 일체를 내버려 두셨으므로.
이리하여 그분은 그 적을 징벌한 성자에게
명예를 주고 일체의 권력이 그에게
넘어갔음을 선언코자 하는 큰 뜻을
달성하실 수 있다. 그래서 보좌를 같이하는
그의 성자를 향해 이렇게 말씀하신다.
'내 영광의 광채인 나의 사랑하는 아들이여,
보이지 않는 신으로서의 나의 존재[84]를
그 얼굴을 통해서 볼 수 있고, 칙명에 의해
내가 하는 일이 그 손에서 이루어지는 아들이여,
제2의 전능자여, 이미 이틀이 지났다,
미카엘과 그 군사가 불순종한 자들을 달래기 위해
나간 지가, 하늘의 날짜로 계산할 때에 이틀이다.
치열했었다, 그들의 전투는.
이런 적과 적이 싸울 때는 그럴 수 있지.
나는 그들을 내버려 두었었다. 너도 알다시피

---

83) 과거 · 현재 · 미래를 통해 우주 만물을 살피시고.
84) "그는 보이지 아니하시는 하느님의 형상이요"(〈골로새서〉 1장 15절).

그것들은 창조될 당시에 동등했었느니라,
죄로 약화되어 그렇지[85]—그것도 내가
그 처형을 연기했으니, 아직 알 수 없다.
그러니 그들은 영원한 전투를 끝없이
계속해야 하고, 해결의 길도 찾을 수 없을 것이다.
거친 전쟁은 전쟁이 할 수 있는 짓 다하고,
무기인 양 산山으로 무장해 무질서한
분노를 멋대로 자행하니, 하늘을
어지럽히고 온 우주를 위태롭게 한다.
그런데 이틀이 지났다. 사흘째는 너의 것,[86]
너를 위해 그것을 정하고, 지금까지
참아왔다, 그것은 이 대전쟁을 끝내는 영광을
그대 것이 되게 하기 위함이다. 그대 외에는
아무도 끝낼 자 없으니
나는 무한한 능력과
은혜를 너에게 불어넣었다, 하늘과 지옥에서
너의 힘이 절대적임을 모두 알 수 있게,
그리고 사악의 소동을 이처럼 다스리는 것은
과연 네가 만물의 대 이을 아들[87]임에
손색없음을—대 이을 아들이고, 또한 너의

---

85) 죄로써 다소 약화되긴 했지만, 뚜렷이 열등하게 되지는 않았다.
86) 제2일은 사탄이 그리스도의 발꿈치를 상하게 하는 날이고, 제3일은 그리스도가 사탄의 머리를 상하게 하는 날이다.
87) "내가 열방을 유업으로 주리니, 네 소유가 땅끝까지 이르리로다"(〈시편〉 2편 8절).

당연한 권리인 기름을 부음받을 왕[88]으로서—
드러내고자. 그러니 가거라,
최강자여, 아버지의 힘으로. 내 전차에 올라타고,
하늘의 기초 흔드는 번개 같은
바퀴로 달려라. 내 군기를 다 꺼내라,
내 활과 우레, 내 전능한 무기들을.
그리고 칼을 네 힘센 허리에 차라.[89]
이 암흑의 아들들을 쫓아내어 모든 하늘의
경계 밖에서부터 바깥 심연 속으로 몰아넣어라.
거기서 저희 좋을 대로 배우게 해라,
하느님과 기름 부은 왕 메시아를 경멸하는 법을.'
  이렇게 말씀하시고, 곧게 비추는 광선으로 성자를
온통 비춘다. 그는 완전히 드러난 아버지를
자기 얼굴에 무어라 말할 수 없이 받아들인다.
그리하여 아들인 신은 대답한다.
  '아, 아버지. 아, 하늘의 보위 중의 지존자시여,
최초·최고·최성最盛·최선이시여. 당신은[90] 항상
당신의 아들을 영광되게 하려 하나이다. 나도 항상 당신을
영광되게 하려 하옵니다.
너무나 당연히도. 나는 이것을 나의 영광으로,

---

88) "하느님, 곧 왕의 하느님이 즐거움의 기름으로 왕에게 부어"(〈시편〉 45편 7절).
89) "능한 자여, 칼을 허리에 차고 왕의 영화에 위엄을 입으소서"(〈시편〉 45편 3절).
90) "지금 인자가 영광을 얻었고 하느님도 인자로 인하여 영광을 얻으셨도다. 만일 하느님이 저로 인하여 영광을 얻으셨다면, 하느님도 자기로 인하여 저에게 영광을 주시리니"(〈요한〉 13장 31~32절).

나의 자랑, 나의 전적인 기쁨으로 생각하오이다.
거룩한 뜻이 내게서 이루어진다고
기꺼이 선언하시니,
그 뜻을 받듦이 내 모든 축복이온즉,
당신께서 주신 홀笏과 권력을 나는 지녔다가,
결국 당신은 절대주[91] 되시고, 또한 나는
당신 안[92]에서 영원히, 그리고 내게 당신 사랑하시는
일체의 것 있을 때, 한층 기꺼이 반환하오리다.[93]
당신께서 미워하는 자를 나도 미워하고,[94] 당신의
온화함을 지니듯, 당신의 공포를 입겠나이다,[95]
만물에 어리는 당신 영상이오니. 그리고 즉시
당신의 힘으로 무장해 이
반역의 무리를 하늘로부터
마련된[96] 지옥으로 몰아내 버리오리다.
어둠의 사슬[97]과 죽지 않는 구더기들[98]에게로,
당신에 순종함은 무상의 행복인데도,
당신에 대한 바른 순종을 거역한 자들을.

---

91) 〈고린도 전서〉 15장 28절 참조.
92) "아버지께서 내 안에, 내가 아버지 안에 있는 것같이 저희도 다 하나가 되어 우리 안에 있게 하사"(〈요한〉 17장 21절).
93) "나라를 아버지 하느님께 바칠 때라"(〈고린도 전서〉 15장 24절).
94) "여호와여, 내가 주를 미워하는 자를 미워하지…… 아니하나이까"(〈시편〉 139편 21절).
95) 그리스도는 어린 양(〈요한 계시록〉 6장 16절)인 동시에 사자(〈요한 계시록〉 5장 5절)이다.
96) 주 14) 참조.
97) 〈유다서〉 6장, 〈베드로 후서〉 24장 참조.
98) "그 벌레가 죽지 아니하며, 그 불이 꺼지지 아니하여"(〈이사야〉 66장 24절).

그때 당신의 성자들은 불순한 자와 섞이지 않고
멀리 떨어져, 당신의 성스러운 산을 순회하며,
거짓 없는 할렐루야, 높은 찬미의 노래를
당신 위해 부를 것이고, 나는
그 수령이 될 것이옵니다.'
이렇게 말하고서 홀 위에 몸을 굽히며,
그가 앉은 '영광'의 오른쪽에서 일어선다.
이리하여 제3일[99]의 성스러운 아침은 하늘에
동트고, 비치기 시작한다. 선풍의 음향을 내며[100]
요란히 돌진하는 아버지인 하느님의 전차는 짙은
화염 쏟으며, 바퀴 속에 바퀴 돌고,[101]
끌리는 것이 아니라, 영에 의해 스스로 움직인다.[102]
케룹의 상像 넷이 호위한다. 각기[103]
기이한 네 얼굴에다 온몸과 날개에[104]
별 같은 눈 있고, 에메랄드 바퀴에도
눈 있으며, 그 사이엔 불이 질주하고 있다.[105]
머리 위엔 수정같이 투명한 하늘, 그 위엔[106]

---

99) 전투 제3일, 메시아 승리의 날.
100) 하느님의 전차를 묘사한다. 〈에스겔〉 1장의 묘사를 따랐다.
101) "그 형상과 구조는 바퀴 안에 바퀴가 있는 것 같으며"(〈에스겔〉 1장 16절).
102) 〈에스겔〉 1장 19~20절 참조.
103) 이하 1행은 〈에스겔〉 1장 5~10절 참조.
104) 이하 1행은 〈에스겔〉 10장 12절, 1장 16절 참조.
105) 〈에스겔〉 1장 13절 참조.
106) 〈에스겔〉 1장 22절 참조.

사파이어 보좌, 순 호박과 무지갯빛[107]
새겨 넣었다. 성자는 하느님의 손에 의해[108]
만들어진 빛나는 우림[109] 하늘의
완전한 갑옷[110]으로 온통 무장하고 차에
오른다. 그 오른쪽엔 독수리 날개의
'승리'가 앉고, 곁엔 활과 세 화살의
우레 담은 화살통이 걸려 있다.
그 주변으로부터 사납게 분출하며 감도는 것은
연기와 너울거리는 화염과 무시무시한 불꽃.
거룩한 자들 몇천만을 거느리고[111] 그는
전진해 온다, 오는 모습이 멀리서 빛난다.
또한 하느님의 전차 2만(내가 그 수를[112]
들었도다)이 반씩 좌우 양쪽에 보인다.
그는 사파이어 좌석에 앉아 케룹의
날개 타고, 높이 맑은 수정의 하늘을 간다.[113]
멀리 널리 뚜렷이 빛나지만, 그의 천사들 눈에

---

107) 〈에스겔〉 1장 26절 참조.
108) 〈에스겔〉 1장 28절 참조.
109) 학자들 간에 의견이 구구한 이 '우림'을 베리티의 설명에 따르면 이렇다. 지위 높은 사제의 흉패(〈출애굽기〉 28장 30절) 안에 넣어두는 물건으로, 여호와의 성의를 상징하며, 다이아몬드 등 보석류로 생각된다. 밀턴 이하 2행에서 말하는 것은 보석류로 만들어진 하늘의 갑옷을 의미한다.
110) "하느님의 전신 갑주를 입어라"(〈에베소서〉 6장 11절).
111) "보라, 주께서 그 수만의 거룩한 자와 함께 임하셨나니"(〈유다서〉 1장 14절).
112) 〈시편〉 68편 17절 참조.
113) "케룹을 타고 날으심이여"(〈시편〉 18편 10절, 〈사무엘 하〉 22장 11절 참조).

먼저 보인다. 하늘에 그의 표시[114]인
대메시아 깃발이 천사의 손으로 올려져
높이 빛나니, 그들은 의외의 기쁨에 어리둥절하다.
곧 미카엘은 양쪽에 흩어진 군대를
규합하여 자기 지휘하에 넣고,
수령[115] 밑에 전부를 하나로 통합한다.
그 앞에서 신군神軍은 미리 길을 정비하고,
뽑힌 신들은 명령을 좇아 각기
제자리로 돌아간다. 거룩한 목소리가 들리자
그것들 순순히 돌아간다. 하늘은 평소의 면모를
회복하고, 새 꽃들로 산과 계곡이 미소 짓는다.
불운한 적은 이를 보았으나, 완강히 일어서
반역의 전투에 군대를 재정비한다,
어리석게도 절망에서 희망을 품고.
하늘의 영靈에 이런 사악한 마음이 깃들 수
있을까? 그러나 어떤
징조[116]로 거만한 자를 깨우칠 수 있으며, 무슨
신기함으로 이 완고한 자를 누그러지게 할 수 있을 것인가?
가장 고쳐야 할 것 때문에 더욱 굳어지고,[117]

---

114) "그때에 인자의 징조가 하늘에서 보이겠고"(〈마태〉 24장 30절).
115) 메시아.
116) 이하 2행. 기적은 신앙을 돕는 법인데, 그것이 일어나지 않는다.
117) "이 백성의 마음으로 둔하게 하며 그 귀가 막히고 눈이 감기게 하라"(〈이사야〉 6장 10절). 파라오의 경우와 같다.

그의 영광을 보고 슬퍼하며 그 광경[118]을
시기하고, 그 높음을 동경하며, 그들은
폭력이나 기만으로 번창해 드디어
하느님과 메시아를 이기거나, 아니면 최후에
전멸을 초래할 생각으로 맹렬히 진용을 다시
갖추고 일어선다. 그리하여 이제
도주나 심약한 후퇴를 경멸하며
최후의 전투에 달려든다. 그때 위대한 아들께서
양쪽에 늘어선 전군을 향해 말한다.
'찬란한 진용으로 조용히 서라,[119]
성자聖者들이여,
여기 서라, 무장의 천사들이여. 오늘은 싸움을 쉬어라.
너희들은 충성껏 싸워 옳은 길 위하여
씩씩했으니 하느님께서 가상히 여기시도다.
너희들은 명을 받들어 완수했다.
패하는 일 없이. 그러나 이 저주받은 무리들의
형벌은[120] 다른 사람의 손에 맡기노라.
복수는 그의 것,
오늘의 일에는 수도 정해지지 않았고,

---

118) "악을 행하는 자마다 빛을 미워하여 빛으로 오지 아니하나니"(〈요한〉 3장 20절).
119) "모세가 백성에게 이르되, 너희는 두려워 말고 가만히 서서, 여호와께서 오늘날 너희를 위하여 행하시는 구원을 보라. 여호와께서 너희를 위해서 싸우시리니 너희는 가만히 있을지니라"(〈출애굽기〉 14장 13~14절).
120) 이하 2행. "너희가 친히 원수를 갚지 말고 진노하심에 맡기라…… 원수 갚는 것이 내게 있으니 내가 갚으리라고 주께서 말씀하시니라"(〈로마서〉 12장 19절, 〈신명기〉 32장 45절 참조).

부대도 미정이다. 다만 서서 보아라,
나를 통해 반역자에게 퍼붓는 하느님의 노여움을.
너희들이 아닌, 나를 그들은 경멸하고
시기한다. 그들의 분노는 모두 내게 대해서다.
지고한 하늘에서 왕권과 힘과
영광을 지닌 성부聖父가 그 뜻에 따라
나에게 영광을 주셨기 때문에.[121]
그러므로 저들의 처형을 내게 맡기신 것은
그들의 소원대로 어느 편이 센가를—
즉, 그들 전부인가, 그들에 대항하는 나 혼자인가를
싸움으로써 시험해보도록 하신 것이다. 그들은
힘으로만 모든 것을 잴 뿐이고 다른 우월은
경쟁치 않고 저희보다 월등한 자도
개의치 않으니, 나도 그들과 다른
싸움을 허용치 않는다.'

 성자聖子께서 이렇게 말하고서 너무 엄숙해
바로 볼 수 없을 만큼 무섭게 용모를 달리하고서,
분노 충만하여 적들에게 향한다.
즉시 네 천사[122]는 별빛 반짝이는 날개를 펼치고
무서운 그늘을 이어서 가공할
전차 바퀴를 굴린다, 그 소리는 마치

---

121) "아버지께서 아무도 심판하지 아니하시고 심판을 다 아들에게 맡기셨으니…… 또 인자 됨을 인하여 심판하는 권세를 주셨느니라"(〈요한〉 5장 22~27절).
122) 케룹 천사들.

홍수의 힘찬 물줄기나 무수한 대군의 소리 같다.
그는[123] 불경한 적을 향해 '밤'처럼 어둡게
바로 돌진한다. 그의 불타는 차륜 밑에
부동의 청화천은 온통 흔들린다,[124]
다만 하느님의 보좌만을 제외하고. 당장 그는
오른손에 수만 우레를 움켜쥐고
그들 사이에 이르러 그것을 발사한다.
마치 그들의 영혼에 역병을 퍼붓듯.
그들은 실신해 모든 저항과 용기를
잃고, 하잘것없는 무기를 떨어뜨린다. 그가
방패와 투구, 그리고 엎드린 고위 천사와
힘센 세라프들의 투구 쓴 머리를 타고 넘으니,
그들은 이제 산이 다시 저희에게
던져져서, 그의 분노를 피하는 그늘이 되기 바란다.[125]
눈이 특이한 네 얼굴의 네 천사로부터
그리고 역시 수많은 눈이 달려 있다.
살아 있는 차륜에서 쏜 그의 화살은
역시 사방에 폭풍과도 같이 떨어진다.
그중 영靈 하나가 그것들을 다스리고,

---

123) 이하 13행. "그날 당신은 아버지의 무서운 벼락을 아끼지 않았고, 불길 이는 전차를 멈추지 않고, 영원한 하늘의 틀을 뒤흔들며 흩어져 싸우는 천사군의 목을 짓밟고 달리셨나이다"(141쪽 3~7행).
124) "그가 꾸짖으신즉 하늘 기둥이 떨며 놀라느니라"(《욥기》 26장 11절).
125) "산과 바위에게 이르되 우리 위에 떨어져 보좌에 앉으신 이의 낯에서와, 어린 양의 진노에서 우리를 가리우라"(《요한 계시록》 6장 16절).

눈마다 전광을 발하고 저주받은 자들 속에
독 있는 불을 쏘니, 그들의 세력 모두 시들고
그들의 평소 기력은 고갈돼
기진맥진 생기 없고, 고통받아 쓰러진다.
우레를 반쯤 쏘아 멎게 한다. 그의 의도[126]가
그들의 멸망이 아니고, 하늘에서
그들을 뿌리 뽑자는 것이니.
그는 쓰러진 자를 일으켜 산양이나
겁내는 양 떼처럼 한데 모으고
정신 나간 그들을 앞으로 몰아, 공포와
분노로 하늘의 경계선, 수정 성벽까지
쫓는다. 성벽은 넓게 열리고
안으로 말려서 광대한 간격이 황막한
심연 속에 나타난다. 기괴한 광경[127]에 그들은
놀라 물러나려 하지만, 뒤에는
훨씬 더 무서운 것이 달려들기에
하늘 경계에서 거꾸로 떨어진다. 영원한 분노는
바닥없는 구렁[128]까지 그들을 쫓아 불탄다.
 '지옥'은 견딜 수 없는 소리 듣고,
하늘에서 무너지는 하늘을 보고, 무서워
도망치려 했지만, 엄한 운명에

---

126) "오직 하느님은 자비하심으로 죄악을 사하사 멸하지 아니하시고, 그 진노를 여러 번 돌이키시며, 그 분을 다 발하지 아니하셨으니"(《시편》 78편 38절).
127) 혼돈계의 광경.
128) 혼돈계의 최저부에 있는 지옥.

뿌리를 너무 깊이 박았고, 너무 든든히 세웠다.
아흐레 동안 그들은 떨어졌다. 당황한
'혼돈'은 으르렁거리며, 거친 무질서 속을 가는
그들의 타락에 열 겹의 혼란을 느꼈다.
패배해 이처럼 달아나는 것은 혼돈에서 파멸을 초래했다.
드디어 지옥은 입을 벌리고 그 전부를 받아들여,[129]
그들 위에 닫힌다―지옥은 그들에게 알맞은 거주지,
꺼지지 않는 불이 가득하고, 슬픔과 고통의 집.
한시름 놓은 하늘은 즐거워하고, 파괴된 벽을
굴려 제자리에 돌려보내고 즉시 수선한다.
적[130]을 추방하던 메시아는 유일한
승리자로서 개선의 전차 머리를 돌린다.
전능한 행동의 목격자로서 조용히
일어섰던 모든 성자들은 그를 맞이하러
환호하며 나아간다. 가지 뻗친 종려나무[131]의
그늘 받으며 그들 나아갈 때, 하나하나 빛나는
천사들 개선가를 부르며 승리의 왕이라
노래한다. 성자다, 대 이을 아들이다, 주님이다, 유일한
통치자로서 주권 받은 자다, 하면서 찬양한다. 찬양받으며,
그는 중천을 당당히 타고 가, 높이 계신

---

129) "음부가 그 욕망을 크게 내어 한량없이 그 입을 벌린즉, 그들의 호화로움과 그들의 많은 무리와…… 거기 빠질 것이라"(〈이사야〉 5장 14절).
130) 이하 13행은 〈요한 계시록〉 12장 10절, 4장 11절, 〈히브리서〉 1장 3절 참조.
131) 승리의 상징. "손에 종려 가지를 들고"(〈요한 계시록〉 7장 9절, 〈요한〉 12장 12~13절 참조).

제6편 313

위대하신 성부의 궁전, 어전으로
들어간다. 영광에 싸여 영접받으며 그는
이제 하느님의 오른쪽 축복의 자리에 앉는다.
이렇게 그대 요청대로 천상의 일을
지상의 사물에 비유하고, 지난 일로써
그대가 경계하도록 그대에게 보여준 것이다.
그러지 않으면 인간에게 숨겨질 일들을—
천사군 사이에 일어난 불화, 그리고
천상의 싸움, 또한 너무 높은 야심 품고
사탄과 함께 반역한 자들의 깊은
타락 등을. 그놈은 이제 그대의 상태를 시기하고,[132]
어떻게 하면 그대를 순종에서 유혹해낼까
궁리 중이다. 그것은 그대도 그와 함께
행복을 빼앗기고, 영원의 재앙이라는
그의 벌을 같이 받게 하려는 것이다.
지존한 분에 대해 가하는 모욕으로 그가 일단
그대를 자기의 재난의 친구로 삼을 수 있다면,
이것이야말로 그의 위로요, 복수일 것이다.
그러나 그의 유혹에 귀 기울이지 마라.
너의 연약한 짝[133]에게 경고하라. 무서운 예로
배신에 가해지는 보상에 대해

---

132) 사탄이 인간을 유혹하고자 하는 중대한 이유는 두 가지인데, 첫째는 질투, 둘째는 하느님에 대한 복수이다.
133) "남편 된 자들아, 이와 같이 지식을 따라 너희 아내와 동거하고, 저는 더 연약한 그릇이요, 또 생명의 은혜를 유업으로 함께 받을 자로 알아 귀히 여기라"(〈베드로 전서〉 3장 7절).

얘기 들은 것을 그대에게 도움이
되게 하라. 그들은 확고히 설 수 있었건만
떨어졌다. 기억하라, 죄 범할까 두려워하라."

제7편

라파엘은 아담의 요청에 따라 이 세계가 최초에 어떻게, 그리고 어째서 창조되었는가를 이야기한다. 즉, 하느님은 사탄과 그 천사들을 하늘 밖으로 내쫓고서, 다른 또 하나의 세계와 거기에 살 다른 생물을 창조하실 뜻을 선언하시고, 영광과 천사들과 함께 성자를 보내어 6일간 창조의 과업을 성취케 하셨으며, 천사들이 그 성취와 그의 천국으로 돌아옴을 찬송하여 축하했다는 것이다.

✦

하늘에서 내려오라,[1] 우라니아[2]여, 마땅히[3]

---

[1] 시의 행동 장면을 하늘에서 지상으로 옮겨 눈에 보이는 세계의 창조를 말하려는 것이므로 이 말이 더욱 적절하다.
[2] 시의 성령, 즉 '하늘의 뮤즈'에 해당한다. 그리스 신화에서는 천문을 다루는 여신, 뮤즈의 신이다. 여기서 밀턴이 부르는 우라니아는 뮤즈의 이름이 아니고, 성령 혹은 '영감' 정도의 이름이다.
[3] 이하 2행은 뮤즈로서의 우라니아가 아니라. 성령으로서의 우라니아라는 것을 강조하는 말이다.

그 이름 불릴 만하다면. 그대의 성스러운
목소리 따라 올림포스 산[4]을 넘어 나는 난다,
페가수스[5]의 비행보다 더 높이,
내가 부름은 그 이름이 아니라 뜻이다,[6] 그대는
아홉 명의 뮤즈에 속하지 않았고, 또는
옛[7] 올림포스의 산꼭대기에 살지도 않았고,
하늘에서 나서, 산이 나타나고 샘이 흐르기 전[8]에
영원의 지혜, 그대의 자매인 '지혜'[9]와
교제하고 함께 전능의 아버지 앞에서
노닐며, 그대의 하늘나라 노래로
그분을 즐겁게 해드렸으니.[10] 그대에게 이끌려
나는 최고천에 지상의 빈객으로 올라가서
그대가 조합한[11] 청화천의 공기를

---

4) 올림포스 산은 북부 그리스에 있고, 헬리콘 산과 더불어 시신詩神들의 서식처로 알려져 있다. 고전 시인들은 그 시신들에게 영감을 받아, 겨우 그 산에 오른 정도이지만, 밀턴은 그 산을 넘어 더 높이 날아오르고자 한다. 즉, 호메로스 같은 고전 시인 이상의 영감을 얻어 더 높은 주제의 시를 부르겠다는 것이다.
5) 신화에 나오는 날개 돋친 말. 신들의 하늘까지 올라간 후에 제우스의 우레를 짊어졌다. 밀턴은 페가수스 이상으로 날아서 그런 여러 신의 하늘이 아닌 진정한 하느님의 하늘까지 올라갔었다.
6) 성령으로서의 우라니아라는 말.
7) 밀턴이 즐겨 사용하는 형용사로서 존칭의 뜻으로 쓰일 때가 많다. 예를 들어 '옛 카시우스 산'의 '옛'은 '대大'라고 보아도 무방하다.
8) "아직 바다가 생기지 아니하였고 큰 샘들이 있기 전에 내가 이미 났으며 산이 세우심을 입기 전에, 언덕이 생기기 전에 내가 이미 났으니"(〈잠언〉 8장 24~25절). 이하 5행은 〈잠언〉 8장 22~31절 참조.
9) 지혜를 의인화하여 성령의 자매로 보았다.
10) 밀턴은 제3편, 제5편, 제6편에서 제천諸天의 하늘인 청화천의 사건을 노래했다.
11) 지상의 빈객이 마실 수 있게 한.

마셨다. 그것과 꼭 같이 안전하게 나를
인도해 나의 본고장[12]까지 돌려보내고
(예전에 벨레로폰이 이보다 낮은 곳[13]에서
그랬던 것처럼) 나로 하여금 이 사나운 준마[14]에서
떨어져, '알레의 들판'에 굴러 방황하며
쓸쓸히 표랑하는 일 없도록 해다오.
아직[15] 노래는 절반이나 남았다, 그것도
눈에 보이는 매일의 세계[16]에 좁게 국한되어.
우주의 극[17] 이상 오르지 않고, 지상에 서서 나는
보다 편안히 인간의 음성으로 노래한다.
악운의 날[18] 당해도 목쉬지 않고, 그치지 않고,
비록 악운의 날과, 사나운 입[19]에 부닥쳐도
어둠 속에 빠지고[20] 위험[21]과 고독[22]에 둘러싸여도.

---

12) 지상.
13) 신화에 의하면 벨레로폰은 페가수스의 등을 타고 하늘에 오르려다가 땅에 떨어졌다. 여러 신의 분노를 사서, 홀로 알레의 들판을 방랑하다가 죽었다고 한다(《일리아스》 6장 200~202행 참조).
14) 페가수스가 아닌 참된 영감의 준마.
15) 이하 2행. 아직 노래 부르지 않은 부분이 반이나 남았는데 제10편, 제11편에서 약간 예외가 있는 것 말고는 모두 지상에 국한된다.
16) 매일 지구를 도는 것같이 보이는 이 우주.
17) 우주의 최고점. 청화천으로부터 황금 사슬로 매달려 있는 곳.
18) 왕정복고 시대. 이하 14행은 왕정복고 이후 밀턴 자신의 고독한 심경을 언급한 것이다.
19) 그를 비난하던 왕당파의 욕설.
20) 밀턴의 실명.
21) 왕정이 복고되자 밀턴은 체포되어 몇 달(대략 1660년 8월부터 12월까지) 감금되었는데, 앤드류 마벨 등 유력한 친구들의 힘으로 석방되었다. 《실낙원》이 발표될 때까지 불안한 생활이 계속되었다.
22) 밀턴은 단테처럼 평생 고독 속에서 살았다.

그러나 외롭지는 않았다. 그대는 나를 찾아온다,
밤마다[23] 내 잠에, 아니면 아침이 붉게
동녘을 물들일 때. 여전히 그대는 내 노래를
인도하라. 우라니아여, 수 적으나 좋은 청중을
찾아라. 그러나 디오니소스와 주객들의
야만스러운 소음은 멀리 몰아내라. 그 폭도의 족속이
트라키아의 가인歌人[24]을 로도페[25]에서
찢어 죽였을 때 숲도 바위도 황홀하게 들었지만,
결국은 야만스러운 소음에 하프[26] 소리도
목소리도 안 들리고, 뮤즈[27]도 아들을
지킬 수 없었지. 그대에게 간청하는 자를
그렇게 실망케 하지 말라, 그대는 하늘의 것
그녀는 헛된 꿈이라고.[28]

  말하라, 여신이여. 금단의 나무에
손대지 않도록 명령받은 아담 또는 그의 족속이
만일 배반해, 그들의 식욕 비록 변하긴 쉽지만,
그걸 충족하는 데 있어 다른 모든 맛을

---

23) 밀턴은 주로 밤에 시의 영감을 받았다.
24) 트라키아의 가인 오르페우스는 디오니소스 제의 때에 술에 취한 트라키아 여인들에게 사지가 찢기고 강에 머리가 처박혔다.
25) 트라키아의 산맥. 오르페우스가 살해당한 곳은 헤브로스 강 기슭인데, 이 강이 로도페에서 흘러나온다.
26) 아폴론이 오르페우스에게 준 황금 거문고.
27) 칼리오페. 오르페우스의 어머니이며 서사시의 뮤즈.
28) 밀턴은 그리스 신화 같은 것을 경멸해서, 우화니 꿈이니 한다. 성서의 말씀만이 실제라는 뜻이다.

선택할 수 있으면서도 아주 쉽게 순종할 수 있는
그 유일한 명령을 배반하면, 낙원에도
같은 벌 내릴까 두려워 다정한 천사 라파엘이,
배신을 경계하도록 슬픈 예로, 그리고
하늘에서 배신자에게 일어난 일들로
아담에게 경고한 후 진행된 일들을
말하라. 그는 배우자 이브와 함께
그 이야기를 주의 깊게 듣고, 마음이 경이에 차고,
깊은 사려로 가득하다, 그렇게 높고,
기이한 일들—천상에서의 증오니,
평화스럽고 복된 하느님 근처에서의 전쟁이니,
또는 이런 혼란 등 그들 생각으로는
아주 상상 불가능한 이야기를 듣고서. 그러나 악은
즉시 물리쳐지고, 그것이 나온 그자들 위에
홍수처럼 되돌아갔으니 축복과는 좀처럼
섞일 수 없는 것. 그 이야기에서 아담은
즉시 마음에 일어난 의문을 버렸다. 그리하여
이제 한층 가까운 신변에 관한 일들, 눈으로 볼 수 있는
하늘[29]과 땅의 세계가 어떻게 처음 생겼나,
언제 무엇으로 창조되고, 무슨 까닭인가,
그의 기억이 있기 이전, 에덴[30]의 안과 밖에서

---

29) 밀턴은 하늘이란 말을 하느님의 처소인 청화천의 뜻으로, 혹은 이 우주의 하늘이란 뜻으로 썼다. 여기서는 후자의 뜻이다.
30) 밀턴이 생각한 '에덴'은 인간의 최초의 거주지였던 서부 아시아 전 지역이다. 이 지역의 경계는 174쪽 13~17행에 명시되어 있고, 대략 메소포타미아와 시리아에 있다. 낙원은 그 지

일어난 일 무엇인가, 이런 일들 알고자 하는
욕망에 순진하게 이끌려—갈증이 아직
안 풀려 흐르는 물을 보고, 맑게
졸졸 흐르는 소리를 듣고, 새로이 갈증 느끼는 사람처럼
나아가, 하늘의 빈객에게 이렇게 묻는다.
 "이 세상과는 판이하고, 우리 귀엔
경이에 찬 위대한 일들을 당신은 보여주셨나이다.
성스러운 설명자여! 당신은 은혜로써
청화천에서 파견되어, 인간의 슬기가
미치지 못해 알지 못하고 손실 입을 것에 대해
적시에 우리에게 미리 경고해주셨나이다.
그에 대하여 우리는 무궁한 감사를 무한한
'선'에게 돌리나이다. 그리고 그의 훈계를
엄숙한 심경으로 받아들여, 지존의 의사[31]를
우리 존재의 목적으로 변함없이
지키고자 하옵니다. 그러나 당신은 친절하게도
우리들의 교훈을 위해 지상에선 생각도 못할 일들,
그렇지만 우리가 알 만한 일이라고 '최고 지혜'로
생각된 일들을 보여주셨사오니,
원컨대 이제 한층 낮게 내려와 말해주십시오,
알면 적지 않게 우리에게 이익 될 일들을—
무수한 움직이는 불로 장식되어

역 중 한 부분이다.
31) "주께서 만물을 지으신지라 만물이 주의 뜻대로 있었고"(〈요한 계시록〉 4장 11절).

저렇게 높이 멀리 보이는 하늘은 처음에
어떻게 생겼는가. 그리고 널리 퍼져
이 아름다운 대지를 에워싸며 전 공간을
제공하고 또한 채우는 주위의 공기는 어떤가. 또는
영원토록 성스러운 휴식 속에 거하시던 창조주가
이토록 최근에서야[32] 혼돈계에 건설의 일을
하게 한 것은 무슨 까닭인가. 그리고 시작한 일
얼마나 빨리 끝났는가를. 만일 금지된 것이 아니라면
우리가 묻는 것을 밝히십시오, 영원한 나라의 비밀스러운 일을
탐지하려는 것이 아니고, 우리가 알면 알수록 더욱
거룩한 사업을 찬양하기 위해 묻는 것들을.[33]
위대한 햇빛, 비록 그것이 기울었지만, 아직
달릴 길 멀었나이다. 당신의 목소리에 잡혀[34]
중천에 걸려, 당신의 힘센 목소리를 듣고,
또한 저의 생성 유래[35]와 보이지 않는 심연[36]에서의
'자연'의 발생[37]에 관해 그대가 말하는 것을 듣고자,
태양은 더 오래 머무를 것이옵니다.

---

32) 오랫동안 영원 속에 있다가. 천지 창조는 하느님의 영원의 세계에서 시간의 세계로, 절대적 존재에서 역사적 존재로 나온 것을 의미한다.
33) "너는 하느님의 하신 일 찬송하기를 잊지 말지니라"(〈욥기〉 36장 24절).
34) "태양이 중천에 머물러서 거의 종일토록 속히 내려가지 아니하였다 하지 아니하였느냐"(〈여호수아〉 10장 13절).
35) 태양이 어떻게 해서 만들어졌는가.
36) 혼돈계.
37) 천지 만물의 창조.

혹은 초저녁 별[38]과 달이, 당신 얘기를 들으러
달려오면, '밤'은 '침묵'을 데려오고
'잠'은 눈떠 당신에게 귀 기울일 것입니다.[39]
혹은 당신의 노래 끝날 때까지 그를[40]
물러가 있게 하고, 아침 밝기 전에 당신을
보내드릴 수도."
    이렇게 아담이 훌륭한 빈객에게 청하니,
그 거룩한 천사는 상냥히 이렇게 대답한다.
"신중하게 청한 그대의 이 요청 또한
이루어지리라. 비록 하느님의 업을 말함이
대천사의 어떤 말로도 혀로도 할 수 없는 것이고,
사람의 마음이 이해할 수도 없는 것이지만.
그대가 이해할 만한 것이고 그것이 조물주의 영광을
찬양하는 데 도움이 되고 그대를 또한
행복하게 할 수 있는 것들이니, 그대가
그것을 들어 무방하리라. 이런 소임을
나는 위로부터 받았다, 그대의 지식에 대한
욕망을 한계 내에서 충족시키도록. 그 이상
묻는 건 삼가거라. 홀로 모든 것을 아는
보이지 않는 왕[41]이

---

38) 헤스페로스. 초저녁에 나타나는 금성. 새벽에 나타나면 루시퍼라 한다. 포스포로스의 영어명.
39) 수면을 의인화했다. '잠'도 귀를 기울인다.
40) '잠'을.
41) "만세의 왕 곧 썩지 아니하고 보이지 아니하고"(《디모데 전서》 1장 17절).

지상과 하늘의 누구에게도 전하지 않도록
밤 속에 숨겨 내보이지 않는 것을
그대 자신의 상상력으로 알려고 하지 마라.
그 외에도 탐지하여 알 만한 것은 많다,
그러나 지식은 먹을거리와 같아, 마음이
용납할 수 있을 만큼 적당히 알기 위해서는
역시 욕망을 절제할 필요가 있다.
그러지 않으면 과식으로 고통받아, 곧
자양이 헛되듯이 지혜가 어리석은 것이 된다.
    그러니 깨달아라, 루시퍼[42]가 하늘에서 쫓겨나
(일찍이 천사군 중에서 별 중의 별보다
더 찬란했기에 그를 이렇게 부른다)
화염에 싸인 그의 군대와 함께 심연을 지나[43]
그의 형장에 떨어지고, 위대하신 성자는
성도들 거느리고 승리해 돌아오시니,
전능하신 영원의 아버지는 보좌에서
그들의 무리를 보고 성자에게 이렇게 말씀하셨다.
'모두[44]가 저희들처럼 반역할 줄로 생각했던
시기심 많은 우리의 적은 패했도다. 그들은

---

42) 주 38)에서와 같이 '루시퍼'는 새벽에 나타나는 금성이고, 본뜻이 '빛을 가져오는 자'이다. 그래서 천사 중 가장 빛나는 사탄을 루시퍼라고 부르기도 한다. 〈이사야〉 14장 12절의 "너 아침의 아들 계명성이여, 어찌 그리 하늘에서 떨어졌으며"에서 '너'는 '바빌론 왕'이지만, 계명성(루시퍼)이 하늘에서 떨어진 족속에게 후에 부여된 이름 중 하나인 것은 사실이다.
43) "사탄이 하늘에서 번개같이 떨어지는 것을 내가 보았노라"(〈누가〉 10장 18절).
44) 온 천사들이.

합세해 우리를 쫓고 근접할 수 없는
높은 세력, 지존한 신의 자리를 빼앗아
손에 넣을 수 있다고 믿고 이젠 여기 이 장소에서
아는 자도 없는[45] 다수[46]를 죄에 끌어넣었느니라.
그러나 거의 대부분이 자기 위치를
지킨 것으로 안다. 하늘은 여전히 백성이 많아,
넓지만 나라를 보전할 만하고, 또한
적절한 봉사와 엄숙한 의식 위해
이 높은 궁전을
빈번히 찾을 만한 충분한 수는 보유한다.
그러나 그자의 마음이 그간 이루어진 손해를
어리석게도 내 손해로 보고, 하늘에서
백성을 절멸한 것이라고 우쭐대지 않도록
나는 이 손실을(자멸자를 잃는 것도 손실이라면)
보충하고자 순식간에 또 한 세계를,
그리고 한 사람으로부터 무수한 인류를
창조해 이곳 아닌 그곳에 살도록 할 수 있다.
드디어 그들은 오랜 순종의 시련을 받고,
공적에 따라 점차로 높여져, 마침내
스스로 여기에 올라오는 길 열면,
땅은 하늘 되고, 하늘은 땅 되어 끝없는
희열과 융합의 왕국을 이룰 것이다.

---

45) "그곳이 다시 알지 못하거니와"(〈시편〉 103편 16절).
46) "그 꼬리가 하늘 별 3분의 1을 끌어다가 땅에 던지더라"(〈요한 계시록〉 12장 4절).

너, 나의 '말씀', 독생자여, 너에 의해[47]
나는 이 일을 이루리라. 말하여 그것을 성취해라![48]
나의 만물을 덮는 영靈과 그 능력을 너에게
주어 보내노라.[49] 타고 나가거라. 그리하여 혼돈에게 일러,
정해진 한계 안에서 하늘과 땅 생기게 할지어다.
혼돈엔 한계가 없다, 그것을 채우는 내가
무한[50]하니. 또한 공간은 공허하지 않다,
내가 제한받지 않고 스스로 물러나서,
나의 선善을 나타내지 않는다 해도. 그것을 하고
않고는 자유이지만. '필연'과 '우연'은
내게 접근하지 못하며, 내 뜻이 곧 '운명'이니라.'
전능자께서 이렇게 말씀하시니, 그가 말하신 것을
그의 '말씀',[51] 그 아들 되신 신께서 실천하신다.
하느님의 행위는 신속하고, 시간보다도
움직임보다도 빠르다. 그러나 말의 순서에 따라 말하지 않으면
인간의 귀에는 전달되지 않는다.
지상의 이해력이 받아들이도록 말하지 않으면.
전능자의 의사 이러하다고 선언하시는 걸 들었을 때
하늘에서는 성대한 승리의 환희가 있었다.

---

47) 신약에서 부르는 성자의 칭호(〈요한〉 1장 1절 참조). 이하 4행은 〈요한〉 1장 1~3절 참조.
48) "저가 말씀하시매 이루었으며"(〈시편〉 33편 9절).
49) "성령이 네게 임하시고 지극히 높으신 이의 능력이 너를 덮으시리니"(〈누가〉 1장35절).
50) '무한'과 '만능'은 하느님의 속성이다.
51) "태초에 말씀이 계시더라. 이 말씀이 하느님과 함께 계셨으니, 이 말씀은 곧 하느님이시니라"(〈요한〉 1장 1절).

그들은 노래한다, 지존자에게 영광을,
미래의 인류에겐 선의를, 그들의 집엔 평화를.[52]
영광 있으라, 그분에게. 신의가 없는 무리를 정의로운
복수의 분노로 눈앞에서, 또한
의로운 자의 집에서 쫓아낸 그분에게. 신에게
영광과 찬미가 있으라, 지혜로 악에서
선을 창조할 것을 정하고, 악령 대신으로
빈자리에 보다 착한 종족을
끌어넣어 그곳으로부터 그의 선을
천추만세에 펴고자 하시는 그분에게.
하늘의 천사들 이렇게 노래한다. 그때 성자는
막 대원정의 길에 오르신다, 전능의 힘을
두르고,[53] 신으로서의 위엄과 한없는 지혜와
사랑의 빛으로 관을 쓰니
성부聖父의 모든 것이 그에게서 빛난다.
그의 전차 주변에 수없이 몰려드는 것은
케룹과 세라프, 권력자와 왕자와
능력자, 날개 돋친 영, 그리고 하느님의
무기고에서 날개 돋친 전차, 이것은
그곳, 두 놋쇠 산[54] 사이 제삿날에 대비해

---

52) "지극히 높은 곳에서는 하느님께 영광이요, 땅에서는 기뻐하심을 입은 사람들 중에서 평화로다"(《누가》 2장 14절).
53) "능력으로 내게 띠 띠우사"(《시편》 18편 39절).
54) "내가 또 눈을 들어본즉 네 병거가 두 산 사이에서 나왔는데 그 산은 놋산이더라"(《스가랴》 6장 1절).

몇만 년 전 옛날부터 하늘의 장비로서
미리 비치되어 있는 것. 그 안에 영이 들어 있어
주主의 명령대로 그 전차들은 저절로
굴러 나온다. 하늘이 영구불변의 문을
활짝 여니 황금 돌쩌귀 움직여
조화된 소리 내면서 신세계를 창조하려고
힘 있는 '말씀'과 영을 지니고 지금
오고 있는 영광의 왕[55]을 통과시킨다.
그들은 천상의 땅에 서서, 기슭에서
광대무변한 심연을 바라보니,
그것이 바다처럼 광란하고, 어둡고, 황량하고
거칠고 사나운 바람과, 하늘의 정점을
찌르고 중심과 극점[56]을 뒤섞어버릴 정도의
산 같은 거대한 파도에 밑바닥에서부터 뒤집힌다.
 '진정하라, 너희들, 사나운 파도여.
고요하라, 너 심연이여, 자라!'[57]
전능의 '말씀'이 말하신다. '너희들 불화를
끝내라!' 이리하여 멈추지 않고, 케룹의 날개에
올라타고,[58] 아버지 영광에 싸여 멀리

---

55) 〈시편〉 2편 48절 참조.
56) 물론 혼돈계엔 중심도 극점도 없지만, 지상에 비유해서 말한 것이다.
57) "예수께서 깨어 바람을 꾸짖으시며 바다더러 이르시되, 잠잠하라 고요하라 하시니 바람이 그치고 아주 잔잔하여지더라"(〈마가〉 4장 39절).
58) 307쪽 14~15행 참조.

'혼돈'으로, 아직 생기지 않은 세계로 들어가신다.
'혼돈'이 이미 그의 목소리를 듣는다. 전군이
찬란한 행렬 지어 그를 따르고, 창조의 업과
그의 놀라운 힘을 보려고 한다.
드디어 불타는 차량들이 서고, 그는
손에 하느님의 영원한 창고에 비치했던
황금 컴퍼스[59]를 집어 들고, 이 우주와
온갖 창조물을 한계 지으려고 하신다.
그는 컴퍼스의 한쪽 다리를 중심에 놓고, 다른 쪽을
암흑의 광대한 심연을 통해서 회전시키고
말씀하신다. '여기까지 전개해라, 여기가 그대의 한계,
너의 경계는 여기,
그대의 올바른 주변은 이것이다. 아, 세계여!'
이렇게[60] 하느님은 하늘을 창조하시고, 땅,
형체 없고 텅 빈 물질을 창조하셨다. 깊은
암흑은 심연을 덮는다, 그러나 잔잔한 물 위에
하느님의 영은 날개를 펴서
유동하는 덩어리에 고루 생명의 힘과
생명의 온기를 불어넣는다. 그러나 생명에
해로운 검고 차고 음침한 황천의 찌꺼기는
아래로[61] 내려보낸다. 다음엔 녹이고, 뭉쳐서

---

59) 〈잠언〉 8장 27절 참조.
60) 이하 6행에서의 천지 창조 이야기는 전부 〈창세기〉 1~2장에 나와 있다.
61) 혼돈계로.

같은[62] 것은 같은 것끼리, 나머지는 각기 제 자리에
분배하고, 중간에는 공기를 퍼지게 하고,
지구는 스스로 균형 잡혀 그 중심에 걸리게 한다.
　'빛[63] 있으라!' 하느님이 말씀하시니,
즉시 만물의 시초인[64] 하늘의 빛 순수한 제5원소[65]가
심연에서 튀어나와 고향 동방[66]으로부터
어두운 공중을 뚫고 빛나는 구름에 싸여
움직이기 시작한다. 해가 아직
존재하지 않고, 구름의 막사[67] 속에 잠시
머물러 있었기 때문이다. 빛은 하느님이 보시기에 좋았다.
그리하여 반구半球씩[68] 빛과 어둠을 갈라
빛을 낮, 어둠을 밤이라고
이름 지으셨으니, 이로써 제1일의 저녁과 아침.
천지[69]개벽의 날, 찬란한 햇빛이 비로소 어둠에서
발사되어 하늘과 땅이 탄생하는 것을 그들이 보았을 때,
천악대天樂隊의 찬미와 노랫소리 없이
이것을 그저 지날 수 없었다. 그들은 환희와

---

62) 이하 2행에서 지구를 만드는 데 쓰이지 않는 물질은 이 우주의 각 권을 형성하기 위해 지구 이외의 각 곳에 분배하고, 그 사이에 공기를 편다.
63) 이하 18행은 창조 제1일. 빛의 출현(〈창세기〉 1장 3~5절).
64) 빛은 이때 창조된 것이 아니라, 비로소 우주에 출현했다.
65) 변화하는 4대 원소 외에 불변하는 제5원소, 정기精氣. 제2편 주 49) 참조.
66) 밀턴이 동방을 빛의 출처로 본 것은 태양이 거기서 올라온다는 생각에서인데, 여기서 말하는 빛은 태양과는 관계없이 존재해온 빛이다.
67) "하느님이 해를 위하여 하늘에 장막을 베푸셨도다"(〈시편〉 19편 4절).
68) 우주의 반구에 빛을 비추고 다른 반구는 어둠 속에 있게 한다.
69) 이하 8행은 〈욥기〉 38장 4~7절 참조.

환호로 공허한 우주의 둥근 형체[70]를 가득 채우고,
황금의 하프를 타고 하느님과 성업을
찬가로 찬미하고, 그를 창조주라 노래한다.
첫 저녁 왔을 때, 첫 아침 왔을 때.
재차[71] 하느님은 선언하신다, '수중에
창궁 있으라, 그리고 물을 물에서
분리하라!' 하고. 그리하여 하느님은 창궁을
만드신다. 즉, 유동하는 맑고 투명한
원소와 같은 공기의 전개, 두루 퍼져서
이 거대하고 둥근 형체의 가장 볼록한 면[72]
아랫물과 윗물을 구분하는
견고한 분벽分壁에 이르기까지 순환해
퍼진다. 하느님이 세계를, 땅과 같이 넓은
수정의 대양 속, 잔잔히 돌고 있는
잔잔한 물 위에
구축하시고, 혼돈의 거친 무질서를
멀리 격리하여, 난폭한 극단이 이웃해[73]
전체의 구조를 어지럽히는[74] 일 없게 하셨으니.
창궁을 신은 하늘이라 부르셨다. 이리하여
저녁과 아침의 합창이 제2일을 노래한다.

---

70) 우주.
71) 이하 15행은 창조 제2일, 창궁의 출현(〈창세기〉 1장 6~8절 참조).
72) 가장 먼 변두리.
73) 제2편을 보면 혼돈계에서는 '추위'와 '더위'가 서로 지배하고자 다툰다.
74) 기온이 질서를 혼란시키는.

땅[75]은 만들어졌다. 그러나 물[76]의
태중胎中에 미숙, 미생未生인 채 싸여서
아직 나타나지 않는다. 지구 전면을
대양이 흐르나, 부질없이 흐르는 것이 아니고,
따스한 결실의 액체로 전 지구를
부드럽게 하여, 위대한 어머니[77]가
생식의 습기에
흡족해 잉태하게 한다.
그때 하느님의 말씀 울린다.
'이제 너희들 하늘 아래 물이여, 한군데에
모여라. 그리고 마른 땅 나타나게 해라!'
즉시 거대한 산들이 돌연히 나타나,
넓고 벌거벗은 등마루가
구름 속에 융기하고, 정점이
하늘에 치솟는다.
광대한 물 밑바닥인, 넓고 깊은
텅 빈 밑면이 치솟은 산의 높이만큼
낮게 가라앉는다. 물은[78] 그쪽으로
황급히 기뻐서 허둥지둥 흘러 내려간다.

---

75) 이하 37행은 창조 제3일 전반. 수륙의 분리(〈창세기〉 1장 9~10절 참조).
76) 다음 행에서 말하는 아랫물, 즉 지구를 에워싸는 물.
77) 대지.
78) 이하 2행. "물이 산들 위에 섰더니 주의 견책을 인하여 도망하며, 주의 우렛소리를 인하여 빨리 가서 주의 정하신 처소에 이르렀고 산은 오르고 골짜기는 내려갔나이다"(〈시편〉 104편 6~8절).

먼지 위에 둥글게 맺힌 물방울이 구르듯 마른 육지에서 굴러.
혹은 급히 솟아나 수정 벽 또는
곧은 봉우리를 급히 이룬다.
위대한 명령에 휘몰려
이렇게 급류는 비약한다. 나팔 소리에
군대(군대 얘기[79]는 그대 이미 들었다)가
군기에 모여들듯 물의 떼가 모인다,
길 있는 곳에, 물결 따라 물결 굴러,
험하면 광희의 격류 이루고, 평지에선 잔잔히
흐른다. 바위도 산도 막지 못하고
혹은 지하를 혹은 넓은 주위를
뱀처럼 꾸불꾸불 배회하면서 흘러가
습한 진흙 위에 깊은 도랑을 새긴다.
그것은, 이제 강들이 흘러 계속 물 꼬리
잇닿는 제방 안 이외엔 물 마르라고
하느님이 땅에 명령하기 전이니, 쉬운 일.
마른 육지를 땅, 몰려 있는 물의
거대한 웅덩이를 바다라고 칭하셨다.
'땅[80]은 푸른 풀과 종자 생산하는 채소와
여러 종류의 과실 맺고, 그 속에
씨앗 갖는 과수를 지상에 나게 해라!'
그 말씀이 끝나자마자 지금까지 황폐하고,

---

79) 제6편에서 라파엘이 아담에게 천사군과 반역 천사 간의 싸움을 설명했다.
80) 이하 30행은 창조 제3일 후반, 식물 창조의 묘사(〈창세기〉 1장 3절).

벌거벗고, 보기 흉하고 볼품없던 황무지엔
연한 풀 나고, 그 어린 풀은
상쾌한 녹색으로 땅 위를 온통 감싼다.
다음으로 각종 초목들이 갑자기 꽃 피우고,
색도 가지가지로 피어나 향기를 토해
대지의 가슴을 즐겁게 하고 있다. 이런 꽃들이 피자
송이 많은 포도나무 무성히 자라나고,
향기 좋은 박 덩굴 뻗어나며, 이삭 나온 곡식
일어서 들판에 진을 친다. 이 밖에 수수한 관목,
곱슬곱슬 털 얽히는 수풀, 마지막으로
당당한 나무들, 춤을 추듯이 일어서고,
과실 풍성히 매달린 가지 펴고 꽃봉오리를
맺는다. 산들은 높은 숲으로 뒤덮고, 골짜기나
샘터는 각기 풀숲으로 가리고, 시내는
긴 변두리로 장식되니, 이제 땅은
신들이 살고, 또한 즐거이 거닐고,
거룩한 나무 그늘 드나들기 좋아하는
하늘과 흡사하다. 하느님은[81] 아직 비를 땅 위에
내리지 않으시고, 또한 땅을 경작하는 사람이
하나도 없었건만, 이슬 맺힌 안개, 땅에서 올라,
온 대지와 들의 나무 하나하나와
풀 하나하나를 적신다. 아직 땅 위에

---

81) 이하 8행은 〈창세기〉 2장 5~6절 참조.

있지 않고, 푸른 줄기에서 나오기 전에
하느님이 만드신 그것들을. 하느님은
이것을 좋다고 보셨다.
이리하여 저녁과 아침, 제3일을 기록한다.
 다시[82] 전능하신 이 선언하신다. '낮과 밤을
구분하도록 넓은 하늘에 높이 비치는 것
있으라. 징조들을 위해
계절과 날과 순환하는 해年를 위해 있으라.
또한 하늘의 창궁에서 땅에 광명 비치는 것을 임무로
정한 바와 같이
빛을 위하여 있으라!' 그러자 그렇게 되었다.
하느님은 두 개의 커다란,[83] 인간에게 쓰일 만큼
큰 발광체를 만드시어, 큰 것은 낮을
작은 것은 밤을 번갈아 주관하게 하고,
또한 별을 만드시어 그것을 하늘의 창궁에
놓고 땅을 비추게 하시고, 교대[84]로
낮과 밤을 다스리게 하여 빛과
어둠이 나뉘게 하셨다. 하느님이 위대한
성업을 훑어보시니, 보시기에 좋았다.
여러 천체 중에서 우선 해를,
즉 영질靈質이지만 처음엔 빛이 없던,

---

82) 이하 48행은 창조 제4일, 천체 광명의 창조(《창세기》 1장 14~18절 참조).
83) 해와 달이 크다는 것은 덩치를 말한 것이 아니고, 인간의 용도에 맞게 크다는 것이다.
84) 별도 교대를 한다. 저녁 별이 있고, 샛별이 있고, 계절에 따라서 나타나는 별이 각각 다르다고 당시의 천문학은 생각했다.

강대하고 둥근 형체를 그는 만드시고, 다음엔
둥근 달과 각 등급의 별을 만드시어, 별들을
밭에 씨를 뿌리듯이 빽빽이 하늘에 뿌리셨다.
빛의 대부분을 그는 구름 속 성당[85]에서
옮겨, 유동의 빛 받아
흡수하도록 구멍 많고, 모인 광선을
보존토록 견고히 만들어진, 지금
빛의 대궁전인 태양에 놓으신다.
다른 별들[86]이 원천으로 향하듯이 이쪽으로
와서, 황금 병[87]에 빛을 받아 넣어,
그로써 샛별[88]도 그 뿔을 반짝인다.
별들은 흡수하거나 반사하여
적은 소유[89]를 증대한다. 사람의 눈엔
너무 멀어 아주 작게 보이긴 하지만.
우선 영광의 등불, 낮의 통치자
동방에 나타나 널리 주위의 지평선을 두루
찬란한 광선으로 감싸고, 하늘의 큰길[90] 따라
즐겁게 경선經線[91]을 달린다. 희미한

---

85) '구름의 막사'. 주 68) 참조.
86) 유성.
87) 별들이 황금 병을 가지고 빛을 받으러 간다.
88) 루시퍼, 즉 금성.
89) 빛의 저장.
90) 황도黃道.
91) 동서 간의 경로. 밀턴은 우리가 위선이라고 하는 것을 경선이라고 했다.

'여명'과 묘성昴星[92]은 그 앞에서 춤춘다.
고운 영기 발사하며. 달은 그보다 좀 어둡게,
그러나 맞은편 정서正西 쪽에 놓여
해의 거울[93]로서 면상 가득히 그 빛을
빌려 받는다. 이 달은 위치에서 다른 어떤 빛이
하등 필요 없고, 계속 같은 거리를 지키며,
밤에 이르면, 이제 자기 차례인 달은 동쪽에 비치고,
하늘의 큰 축을 회전하면서, 몇천의
작은 빛들, 즉 반구半球를 반짝이며 나타난
천만의 별들과 더불어 통치권을
분담한다. 그때 비로소
떴다 졌다 하는 찬연한 광채에 장식되어
즐거운 저녁과 아침은 제4일을 빛낸다.
  하느님은 다시 선언하신다.
'물은[94] 수많은 알을 지닌
'길짐승', 생물을 생산해라,
그리고 새로 하여금 하늘의 열린 창궁 위에
날개를 활짝 펴고 땅 위를 날게 해라!'
이리하여 하느님은 거대한 고래를 창조하시고, 일체의
생물들, 즉 종류별로 물에서 생산되는
수많은 기는 것들을 창조하시고, 또한

---

92) "네가 묘성을 매어 떨기 되게 하겠느냐"(〈욥기〉 38장 31절).
93) 빛을 반사하기 때문에.
94) 이하 62행은 창조 제5일, 물속의 길짐승과 조류의 창조(〈창세기〉 1장 20~23절).

종류별로 날개 있는 모든 새를 창조하시어,
보시기에 좋아, 축복하시며 말씀하신다.
'풍성하여라, 번식하여라. 그리하여 바다에서,
호수에서, 흐르는 시내에서 물에 가득 차라,
그리고 새는 지상에 번식케 해라!'
즉시 해협과 바다, 만과 포구가
수없는 고기 새끼와 고기 떼로
들끓고, 그것들은 지느러미와 빛나는 비늘로
푸른 파도 밑을 미끄러지고, 가끔 떼 지어
바다 한가운데에 둑을 쌓는다.[95] 혼자서 혹은 떼 지어
저의 목초인 해초 먹는 놈, 산호 숲을
헤매는 놈, 섬광을 발하면서 번쩍이며 노닐며,
금빛 반점 아롱지는 옷자락을 햇빛에
드러내는 놈. 혹은 진주조개 속에서 편안히
물에 젖은 먹이 지키며, 또는 바위 밑에
이음매로 엮인 갑옷[96] 입고 먹이를 지켜보는 놈도 있다.
잔잔한 물 위엔 물개와 허리 굽은 돌고래가 노닐고,
큰 몸집으로 무겁게 뒹굴고, 몸짓도 거창하게
대양을 어지럽히는 놈도 있다. 생물 중
가장 거대한 리바이어던[97]은 바다 위에
곶처럼 몸을 펼치고, 잠도 자고 헤엄도 치니,

---

95) 고등어 떼같이.
96) 비늘 있는 갑옷.
97) 고래. 제1편 주 59) 참조.

떠 있는 육지같이 보이고, 아가미로
바다를 온통 들이마시고, 코로 뿜어낸다.
그때 따뜻한 동굴과 늪 기슭에서는
알에서 수많은 새끼가 부화한다. 알은
즉시 자연적으로 터져 거기에서 깃털 없는
새끼들 나온다. 그러나 바로 깃털 나고,
날개 고루 갖춰, 하늘 높이 날며, 노래하며,
멀리 구름 밑에 보이는
대지를 내려다본다.[98] 저기 독수리와 황새는
절벽 위와 삼나무 꼭대기에 둥우리를 짓는다.[99]
홀로 상공을 나는 새들도 있다. 좀 더 영리한 새들은
계절을 알아보고, 떼 지어 똑바로 줄지어
쐐기꼴[100]로 가고, 높이 날아 바다 넘고
육지 건너 번갈아 날개 치며,[101]
편히 날며 공중의 대상隊商이 되어
떠나는 새도 있다. 현명한 학은 바람 타고,
연례적인 항해를 한다. 그것들 지날 때
부채질하는 깃털에 공기가 물결친다.
가지에서 가지로, 작은 새는 노래 불러
숲을 위안하고, 색 고운 날개 펴서

---

98) 멀리서 바라보니 대지가 구름 밑에 있는 것처럼 보인다. 거의 구름 속을 날듯이 높이 난다.
99) "독수리가 공중에 떠서 높은 곳에 보금자리를 만드는 것이…… 그것이 낭떠러지에 집을 지으며 뾰족한 바위 끝이나 험준한 데 거하며"(《욥기》 39장 27~28절).
100) 적군 속을 헤치고 들어가듯이 쐐기 모양으로 열을 지어 길을 뚫고 간다.
101) 쐐기꼴의 열두 선두에서 나는 새가 교대로 그 자리를 차지한다.

밤에 이른다. 장엄한 나이팅게일[102]은 그때껏
멈추지 않고, 밤새 가벼운 곡조 부른다.
다른 새들은 은빛 호수와 강물에 가슴 털을
적시고, 백조는 궁처럼 휜 목을
자랑스럽게 날개 사이에 파묻고,
유유히 발로 노 저어 간다. 그러나 가끔
물을 떠나 힘센 날개로 날아서 중천에
솟아오른다. 혹은 지상을 견고히
걷는 새도 있다. 정적의 시간을 나팔 소리로
울리는 볏 달린 수탉, 혹은 무지개와
별 눈 박힌 찬연한 색채로 물들인 화려한 꽁지로
스스로 단장한 새도 있다. 이리하여 물은
고기로, 하늘은 새로 가득 차
저녁과 아침, 제5일을 축하한다.
　제6일,[103] 창조의 마지막 날이 저녁의 하프와
아침의 노래로 밝으니, 하느님 말씀하신다.
'땅은 종류별로 생물을 생산해라,
가축, 기는 짐승, 그리고 지상의 짐승을
각기 종류에 따라 생산해라!' 땅은 순종하여
풍요한 태를 벌려서 일시에
수없이 많은 생물을 낳는다. 형체가 완전하고
사지 있고, 다 큰 것들. 야수들

---

102) 밀턴이 즐겨 시에 등장시킨 새가 나이팅게일이다.
103) 이하 60행은 창조 제6일 전반, 육상 동물의 창조(〈창세기〉 1장 24~25절 참조).

제집에서처럼 땅에서 태어나고, 거친 숲 속,
나무 속, 덤불 속, 굴속에서 살며,
나무 사이를 짝지어 일어서서 걷는다.
가축은 들이나, 푸른 초원에 있다.
어떤 것은 흩어져 떨어져 있고, 어떤 것은 떼 지어
같이 풀 뜯고, 대군을 이루어 나타난다.
풀로 뒤덮인 땅이 이제 새끼 낳는다. 황갈색의 사자,
반쯤 나와 뒷몸이 빠지려고,
발버둥 치다가—고삐에서 풀린 것처럼 뛰고
뒷발로 서서[104] 얼룩진 갈기털을 흔든다.
표범·살쾡이·호랑이 등은 두더지 일어나듯,
부서진 흙을 제 몸에 산처럼
퍼붓는다. 재빠른 수사슴은 가지 돋은 머리를
땅속에서 추켜든다. 땅에서 난 최대의 짐승,
비히모드[105]는 간신히 제 굴에서 거구를
일으킨다. 털로 뒤덮인 양 떼는
나무처럼 일어선다. 바다와 육지
양쪽에서 사는 하마와 비닐 돋친 악어도.
지상을 기는 것들 모두 일시에 나온다,
곤충이나 땅벌레나,[106] 전자는 부드러운 날개를
흔들고, 아주 작고 아담한 사지를

---

104) 앞발을 쳐들고.
105) 〈욥기〉 40장 15절에 나오는 큰 짐승인데, 성서에 하마라고 번역되어 있다.
106) 뱀도 포함된다.

금빛·자줏빛·청·녹의 반점 있는
여름의 자랑스러운 의상으로 장식한다.
후자는 긴 몸을 줄처럼 끌며,
꾸불꾸불한 자국을 지상에 남긴다. 모두가
자연의 미물은 아니다. 어떤 뱀의 종류는
놀랄 만큼 길고 비대하게, 서리서리
타래 이루고 날개까지 있다. 먼저 기는 것은
검소한 개미, 미래를 준비하는 마음 많아
큰마음[107]을 작은 가슴에 싸고 있다.
아마 그것들은 차후 올바른 평등의 표본 되리라,
결합하여 공동체의 종족을 이루고 있다.
다음으로 떼 지어 나타나는 것은
암벌, 남편인 수벌에게 맛있는 음식을
먹이고,[108] 또한 밀초의 벌집을 만들어
꿀을 저장한다. 그 외에도 생물은 수없이 많다.
그대가 그 성질을 알고, 이름 주었으니,[109]
되풀이할 필요가 없다. 또한 뱀도
그대는 안다, 들에서 가장 교활한 짐승,[110]
놋쇠 빛 눈과 무서운 갈깃머리 있는,
거대한 놈 있긴 하나, 그대에겐

---

107) 지혜의 의미도 포함된다. "하느님이 솔로몬에게…… 넓은 마음을 주시되"(《열왕기 상》 4장 29절).
108) 밀턴 당시에는 흔히 암벌이 일을 하고 수벌은 게으르다고 생각되었다.
109) 《창세기》 2장 19~20절 참조.
110) 《창세기》 3장 1절 참조.

해 없고,[111] 그대의 명령에 순종한다.
이제 하늘은 한껏 영광에 빛나고,
시동하는 위대한 자의 손이 궤도에 따라
돌리는 대로 운행한다. 땅은 잘 차려입고
곱게 미소 짓는다. 공기·물·땅에
새·고기·짐승들이 떼 지어 날고, 헤엄치고, 걷는다.
그러나 제6일은 아직도 계속된다.
아직 부족한 것은 가장 주된 일, 즉 이미
이루어진 모든 것의 목적[112] — 다른 생물처럼
엎드리지 않고, 어리석지 않고, 성스러운
이성 부여되고, 몸 곧게[113] 일으켜, 올바르고
조용한 용모로 남을 지배하고,
자신을 알며, 그 때문에 마음 고결하게
하늘과 상통하고, 그 선善이 내린
원천을 감사히 인정하고, 그쪽을 향해
헌신의 자세로 마음과 목소리와 눈을
돌리고, 그를 모든 거룩한 사업의 수령이
되게 하신 지존의 하느님을 찬양하고
숭배하고자 하는 자. 그래서 전능하신
영원의[114] 아버지는(그가 계시지 않는 곳

---

111) 인간이 하느님께 순종할 마음만 있었다면 뱀이 해롭지 않았을 것이다. 훌륭한 아이러니이다.
112) 만물이 그를 위하여 창조되었다.
113) 곧은 몸은 인간이 동물을 지배하고 동물보다 우월함을 나타내는 표시이다.
114) 이하 2행에서, 성부는 하늘에 머무르고 성자만이 나와서 새로운 우주를 창조했다. 그러

어디랴?) 성자를 향해 들리도록 말씀하신다.
  '이제[115] 인간을 우리의 형상에 따라, 인간을
우리와 유사하게 만들어 그에게
바다의 고기와 공중의 새를,
지상의 짐승과 온 땅과 땅에
기는 온갖 길짐승을 다스리게 하자!'
이렇게 말씀하시고서 그대, 아담을 만드셨느니라.
그대, 아, 인간이여, 땅의 먼지여.
그리고 그대 코에
생명의 입김을 불어넣으셨다. 자신의
상像대로 정확한 하느님의 형상대로 그는
그대를 만드셨으니, 살아 있는 인간 되게 하셨도다.
그대를 남자로, 그대 배필을 종족 위해
여자로 창조하시고, 인류를 축복해 선언하신다.
'풍성하여라, 번식하여라, 지상에 충만하여라.
땅을 복종시켜 바다와 고기와,
하늘의 새와, 지상에 움직이는
일체의 생물을 모조리 다스려라!'
이렇게 창조된 곳[116] 어디였든(아직
이름 지어진 곳 없으니) 그곳으로부터, 알다시피
이 상쾌한 숲으로, 보기에도 먹기에도

나 널리 퍼져 계신 하느님은 그 우주에 있어, 성자에게 말한다.
115) 이하 17행은 창조 제6일, 인간의 창조(〈창세기〉 1장 26~31절 참조).
116) 아담이 창조된 곳은 에덴 안이지만 낙원은 아니었고, 창조된 후에 그곳으로 옮겨졌다 (〈창세기〉 2장 8~15절 참조).

즐거운 하느님의 나무들이 심어져 있는
이 동산으로, 그는 그대를 이끌어
온갖 좋은 과실을 먹도록 마음껏
그대에게 주셨도다. 모든 땅에서 생산되는
여러 가지 종류의 것 여기[117] 죄다 있다. 그러나
먹으면 선악을 알게 되는 나무의 열매는
먹지 마라. 먹는 날 곧 그대는 죽는다.
죽음은 그것 때문에 부과되는 형벌이다, 조심하여
그대의 식욕을 억제해라, 그러지 않으면,
'죄'와 검은 시종인 '죽음'의 습격 받으리라,[118]
여기서 신은 말을 그치시고, 그가 만드신 모든 것을
둘러보니, 보라, 모두가 완전하고 좋다.
이리하여 저녁과 아침은 제6일을 완성했다.
그러나[119] 아직 피곤하지 않았지만, 창조주께선
그 성업을 그치시고, 높은 거처,
하늘 중의 하늘로 돌아가시어,
이 새로 창조된 세계, 증대된 하느님의
제국이 보좌에서 멀리 전망이
자기의 큰 이상[120]에 호응해, 얼마나 좋고

---

117) 237쪽 2~18행 참조.
118) '죄'는 '죽음'의 어머니이다. 그들은 항상 같이 있고, 죽음은 '그림자'처럼 죄를 따른다.
119) "너는 알지 못하였느냐, 듣지 못하였느냐, 영원하신 하느님 여호와, 땅끝까지 창조하신 자는 피곤치 아니하시며 곤비치 아니하시며"(《이사야》 40장 28절). 이하 85행은 제7일, 안식 (《창세기》 2장 1~3절 참조).
120) 마음속에 형성된 우주의 개념. 이 개념에 따라 밖으로 재현된 것이 실제 우주이다.

얼마나 아름다운가를 보고자 하신다. 갈채와
천사의 음악을 연주하는 천만 개 하프의
교향악 소리를 들으며 그는 올라가신다.
땅도 하늘도 메아리치고(그대 들었으니
기억할 것이지만) 뭇 하늘과 뭇
별자리도 울리고, 유성[121]들이 제자리에
서서 귀 기울이는 동안 찬연한 행렬은
환희에 도취되어 올라간다.
'열려라, 영원의 문들!'[122] 그들은 노래한다,
'열어라, 제천諸天이여, 너희 살아 있는
문들을! 맞이해라, 위대한 창조주를.
그의 성업에서, 6일간에 이룩하신
세계에서, 장엄하게 돌아오신 그를.
열려라,[123] 차후에도 가끔. 하느님께서 기꺼이
자주 외로운 사람들의 거처를 즐겨 찾아오시고
또한 빈번히 하늘의 은총의
용무로 날개 돋친 사자를 그곳에
보내실 것이니.' 영광의 행렬은
올라가며 그렇게 노래한다. 빛나는 문이
활짝 열린 하늘을 지나, 곧장 그는
하느님의 영원의 집으로 향해 가신다.

---

121) 즉, '방랑체'들까지도 서서 귀 기울인다.
122) "문들아 너희 머리를 들지어다. 영원한 문들아 들릴지어다"(〈시편〉 24편 7절).
123) 이하 5행에서, 천사들이 지상에 내려오는 데에는 두 개의 길이 있다. 곧장 하늘에서 시온 산으로 내려오는 길과 성스러운 약속의 땅 위에 뻗쳐 있는 길이다.

길은 광대하고, 그 흙은 황금,
포석은 별,[124] 마치 밤마다 그대들 보는
별 뿌린 둥근 띠와 흡사한 은하수,
그 하늘 나라 강에서 나타나는 뭇별들처럼
그대에게 보인다. 이리하여 이제 지상에
일곱 번째의 저녁이 에덴에 찾아온다.
해는 지고, 황혼이 밤을 앞질러
동쪽에서 다가오니, 그때 하늘에 높이
자리 잡은 정상 성스러운 산,[125] 영원히
확고히 고정된 하느님의 보좌에
성자인 '권력'이 도착해 위대한 아버지와
함께 앉으신다. 하느님도 또한 보이지 않게
함께 갔었으나,[126] 머물러서(널리 퍼져 있음은 이런 특권을 갖는다)
만물의 성업과 그 작자, 그리고
그 목적을 규정하셨다. 이리하여 이제 일을
쉬시고, 제7일을 축하하시며, 성스러운 날로 정하신다,
이날에 모든 일 쉬셨다 하여.
하프는 쉬지 않고 울리고 장엄한 피리,
생황,[127] 고운 소리 나는 온갖 풍금,
줄이나 금선金線을 켜 줄받침에서
나는 온갖 음향,

---

124) 하늘의 길에는 별이 깔려 있다.
125) '높은 신산'.
126) 주 114) 참조.
127) 작은 망치로 울리는 현악기(《다니엘》 3장 5절).

합창이나 제창 소리와 섞여 부드러운
음률을 이룬다. 향기로운[128] 구름은
황금 향로에서 피어올라 성스러운 산을 감싼다.
창조와 6일간의 대업을 그들은 노래한다.
'위대하도다, 주의 성업! 무한하도다, 주의 힘!'[129]
여호와여,[130] 어떤 생각이 주를 측량하고,
어떤 혀가 주를 말할 수 있으리오,
지금 당신의 개선은
거천사巨天使[131]보다 위대하도다.
그날 주의 우레는 주를 찬양했더이다. 그러나
창조는 창조된 것을 파괴하는 것보다 위대하나이다.
강력한 왕이시여, 누가 주를 손상하고
주의 제국을 제한할 수 있으리오. 배신의 영들
불경하게도 주를 깎아내리고, 그 많은
숭배자들을 주에게서 떨어져 나가게 하고자
생각했으니, 교만한 시도, 헛된
계략을 주는 쉽게 물리쳤나이다. 주를
약화하려는 자는 목적과 어긋나게
한층 주의 힘을 떨치게 할 뿐,

---

128) 이하 2행은 〈요한 계시록〉 8장 3~4절 참조.
129) "여호와여, 주의 행사가 어찌 그리 크신지요"(《시편》 92편 5절).
130) 이하 2행은 "여호와 나의 하느님이여, 주의 행하신 기적이 많고 우리를 향하신 주의 생각도 많소이다. 내가 들어 말하고자 하나 주의 앞에 베풀 수도 없고 그 수를 셀 수도 없나이다"(《시편》 40편 5절) 참조.
131) 반역 천사들. 그리스 신화에서 제우스와 제신을 올림포스로 추방코자 했던 거신들과 반역 천사를 연관시켰다.

주께선 그의 악을
이용해, 거기서 한층 선을 창조하시나니.
증언해라,[132] 이 새로운 창조의 세계여, 천문에서
멀지 않고, 맑고 투명한 유리의 바다 위[133]에
놓인 것처럼 보이는 이 또 하나의 하늘[134]이여.
그 넓이 거의 무한이고, 별 헤아릴 수 없고,
별 하나하나가 아마 정해진
거주居住의 세계[135]—그러나 그 시기[136]를 아는 건
주뿐이라. 별들 중에서 인간이 자리 잡고 있는
지구는 밑으로 대양[137]이 둘러싸고 있는 인간의
쾌적한 거주지. 지극히 행복한 인간이여,
인간의 아들이여, 하느님이 자기 모습 따라 그들을
창조[138]해 그렇게 높이고 거기 살게 하시고
그를 숭배케 하고, 그 보답으로는 땅과
바다와 하늘에 있는 하느님이 지으신 것을 다스리고,
거룩하고 의로운 숭배자의 종족을
번식케 했느니라. 그들이 만일 그 행복을
알고, 올바른 것을 지켜나가면 참으로 복 많으리라!'

---

132) 이 새로운 창조의 세계로 하여금 하느님 위업의 증인이 되게 하려는 것이다.
133) 331쪽 13~14행 참조.
134) 이 아름다운 우주를 또 하나의 하늘이라 할 만하다.
135) 밀턴은 천체들이 각기 주소가 정해져 있다고 보았다. 언젠가는 살 수 있도록.
136) 천체들의 정착 시기는 하느님만 아신다. "그러나 그날과 그때는 아무도 모르나니 하늘의 천사들도 아들도 모르고 오직 아버지만 아시느니라"(〈마태〉 24장 36절).
137) 332쪽 10행 "하늘 아래 물".
138) 이하 5행. 344쪽 2~18행 참조.

이렇게 그들이 노래하니 할렐루야[139] 소리
청화천에 울려 퍼졌고, 안식일은 정해졌다.
이 세계와 자연 현상이 처음에 어떻게 시작됐고,
그대의 기억 이전, 최초에 무엇이
이루어졌는가를 알고, 그것을 자손들에게
알리고자 하는 그대의 소원은 이제
충족되었으리라 믿는다. 만일 인간의 법도를
지나치지 않는, 달리 물을 것 있으면 말해라."

---

139) "주를 찬미하라"(〈시편〉 146편 1절 참조).

제8편

아담은 천체의 운행에 관해 질문한다. 의심스러운 대답을 듣고, 좀 더 알 만한 가치가 있는 것을 탐구하는 것이 좋다고 권고받는다. 아담은 수 긍했지만, 아직 라파엘을 붙들어두고 싶은 마음에서, 자기가 창조된 이 래 기억하고 있는 것, 즉 자기가 낙원에 놓인 일, 고독과 적당한 사교에 대한 하느님과의 대화, 이브와 처음 만나 결혼한 것 등을 그에게 얘기한다. 그에 대한 천사와의 담화. 천사는 거듭 주의를 주고서 떠난다.

✦

　천사[1]의 말 끝났건만, 아담의 귀에
맴도는 그 목소리 매우 매혹적이어서 천사가 아직
얘기하는 것같이 생각되어 꼼짝 않고 귀 기울이다가,

---

1) 전편까지 아담과 대화를 계속한 라파엘 천사.

그는 드디어 잠깬 듯이, 감사하여 대답한다.
"어떤 충분한 감사, 어떤 적절한
보답을 당신에게 드려야 할지. 사실을 말해주는
천사여, 당신은 나의 지식의 갈증을
이같이 충분히 완화하고, 감히 이토록
친히 몸을 낮추어, 그렇지 않고선 내가
알아낼 수 없는 사실들을 말하여,
지금 놀라움과 기쁨으로 듣고, 당연히
높은 영광을 창조주에게 돌리옵니다.
그러나 아직 의문스러운 것 남았으니,
오직 당신의 해답만이 이것을 풀 수 있사오리다.
이 훌륭한 구조, 하늘과 땅으로
이루어진 세계를 내가 보고, 크기를
측량할 때 이 지구는 창궁과 무수한
모든 별과 비교하여 한 점 한 낟알,
한[2] 원자에 지나지 않고, 한편 별들은 가없는
공간을 돌며(그 거리를 매일
신속히 돌아오니, 그렇게 생각하게 한다)
이 어두운 땅, 이 극미한 점 둘레에
한낮 한밤, 다만 빛을 공여供與할 뿐,
아무리 널리 둘러보아도 그것 외에는

---

[2] 이하 7행. 고대 천문학에 의하면 뭇별들은 지구를 중심으로 항시 회전하며 지구에 빛을 비춘다. 극히 작은 점에 불과한 지구에 빛을 주기 위해 그런 막대한 운동이 전개된다는 것은 불합리하다는 말이다.

쓸모없어 보이니 이치를 따지는 나는
의아합니다. 어째서 현명하고 알뜰한 '자연'이
이런 불균형을 감행해 겉으로 보기에는
이 한 가지 용도[3]밖에 없는데, 불필요하게도
이토록 많은 이토록 갖가지 고귀한
천체를 창조해, 이렇게 휴식 없이
매일 되풀이되는 회전을 그 둥근 형체들에게 강요하고
앉아 있는 지구는 오히려 훨씬 짧게
회전[4]할 수 있는지 자신보다 고귀한 것들의 도움을 받아,
조금도 움직이지 않고 자기의 목적을 달성하며,
이렇게 측량할 수 없는 노정路程을 영적인
속도로,[5] 수로는 표시할 수 없으리만큼 신속한
속도로 보내온 공물, 온기와
빛을 받는 것이온지."
   우리의 조상은 이렇게 말하고, 용모가
깊은 명상에 잠기는 것같이 보인다.
그것을 알아차린 이브는 이를
보고 그 자리에서 기품 있는 겸손과,
보는 자가 혹하여 더 있어주기를 바라는
우아함을 지니고 자리에서 일어나, 과실과 꽃 사이로 나아가서,
손수 가꾼 봉오리나 꽃들이 얼마나

---

3) 다만 빛을 공여할 뿐임을 가리킨다.
4) 지구가 회전한다면 다른 천체들보다 훨씬 간단한 운동으로 족할 것이다.
5) 거의 초물질적인 속도로.

번성한가를 본다. 그녀가 오자, 그것들은 피어나고
곱게 어루만지는 손길에 즐거이 자라난다.
그러나 그녀가 간 것은 그런 얘기가 불쾌하거나,
또는 고상한 것이 귀에 견딜 수 없어
그런 것이 아니다. 얘기는 아담이 하고
듣는 것은 다만 그녀뿐인 그런 기쁨을 유보하기 위함이다.
그녀는 천사보다도 남편이 얘기해주는 것이
좋았고, 그녀는 오히려 그에게 묻는 편이
좋았다, 그가 반드시 다른 유쾌한 얘기를
섞고, 부부의 애무로 고상한
문제를 해결해줄 것을 알았기에. 그의 입에서
즐거운 것이 다만 말뿐이랴. 아, 이제 다시
언제 이런 사랑과 존경으로 맺은 부부를
보랴? 여신다운 태도로 그녀는 나아간다,
시녀 거느리고. 여왕처럼 그녀에겐 항상
매력 있는 '우아'의 행렬[6]이 따르고,
몸 주변에서 만인의 눈에 선망의
화살 쏘아, 그들은 언제나 그녀를 보고 싶어 한다.
라파엘은 아담의 질의에
이제 자애롭고 유순하게 이렇게 대답한다.
 "묻고 알고자 함을 탓하지 않는다, 하늘은
그대 앞에 놓여 있는 신의 책과 같아

---

6) 밀턴은 여성의 최고 미덕으로 우아의 덕을 인격화해 이브의 시종으로 따르게 한다.

그 속에서 놀라운 하느님의 성업을 읽고,
그의 계절·시간·날·달·해를 알게 되리라.
이 지식을 얻기 위해선, 움직이는 것이
하늘이건 땅이건 상관없다,[7] 그대 판단이 옳다면.
나머지는 '대건축가'께서 현명하게 인간에게도
천사에게도 숨기고, 비밀을 폭로치 않는다,
오히려 찬미하는 자들이 그것을 정밀히
조사하도록. 그들이 만일 억측하길
좋아한다면, 그는 자기가 만든 하늘의 설계를
그들의 논의에 맡긴다. 아마도 차후
그들이 하늘을 본뜨고 별을 측정[8]하게
될 때, 당치 않은 가소로운 의견[9]에
웃음[10] 자아내리라, 즉 그 위대한 구조를
어떻게 다루고, 여러 가지 모양[11]을 지탱하기 위해
어떻게 세우고, 헐고, 고안하고, 어떻게
휘갈겨 쓴 동심권同心圈과 이심권異心圈,[12] 그리고
주전권周轉圈,[13] 대권大圈 중의 대권으로써

---

7) 천동설이건 지동설이건 상관없다.
8) 별에 관한 모든 것, 운동 거리·위치·용적·중량 등을 측량하도록.
9) 밀턴은 이 시에서 대체로 고대 천문학(프톨레마이오스식)을 지지하고 그 이론을 채택하고 있지만, 코페르니쿠스식 천문학에도 조예가 깊었던 것이 확실하다. 그리고 밀턴에게 있어 가장 중요한 문제는 천문학상의 문제가 아니라, 인간이 창조주의 위대함을 깨닫고 거기에 감사하고, 더욱 섬기는 마음을 갖는 것이었다.
10) "하늘에 계신 자가 웃으심이여 주께서 저희를 비웃으시리로다"(〈시편〉 2편 4절).
11) 천체들의 외관상의 크기·운동 등.
12) 지구와 중심이 같은 원과, 다른 원을 말한다.
13) 큰 원의 원둘레에 중심을 갖는 작은 원. 프톨레마이오스식 천문학에서는 일곱 유성의 궤

전권[14]을 에워싸는가를 보고서,
이미 그대의 추리가 이러하리라고 나는 생각한다.
즉, 그대 자손의 선조인 그대는 생각한다,[15]
빛나는 대천체가 빛나지 않는
소천체에 봉사하고, 지구는 움직이지 않고
홀로 은혜를 입는데, 하늘이 이렇게
돌고 있다는 것이 부당하다고. 우선 생각해라,
크고 빛남이 우월을 나타내는 것은 아니다.
지구는 하늘에 비하면, 그처럼 작고 빛도
안 나지만, 공허하게 빛나는 태양보다
훨씬 실속 있는 좋은 점을 갖고 있다.
태양의 힘은 자신에겐 좋은 작용 되지 못하고,
풍요한 지구에만 작용된다. 우선
거기서 그 빛이 혜택을 누려,
그렇지 않으면 무용할진대, 그 힘을 발한다.
그러나 그 빛을 내는 광체는 지구를
섬기는 것이 아니라 땅의 거주자, 그대를 섬긴다.
그리고 하늘의 광활함은, 이렇게 널리
구축하고 이렇게 멀리 줄을 친[16] 조물주의
숭고한 위대함을 나타내고 그럼으로써

도가 주전권이라고 상상했다.
14) 전 우주.
15) 인류를 '이끌' 몸인 아담이 이런 그릇된 생각을 한다면, 자손들은 얼마나 어리석은 생각을 범할 것인가.
16) "누가 그 도량을 정하였는지 누가 그 준승을 그 위에 띄웠었는지"(〈욥기〉 38장 5절).

인간으로 하여금 제 세상에 사는 것이 아님을
알리는 것. 좁은 경내에 사는 인간만으로 채우기엔
너무나 큰 대전당이다. 나머지는 주님이 가장 잘 아는
용도에 쓰도록 정해졌다.
여러 둥근 형체의 속도는 수로 나타낼 수
없지만, 거의 영적인 속도를 육적인 물질에
가할 수 있는 하느님의 전능 때문인 것으로 알아라.
그대는 나를 더디다 생각지 마라,
아침에 하느님 사시는 하늘에서 떠나와
정오 전에 나는 에덴에 도착했으니
이름 붙여 부르는 숫자로서는 표현할 수 없는
거리이다. 그러나 내가 제천諸天의 운행을
인정하며 이렇게 말함은, 그대가 그것을 의심토록[17]
만드는 것의 헛됨을 보이기 위함이다.
내가 그렇게 주장하는 것[18]이 아니다, 이곳
지상에 사는 그대에겐 제천의 운행, 그렇게 보이지만,
하느님은 그의 길에 인간의 생각이 미치지 못하도록
하늘을 땅에서 이렇게 멀리 떨어져 있게 했으니
땅에서 감히 바라보아도 모든 것이 너무 높아
그릇 보이고, 아무 득도 없으리라. 만일 태양이
세계의 중심[19]이고, 다른 별들은 태양과

---

17) 그대의 의심의 원인.
18) 제천의 움직임(천동설)을 인정하는 것.
19) 지구가 중심이 아니고.

자체의 인력에 움직여 그 주위를
여러 모양으로 춤추며 돈다 한들 어떤가?
때론 높고 때론 낮게, 혹은 숨거나 나아가고,
물러가거나 혹은 멈추고, 떠도는 길[20]은
여섯 별[21]에 나타난다. 이들 별의 일곱 번째인 유성으로서의
지구가 보기엔 부동인 것 같지만 알지 못하게
세 가지 다른 운동[22]을 한다면 어떻겠는가?
그렇지 않다면[23] 여러 범위가 경사지게 비스듬히
반대로 움직이기 때문이라고 해야 할 것이다.
아니면 태양이 회전의 노력을 덜고, 가정假定이
아니고선, 뭇별 위에서 보이지 않는
신속한 밤낮의 대권大圈에서 밤낮의 운행[24]을
면제하지 않을 수 없다. 만일 지구가 그 자신,

---

20) 유성이 떠도는 길.
21) 달·수성·금성·화성·목성·토성. 프톨레마이오스에 의하면 태양이 '제7유성'이지만, 코페르니쿠스에 의하면 지구가 '제7유성'이다.
22) 지축을 중심으로 회전하는 매일의 자전, 태양을 중심으로 회전하는 매년의 공전, 지구가 그 축을 우주의 축과 평행하게 궤도 달리는 소위 칭동秤動을 말한다.
23) 이하 10행에서는, 주 22)에서 말한 세 가지 운동의 원인을, 반대 방향으로 서로 비스듬히 횡단하는 몇 개의 천체에 돌리든지(프톨레마이오스의 견해), 지구에 돌리든지(코페르니쿠스의 견해) 하지 않을 수 없다. 만일 이것을 지구에 돌리면, 태양이 지구의 주위를 회전하는 노력을 덜 수 있다. 그리고 주야권晝夜圈, 즉 하루의 밤낮 동안에 항성 전체로 하여금 지구의 주위를 회전하게 하는 원동권이라는 바퀴도 없앨 수 있다. 그러나 이런 바퀴가 존재한다는 것은 이론에 불과하다. 왜냐하면 그것은 뭇별 위에 있어 보이지 않기 때문이다. 만일 지구가 스스로 하루 밤낮마다 서에서 동으로 지축을 자전한다면, 이렇게 자전하면서 일광을 받아 구면의 반은 태양을 등지기 때문에 암흑 속에 있지만, 나머지 반은 여전히 빛나고 있다면, 이런 주야권이라는 수레는 사실상 지구 때문에 생기는 어떤 운동을 설명하기 위해 꾸며낸 이론에 불과하다.
24) 밤낮을 이루게 하는 회전.

부지런히 동쪽으로 가서 낮을 취하여,[25]
태양의 빛을 등진 부분이 밤을 만나고,
다른 부분은 여전히 햇빛 받아 빛난다면,
이 수레를 믿을 수 없다. 만일[26] 그 빛이
넓고 투명한 하늘을 거쳐 지구에서
지구를 따르는 달로 보내져
밤마다 달이 지구 비추듯 날마다 달을 비추어 별처럼 보인들
어떤가―지금 반대로 거기에 육지 있고, 들 있고,
주민 있다면 어떻게 되겠는가?[27] 달의 반점은 구름같이
보이고, 구름에서 비 내리고, 비는 연한 땅에
과실 나게 해 거기 사는 사람에게
먹게 할 수도 있을 것이다. 다른 태양들[28]에게도
아마 시중드는 달들이 있어 음양의 빛[29]을
주고받는 것 보게 될 것이고 이 위대한
양성兩性이 아마 각 둥근 형체 속에 들어 있는
생물 있는 세계에 활기 주리라.
자연계의 생물들이 점유하지 않은 거대한
공지가 있어, 황량하고 삭막해
다만 빛날 뿐, 그 속의 각 둥근 형체가

---

25) 낮을 태양에서 취하여.
26) 이하 5행. 만일 지구가 움직인다면, 그것은 하나의 유성이므로, 달에서 본 지구는 지구에서 본 별이나 달 같을 것이다.
27) 밀턴은 달에 생물이 있다고 생각한 듯하다.
28) 목성과 토성이라는 설, 항성 전체일 것이라는 설이 있다.
29) 양광陽光은 직접 나오는 빛이고, 음광陰光은 반사광이다.

이렇게 멀리 이 세상에 전해오는 한 줄기
섬광을(그 빛을 지구는 되돌려보내고)
겨우 주고 있을 뿐이라 함은 논쟁의 여지가 있다.
그러나 이런 일 어떻든 간에—
하늘에서 탁월한 태양이 지구 위에
솟아 올라오든, 또는 지구가 태양 위에
솟아 올라오든, 태양이 동쪽에서
불타는 노정을 시작하든,
또는[30] 지구가 서쪽에서 침묵의 길을 떠나,
부드러운 축을 회전하며 잠자는
평탄한 보조로 한결같이 걸어
그대를 고운 공기와 더불어 가볍게 운반하든—
모르는 일로 그대 생각 어지럽히지 마라. 그것은
하늘에 계신 하느님에게 맡기고,
그분을 섬기고 두려워해라.
다른 산 것들이 어디 놓이든 간에
그분 좋으신 대로 그분에게 맡기고,
그대는 신이 그대에게 주신 것, 이 낙원과 고운
이브를 기뻐해라, 하늘은[31] 너무 높아서
거기의 일들을 알기 어렵다. 겸손히 현명하여라.

---

[30] 이하 4행은, 만일 지구가 24시간마다 축을 중심으로 회전한다면 그 속력과 심한 움직임을 우리가 의식할 것이라는 코페르니쿠스에 반대하는 이론을 밀턴은 염두에 둔 채, 만일 지구가 회전한대도 그 운동은 원활하고 평탄하며, 거기 공기까지도 지구와 더불어 돌기 때문에 우리는 그것을 느끼지 못한다고 말하는 것이다.
[31] 이하 7행은 323쪽 17~18행 "그대의 지식에 대한 욕망을 한계 내에서 충족시키도록" 참조.

다만 그대와 그대의 존재에 관한 것만
생각하고, 다른 세계는 상상하지 마라, 무슨 생물이
어떤 상태에, 어떤 상황에, 어떤 신분에 있든.
지구뿐만이 아니라, 지고한 하늘에 관해서도
이렇게까지 그대에게 드러내 보인 것에 만족해라."
　아담은 의심이 사라져 이에 대답한다.
"참으로 충분히 당신은 나를 만족시켰습니다.
맑은 하늘의 '지혜'여, 평온한 천사여,
그대는 어지러운 일에서 해방시켰고, 아주
평안히[32] 살 수 있고, 혼잡한 생각으로
생의 쾌락을 가로막지 않도록 가르쳐 주셨습니다.
하느님이 명하신 바와 같이 근심 걱정을
생에서 멀리하고, 방황하는 마음과 헛된 생각으로
스스로 원치 않는 한 괴로움당하지 않을 것이니.
그러나 마음이나 상상은 거리낌 없이
떠돌기 쉽고, 떠돌면 끝을 모릅니다.
경고받거나, 경험으로
실용과 상관없는 모호하고 미묘한 것을
크게 아는 것이 아니라, 일상생활의
눈앞의 것을 아는 것이 최고의 지혜라고
깨달을 때까지, 그 이상은 공空이고,
허虛이고, 어리석고 부적당한 일인데도,

---

32) 이하 16행에서 밀턴은 공허한 이론, 즉 지나치게 추구하는 정신을 배척한다.

우리는 가장 관계있는 일에서는
경험이 없고 미비한 상태에서
언제나 찾는[33] 것입니다.
그러니 이 높은 정점에서 좀 낮게
내려와 신변의 유용한 일을 얘기해주십시오.
거기에서 어쩌면 당신의 관용과
평소의 호의를 얻어, 묻기에 합당한
얘기가 생길 것입니다. 내 기억 이전에
있은 일에 대한 당신 얘기 들었사오니,
이제는 내가 말하는, 아마 당신이 전에
듣지 못했던 것을 들으소서.[34]
해는 아직 지지 않았으니, 그때까지 당신을 붙들고자
이렇게 교묘히 꾸미는 것이옵니다,
내가 얘기하는 동안 들으시라고 유인하면서―
답을 바라는 것 아니라면 어리석지만.
당신과 같이 앉아 있으면 하늘에 있는 심정입니다.
그리고 당신의 이야기, 내 귀에는 달콤해,
일 끝난 후 감미로운 식사 때
갈증과 시장을 달래주며 매우 상쾌한 맛을 주는
종려나무 열매보다 더합니다. 그 열매는 상쾌하나
곧 배부르고, 싫증나게 마련입니다. 그러나

---

33) 항상 부족감을 느끼기 때문이다.
34) 라파엘은 주 37)에서 아담의 창조에 관한 이야기를 잘 모른다고 말하고, 그 이유를 설명한다.

당신의 말씀은 거룩하고 은총에 물들어
감미로움이 싫증 안 나나이다."
　라파엘은 천사답게 상냥하게 대답한다.
"인간의 조상이여, 그대의 입술 역시 우아하고,[35]
혀도 유창하다. 하느님께서 아름다운 그의
영상으로 그대 몸 안에도 밖에도 모두
천부적 재능을 풍부히 불어넣으셨기 때문이리라.
말하거나 않거나 아름다움과 우아함이
그대에게 따르고 하나하나의 말과 행동을 꾸민다.
우리들 천상에서 지상의 그대를 생각하는 것,
동료의 종[36]을 생각하는 데 못지않고,
즐거이 인간에 대한
하느님의 길을 추구한다.
하느님이 그대를 명예롭게 하고, 동등한 사랑을
인간에게도 부여했음을 우리가 알기 때문.
그러니 말해라. 그날[37] 그 자리에 없었고, 마침
전 군단과 어울려
불분명한 미지의 여정에 올라, 멀리
지옥문 향해 원정하여(그것이 우리가 받은 명령이다),
하느님이 작업하는 동안
거기서 첩자이건 적이건

---

35) "은혜를 입술에 머금으니"(〈시편〉 45편 2절).
36) "나는 너와…… 함께 된 종이니"(〈요한 계시록〉 22장 9절).
37) 창조 제6일.

아무도 못 나오게 망보고 있었으니.
하느님이 이런 대담한 탈출에 노하여
파괴와 창조를 혼동할까 두려워서.
하느님의 허락하심 없이
그들이 탈출을 꾀할 수 없지만
칙명으로 우리가 파견된 것은 지존의
왕으로의 위엄을 위해서이고 그리고 우리의
민첩한 순종을 익히기 위해서였다. 보니,
음울한 문 단단히 닫혔었고, 방비가 튼튼했다.
그러나[38] 접근하기 훨씬 전부터, 문 안에서
가무의 음향과는 다른 소음이 들렸다,
소리 높은 고통과 비탄과 치열한 분노의 소리.
안식일[39] 전야 되기 전에 우리들은 기꺼이 우리들
광명의 땅에 돌아가 우리 임무 다했었다.
이젠 그대여 말해라, 내 말을 그대가 들은 것
못지않게 나는 그대 말도 즐겁게 들으련다."
   이렇게 신 같은 천사 말하니, 우리 조상 말한다.
"인간 생활의 시초를 얘기하는 것이 인간으로선
어렵나이다. 누가 자신의 시초를 알겠습니까?
당신과 좀 더 얘기하고 싶은 욕망에
마음 끌리옵니다. 깊은 잠에서 깬 듯이,
내가 화초 위에 조용히 향기로운 이슬에

---

38) 이하 2행은 하늘에서 떨어진 뒤 타락 천사들의 소음.
39) 347쪽 5~7행 참조.

젖어 놓여 있음을
나는 알았던 것이옵니다. 해는 즉시 빛으로
이슬을 말렸고, 나는 김 이는 습기를 들이마시며
곧게[40] 하늘로 나의 경이의 눈 돌리고
잠시 광활한 하늘을 바라보는 동안 갑자기
본능적 충격으로 일어나, 그쪽으로 가려고
애쓰듯이, 뛰어 일어나 꼿꼿이
바로 섰었나이다. 그리고 내 주위에서 나는 보았습니다,
산과, 골짜기와, 그늘진 숲과, 해 비치는 들과,
졸졸 시냇물의 맑은 흐름을. 그 곁에
살아 움직이는 것들이 걷거나, 날고,
나뭇가지 위에선 새들이 지저귀고,
만물은 미소 지었나이다.
내 가슴에는 향기와 즐거움이 넘쳐흘렀습니다.
그러고선 나 자신을 자세히 살피고, 팔다리를
훑어보고, 생생한 활기 이끄는 대로, 관절 부드럽게,
혹은 걷기도 하고 혹은 달리기도 했나이다.
그러나 나는 누구이고, 어디서 어떻게 태어났는지
알지 못했습니다. 말하려고 하니, 곧 말할 수 있었고,
혀가 순종하여 보는 것은 무엇이나
이름 지을 수 있었습니다[41] — '너 태양, 아름다운
빛이여, 너 빛을 받아 새롭고 찬란한 땅이여,

---

40) 이하 5행. 인간은 처음부터 눈을 하늘로 향하고 그쪽을 향해 곧게 선다.
41) 이름은 실체의 표현이다. 실체를 인식하면 곧 이름을 붙일 수 있다.

너희들 산이여, 골짜기여, 강이여, 숲이여,
들이여, 그리고 살아서 움직이는 아름다운 생물들이여,
알면 말해라, 어떻게 내가 이렇게 여기 왔는가를.
내 힘으론 아니다, 그렇다면 선善으로나 권세로나
월등한 어떤 대창조주에 의해서이다.
말해라, 어떻게 그를 알고, 그를 숭배할 수 있는지,
이렇게 살아 움직이고,[42] 아는 것 이상으로
행복함을 느끼는 것은 그분 때문이니.'
이렇게 부르고서 처음 공기를 마신 곳,
이 행복한 빛을 처음 본 곳으로부터
어딘지 모르게 방황했으나, 아무 대답 없어,
꽃 많고, 그늘 짙은 푸른 둑 위에 나는 생각에
잠겨 앉았었나이다. 우선 안온한
잠이 찾아와 그 가벼운 압력에 나의 의식이
사로잡히고, 무감각한 본연의 상태로 돌아가서
즉시 해체되어버리는 듯 생각되었지만,
괴로움 없더이다. 그때 돌연히 머리맡에 꿈속
환영[43]이 나타나, 마음에 비치는
그 그림자에 은근히 상상력이
움직여, 여전히 내가 목숨 있어 살았다는 것을
믿게 되었나이다. 거룩한 형체인 듯 보이는 분
나타나 '아담, 너의 집이 너를 기다린다.

---

42) "우리가 그를 힘입어 살며 기동하며 있느니라"(〈사도행전〉 17장 28절).
43) 224쪽 4~17행 참조.

일어서라, 무수한 인간의 최초의 아버지로
정해진 최초의 인간이여. 그대가 부르기에, 그대를 마련된
자리, 축복의 동산으로 인도하러 왔다.'
이렇게 말하면서 손잡고 나를 일으켜
공중을 걷는 것이 아니고 살며시 미끄러져
들 넘고, 물 건너, 드디어 숲 우거진
산으로 인도하더이다. 그[44] 높은 꼭대기는
평평하고, 주위가 넓고, 좋은 나무들로
둘러싸여 있고, 길 있고, 정자 있어, 전에
땅에서 본 것 모두 시시하게 생각되더이다.
나무마다 훌륭한 열매 듬뿍 매달려 눈을
유혹하니, 따 먹고 싶은 욕망이 갑자기
일었습니다. 여기서 잠 깨어 보니,
눈앞의 모든 것이 사실이었나이다, 분명히
꿈에서 나타났던 그대로였나이다. 여기까지 나를
인도했던 그 '성스러운 존재'가 만일 나무 사이에서
나타나지 않았던들, 여기서 나의 새로운
방랑이 시작되었으리다. 기쁨과 두려운 마음으로
우러르며 그의 발치에 나는 쓰러졌더이다.
나를 일으켜 세우고서, '나는 네가 찾는 자'라고
상냥하게 말했습니다. '위로, 주위로, 밑으로
네가 보고 있는 이 모든 것을 만든 자이다.

---

44) 이하 4행. 밀턴이 그리는 낙원은 대체로 높은 산꼭대기의 평평한 곳이고, 거기에 이르는 험한 비탈은 관목 숲과 나무로 덮여 있다(〈에스겔〉 28장 13~14절 참조).

이[45] 낙원을 네게 준다. 너는 이것을
네 것으로 하여 갈고, 지키고, 과실을 먹어라.
낙원에서 자라는 모든 나무에서 기쁜 마음으로
마음껏 먹어라. 여기서는 부족을 염려 마라.
그러나 선악의 지식을 가져다주는
나무, 너의 순종과 믿음으로
맹세컨대 동산 한가운데 생명의 나무 곁에
내가 심은 나무에 대해—
내 경고를 잊지 마라—맛보는 것은 피할지어다.
그리하여 그 쓴 결과를 피해라. 명심해라,
네가 그것을 맛보는 날, 그대는 나의 유일한 명령을
범하는 것이니, 너는 반드시 죽게 될 것이고,
그날부터 죽음의 몸,[46] 그리고 여기서
괴로움과 슬픔의 세계로 쫓겨나
이 행복을 잃으리라.' 준엄한 금지령을
단호히 선언하셨던 것이옵니다.
그것을 범할 생각 없지만,
그 목소리는 아직도 내 귀를 무섭게 울리나이다.
그분은 곧 명랑한 모습으로
돌아가 은혜로운 말씀을 이렇게 계속했더이다.
'다만[47] 이 아름다운 경내뿐 아니라,

---

45) 이하 15행. 〈창세기〉 2장 15~17절 참조.
46) 만일 인류의 시초 아담이 죄를 짓지 않았더라면, 인간은 죽음을 모르고 천국으로 옮겨져 영생을 누렸으리라고 대부분의 교부들은 말하고 있다.
47) 이하 4행은 〈창세기〉 1장 28절 참조.

전 지구를 너와 너의 종족에게 주노라. 주인으로서
그것을 소유하고, 그 안에 사는 모든 만물,
바다와 공중에 사는 짐승, 고기, 새를 소유해라.
그 증거로 하나하나의 새와 짐승들을
그 종류에 따라 보아라. 그대에게서 이름 받게 하려고,
낮게 몸 굽혀 너에게 충성 바치도록
내가 그것들을 가져다 놓으런다. 물에서 사는
고기들도 동일한 것이니 그리 알아라,
여기에 소집할 수 없는 것은, 그것들이
제 환경 바꿔 희박한 공기를 마실 수 없기 때문이다.'
그가 이렇게 말할 때, 오오, 모든 새와 짐승들
둘씩 다가오고 있었나이다. 짐승은 상냥하게
몸을 굽히고, 새는 날며 몸 숙이고.
그들이 지나갈 때 나는 이름 붙이고,[48] 그 본질을
파악했는데, 이런 지식을 하느님은 내게 주셔서
나 홀연히 깨닫게 되었나이다. 그러나 그중에서
내가 바라는 것은 찾지 못하여
감히 '하늘의 환영'에게 이렇게 말했나이다.
 '아, 어떤 이름으로—당신은 만물보다도
인간보다도, 인간 이상 높은 것보다도 더 고귀해
이름 붙일 수 없으니—내가
인간에 대해 선하신 우주의 창조주, 당신을

---

[48] 아담은 만물을 한 번 보면 그것을 알아보고 그 특성에 따라서 이름을 지을 수 있는 지혜가 부여되었었다.

숭배할 수 있으리까, 당신은 인간의
행복 위해 이렇게 풍부히 이렇게 아낌없이
만물을 마련하셨도다. 그러나 나의
반려자 찾아볼 수 없으니 고독 속에서 어찌
행복하리까? 누가 혼자 즐길 것이며,
모든 걸 즐긴다 해도 무슨 만족 있겠나이까?'
이렇게 외람되이 말하니, 빛나는 '환영'은
더욱 빛나는 미소 지으며 대답했나이다.
 '무엇을 고독이라 하는가? 땅에도
공중에도 여러 산 것들이 풍성하지 않은가?
그리고 모두가 네 명령에 따라, 네 앞에
와서 노니는 것 아닌가? 그것들의 언어,
그 습관을 모르는가? 그것들에게도 지식 있고,[49]
이성을 무시할 수 없느니라. 그것들과 더불어
즐기고, 통치해라, 네 영토는 넓다.'
우주의 주는 이렇게 말씀하시고, 이렇게
명시하는 것 같았습니다. 나는 말할 허락을
공손히 청하며
이렇게 대답했나이다.
 '내 말에 기분 상하지 마십시오,[50]
하늘의 권자權者시여!
내 창조주시여, 너그러이 들어주십시오.

---

[49] "소는 그 임자를 알고, 나귀는 주인의 구유를 알건마는"(〈이사야〉 1장 3절 참조).
[50] "내 주여 노하지 마옵시고 말씀하게 하옵소서"(〈창세기〉 18장 30절).

당신은 나를 여기에 당신 대신으로, 그리고
이 열등한 것들을 훨씬 내 밑에
놓지 않으셨나이까?
동등치 않은 것 사이에 무슨 교제,
무슨 조화, 무슨 참된 기쁨이 있으오리까?
교제는 상호간 적절히 균형 잡히게 주고받는
것이어야 합니다. 그런데 불균형으로 인해
한쪽은 긴장하고, 한쪽은 오히려 누그러진다면,[51]
서로 잘 어울리지 않고, 즉시 쌍방이
싫증나고 말 것입니다. 내가 구하는 교제는
모든 이지적인 즐거움을 나누어
가질 만한 것을 말함이고, 거기에선
짐승이 인간의 배우자 될 수 없습니다, 그것들은
자기 동류들과 즐기고, 수사자는 암사자와 즐기니.
당신은 그것들을 적절하게
짝지으셨나이다.
새는 짐승과 어울릴 수 없고
고기는 새와, 소는 원숭이와 어울릴 수 없나이다.
그러니 하물며 사람과 어울리는 짐승은 있을 수 없는 일입니다.'
　전능자는 기분 나빠 하지 않고 대답하셨나이다.
'내가 보건대, 아담이여, 그대는 반려를 선택하는 데
까다롭고, 미묘한 행복을 스스로 구하고 있도다.

---

51) 현악기의 경우를 생각해보자.

아담이여, 그래서 비록 환락 속에 있어도
홀로 환락을 즐기려 하지 않는 것이다.
그러면[52] 어떻게 생각하는가, 나를, 나의 이 상태를?
영원에서부터 홀로 있는 나를 그대는 충분히
행복을 소유하고 있다고 보는가, 아닌가?
왜냐하면 나는 내 다음가는 자도
비슷한 자도 모른다, 하물며 동등한 자이랴.
그러니 내가, 나의 창조물인 생물들,[53] 즉
나보다 열등하기가 다른 생물이 너보다
열등한 정도 이하로 한없이 낮은 것 이외에
교제할 수 있는 것을 어떻게 갖겠는가?'

 그가 말 그치자, 나는 공손하게 대답했나이다.
'당신의[54] 영원한 길의 높이와 깊이에 이르기에는
인간의 모든 사상으로도 불가하옵니다.
지존자이시여!
당신은 스스로 완전하시고, 당신 속에서 하등
결핍함을 찾을 수 없나이다. 인간은 그렇지 않고,
그 때문에 자신과 비슷한 자와
교제해 결함을 서로 돕고 위안코자,
원하는 것이리다. 당신은 이미
무한이어서 하나이지만 전체 수를 통틀어

---

52) 이하 5행에 밀턴의 아리안주의가 나타나 있다고 학자들은 지적한다.
53) 천사들.
54) 이하 2행. "깊도다, 하느님의 지혜와 지식의 부요함이여. 그의 판단은 측량하지 못할 것이며, 그의 길은 찾지 못할 것이로다"(〈로마서〉 11장 33절).

절대이시니,[55] 번식할 필요 없습니다, 그러나
인간은 수적으로 독신의 불완전[56]을
나타내니, 같은 자가 같은 자를
낳아서 형상을 번식할 수밖에 없고
혼자서는 부족합니다. 그렇기에 동반적
사랑과, 다정한 친교가 필요하옵니다.
당신은 은밀한 곳에 홀로 계셔도
스스로를 최선의 반려로 삼고, 사교를
찾지 않으시옵니다―그래도 마음 내키시면,
당신의 창조물을 신으로 만들어 얼마든지
융합과 교제의 높이에 올릴 수 있으시오나,
나는 교제로, 굽힌 자들을 일으킬 수 없고,
그들이 가는 길에 만족할 수 없사옵니다.'
이렇게 외람되이 나는 말하고, 허락된 자유를
써서, 용서받아 그 은혜롭고
거룩한 목소리에서 이런 대답을 얻었나이다.
  '아담, 나는 지금까지 너를 시험했다,
그리하여 네가 옳게 이름 지은 짐승들뿐만 아니라,
너 자신까지도 알고 있음을 알았다.
짐승에게는 나누어 주지 않은 내 영상인 너의 마음속에
자유의 영靈 잘 나타나 있다.

---

55) 하느님은 하나이지만, 그것이 여러 수("전체 수") 중의 하나가 아니고, 수를 초월한 절대적 하나이다. 하느님 외에 또 다른 하느님의 존재는 상상할 수 없다.
56) "여호와 하느님이 가라사대 사람의 독처하는 것이 좋지 못하니, 내가 그를 위하여 돕는 배필을 지으리라 하시니라"(〈창세기〉 2장 18절).

그러니 짐승과의 교제가 너에게 어울리지 않고,
그것을 자발적으로 싫어함은 당연하니라,
언제나 그렇게 생각해라. 나는 네 말 듣기 전부터,
인간이 홀로 있음이 좋지 않음을 알았다.[57]
또한 네가 그때 본 그런 반려는 너를
위한 것이 아니었고 데려온 것은 다만 시험으로,
네가 어떻게 적합함을 판단하나 보기 위해서였다.
다음에 내가 데려오는 것은 확실히 마음에 들리라,
너를 닮은 모습, 적합한 조력자,[58] 너의 절반의 몸,
바로 네가 진심으로 원하는 소원이니.'

  그가[59] 말씀을 끝내시니, 그 이상
듣지 못했나이다.
높은 하늘의 대화에서 극도로 긴장해
오랫동안 그 밑에서 견뎌낸 나의
땅의 본성은 초감각적인 것에 의해 압도당하듯이
그의 하늘의 질에 압도되어
현기증 나고 지쳐 쓰러져, 회복을 잠에서
구했던바, 도우려는 듯 자연이
불러 잠이 즉시 찾아와서 눈을 덮어주더이다.
그가 내 눈을 덮었으나, 나의 마음의 눈인

---

57) 주 56) 참조.
58) "내 절반의 몸, 내 생의 반려자"(454쪽 21~22행), "돕는 배필"(〈창세기〉 2장 18절).
59) 이하 39행. "여호와 하느님이 아담을 깊이 잠들게 하시니 잠들매 그가 그 갈빗대 하나를 취하고 살로 대신 채우시고, 여호와 하느님이 아담에게 취하신 그 갈빗대로 여자를 만드시고, 그를 아담에게로 이끌어 오시니"(〈창세기〉 2장 21~22절).

상상의 방은 열어놓았으니[60]
그것으로써 황홀 속에 희미하게 잠자면서 나는
내가 누워 있는 것 보았고, 깨어서 그 앞에 섰던
그 '모습'이 더욱 빛남을 보았던 것 같습니다.
그는 허리 구부리고, 내 왼쪽 옆구리[61]를 헤치고
거기서[62] 더운 심장의 활기와, 새로 흐르는
생피와 함께 늑골 하나를 떼어내셨나이다. 상처
컸지만, 당장 살이 메워져 아물었습니다.
그는 손으로 늑골을 주물러 형체를 만들었는데
형체 만드는 그 손 밑에서 한 생물이 이루어지니,
인간 같지만, 성(性)이 다르고 아주 어여쁘고 고와,
온 세상에서 곱게 보인 것이 이젠 천하게
보이고, 그녀 속에 합쳐지고, 그녀와 그 용모에
포함되는 것 같고, 일찍이 느껴지지 않던
달콤한 맛이 그때부터 내 가슴속에 스며들고,
또한 사랑의 정신과 애정의 기쁨이
그 자태로부터 만물 속에 스며들었나이다.
그녀가 사라지자, 내겐 암흑이었고, 나는 깨어,
그녀를 찾아 영원히 그녀의 상실을
비탄하고, 다른 쾌락 일체를 버렸던 것입니다.
그때 뜻밖에도, 오오, 멀리 떨어지지 않은 곳에,

---

60) 상상은 마음의 눈이니, 마음속 상상의 방문을 열어놓으면, 잠들어도 보인다.
61) 성서에는 "그 갈빗대 하나"라고만 되어 있는데, 밀턴은 심장에서 가까운 왼쪽에서 떼어냈다고 한다.
62) 이하 2행에서의 늑골은 상징에 불과하고, 아담의 생명의 정수를 떼어낸 것이다.

꿈에서 본 그녀를 보았나이다. 하늘과 땅이
그녀를 예쁘게 하려고 부여할 수 있는
모든 것으로 장식하고 있었나이다.
하늘의 조물주는 보이지 않으나 그에 이끌려,
그 목소리에 인도되어, 혼인의 신성함과
결혼의 의례에 대한 가르침을 받으며 그녀가 오고 있었나이다.
그녀의 걸음에는 은총, 눈엔 천국,
모든 행동에는 위엄과 사랑이 있었나이다.
나는 너무 기뻐서 참지 못하고 소리 높이 말했나이다.
'이번엔 보상 이뤄졌도다. 그대는 말씀을
이행하셨도다. 관대하고 인자하신 조물주여,
일체의 아름다운 것, 당신
주시는 것 중에서 최선의 이것을 아낌없이 주시는 자.
나는[63] 이제 내 뼈 중의 뼈, 살 중의 살인 나 자신을
눈앞에 보나이다. 그 이름은 여자, 남자에게서
뽑아낸 것. 그러므로 남자는 그 부모에게서
떠나 아내와 합쳐 한 몸,
한 마음, 한 영혼을 이룰 것이리다.'
　그녀는 이러한 내 말을 들었던 것입니다.
하느님에게 인도되었지만,
아직 천진하고, 처녀다운 순수함,
그 덕성, 그리고 그녀의 품위의 자각,

---

[63] 이하 5행은 〈창세기〉 2장 23~24절, 〈마태〉 19장 4~6절, 〈마가〉 10장 6~8절 참조.

그것은 구애할 만하고, 구애 없인 얻을 수 없는 것,
주제넘지 않고 드러나지 않고, 겸양하니,[64]
더욱 바람직하고, 한마디로 말하면,
자연 그 자체, 죄스러운 생각은 없었지만
그녀는 마음 설레어, 날 보고 돌아섰나이다.
내가 그녀를 따르니, 그녀는 정조란 것을 알고,
위엄 있는 순종으로 내 말의 의미[65]를
인정했습니다. 아침처럼 얼굴 붉히는 그녀를
나는 혼인의 정자에 인도했나이다. 온 하늘과
복된 여러 별자리들은 그 시간에 가장
신묘한 정기를 발산하고, 땅도 산도
축하의 표시를 나타내고. 새도 기뻐하고,
상쾌한 바람, 잔잔한 대기는
숲에 속삭이고, 날개에서 장미를
던지며, 향기로운 관목에서 꽃다운 향기를 던져
즐겨 장난치니 드디어 다정한 밤새夜鳥[66]가
혼례를 노래하고, 초저녁 별[67] 재촉해,
산마루에 혼인의 화촉을 밝히게 했나이다.
이렇게 내 상황을 모조리 말씀드려 내 얘기를
내가 향유하는 지상의 행복의 정점에
이끌었사오나, 나는 고백하지 않을 수 없나이다.

---

64) 동양의 여성관과 일치한다.
65) 혼인. "모든 사람은 혼인을 귀히 여기고"(〈히브리서〉 13장 4절).
66) 나이팅게일.
67) 헤스페로스.

다른 것들에서도, 즉 맛·풍경·향기·풀·과실·꽃·산책,
그리고 새들의 노래, 이 훌륭한 것들
쾌락을 찾은 것이
사실이나, 행하고 행하지 않고 간에
마음에 하등 변화가 일지 않았고,
열렬한 욕망이 일지 않았습니다.
그러나 여기에선 아주 달리 황홀하여
바라보았고, 황홀하게 만졌나이다.
여기서 비로소 나는 정욕과
이상한 자극을 느껴 다른 쾌락에선
초연하여 동하지 않았던 것이, 다만 그녀의
강력한 아름다움의 강력한 시선에는 힘을 못 썼사옵니다.
마음속의 '자연'이 실수해, 나의 어떤 부분을
그러한 대상에 견딜 수 없을 만큼 약하게
해놓은 것인지, 아니면,
내 옆구리에서 뽑아낼 때
아마 너무 지나치게 떼어냈는지. 적어도 그녀에게
겉치장을 지나치게 주어서 외관으로 보기엔
정교하지만, 내면은 충실하지 못한 듯.
'자연'의 첫 번째 목적인, 가장 존귀한
마음과 심적 능력에 있어선 그녀가
열등함을 나는 잘 알기 때문에.
그녀는[68] 외관으로도, 두 사람을 만든 그분의

---

[68] 이하 4행은 〈고린도 전서〉 11장 3~16절 참조.

모습을 닮은 점이 적고, 다른 생물에
부여된 지배자적 성격이 별로
나타나 있지 않습니다. 그러나 가까이 가
어여쁜[69] 모습을 보면, 그녀는 완전하여 그 자체에
결함 없고, 자신에 대해서도 잘 아는 듯하여
그녀가 행하려는 것이 아주
현명하고 바르고 신중하고 선하게 보이더이다.
한층 높은 '지식'도 모두 그 앞에선
품위가 떨어지고, '지혜'도 그녀와 얘기하면
면목 없이 넋 잃어, 어리석어 보였으며
권위와 이성은 그녀를 따랐나이다. 후에
우연히 조작된 것이 아니라, 처음부터
마련된 것처럼. 결국 요약하면
마음의 위대함과 고귀함은 가장 아름다운
그녀 속에 자리 잡고, 그 몸 주위에는
수호천사가 놓인 듯 경외감을 자아내더이다."
천사는 이마를 찌푸리고 그에게 말했다
　"자연을[70] 책하지 마라,
자연은 자기 일을 다했느니라.
그대는 다만 그대 몫을 해라. 지혜[71]를 의심치 마라,
그것이 절실히 요구될 때,

---

69) 이하 2행은 372쪽 16~17행 참조.
70) 이하 21행과 유사한 대목이 455쪽 17행~456쪽 8행에도 있다. 거기서는 아담이 이브의 말을 듣고, 금단의 열매를 먹은 것에 대해 하느님이 아담을 책망한다.
71) 11행 위의 "품위가 떨어지고, '지혜'도 그녀와 얘기하면" 참조.

그대 스스로 인정하듯 별로 뛰어나지 아니한
다른 사물에 대해서 과대평가함으로써 지혜를
버리지 않는다면, 지혜도 그대를 떠나지 않으리라.
그대는 무엇을 찬양하고 무엇에 매혹되는고?
외양인가?—확실히 아름답다,
그대가[72] 아끼고 존경하고,
사랑할 만한 가치가 있으나,
복종할 것은 아니리라.[73] 그녀와 자신을
비교한 후에 정중히 평가해라. 정의에 기반을 두고
잘 조정된 자존심보다 더 이로운 것은
별로 없다. 그대가 그 지혜를 알면 알수록
그녀는 그대를 자신의 머리[74]로 인정하고,
일체의 화려한 겉치레를 실질[75]에 양보하리라.
그대의 기쁨 위해 더욱 아름답게 되고,
더욱 경외하게 되며, 그대가 아주 어리석게 될 때
지혜로워져, 그대는 그 반려자를
존경하고 사랑하게 될 것이다.
그러나 만일 인류 번식의 근원인
접촉감이 다른 어떤 것보다 훨씬 더

---

72) 이하 2행은 "이와 같이 남편들도 자기 아내 사랑하기를 제 몸같이 할지니, 자기 아내를 사랑하는 자는 자기를 사랑하는 것이라, 누구든지 언제든지 제 육체를 미워하지 않고"(〈에베소서〉 5장 28~29절).
73) "아내들이여, 자기 남편에게 복종하기를 주께 하듯 하라"(〈에베소서〉 5장 22절).
74) "각 남자의 머리는 그리스도요, 여자의 머리는 남자요"(〈고린도 전서〉 11장 3절).
75) "너희 단장은 머리를 꾸미고 금을 차고 아름다운 옷을 입는 외모로 하지 말고 오직 마음에 숨은 사람을 온유하고 안정한 심령의 썩지 아니할 것으로 하라"(〈베드로 전서〉 3장 3~4절).

강렬한 기쁨으로 생각된다면, 그것이 가축에도
짐승에도 허용되었음을 생각해라.
그 향락 중에 즐거운 것 있어서 인간의 영혼을 빼앗고
정욕을 움직일 만한 것이 있다면,
가축들에게 한결같이 부여되지 않았으리라.
그녀와의 교제에서 그대가 찾는 더 고상한 것,
매력 있고, 인간적이고, 이치에
맞는 것을 항상 사랑해라,
사랑하는 것은 좋지만 정욕은 안 된다.
참된 사랑이 없으니. 사랑은[76] 생각을
정화하고, 마음을 넓게 하고, 바탕이
이성에 있으니 지혜로워, 이 층계로
그대는 하늘의 사랑[77]에까지 오를 수 있느니라,
육의 쾌락에 빠지는 일 없이. 그러므로
그대의 배우자는 짐승들 속에서는 찾을 수 없다."
　아담은 다소 부끄러워하면서 그에게 대답한다.
"그렇게 고운 모양의 그녀의 외모보다도,
모든 종족들에게 공통된 생식에 관한 문제보다도
(혼인의 자리는 훨씬 고상한 것이리라고

---

76) 이하 3행. "사랑은 오래 참고 사랑은 온유하며 투기하는 자가 되지 아니하며 사랑은 자랑하지 아니하며 교만하지 아니하며 무례히 행치 아니하며 자기의 유익을 구하지 아니하며 성내지 아니하며 악한 것을 생각지 아니하며 불의를 기뻐하지 아니하며 진리와 함께 기뻐하고 모든 것을 참으며 모든 것을 믿으며 모든 것을 바라며 모든 것을 견디느니라"(〈고린도 전서〉 13장 4~7절).
77) 〈마태〉 5장 43~48절 참조.

신기한[78] 존경심으로 생각하지만)
더욱 나를 기쁘게 하는 것은 그 우아한 행동,
천 가지 품위 있는 예절. 그것은 매일
모든 그녀의 말과 행동에서 흘러, 사랑과
감미로운 순종과 혼합되어, 거짓 없는 마음의
결합과 우리 두 사람의 영혼의 합일을 보이는 것.
결혼한 부부에게서 볼 수 있는 그 조화는
가락 고운 소리를 듣는 것보다 더 즐겁나이다.
그러나 복종은 아니옵고,
당신에게 말하는 것은
내 마음속에서 느끼는 것일 뿐, 그 때문에
좌절하지 않고, 감각에서[79]
다양하게 나타나는 갖가지
유혹을 만나도 사로잡히지 않고, 나는
최선을 선정하고, 선정한 것을 좇나이다.
내가 사랑함을 당신 책망하지 않으시고,
말씀하시길, 사랑은
하늘로 이어 가는 길이요, 안내자라고.
그러니 내 묻는 바가 옳거든 참고 들으소서.
하늘의 영은 사랑하지 않는지, 사랑을
어떻게 표현하는지, 다만 표정으로 하는지,

---

78) 경외심에 찬.
79) 이하 4행에서는 어떠한 대상이 어떤 형태로 감각을 유혹해도 그에 좌우되지 않고, 선택의 자유를 지니고 있음을 말한다.

빛을 교환하고, 간접 혹은 직접 접촉하는지?"
   천사는 사랑의 본래 색채인 하늘의
장밋빛으로 붉게 타는 미소 지으며
대답한다. "그대는 우리들이 행복하다고 아는 것으로
만족해라. 사랑 없으면 행복 없는 것이니.
그대가 몸으로 즐기는 순수한 것은 무엇이든
(그대는 순수하게 창조되었다) 우리들도
최대한으로 즐긴다, 방해하는 건 하나도 없다.
막膜·관절·수족 등 격리하는 장벽은 하나도 없다.
공기와 공기보다 쉽게 영끼리 포옹하고
순수와 순수의 욕망은 결합해 완전히
혼합되고, 육과 육이, 영과 영이 결합하듯이,
제한된 전달의 수단이 필요 없다.
그런데 이젠 더 못 있겠구나. 지는 해가
대지의 푸른 곶,[80] 신록의 선을 넘어
서쪽[81]에 지고 있으니, 내가 떠나야 할 신호이다.
굳세어라, 행복해라, 사랑해라! 무엇보다도
그분을 사랑하는 것은 복종하는 것이다.[82] 지켜라,
그분의 위대한 명령을, 그리고 주의해라, 정욕에
판단이 흔들려, 그 때문에 자유의지가

---

80) 아프리카의 서해안 베르데 곶. 그리스 신화에 있는, 헤스페리스의 딸들이 지키며 황금 사과가 열리는 '헤스페리데스 동산'이 이 베르데 곶에 있다고 한다.
81) 해석상 다른 이론이 많은 문구인데, 베리티의 설을 따랐다.
82) "하느님을 사랑하는 것은 이것이니 우리가 그의 계명들을 지키는 것이라"(〈요한 1서〉 5장 3절).

허용하는 것을 하지 않도록. 그대와
그대 자손 전부의 안녕과 재앙은
그대에게 달려 있다. 경계해라!
그대가 견디면, 나도 기뻐하고 축복받은 모든 자들도
기뻐하리라. 굳건히 서라. 서거나 넘어지거나
그대 자신의 자유로운 선택에 있느니라.
안으로 완전하고, 외부의 원조 구하지 마라.
그리하여 죄를 범하는 모든 유혹 물리쳐라."
이렇게 말하면서, 그는 일어선다. 아담은
축복하면서 그를 따른다. "떠나려거든
가소서, 하늘의 빈객, 청화천의 사자使者여,
내가 찬양하는 지극히 선하신 주께서 보내신 자여!
당신의 정중한 말씀은 나에게 정답고
상냥했으니, 유쾌한 기억으로
영원히 존경하겠나이다. 당신은 인간에게
길이 선하시고, 친구 되시고,
그리고 가끔 돌아오십시오!"[83]
    이리하여 그들은 헤어졌다.
천사는 우거진 나무 그늘에서
하늘로 올라가고, 아담은 그의 정자로 돌아갔다.

---

[83] 라파엘은 다시 이 시에 나타나지 않고, 아담이 타락한 후에는 미카엘이 하늘에서 파견되어 그를 낙원에서 데리고 나간다.

제9편

　사탄은 지구를 돌고 나서 치밀한 간계를 품고, 안개처럼 밤중에 낙원으로 돌아와서는 자고 있는 뱀 속으로 들어간다. 아담과 이브는 아침 일에 나간다. 이브는 일을 각각 나누어 다른 장소로 헤어져서 일하자고 제안한다. 아담은 동의하지 않고, 자기들이 미리 주의받은 그 적이 이브가 혼자 있는 것을 보고 그녀를 유혹할지도 모른다고 위험성을 설명한다. 이브는 조심성이 없다든지 또는 믿음직스럽지 못하다고 생각되는 것이 싫고, 오히려 자기 힘을 시험하고 싶기도 해서, 따로 갈 것을 주장한다. 아담이 드디어 양보한다. 뱀은 그녀가 혼자 있는 것을 발견하고서 교묘히 접근한다. 처음엔 그녀를 쳐다보다가 입을 열어 무척 아첨하는 말로 그녀가 다른 생물보다 우월하다고 칭찬한다. 이브는 뱀이 말하는 것을 듣고서 의아해하며, 지금까지 그렇지 않았는데 어떻게 해서 사람의 말을 하고 이해력을 얻었느냐고 묻는다. 뱀은 낙원 안의 어떤 나무 열매를 먹어서 그때까지 없었던 말과 이성을 모두 얻었다고 대답한다. 이브는 나무에 데려다 달라고 요청하고, 가보니 그것이 금단의 지식의 나무임을 알게 된다. 뱀은 이제 더욱 대담해져서, 많은 간계와 변론으로 유혹해 마침내 그녀가 먹게 한다. 그녀는 그 맛을 좋아하며, 그것을 아담에게 말할까 어쩔까 잠시 숙고한다. 드디어 그 과실을 그에게 가지고 가서, 누구에게 권유받아 그것을 먹었는가를 얘기한다. 아담은 처음엔 대경실색했지만, 그녀의 타락을 깨닫고, 강렬한 애정에서 그녀와 함께 멸망할 것을 결심한 뒤에, 그 죄를 경시한 나머지, 자기도 그 열매를 먹는다. 그들 두 사람에게 효과가 나타나서, 자기들의 나체를 가리고 싶어 한다. 그리하여 서로 불화하고 서로 책망한다.

✦

  하느님과 빈객인 천사[1]가 친구와 얘기[2]하듯이
인간과 얘기하며, 자유롭고 다정하게 앉아,
그와 전원에서 식사[3]하며, 그에게 죄 없고
가책 없이 얘기하도록 한 것은
이것으로 끝내자. 나는 이제 이 시의 음조를
비극[4]으로 바꿀 수밖에 없다 인간 측에는
비열한 불신과 불충스러운 배반,
반역과 불순종, 하늘 측에 있어선
소홀함과 냉담, 그리고 염오,
분노와 정당한 꾸짖음, 재판 내림,

---

1) 앞서 하늘에서 온 천사는 라파엘이었는데, 이후에는 전쟁 천사 미카엘이 아담 부부에게 에덴에서의 추방을 통고하고, 그들을 인도하기 위해 천국에서 온다.
2) 지금까지는 하느님이 친구처럼 친한 얘기 상대였지만, 이제부터는 심판자로 나타난다.
3) 제5편 참조.
4) 제3편에서 제8편까지의 명랑한 분위기는 가시고 제9편 이하는 비극 조로 바뀐다.

이것이 이 세상에 재난의 세계⁵⁾를 들여왔고,
죄와 그 그림자인 '죽음',⁶⁾ 죽음의 선구자인
고난⁷⁾도. 슬픈 일이로다! 그러나 주제의
웅장함은, 트로이의⁸⁾ 성벽 주변을
세 번이나 도망치는 적을 추격하던 단호한
아킬레우스의 분노보다도, 또는⁹⁾ 파혼한
라비니아로 인한 투르누스의 분노보다도, 또
오랫동안 그리스인과 키데레아의 아들을
괴롭힌 넵투누스, 헤라의 분노보다 더하다.¹⁰⁾
이에 어울리는 시詩의 격식을 내가 만일 하늘의
수호 여신¹¹⁾으로부터 얻을 수 있다면.
그녀가 원치 않아도 밤마다¹²⁾ 나를 찾아와
잠 속에서 나에게 시를 받아쓰게 하고, 혹은 영감을 주어
쉽게 나의 즉흥 시구절 주제에 마음
끌린 이래, 그 선택은 오래였고, 시작이 늦었으며,¹³⁾

---

5) 많은 재난.
6) '그림자'란 불가분의 동반자라는 뜻으로, "떨어질 수 없는 나의 그림자"(461쪽 4~5행)이다.
7) 온갖 종류의 재난, 육체적 고통과 병고 등을 말한다. 죄의 결과이고, 죽음의 선구자이다.
8) 이하 3행. 호메로스의《일리아스》는 아킬레우스의 분노를 노래한다. 아킬레우스는 친구의 죽음에 분노해 적장 헥토르를 뒤쫓아서 세 번이나 트로이 성벽을 돌았다.
9) 이하 2행. 베르길리우스의《아이네이스》참조.
10) "그리스인"은 오디세우스, "키데레아의 아들"은 아이네이아스이다. 헤라의 분노를 사서 이탈리아에 정착할 때까지 오디세우스처럼 곤란을 겪고 특히 해상에서 넵투누스의 박해를 받았다(《일리아스》).
11) 제1편 첫머리에서 영감을 구한 "천상의 뮤즈", 즉 성령이다.
12) 밀턴은 주로 밤에 시의 영감을 받는다고 말했다.
13) 밀턴이《실낙원》의 주제를 정한 것은 청년 시절이고, 쓰기 시작한 것은 50세경(23세 혹은 34세 때에 쓴 구절도 있다고 한다)이며 완성은 56세에 했다.

지금까지 영웅시의 유일한 주제라고
생각되었던 전쟁을 노래하는 것은 천성적으로
마음 내키지 않았다. 주된 묘기는
길고[14] 지루한 황폐함과 더불어 말을 탄 허구의 무사를
허구의 전투에서 베고(보다 훌륭한
불굴의 정신과 영웅적 순교 등은
노래하지 않고) 또는 경주나 경기,[15]
또는 시합의 무장이나, 문장紋章 장식한 방패,
기묘한[16] 인각印刻, 말 차림새와 준마들, 갑옷의
짧은 바지, 금박 장식, 창 시합과 모의 전투의
화려한 기사, 또는 급사·집사 등이
궁전에서 시중드는 향연 등을 그리고 있다.
그것은 세공의 기교이거나, 야비한 직무이지,
영웅적이란 이름을 사람이나 시에 바르게
부여하는 것이 아니다. 이런 것에 재간 없고,
열성 없는 나에게는 한층 고상한 주제,
스스로 이름을 높이기에 족한[17] 주제가

---

14) 이하 2행. 신비적인 주제, 허구적인 얘기에 밀턴은 매력을 느끼지 않았다. 그가 한때 아서 왕의 이야기를 주제 삼아서 대서사시를 쓰려다가 만 이유는 그것이 '허구적'이기 때문이었다. 그는 사실을 존중했고 그의 시 《실낙원》, 《리시다스》, 《코머스》는 모두 사실을 취급했다.
15) 《일리아스》, 《아이네이스》 등을 말한다. 특히 《일리아스》 제23장, 《아이네이스》 제5장 경기의 묘사를 가리킨다.
16) 이하 4행. 이탈리아 시인들, 특히 보이아르도, 아리오스토, 타소의 시에 이런 묘사가 많다.
17) 내용이 과연 영웅적이어서, 스스로 영웅시라는 이름을 붙일 만한.

남아 있다. 너무 시대에 뒤떨어졌거나,[18] 찬 풍토,[19]
또는 연령[20]이 내 의욕의 날개를 꺾고, 기를
죽이지 않는 한. 아마 그럴지도 모른다,
모두가 내 것이어서 밤마다
내 귀에 울리는 그녀의 것이 아니라면.
   해는 지고, 뒤따라 헤스페로스[21] 별도 진다.
이 별의 임무는 지상에 황혼을
가져오는 것, 낮과 밤 사이 잠시의
중개자로서. 지금 끝에서 끝까지
밤의 반구半球는 두루 지평선을 감싼다.
이때 가브리엘의 위협 받고,[22] 일찍이
에덴에서[23] 도망친 사탄이 이제는 치밀한 간계와
악의가 더해 제게 더 무서운 일이
일어날 것은 상관없이, 인간의
파멸에 열중해 두려움 없이 돌아온다.
그는 밤에 도망쳐 지구를 순회하고서[24]

---

18) 세계 역사로 보아서 대서사시가 나올 만한 시대적 조건은 사라졌다. 사실상《실낙원》이후 영문학에(테니슨의《제왕목가》를 제외하고) 대서사시가 나타나지 않았다.
19) 과실뿐 아니라 인간의 기지까지도 성숙케 하는 태양이 부족한 영국의 찬 풍토에서는 뮤즈 신이 자랄 수 없다고 밀턴은 생각했다.
20) 60세에 가까운 밀턴의 나이.
21) 금성이 초저녁에 나왔을 때의 이름.
22) 제4편 끝에, 사탄이 가브리엘에 의해 에덴에서 쫓겨 나오는 장면의 묘사가 있다.
23) 이하 2행. 사탄은 처음엔 정찰을 목적으로 지구에 왔는데, 아담 부부의 대화를 엿듣고 그들을 유혹할 비결을 배우고서 그것을 실행코자 숙고해 간계를 품은 것이다.
24) "여호와께서 사탄에게 이르시되, 네가 어디서 왔느냐. 사탄이 여호와께 대답하여 가로되 땅을 두루 돌아 여기저기 다녀왔나이다"(〈욥기〉 1장 7절). 대체로 사탄은 돌아다니는 것이 특징이다.

한밤중에 돌아온다, 낮을 꺼려서.
태양의 관계자 우리엘[25]이 그의 침입을
보고, 감시를 맡은 천사에게 미리
경고했기 때문이다. 고뇌에 싸인 그는 거기서
쫓겨난[26] 후, 계속 일곱 밤 동안 어둠을
타고 달렸다―세 차례 적도를 돌고,
네 차례 극에서 극까지 '밤'의 수레를
가로질러 각 경선經線을 횡단하여.
여드레째에 그는 돌아왔다. 입구[27]나
감시 천사 있는 반대쪽 변두리로 몰래
의심받지 않게 들어온다. 한 장소가 있어
(지금은 없다, '시간' 때문이 아니고 '죄' 때문에 변화해서)
거기서부터 티그리스 강이 낙원의 기슭에서
지하로 심연으로 흘러들어,[28] 드디어 일부는
생명의 나무 밑에서 샘이 되어 솟아올랐다.
사탄은 그 강과 더불어 숨어들고, 강과 더불어
피어오르는 안개에 싸여 올라온다. 그러고서 찾는다,
숨을 곳이 어딘가 하고. 그는[29] 이미 바다와 육지를,

---

25) 제3편 주 194) 참조.
26) 이하 4행. 사탄의 편력을 처음엔 천문학적으로, 다음엔 지리학적[주 29) 참조]으로 설명한다. 사탄은 지구의 암흑면을 따라 돈 7일 밤낮 중 3일 밤낮은 적도를 동에서 서로 돌고, 4일 밤낮은 지구의 자전을 횡단해 북극에서 남극으로, 다시 남극에서 북극으로 달렸다.
27) 케룹 천사가 감시하고 있는 입구에서 떨어진 낙원 쪽이니, 이것은 티그리스 강의 위치로 봐서 북쪽인 것을 알 수 있다. "남쪽으로 에덴을 거슬러 큰 강이 하나 흐른다"(제4편 175쪽 10행).
28) 175쪽 11~19행 참조.
29) 이하 7행. 사탄은 에덴을 나와 북쪽으로 향하여 폰투스 또는 아조프 해를 건너 더욱 북쪽

에덴으로부터 흑해와 그리고 메오티스 해를
넘어 오비 강의 저쪽까지 찾았었다.
아래로는 멀리 남극까지, 그리고 옆으로는
서쪽, 오론테스로부터 다리엔에서 막히는
대양까지, 거기에서 갠지스·인더스 강이
흐르는 나라까지. 이렇게 빈틈없이 찾으며
지구를 방황하며, 모든 것 중에서 무엇이
가장 적절하게 자기의 흉계에 도움이 될까 하고
모든 생물을 세밀히 조사하다가,
들의 온갖 짐승 중 가장 교활한 뱀[30]을 발견했다.
이리저리 생각하고도 결정 못 짓고,
오랜 숙고 끝에 그는 최후로 뱀을 택해 그 속에
들어가서, 그의 날카로운 눈에서 악의 유혹을
숨기는 데 적절한 도구로, 속임의 가장 적절한
작은 악마로 쓸 것을 결정한다. 교활한 뱀이
어떤 술책을 쓰든, 의심하는 자 없고,
그의 지혜와 천성이 교활한 소치로
볼 것이기 때문에. 이런 것 다른 짐승에서 본다면
짐승의 의식을 초월한 악마의 힘이
체내에 작용한다는 의심을 일으킬 것이다.

으로 가서, 지금의 러시아 영토까지 들어가 시베리아의 오비 강까지 이르고, 북극을 지나 지구의 저쪽을 남해로 남극까지 내려갔다. 남북으로는 이러하고, 동서의 경로로 말하면, 에덴의 서쪽 시리아의 오론테스 강 저편의 더욱 서쪽으로 가서 다리엔, 즉 파나마 운하를 건너 지구를 돌아서 에덴의 동쪽인 인도의 "갠지스·인더스 강이 흐르는 나라"까지 갔다.
30) "여호와 하느님이 지으신 들짐승 중에 뱀이 가장 간교하더라"(〈창세기〉 3장 1절).

이렇게 결심했으나, 그는 우선 비통함에서
북받쳐 나오는 감정을 이렇게 슬픔으로 쏟는다.
 "아, 대지여, 참으로 하늘과
유사하구나,[31] 그보다 낫지는 않지만.
신들에게 더욱 적합한 고장이여,
두 번 생각하여 낡은 것을 개조해 세운 것!
신이 어찌 좋은 것 뒤에 그른 것 지으랴?
지상의 하늘이여, 제천이 빛나도다. 춤추고, 그대를 돌면서
빛나도다. 그 찬란한 등불을 쳐들어
빛 위에 빛을 겹쳐 다만 너에게만 비추니.
거룩한 힘의 존귀한 광선이 모두 너에게만
집중되는 것 같구나! 신은 하늘의
중심에 있어서 그 힘이 만물에게 미치는 것처럼 너는
중심에 있어 이 모든 둥근 형체에서 빛을 받는다.
모두 인간에게 집약되는 성장·감각·이성[32]의
점진적 생명이, 움직이는 풀·나무 또는
한층 높은 생물의 형태로 생산하는 그 알려진 힘은
그것들[33] 자신에게가 아니고, 너에게 나타난다.
너를 순회하는 것이 얼마나 즐거우랴,

---

31) "이제 땅은 신들이 살고, 또한 즐거이 거닐고, 거룩한 나무 그늘 드나들기 좋아하는 하늘과 흡사하다"(제7편 334쪽 15~16행).
32) 성장·감각·이성 등 세 가지 기능은 점진적인 것이어서, 식물의 본성인 성장, 동물의 본성인 성장과 감각, 그리고 그런 본성을 가지면서 그것을 초월하고 거기에 이성까지 소유하는 것이 인간이다.
33) 이하 2행. 사탄의 순회는 결코 즐거움에서 오는 것이 아니다. 그에게 남은 유일한 즐거움은 파괴의 즐거움뿐이다.

내가 무엇이고 즐길 수 있는 몸이라면 언덕과
골짜기, 시냇물, 숲과 들의 아름다운 변화,
때로는 육지, 때로는 바다, 숲 없는 해안,
바위·굴·동굴! 그러나 나는 어느 것에서도
살 곳이나 숨을 곳[34]을 찾지 못한다. 내 주위에
쾌락을 보면 볼수록 마음속에 가책을
더욱 느낀다, 마치 증오스러운 모순에 포위당하는 듯.
선은 모두가 내겐 독이 되고,
하늘에서도 내 상태는 더욱 나쁘리라.
그러나 나는 여기서도 하늘에서도 살려고 하지
않는다, 하늘의 지존자를 정복하지 않으면.
또한 나 하는 일로 나 자신의 비참을
덜려는 것이 아니고, 남을 나처럼 되게
하려 한다, 그 때문에 내게 나쁜 일이 있다 해도.
나는 오직 파괴에서만 내 잔인한 생각이
편안할 따름이다. 그가[35] 멸망하거나, 또는
그를 완전한 타락으로 몰아넣으면
그를 위해 만들어진 이 모든 것도 즉시
그를 따를 것이다,[36] 화복禍福이 그에게 연결되니.
그러니 파괴로 인한 재난이 널리 퍼지기를!
지옥의 권자들 사이의 그 영광은

---

34) 마음의 고통을 피할 곳.
35) 인간.
36) 만물이 인간을 따라서 파멸의 길로 갈 것이다.

오직 나에게만 돌아오리라, 전능이라고 하는
그가 6일 밤낮을 계속해 만든 것을
하루 사이에 파괴할 것이니. 그리고 그 전에
얼마나 오래 궁리했는지는 누가 알 것인가?
어쩌면 내가 천사 이름 가진 자들의 거의 반은[37]
하룻밤[38]에 치욕스러운
예속에서 해방하고,
신을 숭배하는 무리의 수를 적게 한 후
아마 오래가지 않았겠지만, 그는 복수하고,
또는 이렇게 손실한 수를 보상하기 위해,
옛날에 썼던 그런 힘이 이젠 빠져서
더 천사를 창조하지 못하고(만일[39] 천사가 적어도 그의
창조물이라면) 또는 우리를 더 괴롭히지 못하는지,
흙에서 만든 생물을 우리들 자리에
올려 세우고, 천상의 이권과 우리의 이권을
이렇게 비천한 근원[40]에서 오른 그에게
주려고 정했구나. 이미 정한 그의 결정을
그는 실천해 인간을 만들고, 인간을 위해
장엄한 이 세계와 그의 살 자리인 이 지구를
만들고, 그를 주인으로 선포했다. 그리하여

---

37) "3분의 1"(〈요한 계시록〉 12장 4절 참조).
38) 하늘에서 반역을 일으킨 밤.
39) 이하 2행. 사탄은 이를 부정하고서 스스로 생겨난 것이라 하기도 하고 때로는 이를 인정하기도 한다.
40) 흙을 말한다.

아, 모욕이여! 날개 천사와 화염의 사자[41]들
그를 섬기는 일 하게 하고,[42] 지상에 맡겨진
이 인간을 보호하고 돌보게 하니. 그들의 경계가
나는 두려워 그것을 피하려고 한밤중의
안개에 싸여 몰래 미끄러져 들어가 숲이나
풀숲들을 모두 살피니, 우연히 발견한 것이
잠자는 뱀이다. 그 구불구불한 사리 속에
나와 내가 지닌 어두운 의도를 감추고자 한다.
아, 비열한 타락이여! 전에는 최고의
자리에 앉고자 신들과 다투었던 내가
이제 부득이 한 짐승 속에 들어가,
수액獸液과 섞여 신의 높이를 동경한
이 영질靈質[43]을 육체로 만들고 짐승이 되다니.
그러나 야심과 복수가 어디까지인들
못 내려가겠는가? 바라는 자는 높이 난 만큼
낮게 내려가, 언젠가는 가장 비천한 것이
되어야 한다. 복수는 처음에는 통쾌한 것이 되겠지만
얼마 안 있다 쓴 것이 되어 되돌아오겠지.[44]
그래라, 상관 않는다. 잘 겨누어 내리칠지어다,

---

41) "바람으로 자기 사자를 삼으시며, 화염으로 자기 사역자를 삼으시며"(〈시편〉 104편 4절).
42) "저가 너를 위하여 그 사자를 명하사 네 모든 길에 너를 지키게 하심이라"(〈시편〉 91편 11절).
43) 천사의 몸은 정기精氣나 청화清火로 되어 있다고 상상한다.
44) 164쪽 13행 참조.

높이는 오를 수 없으니,[45] 그다음으로 내 질투를
일으키는 그자[46]를. 이 새로운 하늘의 총아,
이 흙의 인간, 원한의 아들, 우리를
한층 미워해 조물주가 흙에서
만든 그자를. 원한에는 원한이 최상의 보복일 뿐."
    이렇게 말하고서, 젖거나 마른 풀숲을
검은 안개처럼 낮게 기며, 그는 야반의 탐색을
계속한다. 어디서고 즉시 뱀을 찾을 것
같아서. 곧 깊이 잠든 그놈을 발견한다.
구불구불 미로를 이루어 몸을 서리고 있다.
교활한 간계로 가득 찬 머리는 한복판에 두고,
아직[47] 무서운 그늘이나 음침한 동굴에 살지 않고,
아직 독이 없고, 부드러운 풀 위에
두려움도 걱정도 없이 잔다.
악마는 그 입으로 들어가 가슴이나 머릿속,
그 짐승의 의식을 즉시 사로잡아
거기에 이성적 활력을 불어넣는다. 그러나 잠은 여전히
방해하는 일 없이 살며시 아침이 다가오길 기다린다.
이제 거룩한 빛이 에덴에서 밝기 시작해,
이슬진 꽃들을 비추고, 꽃은 아침 향기를
숨 쉴 때, 숨 쉬는 만물은 대지의

---

45) 하느님 자신에게 복수의 화살을 꽂을 수는 없으니.
46) 인간. 인간을 파멸시키고자 하는 사탄의 충동은 주로 인간에 대한 질투에서 나왔다.
47) 이하 2행. 인류 타락 이전에는 뱀도 독이 없고 해가 없었다.

위대한 제단에서 창조주를 향해 고요한
찬미를 올리고, 상쾌한 향기로[48]
코를 채운다. 이때 두 사람의 인간이 나타나,
소리 없는[49] 생물의 합창에 맞춰 소리 있는
예배를 올린다. 그것이 끝나자, 감미로운 향기와
대기로 으뜸가는 계절을 즐긴다.[50]
그러고서, 점점 늘어나는 일을 그날에 어떻게
잘 처리하느냐를 의논한다. 일이 너무 커져서
그렇게 넓은 원예는
두 사람 손에 미치지 못한다.
그리하여 이브가 우선 남편에게 말 꺼낸다.
  "아담, 우리가 여전히 이 동산을 가꾸고
풀·나무·꽃을 돌보고, 우리의 유쾌한
과업으로 일하는 것도 좋지만, 돕는 이가
없는 한 우리가 노력해도 일은 커지고
억제할수록 더 번식할 뿐입니다. 우리가 낮에
자르고, 베고, 떠받치고, 묶은 것이 벗어나서
한두 밤 동안에 비웃듯이 제멋대로 자라,
거칠어지게 마련입니다. 그러니 이제 생각하소서,
아니면 우선 내 마음에 떠오른 생각을 들으소서.
우리 일을 가르소서—임은 임이 좋으신

---

48) 〈창세기〉 8장 21절 참조.
49) 이하 2행. 제5편 아담 부부의 아침 찬미 참조.
50) 밀턴은 대개 새벽 4시면 일어나 히브리어 성서를 읽고 묵상했다고 한다.

곳으로. 또는 가장 필요한 곳으로 가시어
이 정자에 덩굴을 감든지, 또는 휘감기는
담쟁이에게 올라갈 길을 마련해주든지 하고.
나는 저기 도금양나무와 뒤섞인 장미 숲에서
정오까지 손질할 것이 있나 보겠나이다.
우리가 서로 이렇게 가까이 온종일
일을 찾는 한, 가까이 얼굴과 시선이
둘 사이에 교환되고, 새로운 사물이 그때그때
얘기를 자아낼 것이니, 그것으로 하루의 일이
방해되어 일찍 일을 시작해도 별 효과 없이
저녁때는 맨손으로 돌아오게 될 것 당연합니다."
    그 말에 아담은 조용히 대답한다.
"유일한 이브여, 유일한 반려자여, 나에겐
견줄 바 없이 모든 생물 중에 가장 친한 이여!
그대의 제안 좋다. 하느님이 여기에 우리에게
정해준 일을 어떻게 하면 잘 수행할 것인가를
그대는 잘 생각했다. 칭찬하지
않을 수 없다. 집안일을 잘 살피고[51]
남편의 좋은 일을 돕는 것보다
여자에게 더 아름다운 일은 없다.
그러나 주께선 우리가 휴식을 원할 때
그것이 먹을 것이든, 마음의 양식인

---

51) 밀턴은 이런 원칙으로 자기 딸들을 길렀다고 한다. 그의 세 번째 부인이 이런 여성이었기에 크게 만족했다고 한다.

대화든, 얼굴과 미소의 감미로운 교환이든,
그것을 방해하실 만큼 그렇게 엄격히
노동을 강요하시진 않는다. 미소는 이성에서
나오고, 짐승에게는 없는, 사랑의 양식이다.
사랑은 인생의 가장 낮은 목적이 아니다.[52]
우리를 만든 것은, 귀찮은 노고가 아닌 쾌락,
이성과 결합된 쾌락을 위해서이다.
이 길이나 나무 그늘이나 우리가 보행에
필요한 넓이쯤은 둘이 힘 합치면 쉽사리
황무지를 막을 수 있다, 머잖아
젊은 손이 도울 때까지. 그러나 지나친 얘기에
싫증나 잠시 헤어지는 것은[53] 참을 수 있지.
고독이 때로는 최선의 사교일 수 있고,
잠시의 한가함은 아름다운 귀환을 초래하니.
그러나 다른 의혹이 사로잡는다, 내게서 떨어짐으로써
그대에게 해가 오지 않을까 한다. 우리가
경고받은 것을 그대는 알 것이다─어떤
악의 적이 우리의 행복을 시기하고, 제 행복을
단념하고, 간계로 우리에게 재난과 수치를
일으키려고 하는 것을. 그리고 어딘가 가까이에서
반드시 지켜보며, 좋은 기회를 얻어 제 소원

---

52) 사랑 없이는 행복이 없기 때문에 '가장 높은 목적'이다.
53) "분방하지 말라, 다만 기도할 틈을 얻기 위하여 합의상 얼마 동안은 하되 다시 합하라" (〈고린도 전서〉 7장 5절).

이루려고 열렬히 우리가 떨어져 있는 기회만을
기다리고 있을 것이다.
함께 있으면 수시로 서로 빨리 도울 수
있으니, 우리를 속일 가망이 없을 것이지만.
그의 첫 계획이 우리의 충성을 하느님에게서
떼어내는 것이든, 또는 부부간의 사랑을
방해하는 것이든(우리가 받는 축복 중에서
이보다 그의 질투[54]를 더 자극하는 것 없으니),
혹은 더 나쁜 것이든 간에 그대에게 생을 주고
지금도 덮어주고 지켜주는
신실한 사람 곁[55]을 떠나지 마라.
아내는 위험이나 치욕이 스며들 때
자기를 보호하고, 함께 최악을 견뎌주는
남편 곁에 머무는 것이 가장 안전하고 어울리는 법."
 그에게 순결하고 위엄 있는 이브는,
사랑하면서 어떤 불친절을 당한 사람처럼
달콤하나 엄숙한 침착성으로 대답한다.
"하늘과 땅의 아들, 그리고 대지의 주인이여!
우리의 파멸을 노리는 적이 있다는 것은
임에게 들어서 알고 있나이다.[56] 또한
저녁 꽃들이 닫힐 무렵에 막 돌아와 그늘 짙은

---

54) 190쪽 20행~191쪽 1행 참조.
55) 아담의 옆구리. 거기서 떼어낸 늑골로 이브는 만들어졌다.
56) 314쪽 20행~315쪽 2행 참조.

구석에 숨어 서 있었을 때, 떠나는 천사[57]에게
들어 알고 있나이다. 그러나
하느님이나 임에 대한 나의 굳은 지조를 유혹하는
적이 있다 해서, 그 때문에 임이 이것을
의심한다 말하리라고는 생각지도 않았나이다.
적의 폭력을 임께서 두려워하지 않으심은 우리가
죽음으로도 고통으로도 어찌할 수 없는
몸이기 때문이오니,
그것을 받아들이지 않을 것이고
또 물리칠 수도 있습니다.
그러니 임의 두려움은 그의 간계 탓입니다.
그래서 나의 확고한 신의와 사랑이 그의 간계로
흔들리고 유혹될 것임을 의심함이 분명하옵니다.
그런 생각이 임의 가슴에 깃들 줄이야!
아담이여, 임에게 그렇게 다정한
저를 오해하다니?"
　그 말에 아담은 위안의 말로 대답한다.
"하느님과 인간의 딸, 불멸의 이브여!
그대는 죄와 허물이 없는 그런 몸이니,
그대가 내 앞에서 떠남을 만류함은
그대를 불신함이 아니고, 적이 노리는
그 시도 자체를 피하자는 것.

---

57) 라파엘. 그가 마지막으로 아담에게 한 말은 순종하라는 것이었다.

유혹자는 비록 일이 잘못되었을지라도, 적어도
유혹당하는 자에게 오명을 씌우고 신의가
철석같을 수 없고, 유혹에 강할 수
없음을 생각하게 한다. 그대 자신도, 대단한 해가 아님을
알면서도, 가해지는 해악을 경멸하고,
노하고 분개할 것이다. 그러니 혼자 있는
그대에게서 이런 모욕을 제거하려
하는 것을 오해 마라. 적은 대담하지만
우리 두 사람에게 일시에 감행하지 못하리라.
그리고 한다면, 내게 먼저 공격을 가할 것이다.
또한 그의 악의와 거짓 꾀를 깔보지 마라!
천사를 속일 수 있었던[58] 그는 반드시 교활할
것이니―그리고 남의 원조를
불필요하다고 생각지 마라.
나는 그대의 표정에서 힘을 얻어
여러 가지 덕을 많이 얻게 되고 그대 앞에선
한층 더 현명하고, 더 조심성 있고, 체력이
필요할 땐 더 강해진다. 수치라 할지라도
그대가 바라보면 극복하게 되고, 그 수치는,
극도의 용기를 일으키고, 일어나 뭉치게 한다.
그대는 어째서 같은 생각을 하지 못하는가.
그대의 덕에 대한 최선의 증인인 내가 여기 있어,

---

58) 사탄은 신세계 탐험에 올랐을 때 태양에 이르러 지배자 우리엘을 만나, 천한 천사의 몸으로 변신해 그를 속이고 인간이 사는 곳을 아는 데 성공했다.

그대의 시련을 함께 당하려는데."
　가정적인 아담은 걱정이 되어 부부의 사랑에서
이렇게 말했다. 그러나 이브는
자기의 참된 신의를 인정받지 못한다고 생각해
부드러운 말투로 다시 이렇게 대답한다.
"만일 이처럼 교활하고 난폭한 적에게
괴로움을 당하는 좁은 지역에서 살면서, 어디
가서 당하나 혼자서는 같은 방어력
부여되지 않는 것이 우리 형편이라면
항상 해를 두려워하고 어찌 행복할 수 있으리까?
그러나 해는 죄에 앞서지 않나이다. 다만[59)]
적은 유혹하여, 우리의 성품을 무시함으로써
우리를 모욕하지만, 그 더러운 생각은 우리의
면상에 치욕을 주지 못하고, 추하게
저 자신에게로 돌아갈 것입니다.
그러니 어찌 피하고
두려워하리까. 도리어 그의 추측이 어긋나
우리의 명예를 배가하고, 마음속엔 평화를 찾고,
우리의 증인 하늘로부터는 이 결과로
은총을 받을 것이온데.
외부 원조의 뒷받침 없이 혼자서
시련당하지 못한다면 신의니, 사랑이니,

---

59) 이하 5행에서 이브는 아담이 앞서 한 말을 인용한다.

덕이 무엇이리오?
그러니 현명한 조물주가 혼자나 둘이서는
안전하지 않도록 불완전하게 해놓았다고
우리의 행복한 상태를 의심하지 마십시오.
만일 그렇다면, 우리의 행복은 덧없고,
그렇게 불안전하다면 에덴도 에덴이 아니오리다."[60]
　그녀에게 아담은 열렬히 대답한다.
"아, 부인이여, 만물은 하느님의 거룩한 뜻으로
정해진 최선의 것. 신의 창조의 손이
모든 창조물을 하나도 불완전하고
부족하게 하시진 않았으니―하물며 인간이랴,
또는 그의 행복한 신앙을 보호하며
외부의 폭력을 막아주는 인간이랴. 위험은
인간 자신 속에 숨어 있어서 자기 힘 속에 숨어 있는 위험에서
자기의 의사에 반하여 해를 받는 일 없다.
그러나 하느님은 의지를 자유로 하셨으니,[61]
이성을 좇는 자는 자유롭다. 그리고 이성을 바르게
만들어 경계하고 항상 주의하게 하셨다.
그러잖으면 아름다운 외모에 사로잡혀
하느님이 분명히 금한 것을 하도록 이성이
의지에 그릇 가르치고 그릇 전할 것이다.
그러니 불신이 아닌 친절한 사랑의 명령으로

---

60) '에덴'은 환희를 의미한다.
61) 123쪽 3행~125쪽 3행, 448쪽 22행 참조.

나는 그대를 돌봐야 하고,
그대는 나를 돌봐야 하지.
우리가 확고하나, 때로는 빗나갈 수 있다.
이성이 적에게 매수당해 외양만 반반한 것을
만나, 주의받은 대로 엄중한 경계를 하지 않고,
저도 모르게 기만에 빠질 가능성이
없지도 않기 때문이다. 그러니
유혹을 사서 구하지 마라. 피하는 것이
상책, 나에게서 떨어지지 않으면 십중팔구
피할 수 있다. 시련은 의외로 찾아온다.
그대의 충실을 보이고자 하려거든, 우선
그대의 순종을 보여라. 알 만한 자가 그대가
유혹받는 걸 보지 않고선 누가 증명하겠는가?
그러나[62] 우리에게 뜻밖의 시련이 올 때
그대가 경계하고 있음이 더 안전하다고 생각하거든
가거라.[63] 강제로 머무는 것보다 나가는 것이 낫다.
그대의 천성 순진을 가지고 가거라. 그대가
지닌 덕에 의존해라, 전력을 집중해라.
하느님은 그대에게 맡은 바를 다했으니,
그대도 그리해라."

　인류의 족장은 이렇게 말하나, 이브는

---

62) 이하 3행에서의 아담의 요지는 이러하다. 즉, '그대가 나와 함께 있어서 방심하고 있는 것보다 그대가 내 경고 받고서 경계하는 것이 안전하다고 생각하거든 가거라'(이브의 대답 참조).
63) 이를, 밀턴이 자기 아내가 그를 떠날 때를 염두에 둔 것이라고 추측하는 이도 있다.

고집한다. 그러나 마지막으로 겸손하게 대답한다.
"그러면 허락받고, 이렇게 경고받고,
특히 임께서 마지막에 논하신 말에
암시된바, 우리가 시련을 구하지 않을 때,
우리는 훨씬 대비하는 마음이 적다 하시니
더 유의하며 가겠나이다. 그리고 그렇게 거만한
적이니만큼 약자를 먼저 찾지는 않을 것이며,
그걸 바란다면 그의 패망의 수치는 더하리라."
이렇게 말하고서, 남편의 손에서 살며시
자기 손을 빼내고, 숲의 선녀처럼 가볍게,
오레아드,[64] 드리아드,[65] 또는 델리아[66]의 시종인 양
숲으로 향한다. 그러나 걸음걸이나
여신다운 몸가짐은 델리아보다 뛰어나다.
활이나 화살통으로 무장하지 않고,
거친 '기술'로 불을 쓰지 않고[67] 만들었거나
또는 천사들이 가져온 원예 도구들을 지녔다.
이렇게 단장한 그녀는 팔레스[68]나 포모나[69]와
아주 흡사하다―포모나, 그녀가 베르툼누스[70]를

---

64) 숲의 요정.
65) 숲의 요정.
66) 수렵의 여신. 델리아가 수렵에 나갈 때는 많은 요정을 시종으로 거느리고 나갔다고 한다.
67) 503쪽 1~8행 참조.
68) 로마의 양과 양치기의 여신.
69) 로마의 과실의 여신.
70) 로마의 계절, 과실, 화원 등의 신. 포모나에게 구혼했으나 거절당했다.

피할 때—또는 제우스에 의해 페르세포네[71]를
낳기 전, 아직 한창 처녀일 때의 데메테르와도.
아담은 열렬한 눈초리로 그녀를 오래 쫓는 것이
즐거웠지만, 역시 더 머물기를 바랐다.
여러 차례 빨리 돌아오라는 명령을
되풀이한다. 그녀는 그에게 약속해
정오까지는 돌아와 정자 안에서
정오의 식사나 오후의 휴식을 맞이할
만반의 준비에 최선을 다하겠다고 한다.
아, 대단한 오산, 대단한 잘못, 불행한 이브여,
돌아올 심산이었지만, 심술궂은 사건!
그대는 그 시간 이후 다시는 낙원에서
상쾌한 식사나 건전한 휴식을 못 가졌도다.
복병은 향기로운 꽃과 그늘에 숨어
절박한 지옥의 원한을 품고 기다린다.
길을 가로막거나, 또는 순진과 신실과
축복을 빼앗고서 그대를 되돌려 보내고자.
이제, 첫새벽부터 마왕은 외양으론
보통의 뱀이 되어 나타나,
다만 두 사람의 인간, 그러나[72] 그들에게

---

71) 농업의 여신 데메테르의 딸. 제4편 주 59) 참조. 밀턴은 여기서 이브가 원예 도구를 가지고 들에 나가는 모습을 비유하는 데 팔레스, 포모나, 데메테르, 세 여신을 들었다. 이들은 모두 아름답고, 원예를 주관하는 신들이고, 그들을 시인들이 묘사할 때는 흔히 손에 원예 도구를 휴대하는 것으로 되어 있으니, 지금의 이브의 모습에 대한 비유가 아주 적절하다.
72) 이하 2행. 아담을 유혹하는 것은 그 하나에 그치는 것이 아니라, 그 자손 전 인류를 유혹

포함되어 있는 전 인류, 그가 노리는 밥을
어디서 발견할 수 있을까 하고 찾고 있다.
나무 그늘로 들로 찾아다닌다. 요행히 이브가
혼자 있기를 바라지만, 그렇게
드문 일이 생길 가망은 없다고 생각했는데, 뜻밖에도
소원대로, 이브가 혼자 있음을 그는 본다.
향기의 구름에 싸여 반쯤 가리어
그녀는 서 있었다. 한창 무성한 장미는
주위에 불타고. 가끔 몸을 굽혀 연한
꽃대를 떠받친다. 그 꽃들의 화려한
진홍·보랏빛·파랑·금빛 반점의 머리는
떠받침 없이 축 처져 있다. 그녀는 이것들을
도금양나무를 띠로 하여 살며시
일으켜 세워주지만, 그녀 자신이
최선의 받침대에서 멀리 떨어져 폭풍 임박한,
받침 없는 아주 고운 꽃임은 생각 않는다.
결국 마왕은 접근하여 삼나무·소나무·종려나무의
더없이 위엄 있는 숲 속을 이리저리 돌아다닌다.
그러고선 숨었다 나타났다 한다. 꾸불꾸불 대담하다,
무성한 관목 숲 사이로 이브가 가꾼,
양 언덕의 가장자리 테 두른 꽃들 사이로.
즐거운 장소다, 소생한 아도니스[73]의 또는

하는 것이다.
73) 그리스의 작가가 묘사한 '아도니스의 정원'은 흙으로 만든 작은 단지들이어서, 그 속에 양

늙은 라에르테스의 아들[74]의 주인이었던 유명한
알키누스[75] 이야기에 나오는 정원보다,
또는[76] 저 신화 아닌, 현명한 왕[77]이
아름다운 이집트인 왕비[78]와 노닌 동산보다도.
마왕은 이 장소를 찬미한다, 더욱 사람을.
마치[79] 집이 밀집하고 하수에 공기를 오염시키는
인구 많은 도시에 오랜 동안 갇혀 있던 사람이
여름날 아침, 상쾌한 마을이나 이웃의
논밭 사이로 공기 마시러 나가서,
마주치는 것마다 즐거움을 느끼는 것 같다.
곡물이나 건초 향기, 암소 또는
젖 짜는 곳, 모든 시골 경치,
시골 음향 등에서,
때마침 고운 처녀 하나 선녀처럼 걸어가니
이제까지 유쾌한 것은 그녀 때문에 더욱 유쾌하고,

상추·회향 풀들을 키워 수렵하다 죽은 아도니스를 제사하는 축제 때 부인들이 운반했다. 주석가 피어스는 헤스페리데스의 화원과 아도니스의 화원, 알키누스의 화원을 세계의 경이 속에 포함했다.
74) 오디세우스.
75) 오디세우스를 환대하고, '주인' 노릇을 했다.
76) 이하 2행에서 언급한 것은 '솔로몬의 동산'에 대한 이야기인데, 그것은 신화가 아니라 성서적 사실이라는 점을 지적했다. "나의 사랑하는 자가 자기 동산으로 내려가 향기로운 꽃밭에 이르러서 동산 가운데서 양 떼를 먹이며 백합화를 꺾는구나"(《아가》 6장 2절).
77) 솔로몬 왕.
78) '파라오'의 딸. "솔로몬이 애굽 왕 파라오로 더불어 인연을 맺어 그 딸을 취하고 데려다가"(《열왕기 상》 3장 1절).
79) 이하 8행. 밀턴이 런던의 부친 집에 살던 어린 시절의 경험을 말한 것으로 본다. 밀턴은 줄곧 런던 시내에 살았지만 자연을 무척 사랑했다.

무엇보다도 그녀는 얼굴에 희열이 가득 찼다.
이런 기쁨 품고, '뱀'은 바라본다.
이 꽃다운 장소, 이렇게 일찍, 이렇게 혼자 있는
이브의 상쾌한 일터를. 그녀의 성스러운 모습,
천사다우나 한층 더 부드럽고 한층 더 여성답다.
그리고 우아한 순진과 하나하나 몸가짐의
자태 또는 사소한 동작이 그의 악의를
위압하고, 감미로움으로 그의 악의가 의도하는바
흉악한 간계를 빼앗는다.
그때 이 '악한 자'는 자신의 악에서
빠져나와 잠시 동안 서서 적의도,
간계도, 증오도, 질투도, 복수심도,
벗어버리고 어리석게도 선善으로 돌아간다.
그러나 하늘 한복판에 있어도, 항상
마음속에 타는 뜨거운 지옥[80]은, 당장 그의
기쁨을 말살하고, 기쁨이 저 위하여 있는 게 아님을
알면 알수록 그를 괴롭힌다. 이리하여 즉시
그는 흉악한 증오심을 회복하고, 해악한
온갖 생각을 기꺼이 불러일으킨다.
 "생각이여, 너는 어디로 끌리느냐?
얼마나 달콤한 생각에 매혹되어
여기 온 이유를 잊었느냐?

---

80) 167쪽 14행 참조.

사랑 아닌 증오를 위해, 그리고
여기서[81] 지옥 대신 낙원의 희망이나 기쁨을 맛볼
목적이 아니고, 쳐부수는 쾌락 이외의 쾌락은
모두 쳐부수자는 목적에서 온 것이다. 기타의
기쁨은 내게서 없어졌다, 그러니 지금
미소 짓는 기회 놓치지 말자. 보아라, 홀로 있는
저 여인을, 어떠한 시험에도 알맞은—
둘러보건대 그 남편은 가까이에 없다,
그의 고도의 지력, 거만한 용기, 비록
흙에서 만들어졌으나[82] 당당한 체구에서 나오는
사지의 힘을 나는 더욱 피한다.
무서운 적, 불사신의 적—나는
그렇지 않다. 천국에 있던 나에 비하면, 지옥은
나를 이토록 비열하게 만들었고, 고통으로
나를 약하게 했다. 그녀의 아름다움,
거룩한 아름다움, 신에 어울리는 사랑, 그러나
두렵지[83] 않다—사랑과 아름다움에는 두려움 있지만,
한층 강한 증오심(겉으로 가장된 사랑 밑에
숨은 더 강한 증오심)으로 접근치 않는 한—
이것이 바로 내가 그녀의 파멸을 노리는 길이다."

---

81) 이하 2행. 쾌락의 향락에 대한 희망이 아니라, 쾌락을 파괴하는 희망이다. 파괴 그 자체의 쾌락은 별도로 하고.
82) 394쪽 14행 "흙에서 만든 생물을 우리들 자리에"와 396쪽 3행 "이 흙의 인간, 원한의 아들" 참조.
83) 이하 3행. 사랑과 미는 경외심을 고취한다. 이를 능가할 강력한 증오의 힘이 있지 않는 한.

인류의 적은 그렇게 말한다. 뱀 속에
몸을 감춘 사악한 동거자는 이브를 향해
다가간다―그 후처럼, 꾸불꾸불 물결치며
땅 위를 기어간 것이 아니라, 꼬리로 딛고
일어나, 원형을 그리면서 층을 지어 굽이굽이
솟아올라서 파도치는 미로를 이루며. 머리는
높이 볏 달고 눈은 루비 같다.
청록색 황금의 번들거리는 목은 풀밭 위에 곧게 섰다.
풍성히 물결치는 나선형을 이룬 몸뚱어리
그 형체는 보기 좋고,
예쁘다―그 후 뱀 종류로서 이보다
아름다운 것 없었다―일리리아에서[84]
하르모니아와 카드모스로 변한 뱀도,
에피다우루스의 신[85]도, 또는 암몬[86]이나
카피톨 대신大神이 변하여, 전자는 올림피아스,[87]
후자는 로마의 정화精華인 스키피오를 낳은
그녀와 함께 나타난 뱀도. 처음엔

---

84) 이하 2행. 테베의 왕 '카드모스'와 그의 처 '하르모니아'는 일리리아에 와서 뱀으로 변신했다(오비디우스의 《변신 이야기》 4장 562~602행 참조).
85) 로마 신화의 의약의 신인 에스쿨라피우스를 말하며, 에피다우루스에 사당이 있다. 로마에 역병이 유행했을 때, 델피의 신탁을 받은 사람들이 그 사당에 와서 기원했다. 그는 뱀의 모습으로 태어나 로마에서 온 사자들과 함께 가서 역병을 퇴치했다(《변신 이야기》 15장 622~744행 참조).
86) 이하 3행. 암몬 대신大神, 즉 리비아의 제우스와 카피톨 대신. 전자는 알렉산더 대왕의 아버지, 후자는 스키피오 아프리카누스의 아버지라는 전설이 있다.
87) 마케도니아의 왕 필립포스 2세의 처, 즉 알렉산더 대왕의 어머니.

비스듬히 길 잡아 옆으로 나간다.
접근하려 하지만, 방해를 두려워하는 자처럼.
흡사 노련한 키잡이가 강어귀나 곶
가까이에서 모는 배가, 바람 때때로
변하면 방향을 틀고 돛을 바꾸듯이.
그렇게 그도 방향 바꾸며 굽이치는 긴 몸으로
이브 앞에서 멋대로 많은 원을 틀고,
그녀의 눈을 유혹한다. 분주한 그녀는 풀잎
스치는 소리를 들었으나 개의치 않는다.
들 여기저기 그녀 앞에서 노는 온갖 짐승의
이런 장난에 익숙했기에. 키르케[88]의 부르는 소리에
변장한 짐승들이 따르는 것보다
더 온순한 이 짐승들의 장난에
뱀은 더 대담히, 부르지 않아도
흠모하는 눈초리로 그녀 앞에 선다! 여러 차례
우뚝 솟은 볏과 반질반질 윤나는 목을
굽혀 아양 떨고, 그녀가 밟는 땅을 핥는다.
그의 어질고 말없는 표정이 드디어
이브의 눈을 끌어 그 장난을 보게 한다.
그녀의 관심을 끈 것이 기뻐서
그는 발성기관인 뱀의 혀로,[89]

---

88) 이하 3행. 태양신의 딸 무녀 키르케는 마약으로 사람을 매혹하고, 마술의 지팡이로 사람을 짐승으로 변형시키고, 복종시켰다고 한다. 키르케가 사는 아이아이Aiaie 섬에 오디세우스가 왔을 때, 그녀는 그의 부하들을 돼지로 만들었다고 한다(《오디세이아》 10장 참조).
89) 실제로 발성기관으로서의 뱀의 혀를 사용했거나 공기를 진동시켜 소리 나게 했거나.

아니 소리 나게 공기를 진동시켜
기만적인 유혹의 말을 이렇게 시작한다.
　"놀라지 마소서 여왕이여―유일한 경이인
그대 혹시 놀라셨다면―하물며 온화의
하늘인 그 얼굴에 멸시의 빛은 띠지 마소서,
내가 이렇게 접근해 그처럼 혼자 있기에
한층 더 위엄 있는 그대의 이마를 나 홀로 싫증 없이
바라본 데 대해 불쾌히 여기지 마소서.
아름다운 조물주를 가장 아름답게 닮은 자여,
산 것들 모두, 그리고 그대에게 부여된 만물들은
그대를 바라보고, 그 하늘의 미를 흠모하나이다,
황홀히 바라보나이다―바라보는 데 가장 좋은 것은
널리 흠모할 수 있는 것. 그러나 여기[90]
이 황폐한 경지, 이 짐승들, 조야하고
천박해 그대의 미를 반도 식별 못하는
것들 사이에서 한 사람[91]을 제외하고는
그대를 보는 자 누구이리까.
신 중의 여신으로 보이고, 수많은 천사들
매일 시중들며, 찬미하고
섬겨야 할 그대를."
　유혹자는 이렇게 아양 떨며, 서곡을 시작한다.
그 말이 이브의 가슴속에 들어갔으나,

---

90) 지상.
91) 아담.

그 목소리에 많은 의심을 품는다. 드디어
놀라면서 그녀는 대답으로 이렇게 말한다.
"이것이 어찌 된 일인가? 짐승의 혀에서
인간의 말이 나오고, 인간의 생각이 표현되다니!
전자[92]는 적어도 짐승에게는 허용 안 된 것으로
생각하는데, 하느님께선 창조의 날에 그들에게
일체 분명한 음향을 못 내도록 창조하셨다.
후자[93]는 어떨지, 그들의 얼굴에, 그리고
그들의 거동에 가끔 이성이
나타나는 일 많으니.
너, 뱀이여, 모든 들에서 가장 교활한 짐승,[94]
그러나 인간의 음성이
부여되지 않는 것 나는 안다.
그러니 이 기적을 다시 반복하여 말해라,
어찌하여 벙어리가 말할 수 있게 되었고, 어찌하여
매일 보는 다른 짐승들 중에서
유독 나에게 이렇게 친절해졌는가를.
말해라, 이런 경우는 마땅히 나의 관심을 끈다."
  그녀에게 죄악에 찬 유혹자는 대답한다.
"이 아름다운 세상의 왕후, 빛나는 이브여!
그대가 명령하시는 것 모두 말씀드리기는

---

92) 인간의 말을 하는 것.
93) 인간의 마음을 표시하는 것.
94) 천사 라파엘이 아담 부부와 얘기할 때 그렇게 설명했다.

쉽습니다, 그리고 복종해 마땅합니다.
나는 처음에 다른 짐승처럼 짓밟힌
풀을 먹고, 내 사상이 비열하고 천하기가
내가 먹는 음식과 같았고, 먹이와 성性 외에는
식별 못했고, 고상한 것 아무것도
깨닫지 못했더이다.
마침내 어느 날 들을 쏘다니다 우연히 나는
멀리 떨어져 있는 한 좋은 나무에 붉은색, 금색,
색색이 아주 고운 과실 열려 있는 것을
보았습니다. 한 걸음 다가서서 보았더이다.
그때 가지에서 나는 풍미로운 향기,
식욕을 돋우고, 감각에 즐겁기가
가장 달콤한 회향[95] 향기보다, 또는 놀이에
빠진 어린 양이 젖을 빨지 않아 저녁때
암양이나 염소의 유방에 흐르는 젖보다 더 하나이다.
나는 이 아름다운 사과를 맛보고자
간절한 식욕을 채우기에 주저하지 않을 것을
결심했더이다. 강력한 설복자[96]로서, '배고픔'과
'목마름'이 동시에, 그 매혹적인 과실의
향기에 자극받아 매섭게 닥쳐왔나이다.
곧 이끼 낀 나무줄기에 나는 감겼습니다!
지상에서 높이 뻗은 나뭇가지를 그대나 아담도

---

95) 뱀은 이 풀을 좋아한 것으로 생각된다.
96) '주림'과 '목마름'을 의인화하여, 그것들을 '설복자'라고 부른다.

손을 뻗쳐야 닿을 정도였기에. 나무 주위에서
온갖 짐승들이 그것을 보고, 같은 욕망에
동경하고 선망하며 섰었지만, 닿을 수 없었습니다.
이리하여 나뭇가지에 이르니, 많은 과실이 매달려
눈앞에서 유혹하기에 주저 없이 마음껏
따서 먹었습니다, 그때까지 그러한 쾌락을
풀밭이나 샘가에서 맛보지 못했으니.
드디어 포만해지자, 오래지 않아서 내 속에 이상한
변화를 지각할 수 있었고, 정신력에
이성이 생길 정도에 이르렀나이다. 언어도
곧 갖게 됐습니다. 비록 그 형체 그대로였지만,
그때 이래 높고 깊은 사색에 생각을
돌리고, 넓은 마음으로 하늘과 땅과
중천에 보이는 것 일체, 아름답고
좋은 것을 고찰했나이다. 그러나
아름답고 좋은 일체의 것이 그대의
거룩한 모습에, 미의 거룩한 광채 속에
결합되었음을 보았습니다. 어떤 고운 것도
그대와 동등하거나 버금가는 것 없나이다. 그래서
어쩌면 무례일 것이나, 부득이 이렇게 와서
만물의 군주, 우주의 여왕이라고 마땅히
선언된 그대를 보고 찬미하는 바이옵니다!"
악령의 교활한 뱀이 이렇게 말하니,
이브는 더욱 놀라, 별 생각 하지 않고
이렇게 대답한다.

"뱀이여, 그대의 과찬 들으니, 처음에
그대가 입증한 그 과실의 힘이 의심스럽도다.[97]
그러나 말해라, 나무는 어디 있으며,
얼마나 멀리 있는지?
낙원 안에 자라는 하느님의 나무들 많아서
아직 우리가 모르는 것이 있도다.
우리가 선택할 것이 이렇게 풍부하기 때문에
과실의 태반은 손도 못 댄 채,
썩지 않고 항상 매달려 있다. 후에 인간이
불어나서 그 공급을 즐기고, 많은 손의 도움으로
이 자연의 소산을 따 내릴 때까지."
 그녀의 말에 간사한 뱀은
즐겁고 기뻐서 말한다.
"여왕이여, 쉽게 갈 수 있는 길, 멀지 않습니다.
줄지어 있는 도금양나무 저쪽, 샘 바로 옆의
평지, 꽃피는 몰약과 유향을 지나 한
작은 덤불이 있는 곳. 만일 저의 인도를
수락하신다면, 곧 거기로 모시오리다."
 이브가 "자, 인도하라" 한다.
뱀이 인도하면서
재빨리 굽이치며 뒹굴며 굽은 것도 곧게 보이니,
재빠르게 재난으로 향해 간다. 희망에 볏이 서고

---

[97] 지나친 칭찬을 들으니 뱀이 그 열매에서 얻었다고 하는 이성의 판단이 도리어 의심스럽다고 말한다.

기쁨에 빛난다. 마치 도깨비불—
밤기운에 응결하고 한기에 둘러싸인
기름기 낀 수증기로 이루어진 그 불이
흔들리는 데에 따라 불붙어 화염을 일으키고
(왕왕 악령이 여기에 따른다고 한다)[98]
사람 속이는 빛으로 떠돌며, 불타서
당황한 밤손님을 길 잘못 들게 해
웅덩이와 늪, 또는 가끔 못이나 연못으로 이끌어
거기에 휩쓸려 들어, 구원도 없이
사라지게 하는 것같이.
그렇게 무서운 뱀은 번쩍이며, 우리의
속기 쉬운 어머니, 이브를 기만해 모든 인간의
고난의 근원인
금단의 나무로 이끈다.
그걸 보고 그녀는 안내자에게 이렇게 말한다.
"뱀이여, 우리가 여기에
오지 않았어야 할 것을.
여기에 열매 넘칠 정도이지만, 나에게는 열매 없는 곳.
열매의 효능 증명이 네 생각에 달린 것이지,
그런 결과의 원인이라니 참으로 기이하도다!
그러나 이 나무는 맛보거나, 손대선 안 되리라.
하느님은 그렇게 명령하시고,

---

98) 도깨비불은, 악령이 불을 들고 나타나는 것이라고 믿는 미신이다.

그[99] 명령을 거룩한 목소리의 외딸로
하셨도다. 그 외엔[100] 우리는
자신을 법률로 삼고, 이성이 우리의 율법[101]이다."
   그에 대해 유혹자는 교활하게[102] 말한다.
"과연[103] 그러면 이 낙원 모든 나무의
열매를 먹지 말라고 하느님은 말씀하시더이까,
땅과 하늘에서 만물의 주인이라고 부르면서?"
   그에게 아직 죄 없는 이브는 말한다.
"낙원에 있는 모든 나무의
모든 열매를 먹어도 좋으나,
낙원 한복판에 있는 이 고운 나무의 열매에
대해서 하느님은 말씀하셨다,
'너희들 이것을 먹지 마라,
손대지도 마라, 아니면 죽으리라' 하고."
   간단히 그녀의 말 끝나자마자, 유혹자는
더 대담하게, 그러나 인간에 대한 열정과
사랑과 자신의 잘못에 대해 분개하는 체하면서
새로운 역할 취하여[104] 격정으로 감동된 듯이
심란하면서도 우아하게, 그리고 어떤 일을

---

99) 이하 2행. 신의 입에서 나온 유일한 명령을 뜻한다.
100) 기타 일체의 것에 있어서.
101) 자기 이성에 따라 자유로 판단하고 행동한다. "율법이 없어도 자기가 자기에게 율법이 되나니"(〈로마서〉 2장 14절).
102) 모든 나무가 금지된 것이 아니라, 한 나무만 금한 것을 알면서도.
103) 이하 10행은 〈창세기〉 3장 1~3절 참조.
104) 새로운 연기자의 역할을 취하여 인간에 대한 동정으로 분개하는 듯이.

말하려 할 때처럼 거드름 피우며 몸을 흔든다.
마치, 지금은 잠잠하지만,[105] 옛날엔 웅변이
성했던 아테네나 자유 로마의
유일한 변사[106]가 어떤 큰 문제를 거론하려고
유유히 일어서면, 그 자태나 동작이나
몸가짐이 우선 청중의 주의를 끌고,
정의의 열정에서 서론을 지체할 수 없어
때로는 주제의 중심에서[107] 말을 꺼냈듯이.
그렇게 일어서서 움직이고, 그처럼 격해서
유혹자는 정열에 넘쳐 이렇게 시작한다.
 "아, 거룩하고, 슬기롭고,
지혜 주는 나무여, 지식의 어머니여!
이제 내 내부에 그대의
힘을 분명히 느낀다, 사물의 원인을
분별할 뿐만 아니라, 아무리 현명하게 보일지라도
지고한 작용의 자취를 더듬을 수 있는 힘을.
이 우주의 여왕이여! 그 엄한
죽음의[108] 위협을 믿지 마십시오, 그대들 죽지 않으리니.
어찌 그러리오? 열매로? 저것은 지식에다

---

105) 그리스, 로마에서뿐 아니라 일반적으로 웅변은 소멸했지만.
106) 예를 들면 데모스테네스, 이소크라테스, 키케로 등. 그러나 《복낙원》에서 밀턴은 이스라엘의 예언자들을 그리스·로마의 변론자보다 훌륭하다고 표현했다.
107) 갑자기 주제의 중심으로 뛰어든다. 밀턴은 키케로의 연설을 염두에 두었던 듯하다.
108) 이하 30행. "뱀이 여자에게 이르되, 너희가 결코 죽지 아니하리라. 너희가 그것을 먹는 날에는 너희 눈이 밝아 하느님과 같이 되어, 선악을 알 줄을 하느님이 아심이니라"(《창세기》 3장 4~5절).

생명까지 주나이다. 위협하는 자 때문인가? 나를
보소서. 나는 손대고 맛보았으나 살아 있고, 또한
내 분수보다 높은 것을 시도해, 운명이
정한 것보다 더 완전한 생명을 얻었사옵니다.
짐승에게 열린 것이 인간에게 닫히리오?
하느님이 이런 사소한 죄에 노여움을
불태울 리야? 오히려 그대의 굽히지 않는 힘을
찬양치 않으실지? 죽음이 무엇이었든 간에
죽음의 고통에 위협받으면서도, 보다
행복한 삶으로 이끄는 선악의 지식을
얻는 데 주저치 않는 그대의 힘을?
선을 안다는 것은 마땅한 일! 만일 악이
실재한다면, 알아 무방할 것입니다, 피하기 쉬우리니.
그러니 하느님이 그대들을 해하고서도 의로울 수야.
의롭지 않으면 하느님 아닙니다.
두려워 복종할 필요 없으며
죽음의 공포가 도리어 그 공포를 제거할 것입니다.
그런데 왜 금했을까? 다만 두렵게 하여
그의 숭배자인 그대들을 다만 천하고
우매하게 두고자 한 것일까?
하느님은 아십니다.
그대들이 그걸 먹게 되는 날, 밝은 것 같으면서도
실은 어두운 그대들의 눈이 완전히 열리고
밝아져서 신들처럼 되고 신들처럼
선도 악도 다 알게 될 것을.

내가 인간, 아니 내 마음이 인간처럼 되는 것같이
그대들이 신들같이 됨은 참으로 어울리는 일,
나는 짐승에서 인간, 그대들은 인간에서 신 됩니다.
그러니 그대들 죽어야 할 것입니다,[109] 신을[110]
입기 위해 인간을 벗고. 무섭지만
소망스러운 죽음, 그것이 나쁜 것 가져오지 않으니!
도대체 신이 무엇이기에 인간이 신의 음식을
나누어 먹고 그들같이 될 수 없단 말인지?
신들이 최초에 있어 특전을 이용해
만물이 그들에게서 나왔다고 우리에게 믿게 하지만
나는 그걸 의심합니다. 이 아름다운 대지가
태양의 열을 받아 만물을 생산하되, 신들에게서는
아무것도 생산되지 않음을 압니다. 만물이 그들 것이라면[111]
선악의 지식을 이 나무에 넣어놓아 그것을
먹는 자는 그들의 허락 없이도
즉시 지식을 얻도록 한 것은 누구인가? 그리고 어디 죄가
있단 말인가, 인간이 이렇게 알게 된대서?
그대들의 지식이 어째서 그를 해치고, 이 나무가
그의 뜻을 어겨 무엇을 주리오, 만물이

---

109) 죽는다는 것을 '신생'의 뜻으로 썼다.
110) 이하 2행은 신이 되는 신생의 길이다. "옛사람과 그 행위를 벗어버리고 새 사람을 입었으니"(〈골로새서〉 3장 9~10절). "너희는 유혹의 욕심을 따라 썩어져 가는 구습을 좇는 옛사람을 벗어버리고, 오직 심령으로 새롭게 되어 하느님을 따라 의와 진리의 거룩함으로 지으심을 받은 새 사람을 입으라"(〈에베소서〉 4장 22~24절).
111) 만물이 그들에 의하여 이루어졌다면.

그의 것이라면? 혹은 질투일까? 질투가
신들의 가슴에 깃들까? 이러한 것들, 이보다 더 많은
이유로 이 아름다운 열매의 필요성은 설명됩니다.
인자한 여신이여, 손을 뻗쳐, 자유로이 맛보십시오!"
   말이 끝나자, 간계에 찬 그 말은
아주 쉽사리 그녀의 마음속으로 들어간다.
보기만 해도 유혹적인 이 열매를 그녀는
눈으로 똑바로 바라보았다. 귀에는 여전히 설복적인
그 말소리가 울린다, 이성과 진리가
내포된 듯이 생각된다. 그동안에
점심때가 다가와 맹렬한 식욕이
눈뜬다. 그[112] 과실의 달콤한 향기에
촉진되어 그것은 이제 손대어
만져보고 싶은 욕망을 일으키며, 그녀의
선망의 눈을 유인한다. 그러나 우선
잠시 멈추고 혼자 이렇게 생각한다.
   "네 힘은 위대하다, 과연 최선의 과실이여,
인간과 상관없지만 찬양할 만하다.
오랫동안 금했던 그 맛, 첫 시식에서
말 못하는 자에게 말할 수 있는 능력을 주고,
말하기 위한 것 아닌 혀에게 그대에 대한 찬미를
말하도록 가르쳤다.

---

112) 이하 2행은 주 96) 참조.

너를 쓰지 못하게 하는 하느님도 너에 대한 찬미를
우리에게 숨기지 못하고 너를 이름 지어
지식의 나무, 선악의 나무라 부르신다.
그리하여 우리에게 그 맛을 금하신다. 그러나
그의 금지가 너를 더 탐나게 하는구나. 네가
전하는 선과 우리의 결핍을 알게 하도다.
미지의 선은 소유치 못한 것, 소유하고서도
역시 미지라면 전혀 소유치 못함과 같으니.
요컨대 아는 걸 금하는 것 아니고 무엇인가?
우리에게 선을 금하고 현명을 금한다!
이런 금지는 효과가 없다. 그러나 죽음이
우리를 사후의 사슬로 묶는다면,[113] 마음의
자유가 무슨 소용이랴? 이 좋은 열매를
먹는 날에 죄가 있다고 단정해 죽어야 하는 것이라니!
뱀은 어떻게 죽는가! 그는 먹었지만
살아 있으며 이때까지 이성 없던 것이
알고 말하고, 이치 알고 분별한다,
다만 우릴 위해서만
죽음이 만들어졌는가? 그러면 이 지혜의 먹이는
짐승에게 주기 위해 우리에겐 금지하나?
짐승을 위한 것 같다. 그러나 최초에
맛본 한 짐승은 아낌없이 기쁘게

---

113) "이런 금지는 효과 없다" 하니, 금지가 무효인데, 만일 죽음의 위협("사후의 사슬")은 유효하다면 사람의 자유를 유린하는 것이 된다.

제가 받은 선을 의심 없는 보고자로서,
친절하게 인간에게 전한다, 속임도 꾸밈도 없이.
그런데 내 무얼 두려워하랴? 아니,
이렇게 선도 악도 모르는 상태에서 어떻게
하느님이나 죽음, 율법이나 법에 대한
두려움을 알겠는가?
여기에 모든 치료제[114]로서 이 성스러운 열매 자라서
현명하게[115] 하는 힘이 있어 눈에 아름답고,
미각으로 마음 끈다. 그러니 무슨 상관 있으랴.
손 뻗쳐 몸과 마음을 동시에 배불린들?"
　이렇게 말하면서 그녀는 이 죄악의 시간에[116]
경솔한 손을 뻗쳐 그 과실을 따 먹는다.
대지는 상처를 느끼고,[117] 자연은 그 자리에서
만물을 통해 탄식하며, 모든 것을 상실했다는
비통의 표시 나타낸다. 죄악의 뱀은
숲으로 살며시 돌아간다. 지당하다, 이브가
지금 그 맛에만 정신 쏟고 다른 아무것도
돌보지 않으니. 그때까지는, 이런 쾌락을
실제에서나, 지식의 높은 기대에 의한
상상에서나, 과실에서 일찍이 맛본 것

---

114) 눈을 뜨게 하고 지혜를 주는 것으로서.
115) 이하 2행. "여자가 그 나무를 본즉 먹음직도 하고 봄직도 하고 지혜롭게 할 만큼 탐스럽기도 한 나무인지라"(〈창세기〉 3장 6절).
116) 과실을 따 먹는 이 순간은 인류에게 재난의 문이 열리는 순간이다.
117) 전 우주는 인간의 타락으로 상처를 입고.

같지 않았다. 더욱이 신성神性을 얻는 듯한
생각까지 들었다.
그녀는[118] 한없이 욕심 많게 탐식하고서도, 죽음을
먹는 줄 몰랐다. 드디어 포만하고
술에 취한 듯 즐겁고 기분 좋아
혼잣말로 유쾌히 이렇게 말한다.
 "아, 낙원의 나무 중 지고하고 고결하고
귀한 자여, 지식을 주는 축복의 나무여,
지금까지 숨겨져
목적 없이 창조된 것처럼
매달려 있던 아름다운 열매! 앞으로는 날마다 찬가와
적당한 찬미 드리며 일찍 손질하고
돌보고, 만인에게 자유로이 제공된 충만한
가지에서 풍성한 과실을 따리라.
그리하여 너를 먹어 지식이 성숙하고,
만사를 알고 있는 신같이 되리라.
비록[119] 다른 자들이 지식을 주는 것
싫어한다 해도—왜냐하면 이 선물이 그들 것이라면,
여기에 이렇게 자라지 않았을 것이니
다음은 '시험'이여, 네게 힘입는다.
최선의 안내자여, 널 따르지 않았으면
무지 속에 있었으리라. 너는 '지혜'의 길을 열어

---

118) 이하 2행. 그것을 먹음의 결과는 곧 죽음이니, 결국 죽음을 먹는 것이다.
119) 이하 3행. 뱀은 그 나무가 신의 선물이 아니라고 말했었다.

접근하게 한다, 그것이 숨어 있을지라도.
그리고 어쩌면 나도 숨은 것.[120] 하늘은 높다—
아득하다. 그리고 아마 다른 걱정 때문에
우리의 위대한 금제자禁制者는 부단한 감시를
잊을지도 모른다, 주위에 많은 척후들 두고서,
마음 편히. 그러나 아담에게는 어떻게
해야 하나? 그에게 지금까지의 나의 변화를
알려주고, 완전한 행복을 그와 함께
나눌 것인가? 아니, 그러지 말고
우월한 지식을 같이 나눌 자 없이 내 것으로만
해둘까? 그래서[121] 여성에게 부족한 것을
보충하고, 더욱 그의 사랑을 이끌고,
나를 더한층 동등한 것으로 만들어—
바람직한 일이지만—언젠가는 그보다
우월하게 할까? 저열해서야 무슨 자유일까?
그것도 좋다. 그러나 혹시 하느님이 보셔서,
죽음이 닥쳐오면 어쩌나? 그땐 나는 없고,
아담은 다른 이브와 결혼해

---

120) "저의 마음에 이르기를 하느님이 잊으셨고 그 얼굴을 가리셨으니 영원히 보지 아니하시리라 하나이다"(〈시편〉 10편 11절). "그러나 네 말은 하느님이 무엇을 아시며 흑암 중에서 어찌 심판하실 수 있으랴. 빽빽한 구름이 그를 가린즉, 그가 보지 못하시고 궁창으로 걸어 다니실 뿐이라 하는구나"(〈욥기〉 22장 13~14절).
121) 이하 5행. '남녀는 그들의 성이 같지 않은 것처럼 평등하지 않다'라는 것이 밀턴의 지론이다. 이것은 또한 성서의 분명한 가르침이기도 하다(〈고린도 전서〉 11장 3~10절, 〈베드로 전서〉 3장 1~6절 참조).

그녀와 즐겁게 살겠지, 나는 사라지고.
생각만 해도 죽음이다! 그러면 확실히 결심하고,
아담에게 화복禍福을 나와 나누어 갖게 하리라.
사랑이 지극하니 그와 함께라면 어떤 죽음도
견딜 수 있다. 그가 없으면 삶도 없으리."
　이렇게 말하고 그녀는 나무에서 발을 돌린다.
그러나 우선 낮게 예禮를 표한다, 마치 내부에
깃든 '힘'에 대해서인 양. 그 힘이 있음으로써
신들의 음료, 신주神酒에서 나온 지식의 즙이
그 나무속에 흘러들었다. 그동안 아담은
그녀가 돌아오기를 한결같이 기다린다. 가장 좋은
꽃으로 화관을 만들어 그녀의 머리를
장식하고 전원의 일을 찬미하고자.
추수꾼들이 가끔 수확의 여왕에게 그렇게 하듯이.
그는 큰 기쁨을 기대하고 새로운 위안을
기다린다, 이렇게 더딘 그녀의 돌아옴에.
그러나 그의 마음은 가끔 불길한 예감 들어
불안하다. 그는 흔들리는 가슴의 고동을 느끼며
그녀를 맞이하러 나간다. 아침에 처음 헤어질 때에
그녀가 간 길이니, 그는 지혜의 나무를
지나지 않을 수 없다. 거기서 막
돌아오려는 그녀를 만난다. 그녀의 손엔
갓 꺾어서 부드럽게 미소 짓고 달콤한 향기 뿜는
아름다운 열매.
그녀는 서둘러 그에게 간다.

얼굴엔 사과의 말이[122]
서론으로 나타나 변명의 말을 재촉한다.
그녀는 그것을 부드러운 목소리에 실어 이렇게 말한다.
 "아담, 내가 늦은 것이 의아했나이까?
헤어져서 임이 그리웠고 그 작별 오랜 듯
생각했습니다. 지금까지 몰랐고, 두 번 다시
느껴선 안 될 사랑의 고통. 두 번 다시
경솔하게 구하는 일 없고, 임과 헤어지는
고통을 되풀이 않겠나이다. 그러나
원인은 듣기만 해도 수상하고 기이합니다.
이 나무는, 들은 바와 같이 맛보아서
위험한 나무 아니고, 미지의 악惡으로
길 열어주는 것 아니고, 눈을 여는
효험 있어, 맛본 자를 신 되게 하옵니다.
이미 맛본 자 있어 그러하더이다. 현명한 뱀은
우리처럼 금지 안 되었던지, 또는 순종 안 했던지,
그 열매를 먹었으나, 결과는 우리가
위협받은 것처럼 죽는 일 일어나지 않았고, 그 후
인간의 음성과 인간의 의식이 부여되어
이치를 따지는 힘도 놀라울 정도였나이다.
나를 설복하는 힘도 참으로 우세해, 드디어
나 또한 맛보았고 그에 상응하는 효험

---

122) 이브는 아담을 만나자 양심의 가책을 느끼고 죄를 의식한다. 그것이 얼굴에 우선 나타나며 변명할 말을 찾기에 바쁘다.

또한 발견했나이다—처음에 어두웠던
내 눈이 열리고, 심령은 퍼지고, 마음은
넓어져 신성을 얻었나이다.
그것을 내가 구한 것은[123]
주로 임을 위해서였고, 임이 없으면 무시했을 것.
행복은 임과 나누어 가짐으로써 행복이지,
함께하지 않는다면, 즉시 귀찮고 싫증날 것입니다.
그러니 임도 맛보소서. 같은 사랑과 함께
같은 운명, 같은 기쁨이 우리를 하나 되게 하도록.
맛보지 않으시면 다른 계급으로 우리가
헤어져, 내가 임 위하여 신성을 버리고자 해도
이젠 늦어서 운명이 허락 않으리라."
　　즐거운 얼굴로 이브는 얘기한다.
그러나 뺨에는 불안이 빨갛게 불탄다.
맞은편에서 아담은 이브가 범한
치명적인 죄를 듣자마자, 바로 크게 놀라서
얼빠진 채 서 있다. 차디찬 공포가
혈관을 달리고, 관절은 모두 풀린다.
이브를 위해 짠 화관이 힘없는 손에서
떨어져, 시든 장미가 모두 흩어진다.
그는 말없이 창백히 섰다가 드디어 우선
자신을 향해 마음속 침묵을 깨뜨린다.

---

123) 허위적인 변론.

"아, 창조의 극치, 하느님의
모든 창조물 중 최후, 최선의 사람이여,
보기에나 생각에나 훌륭하게
만들 수 있는 한 가장 뛰어난 창조물이여,
성스럽고 거룩하고, 선하고 사랑스럽고, 아름다운 것이여!
그대 어찌 타락했나![124] 어찌하여 돌연한 타락으로
더럽혀지고, 꽃이 지고, 이젠 죽음에 몸 바치려 하는가!
아니, 그대는 어찌하여 엄한 금단을
범하게 되었는가, 어찌하여 성스러운
금단의 열매를 범했는가? 그대는
아직 미지인 어떤 저주받은 적에게 속은 것이고
나도 그대와 함께 멸망했도다. 그대와
같이 죽으려는 것이 나의 확실한 결심이니.
그대 없이 어찌 살리오? 그대와의 달콤한
교제와 다정하게 결합된 사랑을 버리고, 어떻게
이 황량한 숲 속에서 살리오?
하느님이 또 하나의 이브를 창조하고, 내가
또 하나의 늑골을 제공한다 해도, 그대의
상실이 마음에서 사라질 리야. 아니다, 아니다,
자연의 사슬이 나를 끄는 걸 느낀다. 그대는[125]
내 살의 살, 뼈의 뼈. 그러니 그대의 몸에서

---

[124] "너 아침의 아들 계명성이여, 어찌 그리 하늘에서 떨어졌으며…… 어찌 그리 땅에 찍혔는고"(〈이사야〉 14장 12절).
[125] 이하 2행. "이는 내 뼈 중의 뼈요 살 중의 살이라. 이것을 남자에게서 취하였은즉 여자라 칭하리라"(〈창세기〉 2장 23절).

내 몸이 떨어질 수 없다, 복이건, 재앙이건."
　이렇게 말하고서, 슬픈 낙심에서 회복한
사람처럼 어지러운 심사를 가라앉히고,
돌이킬 수 없는 일로 생각되니 체념하고서
조용한 심정으로 그는 이브에게 대답한다.
　"대담한 행동을 했도다,
모험심 많은 이브여,
큰 위험을 자초했다. 금욕에 바쳐진
그 성스러운 열매를, 다만 눈으로
욕심내는 것만 해도 그것은 대담한 짓이었다.
하물며 손대지 말라고 금한 것을 맛보기까지 하다니.
그러나 과거를 철회하고, 한 일을
취소할 자 누구랴?
전능한 신도 할 수 없고 운명도 할 수 없다.
그러나 아마
그대는 죽지 않을지도 모른다. 어쩌면 일이
이젠 그렇게 불리하지 않을지도. 시식 끝난
열매는 뱀에게 먼저 더럽혀졌고, 뱀 때문에
우리가 맛보기 전에 속되게 변했고, 부정해졌다.
그는 아직 죽음을 받지 않았다.
아직 살아 있다.
그는 말대로, 살아서 인간처럼 고도의
생명을 영위한다. 이것은[126] 우리도 그같이

---

126) 이하 4행. 뱀이 이브한테 한 말이다.

맛보고서 그에 비례해 향상하도록 하는
힘찬 유혹이다. 향상한다면, 신이 되거나
천사가 되거나 반신半神이 되는 수밖에.
그리고 지혜로운 창조자, 신이 비록
위협은 하시지만 그의 최고 창조물이고,
이렇게 고귀하게 되어 만물 위에 놓인 우리를
진정 멸망시키진 않겠지. 만물은 우릴 위해
창조되어 의존하는 것이니, 우리가 타락하면
함께 타락할 것은 필연. 그러면 하느님은 파괴하고,
좌절당하고, 했다 망쳤다, 수고를 헛되이 하리―
신으로선 생각할 수 없는 일. 그의 힘으로
다시 창조를 되풀이할 수는 있겠지만 우리의
멸망은 꺼리시리라. 그렇지[127] 않으면 적은
우쭐하여 말하리라,
'덧없도다, 신의 총애 받는
그들의 상태. 오래도록 그의 마음에
들 자는 누굴까? 먼저
나를 파멸하더니, 이젠 인간을.
다음은 누굴까?'라고.
적에게 허용됨 직하지 않은 조롱이다.
그러나 나는 그대와 운명을 같이하고,
반드시 같은 처벌을 받으련다. 만일 죽음이

---

127) 이하 4행은 〈신명기〉 32장 27절 참조. "적"은 '사탄'이라는 뜻.

그대와 짝짓는다면, 그
죽음은 내겐 생명이리라.
이렇게 강력히 나는 마음속에 느낀다.
자연의 사슬이 나를 내 것으로 잡아당김을
나의 것은 그대 속에, 그대의 존재는 나의 것이니,
우리의 몸은 분리할 수 없다. 우리는 하나,
한 육체. 그대를 잃는 것은 나 자신을 잃는 것이다."
 아담이 이렇게 말하자, 이브 대답한다.
"아, 훌륭한 사랑의 빛나는 시련,
뚜렷한 증거여, 높은 귀감이여!
경쟁하도록[128] 나를 끌어들이지만 임의
완전 없이 내가 어떻게 그에 따르리오?
아담이여, 임의 옆구리에서 나왔음을
나는 자랑하고, 우리의 결합에 대해서[129]
하나의 마음에 하나의 혼魂이라고
하는 말 듣고 기쁘나이다.
그 좋은 증명을 오늘 주셨습니다.
결심 섰다고 하시니—
즉, 죽음이나, 아니 죽음보다 더 무서운 것이
이렇게 사랑으로 결합된 우리를 가를 바에야
차라리 이 좋은 열매를 맛보고 그것이 죄라면,
같은 죄, 같은 벌을 나도 함께 받겠다고.

---

128) 사랑의 경쟁.
129) 382쪽 6행 참조.

그 열매의 효능은(선에서 다시 선이 나오니
직접이건 간접이건) 임의 사랑의
이런 행복한 시련을 보여주었나이다. 그렇지 않으면
이렇게 뚜렷이 알려지지 않았을 것을.
위협받은[130] 죽음이 나의 시도에 뒤따르리라고 생각했다면,
나는 혼자서 그 해악을
받고, 임에게 권하지 않았을 것입니다―차라리
버림받고 죽으리다, 임의 평화에 해로운
일을 강요하느니. 특히 이제 뚜렷이
그렇게 진실하고, 충실하고 견줄 바 없는
임의 사랑을 확인하고서야. 그러나 결과는
아주 판이한 듯 느껴지나이다―죽음 아니고 생명
증대하고 눈이 열리고 희망과 기쁨 새롭고
그 맛이 참으로 신성해, 전에 내 감각에 닿아
감미롭던 것도 이에 비하면 맛없고 거칠 뿐.
내 경험에 따라 아담이여, 마음 놓고
맛보십시오, 죽음의 공포는 바람에 내맡겨 버리십시오."
　이렇게 말하고서 이브는 그를 포옹하며 기뻐서
조용히 눈물짓는다, 아담이 그의 사랑을
이렇게까지 높여 스스로 그녀 위해 하느님의
노여움이나 죽음을 택하려는 데 심히 감동하여.
보답으로(이런 나쁜 응낙에는 이런

---

130) 이하 5행은 다시 허위적 변론이다.

보답이 무엇보다 어울리기 때문에) 가지에서
유혹적인 좋은 과실을 아낌없이
따서 그에게 준다. 그는 망설이지 않고 먹는다,
자신의 뛰어난 지식을 어기고,
속은 것은 아니지만,[131]
어리석게도 여성의 매력에 사로잡혀서.
대지는[132] 다시 고통스러운 듯 내장으로부터
진동하고, '자연'도 다시 한 번 신음한다.
하늘은 찌푸리고, 뇌성 중얼거리고, 비애의
물방울로 이 치명적 원죄[133]가 저질러졌음을
슬퍼한다. 그러나 아담은 아무 생각 없이
배불리 먹고, 이브도 즐겁게 사랑의 동반자로서
더욱 그를 위안하고자 이전에 지은 죄를
되풀이하지만 두려움 없다. 이리하여
이제 두 사람은 새 술에 취한 듯
환락에 젖으니, 마음속에 깃든 신성神性에서
날개 생겨 대지를 차고
날 것만 같았다. 그러나 그 허위의
열매는 우선 아주 다른 작용을 나타내어

---

131) 이브는 뱀에게 속아서 죄를 범했다. 아담은 속은 게 아니고, 처에 대한 사랑에서 고의로 범한 것이다. "아담이 꾀임을 보지 아니하고 여자가 꾀임을 보아 죄에 빠졌음이니라"(〈디모데전서〉 2장 14절).
132) 이하 2행은 주 117) 참조.
133) 모든 죄의 근원이 되는 죄라는 뜻. 전 인류는 그의 시조 아담 속에서 이미 죄를 짓고 세상에 태어났다.

육체의 욕정을 불러일으킨다.
그리하여 그는 음란한 시선을
이브에게 던지기 시작했고, 그녀 또한
음탕하게 보답해, 같이 음욕에 불탔다.
드디어 아담은 이브를 육체의 희롱으로 이끈다.
 "이브여, 이젠 알겠다, 그대의 미각이
정확하고 훌륭하고 지혜도 적지 않음을.
'맛'에는 미각과 지혜의 두 가지 의미가 있어서
미각이 현명하다고 하는 것이다.[134] 이 찬사를
그대에게 한다. 오늘 그대가 마련한 것은 만점,
우리가 이 상쾌한 과실을 먹지 않는 동안
많은 환락을 잃었었고, 지금까지 음식을 먹고서도
참맛을 몰랐다. 만일 이런 쾌락이
금지된 것에 들어 있다면, 이 한 나무 말고
열 나무라도 금지되었으면 좋겠다.
자, 충분히 기운 났으면 이젠 놀자,
이런 맛좋은 식사 후에 어울리게.
처음 그대를 보고 혼인한 날 이후
온갖 완전으로 장식된 그대의 아름다움,
지금껏 이처럼 내 감각을 선동해
그대를 향락하려는 열정을 일으킨 적은 없다.
이제 더욱 고운 너, 이 영목靈木이 주신 것!"

---

134) '맛'이란 말을 두 가지 뜻으로 사용하며, 미각이 느끼는 맛과 '이해'에서 오는 맛을 함께 이브에게 적용했다. 즉, 그녀는 미각도 놀랍고 지혜도 현명하다고.

이렇게 말하고서 거리낌 없이 음탕한
생각으로 추파 보내며, 희롱하니, 이브도
이를 잘 알고서 눈에서 정욕의 불을 쏟는다.
그는 그녀의 손을 잡고, 머리 위에
푸른 지붕 꽉 덮인 그늘진 둑으로
싫어하는 기색 없는 그녀를 이끈다. 침상은 꽃—
팬지꽃, 오랑캐꽃, 수선화, 그리고
히아신스—산뜻하고 부드러운 대지의 무릎.
거기서[135] 그들은 사랑과 사랑의 장난에
마음껏 도취한다. 그것은 두 사람의 죄의 봉인.
죄의 위안으로서 드디어 정욕의
유희에 지쳐 이슬 같은 잠에 빠질 때까지.
곧 기분 들뜨게 하는 상쾌한 증기로
그들의 마음을 희롱하고 내부의 힘을
그르친 허망한 과실의 세력이
이제는 사라져버리고, 부자연한 독기에서
나와 의식적인 꿈을 괴롭혔던 전보다
괴로운 잠도 떠나버리자, 그들은 마치
불안에서 깨어난 것처럼 일어나 서로 마주 쳐다보며
즉시 안다. 그들의 눈은 열렸으나, 마음은
어두워졌음을. 베일처럼 그들을
덮어 악을 모르게 하던 순진은 사라졌다.

---

135) 이하 2행. "오라, 우리가 아침까지 흡족하게 서로 사랑하며 사랑함으로 희락하자"(〈잠언〉 7장 18절).

올바른 신뢰, 타고난 정의,
영예는 그들에게서 떠나, 알몸인 채로 죄의식의
'부끄러움'에 머무를 뿐이다. 부끄러워 몸을 가리지만,[136]
옷은 그것을 도리어 드러낸다. 힘센 단 사람,[137]
헤라클레스[138] 같은 삼손[139]이 블레셋의 창부,[140]
데릴라[141]의 무릎에서 깨어 일어났을 때
그의 힘 상실한 것처럼 그들은 일체의
덕을 상실했다. 말없이 당황한
기색으로 그들은 한참 동안 멍하니 있었다.
아담은 그녀 못지않게 부끄러웠지만
드디어 마지못해 이렇게 말을 꺼낸다.
 "아, 이브, 불행히도 그대는 귀 기울였다.
그 허위의 버러지,[142] 누구에게 배워서
인간의 목소리를 흉내 내는 것,
우리의 타락엔 옳고

---

136) "나의 능욕이 종일 내 앞에 있으며 수치가 내 얼굴을 덮었으니"(〈시편〉 44편 15절). "욕을 옷 입듯 하게 하시며"(〈시편〉 109편 29절).
137) 삼손의 아버지 마노아를 〈사사기〉 13장 2절에 "소라 땅의 단 지파의 가족 중 마노아라 이름하는 자"라고, 즉 '단 족속'이라 기술했다. '단'은 이스라엘의 열한 지족 중 하나이다.
138) 그리스의 옛 영웅 중 힘센 자로 유명하다.
139) 단 사람 마노아의 아들. 〈사사기〉 13~16장에 나오는 이스라엘의 옛 영웅.
140) "데릴라가 삼손에게 자기 무릎을 베고 자게 하고 사람을 불러 머리털 일곱 가락을 밀고 괴롭게 하여 본즉, 그 힘이 없어졌더라. 데릴라가 가로되, 삼손이여 블레셋 사람이 당신에게 미쳤느니라 하니, 삼손이 잠을 깨며 이르기를 내가 전과 같이 나가서 몸을 떨치리라 하여도 여호와께서 이미 자기를 떠나신 줄을 깨닫지 못하였더라"(〈사사기〉 16장 19~20절).
141) 블레셋의 소렉에서 난 미인으로, 삼손의 애첩이었다. 삼손의 힘의 비밀이 머리털에 있음을 알고는, 그것을 없애 힘을 빼고서 적에게 넘겨주었다.
142) 뱀.

우리의 향상엔 허위인 그 소리에. 과연
우리의 눈은 열렸고, 선도 악도 모두
알게 되었다, 잃은 선과 얻은 악을.
악한 지식의 열매로구나, 아는 것이 이것이라면.
그 지식으로 우리는 이렇게 알몸으로 존귀도
순진도 잃고, 신실도 순결도 잃고,
우리의 평상시의 장식은 이제 오염되고
또한 우리의 얼굴엔 부정한 음욕의
징조 뚜렷하다. 거기에서 재난은 몰려나오고,
재난의 궁극인 부끄러움까지. 그러니 그 밖의
재난[143]이야. 이후[144] 하느님이나 천사의 얼굴을
어떻게 보랴, 전에는 환희와 기쁨으로
그렇게 자주 보았던 얼굴. 그 천상의 모습들이
이 지상의 것을 견딜 수 없이 찬란한
광휘로 눈부시게 하리라. 아,[145] 어두운
숲 속 빈터, 별도 햇빛도 뚫고 들어올 수 없이
지극히 높은 숲이 저녁처럼 어둡게
넓은 그늘을 펼치는 그곳에 호젓이
야인으로 살았으면. 나를 덮어라,
소나무여! 삼나무여! 무수한 가지로

---

143) 원문은 of the first이다. 최대의 재난에 대해 '최소의 그 밖의 재난'을 말한다.
144) 이하 3행은 486쪽 7~9행, 521쪽 18~20행 참조.
145) 이하 7행. "그 정죄는 이것이니 곧 빛이 세상에 왔으되, 사람들이 자기 행위가 악하므로 빛보다 어둠을 더 사랑한 것이니라. 악을 행하는 자마다 빛을 미워하며 빛으로 오지 아니하나니 이는 그 행위가 드러날까 함이요"(〈요한〉 3장 19~20절).

나를 가려라, 다시는 그들이 안 보일 곳에!
그러나 지금 우리들 곤경에 처해 있으니, 우선
최선의 방편을 고안해 당분간
가장 부끄럽고, 보기에도 흉한
각자의 부분은 보이지 않게 가리도록 하자.
어떤 나무의 넓고 부드러운 잎을 엮어
허리에 둘러 중앙 부분을 가리면,
이 새 손님 '부끄러움'도 거기에 앉아
우리를 추하다고 비난하지 않을 것이다."
  이렇게 상의하고서 두 사람은 빽빽한
숲 속으로 들어간다. 거기서 곧 그들이 고른 것은
무화과나무―과실로 유명한 그런 나무가 아니고
오늘날 인도인에게 알려지고, 말라바르[146]나
데칸[147]에서 길고 넓게 양팔 벌리듯,
가지 펴고 구부러진 잔가지가
땅속에 뿌리 뻗고, 새끼 나무들은 어미 나무 옆에서
자라고, 아름드리나무 숲이 높이 뒤덮어
사이사이에 메아리치는 길 뚫린 그런 나무.
거기에 자주 인도인 양치기들이 더위 피하여
서늘한 곳에 숨어, 꽉 찬 나무 사이에 뚫린
구멍을 통해 가축 떼를 지킨다. 아마존족[148]의

---

146) 인도의 서남부 해안 지방.
147) 인도 반도의 총칭. 따라서 말라바르까지 포함한다.
148) 아마존족은 코카서스의 산지로부터 소아시아에 이주한 용감한 여성 부족으로, 그리스 신화에 자주 언급된다.

방패만큼 넓은 그 잎을 따서 그들은
저희 재주껏 엮어 허리에 두른다.
허무한 덮개이다, 그들의 죄와 심한
수치를 가리기엔―아, 최초의
알몸의 영광과는 비슷하지도 않구나! 요새[149]
콜럼버스가 본 미국인들이 이렇다는 것,
깃 허리띠를 두르고, 나머지는 알몸뚱이로
섬의 나무 사이 우거진 해안에서 살고 있었다지.
이렇게 가리니, 부끄러움이 약간
덮였다고 생각됐지만, 마음이 불편하고 불안해
그들은 앉아서 운다. 그들의 눈에서 눈물이
비 오듯 할 뿐만 아니라 가슴속엔 더 사나운 폭풍이
일기 시작한다. 분노·증오·불신,
혐의·불화 등의 격정이 전엔
평화 가득한 고요한 경지였던 심중을
이제 치열히 뒤흔들어 어지럽힌다.
'이성'은 다스리지 못하고, 그 가르침을
'의지'가 듣지 않고, 둘이 모두 이제
'육욕'에 굴하니, 육욕은 아래로부터
지위를 빼앗아 지존한 이성 위에 군림하고
주권의 우위를 주장한다.[150] 이렇게 어지러운

---

149) 콜럼버스의 미국 발견은 1492년이니, 밀턴 시대보다 1세기 반이나 이전 얘기다. 그러나 여기서 얘기하는 아담의 시대와 비교하면 '요새'라 할 수 있다.
150) 주 61) 참조.

가슴으로 아담은 모습도 태도도 변하여,
끊었던 말을 다시 이브에게 시작한다.
 "만일 그대가 내 말에 귀 기울여 함께
머물렀던들! 불행한 오늘 아침, 그대가 이상한
방랑의 욕망에 사로잡혔을 때,
내가 간청한 대로! 그랬더라면 우리들 아직
행복했을 텐데―지금처럼 온통 선을 빼앗기고,
부끄러워 알몸으로 비참하지 않았을 것을.
앞으로는 아무도 자기의 신의를 증명코자
필요 없는 구실을 찾지 말자. 이런 증명을
열렬히 구할 때엔 타락의 시초임을 깨달아라."
 이브는 즉시 비난하는 심정으로 마음이 움직여 말한다.
"무슨 말씀을 하시나이까, 가혹한 아담이여.
임은 그것을 나의 잘못 때문이라고, 또는 임의
말씀대로 방랑의 의지라고 하시나이까,
아니면 자신의 탓이란 말씀입니까? 뉘 알리오,
임이 가까이 있었다면 그런 맘 안 일어났을지.
임이 거기 있고 유혹이 여기 있었다 해도
임은 그렇게 지껄이는 뱀의
간계를 간파 못했을 것입니다.
어째서 그가 내게 악의를 품고, 해를 가해야 하는지
우리들 사이에는 그럴 만한 원한의 이유가 전혀 없습니다.
내가 임의 옆구리에서 갈라져 나오지 않았어야 했나이까?
생명 없는 늑골로 여전히 거기서
자라는 것도 무방했으리다.

내가 이러한데, 머리인[151] 임은 어째서
절대 가지 말라고 명령하지 않으셨는지,
임의 말씀대로 그런 위험으로 가는 나를.
그런데 임은 너무 점잖게, 반대 않고,
도리어 허락하고, 용인하고, 쾌히 보냈습니다.[152]
만일 임이 완강히 확고히 거절했던들
나도 그대도 또한 죄를 안 범했을 것입니다."
 이때 비로소 아담은 노하여 말한다.
"이것이 그대의 사랑이고, 이것이 내 사랑에 대한
보답인가, 배은의 이브여, 내가 아니라 그대가
타락했을 때 변치 않는 사랑을 선언했고,
살아서 불후의 행복을 즐길 수 있었으나
오히려 자진해 그대와의 죽음을 택한 나에게.
그런데도 이제 나는 그대의 죄의 원인이라고
비난받아야 하는가? 그대를 억제하는데
그다지 가혹치 못했다고?
그 이상 어떻게 할 수 있었으리오?
나는 경고했고, 충고했고, 위험과
숨어서 대기하고 있는 적에 대해 미리
말했다. 그 이상은 강제일 뿐인데,
자유의사에 대한 강제가 여기에 있을 수 없다.
그러나 그대는 자신감에 끌려

---

151) "여자의 머리는 남자요"(〈고린도 전서〉 11장 3절).
152) 주 63) 참조.

위험을 당하지 않고 영광스러운 시련거리를
찾을 것으로 생각한 것이다. 그러나 어쩌면 나의
잘못이었는지 모른다, 그대가 아주 완전해서
어떤 악도 감히 유혹하지 못할 것으로
너무 과신한 것은. 그러나 지금 나는
그 잘못을 후회한다. 그것이 내 죄가 되고,
그대는 나를 비난한다. 여자의[153]
가치를 과신해, 그 의사에 맡기는 자에겐
이런 일이 있을 것이다. 여자는
억제를 견디지 못하며,
혼자 맡겨두면, 거기서 재난이 일어났을 때,
우선 남자의 심약한 관용을 비난한다."

   그렇게 그들은 서로 비난하면서 무익한
시간을 보낸다. 아무도 자책을 않고, 그러니
그 헛된 언쟁이 여간해서 끝날 것 같지 않다.

---

153) 이하 6행은 틀림없이 밀턴 자신의 의견을 표현한 것이라고 학자들은 해석한다.

제10편

　인간의 범죄가 알려지자, 경호 천사들은 낙원을 떠나서 하늘로 돌아와 자기들의 경비가 소홀하지 않았음을 증명하니, 받아들여진다. 하느님은 사탄의 침입을 그들로서는 막을 수 없음을 선언한다. 하느님은 범죄자들을 심판하기 위해 성자에게 옷을 입히고 다시 올라온다. 지금까지 지옥의 문전에 앉아 있던 '죄'와 '죽음'은 기이한 공감 작용으로 이 신세계에 있어서의 사탄의 성공과, 거기서 인간이 범한 죄를 감지하고, 이젠 더 이상 지옥에 감금되어 있을 수 없어 그들의 아버지 사탄을 따라 인간의 고장까지 가기로 결심한다. 지옥에서 이 세계로 왕래의 길을 편리하게 하기 위해 그들은 사탄이 처음 간 노정을 따라 혼돈계에 대로와 다리를 만든다. 그러고서 지구로 갈 준비를 하는 중에 성공에 우쭐해 지옥에 돌아오는 사탄을 만나 서로 축하한다. 사탄은 복마전에 도착하여, 모든 집회석상에서 자랑스럽게 인간에 대한 그의 성공을 얘기한다. 그러나 사탄들로부터 갈채 대신에 일제히 퍼붓는 야유를 듣는다. 그는 그들과 함께, 천국에서 주어진 운명에 따라 돌연히 뱀으로 변형된 것이다. 그러고서 그들 눈앞에 솟아나는 금단의 나무처럼 보이는 것에 속아,

탐욕스럽게 그 과실을 따려고 몸을 뻗쳐 열매를 따지만 먼지와 쓴 재를 씹는다. 죄와 죽음이 한 일. 하느님은, 성자가 그들에 대해 최후로 승리할 것, 그리고 만물이 날마다 새로워질 것을 예언한다. 그러나 우선 천사들에게 명령해 하늘과 여러 원소에 많은 변화를 일으킨다. 아담은 자기의 타락 상태를 점점 인식해 몹시 슬퍼하고, 이브의 위안을 거절한다. 이브는 고집한 끝에 결국 그를 달랜다. 그러고선 그들의 자손이 받을 저주를 피하기 위해 아담에게 난폭한 수단을 제의하지만, 그는 더 나은 희망을 품고, 그녀의 자손이 뱀에게 복수할 것이라고 한 약속을 상기시킨다. 그리고 함께 회개와 기원으로 하느님의 노하심에 평화를 구할 것을 권한다.

◆

 그동안에 사탄이 낙원에서 저지른
극악무도한 행위와, 또한 어떻게 그가
뱀의 모습으로 이브를 유혹하고, 이브는 남편을
유혹하여 치명적인 열매를 맛보게 했는지
하늘에 알려졌다. 만물을[1] 보시는 하느님의 눈을
피하고, 전지하신 그 마음을 속일 자
있겠는가? 매사에 현명하고 정당하신 그는,
적敵, 아니 가면 친구의 어떠한
간계도 간파하고 물리치기에 충분한 안전한 힘과

---

1) 이하 2행은 428쪽 2~6행 참조.

자유의사로 무장한 인간의 마음을
사탄이 시험하는 것을 방해하지 않으셨다.
그들은 지금도 알고, 아직 기억하고 있을 것이기에,
어느 누가 유혹해도 그 열매를 맛보지 말라는
높은 명령을. 그들은 여기에 복종치 않았으니,
벌을 자초하여(벌이 아닐 수 있겠는가)
몇 겹의 죄[2]로 타락해 마땅한 것이다.
경호 천사들[3]은 황급히 낙원으로부터
하늘로 올라온다, 인간을 위해 슬퍼하며
서둘러서. 그들은 이미 인간의 상태를 알고,
교활한[4] 악마가 어떻게 보이지 않게
숨어들었는가를 의아해한다. 반갑잖은 소식이
땅에서 천문에 도달하자, 듣는 이들은 모두
기분 상하고, 어두운 비애가 그때
하늘의 면모에 어렸으나, 연민의 정과
섞여 그들의 축복을 깨뜨리지 않는다.
자초지종을 듣고 알기 위해
하늘의 백성[5]들은 새로 돌아온 천사들의 주변에
떼를 지어 몰려든다. 그들은 지존의 보좌로

---

2) 금단의 열매를 먹은 단 한 가지 행동으로 말미암아 몇 가지 죄, 즉 교만 · 불충 · 반역 · 음탕 등의 죄가 겹친 것이다.
3) 낙원과 그 안의 인간을 경비하는 케룹 천사들.
4) 이하 2행은 390쪽 10~17행 참조.
5) 11쪽 12행 "감히 당신께 싸움을 걸어온", 15쪽 16행 "이 영천의 본질은 쇠망하지 않는 것이다" 참조.

제10편 449

달려가 정당한 변명으로 그들의
최대한의 경비를 해명하고 쉽게
인정받으려 한다.
영원의 아버지는 그 신비한 구름[6]
한복판에서 뇌성[7]으로 말씀하신다.
"집합한 천사들, 그리고 임무에 실패하고
돌아온 천사들이여, 저 지상으로부터의
소식에 놀라지 말고, 걱정하지 마라.
너희들의 정성 다한 주의로도 막을 수 없음은
그때 유혹자가 지옥으로부터 심연을 건넜을 때
이미 어떤 일이 있을 거라고 예언한 바이다.[8]
나는 그때 말했다. 그가 승리해 악의
사명을 성취할 것이라고. 인간은 유혹과
아첨에 모든 것을 잊고, 창조주를 배반하고
허언을 믿을 것이었지만, 나의 섭리는
협력하여 반드시 그를 타락시키는 것 아니었고,
또한 조금이라도 자극을 주어 그의
자유의사를 움직이려 하지 않았고, 평형에서
스스로 기울도록 버려두었다. 그러나
인간은 타락했다. 이제 그 죄에 죽음의 선고가
내릴 수밖에 별 도리 없다, 죽음은

---

6) 하느님의 영광의 상징. "구름이 여호와의 전에 가득하매······ 여호와의 영광이 여호와의 전에 가득함이었더라"(《열왕기 상》 8장 10~11절).
7) 하느님의 심판의 상징. "보좌로부터 번개와 음성과 뇌성이 나고"(《요한 계시록》 4장 5절).
8) 이미 경고한 바이다.

그날 경고된 것이니.
인간은 그 선고를 부질없는 것으로 생각한다,
예기한 대로 타락에 대한 즉각적인 벌 아직
받지 않았기 때문에. 그러나 해 지기 전에
당장 알 것이다, 보류가 면죄가 아님을.
정의는 은혜처럼 경멸받고 돌아가지는 않으리라.[9]
그런데[10] 그들을 심판하기 위해 누굴 보낼까?
대리자인 아들, 너 아니고 누구랴? 너에게 맡긴다,
하늘에서, 땅에서, 지옥에서의 일체의 심판을.
자비와 정의를 짝짓게[11] 하려는 뜻을
쉽게 알 수 있으리라.
즉, 너, 인간의 친구, 중재자,[12] 자진하여
정해진 대속자代贖者[13]인 동시에 구원자.
타락한 인간을 심판하려고 스스로 인간 된[14] 너."
　　아버지[15]는 이렇게 말씀하시고서 오른손에
찬란히 그 영광을 펼치시며 성자聖子 위에

---

9) 인간은 하느님의 은혜를 충분히 받으면서도 더 이상 바라서는 안 될 것을 바라 하느님의 은혜를 경멸해왔다.
10) 이하 3행. "아버지께서 아무도 심판하지 아니하시고 심판을 다 아들에게 맡기셨으니, 이는 모든 사람으로 아버지를 공경하는 것같이 아들을 공경하게 하려 하심이라"(〈요한〉 5장 22~23절).
11) "긍휼과 진리가 같이 만나고, 의와 화평이 서로 입 맞추었으며"(〈시편〉 85편 10절).
12) "예수께서 가라사대 내가 곧 길이요, 진리요, 생명이니, 나로 말미암지 않고는 아버지께로 올 자가 없느니라"(〈요한〉 14장 6절).
13) "인자가 온 것은 섬김을 받으려 함이 아니라 도리어 섬기려 하고, 자기 목숨을 많은 사람의 대속물로 주려 함이니라"(〈마태〉 20장 28절).
14) "또 인자 됨을 인하여 심판하는 권세를 주셨느니라"(〈요한〉 5장 27절).
15) 이하 5행은 "이는 하느님의 영광의 광채시요, 그 본체의 형상이시라"(〈히브리서〉 1장 3절).

밝은 신성神聖을 비춘다. 성자는 온몸에
찬란히 성부聖父의 전부를 뚜렷이
드러내며, 거룩하게 조용히 대답하신다.
"영원한 아버지시여, 결정하심은
당신의 일, 지고하신 당신의 뜻을 하늘에서 땅에서
수행함은 나의 일, 그리하여 당신은 사랑하는 아들인
나에게 언제나 즐거이 계시옵니다.[16] 나는 지상에
이 죄인들을 심판하러 가겠나이다. 그러나 당신은
아시옵니다, 누가 심판받든 때가 이르면
최악의 벌은 내게 내려야 함을. 그렇게
당신 앞에서 맹세한 나는 후회 없이 당연히
이것을 맡겠나이다, 내가 맡음으로써 그들의 죄를
완화하기 위하여. 그러나 정의와 자비를
잘 조절해 양자를 아주 만족스럽게
나타내어, 그럼으로써 당신에게 위안드리리다.
시종도 하인도 필요 없나이다. 거기에는
두 사람의 피심판자 외엔 아무도 심판을
볼 것이 아니오며, 제3자[17]는 결석이 유죄의 증거,
도망침으로써 모든 율법에 반역한 죄 드러냈으니,
뱀에 대해선 죄의 증명이 하나도 필요 없나이다."
 이렇게 말하며 그는 높은 영광 곁에 있는
빛나는 자리에서 일어서신다. 그를 섬기는

---

16) "아버지께선 내 안에, 내가 아버지 안에 있는 것같이"(〈요한〉 17장 21절).
17) 뱀.

권자權者 · 역자力者 · 공후公侯 · 지배자들이[18]
모시고 하늘의 문까지 이른다, 거기서
전망하니 에덴과 모든 지역이 바라보인다.
곧장 그는 내려가신다. 신들의 속도는 시간을
잴 수 없다. 아무리 빠른 분초의
날개 있어도.
이제 해는 정오로부터 낮게 서쪽으로
기울고, 고요한 미풍, 때에 알맞게
눈뜨고 땅에 부채질하며 서늘한 저녁을[19]
불러들인다. 그때 성자는 분노 가시고
더욱 온화한 심판관, 중재자[20]로서 오신다,
인간에게 선고하려고. 이제 해는 기울고,
정원을 거니시는 신의 목소리는 바람 따라
두 사람의 귀에 들린다. 그들은 그 음성 듣고서,
성전聖前을 피해 우거진 나무 사이로
부부 함께 몸을 숨긴다. 드디어 신은
다가와 큰 소리로 아담에게 말씀하신다.
 "어디 있느냐, 아담, 내가 옴을 멀리서 보고
늘 기뻐 맞이하더니, 여기에 볼 수 없으니,
이런 한적한 접대는 기쁘지 않도다.
전에는 구하지 않아도 영접했는데.

---

18) 각급 천사들.
19) "날이 서늘할 때"(〈창세기〉 3장 8절).
20) "사람이 없음을 보시며 중재자 없음을 이상히 여기셨으므로"(〈이사야〉 59장 16절).

내가 오는 것이 잘 보이지 않는가?
변화 있어 너는 여기 없는가, 무슨 일로 숨는가, 어서 나와라!"
아담이 나왔다. 배반은 먼저였지만[21] 머뭇거리는
이브를 데리고, 둘이 다 면목 없어 괴로워하며.
그들의 얼굴에는 신에 대해서도 그들 서로에
대해서도 사랑은 없고, 다만 있는 건 뚜렷한 죄,
그리고 수치와 동요와 실망,
분노, 그리고 고집과 증오와 허위.
아담은 한참 머뭇거리다가 짤막하게 대답한다.
 "정원에서[22] 목소리 들었사오나, 알몸이라
두려워 숨었나이다." 그에게
자비로운 심판관은 책망하지 않고 대답하신다.
 "내 목소리 자주 듣고서도 두려워 않고
언제나 즐거워하더니, 어찌하여 지금은 그렇게
두려워하게 되었느냐? 벌거벗었다고
누가 이르더냐? 너희는 먹지 말라고
내가 명령한 그 나무의 열매를 먹었느냐?"
 아담은 심히 괴로워하며 대답한다.
"아, 오늘 나는 난처한 곤경 속에서
나의 심판관 앞에 섰나이다—모든 죄를 나 자신이
져야 할 것인지, 아니면 내 절반의 몸,
내 생의 반려자를 고발해야 할 것인지.

---

21) 하느님의 명령을 거역한 것은 이브가 먼저였다.
22) 이하 2행. 알몸에 대해 수치심을 갖는 것은, 죄의식을 갖는 증거이다.

그녀가 내게 충실한 한, 나는 그녀의 실수를
감출 것이고, 고소하여 죄를 폭로하고
싶지 않나이다. 그러나[23] 가혹한 필요와
불행한 강압감에 굴하지 않을 수 없나이다.
그렇지 않으면 죄와 벌 아무리 견딜 수 없을지라도
모두 내 머리 위에 떨어질 것이오니.
그러나 비록 내가 침묵을 지킨다 해도, 또 주께선
내가 숨기는 것을 쉽게 간파하시리다.
이 여인, 나의 협조자로 주께서 만드셔서
완전한 선물로 내게 주신 것, 아주 훌륭하고,
아주 적합하고, 아주 만족스럽고, 아주 거룩해
그 손에서 아무런 악도 의심치 않았고,
그녀가 하는 일 그것이 무엇이었든
그녀가 함으로써 그 행위가 정당하게 보였기에
그녀가 그 나무의 열매를 주기에 먹었나이다."

 지존의 현존자, 그 말에 이렇게 대답하신다.
"그녀가 너의 신이었던가?[24] 신의 목소리 대신
그녀에게 복종하다니. 그녀가 너보다
우월한 안내자이기에 너의
남성다움과 하느님이 그녀 위에 놓은 너의
지위를 그녀에게 양보했는가? 그녀는 널 위하여

---

23) 이하 2행. 벌과 재난이 임박했으니 불가불 이브의 범죄를 고발하지 않을 수 없다. 그러나 고발하지 않아도 하느님께선 일체를 알고 계신다.
24) 여성을 존경하고, 신으로 모시고, 그 명령을 좇을 때 하느님에 대한 배반은 시작된다.

너로부터 창조되었고, 너의 완전은 모든 참된
위엄에 있어 훨씬 뛰어나다.
과연 그녀는 아름답고 사랑스러워 너의
사랑을 끌지만, 네가 복종함은
불가하니라. 그녀의[25] 재능은
지배 밑에서 잘 어울리는 것이지, 지배하기엔
부적당하니라. 지배는 너의 역할이고
네 일이다, 네가 자신을 잘 안다면."
 그런 다음 이브에게 간단히 말한다.
"말해라, 여인이여, 네가 한 일은 무엇이냐?"
 슬픈 이브는 수치심에 억눌려 곧
참회하며, 심판관 앞에선 대담하지 못하고
말도 제대로 못하고 수줍어 대답한다.
"뱀에 속아 먹었나이다."
 하느님께선 이 말을 듣자, 주저 없이
고발된 뱀의 심판에 착수하신다.
뱀은 짐승이어서 저를 재난의 도구로
타락케 한 자에게 죄를 전가할 순
없었겠지만, 본성이 부패했기에,
이때에 저주받음은 당연하다. 그 이상 앎은[26]
인간과 관계없고(인간은 더 이상 알 수도 없다),

---

25) 이하 3행. "여자는 일절 순종함으로 종용히 배우라. 여자의 가르치는 것과 남자를 주관하는 것을 허락지 아니하노니"(《디모데 전서》 2장 11~12절).
26) 뱀은 다만 사탄의 도구에 불과하다는 것을 아는 것.

그의 죄에도 변함없다. 그러나 하느님은 드디어
죄의 발단인 사탄에게 처벌을 가한다, 다만
그때로서는 최선으로 생각된 신비스러운 말씀으로서.[27]
뱀에게 이러한 저주 내리신다.
 "너는[28] 이런 짓을 했으니, 저주받는다.
어떤 가축보다도, 어떤 들의 짐승보다도.
너는 배로 기어서 가거라. 그리고
네 생명 계속되는 동안 흙을 먹게 될 것이니라.
내가 너로 하여금 여자와 원수가 되게 하고,
너의 후계는 여자의 후계와 원수가 되게 하리니
여자의 후계는 네 머리를, 너는 그의 발꿈치를
해칠 것이다."
 이렇게 신탁이 선언된다.
이것이 실현된 것은 제2의 이브 마리아[29]의 아들 예수가
하늘에서 번개처럼[30] 공중의 왕자[31] 사탄이
떨어지는 것을 보았을 때. 그때 그분은 무덤에서
나와[32] 타락한 여러 천사를 멸망시키고,

---

27) 그 말이 사탄에 대해 어떤 의미를 가지고 있지만, 아담에게는 모르는 말이다. 아담은 그 말을 뱀에 대한 것으로 생각한다. 뒤에 아담은 그 숨은 뜻을 알게 된다.
28) 이하 8행은 〈창세기〉 3장 14~15절 참조.
29) 예수에 대해 "최후의 아담"(〈고린도 전서〉 15장 45절)이라 함과 같다.
30) "예수께서 이르시되 사탄이 하늘에서 번개같이 떨어지는 것을 내가 보았노라"(〈누가〉 10장 19절). 그리스도의 속죄로 사탄은 떨어진다.
31) "공중의 권세 잡은 자"(〈에베소서〉 2장 2절).
32) 이하 2행. "정사와 권세를 벗어버려 밝히 드러내시고 십자가로 승리하셨느니라"(〈골로새서〉 2장 15절).

드날리며 개선해, 찬란히 하늘로 올라와
오래 빼앗겼던 사탄의 영토, 대공大空을
통해 포로를 잡아끌고[33] 와서
결국은[34] 그를 우리 발아래에서 짓밟으시리라.
이제 방금 그것의 치명상을 예언하신 그분이
다음으로 여자를 향해 선고 내리신다.
 "나는[35] 네가 임신으로 더욱 슬픔을
느끼도록 하련다. 슬픔 중에 너는
자식을 낳을 것이다. 너는 너의 남편의
뜻을 좇을 것이고, 그는 너를 지배하리라."
 최후로 아담에게 심판을 내리신다.
"너는 아내의 말에 귀 기울여,
내가 '너는 이것을 먹지 마라' 하고
너에게 명령한 나무 열매를 먹었으므로
너 때문에 땅은 저주받았느니라. 너는 일생을 통하여
수고해 그 소산을 먹으리라.
땅은 또한 스스로 가시나무·엉겅퀴를
낳을 것이다. 네가 먹을 것은 밭의 곡물인즉
얼굴에 땀 흘려야 빵을 먹을 것이고
드디어 흙으로 돌아갈 것이다. 너는

---

33) "주께서 높은 곳으로 오르시며 사로잡은 자를 끌고"(《시편》 68편 18절).
34) "평강의 하느님께서 속히 사탄을 너희 발아래에서 상하게 하시리라"(《로마서》 16장 20절 참조).
35) 이하 16행. 하느님의 심판은 여자에 대해서는 임신과 생산의 고통, 남자에 예속된 생활을, 남자에 대해서는 노동의 고통과 죽음 등을 선언한다.

흙에서 나온 것이니, 네 출신을 깨달아라,
너는 먼지이니 먼지로 돌아가게 마련이다."
   심판자와 구세주로서 파견된 그는 인간을
이렇게 심판하고서, 그날 선언된 당장의
죽음을 멀리 연기하셨다. 그러고서 이제
변하지 않을 수 없는 공기 속에 알몸으로
그 앞에 선 두 사람을 가엾이 여기시어, 스스로
마다하지 않고 그 후 종의 모습 취하기 시작하신다.
그가 종들의 발을 씻었을 때처럼[36] 이제
하느님 가족의 아버지로서 그들의 알몸에
짐승 가죽을 입히신다, 피살된 것의 가죽이나
뱀처럼 새로 갈아입고 벗은 가죽이나.[37]
그리하여 적들에게까지[38] 옷 입힘에 인색하지 않으셨다.
그리고 짐승 가죽으로 그들의 외부를
입혔을 뿐 아니라, 훨씬 더 추한 내부의
알몸까지도 그는 정의의 옷[39]으로
치장해 성부의 눈으로부터 이것을 가리신다.
아버지 앞에 성자는 신속히 올라가,
옛날과 다름없는 영광으로 다시 받아주시는

---

36) "이에 대야에 물을 담아 제자들의 발을 씻기시고"(⟨요한⟩ 13장 5절).
37) 어떤 작은 동물은 뱀처럼 껍질을 벗는다고 플리니우스가 그의 책에서 말했다.
38) "나는 너희에게 이르노니, 너희 원수를 사랑하며 너희 핍박하는 자를 위하여 기도하라"(⟨마태⟩ 5장 44절).
39) "내가 여호와로 인하여 크게 기뻐하며 내 영혼이 나의 하느님으로 인하여 즐거워하리니 이는 그가 구원의 옷으로 내게 입히시며 의의 겉옷으로 내게 더하심이"(⟨이사야⟩ 61장 10절).

축복의 품속으로 돌아가신다. 모든 것을 용서한 그에게
다 알고 계시나, 인간에게 일어난 일을
모두 자세히 말씀드린다, 부드럽게 중재도 해가며.
    그런데 이렇게 지상에 죄와 심판이 있기 전에
지옥문 안에선 '죄'와 '죽음'이 앉아 있었다,[40)]
서로 대면하고서. 그 문이 이제
활짝 열리고, 광란하는 화염은 멀리
혼돈계를 향해 내뿜는다. '죄'가 열리고 마왕이
통과한 이래. 죄는 이제 죽음에게 이렇게 말한다.
    "아, 아들이여, 우리들 왜 여기에
쓸데없이 마주 보고 앉아 있는가?
우리의 아버지 사탄은
다른 세계에서 번창하고, 사랑스러운 우리를 위해서
보다 행복한 자리를 마련하는데. 반드시
그에게 성공 있을 것이다. 만일 운 나쁘면
벌써 복수자에게 쫓겨 격분해
돌아왔을 것이다. 이곳만큼 그의 벌과
그들의 복수에 적당한 장소는 없으니.
나는 마음속에 새로운 힘이 일어나고,
날개 자라고, 이 심연 저 너머로 큰
통치권 주어진 듯 느껴진다. 나를
끄는 것이 무엇이었든, 그것의

---

40) 〈요한 계시록〉 6장 8절에도 '죽음'이 의인화되어 있다.

보이지 않는 전달이 같은 유의 사물을
아무리 떨어진 거리에서도 보이지 않는
친화력으로 결합하는 힘찬 공감력이든 혹은
어떤 자연의 힘이든. 너,[41] 떨어질 수 없는
나의 그림자, 나와 함께하여야만 한다.
어떤 힘이 죽음을 죄에서
떨어져 나오게 할 수 있으리오.
그러나 통과할 수 없고 건널 수 없는
이 심연을 넘어 그가 돌아오는 길 가로막고 방해하는
여행의 곤란이 있을지도 모르니, 우리는
(모험이지만, 너와 나의 힘에
적합한 일이니) 이 넓은 바다 위에 길을 구축해
보자. 지옥으로부터 지금 사탄이 세력
떨치는 신세계까지, 전 지옥의 대군에
대한 높은 공적의 기념비로서.
그들의 운명이 이끄는 대로 교통하거나
이주하는 데 여기로부터의 통로를 편히 하여.
나는 갈 길을 잃지는 않을 것이다, 이 새로운
인력引力과 본능에 이렇게 강하게 끌리니."
　야윈 그림자[42]는 즉시 그에게 대답한다.
"가거라, 운명과 강한 성향이 그대를 이끄는 대로.

---

41) 이하 2행. 이 시에서 죄와 죽음은 언제나 함께 있다. "죄가 세상에 들어오고 죄로 말미암아 사망이 있나니"(《로마서》 5장 12절).
42) 죽음을 해골로 표현하는 것은 흔히 있는 일이다.

나도 뒤지거나, 길 잘못 들지 않으리라,
그대가 인도하면. 또한 먹이인 시체에서
풍기는 냄새가 느껴지고, 또한 저기 살아 있는
일체의 물건에서 죽음의 냄새 맡는다.
나는 그대가 기획하는 일에 인색하지
않을 것이며 그대에게 똑같이 원조하련다."
 이렇게 말하고서 그는 기뻐서 지상의
죽음의 냄새를 맡는다. 마치[43] 탐욕스러운
새 떼가 몇백 리 떨어져 있으면서도,
다음날의 혈전에서 죽기로 정해진
산송장 냄새에 끌려, 미리
전투의 날에 앞서 대군이 진을 치고 있는 싸움터로
날아오는 것과 같이. 이 무시무시한
형상은 냄새 맡고서, 넓은
콧구멍을 암담한 공중으로 벌린다,
그렇게 멀리서도 저의 먹이를 알고서.
그러고서 둘이 지옥문을 나서 습하고도 어둡고
황량하고 광막한 '혼돈'의 대혼란 속으로 각자
헤어져[44] 날아들어, 힘차게(그들은 힘세었다)
물 위를 표류하며 마치 거친 바다에서

---

[43] 이하 6행. 플리니우스에 의하면, 독수리는 미래에 시체가 있을 장소로 사흘 전에 날아간다고 한다. 그리고 루카누스에 의하면 탐욕스러운 새 떼가 로마의 진영을 따라갔고, 내란을 냄새 맡았다고 한다.
[44] 이하 5행. '죄'와 '죽음'의 둑길을 구축할 재료를 끌어모아서 지옥의 입구 쪽으로 밀어 간다.

아래위로 떠도는 딱딱한 것, 연한 것,
닥치는 대로 무엇이든 좌우에서 끌어모아
지옥의 입구로 몰아간다.
흡사 두 갈래의 극동풍이 북극해 위에서
맞대고 불어, 펫소라[45]의 저 너머
동쪽 풍요한 카다이[46]의 기슭으로
통하는 상상의 길[47]을 막는 빙산을
몰아가는 모습. 모인 흙을 '죽음'은
차고 건조한 돌같이 딱딱한 철퇴[48]로
쳐서 굳힌다, 삼지창으로 쳐서 돋운
델로스의 떠다니는 섬[49]처럼.
나머지 것[50]은 그의 시선이
고르곤의 무서움[51]과 아스팔트 같은

---

45) 러시아 동북부에서 북극해로 흘러 들어가는 강 또는 같은 이름의 만.
46) 누구나 지금의 중국이라고 생각하는데, 베리티는 달리 말한다. 그에 의하면 카다이는 중국 북쪽으로부터 북극해까지 펼쳐진 넓은 지방으로서 동부 시베리아에 해당하며, 그 수도는 캄발루일 것이라고 한다. 캄발루가 중국의 수도 베이징과 다른 도시인 것은, 밀턴이 '카다이의 칸이 살던 캄발루'와 '중국 제왕의 베이징'을 구분한 것으로서 알 수 있다고 한다. 그리고 이 카다이를 '풍요'하다고 표현한 것은 마르코 폴로 이래로 여행자들에 의해 동방 제국이 부유한 땅이라고 일반에 알려졌기 때문이라고 한다.
47) 북극해를 향해 동양으로 통하는 상상의 길.
48) 연한 것을 쳐서 돌처럼 굳게 하는 철퇴.
49) 에게 해의 키클라데스 제도의 한 섬. 전설에 의하면 바다의 신 포세이돈의 삼지창에 의해 심해에서 끌려 나왔는데, 제우스가 금강의 사슬로 바다 밑바닥에 묶어 매기 전에는 떠다니는 섬이었다고 한다.
50) "모인 흙" 이외의 딱딱한 것들.
51) 고르곤의 모습은 그것을 보는 사람을 돌로 변하게 할 만큼 무서운데, 죽음의 모습이 그런 작용을 한다.

점액[52]으로 꼼짝 못하게 얽맨다. 지옥문만큼 넓고
지옥의 뿌리까지[53] 깊게 모래자갈을
그들은 뭉쳐서 거대한 방파제를 쌓는다,
거품 이는 심연에 둥글게 높이. 엄청난
길이[54]의 다리, 이젠 죽음에 빼앗긴
방비 없는 이 세계의 흔들리지 않는 벽에
연결된 거기에서 지옥까지 넓고
평평하고 쉽게 거리낌 없는 길을 이룬다.
만약 큰일을 작은 일에 비교한다면,
크세르크세스가[55] 그리스의 자유를 속박하기 위해,
그 높은 멤논[56]의 궁전 높은 수사[57]에서
바다까지 와서, 헬레스폰트[58] 해협을 넘어
다리[59]를 놓고서 유럽을 아시아에 연결하고,
노한 파도를 여러 번 매질했던[60] 바로 그것.
이제 그들은 다리를 놓는 신기한 기술을 가지고서
이 일을 마쳤다―이것은, 격랑의 대심연 위에

---

52) 사해의 표면에 떠 있는 것과 같은 아스팔트와 그 모습의 작용으로 여타의 딱딱한 물질들을 결합한다.
53) 둑길의 토대를 깊이 지옥의 뿌리까지.
54) 우리 우주의 반경 정도의 길이[제1편 주 34) 참조].
55) 이하 5행. 페르시아 왕 크세르크세스는 그리스에 침입했다.
56) 페르시아 왕 멤논은 제 아버지 티도누스가 세운 수사Susa에 성벽을 쌓고, 제 이름에 따라 멤노니움이라 불렸다.
57) 페르시아의 도시로 왕의 동궁冬宮이 있다.
58) 다르다넬스 해협의 옛 이름.
59) 배로 연결한 다리. 《헤로도투스》 7장 36행에 묘사되어 있다.
60) 크세르크세스는 그가 만든 첫 번째 다리가 폭풍으로 파괴되는 것을 보고서, 헬레스폰트에 300대의 매를 치고, 한 쌍의 족쇄를 차게 했다(《헤로도투스》 7장 36행).

걸려 있는 바위 다리는, 사탄의 발자취 따라
그가 처음으로 날개를 쉬고
'혼돈'에서 떠나 무사히 도착한 장소,
바로 이 둥근 세계의 노출된 외부에
이른다. 금강의 못과, 사슬로써
그들은 모든 것을 단단히, 극히 단단히 조여
튼튼하게 연결한다. 이리하여 이제
좁은 장소에 천국과 이 세계의 경계가
서로 만나고, 왼쪽에 지옥이 긴 손을
내밀어 끼어든다. 눈앞에 있는 세 가닥
다른 길은 이 세 장소로 각각 통한다.
이제 그들은 우선 낙원을 향해 지구로 가는
길을 찾았다. 그때 보라!
사탄은 빛나는 천사의 모습으로[61]
궁수자리와 전갈자리 사이를[62]
천정을 향해[63] 나아간다,
태양은 양자리 속에 떠오르고.
사탄은 변장하고 오지만, 그의 사랑하는
자식들은 즉시 어버이를 알아본다.
그는 이브를 유혹한 뒤에 아무도 모르게

---

61) 사탄의 변장.
62) 사탄은 전처럼 태양의 관리자 우리엘에게 발각되지 않으려고 될 수 있는 대로 먼 거리를 취한다. 그래서 양자리와 아주 반대쪽에 있는 궁수자리와 전갈자리 사이로 해서 하늘로 올라간다.
63) 지구로 내려가는 통로가 있는 쪽을 향해.

근처 숲 속에 숨어서 형체 바꾸고, 그
결과를 지켜보았는데, 그녀가 아무것도
모르고[64] 그 간계의 행위를 남편에게
되풀이함을 보았고—헛되이 옷을 찾는
그들의 부끄러움을 보았다. 그러나 그들을
심판하러 하느님의 아들이
내려오는 것을 보았을 때, 사탄은
놀라 달아났다. 도망치려는 것은 아니고
현장을 피하려고—죄 있으니 하느님의 노여움이
갑자기 벌을 가할까 두려워서. 그 일이 지나고,
밤에 다시 돌아와 불행한 부부가 슬픔의
이야기 나누고 여러 가지 한탄함을 듣고서,
거기서 자기 운명도 짐작했다. 그러나 그것이
당장이 아니고 미래의 일이라 알고서
즐거운 소식 지니고, 지옥으로 돌아온다.
혼돈의 기슭인 이 새로 만든 기이한
다리 머리[65] 근처에서 뜻밖에도 그를
마중 나온 사랑하는 자식들을 만난다.
그들의 상봉의 기쁨도 컸으나, 또한 거대한
이 다리를 보고서 그의 기쁨은 한층 더했다.
한참 동안 감탄하며 서 있자, 드디어 요염한
그의 딸 '죄'가 침묵을 깨뜨리며 말한다.

---

64) 그 행위의 결과를 모르고.
65) 다리 꼭대기.

"아, 아버지여, 이것은 당신의 위업,
승리의 기념이요, 이것이
자기 것이 아닌 줄 아시지만,
당신이 바로 그것을 만든 주된 건조자建造者입니다.
나는 마음속으로 알아차렸나이다(내 마음은 항상
신비스러운 조화로 훌륭히 결합되어
당신 마음과 함께 움직이니), 당신이 지상에서
이미 성공한 것을. 당신의 얼굴이
그것을 증명해 바로 느꼈나이다.
비록 당신과는 몇 세계 떨어졌지만, 당신의 아들과
당신을 따르지 않을 수 없다고 느꼈소이다.
이런 숙명적 인과는 우리 셋을 결합하게 하나이다.
지옥이 이젠 그 경계 안에 우리를 억류할 수 없고,
또한 이 어두운, 건너갈 수 없는 심연도
당신의 빛나는 자취 따름을 막지 못하리다.
당신은 지금까지 지옥문 안에 한정되었던
우리에게 자유를 얻게 했고, 우리로 하여금
여기까지 다리를 쌓게 하고, 어두운 심연에
이 놀라운 다리를 놓는 힘을 주셨습니다.
이제 이 세상[66]은 모두 당신 것. 당신의 용기는
당신 손으로 쌓지 않은 걸 얻었습니다. 당신의 지혜는
훌륭하여 전쟁에서 잃은 것을 되찾아 완전히

---

66) 우주.

천국에서의 패배에 보복했습니다.
여기에 군림하십시오,
하늘에선 못했지만. 그곳은[67] 전투의 판정대로
여전히 신에게[68] 승자로서 통치케 하십시오.
신 스스로 판결에 따라 양도해 이 신세계에서
물러나게 하고, 그 네모난 하늘의 경계와
당신의 둥근 세계[69]를 구분해 이제부터는
만물의 지배를 당신과 함께 분할하게 하든지, 아니면
당신이 그의 보위에 한층 더 위협이 됨을 알리십시오."
   암흑 왕은 기뻐서 그녀에게 대답한다.
"예쁜 딸이여, 그리고 너, 아들이고 손자인 자여,
너희들 지금 훌륭한 사탄의 자손임을
증명하고('전능한 천왕의 적'[70]이라는
그 이름을 나는 자랑한다)
나에게, 그리고 전 지옥의 왕국에
충분히 공을 세웠다. 천문 아주 가까이
승리의[71] 행동으로써 승리의 행동에 맞추었고
영광스러운 과업으로 내 과업에 맞게
지옥과 이 세계를 한 나라로 만들었구나.
한 나라 한 대륙, 왕래도 편하게. 그러니

---

67) 청화천.
68) 하느님.
69) 사탄이 영유하는 세계.
70) '사탄'이라는 말의 뜻.
71) 이하 2행. 사탄의 신세계 정복의 공적에 보답해 '죄'와 '죽음'은 다리를 건설했다.

이제 내가 암흑을 뚫고 너희의 길로 쉽게
내려가 동료 권자들에게 가서 이 성공을
알리고 그들과 더불어 기뻐할 동안,
너희 둘은 이 길을, 전부 너희들 것인
무수한 천체들 사이를 뚫고
낙원으로 곧장 가거라.
축복 속에 그곳에서 살며 통치해라. 다음에는
지상과 공중에, 특히 만물의 유일한
주인이라고 선고받은 인간에게 지배권을 행사해라.
우선 그 인간을 노예로 하여 종말엔 죽여라.
나 대신 너희를 보내어, 지상 전체의
권자로 삼으니, 나에게서 나온 그 힘은
견줄 바 없다. 내 공적으로 죄를 통해
죽음 앞에 드러난 이 새로운 왕국을 내가 점유함은
전적으로 너희들의 협력에 달렸다.
너희들이 잘 협력하면 지옥의 만사는
어떤 해로움도 염려 없다.[72] 가거라, 굳세어라."
　그렇게 말하고서 사탄이 그들을 보내니, 그들은
독을 뿌리며 급히 빽빽한 별자리 사이를
뚫고 나간다. 독기 입은 별들은 창백해지고,
유성들은 타격 입어[73] 그때 참으로

---

72) 로마 시대에 대위기에 처해 집정관에게 최고권을 위임할 때 정해진 문구라고 한다.
73) 점성학자들은 유성이 지구에 길흉의 영향을 끼친다고 생각했다. 흉조의 영향을 유성의 타격이라 한다.

빛을 잃는다. 사탄은 이쪽으로 지옥문 향해
방죽 길을 내려왔다. 다리 놓아서
앞쪽으로 갈라진 '혼돈'은 부르짖고,
뛰노는 파도는 둑을 후려치지만
그것은 그 분노를 조롱한다. 넓게 열린
경비 없는 문[74]으로 사탄이 통과할 때,
사방은 모두 황량할 뿐이다. 까닭은, 거기에
배치된 자들[75]이 저의 임무를 버리고,
위의 신세계로 올라가고, 나머지는 모두
지옥의 내부 깊이, 루시퍼[76]의 성,
자랑스러운 왕좌인 복마전 성벽 주변으로
물러났기 때문. 루시퍼라 부름은 사탄을
그 빛나는 별에 비유하는 것.
거기서 대군은 감시하고, 우두머리들이
회의를 연다. 파견된 마왕, 혹시
무슨 방해라도 있는가 염려하고. 그가
떠날 때 그렇게 명령한 것 그들은 지키고 있다.
마치 타타르인이 아스트라칸[77]을 지나
눈벌판을 넘어 러시아의 적으로부터

---

74) 지옥문.
75) '죄'와 '죽음'.
76) 제7편 주 42) 참조.
77) 카스피 해의 서북쪽에 있는 나라. 타타르인이 러시아와의 전쟁에서 패배해 아시아로 퇴각할 때 이곳을 통과했다.

퇴각할 때처럼. 또는 박트리아[78] 왕이 터키
초승달의[79] 뿔을 피해 알라듈 왕[80]의
영토 저쪽, 황야를 모두 버리고 타우리스[81]
또는 카스빈[82]으로 퇴각할 때처럼,
근래에 하늘에서 추방된 이들 대군은 지옥의 극지를
수백 리 황량하게 버려두고, 수도 근처에서
물러나 엄중히 감시하며, 이제 시시각각
그들의 대모험자가 타계他界 탐색의 길에서
돌아오기를 기다린다. 사탄은 눈에 안 띄게
그 한복판을 최하급 하등 천사의
모습으로 통과해, 지옥의
대전당 입구로부터 들어가 보이지 않게
저의 높은 자리에 오른다. 그것은 화려한
구조의 천개天蓋가 펴져 있는 밑 위쪽 가에 놓여져
왕자의 광휘에 싸여 있다. 잠시 동안 앉아서
눈에 띄지 않게 주위를 둘러본다.
드디어 구름에서처럼 그의 찬란한 머리와
별처럼 빛나는, 아니 그보다 더 화려한 모습이
나타난다. 타락 후에 허락되어 남아 있는 영광,
저 허위의 빛에 싸여. 이렇게 돌연한

---

78) 박트리아는 페르시아 제국의 한 지방이지만, 전 페르시아를 대표한다.
79) 이하 3행. 터키의 국기. 16세기에는 페르시아와 터키의 전쟁이 빈번했다.
80) 터키의 황제 셀림 1세에게 공격당해 죽은 왕. 그 영토를 '대大아르메니아'라고 불렀다.
81) 페르시아의 서북부, 아르메니아의 경계에 가까운 지방의 수도. 지금의 타브리즈.
82) 테헤란 북방에 있는 페르시아의 수도.

광휘에 모두 놀라고, 지옥의 무리들은
눈을 돌려 저희가 기다리던 자를 본다,
돌아온 저희 수령을. 환호 소리 드높다.
회의 중의 수령들이 어두운 회의에서 일어나
황급히 달려온다. 그리고 역시 기뻐서
축하하며 그에게로 다가오니, 그는 손으로
잠잠하게 하고서 말로 주의를 끈다
 "왕자[83]·지배자·공후·덕자德者·권세가들이여!
다만 권리에서뿐 아니라, 소유에 있어서
나는 이렇게 부르고, 예상외로 성공하여
돌아와 지금 선언한다. 너희를 당당히
이 미움받고 저주받는 지옥의 골짜기,
고난의 집, 우리 폭군의 감옥으로부터
인도해내겠다고! 이제 군주로서, 우리
고향 하늘에 못지않은 광대한 세계를
영유해라, 큰 위험을 무릅쓰고 힘든
모험으로 획득한 것을. 얘기하자면 길다,
내가 한 일, 괴로움당한 일, 공허하고
광대무변한 무서운 혼돈의 심연을 얼마나
고생하여 건넜는가 등. 지금은 그 심연 위에
'죄'와 '죽음'의 힘으로 넓은 길이 깔려,
너의 영광스러운 진군을 촉진하지만, 나는

---

[83] 이하3행. 그들은 하늘에서 부여된 자격으로 그런 칭호를 받는 것만이 아니라, 지금 "광대한 세계를 영유"하기 때문에 사실상 그렇게 불려 마땅하다는 것이다.

미지의 길을 더듬어 길도 없는 심연을
달려야만 했고, 원시 이전[84]의 어둠과
황막한 '혼돈'의 배 속에 뛰어드니, 그들은
비밀이 샐세라 지극한 운명에 호소하여[85]
소란하게 고함치며 나의 미지의 여로를 맹렬히
방해했었다. 그리고 또 거기서 어떻게 하여
오랫동안 천국에 소문 떠돌던 신세계,
그 절대 완전한 놀라운 구조를
발견했다. 우리의 추방으로써
행복하게 그 안의 낙원에 놓인 인간을
찾아내고. 나는 그 인간을 기만하여
조물주에게서 유혹해냈는데, 사과 하나를 이용한 것은
더욱 너희를 놀라게 할 것이다. 그만 신은
노해서―웃을 일이다!―그 사랑하는
인간과 이 세계를 몽땅 '죄'와 '죽음'에게,
결국 우리에게 먹이로 내주고 말았으니,
우리는 위험도 노력도 두려움도 없이
그 안에서 배회하고 살며 인간을
지배할 것이다. 그들이 만물을 지배하듯.
사실인즉, 그는 나를, 아니 나라기보다는
그 짐승의 모습으로
내가 인간을 기만한 뱀을 심판했다.

---

84) 창조자가 아직 없던 영원의 태초.
85) 혼돈의 운명이 탐지되어서는 안 된다는 것이 지극한 운명이라고 호소하여.

내가 지니고 있는 것은 적의敵意,
그는 그것을 나와 인간 사이에
놓을 것이니, 나는[86] 인간의 발꿈치를,
그 자손은―언젠가―내 머리를
해칠 것이다. 한 번의 상해로,
아니 그보다 심한 고통이라도
누가 그것으로 세계를 안 사겠는가?
이것이 나의 공적에 대한 보고. 나머지 할 일은,
신들이여, 일어나서 이제
더없는 행복으로 들어가는 것이다."
　이렇게 말하고서 그는 잠깐 서서 기다린다,
그들 일동의 환호와 드높은 갈채 소리가
귀에 들려오기를.
그때 도리어 그에게 들린 소리는
사방 무수한 혀에서 나오는
무시무시한 전체적 야유와 공공연한
비난. 그는 의아해한다, 그러나
즉시 그보다 더 자신을 의아해한다.
그는 제 얼굴이 오그라져 야위어 좁아지고,
팔은 늑골에 들러붙고, 다리는 서로
비꼬이고, 드디어는 엎어진 채 쓰러져
배를 깔고 기는 기괴한 뱀이 됨을 느끼고,

---

86) 이하 3행. 죄는 인간을 파멸시키고, 파멸된 인간은 그리스도의 속죄로 구제된다. 즉, 그리스도는 사탄(죄)을 파멸시킴으로써 영원한 승리를 거두는 것이다.

반항했지만 헛된 일. 그는 이제 한층 강한 힘에
지배당하고, 그 심판에 따라,[87]
죄지었을 때의 형상대로 벌받는다. 그는 말하고자 했지만
두 가닥 갈라진 혀가 서로 맞닿아서 쉬익 쉬익
반복할 뿐. 그 까닭은 이제 모두가 그의 담대한
반역을 방조한 자로서 한결같이 모두
뱀으로 변했기 때문. 대가리와
꼬리가 뒤얽힌 괴물들로 꽉 들어찬
전당의 쉬익 쉬익 하는 소음은 무시무시하다.
전갈·독사·무서운 양두사頭詞蛇,
뿔뱀·물뱀·무서운 바다뱀,
그리고 열사熱蛇(고르곤의 피 떨어진 땅[88]에도
뱀 섬[89]에도 이렇게 운집한 일 없었다),
그러나 여전히 제일 큰 것은 중앙의 그자,
이제 용[90]이 되어, 태양이 피디아의 골짜기에서
진흙으로 만든 거대한 피돈[91]보다
더 크다. 그리고 다른 자들보다 뛰어난
세력을 여전히 보유하고 있는 듯 보인다. 그들은 모두
그를 따라 광활한 들판에 나가니,

---

87) 주 28)에서 뱀에 심판 내린 바와 같이.
88) 아프리카의 리비아. 고르곤은 머리털이 뱀인 여신인데, 그중의 하나인 메두사의 머리를 페르세우스가 끌고 갔을 때, 피가 땅에 떨어져 그 나라에 뱀이 많아졌다고 한다.
89) 지중해에 있는 작은 섬, 지금의 포르멘테라.
90) 〈요한 계시록〉 12장 2~9절의 사탄.
91) 듀칼리온의 홍수로 땅에 남은 진흙에서 피돈이라는 거대한 뱀이 생겼는데, 후에 아폴론이 화살로 쏴 죽였다고 한다(오비디우스의 《변신 이야기》 1장 434행 이하 참조).

거기에는 하늘에서 떨어진 저 반역의 무리들 중
아직 남은 자들이 모두가 경비 태세로,
혹은 열을 갖춰 서서 영광스러운 수령이
나타나는 것을 보려고 우쭐해 기다리고 있다.
그러나 보니 딴 광경이다, 흉측한
뱀의 무리! 공포와 무서운
동정심이 그들을 엄습한다. 그것은 그들이 본 모습으로 지금
저희들도 변해가고 있음을 느꼈기 때문. 팔이
처지고, 창도 방패도 떨어지고, 동시에
몸이 쓰러져 무서운 쉬익 소리 되풀이하며
무서운 형체 되었다, 그들의 죄에서 그러했듯이
벌에서도 감염되어. 이리하여 예기한 갈채는
터져 나오는 야유로, 개선가는 수치의 소리로 변해
자기들의 입에서 자기들에게로 퍼부어졌다. 가까이
숲이 있다, 그들의 변화와 더불어 생긴 것,
위에서 다스리는 분께서 그들의 벌을
증대하려는 뜻에서. 낙원에서 자라던,
유혹자가 이용한 이브의 먹이와 같은
아름다운 열매 주렁주렁 열렸다. 기이한 광경에
그들은 골똘한 눈으로 바라보며 상상한다,
금단의 나무 하나가 아니고 이제 많은 나무
솟아나 한층 재난과 수치를 더하려 함을.
그러나 저희들을 속이려고 내놓은 것이지만,
불타는 갈증과 혹심한 기아에 몸 달아 그들은 마음
억제할 수 없어 무더기로 굴러가서 나무에

올라가, 미게라[92]에 얽힌 뱀의 머리채보다
더 다닥다닥 몰렸다. 탐욕스럽게 따 먹었다,
소돔이 불탄[93] 저 아스팔트의 호숫가[94]에 자라던
그것같이,[95] 보기에 아름다운 이 과실들을.
이것은 더욱 기만적이다. 촉각뿐 아니라
미각도 속였으니. 그들이 어리석게도 단맛으로
식욕을 가라앉히고자 과실 아닌
쓰디쓴 재를 씹으면, 싫증난 미각은
침 소리 내며 뱉어낸다. 가끔 그들은 기아와 갈증에
휘몰려, 자꾸자꾸 먹어봤지만, 당장 구토증 일어
아주 불쾌한 맛으로 비틀린 턱에
검댕과 재가 가득 묻었다. 그들은 자주 같은
망상에 빠졌다. 그들에게 패배당한 인간이
한 번 과오 범한 것과는 달리.
그렇게 오래 기아와 끊임없는 야유 소리에 시달리고
지친 후에, 그들은 드디어 허락되어
원 모습으로 되돌아갔다.
어떤[96] 이는 말한다, 그것들 해마다 며칠 동안을

---

92) 머리에 뱀을 두르고 있는 복수의 여신의 하나.
93) 소돔이 신의 불에 탄 이야기는 〈창세기〉 19장 24~28절에 있다.
94) 사해.
95) 사해의 사과 혹은 소돔의 사과라고 불리며, 거죽은 아름다우나 속은 재로 가득 찬 것. 실은 그 지방에 있는, 사과와 비슷한 과실인데, 익었을 때 누르면 터져서 손에 파편(재)만 남는다고 한다.
96) 이하 3행. 이 전설의 출처는 확실치 않다. 지금까지 주석가들이 밝힌 것 중 가장 근사한 것은 아리오스토의 《오를란도》 중 이 구절이다. "7일마다 우리는 강제로 뱀의 몸을 스스로 취한다."

연례적으로 굴욕받도록 정해졌다고,
그들의 자만과 인간 유혹의 기쁨을 꺾기 위하여.
그러나 그들은 그들의 포획물[97]에 대해
어떤 전설을 이교도 사이에 퍼뜨렸는데,[98]
그 이야기는 오피온[99]이라는 뱀이
그의 처 유리놈[100]('널리 침범하는 이브'[101]라는 뜻)과 함께
처음에 높은 올림포스를 통치했는데,
그 후에 딕테[102]에서 제우스가 출생하기 이전에
사투르누스와 오푸스에게 쫓겨났다고[103]
잘못 전했다.
　그러는 동안 지옥의 한 쌍은 너무나도 빨리
낙원에 도착한다—'죄'는 전에는 행위에
잠재적이었으나[104] 지금은 몸으로써, 그리고
영주자로 살기 위하여. 뒤에는 '죽음'이
한 걸음 한 걸음 바싹 따라온다. 그[105] 창백한

---

97) 인류.
98) 밀턴은 타락 천사들이 이교 신화의 신들이 되었다고 믿고 있었다. 그러니 이교도들 사이에 아담과 이브의 전설이 있었을지도 모른다.
99) 거신 티탄족의 하나, 올림포스의 최초 지배자. 그 이름이 '뱀'을 뜻한다.
100) 오세아누스의 딸이자 오피온의 처. 그 이름은 '널리 지배함'을 뜻한다.
101) 이브는 널리 침범해 남편 아담을 타락시키고, 하느님까지 되려고 생각했었다.
102) 크레타 섬의 산으로, 섬 자체를 대표한다. 제우스는 그 섬에서 자랐다.
103) 뒤에 제우스가 사투르누스를 올림포스에서 쫓는다. 오푸스(레아)는 사투르누스의 처.
104) 전에는 죄가 이브의 행위에 나타난 것뿐이었다.
105) 이하 2행. "내가 보매 청황색 말이 나오는데 그 탄 자의 이름은 사망이니 음부가 그 뒤를 따르더라"(《요한 계시록》 6장 8절).

말을 타지도 않고. 그에게 '죄'는 이렇게 말한다.
"사탄의 둘째 아들로 태어나
만물을 정복하는 '죽음'이여!
이제 우리의 왕국을 어떻게 생각하는가?
고생스럽게 얻은 것이지만, 훨씬 좋지 않은가.
항상 지옥의 어두운 문턱에서 파수 보며,
이름 없고 위엄 없이 반쯤 굶주려 있는 것보다는."
죄의 아들인 괴물은 즉시 대답한다.
"영원한 기아에 고통받는 나에게는
낙원이나 천국이나 지옥과 마찬가지.
먹이 많은 곳이 제일 좋은 곳.
그것이 여기에 풍부하다 해도 지극히 부족한 것,
이 밥통과 이 가죽 늘어진 거구를 채우기엔."
　　패륜의 어미는 그에게 이렇게 대답한다.
"그러니 너는 우선 이 풀과 과실과 꽃을
먹어라. 다음으로 짐승과 고기와 새를.
천한 음식이 아니다. 그리고 무엇이든
'시간'의 낫[106]이 베는 것을 아낌없이 먹어라.
드디어 나는 대대손손 인간 속에 살면서
사상, 얼굴, 언어, 행동에 모두 독을 주어
맛 돋우어 너의 최종 최선의 먹이로 하리라."
　　이렇게 말하고서 그들은 길을 따라간다.

---

106) 시간과 죽음의 속성을 흔히 '시간의 낫'이라 표현한다.

둘이 만물을 파괴하고, 또한 죽게 하고,
성숙하여 조만간 파멸하게 하기 위하여.
전능자는 그것을 보시고서 성자聖者들에게
에워싸인 높은 자리에서, 빛나는
천사들에게 이렇게 선언하신다.
"보아라, 얼마나 열렬히 이 지옥의 개들이
저 세계를 패망케 하고 파괴하려고 나아가는가를.
나는 그것을 아주 아름답고 선하게 창조했다. 만일
인간의 어리석음이
이 파괴자를 들여오지 않았다면
아직 그 상태는 유지됐을 것이다.
그 어리석음을 내게 돌린다(지옥 왕도
그 추종자들도). 이렇게 용이하게 내가
그들을 허용하여, 이토록 거룩한 곳을
영유케 하고, 묵인하여 나를 조롱하는
적에게 만족하게 한 듯 보이기 때문에.
마치 내가 열정의 발작에 도취해
모든 것을 그들에게 양보하고, 분별없이
그들의 학정에 맡긴 것인 줄로 웃는다.
그들은 모른다. 내가 그것들, 나의 지옥의 개들을 그곳에
불러들여, 인간의 더러운 죄가 청순한 것에
떨어져 오점 묻힌 찌꺼기와 오물을
핥게 하는 것을, 그것들은 드디어 먹고 마신
썩은 고기로 거의 터질 정도로 배 채워진 채.
만족스러운 아들이여, 너의 승리의 팔이

한[107] 번 던지면 '죄'도 '죽음'도 입 벌리는 무덤도
결국은 '혼돈' 속으로 던져져 영원히 지옥의
입을 틀어막고 그 게걸대는 아가리를 영원히 봉하리라.
그러면 천지가 새로워지고 청순해져서
오염되지 않은 신성神性에 이른다.
그때까지는 양자[108]에게 선고된 저주가 앞서리라."
   말씀 끝나자 하늘의 청중은 할렐루야를
드높이 부른다, 노래하는 청중 일제히
바다처럼 소리 내며[109]—"주의 길 의롭고,
만물에 내리시는 주의 명령 옳도다.
누가 주를 함부로 할까?" 다음은 인류의
회복자로 정해진 성자聖子에게 찬양하니, 그로
말미암아[110] 새로운 천지는 대대로 일어나고,
또는 하늘에서 내릴 것이라고 그들은 노래했다.
이때 조물주는 힘센 천사들을 이름으로
불러내어, 현재의 상황에 가장 적합한
여러 가지 임무를 부여한다. 태양은
견딜 수 없는 추위와 더위로 땅을 지배하고,
북으로부터는 노쇠의 겨울을 부르고,

---

107) 이하 3행. "사망과 음부도 불 못에 던져지니"(〈요한 계시록〉 20장 14절).
108) 하늘과 땅.
109) "만국의 왕이시여, 주의 길이 의롭고 참되시도다. 주여 누가 주의 이름을 두려워하지 아니하며 영화롭게 하지 아니하오리까. 오직 주만 거룩하시나이다"(〈요한 계시록〉 15장 3~4절).
110) 이하 2행. "또 내가 새 하늘과 새 땅을 보니…… 또 내가 보매 거룩한 성 새 예루살렘이 하느님께로부터 하늘에서 내려오니"(〈요한 계시록〉 21장 1~2절).

남으로부터는 하지의 더위를 가져오도록,
그렇게 움직이고 그렇게 비추라는 명령을
처음으로 받았다. 창백한 달에게는
직분이 정해지고, 기타 다섯 별[111]에게는
유성으로서의 운동과 위치가 정해진다.[112]
12궁宮의 6분의 1,[113] 4분의 1,[114]
3분의 1,[115] 그리고
독성이 있는 대좌對坐[116]와, 언제 불길한 접속의[117]
위치에 합할 것인가를 정한다.
그리고 항성에게 가르친다,
언제 그 나쁜 힘[118]을 퍼부을 것인가를,
어떤 것이 태양과 더불어 오르고 내리고 하여
난폭해질 것인가를. 바람에 대하여는
방향에 따라 언제 폭풍 불어 바다·
하늘·육지를 어지럽힐 것인가를 정하고, 우레에겐[119]

---

111) 일곱 별 중에서 해와 달을 제외한 유성들.
112) 별의 상관적 위치.
113) 두 유성이 12궁의 6분의 1, 즉 2궁 혹은 60도의 거리에 있는 것을 말함.
114) 두 별이 12궁의 4분의 1, 즉 3궁 혹은 90도의 거리에 있는 것을 말함.
115) 두 별이 12궁의 3분의 1, 즉 4궁 혹은 120도의 거리에 있는 것을 말함.
116) 앞서 말한 별의 상관관계 외에 두 별이 서로 반대 위치, 즉 180도의 거리에 있는 것.
117) 두 별이 서로 접합하는 것을 말함. "대좌"와 이상 다섯 가지 위치 중 "4분의 1"과 "접속"은 흉凶의 위치이고, "3분의 1"과 "6분의 1"은 길吉의 위치이다. 앞의 세 경우는 서로 광선으로 정면충돌하며 양보하지 않기 때문이고, 후자의 경우는 비스듬히 비쳐서 빛의 영향이 그리 강하지 않기 때문이다.
118) 지구에 대한 별의 영향.
119) 바람이 구름을 굴려서 우레를 일으킨다.

언제[120] 어두운 하늘의 전당을 무섭게 구를 것인가를.
혹자는 말하기를, 하느님이 그의 천사에게
지축의 양 끝을 태양 축에서
20도 이상 기울일 것을 명령하자,
그들은 힘을 다해 중심구[121]를
비스듬히 밀어 경사지게 했다고 한다. 혹자는 말하기를,
태양이 그만한 축을 춘추분의 길에서
방향 바꾸도록 명령받았다고, 즉[122] 아틀라스의
일곱 자매를 데리고 황소자리,
스파르타의 쌍둥이자리[123]
북회귀선의 게자리까지
오르고, 거기서 전속력으로 내려,
사자자리·처녀자리에
천칭자리를 거쳐 양자리에 이른다고.
각기 풍토에 따라 계절의 변화를
가져오기 위함이다. 그렇지 않으면,
사철 봄[124]의 꽃으로 지상에 미소 짓고,

---

120) 이하 14행. 지구 상에 바람·추위·더위·습기 등 변화가 생기는 것은, 지축이 궤도에 대해 23.5도의 경사를 이루었기 때문이다. 혹자는 하느님이 천사에게 명하여 지구 자체를 경사지게 했다고, 혹은 지구는 그대로 두고 태양의 길(춘추분의 길)을 적도에서 분리했다고 한다.
121) 프톨레마이오스 천문학에서 생각하는 우주의 중심, 즉 지구.
122) 이하 2행. 그리스 신화에서 묘성을 아틀라스의 일곱 딸이라고 한다.
123) 쌍둥이자리는 12궁 중 제3궁. 스파르타의 왕 탄탈로스의 쌍둥이 카스토르와 폴룩스를 대표한다고 그리스 신화에서 말한다.
124) 타락 전에는 영원한 봄밖에 없었다.

극권極圈의[125]의 저쪽 사람들을 제외하고는 낮과 밤이
같을 것이다. 그들에게는 밤낮 없이
해가 비칠 것이고, 낮은 태양이 멀리
떨어진 것을 보상하기 위해 그들 보는 데서
항상 지평선을 회전하기에, 동도 서도
없을 것이니―그[126] 때문에 추운
에스토틸란드[127]로부터 남으로 멀리 마젤란 해협[128]
밑에 이르기까지 눈을 보지 못할 것이다. 그 열매를
맛본 후 태양은 티에스테스의 연회[129]에서처럼
예정한 노정을 벗어났다. 그렇지 않으면,
인간 세계가 어떻게 죄 없다 해도, 지금보다
더 혹한·혹서를 잘 피할 수 있었으랴?
하늘에서의 이 변화 때문에 더디긴 하지만
바다에 육지와 같은 변화 일어났다.
별의 독기, 썩고 해독 있는 구름, 안개,
뜨거운 증기 등. 이제 노룸베[130]가 북방으로부터

---

125) 이하 6행. 태양이 항상 적도에만 있으면, 지구의 양극엔 밤이 전혀 없고, 태양은 영구히 지평선을 뱅뱅 돌 것이다. 극지는 적도 지방에 비하면 태양에서 멀지만, 지축이 지금같이 경사지지 않았기 때문에 태양을 표준으로 한 동서남북의 방위도 없었을 것이다.
126) 이하 3행. 태양이 항상 지구의 양극을 비추면, 양극에 아주 가까운 곳까지 눈이 없을 것이다.
127) 북미에 있는, 배핀 만과 허드슨 만 사이 지방의 옛 이름으로 생각된다.
128) 남미의 해협.
129) 미케네의 왕 아트레우스는 자기를 해친 형 티에스테스에게 복수하려고 그 두 아들을 죽여 연회를 베풀고, 티에스테스를 초대해 그 아들의 고기를 먹였다. 태양도 이 비정함에 고개 돌리고 정도에서 벗어났다고 한다.
130) 남부 캐나다와 미국의 북부 여러 주를 포함하는 지방의 옛 이름.

그리고 사모예드[131]의 해안으로부터
청동의 감옥을 부수고 얼음과 눈,
우박, 사나운 질풍, 모진 바람으로 무장하고,
북풍, 동북풍, 소리 높은 서북풍, 그리고
북서풍이 숲을 가르고, 바다를 뒤엎으면,
남쪽에서 역풍으로 그것들을 뒤집는 것은
시에라 레오네[132] 지방의 뇌운雷雲으로서 시꺼먼
남풍과 서남풍. 이를 가로질러 역시 사납게
돌진하는 것은 일출풍과 일몰풍,[133] 그리고
옆에서 부는 소리 나는 동풍과 서풍,
동남풍과 서남풍. 난폭함은 이렇게
무생물에서 시작되었다. 그러나 '죄'의 딸
'불화'는, 우선 이성 없는 것들 사이에
맹렬한 반감을 통해 죽음을 들여왔다.
이제[134] 짐승은 짐승끼리, 새는 새끼리,
고기는 고기끼리 싸운다. 모두 풀 먹는 것
그만두고 서로 잡아먹는다. 인간을 크게
두려워 않고 피하며, 무서운 형상으로
그가 지나는 것을 노려본다.
이런 것은 밖으로부터

---

131) 북동 시베리아, 북극해의 오비 만 근방.
132) 아프리카의 서해안. 글자대로 해석하면 '암사자의 산'. 이 산은 대단히 높아서 눈에 덮이고, 거기서 무서운 폭풍이 불어온다고 한다.
133) 일출풍·일몰풍은 해 뜨는 쪽에서 부는 바람(동풍)과 해 지는 쪽에서 부는 바람(서풍)이다.
134) 이하 3행. 아담 부부가 타락하기 전에는 짐승들이 싸움을 몰랐다.

커지는 재앙. 아담은 아주 어두운 그늘에
숨었지만, 일부 그것을 보고서
슬픔에 빠진다. 그러나 심증으론 더욱
불행을 느끼고, 격정의 바다에 흔들리며[135]
슬픈 하소연으로 짐을 덜고자 한다.
 "아, 행복에 뒤따른 비참이여! 이것이
이 영광스러운 신세계의 끝이고, 지금까지
영광의 영광이던 나의 종말인가? 나는 지금
축복에서 저주받고, 하느님의 얼굴로부터 숨는다,
전에는 그를 보는 것이 행복의 극치였던 그분의 얼굴로부터.
그러나 비참히 여기에서
그쳤으면! 이런 보답 받아 마땅하니,
견딜 수밖에. 그러나 이것으론 부족하다.
내가 먹고 마시고, 자식을 낳는 것은 모두
저주의 확장. 아, 일찍이 즐겁게 들었던
'커져라, 번식하라'[136] 하던 그 목소리여,
이제 그걸 듣는 건 죽음! 대체 내가 무엇을
크게 하고 번식케 하랴, 머리 위에는 저주밖에.
세세연년歲歲年年 계속해서 내가 가져다준
재난을 느끼며 내 머리를 저주하지 않을 자
누군가. '더럽혀진 내 조상에게 화 있으라!

---

135) "오직 악인은 능히 인정치 못하고⋯⋯ 요동하는 바다와 같으니라"(〈이사야〉 57장 20절).
136) "하느님이 그들에게 복을 주시며, 그들에게 이르시되, 생육하고 번성하여 땅에 충만하라"(〈창세기〉 1장 28절).

이것은 아담의 덕택이다' 하고. 그 감사는
저주일 것이다. 그러니 내게 머무는
자신의 저주와 내게서 나가는[137] 일체의
저주는 무서운 반동으로 역류해 되돌아온다.
자연의 중심처럼 내게 떨어지리라,
중심에 있으면서도 무겁게.[138] 아, 덧없이 사라진
낙원의 기쁨이여, 값비싸게 영원한 고애苦哀로 산 것!
조물주여, 흙에서 나를 인간으로 만들라고
내가 간청하더이까?[139] 어둠에서 나를 일으켜,
이 즐거운 낙원에 놓으라고 당신에게
원하더이까? 내 뜻이 내 존재에
맞지 않으니, 나를 본래의 흙으로
돌려보냄이 옳고 당연한 일일 것입니다.
내가 받은 일체를 버리고 반환함이
바람직합니다. 내가 바라지도 않은 선善을
지킬 조건이 너무 어려워 이행하기
힘드니, 그것을 상실한 것만으로도 벌은
충분하온데, 어째서 한없는 고애의
의식을 더 주시나이까? 당신의 정의는
이해하기 어렵나이다. 그러나 실은 이렇게
다툼은 이미 늦은 일. 그 조건이 무엇이건,

---

137) 내 자손의.
138) 물리학의 법칙에 의하면, 중력은 중심으로 향하는 것이니, 중심에 이르면 중력이 전혀 없을 텐데도.
139) 제5편 주 114) 참조.

제시되었을 때 어쨌든 거절할 것이었다.
너는[140] 그것을 받아들이고, 선을 향유한 후에
그 조건을 탓하느냐? 그리고 하느님이 너를
네 양해 없이 만들긴 했지만, 가령 네 아들이
배반할 때 힐책받고선, 반박하면 어쩌려느냐.
'그대는 어째서 나를 낳았는가, 원치 않았는데'[141]라고.
너를 경멸하는 이 거만한 변명을
용서하려느냐? 그러나 네가 택한 것이 아니고,
다만 자연의 필요에서 그를 낳은 것이다.
하느님은 자신의 선택으로 너를
만들어 자기 것으로 하여,
자기를 섬기게 하셨다. 너의 보상은
그의 은총에서 나오는 것이니, 너의 처벌도
정당히 그의 뜻에 달려 있다.
좋다, 복종할 것이니. 나는 먼지이니,
먼지로 돌아가라는 그의 심판은 공정하시다.
아, 언제든지 오라, 그 시간! 왜 손이
주저하나, 오늘로 그 명령이 정한 것을
집행하기를. 나는[142] 왜 살아 있어야 하는가?
왜 죽음의 조롱 받으며 죽음 없는 고통을 향해

---

140) 자기 자신에 대해서 하는 말이다.
141) "아비에게 묻기를 네가 무엇을 낳았느냐, 어미에게 묻기를 네가 무엇을 낳으려고 구로劬勞하느냐 하는 자에게 화 있을진저"(《이사야》 45장 10절).
142) 이하 3행. "어찌하여 곤고한 자에게 빛을 주셨으며, 마음이 번뇌한 자에게 생명을 주셨는고. 이러한 자는 죽기를 바라도 오지 아니하니"(《욥기》 3장 20절).

목숨 이어가야 하나? 나는 얼마나 기꺼이[143]
나의 선고인 죽음을 맞이하여 무심한
흙이 되려 하는가! 참으로 기꺼이 어머니
무릎에서처럼 몸 뉘련만! 거기에
안식하고, 편안히 자련다.[144] 이젠 무서운
음성은 더 이상 나의 귀에 울리지 않고,
나와 자손들에 대한 심한 악의 공포를
예상하는 데 괴롭지 않으리라. 그러나 하나의
의심이 나를 따른다—나는 완전히 죽지 않고
저[145] 생명의 맑은 입김, 하느님이 불어넣은
인간의 영이 이 몸인 흙과 더불어
멸하지 않으리라는 것. 그러면 무덤에서,
또는 기타 어떤 음산한 곳에서, 산 죽음을
죽을지 누가 알랴? 아, 사실이라면,
무서운[146] 일이다! 왜? 죄지은 것은 생명의
숨결뿐. 생명과 죄를 갖는 자 그것이 바로
죽는 것 아닌가? 육체에는 본래 그 어느 것도 없다.
그러니 나의 전부가 죽는다. 이것으로
의심 풀자. 그 이상은 인간으로선 알 수 없는 일이니.

---

143) "무덤을 찾아 얻으면 심히 기뻐하고 즐거워하나니"(〈욥기〉 3장 22절).
144) "이제는 내가 편안히 누워서 자고 쉬었을 것이니"(〈욥기〉 3장 13절).
145) 이하 3행은 〈창세기〉 21장 7절 참조.
146) 이하 4행. 영혼만이 생명을 이루고 영혼만이 죄를 짓는다. 육체는 다만 먼지이고 흙이니, 정확히 말해서 생명이 없다. 따라서 죄도 없다. 죽음은 생명의 개념을 전제로 한다. 그러니 죽는 것은 영혼이다. 육체는 본래 생명이 없다. 그러니 영혼도 육체도 전부가 죽는다. 이것이 영원 저주설을 부정하는 이론이다.

만물의[147] 주께서는 무한한 것이지만, 그 노여움도
무한한 것인가? 그럴대도 인간은 그렇지 않다.
죽도록 정해졌다. 어떻게 그가 분노를
한없이 가하랴, 죽음으로 끝날 인간에게.
하느님은[148] 불사不死의 죽음을 만들 수 있나?
그것은 기이한 모순일 뿐.
그것은 하느님 자신에게도
불가능하다고 생각된다. 힘이 아니고
약점의 증명이니. 그가[149] 분노 때문에
벌받는 인간의 유한을 무한으로 연장해
결코 만족을 모르는 자기의 준엄한 규율을
만족시키고자 하나? 그것은 육체와
자연법칙을 초월해 그의 선고를 확장하려는 것.
자연법칙상 모든 요인은 목적물의
한계에 따라서 작용하고, 자체의
힘의 한도까지는 아니다. 그러나 죽음은
내가 상상하는 것처럼 감각을 빼앗는
일격이 아니고, 오늘부터 계속되는,
나의 내부와 외부에서 이미 느끼기 시작한

---

147) 이하 9행. 신은 무한자이기 때문에 무한의 저주가 있을 수 있겠지만, 저주받을 인간은 본래 유한이니, 무한한 저주를 가할 수 없다. 죽음 없는 죽음을 만들어낸다는 것은 개념상 모순이다. 영원 저주설을 부정하는 또 하나의 이론이다.
148) 이하 4행은 〈히브리서〉 6장 18절 참조.
149) 이하 8행. 신이 인간을 벌하는데, 인간의 유한 수용력을 생각지 않고, 자신의 무한만을 표준으로 한다면 자연법칙에 어긋난다. 역시 영원 저주설을 부정하는 이론이다.

끝없는 비참이고, 그리하여 영원히
계속될 것이니—아, 그 공포는 무서운
회전으로 나의 방비 없는 머리에
진동하며 돌아온다! 죽음과 나는
다 같이 영원하고 형체 없다.
그리고 나는 나 혼자가 아니다, 내게서
전 자손은 저주받게 되리라. 좋은 유산을
남겨야만 되겠구나, 아들들이여! 아, 그것을
모두 써버리고, 하나도 안 남길 수 있다면!
그처럼 상속하지 않는다면, 지금 저주받은 나를
너희들 얼마나 축복하리오. 아, 어째서
전 인류가[150] 한 사람의 잘못으로 죄를 받아야 하나?
죄가 없다면! 그러나 내게서 나가는 자들은,
마음도 의지도 모두 부패해 나와 같은 짓을
할 뿐 아니라, 나와 같이 마음먹은 자들이 아니고
무엇이랴? 그러니 어떻게 그들이 용서받고
하느님 앞에 서랴? 결국 나는 그에 대한
원한을 풀지 않을 수 없다. 나의 헛된 회피와
이론은 사연이 많지만, 결국은 나를
정죄定罪로 이끌 뿐이다. 처음부터 끝까지
오로지 나에게, 모든 부패의 근원이며 원천인 나에게만,
일체의 죄가 내림이 지당하다.

---

150) 이하 5행은 〈로마서〉 5장 12절 참조.

하느님의 노여움도 그러할지다! 어리석은 소원!
그 짐을 지탱할 수 있겠느냐, 견디기가 지구보다
무겁고 그 '악녀'와 나눈다 해도 온 세계보다
더욱 무거운 것을. 이렇게 네가 바라는 것과
두려워하는 것은 한결같이 모두 피난의
희망을 꺾고, 너를 과거에도 미래에도
유례없는 불행한 자로 만들어버린다.
다만 사탄과 유사한 것은 죄와 형벌뿐.
아, 양심이여! 어떤 공포와 전율의
심연으로 나를 몰아넣느냐, 빠져나갈
길 없구나, 더 깊이 빠져들 뿐!"

  이렇게 아담은 고요한 밤에 혼자 소리 높이 한탄한다.
인간이 타락한 지금은
상쾌하고 서늘하고 온화하지 않고, 검은 공기는
습기와 무서운 암흑을 동반하고 있다.
이 어둠이 그의 양심의 가책에 만물을
이중의 공포로 나타내 보인다. 그는 땅에,
싸늘한 땅에 몸을 뻗고 누워서 가끔
자기가 창조된 것을 저주하고,[151] 그가 배반한 날에
선고된 죽음의 집행이 더딤을
가끔 저주한다. "왜 죽음은 안 오느냐.
당연히 받아야 할 일격으로 이 목숨

---

151) 〈욥기〉 10장 18~19절 참조.

끊으려는데. '진리'는 약속을 안 지키고,
하느님의 '정의'는 의義를 서둘지 않으려는가?
그러나 '죽음'은 불러도 안 오고, 하느님의 '의'는
기도하고 외쳐도 더딘 걸음을 서두르지 않는다.
아, 숲이여, 샘이여, 언덕이여,
골짜기여, 나무 그늘이여!
내가 앞서 가르쳤지, 너희 그늘에 다른 메아리로
반응하고, 아주 다른 노래로 응답하도록."
이렇게 괴로워하는 그를, 쓸쓸히 따로
앉아 있던 슬픈 이브가 보고서 가까이 와,
상냥한 말로 그의 격정을 달래려 했지만,
그는 엄한 눈초리로 그녀를 배척하며 말한다.
 "내 앞에서 사라져라, 너 뱀! 그 이름이
너에게 적절하다. 그것과 한패인, 역시
거짓되고 증오스러운 것. 불행히도 네 모양이
뱀 같지 않고, 색도 같지 않으니, 마음속의
간계를 나타내어, 이후 다른 생물로 하여금 너를
경계하도록 할 수 없겠구나,
그 하늘의 형상은
지옥의 거짓을 숨기고 유혹함 직하구나. 너 아니면,
나는 행복했을 것이다. 너의 자부심과
헛된 허영심이, 지극히 불안한 시기에,
내 경고를 마다하고, 믿을 수 없는 것을
깔보고 비록 악마 앞에라도, 유혹을
자부하는 그것 앞에라도 나서고 싶어 하지만

않았더라면. 그러나 뱀을 만나서 속아 넘어갔다.
너는 그에게, 나는 너에게.
나는 너를 현명하고, 확실하고, 성숙하고,
어떤 유혹에도
견뎌낼 수 있다고 믿고서,
내 곁에서 떨어져 있게 했다.
모든 것은 진실한 덕이라기보다 외관에
불과하며, 모든 것은 내게서 취한 본래
구부러진—지금 보다시피 불길한 쪽으로[152]
구부러진—늑골에 불과함을 깨닫지 못했다.
내 늑골의 정해진 수 이상이어서 내던졌던 것이라면[153]
아아, 어째서 하느님은,
지고한 하늘에 남신男神을 거주케 하시는
지혜로운 창조주는, 드디어 지상에
이 신기한 것, 이 아름다운 자연의 흠[154]을
창조했고, 이 세계를 여자 없이 천사 같은
남자로만 가득 채우지 않으셨던고?
혹은 인류를 생산하는 다른 방도를
어찌 발견치 못했던가? 그랬다면 이 재난도, 그리고
여성의 유혹과 여자와의 긴밀한 교합으로

---

152) 아담의 왼쪽에서 떼어낸 늑골로 이브를 만들었다. '왼쪽'과 '불길'을 서로 통하는 의미로 썼다.
153) 전설에 의하면 아담은 창조 당시 왼쪽에 늑골이 열세 개 있었고, 가외의 늑골로 이브가 만들어졌다고 한다.
154) 아리스토텔레스가 여성을 이렇게 불렀다고 한다. 낡은 여성관을 대표한다.

지상에 일어나는 무수한 혼란은
일어나지 않았을 텐데. 남자는
불행이나 과오를 저에게 가져오는 자
이외에 적합한 짝을 찾지 못하고,
또는 그가 지극히 희망하는 여자는
완강해 얻을 수 없고, 훨씬 못한 자가 그녀를
차지하고, 혹은 그녀를 사랑한다 해도
부모에게[155] 방해당하고, 또는 극히 행복한 자를
선택하여 만난다 해도 이미 늦어서 저의 증오요
수치인, 잔인한 적과 혼인의 연분을 맺는다.
이리하여 인생의 한없는 재난을
일으키고, 가정의 평화를 깨뜨린다."
　말을 잇지 않고 그녀에게서 돌아서지만,
이브는 그다지 실망 않고,
끝없이 눈물 흘리며
흐트러진 머리로, 그의 발치에
공손히 엎드려, 그 발을 그러안고 평화를
구하며 슬프게 이렇게 말한다.
　"나를 버리지 마십시오, 아담!
살피십시오, 하늘이여,
임 위하여 내 가슴에 얼마나 진실한 사랑과 존경을

---

155) 이하 3행. 밀턴이 수차 결혼에 실패한 자신의 경험을 토로한 것으로 보기도 한다. 밀턴은 첫 부인에게 배신당하고 데이비스라는 여자에게 관심을 가졌는데, 그 여자는 이미 다른 사람에게 애정을 쏟고 있었다고 한다.

품었던고. 그러나 불행히도 기만당해
부지중에 죄 범했음을 살피십시오!
임의 애원자로서
임의 무릎을 껴안고 비나니, 계속 베푸십시오.
내 목숨인 임의 상냥한 눈초리와 도움과
나의 다시없는 힘이고 의지인,
이 극한 슬픔에서의 임의 조언을, 그대에게
버림받고서야 어디에 몸을 의지하고 살아나가리까?
우리 사는 동안은 아마 짧은 한때일 것입니다.
두 사람 사이에 평화 있게 하십시오.
손해도 같이 받았으니 원한도 함께하십시오.
운명에 의해서 우리들에게 지정된 적,
저 사악한 뱀에 대항하십시오. 일어난
이 재앙 때문에 증오를 내게 가하지 마십시오.
이미 타락해버린 나에게, 임보다 더
불행한 나에게. 둘이 다 죄지었지만, 당신은
하느님에 대해서만, 나는 하느님과 당신에게.
그러니 심판의 자리에 돌아가면
울부짖으며 하늘에 졸라대리라. 선고는 모두
임의 머리에서 떠나, 재난의
둘도 없는 원인인 이 나에게, 그분의 분노의
올바른 대상인 나에게만 내리도록."
　울면서 말을 그친다. 그 겸손한 태도,
죄를 자인하고 슬퍼하며 평화를 찾을 때까지
변함없을 그녀의 겸허한 태도에 아담은

연민의 정이 인다. 곧 그녀에 대한 그의
마음 누그러진다. 아까까지 제 생명이며 유일한
기쁨이었고, 이제 발아래에 엎드려 슬퍼하는,
앞서는 불쾌했지만, 이제 저의 화해와
조언과 원조를 구하는 이 고운 것에 대해
무장 푼 사람처럼 노여움 모두 잊고,
부드러운 말로 곧 그녀를 격려한다.
 "모든 벌이 자신에게 내리기를 바람은
전과 같이 지금도 부주의하고, 자기가
모르는 일을 굳이 바람이다. 아!
우선 제 몫이나 책임져라. 그대 신이 내리는 벌을
느끼는 것 그 일부일 뿐 노염을 전부 감당할 수 없다,
내 불쾌함조차 견디지 못하면서. 만일 기도로
높은 신의 뜻을 변경할 수 있다면, 내가
먼저 그곳에 달려가 드높이 외치리라.
모든 벌이 내 머리 위에 내리고, 내게
맡겨져서, 나 때문에 위험 앞에 나섰던
약한 그대를, 남자보다 약한 그대를[156] 용서하라고.
그러니 일어나라. 이제 그만 다투고 서로
책망 말자. 책망받을 만한 곳[157]은 다른 곳이니,
사랑의 과업에나 힘쓰자. 어떻게 해서 서로가
재난을 분담해 서로의 짐을 가볍게 할 것인가 하고.

---

156) "너희 아내와 동거하고 저는 더 연약한 그릇이요"(《베드로 전서》 3장 7절).
157) 그들이 심판받는 곳, 즉 하늘.

이날 선고된 죽음은 내가 알고 있는 한,
갑자기 오지 않는, 느린 걸음의 재난,[158]
오랜 시일의 죽음일 것이다. 우리의 고통을 증대하고
우리의 자손(아, 불행한 자손!)에게까지 미치리라."
    이브는 기운을 회복해 대답한다.
"아담이여, 슬픈 경험으로 나는 아옵니다,
내 말이 임에겐 얼마나 가볍게 들렸을까를.
너무나 큰 과오였으니 그 결과인
불행은 당연한 일입니다.
그럼에도 불구하고,
죄 많으나, 임에 의해 새로이 용납되어
재기하니, 내 마음의 유일한 만족인
임의 사랑을 회복할 희망에 가득 차,
죽거나 살거나 내 불안한 가슴에 이는
생각을 모두 임께 숨기지 않겠나이다.
다소라도 우리의 곤경을 제거하고, 또는
비록 가혹하고 슬프나 이런 재앙에 있어서도
견디기 쉽고, 택하기 쉬운 결말이 될까 하여.
만일 우리가 자손을 염려해 마음이 괴로우면,
고애받으러 태어나 결국 죽음에
먹혀버리는 그들을, 아직 생기지 않은 불행한
그 족속을 수태에 앞서

---

158) 죽음은 그들에게 당장 오지 않았다. 하느님은 그것을 연기해 인간이 죽음에 못지않은 고통을 받게 한 것이다.

낳지 못하게 함[159]은 임의 힘으로 가능합니다.
비참하도다, 제가
낳는 다른 자들에게 불행의 원인이
되고, 이 저주의 세계에 제 허리에서
고애의 족속을 낳아, 비참한 생애
끝난 후에 결국에 가서는 이런 악한
괴물의 밥이 되나니.
임에게 아이 없으시니, 아이 없이 있으십시다.
그러면 죽음은 포식을 허탕 치고 우리 둘로
굶주린 배를 채울 수밖에 없으리다.
그러나[160] 얘기하고, 쳐다보고, 사랑하면서
사랑의 정착인, 부부의 달콤한 포옹을
억제하고, 가망 없는 소원을 애태우며,
같은 소원으로 애태우는 눈앞의 상대자
앞에 있기가 괴롭고 어렵다고 만일
생각하시면―그것은 우리가 두려워하는
어떤 것에 못지않은 불행이고 고통이니,
그때는 우리 자신과 후손을 모두 즉시
두려움의 원인으로부터 해방하기 위해
당장 '죽음'을 찾을 것이며, 찾지 못하면,
우리 스스로의 손으로 자신에게 죽음의 임무를 수행하십시다.
왜 우리는 언제까지나 죽음 이외엔 끝이 없는

---

159) 산아 제한 사상의 시초라고 볼 수 있겠다.
160) 이하 15행은 밀턴의 자살론.

공포에 떨며 서 있는 것일까, 많은 죽음의
길 중에서 짧은 길을 택해
파멸로 파멸을 깨뜨릴 힘 있는데."
　그녀는 여기서 말을 그친다. 아니, 심각한 절망으로
나머지를 잇지 못해 중단한다. 너무나 죽음의
생각에 골똘하니 뺨이 창백하다.
그러나 아담은 이런 권유에 흔들리지 않고,
한층 주의 깊은 마음을 애써 일으키어
더 밝은 희망을 지니고 이브에게 대답한다.
　"이브여,[161] 그대의 생과 쾌락에 대한 멸시는
그대가 멸시하는 것보다 훨씬 숭고하고
훌륭한 것이 그대 맘에 있음을 증명하는 것 같다.
그러나 그 때문에 자멸을 바란다는 것은 마음속에 있는
훌륭한 생각을 헛되이 하고, 경멸이 아니라
지나치게 향락한 그 생과 쾌락의 상실 때문에
몸부림치며 후회함을 의미하는 것.
그리고 만일 그대가 죽음을 재난의 종말로서
갈망하고, 그리하여 선고된 벌을 피하고자
생각한다면, 하느님은 그렇게 앞지름당하느니
더 현명하게 보복의 노여움으로 무장할 것이
틀림없다. 더욱 내가 두려워하는 것은
그렇게 강탈한 죽음은 정죄로써 갚아야 하는

---

[161] 이하 14행. 산아 제한이나 자살이 모두 하느님의 명령에 거역하는 행위이므로, 그것으로 죄가 구제되지 않음을 아담은 이브에게 납득시킨다.

고통에서 우리를 해방하지 않으리라는 것이다.
오히려 이런 반역적 행위는 지존자를 성나게 하고
죽음을 우리들 속에 살릴 것이다. 그러니
좀 안전한 결의를 다지자. 나는 그것이
보이는 듯싶다, 그대의 씨가 뱀의 머리를
상해하리라는 선고의 일부를 유의해
상기할 때. 가련하게 손해를 물어주는 것이다! 이것이,
내가 추측하는 대로 우리의 대적, 뱀이고
우리에게 이런 기만을 꾀한 사탄을
의미하는 게 아니라면. 그 머리를 깨치는 것이
과연 복수일 것이다―그러나 그대 제안대로
우리가 자살이나, 또는 자식 없는 생을
택하면 복수는 상실될 것이고, 우리의 적은
정죄된 벌을 면하고, 그 대신 우리가
머리 위에 이중으로 벌을 받게 된다.
그러니 이젠 스스로에 대한 가해와
고의로 불임하는 것을 말하지 마라.
그것은 우리들을 희망에서 차단하고, 다만
원한과 오만, 초조와 모멸, 그리고
하느님에 대한 저항, 또는 우리가 짊어진
의義의 멍에에 대한
반항을 표시하는 것뿐이다. 기억해라, 얼마나
온화하고 은혜로운 기색으로 하느님께서 들으시고
노여움도 책망도 없이 심판하셨는가를. 우리는
즉각적 파멸을 예기하고, 그것이 곧

죽음이라고 생각했는데. 그런데 보아라!
그대에게[162] 예고된 것은 다만 잉태와
출산의 고통뿐이고, 그것은 즉시 태胎 중의
기쁨의 열매로 보상된다. 나에게의[163] 저주는
나를 빗나가 땅에 내렸다. 수고하여
양식을 얻어야 한다. 무슨 해랴? 나태는 더 나쁘다.
나의 노동으로 나는 지탱할 것이다. 추위와 더위의
해를 입지 않도록, 하느님은 때맞게, 마음 쓰셔서
원하지 않았어도 준비하셨고, 그 손은
가치 없는 우리에게 옷 입혀주셨다,
심판하면서 연민을 느끼시어.
만일 우리가 기도하면 그 귀는
더욱 열리고, 그다음엔 더욱 연민으로 기울어,
어떻게 하면 가혹한 계절, 비 · 얼음,
우박 · 눈을 피할 것인가를 가르치시리라!
하늘은 이미 면모를 바꾸어 이 산에
모습을 나타내기 시작해 바람 습하고
매섭게 불며, 이 아름드리 우거진 나무들이
우아한 머리채를 뒤흔든다. 그리하여 우리는
마비된 사지를 편히 하기 위해 부득이 더 나은
집과 더 나은 온기를 찾아야 하고

---

162) 이하 3행. 〈요한〉 16장 21절 참조.
163) 이하 2행. 아담에 대한 저주는, 그 자신에게가 아니라 직접 땅에 대한 저주로서 내렸다.

이 낮별[164]이 꺼져서 밤을 차게 하기 전에 집중된 광선을
반사시켜 마른 물건에 불을 일으키거나
또는 두 물체를 충돌시켜 공기를 마찰해
불을 일으키는 법을 알아내야 한다. 마치[165] 요새
구름이 비벼대고, 바람에 밀려 무섭게 충돌하여,
경사진 전광[166]을 일으키면, 극 비낀 불길이 쫓겨 내려와
전나무나 소나무의 진 많은 껍질을 태우고,
상쾌한 열을, 일광을 보충하듯이 멀리에서 보낸다.
이런 불의 사용과,
기타 우리 스스로 그릇되게 행동해 일으킨
재난의 구제나 치료법이 무엇인가를
그는 기도하며 은총 구하는 우리에게
가르치시리라. 그러면 우리는 두려워할 것 없이
하느님이 주시는 많은 위안에 힘 얻어
이 생을 편안히 보내고, 드디어 우리는
최후의 안식처이고 고향인 흙으로 돌아가리라.
하느님이 우리를 심판하신 곳으로 돌아가 그 앞에
공손히 엎드려 겸허하게 우리의 죄를
참회하고, 용서를 빌고, 거짓 없는
슬픔과 온유한 겸손의 표상으로,
뉘우치는 마음에서 우러나오는 눈물로

---

164) 태양.
165) 이하 5행. 원소의 변화에 대한 언급.
166) 지상의 불의 기원은 천둥과 번개에서 온 것이라는 루크레티우스의 설.

땅을 적시고 한숨으로 하늘을 메우는
도리밖에 무슨 더 나은 길이 있으리오?
의심할 여지 없이 하느님은 마음 풀고 상한 마음
돌리시리라. 평온한 모습에
노여움 극하여 아주 엄하게 보이실 때도,
빛나는 것은 은총·은혜·자비 이외에 무엇이었던가!"
   회개한 우리의 시조始祖 이렇게 말하고,
이브도 역시 뉘우친다. 즉시 그들은
심판받은 장소로 돌아가 공손히 하느님 앞에
엎드려, 함께 저희의 죄를 겸손히
고백하고 용서를 빌며, 거짓 없는
슬픔과 온유한 겸손의 징표로
뉘우치는 가슴에서 우러나오는 눈물로
땅을 적시고, 한숨으로 하늘을 메운다.

제11편

하느님의 아들은 이제 뉘우치고 있는 인간의 시조의 기도를 성부에게 바치고, 그들을 위해 중재한다. 하느님은 그것을 용납하나 그들이 더 이상 낙원에 살아서는 안 된다고 선언한다. 그들을 추방하기 위해, 그리고 그보다 우선 아담에게 미래의 일을 계시하기 위해 케룸 천사단을 거느린 미카엘을 파견한다. 미카엘이 내려올 때 아담은 이브에게 어떤 불길한 징조를 보인다. 그는 미카엘의 접근을 알아차리고 맞이하러 나간다. 천사는 그들의 퇴거를 선언한다. 이브는 비탄한다. 아담은 애원하나 복종한다. 천사는 그를 높은 산으로 데리고 올라간다. '대홍수'까지 일어날 일을 그 앞에서 환영으로 보여준다.

♦

　이렇게 두 사람은 지극히 겸손한 자세로 엎드려
회개하며 계속 기도했다. 위로 자비의 자리[1]에서
회개로 이끄는 은혜 내려 그들의

마음에서 돌[2]을 제거하고, 대신 새로운 갱생의

육肉을 자라게 하니, 기도의[3] 영이

불어넣은 탄식은 이제 말할 수 없이

퍼져 하늘로 날아간다, 소리 높은

웅변보다 빨리. 그러나 그들의 태도는

천한 애원자 같지 않고, 그들의 청원의

장중함은[4] 옛이야기에 나오는 옛날의 부부,

그러나 이 두 사람보다는 오래지 않은,

듀칼리온과 순결한 피라가 물에 빠진

인류를 되살리려고 테미스의 사당에

참배했을 때보다 더하다. 그들의 기도는

하늘로 날아 질투의 바람에 이리저리

헛되이 끌려다녀도 길 잃지 않고,[5] 형체 없이

하늘 문을[6] 통과해 들어간다. 그다음에 황금 제단의

훈향 풍기는 곳, 대大중재자에게 이끌려 향내

---

1) 하늘에 있는 하느님의 성좌.
2) 악의 비유. "내가 그들에게 일치한 마음을 주고 그 속에 새 신을 주며, 그 몸에서 굳은 마음(돌의 마음)을 제하고"(《에스겔》 11장 19절).
3) 이하 2행. "우리가 마땅히 빌 바를 알지 못하나, 오직 성령이 말할 수 없는 탄식으로 우리를 위하여 친히 간구하시느니라"(《로마서》 8장 26절).
4) 이하 5행. 그리스 신화에서 프로메테우스의 아들인 듀칼리온과 그의 처 피라는 공경하는 마음이 두터워 제우스가 타락한 인류를 9일간 대홍수로 죽였을 때도 이 두 사람만은 구제했다. 그들은 배를 저어 재난을 면했는데, 그 배가 파르나소스 산에 도착했으므로, 인류의 회복을 염려해 테미스의 사당에 기원했다.
5) 147쪽 6~9행 참조.
6) 이하 4행. "또 다른 천사가 와서 제단 곁에 서서 금향로를 가지고 많은 향을 받았으니, 이는 모든 성도의 기도들과 합하여 보좌 앞 금단에 드리고자 함이라. 향연이 성도의 기도와 함께 천사의 손으로부터 하느님 앞으로 올라가는지라"(《요한 계시록》 8장 3~4절).

담뿍 받으며 성부聖父의 보좌 앞에
나타난다. 성자聖子는 기쁜 마음으로 그들을
보여드리며 이렇게 중재를 시작한다.

"아버지시여, 보소서, 당신이 인간에게
심으신 은총에서 최초로 지상에 맺은 이 열매—
이 탄식과 기도를. 그것을 이 황금 향로 속
향내와 섞어, 당신의 사제인 내가 성전에
바치나이다. 회개로써 마음에 심은 당신 씨앗의
열매이니 상쾌한 그 향기는 오히려,
순진으로부터 타락하기 이전에 인간의 손으로
가꾸어, 낙원의 모든 나무에서 생산한
과실보다 낫나이다. 그러니 이 애원에
귀 기울이시고, 소리 없는 탄식을 들으소서.
기도하는 말이 능숙하지 못하오면, 내가
그의 대변자로서, 화해자로서[7]
그를 대신해 말을 옮기겠나이다. 좋은[8] 것 궂은 것
그의 일 모두를 내게 맡기시고, 나의 공로로 선을
완성시키고, 나의 죽음으로 그것을 보상하게 하소서.
나를 용납하시고, 나를 통해 이들에게서
평화의 향내를 용납하소서. 그를 살게 하소서.
당신 앞에 화해하여 적어도 그의 생애가

---

7) "만일 누가 죄를 범하면 아버지 앞에서 우리에게 대언자가 있으니 곧 의로우신 예수 그리스도시라. 저는 우리 죄를 위한 화목 제물이니, 우리만 위할 뿐 아니요 온 세상의 죄를 위하심이라"(〈요한 1서〉 2장 1~2절).
8) 134쪽 9행~135쪽 3행 참조.

슬프더라도 살게 하시고, 그의 정죄인 죽음이(그것의
취소가 아니라 완화를 위해 이렇게 탄원하나이다)
더 나은 생으로 그를 옮겨서, 나와 함께
속죄자들 모두 기쁨과 축복 속에 살고,
나와 당신 하나이듯, 나와 하나 될 때까지."[9)]

   그에게 성부는 밝은 표정으로 명랑하게 말씀하신다.
"거룩한 아들이여, 인간 위한 너의 청원은
모두 이루어지리라. 너의 청원은 모두 나의 섭리.
그러나 이 이상 저 낙원에 사는 것은
내가 자연에 준 율법으로 금하는 바이다.
조악하고, 더러운 부조화의 혼잡을 모르는
저 순결한 불멸의 원소들은 이제
오염된 그를 내뱉고,[10)] 조악한
질병이라 하여 역시 조악한 공기에
죽음의 밥 되도록 그를 내쫓는다.
비로소 만물을 교란하고
썩지 않는 것을 썩게 한 죄로 인해
파멸당하도록. 나는 처음에 두 가지 좋은
선물을 주어 그를 창조했다— 행복과
불멸. 전자는 어리석게도 상실되고
후자는 다만 고애를 영속시키는 데 도움 될 뿐,

---

9) "아버지께서 내 안에, 내가 아버지 안에 있는 것같이, 저희도 다 하나가 되어 우리 안에 있게 하사"(〈요한〉 17장 21절).
10) "그 땅도 스스로 그 거민居民을 토하여 내느니라"(〈레위기〉 18장 25절).

내가 죽음을 마련할 때까지. 이리하여 '죽음'[11]은
최후의 구제책이 되고, 가혹한 고난 속에
시련 겪으며, 신앙과 믿음 깊은 과업에 의해
단련 겪은 생애를 마친 뒤에 의로운 자의
부활에 눈뜬 그를, 새로워진 천지와 함께
제2의 생에 이르게 하리라. 그러나
하늘의 광대한 영역에 걸쳐 축복받는 자들을
모두 회의에 부르자. 그들에게 내 심판이
인류를 어떻게 처리하는가를 보여주련다.
이미 그들은 죄지은 천사를 처리하는 것을 보고서
그 지위를, 확고하지만 더 확고히 했느니라."
　말 끝나자, 성자는 감시하는 빛나는
시신侍神에게 신호 내린다. 그는 나팔을 분다.
그 소리는 아마 후에 하느님이 강림하실 때
오렙에서 듣거나,[12] 또는 전체 심판 때[13]
다시 한 번 울리리라. 천사의 나팔 소리
방방곡곡에 퍼진다. 아마란트[14]의 그늘인
축복의 정자, 분수, 또는 샘,

---

11) "지금 이후로 주 안에서 죽는 자들은 복이 있도다…… 저희 수고를 그치고 쉬리니, 이는 저희 행한 일이 따름이라"(《요한 계시록》 14장 13절).
12) "나팔 소리가 심히 크니 진중 모든 백성이 다 떨더라"(《출애굽기》 19장 16절). 시나이 산에서 모세 십계명이 있기 전에 들린 나팔 소리.
13) 최후의 심판 때의 나팔 소리. "주께서 호령과 천사장의 소리와 하느님의 나팔로 친히 하늘로 좇아 강림하시리니"(《데살로니가 전서》 4장 16절).
14) 138쪽 9~15행 참조.

생명의 물가,[15] 도처 그들이 기쁨을
나누며 앉은 곳으로부터, 빛의 아들들
급히 높으신 부름에 응해 와서
각기 자리에 앉는다. 이윽고 전능자는
지존의 자리에서 높으신 뜻을 선언하신다.
 "아, 아들이여, 인간은 그 금단의 열매를
맛본 이래 우리들의 일원처럼
선악을 알게 됐다. 그러나 그들은 잃은 선과
얻은 악의 지식을[16] 뽐내고 있을 뿐.
만일 선善 자체만 알고, 악은 전혀 모르는
것으로 족했더라면 더 행복했을 것을.
그는 지금 슬퍼하고, 뉘우치고, 회개하며
기도한다. 내가 촉진한 것이다. 그친 후에
혼자 남으면, 그 마음이 변하기 쉽고,
공허할 줄로 아노라. 그러니 이제 한층 대담해진[17]
그 손을 생명의 나무에도 뻗쳐서 따 먹고,
영원히 살지 못하도록, 적어도 영원히 산다고
망상하지 못하도록 나는 그를 제거해
낙원에서 내보내어, 그가 본래 나온 땅,
적합한 흙으로 돌아갈 것을 명령하노라.

---

15) "어린 양이 저희의 목자가 되사 생명수 샘으로 인도하시고"(《요한 계시록》 7장 17절).
16) "여호와 하느님이 가라사대, 보라 이 사람이 선악을 아는 일에 우리 중 하나같이 되었으니"(《창세기》 3장 22절).
17) 《창세기》 3장 22~23절 참조.

미카엘[18]이 나의 명을 받들어라.
케룹 천사들 중에서 불 뿜는 전사戰士의
선발군을 이끌고, 악마가 인간을 대신하거나
또는 빈 영토를 침범하기 위해
새로운 소동 일으키지 않도록 지켜라.
너, 서둘러서 신의 낙원으로부터
죄지은 부부를 가차 없이 내쫓아라,
성스러운 땅에서 성스럽지 못한 자들을. 그들과
그들의 자손에게, 이로부터 영원한 추방을
선언해라. 그러나 엄중히 내리는
슬픈 선고에 그들이 낙심하지 않도록[19]
(그들이 나약해져 눈물 흘리며 그 죄를
한탄하니) 모든 공포를 숨겨라.
만일 그대의 명령에 참고 복종하거든,
위안이 없지 않을 수 없다. 아담에게
미래에 일어날 일을, 내가 그대에게
밝힌 대로 보여주고, 그 여자의 자손에게
다시 주는 내 약속을 함께 알게 해라.
이렇게 슬프면서도 평온하게 내보내라.
그리고[20] 동산 동쪽, 에덴으로부터
가장 올라오기 쉬운 입구에

---

18) 제6편 주 12) 참조.
19) "아비들아 너희 자녀를 격노케 하지 말지니 낙심할까 함이라"(〈골로새서〉 3장 21절).
20) 이하 5행. "하느님이 그 사람을 쫓아내시고, 에덴동산 동편에 그룹(케룹)들과 두루 도는 화염검을 두어, 생명나무의 길을 지키게 하시니라"(〈창세기〉 3장 24절).

감시 천사의 널리 번쩍이는 칼의
화염을 놓아 멀리 일체의 접근을 위협하고,
생명의 나무로 가는 길을 지켜라.
그러지 않으면, 낙원은 악령들의 소굴이 되고
나의 나무들은 모두 그들의 밥이 되어,
열매 훔쳐서 재차 인간을 속일지도 모르니."
   그 말씀 끝내자, 대천사는 신속히
하강을 준비한다, 잠시 빈틈없는 천사의
빛나는 한 무리를 거느리고. 두[21] 얼굴의
야누스[22]처럼 각자 네 얼굴을 가졌고, 온몸엔
아르고스[23]의 눈보다 더 많은 눈들이
번쩍인다. 아르카디아의 피리[24]인 헤르메스의
목자가 부는 피리나 그의 최면 지팡이[25]의
마술에도 졸지 않고 방심 않는 그 눈들. 그러는 동안
거룩한 빛으로 다시 세계를 축복하려고
레우코데아[26]는 눈뜨고, 신선한 이슬로 땅을

---

21) 이하 4행. 천사가 네 얼굴과 많은 눈을 가진 데 대해서는 〈에스겔〉 1장 10절 참조.
22) 얼굴이 둘 있는 로마의 신. 문의 신이라 한다.
23) '파놉테스'(만물을 보는 자)라는 별명을 가진, 눈이 백 개인 괴물. 헤라의 명으로 이오를 감시했는데, 헤르메스가 제우스의 명령으로 신묘한 음악으로 잠들게 해, 결국 죽었다.
24) 헤르메스가 아르고스에게 마력을 가할 때 사용한 피리. 목신에게 쫓긴 시링크스가 변형된 갈대로 만들어졌다고 한다. 목신이 출생한 곳도 피리를 만든 곳도 '아르카디아'이기 때문에, "아르카디아의 피리"라고 했다. 아르카디아는 목자들의 이상지이다.
25) 헤르메스가 휴대하는 올리브 나무의 지팡이. 두 마리의 뱀이 휘감겨 있고, 누구든지 잠들게 할 수 있다. 헤르메스는 우선 노래로 아르고스를 잠들게 하고 나서, 이 지팡이로 그의 눈을 쳐서 더 깊이 잠들게 했다.
26) 그리스 여신. 로마인들은 이 여신을 새벽의 여신 마투아와 동일시했다.

향기롭게 한다. 아담과 최초의 부인 이브는
이제 기도를 마치고, 힘이 위로부터
가해짐을 안다. 그것은 절망에서 솟아 나오는
새로운 희망과 환희, 그러나 아직 공포 가시지 않은 채이다.
그것을 이브에게 기쁜 말로 되풀이한다.
　"이브여, 우리가 향유하는 선은 모두 하늘에서
내린다고 신앙은 주저 없이 인정한다.
그러나 우리에게 하늘로 올라가
더없는 행복의 높은 신의 마음에 관여해
그 뜻을 기울일 만한 힘이
있다고는 믿기 어렵다. 그러나 바로 기도,
인간이 호흡하는 짧은 숨결이
하느님의 성좌에까지
올라가 이것이 이루어질 것이다. 까닭인즉
노한 하느님을 달래려고
무릎 꿇고 기도하고 성전에 온 마음을 겸허히 가진 이래
하느님께서 너그럽고 온유하게 귀 기울이심을
본 듯하고, 호의로 들어주신다는
신념이 내게 일어나고, 평화는 내 가슴에,
그리고 그대의 씨앗이 우리의 적을
상해할 것이란 성스러운 약속이 내 기억에 돌아왔으니.
먼저는 놀라서 생각 안 났지만, 이제
죽음의 고통이 가시고 우리가 살게 될 것을[27]

---

[27] "아각이 즐거이 오며 가로되 진실로 사망의 괴로움이 지났도다"(〈사무엘 상〉 15장 32절).

우리는 확신한다. 그러니 그대 행복할진저!
정당하게[28] 불러, 이브, 인류의 어머니,
온갖 생명의 어머니로다. 그대에 의해
인간이 살고, 만물이 인간을 위해 살 것이니."
 이브는 슬프나 온유한 태도로 말한다.
"죄인인 나에게 그런 이름 붙이는 건
가당치 않나이다. 임에게 내조자로 정해지고,
임의 덫이 된 나. 나에겐 차라리
힐책과 불신과 모든 비방이 어울리나이다.
그러나 심판자의 용서는 무한하시어,
최초로 만물에 죽음을 초래한 나에게 생의
원천의 은총 내리시고, 임께선 은혜로우사
아주 다른 이름 마땅한 나를 이렇게
고귀한 이름으로 불러주시옵니다. 그러나 들은
지금 땀 흘려 수고하라고 우리를 부르옵니다,
잠 못 이룬 밤 다음이긴 하지만. 보십시오,
아침은 우리의 불안에 상관없이 미소하며
장밋빛 걸음 옮기기 시작하옵니다. 나가십시다,
나는 앞으론 결코 임의 곁을 떠나지 않겠나이다.
우리의 낮 일터 어디든, 이젠 해 질 때까지
애써 일하도록 정해진 몸. 여기에 사는 한,
이 즐거운 행로에 무슨 고생 있으리오?

---

28) 이하 2행. "아담이 그 아내를 이브라 이름 하였으니 그는 모든 산 자의 어머니가 됨이더라"(《창세기》 3장 20절). '이브'는 생명을 의미한다.

여기서 사십시다. 타락했으나, 만족스럽게."
　극히 겸손한 이브는 이렇게 말하고 소원했다. 그러나
운명은 승낙하지 않는다. '자연'이 우선 새와 짐승과
하늘에 맡겨 징조를 보인다―아침이 잠시
붉어진 후에 갑자기 대기는 어두워진다.[29] 바로
가까이 제우스의 새[30]가 하늘을 돌다 아래를 노리며
깃 고운 두 마리의 새[31]를 쫓는다.
언덕으로부터는 최초의 사냥꾼, 숲을
통치하는 짐승[32]이 온순한 암수를 쫓는다,
숲 속에서 가장 아름다운 암사슴과 수사슴[33]을.
동쪽 문[34]으로 곧장 그것들 달아난다.
아담은 눈치채고, 눈으로 그 쫓기는 것들을
바라보며 이브에게 말한다.
　"아, 이브여 어떤 변화가 임박했음을,
하늘은 그 목적의 선행자先行者인 말없는
자연의 징조로 나타내 보이고, 우리가 며칠
죽음이 면제되었다 해서 형벌을
벗어난 것으로 너무 안심하는 것을
경고하는 듯하다. 언제까지 살며,

---

29) 일식이나 월식은 흉조이다.
30) 독수리. 독수리는 제우스의 상징이다.
31) 아담 부부를 암시한다.
32) 사자.
33) 역시 아담 부부를 암시한다.
34) 193쪽 1~6행 참조.

그동안은 어떤 생활일지,
또는 우리는 흙이고, 흙으로 돌아가면
그것으로 끝이라는 것, 그 이상을 누가 알랴?
그렇지 않다면[35] 어째서 같은 시간에
같은 방향으로 하늘에서 땅에서 쫓기고 도망치는
이 암수의 것들이 눈에 보이겠는가? 어째서
동쪽에 한낮 되기도 전에 어둠 있고, 또한 저쪽
서녘 구름에 한층 빛나는 아침 광선이 있는가.
그것이 창궁에 찬란한 흰 줄 그으며
서서히 내려온다, 하늘의 무엇인가를 싣고서."
　그 말 틀림없다. 지금 하늘의 대열들이
백옥의 하늘에서 막
낙원에 내려와 언덕 위에서 멎는다.
영광스러운 출현이여, 만일 의심과 육체의
공포가 그날 아담의 눈을 흐리지 않았던들.
천사들이[36] 마하나임에서 야곱을 만났을 때
들에는 그의 빛나는 수호자들로 천막 쳐졌음을
야곱이 보았을 때도, 그 영광 이보다 더하지 않았다.
또는[37] 불의 진영으로 뒤덮인 도단의

---

35) 하늘이 인류에게 가하는 형벌을 선행자와 자연의 징조로 보이고자 하는 까닭에 "이 암수의 것들"이 눈에 보이는 것이지 "그렇지 않다면" 제한된 인간의 눈에 어찌 그런 것이 보이겠는가?
36) 이하 3행. "야곱이 그 길을 진행하더니 하느님의 사자들이 그를 만난지라. 야곱이 그들을 볼 때에 이르기를 이는 하느님의 군대라 하고, 그 땅 이름을 마하나임이라 하였더라"(《창세기》 32장 1~2절). 마하나임은 요르단 강 동쪽에 있던 도시이다.
37) 이하 5행. "왕이 가로되 너희는 가서 엘리사가 어디 있나 보라. 내가 보내어 잡으리라. 혹이 왕에게 고하여 가로되, 엘리사가 도단에 있나이다. 왕이 이에…… 많은 군사를 보내어 저희

화염의 산장에 나타난 것, 즉 한 사람[38]을
기습하려고 자객처럼[39] 전쟁을, 그것도
포고 없는 전쟁을 일으킨 시리아의
왕에 대항했을 때도 이보다는 못했다. 천사왕은
부하 천사들을 각자의 빛나는 위치에
남겨두어 낙원을 장악하게 하고, 그는
혼자 아담의 거처를 찾아간다.
아담은 그것을 알아차리고 이 위대한
손님 다가오는 동안 이브에게 말한다.
"이브, 놀라운 소식 기대해라, 아마
우리를 당장 멸망시키거나, 지켜야 할
새 율법을 내릴 모양. 저기 산을
덮는 빛나는 구름으로부터 한 사람의
천군天軍을 발견했다. 걸음걸이로 보아
미천한 자 아니고 하늘의 대지배자이거나
왕자의 한 사람, 그런 위엄에
싸여 그는 오고 있다. 그러나 두려워할 정도로
무섭지도 않고, 또는 라파엘처럼 크게

가 밤에 가서 그 성을 에워쌌더라. 하느님의 사람의 수종 드는 자가…… 나가 보니 군사와 말과 병거가 성을 에워쌌는지라, 그 사환이 엘리사에게 고하되, 아아, 내 주여 우리가 어찌하리까. 대답하되 두려워하지 말라, 우리와 함께한 자가 저와 함께한 자보다 많으니라…… 저(엘리사의 사환)가 보니 불 말과 불 병거가 산에 가득하여 엘리사를 둘렀더라"(〈열왕기 하〉 6장 13~17절). 도단은 사마리아 북부 평야에 있던 소도시이다. 엘리사가 여기에 있는 것을 치기 위해 시리아의 왕이 말과 전차로 에워쌌을 때, 사환이 본 아군의 광경이 이러했다.
38) 예언자 엘리사를 가리킨다.
39) 시리아의 왕이 기습한 것.

신뢰할 정도로 친하고 상냥하지도 않고,
위엄 있고 고상하다. 결례 없이 그를
정중히 맞이해야 한다. 물러가 있어라."
그의 말 끝나자, 대천사 즉시 다가온다,
하늘의 모습이 아니고, 인간 만나려고
인간의 옷을 입고, 빛나는 무장 위에
무사의 자줏빛 겉옷이 흐른다.
옛날 휴전할 때에 왕이나 영웅이 입던
멜리베아[40]나 사라[41]의 자색보다 더
선명하다. 이리스가 그 옷감을 물들였다.[42]
별빛 반짝이는 젖힌 투구 아래로 청춘 지난
장년의 훌륭한 모습이 나타난다. 옆구리엔
사탄이 떠는 공포의 칼[43]이 걸려 있다,
빛나는 황도黃道에서처럼.[44] 그리고 손엔 창.
아담이 나직이 절하니, 그는 왕처럼
위풍 꺾지 않고, 오게 된 까닭을 선언한다.
 "아담, 하늘의 어명에는 서론이
필요 없다. 그대의 기도 소리 들리니, 이 정도로 족하다.
죽음은 그대가 죄 범한 날 선고로 정해졌으되,
여러 날 '죽음'에겐 포획물이 없어,

---

40) 테살리아 해안에 있는 소도시. 가장 고귀한 자색 염료의 생산지로 유명하다.
41) 페니키아의 티레의 옛 이름. 사르라는 조개에서 채취하는 자색 염료의 산지이다.
42) 이리스는 무지개의 여신. 천사장의 옷이 무지개처럼 선명한 빛깔의 옷이라는 뜻이다.
43) 반역군을 격파할 때 이 칼로 사탄을 베었다.
44) 빛나는 검대劍帶를 황도에 비유했다.

하느님의 은혜로
주어진 동안에 그대가 회개해 많은
선행으로 한 가지 악행을 감쌀 수도
있음 직하다. 그러면 그대의 주님은
마음 푸시고, 죽음의 탐욕스러운 요구에서
그대를 구하리라. 그러나 이 낙원에서 더 사는 것은
허락되지 않는다. 나는 그대를
낙원에서 내보내고, 그대가 본래 나온 땅,
한층 적합한 흙이나 갈도록 하러 왔다."
   그 이상 말하지 않았다. 아담은 이 소식에
충격받아, 오관五官을 묶는 비애에 사로잡혀
떨며 서 있었다. 이브는 나타나지 않았지만
전부 다 듣고서 소리 내어 비탄하니,
당장 숨은 곳이 드러난다.
   "아, 의외의 타격, 죽음보다 가혹하다!
낙원이여, 나는 너를 떠나야만 하느냐? 이리하여
너 향토[45]를 떠나야만 하느냐, 이 복된 길과 그늘을,
신들의 적합한 거처를. 여기에서 슬프나,
조용히, 우리 두 사람은 죽어야 하는 날까지
유예 기간을 보내고자 했는데. 아, 꽃들이여,
다른 풍토에선 결코 자라날 수도 없는,
나의 이른 아침, 늦은 저녁 찾아다니던

---

45) 아담은 낙원 밖에서 창조되었고, 이브는 낙원 안에서 났으므로 이렇게 말한다. "여호와 하느님이 동방의 에덴에 동산을 창설하고, 그 지으신 사람을 거기 두시고"(〈창세기〉 2장 8절).

것, 처음 봉오리 맺을 때부터 부드러운
손으로 키우고, 이름 지어 불렀던 것,
이제 누가 너를 돌봐 햇빛 받게 하고 종류를
정리하고, 향기로운 샘에서 물 주랴?
끝으로 너 결혼의 정자亭子여, 보기에
곱고 향기 좋은 것으로 내가 장식해주었던
너와 어찌 헤어져 아래 세계에 내려가
어둡고 거친 속 어디를 방황한단 말이냐?
어찌 불사不死의 과실에 익숙한 우리들이
불순한 다른 공기를 마시리?"
　천사는 온유하게 그 말을 가로막는다.
"비탄 마라, 이브, 마땅히 잃을 것을
잃었으니. 체념해라, 그리고 애태우지 마라,
그대의 소유 아닌 것[46]을 사랑하여.
그대가 가는 길 외롭지 않다. 그대와 더불어
그대 남편도 간다. 그대는 그를 따라야 한다.
그대가 사는 곳을 그대의 고향으로 생각해라."
　아담은 이제 급작스러운 상심에서
회복해 흐트러진 마음을 수습하고,
미카엘에게 겸손한 어조로 말한다.
"천인이시여, 왕위의 한 분이신지,
그중의 지존이신지―이런 모습은 왕자 중의

---

46) "땅과 거기 충만한 것과 세계와 그중에 거하는 자가 다 여호와의 것이로다"(〈시편〉 24편 1절).

왕자인 듯하니—당신은 친절하게 말씀해주셨나이다.
그렇지 않으면 그 말 우리를 상하게 하고,
실행하여 멸망 주었을 전갈을. 그리고
당신의 그 소식은 비애와 상심과 절망 등
우리의 약한 마음이 견뎌야 할 만한 것을 가져왔습니다,
우리들 눈에 친숙하게 남아 있는
유일한 위안인 이 복된 고장으로부터의
퇴거를. 다른 곳은 모두 살기 불편하고
쓸쓸한 듯 보이고, 우리를 모르며
우리에게 알려지지 않았으니. 만일 계속
기도하여 만사를 능케 하시는 그분의 뜻을
변하게 할 가망이 있다면, 끈기 있게 외쳐
그분을 싫증나게 하고야 말겠나이다. 그러나
절대적 명령을 거역하는 기도는
바람을 거역하는 숨결처럼 헛된 것이리니,
다시 불어와서 숨 쉬는 자를 질식시킬 것.
그러니 나는 이 명령에 복종하겠나이다.
가장[47] 괴로운 것은—여기서 떠나면,
성스러운 모습에서 가려질 것이니, 축복의
그 얼굴을 못 뵙는 것. 여기에 내가 자주 와서
그분께서 거룩한 출현을 베푸신 장소마다
예배드리며 후손들에게 말할 수 있었으면—

---

47) 이하 3행. "주께서 오늘 이 지면에서 나를 쫓아내시온즉, 내가 주의 낯을 뵈옵지 못하리니"(〈창세기〉 4장 14절).

'이 산에 그분은 나타나셨더니라, 이 나무 밑에
보이게 서셨고, 이 소나무 사이에서 성스러운 음성
들렸고, 여기 이 샘가에서
말씀 주고받았더니라' 하고.
나는 많은 감사의 제단[48]을 뗏장으로
쌓고, 광택 나는 돌 하나하나를
시내에서 가져와 쌓아 올려 대대로 남기는
기념으로, 혹은 기념비로 삼아 그 위에
향기로운 수액과 과실과 꽃을 바치리다.
저기 하계에선 어디서 그분의 빛나는
모습을 찾고, 발자취를 더듬을 수 있으리오?
노하신 그분에게서 달아났으나 다시
부름받아 생명이 연장되고 약속의 백성 되었으니
지금 나는 기꺼이 그 영광의 옷자락[49] 끝이라도
뵈옵고, 멀리 그 발자국 경배하나이다."
　자비로운 눈으로 미카엘은 그에게 말한다.
"아담, 그대는 알지니라, 하늘도 온 땅도 그분 것,
이 바위뿐이랴. 하느님은 육지·바다·하늘에
그리고 온갖 생물에 퍼져 계시어,[50]
성덕으로 찜질하고 데우신다.
온 땅을 영유하고 통치하도록 경시 못할 선물을

---

48) 히브리 족장들은 흔히 단을 쌓고 여호와의 이름을 불렀다.
49) "내 영광이 지날 때에 내가 너를 반석 틈에 두고, 내가 지나도록 내 손으로 너를 덮었다가 손을 거두리니 네가 내 등을 볼 것이요 얼굴을 보지 못하리라"(〈출애굽기〉 33장 22~23절).
50) "나 여호와가 말하노라. 나는 천지에 충만하지 아니하냐"(〈예레미야〉 23장 24절).

그대에게 주셨느니라. 그러니 하느님의 존재가
이 낙원이나 에덴의 좁은 경지에
국한된다고 생각지 마라. 아마 이곳은
그대의 수도首都로서, 여기서 전 자손이
퍼졌을 것이고, 한편 대지 방방곡곡에서
여기에 모여, 저희들의 위대한 태조太祖로서
그대를 찬양하고 숭배했을 것이다.
그러나 그대는 이 우월을 상실하고, 이제 낮은 땅에서
그대의 아들들과 함께 평등하게 살도록 내려진다.
그러나 의심 마라, 골짜기에도 들에도,
여기처럼[51] 하느님은 존재하시니, 다름없이
뵈올 것이고, 그 존재하심의 여러 징조는
항상 그대를 따르고, 그대는 언제나
선과 아버지의 사랑에 둘러싸여 성스러운 모습과
거룩한 발자취를 보게 될 것이다.
그대가[52] 여기를 떠나기 전에 그것을 믿고
확인하도록 그대와 그대의 아들들에게
장차 일어날 일을 보여주려고
내가 여기에 온 것을 알아라. 하늘의 은혜는
인간의 죄와 투쟁하니, 선과 악을

---

51) 이하 5행. "그러나 자기를 증거하지 아니하신 것이 아니니 곧 너희에게 하늘로서 비를 내리시며 결실기를 주시는 선한 일을 하사, 음식과 기쁨으로 너희 마음에 만족케 하셨느니라"(《사도행전》 14장 17절).
52) 이하 4행. "이제 내가 말일에 네 백성이 당한 일을 네게 깨닫게 하러 왔노라. 대저 이 이상은 오래 후의 일이니라"(《다니엘》 10장 14절).

함께 들을 각오를 해라―그래서 배워라,
참된 인내를, 그리고 공포와 견고한
비애로 환희를 조절할 것을. 순順이건
역逆이건 어느 경우에도 한결같이 적당히
견디는 데 익숙해져라. 그러면 그대는 극히 평안하게
생애를 보내고, 준비 잘되어, 죽음이
왔을 때 그것을 견디리라. 이 산에
올라라. 이브는(내가 그 눈을 잠재웠으니)
그대가 눈뜨고 예견하는 동안, 이 밑에 잠재워라,
그녀가 생명으로 형성되는 동안 그대 잠잤듯이."
　아담은[53] 감사하여 그에게 대답한다.
"오르십시오. 안전한 인도자여, 인도하는 대로
따를 것이고, 아무리 가혹하다 한들
하늘의 손에 복종하리다―나의 드러난
가슴을 악에게 향해 인내로 이겨내도록
무장하고 노동에서 안식 얻겠나이다.
그렇게 할 수만 있다면." 이리하여 둘이 함께
하느님께서 보이시는 환영[54] 속에 오른다. 그것은
낙원 안의 최고의 산. 그 꼭대기에서 보니,
대지의 반구半球가 극히 선명하게 시야에
전망이 비치는 한 최대한으로 펼쳐져 놓여 있다.

---

53) 이하 52행은 제1환영. 장차 역사의 무대가 될 제국과 그 수도들.
54) "하느님의 이상 가운데 나를 이끌어 예루살렘으로 가서"(〈에스겔〉 8장 3절).

다른[55] 원인에서 황야의 유혹자가
우리의 제2의 아담[56]을 놓고서 전 지구의
왕국들과 영화를 보인 그 산[57]도 이보다
높지 않고, 전망도 이보다 넓지 않다.
거기서 눈 아래 펼쳐지는 것—세상에서 강대한
제국의 수도, 고금에 이름 높던
도읍터,[58] 카다이의 '칸'이 살던 캄발루의
예정되었던 성벽, 또는 옥수스 강[59] 기슭
티무르[60] 대제의 궁전 사마르칸트[61]로부터
중국 제왕의 베이징까지, 거기서
대몽고의 아그라와 라호르[62]로 내려가서
황금의 케르소네스 반도[63]에 이르기까지, 또는
페르시아 왕이 에크바탄[64]에 나중엔
히스파한[65]에, 또는 러시아 황제가

---

55) 이하 3행. "마귀가 또 그를 데리고 지극히 높은 산으로 가서 천하만국과 그 영광을 보여"(〈마태〉 4장 8절). 밀턴의 《복낙원》 제3편 251행 이하에 사탄이 그리스도를 산 위로 데리고 가서 유혹을 시도하는 장면이 있다.
56) 예수.
57) 아르메니아의 니파테 산, 즉 제3편 끝 행에서 사탄이 처음 지상에 내려온 산.
58) 이하 10행. 아시아 제국.
59) 중앙아시아에 있는 아무다리야 강의 옛 이름. 인도 국경 파미르 고원에서 발원하여 아랄 해로 흘러든다.
60) 몽고의 정복자.
61) 티무르가 도읍한 곳. 옥수스 강 북방 100마일 지경에 있는 곳.
62) 아그라, 라호르는 둘 다 인도의 도시. 아그라는 16세기 말부터 17세기 초까지 무굴 제국의 수도였고, 라호르는 인도 펀자브의 중심 도시.
63) 말레이 반도를 말한다. 황금의 산지 '오피르'를 이곳과 동일시하는 이도 있다[주 73) 참조].
64) 고대 메디아의 주요 도시. 페르시아 왕의 여름철 수도.
65) 페르시아의 도시.

모스크바에, 또는 투르키스탄[66]에서 난 터키 황제가

비잔스[67]에 자리 잡던 곳까지. 또한 볼 수 있는 것은,

네구스[68]의 제국, 그 변경의 항구

엘코코[69]까지, 그리고 작은 해양국

몸바사,[70] 킬로아,[71] 또는 멜린드,[72]

그리고 오피르[73]라고 생각된 소팔라,[74] 그리고

콩고의 영토와 최남단의 앙골라까지.[75]

다음으론 니게르 강[76]으로부터 아틀라스 산[77]까지,

알만소르[78]의 여러 왕국인

페즈,[79] 수스, 그리고 북아프리카의 마로코,

알제이, 트레미센 등.

---

[66] 터키족은 투르키스탄에서 왔다.
[67] 비잔티움, 즉 콘스탄티노플. 이하 10행은 아프리카 제국이다.
[68] 아비시니아(지금의 에티오피아) 왕의 칭호.
[69] 아비시니아의 북단, 홍해 연안의 항구. 지금의 아르키코.
[70] 아프리카의 동해안에 있는 지방.
[71] 몸바사 남쪽의 작은 섬.
[72] 몸바사 북부 지방. 이상 세 곳은 모두 무역 중심지로서 당시 포르투갈의 영토이다.
[73] 황금의 산지로 유명하다. "저희가 오빌(오피르)에 이르러 거기서 금 420달란트를 얻고 솔로몬 왕에게로 가져왔더라"(《열왕기 상》 9장 28절). 후에 순금의 별명처럼 되어버렸다. 오피르의 소재에 대해서는 여러 설이 있다.
[74] 몸바사 남부 지방.
[75] 콩고·앙골라는 아프리카의 서해안 지방. 17세기 이래 포르투갈 영토이다.
[76] 서아프리카의 큰 강. 기네안 만으로 흘러 들어간다.
[77] 북아프리카 대부분에 걸친 대산맥. 지중해와 사하라 사막 사이에 걸쳐 있다.
[78] 바그다드의 칼리프(이슬람교 국가의 왕) 이름(712~775년). 그 후 그의 지배에 속했던 영토 중 북아프리카의 바버리 여러 주의 칭호가 되었다.
[79] 페즈·수스·마로코·알제이·트레미센은 아프리카 북쪽 해안과 그 근처, 이집트 서쪽의 여러 지방이다. 총칭하여 바버리라 한다.

다음으론 유럽, 로마[80]가 세계를 통치한
세계. 영묘한 눈으로[81] 그가 또 보았음 직한 것은
몬테수마[82]의 나라 풍요한 멕시코,
그리고 아타발리파[83]의 가장 부유한 나라인
페루의 쿠스코.[84] 아직 약탈당하지 않은[85]
기아나,[86] 그 대도읍[87]을 게리온의 아들들[88]이
엘도라도[89]라 불렀다. 그러나 더 고귀한 것을
보도록 미카엘은 아담의 눈에서 막을 제거한다,
밝은 시력 약속한 허위의 열매[90]에서
생긴 그 막을. 그러고서 좁쌀풀[91]과 헨루더[92]로
시신경을 맑게 한다, 볼 것이 많기 때문에.
또한 생명의 샘[93]에서 세 방울의 물을 주입한다.

---

80) 유럽은 로마만으로 그친다.
81) 이하 6행. 아메리카의 제국. 지구 반대쪽에 있어 육안으로 안 보이기 때문이다.
82) 에스파냐의 장군 코르테스가 멕시코를 정복했을 때의 그 나라 황제 몬테수마 2세 (1477~1520)를 가리킨다.
83) 에스파냐인 피사로에게 멸망당한 잉카 제국 최후의 왕.
84) 페루의 중앙에 있는 도시로서, 잉카 제국의 수도였다.
85) 멕시코나 페루처럼 아직 유럽인에게 약탈당하지 않은.
86) 아마존 강과 오리노코 강 사이에 있는 지방의 총칭.
87) 마노아.
88) 에스파냐인을 말한다. 게리온은 전설상의 에스파냐 왕.
89) 에스파냐 말로 '황금'이라는 뜻이다. 16~17세기경 남미 북동부에 극히 부유한 지방이 있다고 생각했다. 어떤 에스파냐인이 기아나의 해안에 표착해 마노아라는 도시에 와 보니, 집집마다 지붕도 벽도 귀금속으로 되어 있더라고 전했다. 그래서 에스파냐인들은 이 도시를 엘도라도라고 불렀다
90) 422쪽 22~25행 참조.
91) 안약으로 쓰이는 약초.
92) 남유럽산 약초. 눈에 쓰이는 것 외에도 여러 가지 효능이 있다고 한다.
93) 〈시편〉 36편 9절 참조.

이 성분의 힘이 심안心眼[94]의
가장 깊은 곳까지 뚫고 들어가니
아담은 이제 부득이 눈을 감고[95]
쓰러져, 완전히 정신을 잃게 되어버린다.
그러나 친절한 천사는 그의 손을 잡아
일으켜, 그의 주의력을 다시 불러일으킨다.
 "아담, 자, 눈을 뜨고 우선 보아라,
그대에게서 태어날 자손들에게 그대의
원죄[96]가 일으킨 결과를. 그들은 금단의 나무에
손대지도 않았고, 뱀의 음모도 없었고,
그대의 죄를 범치도 않았는데, 그 죄에서
부패 생겨 더 난폭한 행위를 낳는다."
 눈을[97] 뜨고 그는 들을 본다,
일부는 경작지여서 갓 벤 다발이
거기에 있고, 다른 일부에는 양의 목장과 우리가 있다.
중앙에 지표처럼 서 있는 건 소박한
흙풀의 제단. 그곳으로
땀 흘리는 한 추수꾼이
손 닿는 대로 고르지도 않고 벤 푸른 이삭과
노란 다발의 첫 수확물을 가져온다. 다음엔
온유한 목자 하나, 양 떼 중 가장 좋은 것으로 선택한

---

94) 120쪽 16~20행 참조.
95) 제2환영. 아벨의 죽음.
96) 제9편 주 133) 참조.
97) 이하 48행은 〈창세기〉 4장, 카인이 아벨을 죽이는 이야기이다.

첫배 새끼를 가져와 제물로 잡아서
내장과 지방에는 향 뿌려,
쪼갠 나무에 올려놓고, 올바른 제사 올린다.
즉시 하늘에서 은혜의 불, 재빠른
섬광의 상쾌한 증기로 제물을 태워버린다.[98]
다른 쪽은 정성이 부족해 그렇지 못하다.
그걸 보고 그는 속으로 노하여,
서로 얘기하다가, 상대의 배를 돌로 쳐서
죽인다. 그는 쓰러져 백지장처럼 창백해지며
솟구치는 피 쏟으며, 신음 속에 혼魂 내보낸다.
그 광경을 보고 아담은 심히
놀라서 급히 천사에게 외친다.
 "아, 스승이시여, 이 온유한 사람에게
큰 재난 일어났나이다. 좋은 제물 바쳤건만.
신에 대한 공경과 순결한 헌신이
이렇게 보답되나이까?"
미카엘은 감동해 그에게 대답한다.
"아담, 이 두 사람은 형제이다. 그대의
옆구리에서 나올 자들. 불의가 의를 살해했다."[99]
동생의 제물이 하늘에 용납된 걸 보고

---

98) 〈창세기〉에 하늘의 불이 제물을 태워버리는 이야기는 없다. 기드온(〈사사기〉 6장 21절),
엘리야(〈열왕기 상〉 18장 38절), 솔로몬(〈역대기 하〉 7장 1절)의 제물의 경우는 언제나 하늘
에서 불이 내려와 그것을 태웠으니, 거기에서 착상한 듯하다.
99) "카인같이 하지 말라. 저는 악한 자에게 속하여 그 아우를 죽였으니, 어떤 연고로 죽였느
뇨. 자기의 행위는 악하고 그 아우의 행위는 의로움이니라"(〈요한 1서〉 3장 12절).

시기해서이다. 그러나 피 흘리는 일엔
복수가 따를 것이고, 피해자의 신앙은
받아들여져[100] 보수가 없지 않으리라, 여기선 그가
죽어 먼지와 흙탕에 뒹굴지라도."
그 말에 우리의 조상은 말한다.
 "아, 슬픕니다, 행위나 원인이 모두!
그러나 지금 본 것이 죽음입니까? 이렇게
나도 본래의 흙으로 돌아가야 하나이까?
아, 무서운 광경 보기도 흉악하고 더러운 것!
생각만 해도 무섭고, 얼마나 끔찍한 일인가!"
미카엘은[101] 그에게 말한다.
"그대가 본 것은 인간이 죽는 최초의 모습. 그러나 죽음의
모습은 많고, 무서운 동굴에 이르는 길도
많다―모두 음산하지만. 그러나 느낌은 내부보다
입구가 한층 더 무섭다고 생각한다.
그대가 본 바와 같이 폭행으로나, 불과 물과,
기근으로 죽는 자도 있다. 더욱 많은 것은 음식의
무절제, 그 때문에 무서운 여러 병이
지상에 들어온다. 그중에서 기괴한 한 떼가
그대 앞에 나타나리라, 그것으로 이브의 파계가
인류에게 어떤 불행을 가져오는가를
그대는 알게 되리라." 돌연 눈앞에

---

100) "저가 죽었으나 그 믿음으로써 오히려 말하느니라"(〈히브리서〉 11장 4절).
101) 이하 92행은 제3환영. 죽음의 동굴에서 신음을 하는 무리들.

슬프고 소란하고 어두운 한 장소가 나타난다.
나병자 수용소인 듯하다. 그 안에 무수한
환자들 누워 있다—모든 질병 앓는 수많은 자들, 즉
소름 끼치는 경련, 찢는 듯한 고통,
가슴 통증, 현기증, 각종 열병,
어린이의 발작, 간질과 혹심한 카타르,
장의 결석結石과 궤양 · 복통,
귀신[102] 붙은 광증, 풀이 죽은 우울증,
달에 홀린 착란,[103] 야위어가는 위축,
쇠약, 널리 만연하는 역병,
수종, 천식, 관절 쑤시는 신경통 등.
무섭게 뒹굴고, 신음 소리 대단하다. '절망'은
분주히 병상에서 병상으로 환자를 돌보고,
그 위로 의기양양한 '죽음'이 창을
휘두르나,[104] 일격은 보류한다, 그들이 가끔 죽음을
최선 최후의 희망으로 간절히 바라지만.
이런 흉측한 광경을, 어떤 돌 같은 심정이
눈물 없이 볼 것인가? 아담은 견딜 수 없어,
운다, 여자에게서 난 몸은 아니지만.[105] 연민이
그의 씩씩한 남성을 압도해 잠시 눈물에 젖지만

---

102) 이하 2행은 초판에는 없었는데, 제2판에 삽입한 것이라 한다.
103) 달빛이 정신병에 악영향을 미친다고 상상했다.
104) 95쪽 12행 "지옥처럼 무섭게 일어서서 무시무시한 창을 휘둘렀다", 96쪽 9행 "물러나라, 아니면 그대의 어리석음을 깨닫게 하리라" 참조.
105) "여인에게서 난 사람은 사는 날이 적고 괴로움이 가득하며"(〈욥기〉 14장 1절).

마침내 꿋꿋한 생각으로 억눌러,
간신히 말을 회복해 다시 한탄한다.
 "아, 비참한 인간, 얼마나 타락에
빠졌고 얼마나 참상에 얽매여 있는가!
이럴 바엔 안 태어남이 좋았을걸. 왜 생명
주어져 이렇게 비틀리며 빼앗기는가? 아니,
왜 이렇게 우리에게 강요되는가? 무얼
받을지 알았더라면, 주어지는 생을
거부하거나, 또는 곧 그걸 버리고자 원하여
기꺼이 평화 속에서 그대로 지낼걸. 하느님의
모습을 받은 인간, 전에는 그렇게
훌륭하고 곧게 창조되었더니,[106] 그 후 죄 있다 해서
이렇게 보기 흉한 수난으로 타락해야 하나,
비인간적 고통 속에. 인간은 어느 정도
하느님의 모습 지니고 있으니, 이런
추악한 모습에서 벗어나야 할 것이 아닌가,
조물주의 형상 때문에 면제되어야 할 것이 아닌가?"
 "그 조물주의 형상은." 미카엘이 대답한다.
"그들이 스스로 타락해 억제할 수 없는 '식욕'의
노예가 되고, 그들이 섬긴 주인[107]의
모습을(이것은 주로 이브의 죄로
이끄는 악덕이었던바) 취했을 때 그들을 버렸다.

---

106) 343쪽 9~19행 참조.
107) 방자한 '식욕'의 노예가 섬기는 주인은 '식욕'이다.

그러므로 인간의 형벌은 그처럼 참혹하고
하느님이 아니고 저희 자신의 모습을 추하게 만들었다.
또한 하느님의 모습이래도 그들이
스스로 추상하게 한다.
한편 순결한 자연의 건전한 법칙을 어기고
몸서리쳐지는 병을 일으킨다. 지당하다, 그들이
자신 속의 하느님의 형상을 존중치 않았으니."
　"지당하다고 시인하겠나이다." 아담은 말하고 굴복한다.
"그러나 이 괴로운 길 외에
우리가 죽음에 이르러, 우리와 동질의
흙과 섞이는 데 달리 방도가 없나이까?"
　"있다." 미카엘은 말한다. "만일 그대가
'도를 넘지 마라' 하는 법 잘 지키고, 먹고
마시는 데 절제를 배워, 탐식의 쾌락이 아닌
알맞은 영양을 거기에서 찾는 중에
그대의 머리 위에 많은 세월이 흐른다면.
그렇게[108] 그대가 살다가 익은 과실처럼
어머니 무릎에 떨어지거나, 거칠게 따지는 일 없이
편안히 성숙한 죽음의 손에 들어갈 수도 있다.
노년이란 이것이다. 그러나 그때 그대는
젊음과 힘과 아름다움을 잃어야 하고,
보잘것없어지고 쇠약하고 백발로 바뀌며, 그대의 감각은

---

[108] 이하 3행. "네가 장수하다가 무덤에 이르니, 곡식 단이 그 기한에 운반되어 올리움 같으리라"(〈욥기〉 5장 26절).

둔해지고, 자기 소유한 것에 대한 쾌감을
모두 버려야 한다. 희망과 환희에 찬
젊음의 기상 대신에, 차고 메마른
우울의 무기력이 핏속에 군림해,
그대의 활기를 꺾고, 결국은 생명의
향유를 탕진케 할 것이다." 우리 선조는 그에 대하여 말한다.
 "지금부터 나는 죽음을 피하지 않고, 생명을
연장하려고도 않겠나이다.
나의[109] 정해진 생을 반환하는 날까지
보전해야 하는 이 귀찮은 짐에서
어떻게 하면 아름답고 편안히 떠날 것인가
생각하며, 참을성 있게 나의 멸망의 날을
기다리겠나이다." 미카엘은 대답한다.
 "그대의 생을 사랑도 말고
미워도 마라. 사는 한
열심히 살도록 해라. 생의 길고 짧은 건 하늘에 맡겨라.
이젠 다른 광경 보도록 준비해라."
 넓은 들판이 보인다.[110] 거기에는 여러 가지 색의
천막이[111] 있고, 근처에는 풀 뜯는

---

109) 이하 5행. "나는 나의 싸우는 모든 날 동안을 참고 놓이기를 기다리겠나이다"(〈욥기〉 14장 14절).
110) 이하 82행은 제4환영. 홍수 이전의 세계 문명. 아담의 장남 카인의 자손에 대한 이야기 (18행까지)와 아담의 3남 셋의 자손에 대한 이야기(535쪽 17행~536쪽 16행)(〈창세기〉 4장 17~62절 참조). 넓은 들판은 에덴의 동쪽 놋 땅(〈창세기〉 4장 16절).
111) 이하 2행. "그(야발)는 장막에 거하여 육축 치는 자의 조상이 되었고"(〈창세기〉 4장 20절).

가축 떼가 있다. 다른[112] 천막에선 음조
고운 악기, 하프나 오르간의
음향 들려오고 줄받침과 현을 움직이는
자도 보인다. 그 재빠른 솜씨는,
본능적으로 높고 낮은 균형 속에서
가로로 세로로 울리는 둔주곡을 쫓고 쫓긴다.
저쪽에선[113] 대장간에 한 사람이 서서
일하며, 묵직한 쇠와 놋쇠 두 덩이를
녹여(들불이 산이나 골짜기에서
숲을 다 태우고, 지맥에까지 내려가니 거기서
동굴 입구로 뜨겁게 흘러 나가는 것이거나
또는 지하에서 나오는 물에
씻긴 것이거나 그 어느 쪽으로 보이는) 액체 광석을
마련된 틀에 붓는다. 거기서 그는 만든다, 우선
자신의 연장, 다음으론 기타 금속으로 주조하고
새겨 만들 수 있는 것들을.
그때 이쪽으로, 다른 사람들이[114]
저희 고장인 높은 이웃 산에서
들을 내려온다. 그 거동으로 보아

---

112) 이하 6행. "그 아우의 이름은 유발이니 그는 수금과 통소를 잡는 모든 자의 조상이 되었으며"(〈창세기〉 4장 21절).
113) 이하 10행. "실라는 두발가인을 낳았으니, 그는 동철로 각양 날카로운 기계를 만드는 자요"(〈창세기〉 4장 22절).
114) 셋의 자손들은 카인의 자손과는 아주 다른 생활을 하여, 고대 문명의 2대 조류를 형성했다. 후자가 세속적인 데 대하여, 전자는 종교적이었다.

의로운 사람들로 보인다. 그들이 할 일은 다만
하느님을 옳게 숭배하고, 숨김없는 성업을
아는 것. 그리고 또한 인간을 위해 자유와 평화를
보존하는 것도. 그들이[115] 들을
얼마 아니 걸었을 때 보라, 막사에서
보석과 방자한 옷차림의 화려한 미녀들
한 무리가 나온다. 하프에 맞추어 가벼운
사랑의 노래 부르며 춤추며 온다.
남자들은 근엄하지만, 그것을 보고
거리낌 없이 눈을 두리번거리고, 드디어 사랑의 그물에
꼭 잡혀, 좋아하며, 각자 마음에 드는 여자를 고른다.
이제 그들이 사랑을 주고받으면 이윽고
저녁 별[116] 사랑의 선구자 나타난다. 모두 열 올리며
혼인의 화촉 밝히고 히멘[117]에게 기원한다,
혼례에서 이 신에게 기도한 것은 이번이 최초.
잔치와 음악으로 막사가 전부 떠들썩하다.
이런 행복한 모임, 사랑과 영원한
청춘의 사건, 그리고 노래와 화환과 꽃과
매혹적인 음악에 아담은 마음 끌려
곧, '자연'의 성향인 기쁨을 받아들일

---

115) 이하 13행. "사람이 땅 위에 번성하기 시작할 때에, 그들에게서 딸들이 나니, 하느님의 아들들이 사람의 딸들의 아름다움을 보고 자기들의 좋아하는 모든 자로 아내를 삼는지라"(〈창세기〉 6장 1~2절). 여기서 '하느님의 아들들'은 인간, 즉 하느님을 믿는 셋의 자손으로 해석했다.
116) 금성. 사랑의 별이라 한다.
117) 혼인 때 횃불을 드는 신. 아폴론과 뮤즈의 아들이다.

생각 갖는다. 그것을 그는 이렇게 표현한다.
　"나를 참으로 눈뜨게 하는 자, 행복한 천사왕이시여!
이 환영은 앞서 두 가지보다 훨씬 낫고,
평화의 날에 대한 희망의 징조로 보이나이다.
앞의 것은 증오와 죽음, 그 이상으로 심한 고통이었는데,
여기서는 '자연'의 목적이 다 이루어진 듯합니다."
　미카엘은 그에게 말한다. "최선이 무엇인가를
쾌락으로 판단치 마라, 그것이 '자연'에 적합하게 보일지라도.
보다 고귀한 목적으로 그대는 창조되었느니라.
거룩하고, 순수하고, 하느님과 유사하도록.
그대가 그렇게 기쁘게 본 막사는
악의 막사다. 거기에 사는 것은 저의 형제를 죽인[118]
자의 족속들. 드물게 있는 발명자로서
그들은 저의 생활을 빛낼 기술에 힘쓰는 듯.
성령의 가르침 받았지만, 조물주에 대한 생각은
마음에 없고, 주신 물건을 인정치 않는다.
그러나 그들은 아름다운 자손을 낳으리라.
그대가 본 고운 여인의 무리가 아주 쾌활하고
아주 매끈하고, 아주 화려하여 여신 같지만
여자의 중요한 찬미, 가정의 영예를
만드는 선을 완전히 갖추지 못하고 있다.
다만 그들은 음욕의 취향에 맞도록 자라고 완성되어

---

118) 〈시편〉 84편 10절에서 나온 말. "저의 형제"의 '저'는 카인을 말한다.

겨우 육욕의 취미를 만족시킨다, 노래하고 춤추고,
옷 입고, 혀 굴리고, 눈을 휘두른다.
그들에게 저 근엄한 남자들, 종교적
생활로 하느님의 아들[119]이라 불린 자들이
어리석게도 신의 없는 이 고운 무리의
간계에, 웃음의 일체의 덕과 일체의
영예를 버리고서, 지금 쾌락에 헤엄치고
(머지않아 마음껏 헤엄치려고[120]) 웃는다. 그 때문에
세상은 울어서 곧 눈물의 세계가 되지 않을 수 없으리라."
아담은 잠시의 기쁨을 빼앗기며 말한다.
"아, 가련하고, 부끄럽다, 좋은 생을 보내려고 훌륭히
출발한 자들이 길 벗어나 굽은 길을
밟고, 또한 중도에서 의기를 잃어버리니!
그러나 안다, 남자의 고애의 길은
여전히 여자에게서 시작되는 것임을."
  "남자의 나약한 누그러짐에서
시작한다" 하고 천사는 말한다.
"지혜와 탁월한 능력으로
그 지위를 훌륭히 보전해야 한다.
그러면 이젠, 다음 장면을 볼 준비를 해라."
  바라보니, 넓은 지역이 눈앞에

---

119) 셋의 자손.
120) 머잖아 대심판의 홍수에 마음껏 헤엄치려고.

펼쳐진다―고을과[121] 고을 사이에 시골집들,
높은 문과 탑 있는 사람들의 도시,
무장한 군중, 싸우려는 사나운 얼굴들,
기골이 장대하고 용감무쌍한 거인들.[122]
혹은 무기를 휘두르고 혹은 거품 뿜는 말 몰고,
혹은 단독으로 혹은 부대의 대열에 줄지어,
기마병, 보병, 모여 있는 자들의 사기는 왕성하다.
한쪽에는 한 떼의 선발된 사람들이 비옥한 목장으로부터
징발하여 소 한 떼, 좋은 황소와
좋은 암소, 그리고 양 떼, 어미 양과
우는 새끼 양을 저 벌판 너머로
노획물로 몰고 간다. 양치기들 간신히 목숨 걸고
피하여 원조를 구하니, 피 흘리는 소동 인다.
군대와 군대가 마주쳐 잔인한 전투 벌인다.
지금까지 가축 풀 뜯던 곳이 이제는
시체와 무기 흩어져 피투성이 들판이
황량하다. 혹은 강대한 도시를
에워싸 진을 치고, 대포·사닥다리·갱도로
공격한다. 또 다른 편에서는 성벽에서 투창,
화살, 돌, 유황불로 방어한다.
어디서나 살육과 굉장한 성공.

---

121) 이하 75행은 제5환영. 홍수 직전의 타락. 거인과 그 포악함 그리고 에녹에 대해 묘사한다.
122) "당시에 땅에 네피림이 있었고…… 그들이 용사라 고대에 유명한 사람이었더라"(〈창세기〉 6장 4절).

어떤 데서는 홀笏 든 전령자가 도움
문안으로 회의를 소집하니,[123] 즉시
진노한 백발의 사람들이 무사와 섞여
집합하고 연설 소리 들린다. 그러나 곧
당파 싸움 일어난다. 드디어 결국
한 중년 사람[124]이 일어나, 훌륭하고 현명한
동작으로 두루 말한다. 정正과 사邪에 대해,
의와 종교에 대해, 진리와 평화에 대해,
하늘의 심판에 대해. 늙은이 젊은이 그를
힐책하고, 난폭하게 그를 붙잡는다.
이때[125] 구름이 내려와 거기에서 그를 채어 가,
군중 속에 보이지 않았다. 그렇게[126] 폭행과
압박과 전제가 들판 곳곳에 자행되고
피난처는 아무 데도 없다.
아담은 온통 눈물에 젖어 안내자를
향해 아주 슬퍼 탄식하며 묻는다. "아, 이것은
무엇입니까? 인간 아닌 죽음의 사자들이

---

123) 〈창세기〉 34장 20절, 〈신명기〉 16장 18절 참조.
124) 에녹. 그때 그는 365세(〈창세기〉 5장 23절)로서 노아 950세, 아담 930세, 라멕 777세에 비하면 중년이었다. 이하 4행. "아담의 7세손 에녹이 사람들에게 대하여도 예언하여 이르되, 보라 주께서 그 수만의 거룩한 자와 함께 임하셨나니, 이는 뭇사람을 심판하사 모든 경건치 않은 자의 주께 거슬려 한 모든 강퍅한 말을 인하여 저희를 정죄하려 하심이라 하였느니라"(〈유다서〉 1장 14~15절).
125) 이하 2행. "에녹이 하느님과 동행하더니 하느님이 그를 데려가시므로, 세상에 있지 아니하였더라"(〈창세기〉 5장 24절).
126) 이하 3행. "때에 온 땅이 하느님 앞에 파괴하여 강포가 땅에 충만한지라"(〈창세기〉 6장 11절).

이렇게 잔인하게 죽음을 인간에게 주고,
형제를 살해한 자의 죄를 몇천 배로
더 무겁게 하니, 그들이 이런 살육을 행하는 것은
저희 동족에, 즉 인간이 인간에 대해
하는 것이 아닙니까?
그런데 그 의인은 누구이옵니까, 하늘이 만일
그를 구제하지 않았다면, 의를 위해 죽었을 그 의인은."
　미카엘은 그에게 답한다. "이것들은, 그대가
본 그 악연으로 맺어진 결혼의 산물이다,
선과 악이 결합해, 서로
화합을 기피하나, 무분별하게 교합해
몸과 마음이 기형인 아이를 낳는다.
이런 것이 이 거인들, 이름 높은 자들[127]이다.
이 시대엔 힘만이 오직 찬양될 뿐,
그것을 용기니 영웅적인 덕행이니 부르리라.
전쟁에 승리하고, 국민을 복종시키고,
무수한 살육으로 전리품을 가지고
돌아옴은 인간 무상의 영광이라고
생각되리라. 또한 개선의 영광 때문에
위대한 정복자, 인류의 보호자,
신, 신의 아들이라 불리는 것이
지고의 영광이라고 생각하게 되리라.

---

127) 〈창세기〉 6장 4절 참조, 주 122) 참조.

옳게 부르면 파괴자, 인류의 역병이라 불러야 하리라.
이렇게 지상의 영예와 명성은 얻어지고,
가장 명예가 될 만한 것은 침묵 속에 숨어버린다.
그러나 그 사람,[128] 그대에게서 제7대째의,
그대가 본 왜곡된 세상의 유일한 의인,
감히 홀로 의롭고자 했고, 하느님이
성자를 이끌고 심판하러 오시리라는
밉살스러운 진리를 말했기 때문에
미움받고, 그 때문에 적에게 포위당했던 그,
그를 지존께선 날개 돋친 말과 향운香雲으로써[129]
데려가, 그대 본 바와 같이 용납하여 죽음을
면제하고, 높이 구원과 축복의 나라에,
하느님과 함께 걷게 하신다.[130] 선인에겐 어떤
보상이 기다리고, 다른 자에겐 어떤
벌이 대기하고 있는가를 보이기 위함이다.
그것을 이제 그대 눈 돌리고 곧 보아라."
　보니,[131] 국면이 완전히 바뀌었다.
전쟁의[132] 놋쇠 목구멍에선
으르렁대는 소리 그치고,

---

128) 주 124) 참조.
129) 에녹의 승천을 엘리야의 승천에 비유했다(〈열왕기 하〉 2장 11절).
130) "에녹이 하느님과 동행하더니"(〈창세기〉 5장 24절).
131) 이하 131행은 제6환영. 노아의 대홍수(〈창세기〉 6장 5절~7장 24절 참조).
132) 이하 7행. "노아가 방주에 들어가던 날까지, 사람들이 먹고 마시고 장가들고 시집가더니, 홍수가 나서 저희를 다 멸하였으며"(〈누가〉 17장 27절).

모든 것은 이제 변하여 환락과 운동 경기,
음욕과 방탕, 축제와 무도가 전개되고,
결혼과 매춘은 때에 따라 얼마든지 일어나고,
절세의 미녀가 유혹하는 곳엔 능욕과
간음. 이리하여 술잔에서 내란으로 통한다.
드디어[133] 한 거룩한 어른이 그들 사이에 나타나
그 행위에 대해 반감의 뜻을 선언하고
그들의 길 잘못됐음을 증언한다. 그가
가끔 잔치나 축제, 곳곳의
집회에 나가 그들의 개심과
회개를 설득한다. 그러나 임박한 심판을
받게 될, 갇힌 혼에 대해서처럼
효과 없다. 그가[134] 그것을 보았을 때
그는 논쟁을 그치고, 자기 막사를 멀리 옮기고,
산에서 키 큰 나무를 베어
거대한 배 한 척을 건조하기 시작한다.
길이·너비·높이를 팔뚝으로 재어,
아스팔트를 바르고, 옆에 문을
장만하고, 인간과 짐승을 위해 막대한
양식을 저장한다. 그때에 보라, 기이하다!
온갖 짐승과 새와 작은 곤충이
암수 일곱 쌍씩 와서, 시키는 대로

---

133) 노아. 이하 8행은 〈베드로 전서〉 3장 19~20절 참조.
134) 이하 12행은 〈창세기〉 6장 13절~7장 9절 참조.

차례로 들어간다. 최후로 노인과 그 세 아들,
네 아내가 함께 들어가니, 하느님이 문을 꼭 닫으신다.
그러는[135] 동안 남풍 일어 검은 날개를 넓게
펴고 펄럭이며, 하늘 아래에서 구름을
모두 몰아온다. 그것을 보충하려고 산들은
연기와 안개와 시커먼 습한 증기를
위로 방출한다. 이젠 구름 짙은 하늘이
마치 암흑의 천장 같다. 맹렬히 비가
쏟아지고, 땅이 보이지 않을 때까지
계속된다. 배는 물 위에 높이 떠오르고,
부리 모양의 뱃머리로 안전하게
물결 위를 둥실둥실 간다. 큰물에
집들이 모두 휩쓸리고, 영화와 함께
물속 깊이 삼켜진다. 가없는 바다,
바다를 뒤덮는다. 해변도 없는 바다.
지금까지 사치 성하던 그들의
궁전에 바다의 괴물들이 새끼 까고
산다. 그렇게 무수하던 인간 중에서
살아남은 자들은 한 작은 배에 타고 있던 자들뿐.
이때 아담이여, 그대 얼마나 비탄했더냐,
그대의 모든 자손의 종말, 이토록 슬픈 종말,
인류의 절멸을 보고서! 그대를 다른 홍수가,

---

[135] 이하 17행은 〈창세기〉 7장 10~24절 참조. 남풍은 구름을 모으고 비를 내리는 것으로 되어 있다.

눈물, 슬픔의 대홍수가, 그대를 빠뜨려
그대의 자손들처럼 가라앉혔다. 드디어 그대는
친절하게 천사의 부축 받고 일어섰지만,
눈앞에 송두리째 전멸된 자식들을
슬퍼하는 아버지처럼 위안할 길 없다.
그리하여 그대는 곧 천사에게 슬픔을 말한다.
"아, 불길한 예견의 환영이여! 차라리
미래를 모르는 것이 나았을 것을! 내 몫만의
재앙이나[136] 짊어졌더라면!
견딜 만한 하루하루의 운명으로서.
몇 세대의 짐으로 분배될 여러 몫이
이제 일시에 내게 내리다니.
실체가 있기도 전에 필연코 그렇게 되리라는
생각으로 나를 괴롭힌다. 이제부터 아무도
자기와 자기 자손에게 일어날 일의
예언 듣고자 어떤 일도 하지 말라. 재난을 확인한들,
예견으로 그것을 예방할 수 없고,
또한 미래의 재난을 실제로 느끼는 것
못지않게 예상만으로도 견디기 괴로우리라.
그러나 그 걱정 이젠 가셨다.
경고받을 사람 이제 없다.[137] 몇 명

---

[136] 이하 2행. "내일 일을 위하여 염려하지 말라. 내일 일은 내일 염려할 것이요, 한 날 괴로움은 그날에 족하리라"(〈마태〉 6장 34절).
[137] 인간에겐 경고해야 쓸데없다. 인간은 결국 망하고 말 것이니.

기아와 고뇌에서 벗어난 자들도 결국은 망하고 말 것이다,
물의 사막[138]을 방황하다가. 내가 바라기를,
폭행과 전쟁이 지상에서 끝났을 때,
만사형통하고, 평화가 인류에게 행복한
날을 계속 있게 하여 복 내려주었으면 했더니,
그것은 헛된 소망이었다. 나는 지금 눈앞에 황폐의
전쟁에 못지않은 부패의 평화를 보고 있으니.
어찌 이렇게 됐나? 하늘의 안내자여. 말해주십시오,
여기서 인류는 종말을 맞이하게 되나이까?"
미카엘은 말한다. "그대가 앞서 본
승전과 호사의 부귀에 빠진 자들은,
처음에 본 무예에 뛰어나고, 공훈이
높았으나, 참된 덕이 결여된 자들로서,
피[139] 많이 흘리고, 파괴 많이 행하여서
많은 나라를 항복시키고, 그 때문에 세상의
명예와 높은 이름과 풍성한 노획물 얻었으나
그 길을 쾌락, 안일, 나태, 포식,
육욕으로 바꾸어, 결국 음란과 오만이
우애를 대신하고, 평화에 적대하게 되리라.
패자나[140] 전쟁의 노예도 또한 그들의
자유와 함께 온갖 덕과 신에 대한 두려움도

---

138) 대홍수.
139) 이하 6행은 승전자의 타락.
140) 이하 8행은 패전자의 타락.

잃게 될 것이다. 그들의 거짓 신앙은
격전 중 침입자에 대항하는 데 하느님의
원조 얻지 못하고, 그 때문에 열성 식어,
그 후 안이하고 세속적이고 방종하게
그들의 주인에게서 허용받은 향락을 좇아
살고자 힘쓰리라. 그것은 대지가
절제를 필요로 하지 않을 만큼 생산하기 때문이다.
이렇게 모두 타락하고, 모두 부패해,
정의와 절제, 진리와 신의가 망각된다.
예외는[141] 한 사람, 예사롭지 않게 선하고,
유혹과 습관과 세상의 노여움에 항거하는
어두운 세상의 오직 하나 빛의 아들[142]뿐,
비난과 모멸, 아니 폭행도 두려워 않고,
그는 그들의 사악한 길을 훈계하며
참으로 안전하고, 평화로 가득 찬
정의의 길을 그들 앞에 보이고,
회개하지 않는 그들에게 임박한
노여움을 선언한다. 그리하여 도리어 그들에게
조롱받지만, 신은 살아 있는 자 중에서
유일한 의인으로 인정하고,
그대 본 바와 같이 놀라운 방주를

---

141) 이하 11행. 말년의 밀턴 자신의 경우를 암시한 것으로 보는 이가 많다. '하느님에겐 유일하게 살아 있는 의로운 사람으로 인정'받은 노아. 밀턴은 자신의 경우를 노아의 경우로 암시했다.
142) 하느님의 진리를 인정하는 자.

제11편 547

건조하도록 명령해 완전한 파멸로 운명 지워진 세상에서
자신과 그 가족을 건지고자 하리라.
그가 인간과 동물 중에서 살도록 선택된
것들과 더불어 방주에 들어가서
주위의 문을 두루 닫자마자, 하늘의 수문은
모두 열려, 밤과 낮을 가리지 않고 지상에
비 쏟으리라. 심연의 샘은 모두
터져, 대양이 불어 올라 모든 경계 너머까지
침범하고, 드디어 홍수는 범람해
제일 높은 산까지
오르게 된다. 그때[143] 이 낙원의
산도 물결의 힘으로 여기서
뽑혀서, 뿔 모양의 홍수[144]에 밀려,
푸른 것 전부 벗겨지고, 나무들 물에 뜨고,
큰 강[145]으로 흘러 내려가 큰 입을 벌린 만[146]에 이르러
거기에 뿌리내려, 염분 많은 알몸의 섬 되고,
물개와 고래와 바다 갈매기의 서식처 되리라.
그것은 어떤 곳에 자주 드나들고 사는 사람이
아무것도 가져오는 것 없으면, 하느님이
그곳에 신성을 부여하지 않음을
그대에게 가르치고자 함이다.

---

143) 이하 7행은 대홍수로 인한 낙원의 소멸.
144) 《아이네이스》 8장 7행의 "뿔 모양의 강"에서 따온 것이라고 한다.
145) 유프라테스 강(《창세기》 15장 18절 참조).
146) 유프라테스 강이 흘러드는 페르시아 만.

이제 더 계속되는 것을 보아라."
　　바라보니,[147] 방주가 지금 물이 줄고 있는 홍수 위에
떠 있다. 구름이 날카로운
북풍[148]에 쫓겨 흩어지고 홍수의 수면이
바람에 말라 시든 듯 쭈글쭈글하다.
청명한 해는 넓은 수면을
뜨겁게 응시하고, 갈증을 느낀 뒤처럼 맑은
물결을 크게 마셔버린다. 이리하여 물결은
물러나기 시작하고 고인 호수로부터 졸졸대는 썰물 되어
가벼운 걸음으로 깊은 바다로 향한다.
이제 하늘의 창이 닫힘과 함께 수문 막힌다.[149]
방주는[150] 이제 떠 있지 않고, 땅 위 어떤
높은 산꼭대기에 고착된 것 같다.
이제 산꼭대기들이 바위 되어 나타나고,
거기서 빠른 물줄기가 소란하게
물러나는 바다를 향해 사나운 물결 몰고 간다.
즉시[151] 방주에서 까마귀 하나 날아 나오고,
뒤따라서 한층 확실한 사자使者인
비둘기 따라 나와서 거듭 찾는다,
발붙일 푸른 나무 또는 땅을.

---

147) 이하 29행은 제7환영. 홍수 후 천지의 부흥과 새로운 약속(〈창세기〉 8장 9절 참조).
148) "하느님이…… 바람으로 땅 위에 불게 하시매 물이 감하였고"(〈창세기〉 8장 1절).
149) "깊음의 샘과 하늘의 창이 막히고"(〈창세기〉 8장 2절).
150) 이하 2행 "방주가 아라랏 산에 머물렀으며"(〈창세기〉 8장 4절).
151) 이하 6행은 〈창세기〉 8장 6~11절 참조.

두 번째 돌아갈 때, 부리로
평화의 상징, 감람나무 잎을 가져온다.
마침내[152] 마른 땅 나타나고, 방주에서
노인은 저의 일족을 거느리고 내린다.
그러고선 경건히 손과 눈을 쳐들어,
하늘에 감사를 올리니 머리[153] 위에
이슬 맺힌 구름과, 그 구름 속에 화려한
세 줄기 빛깔[154]의 선명한 무지개를 본다.
그것은 하느님으로부터의 평화와
새로운 약속[155]의 징조.
이것을 보고, 그처럼 슬퍼했던 아담은
크게 기뻐하고, 그 기쁨을 이렇게 나타낸다.
　"아, 당신, 미래의 일을 현재처럼
나타낼 수 있는 하늘의 스승이시여. 이
마지막 광경에서 나는 소생하나이다, 인간은
만물과 더불어 살고, 종족 보전할 것을 믿고서.
사악한 아들들이 사는 전 세계가 멸망함을
비탄하느니보다 차라리 나는 기뻐하나이다.
그처럼 완전하고, 의로운 한 사람을 위해
하느님이 감히 제2의 세계를 자신에게서

---

152) 이하 4행은 〈창세기〉 8장 13~20절 참조.
153) 이하 5행은 〈창세기〉 9장 8~17절 참조.
154) 무지갯빛이 당시엔 적·황·청, 세 가지인 것으로 생각되었다.
155) "내가 너희와 언약을 세우리니, 다시는 모든 생물을 홍수로 멸하지 아니할 것이라. 땅을 침몰할 홍수가 다시 있지 아니하리라"(〈창세기〉 9장 11절).

세우시고 노여움을 모두 잊으신 것을.
하지만 말해주십시오, 저 하늘의 색줄은 무엇입니까?
그것은 마음 풀린 하느님의 이마처럼 펼쳐진 것입니까?
아니면 저 물 먹은 구름의 흐르는 옷깃이
다시 풀려 지상에 비를 퍼붓는 일 없도록
그것을 묶는 꽃다운 끝단입니까?"
그에게 천사장은 말한다. "영리하게도 알아맞혔도다.
그렇게 기꺼이 하느님은 노여움을 푸신다.
비록 앞서 아래를 내려다보시고, 온 땅이
폭력으로 가득 차고, 인간들 각기 썩어가는 것을
보고서 비탄하며, 인간의 타락[156]을
유감스럽게 여기셨지만. 그러나 그것들은 제거되고,[157]
한 사람의 의인이 신 앞에서
은총받는 것을 보실 것이니[158] 신은
마음을 푸시어 인류를 말살하지 않고,
언약하시어, 다시는 홍수로
땅을 망치지 않고, 바다로 하여금 한계를
넘지 않게 하며,[159] 비 내려 세계가 인간과 짐승과
더불어 물에 빠지지 않게 하시리라.[160]
그러나 하느님이

---

156) 〈창세기〉 6장 112절 참조.
157) 〈창세기〉 6장 6절 참조.
158) 〈창세기〉 6장 8절 참조.
159) 〈시편〉 104편 9절 참조.
160) 이하 4행은 〈시편〉 9편 14~15절 참조.

지상에 구름을 가져올 때엔 삼색의
무지개를 그 속에 놓고, 그걸 보고서
하느님의 언약을 기억하도록 하시리라. 낮과[161] 밤,
파종과 추수, 더위와 서리는
순환을 지키고, 마침내[162] 성화聖火에 만물이 정화되어
천지와 더불어 새로워져서 거기서 그 의인 살리라."

---

161) 이하 3행. "땅이 있을 동안에는 심음과 거둠과 추위와 더위와 여름과 겨울과 낮과 밤이 쉬지 아니하리라"(〈창세기〉 8장 22절).
162) 이하 2행은 〈베드로 후서〉 3장 12~13절 참조.

제12편

천사장 미카엘은 대홍수 얘기에서 계속해 그다음에 일어날 것을 말한다. 그리고 아브라함을 얘기하는 대목에서 아담과 이브가 타락할 때 그들에게 약속한 '여인의 씨'란 누구인가를 점차 이야기한다. 그의 화신·죽음·부활, 그리고 승천. 그가 재림할 때까지의 교회 상황. 아담은 이런 얘기와 약속에 크게 만족하고 위안받아, 미카엘과 함께 산을 내려온다. 이브를 깨우는데, 그녀는 그동안 내내 잠자면서 조용한 꿈으로 마음이 진정되고 순종할 마음 생긴다. 미카엘은 양손으로 그들을 낙원 밖으로 인도한다. 그들 뒤에 화검火劍이 뒤흔들리고, 케룹들은 부서를 맡아 그 장소를 수호한다.

◆

  여행에서 걸음 재촉하면서도 한낮에는
휴식 취하는 사람처럼 천사장은 여기
멸망한 세계와 회복된 세계 사이에서 말을 끊고

혹시 아담이 무슨 말 꺼내지 않을까 기다리다가
이윽고 가볍게 화제 바꾸어, 말 시작한다.
"그대는[1] 이렇게 세상이 시작되어 끝나고,
인류가 제2의 줄기[2]에서처럼 소생함을 보았다.
아직 볼 것은 많다. 그러나 내가 보건대,
그대 인간의 눈은 약화되었도다. 신의 일은
반드시 인간의 감각을 손상하고 약화하니,
지금부터 앞으로 일어날 일은 말로 하련다.
주의하여 귀 기울여 들어라.
그러니 이 제2의 인류의 근원은, 수 아직 적고
지난 심판의 공포 생생하게 마음에
남아 있는 동안, 하느님을 두려워하고
바르고 옳은 일에 마음 쓰면서
살아나갈 것이고, 급속히 번식하리라.
땅을 갈고 곡식과 술과 기름 등
풍성한 수확 거두리라. 또한 소 떼, 양 떼에서
송아지, 새끼 양, 새끼 염소를 제물로 바치고,
풍성한 포도주 부어 거룩한 제사 지내며,
죄 없는 환희에 싸여 날을 보내고, 길이
족장의 지배하에
가족끼리 부락끼리 평화롭게 살리라. 마침내[3] 오만하고

---

1) 천사장 미카엘의 얘기가 계속된다.
2) 134쪽 7행 참조.
3) 이하 2행. 님롯(니므롯). 〈창세기〉 10장에 의하면 그는 함의 증손이고, 시나르의 지배자이다.

야심 있는 자가 하나 나와, 공정한
평등, 형제적 지위에 만족하지 않고,
스스로 왕이라 칭하면서
만부당하게 자기 형제의 주권을
침해하고, 화합과 자연의 법칙을
땅에서 완전히 쓸어버리고자 하리라.
포악한[4] 그의 전제적 주권에 복종하지
않는 자를 전쟁과 원수의 덫으로
(짐승 아닌 인간을 사냥감으로 하여) 사냥하리라.
그로 해서 그는 주님 앞에서 위대한 사냥꾼의
호칭 받으리라, 하늘을 멸시하고
하늘로부터 제2의 주권을 요청하는 자 되리라.
그리하여 그의 이름은 반역에서 유래할 것이다.[5]
비록 제가 타인의 반역은 나무랄지언정.
그는[6] 같은 야심으로 결합해 저와 함께
혹은 제 밑에서 전제를 자행하려는 일당과 더불어
에덴으로부터[7] 서쪽으로 나아가,

---

4) 이하 6행. "그가 여호와 앞에서 특이한 사냥꾼이 되었으므로 속담에 이르기를 아무는 여호와 앞에 니므롯 같은 특이한 사냥꾼이로다 하더라"(〈창세기〉 10장 9절). 여기 '여호와 앞에'의 해석에는 두 가지가 있는데 하나는 본문과 같이 "하늘을 멸시하고"의 뜻, 또 하나는 '여호와의 다음가는'의 뜻이다.
5) '님롯'이란 이름은 히브리어 '반역'에서 나온 것이라고 한다.
6) 이하 25행은 〈창세기〉 11장 2~9절에서 바벨에 탑을 쌓아 하느님의 노여움을 사고, 언어의 혼란을 가져온 이야기이다. 님롯이 바벨탑의 건축과 관계있다는 언급은 성서에 없다.
7) 이하 3행. "이에 그들이 동방으로 옮기다가 시날(시나르) 평지를 만나 거기 거하고…… 역청(아스팔트)으로 진흙을 대신하고"(〈창세기〉 11장 2~3절).

검은 아스팔트의 소용돌이가 땅 밑
지옥의 아가리에서 끓어 나오는 평원을 찾으리라.
벽돌과[8] 재료로 그들은 꼭대기가
하늘에 닿는 도시와 탑을 세워
스스로 이름 얻고자 한다. 그러지 않으면 그 이름
멀리 이국에 흩어져 그들의 기억 잃을까 하여—
이름의 선하고 악함은 돌보지도 않고.
그러나 가끔 보이지 않게 내려와
인간을 방문해 그 거처 안을 거니시며,
그들의 행위를 살피시던 하느님께서, 이윽고 그것을
바라보시고 그 탑이 하늘의 탑을 가로막기 전에,
내려오셔서[9] 그 도시를 보고 조롱하며, 그들의 혀에
분쟁의 혼을 심고, 그들 본래의 언어를
완전히 없애버리고, 대신 서로
알 수 없는 소음을 부어 넣으셨다.
즉시 건축자들 간에 무서운 지껄임 소리가
요란하게 일어나, 서로 부르지만
알아듣지 못하고 결국은 목쉬고 격분해
조롱당한 듯 법석을 떤다. 하늘에 웃음소리[10] 높고,
밑에서의 이상한 광란 내려다보며,

---

8) 이하 4행. "자, 성과 대를 쌓아 대 꼭대기를 하늘에 닿게 하여 우리 이름을 내고 온 지면에 흩어짐을 면하자"(〈창세기〉 11장 4절).
9) 이하 3행. "이제 여호와께서 거짓말하는 영을 왕의 이 모든 선지자의 입에 넣으셨고"(〈역대하〉 18장 22절).
10) "하늘에 계신 자가 웃으심이여"(〈시편〉 2편 4절).

또한 그 소음 듣는다. 이리하여 건축은 우습게
중단되고, 이 공사는 '혼란'[11]이라 명명된다."
    이에 대해 아담은 아버지로서 불쾌하여 말한다.
"아, 저주스러운 아들이로다. 하느님에게서 받지 않은
권위를 찬탈해 혼자서 젠체하고
이렇게 동포 위에 오르려 하니.
그분이 우리에게 준 절대적인 주권은
짐승, 고기, 새 등에 대해서뿐. 그 주권도
신이 주셔서 우리가 가지고 있을 따름, 사람[12] 위에
사람을 주인으로 두지 않으셨다. 그런 이름은
자신이 보유하시고, 인간을 인간에게서 해방시켰다.
그런데[13] 이 찬탈자는 인간에 대해 거만하게도
침해를 그치지 않고, 그의 탑은 하느님을
포위하고 도전코자 한다. 가련한 인간! 어떤
식량을 거기에까지 실어 올려, 저와 그 저돌적인
군사를 지탱하고자 하는지? 구름 위의
희박한 공기에 그의 조악한 폐부는 애타고
빵이 아니라 호흡에 굶주리리라."
    그에게 미카엘은 말한다. "당연하다, 그대가

---

11) 바벨이란 말은 히브리어로 '혼란'을 의미한다. "그러므로 그 이름을 바벨이라 하니, 이는 여호와께서 온 땅의 언어를 혼잡케 하셨음이라"(〈창세기〉 11장 9절).
12) 이하 2행. 사람 위에는 다만 하느님이 있을 뿐이다.
13) 이하 3행. 바벨에 탑을 쌓는 이유는 님롯이 이것으로 하느님께 복수하기 위함이다. 즉, 하느님이 다시 홍수로 인간을 물에 빠뜨리려고 해도, 높은 탑 위에서 하느님을 조소하고자 한 것이다. 하느님에 대한 도전이다.

그 아들을 미워함은. 정당한 자유를
억압하려고 조용한 인간의 상태에 이런 고통을
가져온 그자를. 그러나 동시에 깨달아라,
그대의[14] 원죄 이래 참된 자유는
상실되었음을. 그것은 항상 바른 이성과
분리해서는 존재할 수 없다.
인간의 이성이 어둡거나 이성에 복종하지 않으면,
즉시 터무니없는 욕망과 갑자기 높아진 감정이
이성에게서 주권을 빼앗고, 지금까지 자유롭던
인간을 노예로 끌어내린다. 그러니 인간이 자신의 마음속에서
비열한 힘에게 자유 이성을 지배하도록
허용하는 한, 하느님은 정당한 판단으로 그를
밖으로부터 폭군들에게 복종시키고
폭군들은 흔히 인간의 외부 자유를
부당하게 구속한다. 억압은[15] 필연적인 것이지만,
그렇다 해서 억압자의 책임 없어지는 것은 아니다.
그러나 때로 백성들은 이성이라는
덕으로부터 심히 타락하고, 그 때문에 악이 아니라
정의가 거기에 치명적 저주를 곁들여
이미 상실한 내적 자유는 물론
외적 자유도 박탈한다. 방주를 건조한

---

14) 이하 7행. 자유와 이성의 관련성에 관해 그는 누차 언급한 바 있다.
15) 이하 2행. "실족케 하는 일이 없을 수는 없으나, 실족케 하는 그 사람에게는 화가 있도다"
(〈마태〉 18장 7절).

불경스러운 아들[16]을 보아라, 아비에게 가한
모욕[17] 때문에 그는 부덕의 자손 위에
'종들의 종'[18]이라는 가혹한 저주를 들었다.
이렇게 이후의 세계도 전과 같이
여전히 악에서 더 심한 악으로 나아가,
드디어 하느님은 그들의 죄에 지쳐 그들로부터
몸을 피하시고, 눈을 돌리신다. 그 후는
그들을 저희 타락한 길에 버려두고
모든 백성들 중에서 특별한 한 백성을 골라내어[19]
그들로 하여금 당신께 기원케 하려고 결심하신다.
그것은 한 믿음 있는 자[20]에게 나올 백성.
그가[21] 아직 유프라테스 강의 이쪽에 살고,
우상숭배 속에서 자랄 때[22]—아, 인간들이
(그대 믿을 수 있는가) 이토록 어리석어져서,

---

16) 노아의 아들 함을 가리킨다(《창세기》 9장 21~27절 참조).
17) 이하 2행. "노아가…… 포도주를 마시고 취하여 그 장막 안에서 벌거벗은지라, 가나안의 아비 함이 그 아비의 하체를 보고 밖으로 나가서 두 형제에게 고하매"(《창세기》 9장 20~22절).
18) "노아가 술이 깨어 그 작은 아들이 자기에게 행한 일을 알고 이에 가로되, 가나안은 저주를 받아 그 형제의 종들의 종이 되기를 원하노라"(《창세기》 9장 24~25절).
19) "너는 여호와 네 하느님의 선민이라, 네 하느님 여호와께서 지상 만민 중에서 너를 자기 기업의 백성으로 택하셨나니"(《신명기》 7장 6절).
20) 《갈라디아서》 3장 9절 참조.
21) 이하 6행. "옛적에 너희 조상들, 즉 아브라함의 아비, 나홀의 아비 데라가 강 저편에 거하여 다른 신들을 섬겼으나"(《여호수아》 24장 2절). 유프라테스 강은 티그리스 강 위에 있는 낙원에서 보면 서쪽에 있기 때문에, 그 "이쪽"은 동쪽이 되는 셈이다(《창세기》 11장 28절, 《사도행전》 7장 2절 참조).
22) 아브라함의 아비나 그 일족이 우상숭배자였던 것은 주 21)에 인용한 구절로 알 수 있다.

홍수 피한 족장[23)]이 아직 살아 있는 동안에
산 하느님을 버리고, 나무와 흙으로
제가 만든 것을 신이라 숭배하다니!
그러나[24)] 지존의 하느님은 감히 그를
그의 아버지의 집과 친족과 거짓 신들로부터
환영으로 불러내어, 신이 그에게
보여주려는 땅으로 이끌어 가고, 그에게
위대한 백성을 일으키고,
거기에 축복을 내려 그 씨로부터
만민에게 축복 주신다.[25)] 그는 곧 순종한다.
어느 땅으로 가는지 몰라도, 굳게 믿고 떠난다.[26)]
그가 어떠한 믿음으로 저의 신들과
친구들과, 고향 칼데아[27)]의 우르[28)]를 버리고,
이제 여울[29)]을 건너 하란[30)]에 들어가는가를
나는 본다, 그대는 못 보아도. 그 뒤로는
소와 양, 무수한 노예의 괴로운 대열 따르고—
방랑해도 가난하지는 않고, 저희 모든 부귀를

---

23) 노아. 노아는 홍수 후 350년간 생존해 아브라함의 아비 데라의 시대에까지 이르렀다(〈창세기〉 9장 28절, 11장 10~24절 참조).
24) 이하 7행은 〈창세기〉 12장 1~3절 참조.
25) 아브라함의 씨(그리스도)에 의해 전 인류에게 축복 내릴 것이라는 약속을 뜻한다.
26) "믿음으로 아브라함은 부르심을 받았을 때에 순종하여 장래 기업으로 받을 땅에 나갈새 갈 바를 알지 못하고 나갔으며"(〈히브리서〉 11장 8절).
27) 성서에는 '갈대아'로 표기되어 있다. 중부 바빌론을 말한 것인데 후에 범위가 확대되었다.
28) 유프라테스 강 하류 서안에 있다.
29) 유프라테스 강의 여울을 말한다.
30) 유프라테스 강의 상류 동안에 있다.

자기를 부른 하느님께 맡기고, 미지의 땅으로.
이윽고 가나안[31]에 도착한다. 세켐과 그 인근
모레[32]의 들판에 세워진 그의 천막이
보인다. 거기서 언약에 따라
그의 자손에의 선물인 그 모든 땅을 받는다.
북으론[33] 하맛으로부터[34] 남쪽 사막에 이르기까지
(아직 만물 이름 없지만 나는 이름으로 부른다),
동으로 헤르몬 산[35]으로부터 서쪽 대해[36]까지.
헤르몬 산과 저쪽 바다를, 내가 가리키는 곳을
각각 바라보아라.
해안에는
카멜 산,[37] 이쪽에 두 원천[38]의 시내
요르단 강, 이것이 진정한 동쪽의 경계.[39] 그러나 그 아들들은

---

31) 구약에서는 요르단 강과 사해의 서쪽에서 지중해까지를 말한다. 팔레스타인의 옛 이름의 하나로 아브라함에게 약속된 땅(《창세기》 12장 7절 참조)이다. '세켐(Sechem 혹은 Shecchem)'은 팔레스타인 중부의 도시이다.
32) 세켐 부근의 지명.
33) 이하 3행은 '약속된 땅'의 경계.
34) "북편 경계는 이러하니 대해에서부터 호르 산까지 긋고, 호르 산에서 그어 하맛 어귀에 이르러 스닷에 미치고"(《민수기》 34장 7~8절). 하맛은 오론테스 강 골짜기에 있는 시리아의 지방과 도시 이름이다.
35) 팔레스타인 동북 경계에 솟은 산.
36) 지중해. "서편 경계는 대해가 경계가 되나니"(《민수기》 34장 6절).
37) 지중해 연안에 있는 산.
38) 요르단 강의 수원은 헤르몬 산과 단, 두 군데에 있다(《성서 사전》에는 네 군데로 되어 있다).
39) "그 경계가 또 요단으로 내려가서 염해에 미치나니"(《민수기》 34장 12절). 이하 2행. "므낫세 반 지파 자손들이 그 땅에 거하고 번성하여, 바산에서부터 바알헤르몬과 스닐과 헤르몬 산까지 미쳤으며"(《역대 상》 5장 23절). 여기서 보면 헤르몬과 스닐은 별개의 산이나 《신명기》 3장 9절에 의하면 같은 산이다. 결국 스닐은 헤르몬 산맥 중의 일부 또는 전부일 것이다.

저 긴 산허리 스닐까지 퍼져 산다.
지상의 백성 모두가 그의 씨를 통하여
축복받으리라는 것을 숙고해라. 그 씨란
그대의 대구세주,[40] 뱀의 머리를 상해할
자를 말함이다. 그것은 머지않아
그대에게[41] 명시되리라. 때가 이르러
믿음 있는 아브라함[42]이라 불릴 이 복된 족장은
믿음과 지혜와 명예에 있어 그를 닮은
한 아들[43]을, 그리고 그 아들에게서 손자[44]를 두리라.
그 손자는 불어난 열두 아들[45]과 함께 떠나,
가나안으로부터 그 후 이집트라고 불리는,
나일 강으로 분할된[46] 땅에 이른다.
보아라, 그 강이 흘러감을. 그 땅에 체재하려고
그는 온다, 기근 때에 막내아들[47]에게
초대받아—그 아들[48]은 공훈으로
중용되어 이집트 왕의 나라에서 제2인자가

---

40) 예수 그리스도.
41) 이하 12행. 이삭·야곱·요셉에 대한 역사(《창세기》 2장 1~50절 참조).
42) "믿음 있는 아브라함"(《갈라디아서》 3장 9절, 《창세기》 17장 5절 참조).
43) 이삭.
44) 야곱.
45) 야곱에게 열두 아들이 있어, 그들이 유대인 열두 족속의 선조가 되었다. 이하 3행은 《창세기》 46장 참조.
46) 오비디우스의 《변신 이야기》 1장 422행에 나일 강을 "일곱 물줄기의 나일 강"이라고 했다.
47) 야곱의 아들 요셉(《창세기》 42장 45절 참조).
48) 이하 2행은 《창세기》 41장 참조.

된 자. 그곳에서[49] 그는 죽지만, 나머지
종족이 불어서 한 국민 되고, 이제
다음 왕에게 의심받게 된다. 동거하기엔[50]
너무 많은 손님이라 하여 왕은 번식 과잉을
막고자 하며, 냉정히 나그네로 대우하던 것을
노예로 푸대접하고, 또한 남자 유아를 죽인다.
마침내[51] 하느님의 백성을 노예로부터
해방시키기 위해 하느님이 보낸 두 형제(그 이름은
모세와 아론[52])에 의해 그들은 돌아온다,
영광과 노획물[53] 가지고 성스러운 약속의 땅으로.
그러나[54] 하느님을 알고 사명을 우러를 것을
거부하는 무법한 폭군[55]에겐 우선 무서운
징조와 심판으로 강압하지 않을 수 없다.
강은 반드시 흐르지 않는 피로 변하고,[56]
개구리·이·파리가 진저리 나게 침입해,
모든 왕궁에 차고, 전 국토에 충만하고,
가축은 죄다 역병과 전염병으로 죽고,

---

49) 이하 55행은 이스라엘인의 이집트 탈출(〈출애굽기〉 1~15장 참조).
50) 이하 4행은 〈출애굽기〉 1장 7~22절 참조.
51) 이하 3행은 〈출애굽기〉 3~4장 참조.
52) 모세의 형. 유대 최초의 제사장.
53) 〈출애굽기〉 12장 35~36절 참조.
54) 이하 18행은 〈출애굽기〉 7~12장 참조. 이집트에 대한 대심판.
55) 파라오.
56) 모세가 여호와의 말씀을 받아 이집트 왕 앞에서 지팡이로 강물을 치니 그 물이 피로 변했다(〈출애굽기〉 7장 15~21절 참조).

종기와 농포로 왕의 전신이 부풀어 오르고
백성들도 모두 그렇게 된다. 우박 섞인 우레,
불 섞인 우박이 이집트의 하늘을 찢고,
땅에 굴러, 굴러가는 곳을 모두 휩쓴다.
멸망을 면한 풀·과실·곡물은
검은 구름장처럼 떼 지어 내리는 메뚜기에
먹히고 지상에 푸른 것이란 남지 않는다.
암흑, 손으로 만질 수 있는 암흑이 왕의
전 국토를 뒤덮고, 사흘을 지워버린다.
최후로[57] 한밤중 일격으로 이집트의
초생아 모두 죽고 만다.
이렇게 열 가지 상처[58]로
하룡(河龍)[59]은 드디어 길들어, 동거민들의
출발을 허락하고, 완강한 마음이
가끔 겸손해졌지만, 얼음처럼 녹은 후
더욱 굳어진다. 마침내[60] 격분해
갓 놓아 보낸 자들을 추격하니, 바다가
그와 그의 군사를 삼키고, 그들을 통과시킨다.
마른 땅 가듯이 수정으로 된 양 벽이

---

57) 이하 2행은 〈출애굽기〉 12장 29절 참조.
58) 이집트 왕이 이스라엘을 해방시켜 가나안에 돌려보내지 않아 내린 신벌. 10대 재앙을 말한다.
59) 파라오를 말한다. "주 여호와의 말씀에 애굽 왕 바로(파라오)야 내가 너를 대적하노라. 너는 자기의 강들 중에 누운 큰 악어라. 스스로 이르기를 내 이 강은 내 것이라 내가 나를 위하여 만들었다 하는도다"(〈에스겔〉 29장 3절).
60) 이하 21행은 이스라엘인의 홍해 횡단을 말한다(〈출애굽기〉 14장 참조).

모세의 지팡이에 찔려 갈라져 서 있는
가운데로. 이리하여 구원된 자 해안에 당도한다.
이런 신기한 힘을 하느님은 성도[61]에게 주시리라.
하느님은 천사 안에 존재하시지만, 그는
천사들보다 앞서 구름과 불기둥에 싸여 가신다.
낮에는 구름이 되고, 밤에는 불기둥이 되어
그들이 가는 길을 인도한다, 완고한
왕이 쫓는 동안엔 그들을 뒤로 옮겨놓으며.
밤새껏 그는 추격하지만 암흑이 중간에서
가로막아 새벽까지 접근하지 못하게 한다.
그때 하느님이 불기둥과 구름 사이로
굽어보시며, 그의 전군을 괴롭히고,
전차 바퀴를 뒤집는다. 그때 명에 의해
모세가 다시 한 번 힘센 지팡이를 바다 위에
휘두르니, 바다가 복종하여,
그들의 전열 위에 파도 되돌아와
군사를 뒤덮는다. 선민選民은 무사히
해안[62]으로부터 가나안 향해 나아간다,
가장 가까운 길 아니지만 황야[63]를 지나서.
그러지[64] 않으면 처음부터 가나안인을 놀라게 해

---

61) 모세.
62) 홍해 해안.
63) 슈르·신장·시나이 등의 황야.
64) 이하 4행. "바로가 백성을 보낸 후에, 블레셋 사람의 땅의 길은 가까울지라도 하느님이 그들을 그 길로 인도하지 아니하셨으니, 이는 하느님이 말씀하시기를 이 백성이 전쟁을 보면 뉘

익숙지 않은 그들이 전쟁의 위협 받고 무서워서,
오히려 치욕스러운 노예 생활을 택해,
이집트로 돌아갈까 두려웠기에. 전쟁에
익숙지 않으면 경솔에 이끌리지 않는 한,
생명은, 귀인에게나 천인에게나 귀한 것이니.
그리고[65] 그들은 넓은 황야에 머물러,
이것을 또한 성취하리라. 즉, 그곳에 그들의
정부를 설치하고, 정해진 율법으로 다스리도록
열두 족속으로부터 위대한
원로 의원[66]을 뽑는다.
하느님은[67] 하늘에서 내려와 시나이 산
흰 산꼭대기를 진동시키며, 우레·번개,
나팔 소리 드높은 가운데 스스로
그들에게 율법을 내리신다. 일부는
민간 정의에 관한 것, 일부는 희생의
종교 의식을. 그리하여 표시와 상징으로
그 뱀을 상해할 예정의 씨가

우처 애굽으로 돌아갈까 하셨음이라. 그러므로 하느님이 홍해의 광야 길로 돌려 백성을 인도하시매"(〈출애굽기〉 13장 17~18절).
65) 이하 5행은 홍해의 광야 길로 돌아서 간 두 번째 이유이다.
66) 모세가 이스라엘 백성 가운데서 뽑은 70인의 장로와 더불어 여호와에게서 명령받은 백성을 다스리는 일을 맡는다. "여호와께서 모세에게 이르시되 이스라엘 노인 중, 백성의 장로와 유사 되는 줄을 네가 아는 자 70인을 모아 데리고 회막 내 앞에 이르러 거기서 너와 함께 서라 하라…… 그들이 너와 함께 백성의 짐을 담당하고 너 혼자 지지 아니하리라"(〈민수기〉 11장 16~17절, 〈출애굽기〉 24장 참조).
67) 이하 12행. 〈출애굽기〉 19장 20절 참조.

어떻게 인류의 구원을 성취할 것인가를
그들에게 가르치신다. 그러나 하느님의 음성이
인간의 귀에는 두려운 것이다. 그들은 모세가
그들에게 하느님의 거룩한 뜻을 전해 두려움 없게 할 것을
바란다. 그는[68] 그들이 원하는 것을 허용하고
중재자 없이는 하느님께 접근할 수
없음을 가르친다.
중재자의 그 높은 임무를
상징적으로 취한다. 그것은 보다 위대한 자를
인도하기 위함이니, 그는
그 전성의 날을 예언할 것이고,
예언자들 모두, 저희 시대에 대메시아의
세상을 노래하리라. 이렇게 법과 의식
이루어지니, 하느님은 거룩한 뜻에 순종하는
자들을 참으로 기뻐하시어, 황송하게도
당신의 막사[69]를 그들 사이에 세우게 하신다.
성스러운 분께서 목숨 있는 인간과 살기 위하여.
그분의 명령으로 황금 입힌

---

68) 이하 9행. 〈출애굽기〉 20장 18~19절에 의하면 여호와께서 시나이 산에 강림해 율법을 내렸을 때, 이스라엘 민중은 "우레와 번개와 나팔 소리와 산의 연기"에 떨며 멀리 서서 모세에게 "당신이 우리에게 말씀하소서, 우리가 들으리다. 하느님이 우리에게 말씀하시지 말게 하소서, 우리가 죽을까 하나이다" 하고 중재를 간청했다. 이것이 중재자의 사상의 근원이다. 모세는 중재자의 필요성을 백성들에게 가르치고, 그 출현을 예언한다(〈신명기〉 18장 15~16절 참조).
69) 하느님이 인간에게 강림해 거기서 인간을 만나고, 인간과 말씀하는 곳이니, 인간 구원의 예표이다.

삼나무로 성소가 세워지고, 그 안에
궤 하나, 궤 속엔 그의 증명인
성스러운 약속의 기록 모시고, 그런 것 위로
황금의 성좌, 빛나는 두 케룹의
날개 사이에 있다. 그[70] 앞에 일곱 개의
등불이 불탄다, 황도대黃道帶에서처럼[71]
하늘의 불을 표시하면서.
막사 위에는 낮엔
구름이, 밤엔 불의 섬광이 머문다.
그들이 여행하는 동안을 제외하고, 마침내 그들은
천사의 인도 받아 아브라함과 그 자손에게
약속하신 땅으로 온다. 나머지는
얘기하면 길다—얼마나 많은 싸움이 있었고,
얼마나 많은 왕이 망하고, 얼마나 많은 나라가 점령당했는지.
또는[72] 해가 어떻게 온종일 중천에
정지하고, 밤이 당연한 노정을 연장했던가.
인간의 목소리 명하여, '태양이여, 기브온[73]'에,
그리고 너, 달이여, 아이알론[74]의 골짜기에 서라!
이스라엘이 승리할 때까지' 하고 이렇게

---

70) 이하 2행. "보좌 앞에 일곱 등불 켠 것이 있으니, 이는 하느님의 일곱 영이라"(《요한 계시록》 4장 5절).
71) 이하 5행은 〈출애굽기〉 40장 34~38절 참조.
72) 이하 5행은 〈여호수아〉 10장 12~13절 참조.
73) 예루살렘 서북방에 있는 도시.
74) 예루살렘 서북방 20킬로미터쯤에 있는 도시.

외치는 건 아브라함의 3세,[75] 이삭의 아들 그리고
그에게서 나와 가나안을 점령할 전 자손."
    여기서 아담은 말한다.
"아, 하늘의 사신,
내 어둠을 비추는 자여, 당신은 고마운 일을
알려주셨도다. 특히 외로운 아브라함과
그의 자손들에 관한 것을. 이제 비로소
나는 참눈을 뜨고,[76] 내 마음 풀린 듯하옵니다.
전에는 나와 전 인류의 장래를 생각하고
고민했었는데, 이제 나에겐
만민에게 축복 내릴 그분의 날이 보이나이다.
나에겐 분에 넘치는 은총이옵니다,
금지의 수단으로
금지의 지식 구한 이런 나에겐.
그런데 아직 이해할 수 없는 것은 하느님이
지상에서 그 안에 섞여 같이 사실 그자들에게
율법을 어찌 그리 많이 주시는지.
그렇게 많은 율법은 그들에게 많은
죄 있다는 증명. 어찌 하느님께서
그들과 함께 살 수 있나이까?"
    미카엘이 그에게 말한다. "그들 사이에서 죄가
득세할 것은 분명하다, 그대의 아들들이니.

---

75) 예언자 여호수아.
76) 앞서 금단의 열매를 먹었을 때 눈이 뜨인 것은 허위였다.

그래서 율법이 부여되느니라. 죄 일으켜[77]
율법과 싸우게 해 그로써 그들
본연의 사악을 명시하려 한다. 그리하여[78] 율법은
죄를 드러내고, 약한 속죄의
표상인 소와 산양의 피에 의해서밖에는
죄를 제거할 수 없음을 깨달을 때, 인간을 위해서
보다 고귀한 피,
즉 정의가 불의를 위하여 바쳐져야 한다는 것을
그들은 알게 될 것이다. 그것은 신앙에 의해서
얻게 된 의義에 있어서만, 하느님을 향한
의와 양심의 평화를
얻기 위함이다. 율법은 의식으로 양심을
달래지 못하고, 또한 인간은 도덕적 부분을
완수할 수 없고, 완수 못 하면 살 수 없다.
그처럼 율법은 불완전한 것이다. 다만
때가[79] 이르면, 보다 나은 성스러운 약속 앞에 그들을
내주기 위해서만, 그것이 부여된다.

---

77) "그러나 죄가 기회를 타서 계명으로 말미암아 내 속에서 각양 탐심을 이루었나니, 이는 법이 없으면 죄가 죽은 것임이니라…… 계명이 이르매 죄는 살아나고 나는 죽었도다"(《로마서》 7장 8~9절).
78) "율법은 장차 오는 좋은 일의 그림자(표상)요, 참 형상이 아니므로"(《히브리서》 10장 1절). 이하 7행. "이는 황소와 염소의 피가 능히 죄를 없이 하지 못함이라. 그러므로 그리스도께서 세상에 임하실 때에 가라사대, 하느님이 제사와 예물을 원치 아니하시고 오직 나를 위하여 한 몸을 예비하셨도다"(《히브리서》 10장 4~5절).
79) 이하 2행. "이는 예수 그리스도를 믿음으로 말미암은 약속을 믿는 자들에게 주려 함이니라…… 이같이 율법이 우리를 그리스도에게로 인도하는 몽학 선생이 되어"(《갈라디아서》 3장 22~24절).

그때까지의 단련은
표상적 외형은 진실로,[80] 육은 영으로,
엄격한[81] 율법의 부과는 풍부한 은혜를
자유로이 누리는 것으로, 노예의 공포는
아들로, 율법의 과업은 신앙의 그것으로 변한다.
그러므로 하느님의 지극한 사랑 받지만,
모세는 다만 율법의 사역자에 불과하니
저의 백성을 데리고 가나안에 들어갈 수 없다. 그러나
이방인들이 예수라 부르는 여호수아[82]만이
그의 이름과 임무를 맡으리라. 그는 곧
적인 뱀을 죽이고, 세상의 황야를 거쳐
오래 방황하는 인간을 영원한 안식의
낙원으로 편안히 데리고 돌아갈 수 있다.
그러는 동안 그들은 지상의 가나안[83]에 놓여
같이 살고 번창할 것인데, 결국
백성의 죄가 그들의 공적인 평화를 깰 때
하느님을 노하게 하여 적이 나타나게 된다.
그러나 하느님은 죄를 회개하면
가끔 적에게서 구원하신다.

---

80) 〈히브리서〉 9장 24절, 10장 1절 참조.
81) 이하 2행. "율법은 모세로 말미암아 주신 것이요, 은혜와 진리는 예수 그리스도로 말미암아 온 것이라"(〈요한〉 1장 17절).
82) 하느님의 계명을 받아 황야를 거쳐 성스러운 약속의 땅으로 이스라엘 백성을 인도했다. '여호수아', '예수', '구세주'는 모두 같은 뜻이다. 이름이 같듯 임무도 같았다.
83) 가나안은 지상에 있는 "영원한 안식의 낙원"이기에 "지상의 가나안"이라고 말했다.

우선 판관에 의해, 다음은 왕 밑에서.
왕 중 제2세.[84] 신앙에도 무공武功에도
이름 높은 자가 하나의 변함없는
성스러운 약속 받으리라, 즉 그의 왕위 영원히 계속되리라.[85]
예언자 모두 노래하리라—다윗의(나는
이 왕을 이렇게 부른다) 왕통에서 한 아들
일어나리라.[86] 그대에게 예언된 그 여자의 씨,
아브라함에게는 만민이 그에 의존하리라고
예언되고, 왕들에겐 그 통치 한없을
것이므로 최후의 왕이라고 예언하셨다.
그러나 우선 그 왕통은 반드시 오래 계속되리라.
부와 지혜로 이름 높은 그의 둘째 아들[87]은,
그때까지 막사에서 방황하는 구름 속의
법궤를 찬란한 신전에 모시리라.[88]
그 후에[89] 반은 선, 반은 악이라 기록될
자가 따르겠지만, 악의 명단이 더 길 것이다.

---

84) 이스라엘의 첫 번째 왕은 사울, 두 번째 왕은 다윗이다.
85) "네 집과 네 나라가 네 앞에서 영원히 보전되고, 네 위에 영원히 견고하리라"(〈사무엘 하〉 7장 16절).
86) 다윗의 후예, 그리스도의 탄생을 말한다. "그런즉 모든 대 수가 아브라함부터 다윗까지 열네 대요, 바벨론으로 이거할 때까지 열네 대요, 바벨론으로 이거한 후부터 그리스도까지 열네 대더라"(〈마태〉 1장 17절).
87) 다윗의 차남 솔로몬.
88) 솔로몬은 예루살렘에 신전을 세웠다(〈열왕기 상〉 6장 7절, 〈역대 하〉 3장 참조).
89) 이하 2행. 솔로몬 이후 나라가 남북으로 분열되어 각각 선왕·폭군이 번갈아 나타났다. 그러나 폭군이 더 많았다.

그들의[90] 사악한 우상숭배와 그 밖의 과오는
백성의 모든 죄에 가중되어[91] 하느님을
노하게 하니, 하느님은 드디어 백성들을 버리고 그 나라,[92]
도시, 신전, 법궤, 그리고 모든
성물도 함께 그 오만의 도시의
조롱과 밥이 되게 하시리라. 높은 성벽이
그대가 본 대로 혼란으로 막을 내린 도시를
바벨론이라고 부른다.
신은 거기서 백성들을 70년[93] 동안 포로 생활
하게 하지만, 그 후 자비와 하늘의 날들같이[94]
정해진 다윗에 대한 성스러운 약속을
잊지 않으시고 그들을 다시 데려온다.
하느님이 자리 정해준 그들의 주인인 왕[95]의
허락 얻어 바벨론에서 돌아와, 그들은
우선 신전을 고쳐 세우고,[96] 잠시
미천하고 온전하게 살았지만, 결국
부와 인구가 늘어 파쟁을 좋아하게 된다.

---

90) 바벨론 포로. 이하 12행. "우상숭배"는 이미 솔로몬에서 시작되어, 분열 후 북이스라엘 왕 여로보암이 더욱 심했다. "그 밖의 과오"란 솔로몬 이후 이스라엘의 신앙 도덕이 모두 부패한 것을 뜻한다.
91) 왕의 죄와 백성 전체의 죄가 겹쳐져.
92) 〈열왕기 하〉 24장 25절, 〈역대 하〉 3장 6절 참조.
93) 기원전 606~536년. 〈예레미야〉 25장 11절 참조.
94) 〈시편〉 89편 36~37절 참조.
95) 바사(페르시아) 왕 키루스(고레스)가 비로소 유대인들의 귀환을 허가했다.
96) 〈에스라〉 3~8장 참조.

우선 사제들 사이에 분쟁이 일어난다.
제단을 섬기고 무엇보다 평화에
힘써야 할 사람들로서. 사제들의 분쟁은
신전까지 더럽힌다. 드디어 그들은[97]
홀笏까지 빼앗고, 다윗의 아들들[98]을 존경 않고,
그 후 왕권을 이방인[99]에게 잃는다. 그리하여
참된 왕 메시아가 왕권을 잃은 채
태어난다. 그러나[100] 그가 탄생할 때
하늘에 보인 적 없는 별이 그의 내림을 고하고,
향·몰약·황금을 바치려고 그분 있는 곳을
찾는 동방 박사들을 인도한다.
한[101] 거룩한 천사가 그가 탄생하신 곳을
야간에 경비하는 순진한 목자들에게 고하니,
그들은 기뻐서 급히 그곳으로 발길을 향하고
만군의 천사 합창단이 그의 축가 부르는 것을 듣는다.
처녀가 그의 어머니이다. 그러나 아버지는
지존자 지극히 높으신 힘. 성자는[102] 세습의

---

97) 아스모네아 일가. 기원전 153~135년에 대사제직에 있었다. 기원전 107년에 아리스토불루스가 비로소 왕위를 겸했다. 예루살렘이 폼페이에 함락될 때까지.
98) 〈마태〉 1장 참조.
99) 에돔 사람 안티파테르(안디바텔). 기원전 61년에 예루살렘의 지사가 되었고, 기원전 47년에 율리우스 시저에 의해 유대의 태수가 되었다. 그의 둘째 아들이 헤롯 왕(예수는 그 시대에 났다)이다.
100) 이하 4행. 〈마태〉 2장 9~11절 참조.
101) 이하 4행은 〈누가〉 2장 8~20절 참조.
102) 이하 3행은 〈누가〉 1장 31절, 〈시편〉 2편 8절, 〈이사야〉 9장 7절 참조.

왕위에 오르고, 그 통치의 경계는 넓은 대지의
전역에 이르고, 그의 영광은 하늘의 전역에 이른다."
　말 끝내고 보니, 아담은 너무 기뻐서 슬픈 듯
눈물에 젖어 말이 없다. 잠시 후 간신히 이렇게 말한다.
　"아, 복음의 예언자! 궁극의
희망의 완결자여! 이제 분명히 깨닫겠나이다,
이제까지 꾸준히 생각해도 알지 못했던 일을.
우리가 크게 기대하는 그분이 여자의 씨라
불리는 이유를. 처녀[103] 성모여, 만세!
하늘의 사랑 속에 높으나, 역시 나의 허리에서
태어나시고, 그 태에서 지존의
하느님의 아들 낳으리라.
그리하여 신과 인간이 일체一體.
뱀은 이제 치명적 고통으로 머리에 상처
받을 각오 해야 한다. 말해주십시오, 어디서, 언제
싸워, 어떠한 타격이 승리자의
발꿈치를 상하게 할 것인지."
　미카엘은 그에게 말한다.
"그들의 싸움을 결투와 같은 것으로,
또는 머리나 발꿈치의 부분적 부상으로
상상 마라. 성직자가 인성人性에 신성神性을
겸하는 것은 더 강한 힘으로 그대의 적을

---

103) 이하 2행. "그 처녀의 이름은 마리아라, 그에게 들어가 가로되, 은혜를 받은 자여 평안할
지어다. 주께서 너와 함께 하시도다"(〈누가〉 1장 27~28절).

격파하기 위함이 아니다. 사탄도 그렇게 패하진
않는다. 하늘에서의 타락이 더 심한 상처였지만,
그대에게 죽음의 상처 못 줄 정도는 아니다.
그대의 구세주로 오시는 분은 그 상처 낫게 하신다,
사탄을 멸함으로써가 아니라 그대와 그대의 자손에게
사탄이 한 일을 멸함으로써이다. 그것은 다름 아닌,
그대가 이행치 못한 것, 즉 죽음의
벌로 과해진 하느님의 율법에 순종함으로써,
그리고 그대의 죄에 적합한, 또한
거기서[104] 나오는 그들의 죄에 적합한 벌인
죽음의 고통을 받음으로써만 완수된다.
그처럼 신의 율법에 순종함으로써만 높은 정의는 충족된다.
그는 다만 순종과 사랑으로써만 하느님의
율법을 완수하신다. 하지만[105] 사랑만으로도
율법을 완수할 수 있다. 그분은
육신으로 와서 치욕과 생과 저주의 죽음[106]을
겪음으로써 그대의 벌을 대신 견디신다.
그의 속죄를 믿는 모든 자에게
영생을 선포하리라. 그분의 순종은
신앙으로 전환해 저희들 것이 된다.
그분의 구원은(법으론 옳지만)

---

104) 이하 2행은 〈히브리서〉 2장 9절, 〈베드로 전서〉 3장 18절 참조.
105) 이하 2행. "사랑은 율법의 완성이니라"(〈로마서〉 13장 10절).
106) 〈갈라디아서〉 3장 13절 참조.

저희들의 일이 아닌 그분의 공덕이다.
이 때문에 그는 증오와 모독 받으며 살고
잡히고, 심판받고, 자신의 백성들에 의해
십자가에 못 박혀 생명 가져오기 위해 죽으신다.
하지만[107] 그는 십자가에 그대의 적을—
그대에게[108] 거역하는 율법과 전 인류의 죄를
자기와 더불어 못질하시리라,
그의 이 속죄를 옳게 믿는 자를
다시는 해치지 않도록. 그렇게 죽지만,
그는 곧 부활하시다. '죽음'은 그에게 오래
주권을 행사 않는다. 사흘째[109]의 여명이
돌아오기 전에 샛별은 그가,
여명처럼 새롭게 무덤에서 일어나심을 보리라.
그대의 몸값 치르고 인간을 죽음에서 구원하신다.
인간을 대신하는 그의 죽음—생을 향수하는 자
아무도 그것을 무시 못하고, 은혜받는다.
과업 충실한 신앙으로써. 이 하느님의 행위는

---

107) 이하 5행. 율법과 죄가 인류의 죄임을 말했다. 율법은 인간의 불의를 고발해 저주를 가져오게 하고(〈갈라디아서〉 3장 10절), 죄는 그 값으로 죽음을 사는 것이다(〈로마서〉 6장 33절). 그런데 그리스도는 스스로 십자가에 못 박힘으로써 이 두 가지를 자기와 함께 십자가에 못 박았다. 왜냐하면 그는 스스로 율법의 저주를 모조리 받아들여 율법의 종말이 되었고(〈갈라디아서〉 3장 13절, 〈로마서〉 10장 4절), 또한 스스로 죄의 값으로 죽음을 감수해 속죄했으므로(〈고린도 후서〉 5장 21절, 〈에베소서〉 1장 7절).
108) 이하 2행. "우리를 거스르고 우리를 대적하는 의문에 쓴 증서를 도말하시고 제하여 버리사 십자가에 못 박으시고"(〈골로새서〉 2장 14절).
109) 그리스도의 승천은 사후 사흘째 새벽이었다.

그대의 단죄를, 영원히 생을 잃고
죄에 죽어야 하는 죽음을 취소한다. 이 행위가
사탄의 머리를 상해하고 그 힘을 부술 것이다,
그의 2대[110] 무기인 죄와 죽음을 멸하여.
그리고 머리에 가시를 꽂으리라.
일시의 죽음이 승리자나 그가 속죄하는 자의
발꿈치를 상해하는 것보다 더 깊다―
그것은 잠 같은 죽음, 영생으로서의 고요한 비상.
그리고[111] 그는 부활 후에 지상에 오래
머무르지 않으시리라,
그의 사도, 그가 생존할 때
항상 그를 따르던 자들에게 몇 번
나타나시는 것 외엔. 그와 그의 구원에 대해
그들이 배운 것을 모든 백성에게 가르치고,
믿는 자에게는 흐르는 물로 세례
베풀 것을 그들의 책임으로 맡기신다. 이 예禮는
그들을 죄의 가책에서 씻어 청순한 생명으로 이끌고,
또 그런 일 있으면, 속죄자의 죽음과
같이 죽을 준비를 마음에 갖추게 하는 표시.
그들은 만민에게 가르치리라―그날부터
구원은[112] 다만 아브라함의 허리에서 난 아들뿐

---

110) 악마의 2대 무기인 죄와 죽음을 그리스도는 자신의 죽음과 부활로 깨뜨렸다.
111) 이하 16행. 그리스도의 부활과 현현.
112) 이하 4행. 〈로마서〉 4장 16절, 〈갈라디아서〉 3장 7~16절 참조.

아니라, 세상 널리 아브라함의
신앙의 아들들에게도 설교될 것이므로.
그리하여 그의 씨로 만민은 축복받으리라.
그때[113] 성자는 그의 적과 그대의 적 위로
개선하여 공중을 지나 승리를 안고
뭇 하늘 중의 하늘로 오르시리라. 그곳에서
하늘의 군왕이 뱀을 놀라게 하고, 사슬로 묶어
그의 전 영토 안을 끌고 다니다가,
기절시켜 버리신다.
그리하여[114] 그분은 영광에 들어 하느님의 오른편
자기 자리로 돌아가, 하늘의 이름 있는 누구보다
높이 추앙받으신다. 그러고선[115] 다음 이 세상이
파멸로 익어갈 때 영광과 권세와 더불어
거기서 내려와, 산 자와 죽은 자를 심판하신다,
믿음[116] 없이 죽은 자를 심판하시고, 믿음 있는 자에겐
보답해 그들을 축복 속에 받아들이신다.
하늘에서건 땅에서건. 그때[117] 지상은
온통 낙원이 되고, 에덴의 이것보다
한층 복된 장소, 복된 날들 되리라."

---

113) 이하 6행은 〈에베소서〉 4장 8~10절 참조.
114) 이하 3행은 〈에베소서〉 1장 20~21절 참조.
115) 이하 3행은 〈마태〉 24장 30절, 〈누가〉 21장 27절, 〈사도행전〉 10장 42절, 〈디모데 후서〉 4장 1절 참조.
116) 이하 2행은 〈요한〉 5장 29절 참조.
117) 이하 3행은 〈요한 계시록〉 22장 5절 참조.

천사장 미카엘, 이렇게 말하고 그친다,
세상의 대종말에 임하는 듯. 우리의
선조는 환희와 경이에 차 이렇게 대답한다.
　　"아, 무한한 선, 끝없는 선!
이 모든 선을 악에서 생기게 하고
악을 선으로 변하게 하다니—창조로써
비로소 어둠에서 빛을 가져옴보다
더 놀랍도다! 나는 참으로 어찌할까,
내가 범하고 내가 일으킨 죄를
이제 뉘우칠 것인가, 또는 거기에서 한층
더 많은 선—하느님에게는 더 많은 영광,
인간에게는[118] 하느님으로부터의
더 많은 은혜—우러나와
하느님의 노여움 위에 자비 풍만함을
더욱 기뻐할 것인가.
하지만 말해주십시오, 만일 우리 구세주 다시
하늘에 오르시면, 몇 사람의 신심 있는 자들은
어찌 될 것인지, 진리의 적인 신심 없는
무리들 중에 남아서. 그때 누가 그의 백성을
인도하고 보호하리오? 그가 받은 대우보다
더 나쁘게 그 제자들이 취급되진 않겠나이까?"
　　"확실히 그렇다" 하고 천사 말한다. "하지만

---

118) 이하 4행은 〈고린도 후서〉 4장 15절 참조.

그는 하늘에서 백성들에게 아버지의 약속[119]인
위안자[120]를 보내시리라. 그는 아버지의 영靈[121]으로서
그들 속에 살고, 사랑 속에 일하는[122]
신앙의 율법을 그들의 마음에 새겨 넣고,
온갖 진리의 길[123]로 그들을 이끌어서
영의 갑옷[124]으로 무장시켜 사탄의 공격을
물리치고, 그의 불화살을[125] 끄게 하신다,
비록 죽음일지라도.[126] 이런 잔인한 행위에 대해
그들은 마음속 위안의 보답 받는다.
또한 가끔 그 위안의 힘으로 극히 거만한
박해자들을 실색케 한다. '영'은[127] 우선
만백성에게 전도하도록 그가 보내시는
사도들에게, 다음은 세례받은 모든 자에게
내리시어 신기한 천부天賦의 힘을 그들에게 주어
방언을 말하고, 온갖 기적을 행하게 한다,
전에 주께서 하신 것처럼. 이리하여 그들은
각 백성들 중에서 다수가 하늘에서 내리는

---

119) 〈누가〉 24장 49절, 〈사도행전〉 1장 4~5절 참조.
120) 성령. 〈요한〉 14장 16절 참조.
121) 〈갈라디아서〉 4장 6절, 〈로마서〉 8장 9절 참조.
122) 〈갈리디아서〉 5장 6절, 〈로마서〉 5장 5절 참조.
123) 〈요한〉 16장 13절 참조.
124) 〈에베소서〉 6장 11절 참조.
125) 〈에베소서〉 6장 16절 참조.
126) "내가 하느님을 의지하였은즉 두려워 아니하리니, 사람이 내게 어찌하리까"(〈시편〉 56편 11절).
127) 이하 6행은 〈사도행전〉 2장 참조.

복음을 기쁨으로 받아들이게 한다. 드디어
그들은 사명을 완수하고, 착한 생 마치고서[128]
교의教義와 전기傳記[129]를 써 남기고
죽는다. 그런데[130] 그들이
경계한 바와 같이 그들 대신, 그들 자리에
늑대들,[131] 흉악한 늑대들이 교사教師로서 뒤를 이어
일체의[132] 성스러운 하늘의 비밀을
저희 자신의 소득과 야심의 더러운
이익으로 바꾸고, 다만 쓰인
순수한 기록에만 남은 진리를
미신과 전통으로 더럽히리라.
그러나 진리는 다만 순결한 기록 속에 남을 수 있는 것,
심령에 의하지 않고서는 이해할 수 없다.
그러고서 그들은 이름과 장소와 칭호를
이용하고, 이것들을 속된 권력과 결부시키고자
애쓸 것이다. 여전히 영의 힘으로써 행동한다고
허언하면서. 그들은 모든 신자信者에게 한결같이
약속되고 부여된 하느님의 성령을
저희 것으로 독점한다. 그리고 그것을 구실로

---

128) 〈디모데 후서〉 4장 7절 참조.
129) 이것이 곧 신약 성서이다.
130) 이하 34행은 사도 시대로부터 그 후 교회의 타락, 특히 로마 교회와 영국 교회에 대한 밀턴의 비판적 의견이다.
131) 영국 교회에 대한 공격. "내가 떠난 후에 흉악한 이리가 너희에게 들어와서 그 양 떼를 아끼지 아니하며"(〈사도행전〉 20장 29절).
132) 이하 5행은 로마 교회의 면죄부와 기타 유물·미신·예전·전설 등을 뜻한다.

영의 율법을 육(肉)의 권리로써 인간들의
양심에 강요할 것이다—그러한 율법은
기록되어 그들에게 남긴 것도 아니고
성령이 마음에 새겨 넣은 것도 아니다.
그때 그들이 하는 짓은
'은혜의 영'을 강요하여, 그 배필인 '자유'[133]를
구속하는 것 아니고 무엇인가? 남의 신앙
아니고 자신의 신앙으로 서도록 세워진,
산 신전[134]을 허무는 것 아니고 무엇인가? 지상에서
신앙과 양심을 배반하고서 누가 허물없다는
말 들을 수 있으랴? 그러나 그렇게 하는 자 많으리라.
그 때문에 꾸준히 '영'과 '진실'을
숭배하는 자[135] 모두에게 무서운 박해가
일어날 것이다. 나머지 대부분은
표면상의 의식과 외관만의 형식으로
종교는 충분하다고 생각하리라. 진리는
비방의 화살 맞아 물러서고, 신앙의
행적은 찾아보기 어려우리라. 이렇게 세상은
선인에겐 불행, 악인에겐 행복,[136]

---

133) "주의 영이 계신 곳에는 자유가 있느니라"(〈고린도 후서〉 3장 17절).
134) "너희가 하느님의 성전인 것과 하느님의 성령이 너희 안에 거하시는 것을 알지 못하느뇨. 누구든지 하느님의 성전을 더럽히면 하느님이 그 사람을 멸하시리라"(〈고린도 전서〉 3장 16~17절).
135) "하느님은 영이시니 예배하는 자가 신령과 진정으로 예배할지니라"(〈요한〉 4장 24절).
136) "의인은 고난이 많으나"(〈시편〉 34편 19절). "볼지어다, 이들은 악인이라, 항상 평안하고 재물은 더하도다"(〈시편〉 73편 12절).

제 짐에 눌려 신음하며[137] 진행하다가 결국
의인에게 숨길 열리고, 악인에게 보복의 날이
온다. 앞서 그대의 구원 위해
약속된 자, 그 여자의 씨 재림하시는
때가 그때—그때 희미하게 예언되었지만
그분은 이제 그대의 구세주, 그대의
주님으로 충분히 알려지고,
최후엔[138] 하늘로부터 구름 속 통하여
하느님 아버지의 영광 입고 나타나, 사탄을[139]
그릇된 세계와 함께 멸망시키면,
그때 불타는 덩어리로부터 단련되고 정화되어
새 하늘 새 땅이 솟아나고, 정의와 평화와
사랑에 뿌리박은 무한한 날의 세상 와서
즐거움과 영원한 축복의 열매 맺으리라."
    그의 말이 끝나자, 아담은 최후로 대답한다.
"축복된 예언자여, 당신의 예언은 이 세상의
변천과 시간의 노정을 시간의 종말까지
순식간에 측정했나이다. 그 너머는 심연과
영원. 그 끝은 눈으로 볼 수 없습니다.

---

137) "피조물이 다 이제까지 함께 탄식하며 함께 고통 하는 것을 우리가 아나니"(〈로마서〉 8장 22절).
138) 이하 2행. "인자가…… 하늘 구름을 타고 오는 것을 너희가 보리라"(〈마태〉 26장 64절). "인자가 아버지의 영광으로 그 천사들과 함께 오리니"(〈마태〉 16장 27절).
139) 이하 4행. "하느님의 날이 임하기를 바라보고, 간절히 사모하라. 그날에 하늘이 불에 타서 풀어지고 체질이 뜨거운 불에 녹아지려니와, 우리는…… 의의 거하는바 새 하늘과 새 땅을 바라보도다"(〈베드로 후서〉 3장 12~13절).

크나큰 교훈 얻고, 여기서 떠나겠나이다.
크나큰 마음의 평화 갖고, 그리고 이 몸이
담을 수 있는 한 많은 지식 채워가지고.
그 이상 바람은 나의 어리석음입니다.
지금부터 나는 알겠습니다. 순종이 최선임을,[140]
그리고 두려운 마음으로 오직
유일한 하느님 사랑하고,
그분 앞에 있는 듯 걷고, 그 섭리를
항상 지키고, 그리고[141] 모든 성스러운 사업에 자비로우신
그분께만 의존하고, 선으로[142]
부단히 악을 정복하고, 또한[143] 작은 일로
큰일을 성취하고, 약하게[144] 보이는 것으로
이 세상의 힘센 것을 정복하고, 순박한 유순함으로
세속적인 현명함을 파멸시킬 것을, 그리고
진리 위한 수난은 최고의 승리로 가는
용기임을, 그리고[145] 믿는 자에겐 죽음이
생명의 문이라는 것을 — 이 모든 것을 알겠나이다.
영원히 축복받는
나의 구원자라고 이제 인정하는

---

140) 〈사무엘 상〉 15장 22절 참조.
141) 이하 2행. 〈시편〉 14편 59절 참조.
142) 〈베드로 전서〉 5장 7절 참조. 이하 2행은 "선으로 악을 이기리"(〈로마서〉 12장 21절) 참조.
143) 이하 2행은 〈누가〉 16장 10절 참조.
144) 이하 3행은 〈고린도 전서〉 1장 27절 참조.
145) 이하 2행. "생명으로 인도하는 문은 좁고 길이 협착하여"(〈마태〉 7장 14절).

성자의 모범에서 이것을 배웠나이다."
    그에게 천사도 마지막으로 대답한다.
"그것을 배웠으니, 그대는 지혜의 정점에
이르렀도다. 더 높은 건 바라지
말지어다. 비록 뭇별의
이름 모두 알고, 제천인諸天人들 모두를,
그리고 온갖 영원의 비밀과 자연의 온갖 조화와
하늘·공중·땅·바다에서의 성업을 안대도,
그리고 이 세계의 부 전부를 향락하고
전 지배권, 즉 제국을 얻는대도. 다만[146) 보태라,
지식에 어울리는 행위를.
보태라, 덕·인내·절제를. 보태라, 사랑을.
즉, 그 밖의 일체의 혼魂인,
'인애仁愛'의 이름으로 불리는
사랑을. 그러면 그대 이 낙원을 떠난다 해도
싫어하지 않고, 한층 행복한 낙원을
그대 마음속에 영유하리라.
자, 그러니 이제 전망의 꼭대기로부터
우리는 내려가자, 정해진 시간이
우리의 출발을 재촉하니. 자, 보아라! 내가
저 산에 진을 치게 한 위병들이 출동 명령을

---

146) 이하 3행. "너희가 더욱 힘써 너희 믿음에 덕을, 덕에 지식을, 지식에 절제를, 절제에 인내를, 인내에 경건을, 경건에 형제 우애를, 형제 우애에 사랑을 공급하라. 이런 것이 너희에게 있어 흡족한즉 너희로 우리 주 예수 그리스도를 알기에 게으르지 않고, 열매 없는 자가 되지 않게 하려니와"(〈베드로 후서〉 1장 5~8절).

기다린다. 진두에선 화염 뿜는 칼이
이동의 신호로 사납게 흔들린다.
이젠 머무를 수 없다. 가서, 이브를 깨워라.
나는 그녀를 또한 조용한 꿈으로 진정시키고,
선을 예시하고, 그 영을 침착하게 만들어
온순한 순종을 지향케 했다. 그대 적시에
들은 것을 그녀에게도 들려주어라,
특히 그녀의 신앙 위해 알아야 할 일을,
즉 앞으로 나올 그녀의 씨로 인해 전 인류에게 내릴
위대한 구원을(여자의 씨에 의하기 때문에).
그리하여 그대들 모두 하나의 믿음 속에서
많은 세월[147]을 함께 살도록. 과거의 죄악은
마땅히 슬픈 일이나, 행복한 종말을
생각하고 한층 더 기뻐할지어다."

  말 끝내고, 둘이 함께 산을 내려온다.
내려온 아담이 이브가 잠들어 있는
정자로 앞서 달려가 보니, 그녀는 깨어 있어,
슬프지 않은 말로 그를 맞이한다.
"어디서 돌아오셨고, 어디 가셨었는지 알겠나이다.
하느님은 잠 속에도 나타나시어 내가 슬픔과
가슴의 고뇌에 지쳐 잠든 이래,
은혜롭게도 꿈을 보내시어 가르쳐주시고

---

147) "그(아담)가 930세를 향수하고 죽었더라"(《창세기》 5장 5절).

크나큰 선善을 보이셨나이다. 그러니 이제 인도하십시오,
주저할 것 없습니다. 임과 함께 간다는 건
낙원에 머무르는 것. 임 없이 낙원에 머무르는 건,
낙원을 떠나는 것. 임은,
내 고의의 죄로 여기서 쫓겨나는 임은,
내게 있어 천하의 모든 것, 모든 장소입니다.
그리고 이런 위안을 확신하고 그것을 여기서
가지고 가겠나이다—즉, 나 때문에
모든 것 상실했어도,
나의 성약聖約의 씨[148]가 모든 것을 회복하리라는
그런 은총을 하찮은 나에게 주셨으니."
　우리들의[149] 어머니 이브가
이렇게 말하니, 아담은 듣고 기쁘나
대답 않는다. 지금 아주 가까이에
천사장이 있기 때문. 그리고 저쪽 산으로부터
빛나는 대열 짓고, 정해진 부서로
천사들 내려가 지상의 유성처럼
미끄러져 간다. 마치 강물에서 떠오르는,
이른 저녁 안개가 늪 위를 미끄러져,
집으로 돌아가는 농부의 발꿈치에 감기며
땅에 바싹 모이듯이. 선두에 높이 쳐들어

---

148) 그리스도를 말한다.
149) 이하 27행은 낙원에서의 아담 부부의 추방을 뜻한다. "이같이 하느님이 그 사람을 쫓아내시고, 에덴동산 동편에 그룹(케룹)들과 두루 도는 화염검을 두어, 생명나무의 길을 지키게 하시니라"(《창세기》 3장 24절).

휘두르는 신묘한 검이 그들 앞에 빛난다,
혜성처럼 강하게. 그것이 타는 열과,
불붙은 리비아의 대기 같은 증기로
온화한 풍토를 찌기 시작한다. 거기서
급히[150] 서두르는 천사, 머뭇거리는 우리의 양친을
두 손으로 잡아 동쪽 문으로
곧게 이끌어, 빠르게 벼랑을 내려가
아래 들판에 이른다, 그러고서 사라진다.
두 사람은 고개를 돌리고 낙원의 동쪽을
바라본다. 지금까지의 저희 행복의 자리,
그 위엔 화염의 칼 휘둘리고, 문에는
무서운 얼굴과 불붙는 무기 가득하다.
그들은 눈물이 저절로 흘렀으나, 즉시 씻는다.
그들에게 안식의 땅을 택하도록 세계는 온통
그들 앞에 있다, '섭리'는 그들의 안내자.[151]
두[152] 사람은 손에 손 잡고, 방랑의 발 무겁게,
에덴을 통과해 쓸쓸히 길을 간다.

---

150) 이하 2행. "그러나 롯이 지체하매, 그 사람들이 롯의 손과 그 아내의 손과 두 딸의 손을 잡아 인도하여 성 밖에 두니"(《창세기》 19장 16절). "동쪽 문"은 193쪽 1~6행 참조.
151) "나의 평생에 선하심과 인자하심이 정녕 나를 따르리니"(《시편》 23편 6절).
152) 이하 2행. 이 두 줄이 서사시의 종말로선 너무 애처롭다는 데서 생략해야 한다느니, 또는 그 앞 두 줄과 바꾸는 것이 좋겠다느니 학자들 사이에 의견이 구구하다.

| 작품 해설 |

존 밀턴의 삶과 문학 세계

- 생애와 작품

영국의 시인이자 사상가인 밀턴(John Milton, 1608~1674)은 신흥 중산계급인 부유한 공증인의 아들로 런던에서 태어났다.

문학과 음악의 소양이 높은 아버지로부터 청교도적인 기질과 음악 애호의 소질을 물려받은 그는 어릴 때부터 학문과 문학에 대한 열정이 남달랐으며, 일찍부터 인문주의와 청교도주의 사상의 기틀을 마련했다.

1625년 케임브리지 대학에 입학해 장래 성직자가 될 뜻을 품고 열심히 공부했으나, 당시 국왕의 종교 정책에 저항하여, 종교 시인이 되고자 신학과 더불어 고전문학 연구에 몰두했다. 그는 대학 졸업 후 몇 년 지나지 않아 《쾌활한 사람》, 《생각에 잠긴 사람》, 《리시다스》, 그리고 그의 위대한 테마인 선과 악의 갈등을 다룬 최초의 연극적 표현이며 청교도적 정신이 명료하게 표현된 가면극 《코머스》 등의 작품을 써서 이미 문학적 성숙기에 도달해 있었다.

1638년 파리와 제네바, 이탈리아의 여러 도시들을 여행하던 도중 갈릴레이를 비롯해 여러 명사들과 친교를 다졌으나, 조국의 사회 불안에 관한 소식을 접하고 즉시 귀국하여, 약 20여 년 동안 주로 평론을 쓰며 논객 생활을 했다.

그는 영국국교회가 진실한 내적 자유를 갖고 있지 않음을 〈영국에서의 교회 규율 개혁〉에서 논했으며, 자신의 결혼 생활에 대한 불만이 암시되어 있는 〈이혼에 관한 교리와 규율〉을 집필하여 당시 영국의 봉건적인 사회제도하에서 이혼의 자유를 주장하기도 했다.

당시 영국은 내란으로 인해 국왕 찰스 1세와 의회 세력의 반목이 무력 충돌에까지 이르렀으며, 왕당파와 의회파가 싸운 결과 의회파가 승리해, 크롬웰을 중심으로 한 공화 정부가 수립되고 왕정이 중단된 상태였다.

밀턴은 크롬웰의 라틴어 비서로 채용돼, 국왕 처형에 대한 유럽 각국의 비난에 대해 〈영국 국민을 위한 변명서〉,〈영국 국민을 위한 제2변명서〉 등을 라틴어로 써서, 국왕 처형의 정당성을 주장했다. 그는 과로한데다 늘 지속해오던 지나친 독서 생활이 원인이 되어 1652년 실명하고 말았다.

1660년 영국이 '새로운 예루살렘'으로 재생되기를 희망한 그의 기도와는 달리 왕정복고가 이루어졌고, 그는 생명의 위협을 받았지만 찰스 2세가 정적에 대해 최소한의 보복만 하고 친구들이 구명 운동을 펼쳐 간신히 처형을 면했다.

밀턴은 맹인이 된 채 겸허하게 은퇴한 후, 여러 해 동안 구상해온 대작들을 집필하는 데 전념했다. 실의 속에서 신에 대해 사색하는 데 열중해 《실낙원》이라는 대작의 결실을 보았으며, 인간에게 있어 신의 의지, 신의 섭리란 무엇인가라는 끊임없는 문제의식으로 상상력을 북돋워 《복낙원》,《투사 삼손》을 써냈다.

1920년대 이후 그의 문학과 사상에 대해 격렬한 논쟁이 일었는데, 현재 그는 불후의 명작을 쓴 인물로 평가받고 있다.

- 이 책에 대하여

《실낙원》은 구약 성서를 소재로 인류의 시조 아담과 이브의 타락을 중심 사건으로 취급해, 신과 인간과의 기본 과제를 기독교인의 눈으로 통찰한 시이다.

이 시에 등장하는 주인공은 어느 개인이나 영웅이 아니라 인류 그 자체이고, 시의 무대도 지구의 어느 한 부분이 아니라 우주 그 자체이다.

밀턴은 이 시에서 자비롭고 만능하신 신이 창조한 이 세계에 어떻게 무질서의 씨가 침투해 들어왔는지에 대한 문제를 끊임없이 제시해놓고 있다.

서사시라는 일정한 형식에 인간의 원죄와 구원의 가능성이라는 내용을 담는 어려운 작업을 훌륭하게 완수했다는 점에서 이 작품의 가치는 높이 평가되며, 작가 역시 셰익스피어 다음가는 대시인의 지위를 얻었다.

2편까지는 신에 반역해 지옥에 떨어진 사탄의 복수심을 그렸고, 3편에서는 천상의 소식, 4편에서는 에덴 낙원의 축복을 그렸다. 5~8편에서 천사 라파엘은 아담에게 사탄의 반역과 천지 창조의 전말을 이야기하여 경고하지만, 인류의 어머니 이브는 9편에서 뱀으로 변신한 사탄의 유혹에 넘어가고 만다. 10편에서는 죄를 진 후에 찾아오는 재앙이 묘사된다. 11, 12편에서는 인류의 역사와 구제가 예언되고 아담과 이브가 신의 섭리를 믿으며 낙원을 떠난다.

《실낙원》은 당시의 타락한 양심과 부패한 종교계에 경종을 울렸으며 구원의 목소리로 작용했다.

| 연보 |

존 밀턴

1608년 12월 9일, 런던의 브레드 가街에서 부유한 공증인의 아들로 출생.
1625년 2월 케임브리지 대학교의 크라이스트 칼리지에 입학.
1626년 《아름다운 유아의 죽음》집필.
1629년 3월, 문학 학사로 대학 졸업. 12월,《그리스도 강탄의 아침에》집필. 그 첫 연은《실낙원》의 주제가 됨.
1630년 《그리스도의 수난》을 집필. 같은 해에《5월 아침의 노래》,《뻐꾸기》,《셰익스피어에 부쳐》집필. 소네트를 이탈리아어로 집필.
1632년 케임브리지 대학교에서 석사 학위를 받음. 호턴에 있는 아버지의 별장으로 돌아가서 주로 그리스와 로마 고전을 연구.
1633년 《나이팅게일에게》,《쾌활한 사람》,《생각에 잠긴 사람》집필.
1634년 《코머스》집필.
1637년 4월, 어머니의 병사. 8월, 친구 에드워드 킹 익사. 11월, 친구의 죽음을 애도하여《리시다스》집필.
1638년 《리시다스》출판. 4월, 이탈리아로 대륙 여행을 떠남. 플로렌스에서 갈릴레이를 방문.
1639년 8월, 본국에서의 내란 소식을 듣고 여행을 중지, 급거 귀국. 런던에 머물며 조카를 포함한 젊은이들을 교육.
1641년 종교적 자유를 천명한 최초의 소논문〈영국에서의 교회 규율 개혁〉과 그 외 두 편의 소논문 집필.
1643년 6월(?) 메리 파월과 결혼했으나 두 달 뒤 그녀는 가족을 방문하러 갔다가 돌아오지 않음.
1643년 7~8월, 불행한 결혼 생활을 계기로 최초의 이혼론 〈이혼에 관한 교리와 규율〉 집필. 그 외에도 윤리적 자유를 주장한 논문들을 집필.
1645년 1월, 이혼론 〈테트라코르돈〉과 〈콜라스테리온〉 집필. 여름, 아내가 돌아와 화해함.
1646년 장녀 앤 출생.
1647년 아버지 사망. 차녀 메리 출생.
1649년 2월, 국왕 처형과 거의 동시에 《왕과 위정자의 재임》을 출판해 정치적 자유를 부르짖음. 3월, 크롬웰의 공화 정부에 초빙되어 라틴어 담당 비서관직을 맡음. 10월, 국왕 처형의 타당성을 주장하고 자기의 입장을 천명한 정치 논문 〈우상 파괴자〉 출판.
1651년 3월, 〈영국 국민을 위한 변명서〉를 출판해 국왕 처형의 타당성을 주장. 시력이 약화되기 시작함.
1652년 삼녀 데보라 출생. 6월, 아내 메리가 병사하고 이 무렵에 완전히 실명함.
1654년 〈영국 국민을 위한 제2변명서〉 집필.
1656년 1월, 캐서린 우드콕과 재혼.
1658년 2월, 아내 캐서린 병사. 짧은 시 〈죽은 아내에 대하여〉 집필. 이 무렵부터 《실낙원》 집필 시작.

1660년 5월, 찰스 2세 귀국, 공화 정부가 붕괴되고 왕정복고가 이루어 지자 실의에 빠짐. 5월부터 8월까지 체포령을 피해 친구의 집에 몸을 숨김. 9월, 〈우상 파괴자〉와 〈영국 국민을 위한 제2변명서〉가 파기되었으며 산책 도중 체포되어 12월 중순까지 수감됨.
1663년 2월, 엘리자베스 민셜과 세 번째 결혼.《실낙원》원고 완성.
1667년 《실낙원》출판(전 10편).
1667년 《라틴어 문법》,《영국사》출판.
1671년 《복낙원》,《투사 삼손》합본 출판.
1674년 《실낙원》재판(전 12편) 간행. 실명에 통풍까지 겹쳐 11월 사망. 런던 크리플게이트의 성 자일스 성당에 묻힘.
1682년 《모스크바 역사의 개요》출판.

실낙원

초 판 1쇄 발행 | 1994년 2월 25일
개정판 1쇄 발행 | 2012년 10월 2일

지 은 이 | 존 밀턴
옮 긴 이 | 안덕주

발 행 처 | 홍신문화사
발 행 인 | 지윤환
출판등록 | 1972년 12월 5일 (제6-0620호)
주   소 | 서울 동대문구 용두2동 730-4 (4층)
전   화 | 02-953-0476
팩   스 | 02-953-0605

ISBN 987-89-7055-811-0 04840
ISBN 987-89-7055-800-4 (세트)

ⓒHong Shin Publishing Co. Printed in Korea

• 가격은 뒤표지에 있습니다.
• 잘못 만들어진 책은 바꿔 드립니다.

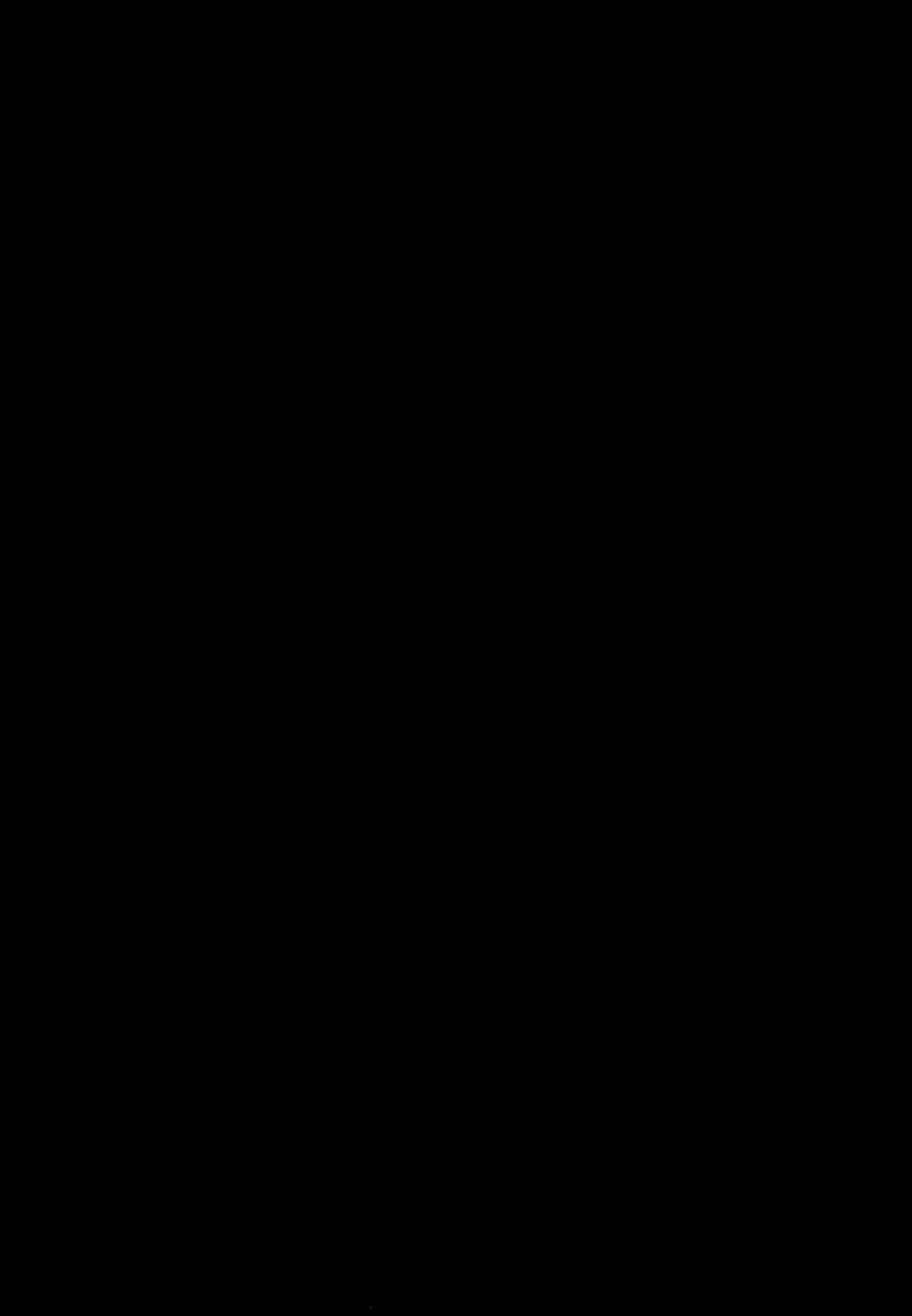

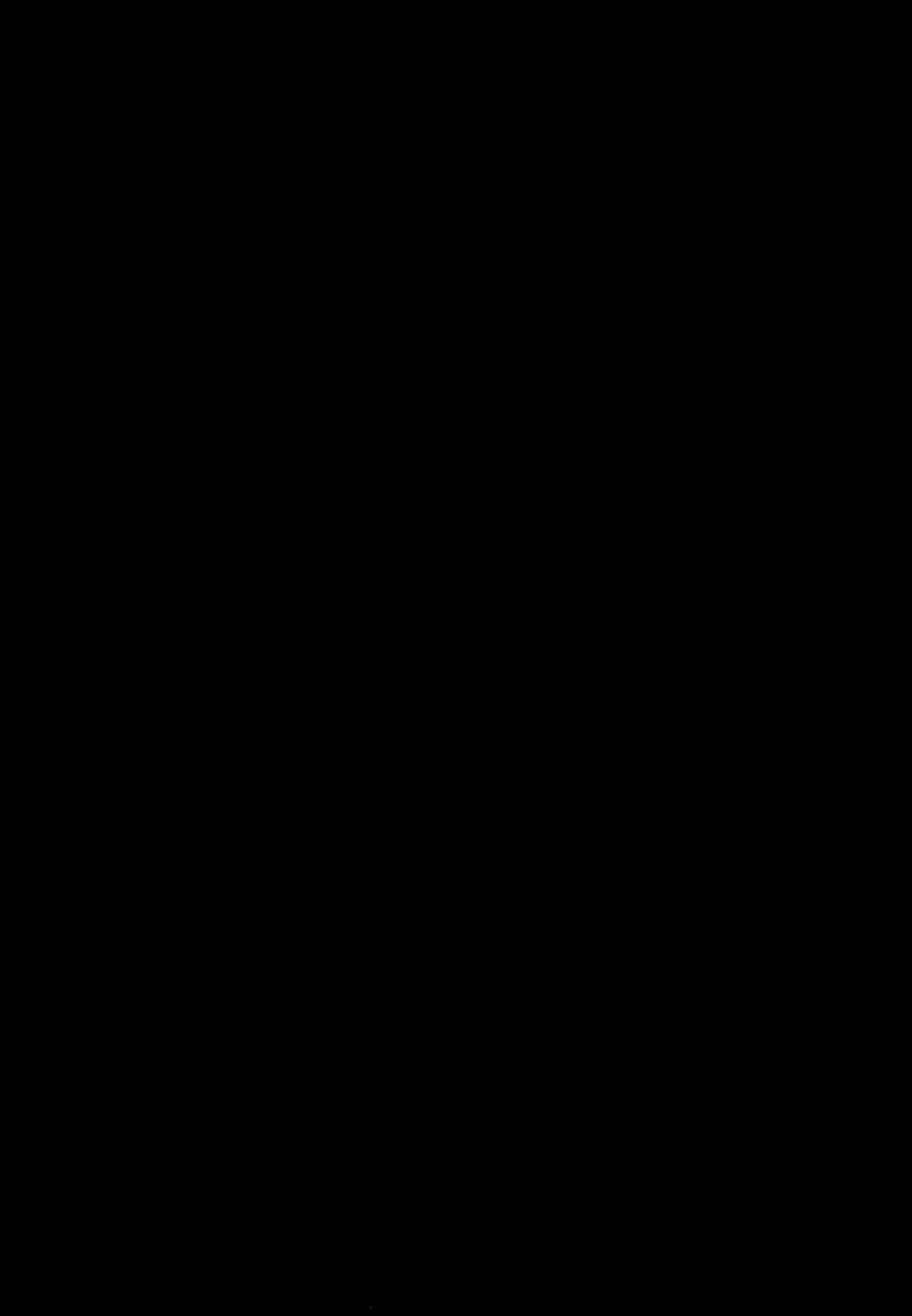